〔俄罗斯〕瓦·拉斯普京 著
王丽丹 译

北京大学出版社
PEKING UNIVERSITY PRESS

著作权合同登记号 图字：01-2022-0493

图书在版编目 (CIP) 数据

西伯利亚，西伯利亚 /（俄罗斯）瓦·拉斯普京著；王丽丹译 . —北京：北京大学出版社，2022.5

ISBN 978-7-301-32869-9

Ⅰ . ①西…　Ⅱ . ①瓦…　②王…　Ⅲ . ①特写（文学）– 作品集 – 俄罗斯 – 现代　Ⅳ . ① I512.55

中国版本图书馆 CIP 数据核字 (2022) 第 023539 号

书　　名	西伯利亚，西伯利亚 XIBOLIYA，XIBOLIYA
著作责任者	〔俄罗斯〕瓦·拉斯普京　著　王丽丹　译
责任编辑	李　哲
标准书号	ISBN 978-7-301-32869-9
出版发行	北京大学出版社
地　　址	北京市海淀区成府路 205 号　100871
网　　址	http://www.pup.cn　　新浪微博：@ 北京大学出版社
电子信箱	pup_russian@163.com
电　　话	邮购部 010-62752015　发行部 010-62750672 编辑部 010-62759634
印 刷 者	三河市博文印刷有限公司
经 销 者	新华书店 650 毫米 ×980 毫米　16 开本　29 印张　4 彩插　450 千字 2022 年 5 月第 1 版　2022 年 5 月第 1 次印刷
定　　价	85.00 元

阿尔泰山区——十月的丘亚河　拍摄者 Олег Ковалев

托博尔斯克　拍摄者 Борис Дмитриев

西伯利亚大铁路——环贝加尔湖路段　拍摄者 Борис Дмитриев

阿尔泰山区——北丘亚山风光　拍摄者 Олег Ковалев

阿尔泰山区——捷列茨科耶湖　拍摄者 Борис Дмитриев

阿尔泰山区——九月的卡通河　拍摄者 Олег Ковалев

伊尔库茨克　拍摄者于薇

贝加尔湖边的小船
拍摄者 Анастасия Коноплева

贝加尔湖铁路　拍摄者于薇

目　录

没有浪漫主义色彩的西伯利亚

这一广袤的空间通称为“西伯利亚”，也许它与这一称号将永远同在，因为除了西伯利亚，它不可能成为任何其他地方。

——西伯利亚史学家弗·康·安德里耶维奇

“西伯利亚”一词，与其说是这个词语，倒不如说是其概念本身，早已像钟声一样响起，在宣布着无限强大和即将到来的某种事物。以前，当人们对西伯利亚的兴趣突然下降时，这些钟声便会低沉，当兴趣上升时，钟声便会再次高亢，如今它们愈来愈有力地不断敲响。西伯利亚！西伯利亚！……有的人在这嘹亮的钟声里听到信心和希望，有的人则听到遥远的土地上一个人慌乱的脚步声，还有的人听不到任何明确的声音，但是他们在倾听，而且隐约感觉到来自这一地区的变化，这种变化可能会带来轻松。甚至那些从未去过西伯利亚，远离其生活和利益的人，也会不可避免地感受到西伯利亚。它本身已经融入了许许多多人的生活和利益之中——如果不是作为一种物理上、物质上的概念，那么也是作为一种道德上的概念，它预示着某种朦胧却充满渴望的新生。

18世纪时人们说：“西伯利亚是我们的秘鲁和墨西哥。”19世纪时人们说：“这是我们的美国。”20世纪时人们说：“西伯利亚是巨大能量的源泉”，“是充满了无限可能的地区”。正如我们所见，人的技术装备在发生变化，人的需求在变化，西伯利亚的特征也在变化。从地表和近地表的自然资源，到深层资源和生产资源，西伯利亚应有尽有，它满足了每个世纪的愿望，从最初的传说到最新的科学经济论证，对它的评价始终处在最高级别。但是即使到现在，当地球感觉到窒息时，它仍然转向西伯利亚求助：“这是地球之肺。”即使到现在……也不难理解人在三十、四十和五十年后的头等需要是什么，不难理解为什么西伯利亚可以成为真正的治愈力量和拯救力量。

我们习惯了比较的语言，但是任何比较都无法说明西伯利亚。我们只能对比开发的结果、人类劳动的成果，仅此而已。世界上没有什么地方可以与西伯利亚相提并论。它似乎可以作为一个独立的星球存在，它拥有星球上所有三个自然王国——地上、地下、天空应有的一切。它的生活本身如此丰富多彩，风格迥异，无法用已知的概念来说明。尽管其中有好有坏，有开放的也有封闭的，有实现了的也有未实现的，有充满希望的也有无能为力的，然而西伯利亚就是西伯利亚，它行有其名，居有其所，并磨练出自己与众不同的性格。从一端到另一端，从一边到另一边，它的上空盘旋着它的神灵，仿佛至今尚未决定对它是好还是坏——这取决于这里的人如何表现自己。自俄罗斯人征服西伯利亚以来的四百年间，它似乎仍然是一个巨人，在某些地方被驯服了，变成了应有的模样，但始终未被完全唤醒。希望它的这种觉醒、这种精神上的自觉将来仍在。

“西伯利亚”一词尚未被破译，其确切的词源含义尚未被发现。对于仅通过传闻了解西伯利亚的局外人来说，这是一片广袤、严酷而又富饶的地区——一切都仿佛以宇宙的规模来计量，冰冷酷寒、不宜居住。而且局外人更愿意把西伯利亚本地人看作是神秘自然的产物，而不是像他自己这样的神秘人类的产物。对于我们，对于那些出生并生活在西伯利亚的人来说，这是一个比世界上任何地方都更加珍贵、更加亲切的家园，它像任何家园一样，需要热爱与保护——也许比任何其他地方都更需要保护，因为这里暂时还有可保护的东西。而且西伯利亚让其他人感到害怕的现象，对于我们来说不仅习以为常，而且必不可少：如果冬季寒冷，而不是屋檐滴水，我们会呼吸得更轻松；在原始的野生泰加林里，我们感到安宁，而非恐惧；广袤无垠的大地与雄伟壮阔的河流形成了我们自由而狂放的气质。对西伯利亚一直存在着不同的看法——外部的看法和内部的看法；即使这些看法改变了，动摇了，彼此接近了，它们现在仍然保持着不同。一些人习惯于将其视为富饶的省份，而且他们认为这些资源的快速而大幅的减少代表着我们这一地区的发展，另一些生活在这里、也热爱故土的人，则在过去和现在不仅将发展只视为工业建设和自然资源的开发——这也是必要的，但要在合理的范围内。为了使明天的无价之宝和今天的无价之宝不被彻底毁灭，那些没有陶醉于工业狂潮的清醒头脑，应该在所有其他资源之前考虑保护它们。这是西伯利亚森林产生的空气，可以呼吸而不会伤害肺部；这是纯净的水，即使在今天，世界也已经感觉到对它的强烈渴望；这也是未被污染尚未枯竭的土地，它能够收留和供养比它目前供养的人数更多的人。实际上，依靠西伯利亚，加上一些仍然受到保护的地区，人类就可以开始全新的生活。但无论如何，如果它准备继续存在，很快它将必须解决主要问题：呼吸什么，喝什么和吃什么，为何目的、如何使用人的智慧？地球作为一个行星，越来越多地建立在四大支柱①上，而如今没有一个被认为是可靠的。如果“西伯利亚”一词的根本含义不表示“拯救”，那么它也可以成为拯救的同义词。这样一来，与北美洲相比，旧俄曾长期遭受诟病的落后的西伯利亚殖民化，倒变成一个巨大的好处；这样一来，俄罗斯人可以不无理由地认为，他完成了自己在地球上相当一部分的净化使命。

* * *

① “支柱”的俄文原文为“鲸鱼”，古代神话和传说中，有地球是由鲸鱼或巨鱼或其他动物支撑的说法。这里的鲸鱼有“工业支柱产业”之意。（本书所有脚注均为译者所加。）

但这里有机会对人民性格作出应有的评价。做事坚定不移，履职孜孜不倦，是俄罗斯人与众不同的特质。如果这里有推理的地方，那么就有可能表明，追求事业的进取精神和始终不渝的态度，曾经是、现在仍然是俄罗斯人成功的首要原因。

——亚·尼·拉季舍夫，《叶尔马克记》

与欧洲位于同一大陆的西伯利亚，只被一座乌拉尔石头山将其与欧洲隔离开来，这座山被认为是完全可以通过的，然而，这片地区对文明人类开放的时间却比美国晚了将近一百年。

当然，世界上关于西伯利亚的纷乱传说由来已久，当然，还有一个俄罗斯人，那位不知疲倦的诺夫哥罗德人，他通过陆路以及北方海路到达那里，在西伯利亚的领土上既经商，又猎捕，但是，他认为这是稀松平常的事，便没有将自己的擅自闯入报告给任何人，而是将经验传授给了儿子们。诺夫哥罗德人早在11世纪，也许更早，就知道了尤尔加（如此称呼乌拉尔以东的北方土地），“西伯利亚”一词首次出现在15世纪初的俄国编年史中，与脱脱迷失汗①之死有关——是那位在库里科沃战役②后，在德米特里·顿斯科伊③统治公国期间烧毁了莫斯科的脱脱迷失汗，他在当政不久后因内乱被杀于“西伯利亚土地”上。

至于古代西欧不时产生的有关西伯利亚的传言，有如此之多的民间

① 脱脱迷失汗（？—1405），白帐汗国最后一位君主，成吉思汗长孙。

② 库里科沃战役，又称顿河之战，1380年9月8日，弗拉基米尔和莫斯科大公德米特里·伊万诺维奇率罗斯军队同蒙古军队于库里科沃原野进行的一次战役，是俄罗斯人民反抗蒙古压迫的斗争的转折点。

③ 德·伊·顿斯科伊（1350—1389），弗拉基米尔和莫斯科大公。1380年，在库里科沃战役中，他率罗斯联军战胜蒙古鞑靼军队，获“顿斯科伊”（顿河英雄）称号。

故事和童话故事，以至于它们吓跑了一些人，当时就已经引起了另一些人的嘲笑。希罗多德[①]根据传说在《历史》中做了如下记载，显然指的是乌拉尔："在高山脚下，居住着天生秃顶、鼻子扁平、下巴椭圆的人。"然后他不禁怀疑："秃顶人告诉我——不过我不相信，山上似乎居住着长着山羊腿的人，而在他们后面住着一年沉睡六个月的另一些人。"

如果古代和中世纪的外国人认为亚洲的腹地居住着怪物，他们长着狗头或根本就无头，眼睛和嘴巴长在肚子上，这还情有可原，但要知道已经是16世纪，即西伯利亚开始并入俄国的那个世纪。一位俄国历史学家在讲述外乌拉尔地区时，却重复古老的童话故事，仿佛那里的人们冬天沉睡不醒，而春天重新醒来。令人惊讶的是，几年前在西柏林时，有人问我："西伯利亚人冬天在做什么？"他们真的以为，在我们这些地区，冬天只能睡觉。普希金的朋友，文学家彼·安·维亚泽姆斯基关于这类观点有一些有趣的说法："如果你们想让一个聪明人，一个德国人或一个法国人，说出蠢话，就让他发表对俄国的见解。这是一个令他陶醉并立即使其丧失思维能力的话题。"这些说法尤其适用于西伯利亚。也无需去欧洲：西伯利亚长期以来也令自己的同胞兄弟"陶醉"并"丧失"思维。在对西伯利亚的看法中，这些同胞兄弟也曾胡说八道、胡言乱语（现在有时也说）过，以至于现在仍然遗憾的是，找不到一个人能把它们收集起来编成一本用来消遣的书。然而，这种无稽之谈并非向来无害，有时它表现为必须执行的法令。

无论是古代，还是现在，人一直在寻找与世界科学秩序不相契合的

① 希罗多德（约公元前480—约公元前425），古希腊作家，历史学家。他所撰写的《历史》（约公元前430年）被公认为西方史学上第一部叙事体历史巨著。

奇迹。西伯利亚想必是人类怀疑和矛盾精神经历了极大失望的地区之一：实际上，这里与各地一样。

众所周知，西伯利亚的征服者是叶尔马克·季莫费耶维奇。叶尔马克本人及其卫队均出身哥萨克，这一事实意义重大。哥萨克是一个鞑靼词语，它的意思是勇敢的人，大胆的人，脱离了自己阶层的人。哥萨克这一称呼在斯拉夫人摆脱了鞑靼人的枷锁之后不久产生于罗斯，并在16世纪随着俄国人民对封建和农奴制依附关系的加深而形成。人们不想忍受任何压迫，也包括沙皇的压迫，逃到了“荒原”[①]，逃到了顿河和伏尔加河下游地区，在那里建立了他们的居民点，选出阿塔曼[②]，通过了法律并开始了无需臣服于任何王国、任何汗国的自由新生活。后来，俄国哥萨克不得不归顺沙皇的统治，沙皇政府玩弄爱国主义情感，可以利用哥萨克人来对抗动荡不安的南方邻国，对抗土耳其、克里米亚鞑靼人、诺盖鞑靼人，但也可以因哥萨克的恣意妄为或因与那些邻国的外交策略，而派去讨伐队对他们进行围剿——莫斯科与自由哥萨克之间的关系一直很复杂，尤其是最初时期。有一点好处是：在俄国遭受严重威胁时，哥萨克认为自己有义务对其进行保卫，无论这威胁来自何方，或者来自近邻土耳其，或者来自遥远的立陶宛。正如历史学家近期证明的那样，叶尔马克·季莫费耶维奇在其西伯利亚远征前夕也参加了立沃尼亚战争[③]。

---

① “荒原”，是指15世纪下半叶以来的黑海与亚速海北岸德涅斯特河、顿河、霍皮奥尔河之间荒无人烟的草原地带。

② 阿塔曼，旧时哥萨克首领。

③ 立沃尼亚战争（1558—1583），是俄国沙皇伊凡四世为争夺波罗的海出海口和波罗的海东岸土地而与立沃尼亚骑士团、波兰、立陶宛、瑞典、丹麦—挪威联合王国进行的战争。

在征服和开发西伯利亚过程中，哥萨克发挥了特殊的、几乎是超自然的作用。只有未被沉重的俄罗斯国家体制摧毁的、果敢勇猛而毫无畏惧的特殊阶层的人群，才能奇迹般地做到他们所做到的。

说到叶尔马克这个人物时，很难不稍作停顿并对我们俄罗斯人的健忘和疏忽大意给予应有的评价……在摆脱鞑靼人枷锁之后到归顺彼得一世之前，俄国命运中没有什么比西伯利亚的归并更重要、更成功、更幸运和更具有历史意义的了，广阔的西伯利亚可以容得下几个古老的罗斯。只面对这一个事实，我们的想象力就茫然无所适从——仿佛立即深陷于外乌拉尔那深厚的西伯利亚积雪之中。我们了解发现美洲的哥伦布的一切：他在哪里出生，他“成名”之前做什么；知道他第一次航行的时间是几月几号，第二次的时间，第三次的时间，第四次的时间，知道他到达美洲海岸的时间，旗舰“圣玛利亚号”触礁搁浅的时间，以及后来发生了什么……可哥伦布算什么！关于古罗马皇帝和贵族们的事情我们记得的比关于叶尔马克的还要多。好吧，叶尔马克不能像哥伦布那样记航海日记，他没有像图谋杀戮的尼禄[1]那样身边有一位机敏的史学家，于是竟完全无人理解他这一人物的重要意义及其远征的伟大。已经是后来，一切都水落石出时，人们才突然意识到，我们既不了解叶尔马克的名字，也不了解他的家族，不记得也没有记录下他在哪一年抗击库楚姆汗[2]，他的队伍有多少哥萨克人以及斯特罗加诺夫家族[3]如何提供帮助，他是否像著名的史学家鲁·格·斯克伦尼科夫所认为的那样，一次行程就直抵西伯利亚汗国的首都伊斯凯尔，还是需要越冬后返回，然

① 尼禄（37—68），古罗马暴君。

② 库楚姆汗，又译“库丘姆汗”“古楚姆汗”，16世纪末西伯利亚汗国的君主。

③ 斯特罗加诺夫家族，16—20世纪俄国最大富商，实业家，征服西伯利亚汗国的组织者。

后重新整备。我们不得不怀疑斯特罗加诺夫编年史的准确性，正是因为他们是斯特罗加诺夫家族的人，有可能夸大这一族姓在西伯利亚归并事件中的作用；对另一份文件，对托博尔斯克大主教基普里安编写的追荐亡人名簿，我们也同样持怀疑态度，它是在叶尔马克死后四十年根据远征军幸存者的讲述编写而成：主教为了当地教会的利益特别想使叶尔马克成为圣人，因此对于不适合封圣的生活事实会毫不犹豫地加以粉饰或省略。难怪有人说：谁控制现在，谁就控制过去。

就这样，几个世纪以来，我们一直在猜测：是真的如民歌中所唱的那般，叶尔马克在远征西伯利亚之前，像斯捷潘·拉辛一样闯荡在顿河与伏尔加河流域，而且不无私利地时常抢劫商船队和皇家船队，还是百姓混淆了美德，为了使自己的英雄更有英名而奖励他那些子虚乌有的东西。我们争论一下：叶尔马克是外号还是叶尔莫莱这一名字的截短形式？也许来自叶列梅，来自叶尔米尔？

在审视第一位西伯利亚英雄及其壮举时，显然最好遵循已知的历史路径。今天研究者提出的修正意见，并不能令人信服到可以无条件地接受。例如，当人们试图证明叶尔马克不可能从事有伤风化的“盗贼”行当时，未必有理由洗白叶尔马克生平中与伏尔加河匪帮生活有关的那一段经历。他的战友可以被洗白，而他不可以。在这个事实上，依靠民间记忆和民间辨别力，岂不更加可靠？它们很少毫无根据地散布类似的“英勇”。此外，了解了那些时代和习俗，很难推测，一个在“荒原”闯荡了不少于二十年并成为阿塔曼的人，会避开对哥萨克自由逃民[①]而言习以为常的营生。正如歌中所唱到的：

雷帝，请你接受叶尔马克的问候，

① 自由逃民，多指旧俄时不堪虐待而逃亡到边区的农奴。

我送你整个西伯利亚王国作为礼物，

整个西伯利亚王国：请你宽恕叶尔马克！

总之，叶尔马克伙同自己的战友们游逛于伏尔加河流域，参加各种战役和冲突，而著名的斯特罗加诺夫商人家族彼时定居在俄罗斯王国的东部边界，在乌拉尔的丘索瓦亚河、卡马河及雷希瓦河流域，在那里开始获利的制盐、耕种、手工业及其他事情，而且他们不满足于已获得的家业，请求伊凡雷帝允许他们到托博尔河与额尔齐斯河流域的土地上发展。授予这种许可对雷帝来说毫不费力：这些土地不属于他，管理那里的是库楚姆汗，他把西伯利亚各部落统一起来并在他们中推行伊斯兰教。这样一来，一方面，斯特罗加诺夫家族觊觎仿佛属于他们而实际上不属于他们的富饶辽阔的疆土，另一方面库楚姆汗力量增强了，开始更加频繁地骚扰建好的居民点。在这种情况下，斯特罗加诺夫家族自然会向哥萨克寻求帮助。

我们现在已经无从得知，是谁的倡议——是叶尔马克本人（当他需要远离伏尔加河以摆脱犯下的罪过时），抑或的确是最终决定对他们的东部邻居采取重大行动的斯特罗加诺夫家族，正如我们无从得知叶尔马克是否怀疑过，他是否应该去西伯利亚进行一场艰难而危险的远征。但如果代替叶尔马克去抗击库楚姆汗的是另一个人，那就太遗憾了。非常适合这一角色的正是叶尔马克，他出身平民，仿佛由平民派往西伯利亚，平民不会让他得不到荣耀。他，还有斯捷潘·拉辛成为俄罗斯人民永远爱戴的人，成为人民长期以来热爱自由的愿望的化身。但是，如果说斯捷潘·拉辛在古老的俄罗斯大地上以其起义来寻求自由的话，那么叶尔马克则像敞开了大门一般，为自由开启了似乎无边无际的神话般的新天地。

他在1581年远征外乌拉尔地区，根据其他推测，也可能是在1579年或1582年。在庆祝这一事件300周年之际，一本俄罗斯杂志写道：“当然，叶尔马克的壮举是惊人的，他带领一小队哥萨克人占领了整整一个王国。无论火枪相对于弓箭有多大的优势，仍然不该忘记的是，蝗虫会扑灭挡住其去路的整堆篝火，尽管自己也会成群死亡。哥萨克总共只有五百人，而敌人认为自己成千上万。在顽强的防御下，他们本可以守住领土——如果俄罗斯勇士的头领不是既有统帅能力又有管理能力的杰出人物叶尔马克，如果连接西伯利亚各部落的内部关系更牢固些。在赞美叶尔马克壮举的同时，让人不禁感到惊讶的是，平民百姓是历史规律的代言人，他们推动罗斯向东移至亚洲，并一直继续引领它朝着这个方向发展至今。叶尔马克朝外乌拉尔迈出了坚实的第一步，其他人紧随其后。”这些“其他人”取得了同样惊人的壮举。

* * *

> 不！俄罗斯民族在西伯利亚所能做到的一切，他均以非凡的力量完成，而且其劳动成果就其巨大意义来说值得惊奇。请向我证明世界历史上有另一个民族，他在一个半世纪里穿越了一个空间，一个大于整个欧洲的空间，并在它上面立足！俄罗斯民族所做的一切，均超出他自己的力量，超越历史发展规律。
>
> ——尼·米·亚德林采夫

莫名其妙的是，19世纪著名的西伯利亚作家和科学家尼·米·亚德林采夫认为俄罗斯民族穿越西伯利亚并在其中立足只有一个半世纪。显然，这里更多的是指“立足”，从强度与广度上全面占领西伯利亚，并考虑在何处开垦耕地，在何处捕猎野兽，又在何处开挖矿床。

根据古老的文献资料，叶尔马克于1582年秋天占领了西伯利亚汗国首都伊斯凯尔，1585年8月，在一场力量悬殊的夜间战斗中阵亡，此后，其队伍的幸存者被迫撤退，而在1639年，叶尼塞军役人员伊万·莫斯克维京已经在鄂霍次克海沿岸建立起过冬营地，于是俄罗斯人来到了太平洋。1648年，谢苗·杰日尼奥夫航行穿过隔开美洲与亚洲大陆的海峡。难以置信！有人哪怕是稍微想象一下这难以逾越的遥远距离，他就不能不被吓得抱住脑袋。没有道路，只能沿着河流移动，通过连水陆路[①]将平底木船和重载从一个水域拖到另一个水域；流冰季节，在陌生的地方，在充满敌意的当地游牧人中间，在用匆忙间砍伐的树木建成的小木屋里过冬等待，受冻挨饿，患病，遭受野兽和小飞虫的袭击，每次渡河都会损失战友和丧失体力，使用的不是地图和可靠消息，而有可能是编造的传言，常常就是一小队人，不知道明天和后天等待他们的将是什么，他们一直向前再向前，继续再继续，朝着东方前进。正是在他们之后，河岸上才出现过冬营地，出现尖柱城堡，还有平面图，还有“详细询问”的记录，还有与土著居民的交流经验，还有耕地和盐场，还直接就有了指路的树号[②]，而对他们来说，一切都是第一次，一切都代表着未知而危险的新事物。后来，当西伯利亚建设者和征服者的每一步骤和每一事件都被毫不犹豫地称为壮举时，不妨铭记和不妨更经常想象一下，我们的祖先是如何迈出最初的步伐和如何创业的。

> 他走在托博尔斯克茫茫的森林和无边的雪地里，肩上背着沉重的火绳枪，这是用军政长官官款购买给他远征期间使用的。他寻找新出现的多如潮涌的黑貂，绘制地图。他滑雪穿过白雪皑皑的广袤空间；骑着毛茸茸的枣红马奔驰，手牵着另一匹马的缰绳；坐在宽阔的平底船的船尾，生皮制成的船帆在他的头顶上方哗哗作响。他

① 连水陆路，指古时两水路之间可以拉动船只、货物的陆地。

② 树号，是指用斧子或其他利器在树上砍出的记号。

随时面临危险。他听见黑色的羽毛箭朝他呼啸飞来。他不惜性命参加“大卸八块的”肉搏战，其伤口数量在这种极其艰难的生活结束时根本无法计算。他睡在雪地上，饥不择食，整年见不到新鲜面包，经常吃“各种各样的污浊食物”和松树皮。多年来，国家没有向他支付薪饷——薪资、粮饷和盐饷。他“动身”寻找新河流和土地时，一切都自己出资购买，借过无力偿还的债务，签署过卖身契约。

这就是著名作家谢尔盖·马尔科夫在开始他有关谢苗·杰日尼奥夫的特写时对开拓者的写照。这远非等待在“猎捕者”和“聚敛官[①]”漫长道路上的所有灾难。请再加上像雅库特御前大臣彼得·戈洛温那样的军政长官的不公和贪婪；请加上无法信赖的当地小部落首领的要滑和暗中行动；还有来自盯梢人的“追债”“调查”和告密，任何俄罗斯团体没有这些很少能行得通；和退出的队员进行斗争，直至战斗，像哈巴罗夫和波利亚科夫或者杰日尼奥夫和斯塔杜欣，这一切都超出了西伯利亚大自然的严峻程度。他们还遭遇过船舶失事，船消失得无影无踪，关于自己的纪念物一个都没有留下，他们还不止一次地在如今所谓寒极的地方越冬，并在极夜里失去了理智……还用说吗！西伯利亚让他们悉数付出了应有的代价。他们出发上路时，是体魄和精神强壮的哥萨克人，他们准备迎接任何艰难困苦，尽管他们连其中的十分之一也未必会预见得到，待他们结束行程时，那些得以成功结束的人，则变成了具有某种特殊的超自然力和忍耐力的人，成为大地都应该向他们鞠躬致敬的人。在他们之后，似乎再也没有出现过这样的人，他们是那些可以称之为俄罗斯精神的“弩弓”之人。因为这种行动在很大程度上是自发的、民间

① 聚敛官，莫斯科罗斯时期为国库开辟财源的人。

的、追求自我的惊心动魄和冒险，政府甚至军政长官的指令也并非总是能跟得上它。想象力不足以认清他们极其艰辛的壮举，我们的想象力还没有准备好追随这些英雄徒步穿越西伯利亚的漫漫长路。

是什么驱使他们前往东方，又是什么使他们如此匆忙而藐视磨难和危险？通常会搬出一个原因：渴望发财，寻找自然资源特别是皮毛还原封未动的新土地，以及服务于沙皇和军政长官，让新发现的弱小民族向他们缴纳亚萨克税[①]。当然，驱使前往东方，也有这一点因素，但如果这是唯一的原因，那么哥萨克的开拓者们就不会如此匆忙了。在他们从额尔齐斯河穿越到太平洋的五十或六十年间，即使在西伯利亚“到访过的”地区，黑貂、白鼬也尚未被斩尽杀绝，而哥萨克人在向东挺进的路途中匆忙间建造的尖柱城堡简陋而数量稀少，并不能保证他们的安全。似乎更明智的做法是：好好安顿下来，储备充足的给养和食物，像今天所说的，做好可靠的后方保障，然后再从容不迫地十分有把握地继续前进。但是不，他们很着急。请想象一下，如何能保持平静而又理性的生活，如何能坐得住——如果他们从游牧人那里听说：前面就是壮观的叶尼塞河，然后是壮观的勒拿河，沿岸生活着人数众多手艺高超的民族（雅库特人），然后河流完全改变方向迎着太阳流淌。不，安静地坐在这里等候命令不是俄罗斯人的性格，放弃亲爱的“也许”，做一个有理智的慎重之人，不是俄罗斯的本性。可以确信，不仅是利益驱使哥萨克人，也不仅是更加高尚的争做第一的竞争精神推动他们，还有更伟大的事业。这就像是历史本身意愿的表达，当时的历史听命于这一地区，选择了敢于冒险的人，目的是检验并验明这一普遍认为是昏昏欲睡且备受

① 亚萨克税，又称“实物税”“毛皮贡税”，指的是俄国15—18世纪在伏尔加河流域和17—20世纪初在西伯利亚向非俄罗斯人征收的一种税。

折磨的民族有何种能力。在这里，产生如此强大冲动的很大一部分能量源自民族自尊心。

我们没有为表现突出的城市竖立纪念碑的习惯。如果在西伯利亚辽阔土地上的某一个地方，假设就在那个17世纪中叶时最积极的“土地探险家”云集的勒拿河上，展示并证实西伯利亚人对大乌斯秋格的崇高记忆就公平了——大乌斯秋格如今荒无人烟，但却有骄傲之处，不久前有人突然发现，冰雪老人本人来自那里。而当时曾向大诺夫哥罗德本身提出挑战的大乌斯秋格名声显赫，它以谢苗·杰日尼奥夫、叶罗费·哈巴罗夫、瓦西里·波雅尔科夫、弗拉基米尔·阿特拉索夫、瓦西里·布戈尔、帕尔芬·霍德列夫以及其他许许多多人的名字证明了自己的伟大，他们的英名传遍了西伯利亚的河流、海洋与连水陆路。他们所有人都来自大乌斯秋格。这不仅值得惊讶，而且似乎令人难以置信：真是想不到的事！在航海家和发现者的摇篮里，在那里，他们是如何被教导的、如何振奋精神和强健骨骼的呢？！这些人当中，仅发现“白令”海峡的谢苗·杰日尼奥夫一个人，就足以令人骄傲几个世纪。任何首都都会以叶罗费·哈巴罗夫的“漂泊历险”为荣进行自夸——倘若他出生在那里。还有堪察加的征服者阿特拉索夫！还有“搜寻到”西伯利亚东北部广阔领土的波雅尔科夫！传奇式人物平达[①]先于所有人从“黄金涌动的”曼加泽亚深入勒拿河，怎么知道他不是来自乌斯秋格呢？彼得·别克托夫不也是乌斯秋格人吗，约·菲舍尔在《西伯利亚史》中写过他的一次探险：“他只带领那么少数几个人去实现自己的意图，这几乎令人难以置信，俄国人怎么能够有勇气那么做。”

---

① 平达（16世纪90年代—17世纪上半叶），又译“片达”“比扬达”，俄国探险家，西伯利亚东部地区的开拓者之一。

顺便还想起一件事，大乌斯秋格在十年间两次（1630年和1637年）同邻近地区的托季马和索里维切戈茨斯克一起向遥远的西伯利亚派去了大队的姑娘给俄罗斯军役人员做“妻子”。在那之后，西伯利亚人怎能不把这座城市当作他们的故乡呢，又怎么会不以血脉之礼从远方向它致敬呢！还要向诺夫哥罗德、沃洛格达、阿尔汉格尔斯克和维亚特卡所在的整个俄罗斯北方地区表示致敬：继哥萨克人之后，耕种者和工匠来到那里，西伯利亚最初的定居从那里开始。

西伯利亚注定成为俄国不可分割的一部分，它也就这样发生了。叶尔马克好似尖锐而快速的楔子一样刺入西伯利亚汗国，剥夺了以前汗国的权力，哥萨克的开拓者们匆忙穿越了西伯利亚，为它像绗缝被子一样构筑了军用尖柱城堡，仿佛把西伯利亚缝到了俄国身上。但是，使西伯利亚成为可以定居的俄国领土的并不是军人，也非军役人员、手工业者和商人，而是庄稼汉。在暴利的驱动下，采集皮毛、猛犸象牙、黄金及其他贵金属的浪潮滚滚，循环往复，而且在践踏、攫取完资源，尽其所能将西伯利亚的地下资源洗劫一空之后，在这些寻求快速幸福的人打道回府时，他们还散布令人悲观的流言，说西伯利亚是荒凉而贫瘠之地，既不适合碰运气也不适合过富足生活。向来如此——对被抢劫之地连句谢谢也不说。一批较有头脑的人对西伯利亚似乎低下的生产性回报感到忧心忡忡，他们还在19世纪就提出，西伯利亚，它在汲取俄国养分的同时，只知道消耗自己抚养者的力量。而一个耕种的人，在哥萨克之后来到这片空旷的处女地上，同时开垦草原或将泰加林的树木连根拔起作为耕地使用，并年复一年地播种和收获庄稼，养儿育女，繁衍生息，现在他辛勤耕作的地区已经变得宜居且道路通畅。

这一悄无声息且默默无闻的，正如前人所说的，合乎天意的劳动，发挥了决定性的作用。最终，西伯利亚屈服于其养育者。叶尔马克之后一百年，西伯利亚的粮食就可以自给自足了，又过了一百年——粮食多得不知道该拿它们怎么办。有趣的是，反对19世纪修建穿越西伯利亚铁路的人提出一个主要的理由是，他们担心，西伯利亚将沿着这条铁路畅通无阻地给俄国塞满他们生产的廉价粮食，他们说，俄国连自己的粮食都无处安置。

他，一个农民，最终使西伯利亚和俄国连在一起，他用木犁完成了叶尔马克凭借武器开创的影响巨大的宏伟业绩。应当承认：俄国获得西伯利亚要比预期的更容易。是作为鸿运，用西伯利亚人的话来说，作为一个前所未有的运气获得的。

* * *

> 应当还西伯利亚以公正。尽管其中所有根深蒂固的缺点都源于不断涌入的各种成分，常常是极不道德的成分，例如无节操、利己主义、城府很深、互不信任——但它仍以某种特别豁达的胸襟和广博的思想、真正的慷慨无私而著称。
>
> ——米哈伊尔·巴枯宁[①]

> 西伯利亚人的智慧完全被物质利益所吞噬，他只陶醉于当前的实际目标和利益。这种冷漠的贪图和自私的贪欲压制了居民的任何理想情绪，甚至压制了社会舆论。
>
> ——阿法纳西·夏波夫[②]

---

① 米·亚·巴枯宁（1814—1876），俄国思想家和革命者，无政府主义者和民粹派理论家。

② 阿·普·夏波夫（1831—1876），俄国民族学家，人类学家，政论作家，西伯利亚开发史学家。

如果能做到将众说纷纭的所有说法汇总一下，就会弄清，非西伯利亚人对西伯利亚人的评价比他们对自己的评价更好，非西伯利亚人经常高兴地评论他们。这也是西伯利亚人的特点。他更有可能不公正地夸大自己的缺点，而非优点，而且他不会掩饰自己对同乡及故土的失望，而他多么希望看到他们更加完善和更加美好。

当然，西伯利亚人置身于另一种自然环境中，出现在这些地区的原住民、本地居民中间，在许多方面遭遇到全新的生存条件，他们理应区别于俄国古老地区的居民。正如在美洲的欧洲人变成扬基[①]一样，西伯利亚的俄罗斯人也变成了一种西伯利亚人，这种人在心理特点甚至体貌特征方面与俄罗斯人均有差异。

一过乌拉尔，您会立刻遇到带有亚洲人特点的面孔。公认的是，西伯利亚的俄罗斯人从一开始就是最出色的殖民者。确实，这里也尝试过按照北美的范例建立奴隶制，其材料将是本地居民，然而，这些尝试不仅以一无所获而告终，而且惨遭失败，既遭到政府和正在成长的社会舆论的谴责，也遭到移居至此的普通农民付诸行动的抵制。

至于政府，应该说，在俄罗斯人与异族人的所有严重争端中，它通常支持后者。无论是彼得时期，还是叶卡捷琳娜时期都是如此。当然，这并不妨碍军政长官及其民众无情地盘剥和侮辱异族人。但一个普通的农民，在布里亚特人或通古斯人附近的新地方定居之后，立即毫不费力地和他们建立友好关系，向他们传授自己的耕种和手工经验，并学习他们狩猎和捕鱼的技能，了解当地情况和自然历法。他丝毫没有自视为上等人的毛病（俄罗斯人似乎完全没有这一缺点），开始和原住民结亲，并如此迷醉，以至于这种做法既惊动了政府，也惊动了教会。早在1622

① 扬基，美国人的外号，相当于“美国佬”。

年，莫斯科大牧首菲拉列特就追究西伯利亚大主教基普里安的责任：“我们从军政长官和以前到过西伯利亚的官吏那里获悉，在西伯利亚城市里，许多军役人员和住户不是按基督教习俗生活，而是本着自己下流的淫欲生活：许多俄罗斯人……与鞑靼族、奥斯加克族、沃古尔族的异教徒妻子混居一起并做出污浊之事，而其他人则与未领洗过的鞑靼族妻子生活在一起，并与她们做出令人反感之事……”

可是，教会对自己的要求也并非始终如一，一道指令禁止混合婚姻，另一道则允许他们成婚——以异族人皈依基督教为条件。有时候，从俄国省城派来做妻子的一队队姑娘不足以分配给整个辽阔的地区，另一方面，俄国农民有权按自己的选择行事，因此不足为奇的是，越往西伯利亚深处，混合婚姻就越多，俄罗斯人面孔上亚洲人的特点就越常见。例如，在西伯利亚东部，几乎有四分之一或三分之一的面孔长着吊眼和高颧骨，这赋予了女性美以全新的形态和朝气蓬勃的活力，使其区别于令人疲劳倦怠的欧洲美。西伯利亚人是由斯拉夫人的冲动性和自发性，与亚洲人的崇尚自然和善于内省结合而成，作为一种性格，也许并没有什么完全与众不同之处，但却具有那种明显的令人愉快或不快的特征，例如敏锐的观察力，容易受激的、不接受任何强加的和异己成分的自尊心，莫名其妙的情绪波动，具有自省和进入某些未知极限的能力，对待工作的狂热夹杂着间歇的游手好闲，以及与善良并行的狡猾——狡猾得如此明显，以至于从中无所受益。这一切可能尚未完成，一切尚未融为一体的两面都清晰可见，大自然想必需要比它以往更多的时间，才能将开始的事业进行到底，但它显然乐此不疲。

说到西伯利亚的俄罗斯人性格时，不妨重申一遍，它最初形成于民间自由逃民。西伯利亚的移民首先始于民间。在政府“根据选择”和

“依据法令”派遣的那些人之前，一队队“爱好自由之人”已经偷偷溜进这里。前来西伯利亚的是那些逃避约束和压迫，并寻求各种自由，包括宗教、社会、道德、商业及人身自由的人们。那些触犯法律的人也来到这里，为的是藏身于外乌拉尔深处免遭惩罚，还有那些寻求公正的公共法律以对抗行政压迫的人，以及那些梦想根本没有任何法律之地的人。与冒险者同行的是遵守教规者，与劳动者同行的是偷懒耍滑之徒。17世纪的宗教分裂运动将数以万计精神和品格最坚强、最执著的人迁移到了西伯利亚，他们拒绝承认教会和国家的新改革，宁愿远离尘世到难以接近的蛮荒之地也不接受它们。直到最近，人们才发现他们的定居点，那里的人在语言、习俗、信仰上，在着装和生存方式上依旧保持着三百年前的模样。人们可以对这些人的狂热感到惊讶，对他们的生命力和坚强更应该感到惊讶，它们超越了我们对这些概念的想象。一切都汇聚于西伯利亚——还有以纯正而强烈的道德风范著称的旧礼仪派团体，他们与流放到这里的刑事犯兄弟会势不两立，后者遵守的完全是另一种法律。尼·米·亚德林采夫指出：

> 这些村镇之所以具有古风的特点，它们之所以显示出精神力量和秩序，概因其主要居民群体为分裂派教徒。在西伯利亚其他分裂派教徒的村庄里，无论在何处遇到他们，无论在东西伯利亚还是西西伯利亚，都可以看到同样的正派，同样的随遇而安。居民的外表本身就很另类，好像他们是一个特殊的部落。漂亮、丰满、白皙、精力充沛的女人，身穿色彩鲜艳整洁的萨拉凡[①]，外表整洁、德高望重的老人们，帅气的小伙子们；处处都表现出正派、纯洁和满足。

---

① 萨拉凡，指俄罗斯妇女穿的肥大的无袖长衫。

如今一个来自分裂派教徒家庭的人，即人们所谓的旧教派信徒，甚至会引起西伯利亚人的特别尊重和兴趣：来自分裂派教徒家庭，这通常意味着他是一位可靠的同事和出色的员工。

前去西伯利亚的人向来很多，返回的也很多。曾有过一段时间，它酷似人来人往的穿堂院——带有所有穿堂院的特点。成千上万的人像海潮一样不断翻滚着涌向轰动一时的西伯利亚工地，就像海潮应该滚动的那样，伴随着喧嚣、乐曲和强烈的印象，而几年之后，悄无声息不知不觉地消失了——仿佛沉入了泥沙。又一拨新的海潮和成千上万的新人——又一次像逐渐消失的隐藏起来的小溪似的退潮，只在一些地方留下了很少一部分人。首先，这源于对西伯利亚的既定态度——如何更快速更廉价地获取它的资源。这种情况下对人的关心，在西伯利亚的条件下有时会下滑几个等级，可即便考虑到这种下滑，人们却无论如何也不愿意从一开始就将其提高几个等级。自不必说——生活在西伯利亚并不容易。它的气候在最近几十年变得更加反复无常，时常会悄悄地抛下意外的礼物，临近新年时，可能会听到滴水的声音，而在六月里可能飘落冬雪——气候并未变得更加温和。这些地区的苦寒和不舒适自古以来就对殖民者和各种征服者设置了严格的选择。为了习惯于新地方并在此留下来，需要具有西伯利亚人的精神——并非几分钟的热情，而是不断准备应对各种意外事件和麻烦状态，具有无需消耗过度的精力即可战胜它们的能力。这种精神并非一定要诞生于西伯利亚，它可以在任何地方发展，但它必须与西伯利亚相适应，并以伴随运动融入其整体环境。有些人在这里繁衍了几代人，但也没能成为西伯利亚人，他们在异国他乡停留的时间越长，痛苦就越深，也有一些人——他们仿佛为西伯利亚而生，来到这里，轻而易举就习惯了新环境。因此，西伯利亚人不仅有习惯于严寒和恶劣条件的厚实皮肤，也不仅有为达到目标被当地条件磨练出来的固执和倔强，还具有非偶然性的对这片土地深厚而牢固的根性，有人类灵魂和自然精神的相容性。西伯利亚人很少背弃自己的故乡——喜欢变换地方已成为各地的一种流行病，但这种喜好在他们身上仍然没那么明显，即使有，也通常在故乡的范围内。故土，以其原始成分存在于我们每个人的心中，而西伯利亚人对它充满了更加苛刻的强烈热情，也许是因为人们付出艰辛的劳动才得到它，世代相传的劳动记忆尚未消失。

人们常常指责西伯利亚人的倔强和固执，但如果没有这些素质，一个人在这里不可能坚持很久。最初的居民，村镇的创始人，真的是不得不在西伯利亚深处，在泰加林的边缘夺回每一小块土地。只要稍微放松努力，森林就向从它那里夺走的已被开垦的狭小地带扩展。泰加林耸立如壁，群山远远横亘在泰加林上空，山顶的积雪终年不化。漫长的冬天耗尽了精神力量，短暂的夏天则需要双倍的体力。夏天，可能会出其不意地突降霜冻，破坏了泰加林和菜园里的收成，毁坏了田野里尚未收割的庄稼；冬季，饿急了的野兽闯进村子，咬死家畜，袭击人。天气暖和时，小飞虫让人不胜其烦：蚊子、蠓蚋，再加上小蠓虫儿（一种特别小，几乎看不见的有毒小蝇），遮云蔽日般飞舞在阴雨天里。不堪忍受蠓蚋叮咬的牲畜只有在夜间才能在草地上吃草，白天靠烟熏免受其扰。人们干活时，头上套着马鬃制成的头罩，呼吸困难，而且为了保险起见，全身还要涂满焦油。所有这一切从祖父辈开始，又传给了我们：在我小的时候，在40年代至50年代时，在安加拉河的中、下游，如果不戴头罩，外出两分钟都不可能，在30摄氏度的高温下（顾不上晒太阳），人们从头到脚用各种衣服包裹起来，就怕身体的哪一小块地方露在外面——千万可不能露了！用焦油涂得像鬼一样，在靴子和靰鞡鞋的靴筒里塞上草，堵上所有的通道和出口，还是起不到什么作用：人们双眼浮肿，手、腿都被叮咬出一道道血印。

关于我们的蚊子，19世纪末到过外乌拉尔地区的意大利人索米尔写道："如果但丁游历过西伯利亚，他会把蚊子变成对他罪犯的新惩罚。"在此前的二百年、一百年间和一百年后，这里的蚊子似乎变化不大，它们比20世纪的人类更能适应烟雾、一氧化碳以及其领地上的其他所有变化。

为了坚持下去不放弃，拥有强大的力量是不够的，还必须有坚强的精神、高傲的抵抗精神和毫不松懈的固执精神：而我仍然可以忍受，我不会离开，毕竟我更坚强。

上帝是否在他创造的最后阶段，当他对人产生怀疑时，对西伯利亚这一地区稍作修改了呢？——西伯利亚人当时可能就是这样站在自己的田野上，环顾面前纵横延伸的冷漠远方，心怀悲哀高傲地沉思。

请给他过去的不幸再增加一个灾难——流浪汉。众所周知，西伯利亚是一个苦役和流放的地区，无论犯下什么过错，无论过错大小，一律从整个广阔的而且法律不健全的帝国发配至此，认为这对人烟稀少的地区有利。不知为什么习惯上认为（想必是根据回忆录，而刑事犯是不写回忆录的），似乎流放至此的大概只有政治犯。顺便说一下，从十二月党人和波兰起义者到马克思主义小组的成员，可以说，西伯利亚很幸运，尽管他们自己流落至此当然不认为他们很幸运。但好事就是好事，无论它发生在什么情况下，而且对于我们当时愚昧无知和未经充分考察的地区来说，他们在科学、文化以及在道德和个人教育方面的活动是一件幸事。在这里，仅分散流亡在整个西西伯利亚和东西伯利亚广阔地区的十二月党人的存在，就对社会团体产生了巨大的影响，首先，作为分散在许多地方的有思想的人，他们成立了社会团体；其次，社会团体寻求到目标，最终创办了托木斯克大学。

但是西伯利亚主要充斥着刑事犯。在一些角落里，他们比当地居民还要多。很明显，除了自己的手艺，他们也教不了当地居民什么。问题甚至不在于伤风败俗——西伯利亚本地人足够倔强，不会受其唆使。主要的不幸源于这些人浓重的流浪习气。对他们的监督无济于事，从定居点逃跑比之后在路上生存要容易得多，因此，一个决定逃跑的人会不惜一切代价——偷盗、抢劫、杀人。现在，我们唱着“接近贝加尔湖，偷到了一艘渔船”这种如泣如诉的关于流浪汉的歌曲，哀叹他被毁的命运，而我们的祖先则因他流下了无数辛酸的泪水。我们的祖先不仅持枪对付野兽，而且还要对付可疑的人，后者随时都可能敲响窗户索要他想要的一切。在此之后，是否有必要对西伯利亚人的疑心重和城府深、西伯利亚人的似乎不友好和冷漠感到惊讶呢？是的，疑心重、冷漠、察言观色，但这只是在最初，等他了解你了，意识到你没有恶意，便会敞开心扉，而且这个似乎马上就要将你拒之门外的人，会像对待亲兄弟一样招待宴请你，没有多余的言语和不必要的情感，慷慨好客，和气友善，满怀这个世界上一个人高兴见到另一个人应有的真诚和亲热。

关于西伯利亚人的热情好客流传着种种奇闻，也许有些夸张，然而却有充分的理由使它们产生并流传下去。沿河两岸的村镇彼此相距遥远，且规模都不很大，其中交往的人始终不变，因此，在长期的泰加林区渔猎工作和农忙工作中，西伯利亚人非常渴望见到新来的人，他们很会珍惜这份交流并享受它。这种交流对他们而言犹如过节。而且他们彼此之间的关系，与他们邻居之间、与同村人之间的关系简直以认真严肃而著称。他们不会把因琐事而起的怒气转化为怨恨和争吵，而是觉得做朋友就是做朋友，不和就是不和，一切都做得全力以赴且完全充分。

没有互帮互助和集体精神，在这里做事会比在任何其他地方都更加困难。说也奇怪，这种集体精神与城府深、个人主义，在西伯利亚人身上完美地共存：一个用来联系已知而熟悉的世界，另一个用来应对看似外来的而又可疑的一切——这一点在西伯利亚足够丰富。离开泰加林的越冬小屋时，猎人一定会留下干燥的引火物、火柴、盐、食物——在他之后来到这里的人，什么情况都可能遇到。这一常规被严格遵守了几个世纪，直到最近才开始消失。对于那些给西伯利亚老住户带来许多苦难的流浪汉们，老住户入夜锁门时，不会忘记在无缝的板墙上专门为此开凿的窗台上放一罐牛奶和一个大面包：吃吧，旅行者，然后继续赶路吧。他放东西首先是出于同情，而后来是为了使自家宅院免遭魔掌。通常还要献出最后仅存的一个戈比——当一些陌生人沿着城市和乡村，挨家挨户地，不敢正视大家，“给逃跑的朋友”乞讨路费时。但对西伯利亚人性格最有影响的是西伯利亚本身——西伯利亚就是他的土地，他的世界，他生活于其中并呼吸它的空气，西伯利亚是生他养他的故乡。正如“人民反映了他们的祖国”（阿·普·夏波夫）一样，一个人反映了他的家乡。

我们只能被那种异乎寻常而又鲜明地从其他所有事物中脱颖而出的伟大、威力所折服，它们使对比变得粗鄙而可悲。当周围自然界中的所有事物成比例地大规模地长久存在时，这同时也会使人提升。土地的遗传学，与血液的遗传学一样，是如此原始而明确。鉴于伟大的自然，人不由自主地感到其重要而强大。人烟稀少增加了他的这种情绪。为了在这片艰难的土地上站稳脚跟并生存下去而付出的巨大劳动，有助于尊重自己，如同尊重周围等值的一切，甚至更高。周围的整个世界洋溢着冷峻的尊严和自由、隐藏不露的深邃和坚实，在宁静的外表下感觉到富有弹性的紧张状态——西伯利亚人自然而然地吸取了这种精神，并在其中与祖辈的自由元素相合之后，变得更加坚强。认为西伯利亚人不善交往是不正确的，但他与平等人交往具有竞赛和竞争的特点，与不平等人交往则体现为一种庇护。这两种情形均非故意为之，也非表演，而是表现得自然而然，但西伯利亚人向来记得，他是西伯利亚人，而且他也让别人明白这一点。他以其自然出身感到自豪，有时引以为傲。现在，这一品质当然已经严重减弱了，但并未彻底丧失。

重要的还在于，这里从未实行过农奴制——农奴制压迫人的身心，使其失去独立性，并严重影响到人对劳动及整个生活的态度。西伯利亚人习惯于自食其力。土地充足；你想要多少，能做多少——你就拿去耕种吧。城市里沉重的行政压迫，等到了农村已变成软弱无力的指令，经验丰富的农民并不急于执行。俄罗斯谚语“既要指望上帝，自己也别大意”——在这里有着直接而实际的意义。的确，西伯利亚人不具备深思熟虑的特点，他精打细算的智慧胜过情感，但胜过并非出于私利，而是出于当地老住户的本性。在这种产生于长期抵抗、久经困苦考验的“耐火的”精神中，寻找俄罗斯草原居民所特有的轻松和温顺是很奇怪的。但是谈论这一点已不再是为了表明西伯利亚人的长处，而是为了表明，他有什么、没有什么。他抬头仰望天空，仿佛仰望强盛的邻居，梦想通过信仰使其适应自己和自己的家业。

可以说，在西伯利亚人的所有品质中，不论成功的还是失败的，不论坏的还是好的，这都是一个长期不遵守限制性法律的人身上可能会有的。

但是，由于选择和当地条件的原因，而将西伯利亚人视为俄罗斯人的一个独立分支时，不该忘记，他们分散居住在广阔的领土上，来自不同的社会群体，仅仅因此，他们也不可能是一个调门，一模一样。阿尔泰人，是严格的分裂派教徒出身的人；外贝加尔人，其祖先被流放到矿场；或是叶尼塞河两岸自由哥萨克的直系后裔——他们彼此之间很少有相似之处。因此，所有从西伯利亚人当中推断出某种共同点的尝试都只能具有近似的轮廓。

不过，既然他是西伯利亚人，既然它是西伯利亚，就不该陷入完全抽离自我的状态，就该始终为自在之物。

我们有时会不无自豪地说："西伯利亚比俄罗斯更像俄罗斯。"

在这些并非今天出现而且已成为俗语的话语里，甚至没有反对或争论的迹象。西伯利亚和俄罗斯是一个整体。没有俄罗斯的西伯利亚是不存在的，对此进行证明毫无必要。这里说的是另一件事。也许是由于虚伪的爱国主义，或是由于自己这方面的观察，人们更愿意相信，俄罗斯人的某些品质在西伯利亚人身上保留得更加充分更加完好。这一成绩不归功于我们，它就这样形成了，而且我们的情感完全没有任何依据也是不可能的。还在19世纪就有人指出："西伯利亚农民似乎是俄国在很久以前，在债务依附制、奴隶制、农奴制出现之前就有的那种俄罗斯人。俄罗斯庄稼人的自然属性在这里得以自由发展。"（谢·雅·卡普斯京[①]）

可以因此稍作回忆，任何外国影响，无论是德国的还是法国的，以前都像野火一样在俄国首都不时燃烧起来，等骑马到达数千俄里[②]之外

① 谢·雅·卡普斯京（1828—1891），俄国经济学家，政论家。

② 1俄里=1.6千米。

的托木斯克或伊尔库茨克时，它不可避免地覆盖上了一层西伯利亚霜花，并转化为牢固的西伯利亚“方言”：他不急于马上着手执行一道紧似一道的指令，而是寻根究底地估量，它们对他是否有利。如果仔细观察西伯利亚人，可以发现，尽管最近几十年间，他们已经失去很多性格，但他们仍然处在或多或少健康的道德和真诚的关系范围之内，这在现在看来还真不坏。但最重要的是：俄罗斯人（就像他们原初混合民族中的任何其他人一样），只有在创造他们的母亲般的大自然中，才感觉自己完全是俄罗斯人，而且完全是一个人，一旦与自然关系破裂，他们便不知所措。在西伯利亚，俄罗斯人暂时仍有可能生活在天然草原和原始森林里，尽管必须预先声明，这种可能性在一年年缩小和减少。

当然，西伯利亚人如今已不再是他们百年前的样子。其“西伯利亚血统”被强烈地稀释了，而且似乎所剩无几，只差变成一个单纯的地理概念。任何事情过后都会留下痕迹——无论是苦役和流放，还是解放改革[1]之后和第一次世界大战之前的大规模农民迁移（当时向西伯利亚迁移了四百万人——几乎等同于它自己居民的数量）。只有牢固稳定的风气，加上大自然母亲的帮助，才会在几十年间把他们培养成西伯利亚人。同时也很重要的是，移民搬迁到这里定居，不管愿意与否，都必须尊重当地成文的和不成文的规定。后来，当开始新一轮“征服”西伯利亚活动，而且一阵阵巨大的应征浪潮涌入建筑工地时，对他们而言，这种障碍就不复存在了。最主要的是，年轻人来到这里就像来到建筑工地，在这里他们完成了自己的工作，学会了手艺并挣到了养家的钱，他们可以随时离开——这是最常见的情况。也许，那些从西伯利亚返回的人还保留对它的温情，他们会把这份温情带走，但是他们把局外人对土

① 解放改革，是指1861年亚历山大二世废除农奴制的改革。

地的轻松态度留在了当地，在这片土地上他们得到了临时工作的机会，但这里最终没能成为他们的故乡。

面对大量的临时工和季节工，西伯利亚本地人被迫退到一边。他们耕作、建筑、伐木、开采，在西伯利亚发生的变化中，他们付出的劳动量比报纸和杂志上所看到的要多得多，但是他们在工业繁荣时期所做的一切，都仿佛被强大的经济和工业潮流带走了。他们似乎本能地，以一个西伯利亚人的情感和义务，选择了一处会更有可能、更轻松地关心他们故乡的地方。

无论在城市还是在乡村，现在的西伯利亚人都发生了剧烈的变化。但他们仍然是西伯利亚人，他们越是怀念自己失去的品质（作为例证，可以参考瓦西里·舒克申的图书和影片的主人公），就越是需要它们来维持生活的坚定和可靠。但也正是这一点给予了希望，他们将以其特有的倔强与固执坚守他们体内仍然存在的“本性”。

* * *

而创造西伯利亚并非像在蒙福的天空下创造事物那样容易。

——伊·亚·冈察洛夫

寒冷而荒凉的辽阔空间！……

这些话是多久之前被第一次说出的，它们是被某人说出的，还是像神灵一样，向来无声无息威严屹立于西伯利亚上空，向旅行者释放着忧郁和不安？如果它们是被说出来的，那么也是一个旅行者说出来的，他事先在他即将克服的那些遥远的距离和艰难的考验面前畏惧了。他越过了乌拉尔，停在了界碑面前，上面写满了苦役犯和预想不到前方有什么好事的人撕心裂肺的离别题词，然后他继续动身前行，但题词留下的印象，又被他个人的忧伤加深了一层，萦绕在他心头久久不散。里程碑疲惫而缓慢地向后移动，眼前一成不变的景象，在他看来，灰暗凄凉毫无生气，透过这番景象，令他厌倦的压坏了的道路酷似一条通往地狱之路。而这时，沿着它，沿着这条道路，还行走着一队队不幸的人——有时是囚犯，有时是衣衫褴褛惊恐万状寻找命运的移民，而这时，迎面而来的红脸马车夫催马快跑的同时凭空吆喝了一句恶语——一切都像是与人类正常生活相反，一切都像在异国他乡，在那里永远无法感到温暖，也得不到抚慰，任何人都无法将其想象成理想的家园。

旅行者怀着这种心情走了一天，两天，三天，有一天透过沉重的思绪，他发现，道路两旁贫瘠的森林被草原替代。但是它也一路沉寂单调，持续了很久，它似乎漫无边际，无法唤起温暖的感觉。旅行者只好忍受它并期待随后发生的事情，并希望能在更加糟糕然而却全新的景象中为疲惫的目光找到缓解。

而这缓解，它真的来了。旅行者仿佛从沉睡中醒来，突然惊喜地注意到，使他疲惫不堪的草原丛林，越来越经常而大胆地从车辆无法通行的松林和落叶松林边缘延伸出来。土地本身逐渐失去平整的体态，开始让他越来越激动，越来越明显地引起了他对似乎是一场原本约定好的相遇的反应。而他已经不明白，不明白自己为什么可以无动于衷地环顾四周，他是怎么了，如果连这种难得的美都视而不见。

19世纪末，在萨哈林岛旅行中，安东·帕夫洛维奇·契诃夫乘坐马车穿越西伯利亚，在到达叶尼塞河之前，他感到百无聊赖。“寒冷的平原，弯曲的白桦，一洼洼积水，有些地方散落着湖泊，五月的积雪和鄂毕河支流荒无人烟凄凉的河岸——这就是从最初的两千俄里得以保留的所有记忆。”甚至提到女人：“这里的女人同样无聊乏味，一如西伯利亚的大自然。”而驶近叶尼塞河时，他惊叹道：“……我平生没有见过比叶尼塞更壮丽的河流。”随后，晦暗无边的泰加林，以及经验丰富的人们关于狩猎和生活的故事，使他继续兴奋。

俄国另一位作家伊·亚·冈察洛夫，在契诃夫之前四十年，从对面鄂霍次克海开始环球旅行，途中穿越西伯利亚，他途经富饶而肥沃的热带风光，之后是中国和日本。起初他几乎无法忍受东北亚寒冷而空旷的辽阔地区，但是在距勒拿河不远处，他也精神一振。疲惫的旅行者，甚至从冬日覆盖着冰雪，从彼时毫无生机的大河上，寻到了一种欣喜和热诚的清新之感，他由此自称为浪漫主义者，并继续前行。

在这两种情形下，本来就该发生这样的事。无论从哪一个地区走近它，西伯利亚都不急于展现自己，它将自己最好的创作满怀爱意且独具品味地安放于深处。不过，这也是一个问题：什么被认为是最好的？即便是两个人在这里也无法统一意见。作为西伯利亚中部地区的居民，我似乎觉得，最好的是靠近贝加尔湖、萨彦岭和叶尼塞河地区；阿尔泰人会保证，最好的在他们阿尔泰地区；楚科奇人则认为，最好的位于寒冷的北海沿岸。我们每个人都感觉自己的故乡可爱，这又是西伯利亚人的一种品质：对故乡的热爱。但现在不是在谈论局部的看法，而是在谈论西伯利亚这个自然界创造的地区的普遍性观点，而且是尽可能公正的观点。

我坚信：我们的旅行者看到西伯利亚时似乎感到晦暗荒凉的那些景象，在他们返回的途中会发生如此大的改变，会变得既适合环境又令人神往，并能对审美感受产生强烈的影响，以至于他不禁茫然四顾：算了，这大概是另一条路。不，路还是那条路，景象也还是那些景象，之所以改变，也许只是进入了下一个季节，但旅行者已不是当初的那个人了。他已经去过西伯利亚，他看到了许多震撼其想象力的事物，西伯利亚的印象为他本人开启了某些他始料未及的崭新而辉煌的空间。

西伯利亚具有一种不会立即令人震撼、使人惊讶的特性，而是缓慢地，仿佛不情愿地，以校验过的谨慎态度将人吸引进来，而一旦吸引，便会牢牢粘住。就这样——人患上了西伯利亚病。继现在似乎已不存在的炭疽病之后，这是最著名的一种病：人在离开这个地区之后，无论身在何处，他都会在很长一段时间里感到憋闷、忧郁、悲伤，无论身在何处，他都会因痛苦而恍惚的缺失饱受折磨，仿佛他把自己的一部分永远留在了西伯利亚。

我们大自然中的万事万物均强大而自由，一切都与其他地方类似于自己的事物保持着距离。在西西伯利亚，平原就像平原，是地球上最广大最平坦的平原，沼泽就像沼泽，即使从飞机上鸟瞰也似乎无边无际。东西伯利亚的泰加林就是一整片大陆，顺便说一句，它因砍伐和大火而正在遭受其生命中最严重的灾难。河流——鄂毕河、叶尼塞河、勒拿河——只能彼此间互相竞争。贝加尔湖容纳了地球五分之一的淡水。不，这里的一切都是经过慷慨而完整的方式进行构思和实施的，正是从这一面，从太平洋这里，至高无上的神开始了地球的创造，并不惜材料，将其延伸得广袤辽阔，引人注目，只是后来突然意识到材料可能不够，才开始对它剪裁并缩小。

但这是关于范围、规模，而关于西伯利亚的美丽又能说些什么呢？难道有可能，例如，用一句话哪怕贴近地表达出无愧于贝加尔湖的什么特征吗？任何比较，任何话语都只是淡淡的暗影。如果不是附近如它一般雄伟壮阔的萨彦岭，如果不是发源于不远处的勒拿河，如果不是携带着贝加尔湖水流向叶尼塞河的安加拉河，那么就可以认为，站在这一神奇的湖边，并从上方俯视其附近的轮廓和湖水，俯视其湖光水色，灵魂甚至不会因此融化，而是惘然若失于深度眩晕中，可以认为，贝加尔湖是从其他某个更快乐、更富饶的星球上偶然坠落下来，它与那里的居民相处得和谐融洽。你会怀着同样的感情看待阿尔泰的捷列茨科耶湖。欧洲美丽的标尺——瑞士——特别经常地被用来与阿尔泰山区进行对比，阿尔泰的大自然不仅仅存在，而且浩瀚无边、权力无限地主宰着一切，而且她仿佛羞愧于自己的高度——不是海拔高度，而是高于人类的感知高度，并开始慷慨大度地降临，以无上的权力轻松地馈赠自己的财富，使它们像可以感觉到的神圣声音一样，听起来既吸引人又令人鼓舞。并非偶然的是，正是在这里，在阿尔泰，俄罗斯人连续两个世纪一直在寻找神秘的白水国，一个如人间天堂般的传说中的国度——在那里他们可以过上幸福美满的生活。他们寻找着，并根据他们的理解，找到了，于是从俄国的欧洲部分，从乌拉尔及西伯利亚平原地区把自己的同乡带到这里，他们开始建造和耕作，由此可见，在这些地方还是有些非同寻常之处，这使他们满怀幸福的希望看待这些地方。这里的一切都可能如天堂一般——而且带他们来到这里的人，是一个有自己的习惯、规则和法规到过任何偏僻地方的人。

米努辛斯克区也被称为西伯利亚的瑞士，它位于西西伯利亚与东西伯利亚南部交界的克拉斯诺亚尔斯克地区。如果在瑞士或温暖的欧洲某处，有一个不知如何出现在那里的西伯利亚角落，那是可以理解的：它们被搞混了——供欧洲使用的东西，无意中偶然幸运地出现在这里。周围各地，西伯利亚还是平常的西伯利亚，而米努辛斯克盆地的西瓜、甜瓜却惊人的成熟；西红柿长得很大，以至于南方的西红柿也几乎无法与它们竞争。

不过，我们有不少那种似乎非西伯利亚特性的夹杂成分。在贝加尔湖岸边，沿着斯涅日纳亚河有一个角落，那里的落叶松和雪松与一望无际的古代残遗杨树林和蓝色云杉相连。最好不要谈起贝加尔湖。这里有太多的东西，从最简单的植物到大型动物，都以唯一的形式存在，其他任何地方都不会出现，即使出现——根据自然法则，在这一地区也是不应该的。从何而来，如何出现——尚不清楚。科学家们在继续发现它们的同时，也继续感到困惑。并非所有人都知道，在一些肥沃的贝加尔湖地区，一年的晴天要多于南方的度假胜地（不久前我在一本可靠的出版物上读到，伊尔库茨克的日照量仅次于达沃斯位居世界第二）。贝加尔湖本身的湖水常年很凉，即使在夏天也是冰冷的，而湖湾里的水温却会升至二十度以上。怎么能不在此推测一下呢，所有这些可以解释和无法解释的成功特例之所以被提出来，之所以以人所共知的目的创建出来，就是为了提醒人，他该怎么做，该将西伯利亚朝哪个方向改造——如果它显得贫瘠而不舒适。

就像西伯利亚的一切——比如人、土地、气候，西伯利亚的自然条件不可能在任何地方都一样。只需想象一下要说的距离，便难以用同一个概念将它们表达出来。也只有在冬日里，西伯利亚的一切才从头到尾凝固在一种难以企及的沉思中。白色的平原赤裸裸地静卧于冰冷之中；群山犹如废弃的边境屏障，怡然自得，从皑皑白雪中凸显出来，并在积雪覆盖下弯腰俯身；挂满了毛茸茸冰花的泰加林静寂不动；湖泊河流被冰雪覆盖着。一切都转向内部，一切都被一种巨大的保护力量所迷惑。这时你清楚地知道以往的种种传说从何而来，不仅有人们冬日入眠的传说，而且还有话语冻结在空中无法被听到的传说，这些话语随着春天逐渐变暖能够自行融化，并可以远离说话人发出声音。在西伯利亚，很容易陷入这种情绪之中。

我们这里的春天还不能算作春天，它不是各地习惯上理解的春天，而只是整整两个月摇摆不定的冬天状态：时暖——时冷，时暖——时冷，直到最终转暖。只有这时它才忙着解冻、开花，周围的一切才竞相绽放，绿意盎然。在北纬地带，这就像连珠炮般弹射出的夏天：昨天还是支离破碎光秃秃的，还只是在为变化做着准备，而今天芽尖已经从四面八方迅速地探出头来，明天将燃起一片夏日的光芒，并猛烈燃烧起一种艳丽而极致的美，来不及回望便转瞬即逝：冬日有多缓慢，夏日就有多匆忙。刚八月初，它就已经开始转弯，于是秋天仿佛回到自家一样随心所欲地走入其中。夏天就这样生活着：一方面寒冷的春天紧逼着它，另一方面秋天催促着它。但是秋天漫长而宁静。当然，不是每年都一样，各种各样的情形都会发生，也有这个时节没能延迟下来的情形，但最常见的是，它来得早走得迟，为大自然中的所有生物提供了农忙之后休养生息并尽享阳光的时机。并不少见的是：被异常回暖假象所蒙骗，幼芽在一个季节里第二次长大，于是喇叭茶在山坡上绽放开来，这是西伯利亚人钟爱的灌木丛，虽其貌不扬，弯曲多结，却如此欢快如此忘我地盛开着紫色或粉红色的串串花朵。茫茫林海也如火焰般久久燃烧着直至燃尽，一片火红的秋色缤纷绚丽，这里的色彩特别纯粹而耀眼，彩虹般高高地弥漫于空中。

“燃烧”“烈焰熊熊”“光芒”“火焰”——这并非出于对火的词汇的热情。西伯利亚就是如此。南部地区的倦怠富足之美并非西伯利亚大自然所特有，我重复一遍，它必须加快速度，才来得及花开花落，结出果实，而且它做这件事的神速得到了验证，取得的胜利虽昙花一现却光彩夺目。我们这里有的鲜花，在外乌拉尔地区不生长，它们就是这样被称为：炽金莲，火金莲。七月，当它们盛开时，泰加林的林间空地上闪耀出鲜艳的节日霞光，没有什么可以撼动仿佛从它们身上切实传递出的温暖印象。

总之，一个季节神速，而另一个季节迟缓，四季界限不均匀、不稳定地更迭——这就是西伯利亚。冲动与麻木，坦诚与深藏不露，张扬与矜持，慷慨与隐藏——已经不仅是与大自然相关的概念——这就是西伯利亚。在思考这两种几乎对立的成分时，在回忆西伯利亚是如何的伟大、多样和不平凡时，随着不安的召唤你会以同样的冲动奔向那里，又以同样的沉着放缓脚步：西伯利亚！……

如今在这一词语中交织着太多的成分。

和西伯利亚有关的、相互矛盾的希望和愿景错综复杂地交织在一起，真想从中像获取一粒神奇的珍珠一样获得简单而明确的信心：一百年之后，二百年之后，当人走近贝加尔湖，他会因其原始的俊美和纯净的深处而目瞪口呆；一百年之后，二百年之后，西伯利亚仍将是西伯利亚——一个设施完善的宜居保护区，而不是被完全破坏了的只有石化树木残骸的月球景观。

在每一个精神成熟之人的身上，他故乡的轮廓都会重复体现出来。我们身上会情不自禁地带有基辅的古老、诺夫哥罗德的伟大、梁赞的痛苦、奥普塔修道院的神圣、雅斯纳雅·波良纳与旧鲁萨的不朽。我们胜利和损伤的日子像燃烧的荆棘一样在我们身上闪烁。从这个意义上说，我们早已将西伯利亚视为未来的现实，视为即将到来的崛起的可靠而临近的阶段。我们隐约地想象着，这一崛起将是什么，我们通过形形色色景象的轮廓梦想着，这将是一种不同的新事物，当人放弃对其生存来说无用而有害的工作，而且在不久前痛苦经验的教导下，最终不是用语言而是以实际行动来关心他有幸继承的土地。这也是西伯利亚将要完成的任务。这是一片有权享有长期繁荣的命运、享有积极生活的土地，这片年轻而光荣的土地上的居民——西伯利亚人就应该这样。

1983年

托博尔斯克

托博尔斯克在西伯利亚人的心目中，如同俄罗斯人心目中的莫斯科，斯拉夫人心目中的基辅——无论他去过，还是没有去过。壮士歌中的古老京城基辅，最古老的首都莫斯科和东方的御前大臣，在其管辖下有一片广袤的北方地区，即年轻伟大的托博尔斯克。它凭借俄罗斯人的勇猛建立起来，它生性剽悍，是莫斯科的左手，但它这只手是如此之长，为莫斯科搂到很多财富！基辅有弗拉基米尔山，莫斯科的克里姆林宫下面是红山，托博尔斯克在额尔齐斯河与托博尔河交汇处，有三十俄丈[①]高的三一山，从山上放眼望去，辽阔的西伯利亚独有的景象尽收眼底，景象延伸之处，就是让托博尔斯克去照看的地方——东方。

托博尔斯克是随着罗斯兼并喀山和阿斯特拉罕时出现的。但伏尔加河流域的土地，直到伏尔加河口，仿佛始终是属于自己的土地，仿佛天造地设成一统，是尚未据为己有的“边境地带”，占据它们只是时间和兵力问题。再远一些，大自然用乌拉尔山脉设置了过于明显的边界。这种情形想必对伊凡雷帝滞留于伏尔加河流域以外地区也起着重要的作用。他不习惯沙皇称号，同时自称为全罗斯大公。离帝国真是不很遥远了。托博尔斯克的出现以及随之而来的对东方许多国家的迅速吞并——列举其数目需要不止一页纸，是保卫俄罗斯王国的坚固的大门，也是征服的宽阔的大门。托博尔斯克在扩张俄国领土势力方面不言而喻的作用，通常没有得到史学家的充分考量，而它该占据很重要的位置。还在彼得大帝取得各种胜利之前，其父阿列克塞·米哈伊洛维奇仅凭收获西伯利亚这一项就可以称为皇帝。在彼得一世执政期间，俄国的亚洲部分不是也多于欧洲部分吗？从莫斯科和彼得堡到外乌拉尔地区，由于疆域

---

① 1俄丈=2.134米。

辽阔，只能盲目照管；在其辽阔领土上的楚德人[①]，虽被军政长官逐一登记名字，终究还是楚德人。唯有托博尔斯克从自己的三一山上洞察并知悉一切，侦察并猜测，建设并占有，要求并承诺，统治并负责，为粮食、给养、军役人员、有份地之人、工匠、毛皮、矿石操心，进行登记和照管、处决和赦免，与整个广袤领土上的本地大公及境外的外国君主进行外交。

它是西伯利亚的首府，为西伯利亚众城之父。只有莫斯科和托博尔斯克可以接待大使并派遣外交代表团。在西伯利亚奠定下来的一切——编年史、学校、书籍、剧院、科学、手工业、东正教、流放、放高利贷、行政监事等，所有这一切以及其他许多事务均始于托博尔斯克，然后才向纵深传播。它在各方面均位居第一。1593年，它接收了首个流亡者——通知德米特里王子被害的乌格利奇大钟[②]，过了三百多年，1917年发生的二月革命之后，它接收了俄国末代皇帝及其全家。此时，在尼古拉二世流放之际，托博尔斯克早已衰败，失去了此前的意义，其赤贫对丧失皇权的王朝再合适不过了。其中蕴含着某种劫数、命运，某种冷酷而沉痛地追求理想的正义。但它，这命运却使托博尔斯克避免了最后一场灾祸，避免了背负沙皇全家之死的骂名[③]。

根据托博尔斯克历史，根据其历史、风俗、混居的人群、上下城的划分，根据其浮沉起落，几乎可以准确无误地勾勒出西伯利亚俄罗斯人的性格全貌，但这种性格特征还没来得及与俄罗斯性格重新融为一体，

① 楚德人，古罗斯时对西部芬兰部族的统称。

② 乌格利奇大钟，是一口警钟，1593年被敲下钟锤，砸掉钟耳，“发配”到西伯利亚，原因是它于1591年德米特里王子死时通知乌格利奇市民，并引起民间骚乱。大钟于1892年被送回乌格利奇，如今为乌格利奇国家历史建筑艺术博物馆藏品。

③ 俄国末代沙皇尼古拉二世全家死于叶卡捷琳堡。

就逐渐将自己的差异消融转化为西伯利亚人的性格，然后连这些特征也消失不见。托博尔斯克的现代史只能证实现在的西伯利亚人的面孔。显然，性格最容易成熟于一个国家的内陆深处，在那些庄稼和手工业成熟的地方。但是，正如以前劳动成果被运往市场上一样，人的性格在生活更繁华更公开的城市里表现得更加明显。

关于托博尔斯克的故事也许应该始于这样一个事实，即很长一段时间以来，托博尔斯克在西伯利亚各方面均位居第一，但它本身并非这里的第一座俄罗斯城市。尽管差之毫厘，但还是迟到了。如此这般，无论愿意与否，都需要回到叶尔马克时代。

* * *

似乎没有一个历史人物像叶尔马克那样，给我们留下如此多的谜团。他是哥萨克人这一点也掩盖了种种线索。围绕其名字、远征的动因和细节的争论始于18世纪，一直持续到19世纪，至今仍未结束。而且越是猜测真相，就越容易迷惑不解。他远征开始的日期和死亡日期在改变，连死亡的情况本身也不止一次发生变化；人们时而认为斯特罗加诺夫家族没有协助叶尔马克，时而承认协助过；不同的史学家，使用不同的文献资料和不同的假设，有时认为这场战役有意义，有时认为另一场有意义，混淆了鞑靼人和俄罗斯人的损伤、姓名，死去的人会从坟墓里起身去参加战斗，非常著名的人则会消失得无处可寻。

就连叶尔马克本身也是——教历[1]中并无此名，可见，是一个绰号。但名字来自哪里呢——是由于和名字谐音呢，还是确实来自被称为叶尔马克的大锅呢，那时年轻的西伯利亚的未来征服者似乎在伏尔加河匪帮做过炊事员，或者还可能来自哪里。似乎无人对他远征时就叫叶尔

① 教历，即教堂日历，按日期列有著名圣徒、教会纪念日的日历。

马克表示怀疑。但在鞑靼语中有这个词，它的意思是突破、汊道。如果同意19世纪历史学家帕维尔·涅博利辛的观点，认为叶尔马克在自己辉煌的突破之前，到过丘索瓦亚河，而且知道通往外乌拉尔的道路，那么在这种情况下，他是否可能以前在短暂的突袭中遭遇鞑靼人，并因作战勇敢而从他们那里获得了这个绰号呢？这种猜测反正不会使本已混乱的说法更加复杂，而如果真相再次因沮丧而叹息，我们也根本听不到。

我们争辩一下这一切。我们小时候就从卡拉姆津的书中得知，叶尔马克占领的库楚姆的大本营被称作伊斯凯尔或西伯利亚。后来它们又添加了一个名称——卡什雷克。似乎这座城市如此之小，以至于容纳不下幸存的三百或四百个叶尔马克的哥萨克人，于是他们离开此地前往托博尔河口卡拉恰的乌卢斯[①]，在那里度过所有三个冬天。如果是那样的话，那么是谁从早春开始被鞑靼穆尔扎[②]卡拉恰围攻几个月呢，当时在被围困于卡什雷克的人当中，说是既有叶尔马克，也有其阿塔曼梅谢里亚科（科尔措[③]此时已经战死）。无论编年史一个与另一个之间有多么自相矛盾，但任何一部，连史学家也不得不承认这一点，都没有提及卡拉恰越冬一事。那它源于何处呢？也许是出于一种使其方案能自圆其说的愿望，便很少考虑既成的事实。

同样，不知为什么在楚瓦什岬展开的主体战役今天也变成了微不足道的插曲，当时库楚姆有时间备战，修建了鹿砦和围墙，召集了一支庞大的军队（作战前夕，哥萨克人见到库楚姆的军队时几乎动摇）。战斗

① 乌卢斯，西伯利亚及中亚某些部族的村庄、山村。

② 穆尔扎，15世纪鞑靼国家封建贵族的称号。在俄国，穆尔扎封号略高于伯爵。

③ 伊万·科尔措（？—1583），哥萨克阿塔曼，叶尔马克的战友。又译“科尔卓”。

伊始，哥萨克人齐射，汉特人[1]首领撤退，一直在山上监视战况的库楚姆，在王子马麦特库尔受伤之后，毫不迟疑地开辟了一条通向他首都的道路，开始逃跑。哥萨克好像几乎没有损伤。“有过一场恶战，携手作战”——言过其实了。再一次与追荐亡人名簿上叶尔马克的哥萨克人的证词背道而驰。据说，追荐亡人名簿是事发四十年之后编写而成，哥萨克人记不清什么了。他们不记得，他们在西伯利亚命运中的主要运势是在哪里确定下来的，是在这里还是在阿巴拉克[2]。关于这件事连那些腐烂的尸骨也不会遗忘和混淆。而且在托博尔斯克编写追荐亡人名簿时，楚瓦什岬就在这里，在他们的鼻子底下。

但是已经一本书接着另一本书开始随声附和：不是叶尔马克把库楚姆从西伯利亚的住地打跑的，而是库楚姆几乎自愿交出它的。战斗是后来发生的。留下回忆录的哥萨克在任何事情上都不可信。这正所谓为历史带入诱人的新事物。

150年前，帕·涅博利辛明智地讽刺道：

> 偶然的幸运！一个普通的哥萨克，伏尔加河流域的哥萨克，必须要执念于一种快乐的想法并前往西伯利亚；必须要有一种运气帮助他幸运地到达西伯利亚，幸运地战胜鞑靼人，幸运没有被饿死，幸运没有被冻死，幸运地占有西伯利亚，幸运地在其中坚守三年，幸运地没有与它失之交臂，幸运地为他人指明道路，幸运地让所有的后人缅怀他……

不，这里有太多的幸运！

---

① 汉特人，也称奥斯加克人，又称汉提人，俄罗斯西西伯利亚西部的土著民族，主要居住在鄂毕河、额尔齐斯河及其支流流域。

② 阿巴拉克，托博尔斯克的村镇，西伯利亚被征服之前是一座鞑靼人的小城。

你会不由自主地回想起另一位俄罗斯幸运儿的话：“总是幸运啊幸运，上帝保佑，毕竟还是多少需要些智慧的！”[①]

＊ ＊ ＊

无论如何，无论楚瓦什岬的胜利以何种牺牲为代价，它都开辟了一条通往伊斯凯尔—西伯利亚—卡什雷克的道路。沿着额尔齐斯河逆流而上，到达库楚姆城约有十五俄里的路程，在朝它动身之前，叶尔马克应该集结了交战之后的兵力并环顾周围——有值得欣赏之处。

叶尔马克应该环顾了周围，那他不可能没有发现另一个岬角，那个被鞑靼人称为阿拉费耶夫斯卡娅山，后来又被俄罗斯人称作三一山，位于额尔齐斯河与托博尔河交汇处的岬角，它就在附近。而且岬角上还有居民点，库楚姆的一个妻子就住在那里。在西伯利亚的三年间，他多次骑马或驾船经过此处，并且作为“甚为聪慧之人”，他不可能环顾不到它：两条河流尽收眼底，而且离第三条河流——鄂毕河也不远，这才是修建尖柱城堡的好地方。可以推测，还在托博尔斯克诞生和命名之前，叶尔马克就为它寻到了一个地方，这个地方本身不禁使人想选择并建造房屋。

1587年，当叶尔马克去世后又过了两三个夏天时，文书官丹尼拉·丘尔科夫由一年前建立并因此成为西伯利亚第一座俄罗斯城市的秋明出发，沿着水路顺流而下，他知道自己驶向哪里。他的大帆船停靠在阿拉费耶夫斯卡娅山下陡峭的河岸边，哥萨克们没有进行侦察就开始卸载。这么说来，在那五百人（这个数字在统计部队人数时如此经常地重复，被人们不由自主地认为有表示数目很多之意）中间，在与丹尼拉·丘尔科夫一同抵达并创建托博尔斯克的那些人中间，还有老将——

① 这是俄国军事家、战略家亚·瓦·苏沃洛夫（1729—1800）的一句话。

叶尔马克的战友们。哥萨克们卸下自己平底木船上的货物之后，也开始拆卸木船，并将船舷和船底拖到山上，以便用来建造尖柱城堡。由此产生了城市最初的名字：托博列斯克—洛杰伊内[1]。

丹尼拉·丘尔科夫的卫队用了一个夏天建成了尖柱城堡，加固了它并在其中建起一座小教堂，以纪念赋予生命的“三位一体”。不，哥萨克人在建造小要塞的同时，不可能感觉不到他们打赢主要战役的波德楚瓦什近在咫尺：“因为在这里获胜并打败了万恶的……代替西伯利亚帝都（伊斯凯尔）成为首城的是此托博尔斯克城……”很久以后，当白石砌成的克里姆林宫将要建成时，十二月党人扎瓦利申会说，没有比托博尔斯克更风景如画的城市了。直到现在也是如此。至少在西伯利亚没有，也不可能有，除非建筑艺术回归并开始重新依山就势建设，而非相反。

但托博尔斯克最初便“风景如画”，还在圣索菲亚大教堂之前，在省税务局和整个克里姆林宫建筑群建成之前就是如此。只是没有达到那种充满灵感的高度，没有达到精神上的完美，没有达到人工与非人工的完美融合，没有达到在从额尔齐斯河下方仰望时胸中会产生一种激荡：啊，就是一首栩栩如生的壮士歌！——但是人们巧妙地承袭了这份自然之美和自然之灵感，而不与造物主争论。还在木制建筑时期，他所做的建筑就应该像皇冠了，尽管朴素，没有镀金和闪光，不像后来那般辉煌，却雄辩地宣示了权力。加冕之城富裕了，名声大振——更换了王冠。只可惜，摘下的旧王冠，无法放置博物馆中，以使我们可以欣赏其古风。那个时代的古迹（像那样的古迹西伯利亚根本不可能有，而比如像布拉茨克尖柱城堡塔楼这样保存下来的古迹，要晚半个世纪）会让人

① 洛杰伊内，俄文的意思是“大帆船的”。

了解要塞工事，类似的要塞工事托博尔斯克可能有过，而不会让人了解托博尔斯克。其中的所有东西，即便是最普通的东西，都应该屹立不倒，而且看起来与众不同，应该更加威严，更加耀眼，它高高在上，大权在握，称霸四方。

丹尼拉·丘尔科夫建成的托博尔斯克存在的时间不长：建得匆忙而局促，它发挥了在西伯利亚草原上站稳脚跟的作用，这一旦完成，它就该让位于另一座更加“风景如画”的尖柱城堡。但是如此说来，还在第一个夏天即将结束时，尚未建好的它便有机会为叶尔马克，为他最亲密的战友阿塔曼伊万·科尔措和许多哥萨克报仇，他们不是在公平战斗中丧生，而是由于欺骗和背信弃义而死。尽管伴随着叶尔马克远征的议论至今仍众说纷纭，但也有一些事件已经达成共识，这说明它们毫无疑问是真实的。伊万·科尔措，就是从叶尔马克那里将夺取西伯利亚的消息带给沙皇的那个人，在从莫斯科返回后，穆尔扎卡拉恰将其本人连同四十人的队伍极其卑鄙地全部杀死：他利用与其求和的俄罗斯人的感情，说服同他一起去对抗似乎压制他的哈萨克汗国，并瞅准时机将所有人无一例外全部杀掉。叶尔马克也死了，他相信了关于布哈拉商队的传言，似乎库楚姆劫持他们不放行。无论叶尔马克死亡的最后时刻情形如何，毫无疑问的是，他受到欺骗，被诱惑远离了自己人，对方以重兵跟踪他并在夜里发起进攻。在这一点上，所有的传说都乖乖地成为实情。

就这样无需长期巧妙的计谋，由于运气好，将计就计并一举摆脱最危险的敌人的时候到了。库楚姆彼时在内讧中最终失去了汗国，并与自己众多的亚洲亲族漂泊在遥远的游牧宿营地，他有时跑遍纳贡者营地并进行他习以为常的秘密而危险的偷袭。鄂毕河、额尔齐斯河和托博尔河流域开始了两权并存局面——似乎也是三权并存。在秋明执政的是军政长官瓦·苏金，在伊斯凯尔是赛义德汗，在草原上东奔西跑的是卡拉恰。因此，当卡拉恰和赛义德汗在五百名士兵（又是五百！）的护卫下出现在托博尔斯克附近的大公草场上，在叶尔马克与库楚姆首次作战的地方开始鹰猎消遣时，文书官丹尼拉·丘尔科夫完全有理由怀疑，这里哪是鹰猎的地方呢！《啊，体育！你就是和平！》[①]——四百年前这一遗训当时还不为人所知，而且他们完全可能以体育为幌子进行战争。在这种情况下，上帝明智地隐退，而魔鬼则指点丘尔科夫智胜鞑靼人：表面上关系还可以，此前一天文书官尽量做到不起争端。他为被邀前来进行和平谈判的大使们预备好大公草场的必需品。那些人似乎认为，以百名精兵组成的警卫队可以保证自己的安全，便同意了。其余的人站在城墙外。客人们考虑到主人的习俗，用餐没有佩带武器。不知是尖柱城堡内部人不多，还是朴实的面孔和亲切的语言有欺骗性，还是过于自信，认为没有那种能超越东方滑头的好汉，鞑靼军事长官放松了警惕。不过丘尔科夫他们自己也卸下武器并命令随行军人也卸下。当卡拉恰看见在座的自己的宿敌——与其根本不可能和平相处的叶尔马克部队的阿塔曼梅谢里亚科时，想必他心里一阵发紧，但为时已晚。但是反过来，对梅谢里亚科来说，应该也有了一种预感，开始倒数最后几个小时。老英雄——宿将同时从两侧退出舞台，新的人物进入了角色。

这个扣人心弦的故事高潮看起来太俄罗斯式了——今天仍未失去其习俗。酒杯满上了——也给赛义德汗斟满了。他不能饮酒。他不久前皈依了禁止饮酒的伊斯兰教，吩咐把酒杯拿走。给卡拉恰倒满酒，他也推

---

① 现代奥林匹克之父顾拜旦（1863—1937）在《体育颂》中曾经感叹："啊，体育！你就是和平！……"苏联1981年拍摄的纪录片《啊，体育！你就是和平！》，反映了1980年莫斯科奥运会赛况。

开了。紧随其后所说的话，都是我们熟悉的：“啊，您瞧不起我——可见，您心里想背叛！（如果是现在，他们会说：‘显然，你不尊重我！’）喂，弟兄们，把他们捆起来！”弟兄们蜂拥而上，将人捆绑起来，然后除掉他们的警卫队。但城堡大门外还有四百名汗的人。在与他们的战斗中，据近四百年前的目击者回忆说，叶尔马克的最后一位战友，勇敢的阿塔曼梅谢里亚科也阵亡了。而卡拉恰和赛义德汗被送往莫斯科，在那里，就像当时对待许多被俘的库楚姆的妻儿、侄子一样，奖赏他们领地和公职。

各有所得：胜利者——死亡，失败者——荣誉。

无论丘尔科夫诉诸欺骗手段，做得有多恶劣，但他却为他们谋得了和平，鞑靼人再次放弃伊斯凯尔，现在已经是永远放弃了，两权并立的局面结束，石头砌成的国家转归俄罗斯人所有。在俄国混乱时期越发临近之时，西伯利亚的混乱却渐渐停息了，在更远的东方，像库楚姆及其继承人这样有组织的力量，已不复存在。

混乱时期——这才是俄国第一次真正认识到不仅应该夺取西伯利亚的经济利益，也应夺取政治利益的时候。西伯利亚逐渐地，潜移默化地以全新的实力融入整个国家机体中。波兰军队向莫斯科进军，而西伯利亚哥萨克人到达叶尼塞河。波扎尔斯基大公[①]召集民兵时，写信给西伯利亚军政长官说明自己的意图，当实现了他的伟大意图并解放了莫斯科之后，他向他们致以庄严的寄语，认为那里，外乌拉尔地区，是祖国稳固的基地。

① 波扎尔斯基大公（1578—1642），俄国民族英雄，军事与政治活动家。1612年，他与米宁率军打败入侵的波兰军队，解放了莫斯科。为纪念他们，在莫斯科红场圣瓦西里大教堂前建造了米宁和波扎尔斯基雕像。

写信给“西伯利亚军政长官”就是写信给托博尔斯克，很快，在它钉上第一个建城木桩三年之后，它已经不再受秋明管辖并成为西伯利亚的首都。1596年，它获得整个西伯利亚王国印章，王国正以前所未有的速度强大。王国由军政长官的政权机关管辖，其职责范围随着土地的增加像滚雪球一样扩大。保护已建好的尖柱城堡同时建造新的，勘测旧道路，发现新土地，供给军备、亚萨克税和什一税耕地，征兵和安顿农民，招募哥萨克军队，包括在鞑靼人中间招募，征询信奉基督教的少女给军役人员做妻子，有时执行追捕逃犯并将其遣返回俄国世袭领地的上谕，有时执行逃亡满六年后对其不再处罚的法律；贸易和关税，处理与王国内部异族人的关系和与王国邻邦的关系，奖赏和惩罚，教堂和酒馆，告密和争吵——最初的西伯利亚军政长官什么样的事情没做过呢，什么样的事情没让他们伤过脑筋呢，而且由于那个时代的严酷无情，谁都有可能随时掉脑袋。我们也应该随着帕·涅博利辛记住他们的好处。涅博利辛写道：

> 回顾我们西伯利亚最初的军政长官的生活，我们非常遗憾，无法向读者描述宏伟的宫殿、庄严的入口、美味的宴席、浪漫的事件、丰茂的大自然，我们西伯利亚的俄罗斯首脑本可以效仿开辟美洲西伯利亚的西班牙将军那样享受这一切。我们的编年史家不轻易描述这些，而且在这一点上，西伯利亚本身不足以代表令人垂涎的地方……我们军政长官的生活很糟糕，他们的命运是——永无止境的工作，没完没了的操心，无穷无尽的贫困。

虽然含糊其词，模糊不清，但是在历史上还是可以查清一些军政长官及总督的名字，西伯利亚最初的生活和政权的组织归功于他们的活动。大贵族苏列绍夫、公爵切尔卡斯基家族、戈杜诺夫——这些都是军政长官，其中的大多数人默默无闻，只是因为罪行而非善行而出名。总督中有索伊莫诺夫、斯佩兰斯基、穆拉维约夫—阿穆尔斯基、杰斯波特—泽诺维奇、奇切林，除他们之外，我们再补充一位因重利盘剥而被处决的加加林公爵，他对西伯利亚和托博尔斯克功绩卓越，偏巧被声名狼藉的死亡一笔勾销。

但距离此事还很遥远，我们回到刚刚问世的托博尔斯克。它身穿“哥萨克的农民上衣”问世，却原来有着“京城的血统”，正所谓才甩开一身污泥就步入大公行列。必须合乎这一称号的不仅仅是一个皇印，还要有适合其高位的外观。文书官丘尔科夫登上三一山之后，无法再选择更适合的地方作为西伯利亚的首都了。托博尔斯克在那座山上久久坐立不安，辗转不宁，它无论如何也无法一劳永逸地舒适而威严地安顿于山上，还在建造石城之前的第一个百年里，仅用木头就重建了六次。大火三次迫使重建。丘尔科夫尖柱城堡总共只坚持了七年，军政长官谢尔巴托夫和沃尔孔斯基似乎觉得不够坚固，他们将其拆掉并以自己的方式重建。军政长官当时每两三年更换一次，当他们离开时，托博尔斯克又重新遭受一轮斧斫，而在1606年，迁到了岬角的西端。它最后一次被建造于1679年并仅仅维持了一年：一场烈火将它连同教堂和500栋居民住房一起吞噬。只是此后，克里姆林宫才开始以保存至今的部分样式建造起来。西伯利亚都主教帕维尔请求在位的费奥多尔·阿列克谢耶维奇[①]允许用石头建造并获得了许可。当时修建的建筑更坚固更美观，而且工程迅速。1686年，索菲亚圣母升天教堂建成，1691年——主显圣容大教

① 费奥多尔·阿列克谢耶维奇·罗曼诺夫（1661—1682），罗曼诺夫王朝的第三位俄国沙皇（1676—1682）。

堂、主显节教堂和三一教堂建成，不久，人们将索菲亚宫用两俄丈高的城堡围墙包围起来，围墙上建有六座塔楼和圣门，建成一座两层楼（未保存下来）的主教楼。最初是一群来自莫斯科和大乌斯秋格的石匠们砌墙，后来托博尔斯克人自己也掌握了这种技巧。从宗教建筑开始，随后在彼得大帝时期人们已经修建了行政和商业建筑。加加林公爵对建设克里姆林宫表现出特别的热心和喜爱，其实在他之前，就已经建成了衙门和商城，后者按东方商队客店的样式建成。但这已经是出身于托博尔斯克军役人员家庭的谢苗·列梅佐夫[①]的时代，他以其《西伯利亚编年简史》和《西伯利亚地图》而闻名。关于列梅佐夫这位建筑师、画家、诗人和圣像画家，需要单独讲述。仅回忆起这个名字，就会不由自主地为诞生了罗蒙诺索夫式天才的“北方”地区感到骄傲。但是与此同时，关于后人对这位伟大祖先的态度只能发出一声叹息。列梅佐夫死于贫困，其墓地已经失落；其“档案”名字经过很长时间才被历史学家和少数关注过去的有头脑之人从遗忘中获取。不久之前，托博尔斯克甚至没有以自己这位伟大的儿子的名字命名的街道，但罗莎·卢森堡却不仅是一条主街的名字，也是一条小巷的名字。仅在1992年列梅佐夫诞辰350周年之际，才好不容易以其名字命名了城市山区的一座广场。又过了一年，人们在克里姆林宫附近为谢苗·乌里扬诺维奇建立了一座纪念碑——那是当代一位最优秀的雕塑家奥列格·科莫夫的作品，遗憾的是，他很早离世。我还是在科莫夫的莫斯科工作室里看见过列梅佐夫像，我记得当时心脏突然轻松而剧烈地跳动起来：总算盼到了！还有多少人被从遗忘中解放出来，就该给多少人以应有的纪念！但是如果做不到这一点，俄罗斯就不可能挺直脊梁；她在人间最优秀群体中的伟大往昔，被许许多

① 谢·乌·列梅佐夫（1642—1721），俄国地图学家，历史学家，建筑师，画家，作家。

多的后代人践踏到泥土中，仿佛也给她——俄罗斯压上了沉重的负担，不让她有真正的行动自由。

整个欧洲——岂止欧洲！——全世界都知道斯特拉伦贝格[①]，他是一位被俘的瑞典上尉，波尔塔瓦战役[②]之后在托博尔斯克服刑，他绘制了一张西伯利亚地图，并在回到故乡后撰写了一部关于俄国的书籍。现在请想象一下吧：如果是列梅佐夫幸运地或不幸地置身于瑞典，他从那里带来了该国的图解和文字描述，如同他画出整个西伯利亚直到最后一块土地并提供了它最初的历史一样——有人会将这件事归功于他吗？！我们赞同托博尔斯克人记住并甚至于以实物的纪念方式标记瑞典上尉斯特拉伦贝格和斯拉夫人尤里·克里扎尼奇[③]的名字——后者在这里生活了十五年并写下了他关于斯拉夫人命运的最好著作，甚至包括当年无所不能的德国人奥斯捷尔曼[④]伯爵和米尼希[⑤]伯爵的名字——他们曾在俄国任职并没有幸免于西伯利亚流放，更不用说西伯利亚历史的第一位作

① 菲·约·斯特拉伦贝格（1676—1747），瑞典军官，波尔塔瓦战役被俘，被流放到托博尔斯克13年。

② 波尔塔瓦战役，是俄国沙皇彼得一世的军队与瑞典国王查理十二世的军队于1709年6月决战于乌克兰波尔塔瓦的一场会战，以俄国取胜告终。

③ 尤·克里扎尼奇（约1618—1683），克罗地亚神学家，哲学家，作家，倡导“斯拉夫各民族团结一致”。1659年抵达莫斯科。1661年，被指控支持东仪天主教徒，并被流放到托博尔斯克。1676年离开俄国。

④ 安·伊·奥斯捷尔曼（亨利·约翰）（1686—1747），俄国国务活动家，外交家，伯爵（1730年起）。生于威斯特伐利亚，1703年起在俄国任职。1741年，被流放到西伯利亚的别廖佐夫并死于那里。

⑤ 谢·赫·米尼奇（恩斯特·约翰）（1707—1788），俄国政治家，外交家，回忆录作者，伯爵。18世纪40年代初为宫廷大臣。1743—1763年被流放到沃洛格达。著有《见闻录》。

者米勒[1]及其他所有著名的异族人的名字了。但是首先托博尔斯克没有从自己伟大同胞的名字与事业中丢掉一个字母，无论是蹩脚的诗人还是建筑师，无论是平凡的十二月党人还是编写西伯利亚编年史的马车夫。遗憾的是，我们自己的出身仍然是自豪的障碍，而非相反。

但是我们跑题了。虽然托博尔斯克不是莫斯科，不是基辅，也不是大诺夫哥罗德，但其中有多少值得记忆的闪光的内容啊，在其历史中隐藏了太多的名字和事件，就仿佛你拉住一条线，沿着一条街道走过去，就会把相邻的街道放置一边，你不得不返回到这些邻街上来，以便至少断断续续地梳理出全景。而且克里姆林宫也不是与上城一起立即建造的，下城和都城的地位、贵族门第的形成也并非一蹴而就，声望、荣誉、知名度的增加也非十年、百年之功，甚至后来的衰退也非始于突然之间。因此，无论我们多么努力，我们都无法遵循托博尔斯克历史的时间顺序。斯佩兰斯基伯爵送给居住在托博尔斯克的历史学家彼·斯洛夫佐夫一块表和《圣经》作为礼物时，题词为："这就是你的时间和永恒。"从托博尔斯克历史留下的永恒中，我们仅提到乌格利奇大钟——首个不同寻常的流亡者，它为西伯利亚并非最佳的使命——持续超过三个多世纪的大流放和苦役指明了道路，然后还有……成百上千直至数百万人，走过了一条悲伤而拥挤的道路，被抛弃到外乌拉尔黑暗深处，他们永远地败坏了西伯利亚的名声，说它是一片凄凉而不自由的地区，既无法安身也无以安慰。长期以来，他们所有人途经托博尔斯克或者留在了托博尔斯克。如果它有无私的记忆，而这记忆又无关于承认或不承认的公文，那么它就应该记住它无声的追荐亡人名簿中许许多多俄国的

---

① 格·弗·米勒（1705—1783），德国人，1725年移居俄国，俄国历史学家，彼得堡科学院院士（1731年起）。1733—1743年从事西伯利亚探险研究。

苦难圣徒。

基普里安是托博尔斯克和西伯利亚的第一任大主教，他尚未领导我们的教区，尽管教区是在他的牧养下于1620年创立的。混乱时期之后，教权和政权在罗曼诺夫家族实现了空前绝后的合一，罗曼诺夫家族深知西伯利亚对于俄国的重要意义。新王朝第一任沙皇的父亲——大牧首菲拉列特向托博尔斯克派去一位亲信神甫，这绝非偶然，他将自己的权杖和沙皇赠送的刻有“帝都西伯利亚”题字的镀金十字架交给他，之后经常加以关注。一百五十多年后，叶卡捷琳娜二世将对其政权刮目相看的极好标志——她的帝王宝座也献给了这个东方“帝都”。帝王宝座和基普里安胸前刻有名字的十字架很少有人记得，而通知德米特里王子被害并被砸掉“耳朵”放逐到托博尔斯克的乌格利奇大钟却常常被人们想起——这是非同寻常的一件事。大钟于1593年被运到戈杜诺夫指定的目的地，乌格利奇公民听到钟声而进行暴动——其中许多人，有的被割掉舌头，有的被撕裂鼻孔，被送到继托博尔斯克之后刚刚建起的佩雷姆。军政长官洛巴诺夫—罗斯托夫斯基接受了乌格利奇的流亡者之后，想必感到很为难，不知拿大钟怎么办，后来决定，既然它砸掉“耳朵”也能履行职责，就命令将它抬到新建起的救世主教堂上。大钟接下来的命运，就像许多不得已来到西伯利亚的人一样，神秘而模糊。德米特里王子死后三百年，乌格利奇人请求让大钟回归故里，托博尔斯克人经过长时间的争论和商讨后返还了大钟，而给自己铸造了一口和乌格利奇大钟一模一样的复制品以示纪念，并在克里姆林宫里为它建造了一座小教堂，它至今仍位于其中。但与此同时，人们有意识或无意识地忘记了很久以前提到过的17世纪的一场毁灭性大火，乌格利奇大钟似乎于其中被融化得无影无踪。如果是这样的话，那么19世纪末乌格利奇庄严迎接的则是仿照暴动者[①]铸造的复制品，而在托博尔斯克留下的则是按复制品铸造的复制品。

乌格利奇大钟被砸掉“耳朵”，定居到佩雷姆的乌格利奇公民被割下舌头，而彼得一世海事服务部门的战友和未来的托博尔斯克总督费奥多尔·伊万诺维奇·索伊莫诺夫则被撕裂鼻孔。我们还责问西伯利亚的道德：那里有与哥萨克人一起奔赴西伯利亚、继哥萨克人之后出发上路的最能干的自由自在的人们，后来也有不情愿跟随权力急剧更迭中互相倾轧的名门望族，有从俄国各地被驱赶而来的无可指望的人们。

出生于大诺夫哥罗德的托博尔斯克大主教基普里安主张正教信仰，对西伯利亚的道德担心不已。到西伯利亚任职的人物，包括任教区神甫职务的人，是如此的卓越且阅历丰富，以至于不探究他先前的生活，而仅限于短暂的西伯利亚时期，就意味着对他们谈论太少了。基普里安大主教就是其中一位杰出的人物。在混乱时期，诺夫哥罗德政权两害相权取其轻，为了不向弗拉季斯拉夫[②]宣誓效忠，他们决定邀请瑞典王子菲利普即位，并派遣大主教基普里安前去完成邀请新瓦良格人这一使命。瑞典人没有拒绝王位，但要求大诺夫哥罗德脱离俄国。秘密特使基普里安未必有权决定这一古往今来自由城市的命运，而且使其脱离俄国这一想法本身他也反对。瑞典人拷问他，要求提供某些秘密，使其饥寒交迫，却一无所获。随着罗曼诺夫家族登上皇位，基普里安被释放，他去见沙皇，请求原谅诺夫哥罗德。于是他及其城市一同被原谅，他受到重视并成为近臣，很快便被派往托博尔斯克。

---

① 暴动者，指的是大钟。

② 弗拉季斯拉夫四世（1595—1648），1632年起任波兰国王、立陶宛大公，1610年被选为俄国沙皇。1613年，俄国选出新沙皇米哈伊尔·罗曼诺夫。

在诺夫哥罗德，法律自古以来具有效力，在离开那里来到托博尔斯克之后，基普里安似乎感到他遇到了极端败坏的风俗。哥萨克人酗酒，赌牌（掷骰子游戏是由立陶宛流放者带进来的），不遵守大斋戒，在每一个任职的地方讨小老婆，像各种腌渍的菜园小菜一样买卖她们。基普里安还没来得及环顾和惊恐——便接到大牧首的追究：“我们获悉……”至圣大牧首获悉：他们无视最初的基督教准则，找未受洗的女人做小老婆，要求必须从严整顿允许此种风气的机构。

众所周知，主教大人为西伯利亚编年史奠定了基础。叶尔马克死后将近四十年，他的最后一批战友在西伯利亚的尖柱城堡度过晚年，却谁也没想过记录下他们的回忆并编写一份远征参加者的名单。这是1622年在基普里安的努力下完成的，因此出现了追荐哥萨克亡人名簿。从那时起，每年叶尔马克及其战友，每个人都被单独“呼唤”[①]以得到应有的荣誉和纪念。在托博尔斯克诞辰300周年之际，恰克图商人涅姆钦诺夫遗赠给托博尔斯克的圣索菲亚大教堂几千卢布，其利息足够为叶尔马克每年做两次祭悼，可以永世做下去，而无需怀疑“永世”将在近期结束。

基普里安作为一位教育者留在人们的记忆里，而他为西伯利亚人道德风气的改良所做的努力完全被遗忘了。而这比查询哥萨克人更艰辛，这比攻克西伯利亚更困难。如果相信从18世纪的法国天主教神父查普[②]到20世纪的阿纳托利·雷巴科夫[③]这些新老作家的说法的话，这个西伯利亚从未被攻克过。只好从我自己这方面补充一句，如果是这样的话，

---

① 这里的“呼唤”，指的是在教堂里呼唤亡者姓名，祈祷其灵魂平安等纪念活动。

② 让·查普（1722—1769），法国天文学家，旅行家。1761年到过托博尔斯克进行天文观测。

③ 阿·雷巴科夫（1911—1998），俄苏作家。

那么西伯利亚，它早已将其有力的手掌伸向了整个国家，因为如今莫斯科的风气丝毫不会更好，而据我们观察，比西伯利亚土地上的还差。托博尔斯克哥萨克人的罪过，虽看似粗野，但以当时的精神来看，却也是无辜的消遣。在这方面，不能不回忆起：20世纪初直到80年代，被遣送到西伯利亚的也不仅仅是阿尔巴特街之子①——最后一次是为了不破坏“奥林匹克运动会客人的贞洁精神”。在这之后，当你读到在安加拉河下游地区，叶尔马克和库楚姆的后代以何种道德败坏迎接了品行端正的阿尔巴特街儿女，这能不令你气愤吗！我出生在那里，我作证，任何罪过都可以归咎于我的同乡——哪怕是愚昧无知到声称普加乔夫起义没有布尔什维克帮助不行，但是阿纳托利·雷巴科夫兴致勃勃地描写他们的那些内容就不可以。他这样描写，是出于向被毒害而想要这类内容的读者献媚呢，还是出于对囚犯流放地的报复呢？流放地在这一点上的过错，就像因拉载过重而不时放屁的母马，过错在于强加到它身上不近人情的货物。

顺便在此援引两卷集《西伯利亚历史评述》的作者斯洛夫佐夫的意见：“……长期以来，俄国人就以各种方式诽谤他（西伯利亚人），甚至将大搞召唤鬼怪的巫术归咎于他，像如今肤浅的观察者一样——除了谨慎的弗兰格尔②中尉及其旅伴之外，将深明事理、精打细算、品行端正的西伯利亚人称为莽夫、懒汉、好色之徒。我们对所有这三个称号不很留意，因为它们对俄罗斯流放移民这群混蛋来说还算体面，但如果有人想要将它们归于西伯利亚原住民群体，我们就不可能不愤怒。”

---

① 阿尔巴特街之子，原指住在苏联时期莫斯科阿尔巴特街的儿女们，后泛指苏联时期遭受30年代大清洗迫害之人，因1987年阿·雷巴科夫发表的长篇小说《阿尔巴特街的儿女》而得名。

② 费·彼·弗兰格尔（1798—1870），俄国的探险家，航海家。

但我们也不会夸大西伯利亚的美德，就让每一地区和每一时代都经受自己罪过的考验吧。毫无疑问，大主教基普里安对当地居民有所愤怒并有所整顿。不知道他在西伯利亚三年中是否取得某些显著的成效，也许，不同信仰的家庭减少了，而其他一切则消失于黑暗中。但是他却留下了坚强有力、准备充分且坚定不移的主教座位，呼唤各种各样的西伯利亚居民投入信仰和道德的怀抱。至少一百年后，主教公会不得不向东正教徒发出呼吁，首先向不敢与被俘的瑞典人组建家庭的托博尔斯克妇女发出呼吁。人们以为这些妇女不敢，而事实证明，是她们不想，因为受的就是这种教育。这是什么——教育的成本？抑或又是愚昧无知？我们试试与当今的这种随便勾搭上哪一个外国人，只要能出国就行的开明激情对比一下，并琢磨一下，什么更好。

是的，伟人们是正确的，他们异口同声地重复：任何一个王国所接受的文化和道德，能够将其提高多少，就能够将其贬低多少。

* * *

我是在1987年初夏时节去的托博尔斯克，正值它400周年前夕。周年庆典原计划于六月举行，却不得不推迟。图拉河、托博尔河、额尔齐斯河、鄂毕河——所有河的河水在那年春天都漫过了河岸，所有的河流都淹没了它们两岸的城市和村庄。我们的汽车从秋明出发，沿着托博尔斯克公路行驶，好似沿着一条带形路堤行驶。道路两旁，远远望去，被一片汪洋环绕，洪水还在不断涌来。在托博尔斯克，人们昼夜不停地给额尔齐斯河堤坝填土，水位上涨了8.5米。就在那时我认识了年轻的市执委会主席阿尔卡季·格里戈里耶维奇·叶尔菲莫夫，半年前他不再做建筑师而来担任此职。他抽空儿睡觉，调动了运输公司所有适合于这项工作的运输工具去填土，来回奔跑于电话、河岸和采石场之间，竭尽全力保卫下城，但是他应该不止一次产生过与他所做之事相违背的不为人知的想法：就让所有这些破烂一劳永逸地被冲走见鬼去吧，如果那样的话，你看吧，就会舍得拿出钱来应对自然灾害了。荒芜失修到如此境地，似乎重建“山下”比修修补补更容易，更经济……

但是他们没有让水流进来，再一次保卫了下城免受一场水灾，市长不得不以防备额尔齐斯河的匆忙速度，用围墙装饰门面挡住老旧建筑的破败面貌，以免不符合周年纪念的景象使人们期待周年纪念的目光感到难堪。

现在，叶尔菲莫夫已担任其他职务，当人们半真半假建议拆除“山下”时，他竭力保护它；他认为它是与克里姆林宫同样重要的故乡历史的一部分，并认为不该使其彻底毁灭，而该将其从泥潭和荒芜中解救出来。有什么办法呢？托博尔斯克最初便分成了两部分——上城和下城，它们之间是三十俄丈高的三一山，它最初安居的方式便是一城行使权力而另一城需要仁慈，一城被人们欣赏而另一城被人们哀叹，尽管人们也试图改善它，装饰它。

在托博尔斯克的最初几小时里，双腿不由自主地把我带到了三一岬角旁边的楚克曼岬角，带到了叶尔马克纪念碑前，从那里远眺，西伯利亚的壮丽景色一览无余。放眼望去确实如此遥远而宽广，如此空旷而辽阔，仿佛额尔齐斯河宽阔的弯道是为了飞行而设计。当你满怀喜悦和惊奇毫无障碍地越飞越远，这不是飞行又是什么呢？额尔齐斯河源自波德楚瓦什，向下流经三一岬角，蜿蜒曲折，河汊纵横，河道呈跨度宽广的弧形——这一河段也像深空中的飞行，飞行连续不断，雄壮而喜庆，因为如果不把这种浩渺无边当成天空，还能当成什么呢。

而且我还不止一次登上楚克曼岬角和帕宁丘陵，欣赏通往我故乡方向的一望无际的西伯利亚，欣赏下城，欣赏右边的克里姆林宫和左边的山峰街——一条几乎是中世纪结构的保存完好的木制街道，街道位于峡谷中，顺着流向城里的库尔久姆卡小河延伸开去。山峰街，它也像是空中云间的拦河浮栅，似乎被融化了的点点白云涂鸦得重获新生。只有在这里才会产生托博尔斯克人喜欢问的问题：我们这里什么更多——水、绿色植物、树木？答案是：天空。

不，叶尔马克不可能在附近的波德楚瓦什打完胜仗之后，不登上阿拉费耶夫斯卡娅山和楚克曼岬角。不可能，怎么会忍住不从高处看一眼，向他展开的是一个什么样的国度，它通向哪里，它看起来是什么样子。因此，正是在这里，在楚克曼岬角，还在1839年就竖起了“西伯利亚征服者叶尔马克”纪念碑。在纪念碑后面，在通往丘陵深处的地方，同时也开辟了以叶尔马克命名的公园。

而在右边，穿过由下城通往上城的尼古拉山路——便是克里姆林宫和圣索菲亚大教堂，教堂的五个尖顶连同钟楼一起——像是收集天空养料的乳头。整个索菲亚宫包括修复后的宫墙和塔楼，主教楼和商城，教堂和钟楼，无论从哪里看它，侧视也好，仰视也罢——都是奇妙的幻象，幸福的叹息和人类对天地的感恩。人类的——仍须努力相信，所有这一切都是人类的双手建造和修复，而不是从天而降。人们常说：凝固的传说，凝固的石头，凝固的过去……但是这凝固之物是多么明亮地闪耀着，呼吸着，生活着，多么丰富而美妙地诉说着！西伯利亚大胆地、自由地、美丽地开建起来，为了永世，而非为了住宿，为了天国，而非为了派遣作业队轮流工作……因此，她的命运应该已被指明，托博尔斯克的克里姆林宫命令西伯利亚的命运崇高而光荣。山下是房屋上装饰着木雕花纹、零散分布的木结构城市。多次被火焚烧，多次浮于水面，就像现在这样，在洪水泛滥时，城市变得乌黑， 随处可见被冲毁的道路，折断的树木，横七竖八的木板，缠绕打结的杂物，大大小小的窟窿，火灾过后的废墟，无论是当时还是后来，它们都要比新建筑更经常地出现在下城。它的背后是额尔齐斯河的洪水，它前面的山丘脚下是库尔久姆卡小河，街道上处处水光粼粼——仿佛下城从头到尾整个都漂浮在水中，就像木筏上满载着家当等待开航一样。但是在乌黑的老式木结构建筑中，有占主导地位的教堂，有富商的独家豪宅，有以前用作中学、诊疗所和孤儿院的排排石头建筑，呈现某种我们特有的无序中的有序。而且如果仔细观察——不，城市并非漂浮，而是立于地面，汽车川流不息，人们来来往往，但是似乎由于某种原因，它被荒弃了，只在不久前才重新被人们定居，尚未来得及应对破败，排出积水，恢复以前的生活。

可以沿着尼古拉山路向下，来到下面的工商区那里，然后沿着古街漫步走过。这里的一切均为古风旧韵，翻修的建筑物——如同整块画布上的补丁，而且数量并不多。城区及其别样的精神、气质和规则，依如从前。曾几何时，这里的鞑靼人、波兰人、德国人、立陶宛人、瑞典人分别住在不同的社区，在这里开始了各种手工业，兴盛过小酒馆及其他非法娱乐。干粗活的人感觉在这里比在山上更自在，而今天这里的失业率最高。并非我偶然发现，似乎找不到比沼泽地、额尔齐斯河洪水泛滥区、泥泞地区更糟糕的地方作定居点了。但这就是我们的性格：不许做的事，偏要做。怎么可能由于竞争、矛盾同时又满怀敬拜之情而不紧紧靠向三一山呢！我们虽饱受固执、火灾、水灾之苦，却越来越有力地扎根于此，因苦难、自由和脚踏实地而热爱自己的城区——无论是从下面仰视克里姆林宫——当美景汇集成一个整体，汇集成一个有组织的最高起点时，还是从高处俯视下城——当美景沿着街道和庭院温暖地四面蔓延，使其拥有崭新的源泉以再次向圣索菲亚致敬时。如果说上城是美不胜收的树冠，那么下城则是孜孜不倦提供养料、增加深度的根系，失去彼此，它们便无法生活也无法存在。

你刚一走进下城，便有一幢长长的低矮的二层建筑伫立在克里姆林宫前面，它如此可爱，以至于人们无法不敬仰地驻足观望，现在这里是一家综合诊所。它是由商人科尔尼利耶夫家族建于18世纪，后来在克里姆林宫总督府内的一场大火之后卖给了总督作官邸。当时的总督是作曲家阿利亚比耶夫[①]的父亲亚·瓦·阿利亚比耶夫。未来的伟大作曲家正是出生在这里，在这座房子里。19世纪初，这座建筑被改建为省城中学，十二月党人加·斯·巴坚科夫曾在这里学习过，而校长则是伊·帕·门捷列夫。伊万·帕夫洛维奇·门捷列夫做校长时，《神背马》的作者彼·帕·叶尔绍夫曾在他那里学习过，后来这位作家本人也成为中学的负责人。同样，门捷列夫家的第十四个孩子[②]也在他那里学过基础科学课程，后来发现了元素周期表。托博尔斯克是一座人口稀少的城市，其中的一切都与几个著名的家族交织在一起：德·伊·门捷列夫的母亲出身于科尔尼利耶夫家族，正是他们建造了那座后来成为中学的房子，并于其中开始出版活动。18世纪80年代末至90年代初，那里出版了西伯利亚第一本文学杂志，名为《化为魔泉[③]的额尔齐斯河》，其读者遍布托木斯克、叶尼塞斯克和伊尔库茨克。

---

① 亚·亚·阿利亚比耶夫（1787—1851），俄国作曲家。

② 德·伊·门捷列夫（1834—1907），俄国化学家，多种学科科学家，教育家。1869年发现化学元素周期律。

③ 魔泉，古希腊神话中，马在宙斯与阿波罗所居住的黑里康山上用蹄踏出来的清泉，据说能激发诗人灵感。

这就是托博尔斯克，它就是这样充满鼎鼎有名的人物和轰轰烈烈的事业。在这里，在这所中学里，在这种血缘关系中，一切都与俄罗斯国家最重大的事件如此紧密而亲近地联系在一起，一切似乎都一定会从渺小的局部变成伟大的事业，以至于几乎每走一步都不得不对此表示惊叹，同时胆怯地环顾当下：而我们呢？我们做了什么？我们将如何回应这些蓬勃发展且富有成效的历史进程呢？

下城的木制街道，值得人们去它们深处探幽，那里既有其自身的舒适，也有其自身的尊严，还有温情、美景和凝聚力。千真万确：在木制住房里，人们相处得更加友好，彼此更加了解。这里自古以来定居着商人和合伙经营的人们——骨雕师、军械技师、制银工匠，他们的产品在整个俄罗斯广受赞赏。建筑师列梅佐夫的精神影响着他们，他们建造自己的住所时，努力做到不敷衍了事（也有敷衍的住宅，但它们之所以不明显，是因为目光不会在它们身上停留），而是与众不同，精雕细刻，使住所“身姿矫健”，使窗户令人愉悦。

在下面的工商区，有一个木结构剧院，我赶上它还在，并久久地欣赏它，退后几步再重新返回，让快乐再次深入内心。还在建造它时，就有人写过它，说一个贫穷的省级城市——托博尔斯克当时就是这样，在19世纪末，不适合建造类似的剧院。剧院真的就成了一座童话般的阁楼，有圆锥形顶盖、塔楼、尖顶和圆柱，它们彼此承接延伸，装饰着奇妙的雕刻，表演着欢快而大胆的游戏主题。在西伯利亚，也许没有什么可与这种花纹图案和考究的样式相提并论。如果在贫困中，托博尔斯克没有以优美的高姿态提醒自己的存在，也没有表现出自己的品位，那么托博尔斯克就不成其为托博尔斯克了。无论后来人们如何没完没了地谈论剧院，说它细节繁复，令人眼花缭乱，惹人注目，说其外形没有任何价值——然而其实建造它也并非用作衙门。它屹立大约一百年，令人赏心悦目，每次都令人情不自禁地微笑，让人们想起比利宾[①]、瓦斯涅佐夫[②]和马夫林娜[③]，并深思俄罗斯精神。

在集市广场附近，托博尔斯克下城呈现出一片繁荣的景象。这里是柏油马路，有宽阔的街道布局，有豪宅，商城里有一排排的商场，旁边是从倒塌中重新矗立起来的撒迦利亚教堂——一座当地巴洛克风格的古迹。不远处是总督府，正是1917至1918年间沙皇全家被关押八个月后被送往叶卡捷琳堡的地方，现在这里，在区行政机关办公室旁边，设立了最后一位俄国君主的纪念室。对面是革命前刚刚建立的商人科尔尼洛夫的豪宅，现在也进行了整修，挺直了腰身。但是所有这种都城风格，所有这种坚固、永恒、权威的感觉，在下山之后便停滞不前了，而接下来是自由放纵的木制街道，民众开始尽情欢乐。

索菲亚山路曾于不同时期被称为普里亚姆斯科伊[④]山路、商业山路、集市山路，从集市广场出发，沿着这条山路，沿着198级木制台阶，可以攀登到德米特里大门的拱门，进了拱门是克里姆林宫建筑群中的省税务局或叫瑞典局。之所以叫瑞典局，是因为它由被俘的瑞典人根据谢苗·列梅佐夫的设计而建造，用来储存官款。过了大门，似乎立刻可以穿越到另一个世界，那里没有西伯利亚的气息，而仿佛置身于中世纪欧洲的某个地方。墙壁陡直、深如峡谷的石头走廊，似乎执意通往地下。关于从总督府开挖的地下通道被盗匪居住的传说，至今仍在流传，而始于索菲亚山路的隧道则将三一山的辽阔和光明引向了克里姆林宫的

① 伊·雅·比利宾（1876—1942），俄国画家，插图画家，剧院设计师。

② 维·米·瓦斯涅佐夫（1848—1926），俄国画家，以历史、民间神话为主要创作题材。

③ 塔·阿·马夫林娜（1900—1996），俄国风景画家，造型艺术家，插图画家。

④ 普里亚姆斯科伊，俄文有“笔直”之意。

西墙。你在古老的石砌墙体上首先看到的是——克里姆林宫建筑师谢苗·列梅佐夫的马赛克肖像，肖像已经是当代制作，立在克里姆林宫建筑师的纪念碑之前。

实际上，现在被围在墙内并被称为克里姆林宫的地方，只是一半克里姆林宫——索菲亚宫及紧邻它的商城。另一半，是当年衙门所在的行政中心，没有保存下来，它位于三一岬角的右侧，与索菲亚宫并排，也像索菲亚宫一样被带塔楼的城堡围墙包围着。亚·尼·拉季舍夫[①]在前往伊利姆斯克流放途中，在托博尔斯克停留了半年，他在这里巧遇档案库，并于其中研究材料以编写《托博尔斯克总督府记述》。

托博尔斯克于1590年成为西伯利亚首都，但是达到最强盛时期，达到它的“黄金时代”是在18世纪。1708年彼得一世执政时期，随着俄国划分为八个省区，托博尔斯克省或叫西伯利亚省合并了乌拉尔并扩展到领土最东的太平洋，接管了当时俄罗斯帝国的大部分地区。西伯利亚第一任总督是马特维·彼得罗维奇·加加林公爵，他年轻时是彼得一世的御前大臣，后来是涅尔琴斯克军政长官，西伯利亚衙门的法官，莫斯科城防司令。当时正在修建彼得堡，修建它如同20世纪70至80年代修建的贝阿大铁路[②]一样，需要举全国之力。因此石头建筑各处都被禁止——彼得堡缺少工匠。只有加加林，由于他与皇帝的亲密关系，才使托博尔斯克成为例外。在他治理期间，贸易扩大了，手工业发展了，寻找矿石、白银的消息无处不在；在北极地带，沿着北冰洋勘测出新的岛屿，装备船队去堪察加和千岛群岛，在西伯利亚的城市中开设了中学和专业

① 亚·尼·拉季舍夫（1749—1802），俄国作家，诗人，哲学家，《从彼得堡到莫斯科的游记》（1790）的作者。

② 贝阿大铁路，西起贝加尔湖北岸乌斯基库特，东至阿穆尔河畔共青城，全长3145公里，是苏联第二条横贯西伯利亚的大铁路。1984年10月全线通车。

学校。早年，西伯利亚还被认为是鲜为人知的地区，而在加加林的治理下，它越来越不像这样的地区了。

彼得一世出人意料的惩治和加加林公爵声名狼藉的死亡至今仍是一个谜。人们只能推测，是什么引起了国君的暴怒。“因重利盘剥”——这可能远非全部。是的，马特维·彼得罗维奇喜欢奢侈和豪华，他从维尔霍图里耶去托博尔斯克任职时，甚至乘坐着一艘镶衬红色呢子的轮船。传闻比证据更经久不衰，它们在公爵死后很久仍在窃窃私语，说是似乎他的马车出行时，银制的马蹄掌敲打着路面，车轮的轮毂上还镶有白银。但是加加林本人也喜欢慷慨赠予，时而给瑞典人发放当时来说相当可观的津贴，时而给基辅洞窟修道院送去黄金容器，时而给托博尔斯克主教堂献上一顶镶嵌许多饰物的价值连城的金冠。因重利盘剥彼得一世严惩了他，而且判处立即执行，但罪不至此吧。彼得下令在绳子烂掉之前不许将绞死在司法同事们面前的、声名远扬的西伯利亚总督从绞刑架上放下来。这有些惩罚过度，此种惩罚是针对触犯贪财之外的重罪的人。彼·斯洛夫佐夫无意中说出，在调查期间，“恶言恶语之人，怀恨在心之人，忘恩负义之人滔滔不绝畅谈起来……另一个人断言，加加林预谋脱离俄国……”关于这一点斯特拉伦贝格上尉在他关于西伯利亚的回忆录中写过。

这已经说明了一些事情。加加林未必“预谋”，但这位高官重臣可能啊，可能会用他惯有的洪亮声音大喝一声：“我们自己就是一个国家！”当对收到的谕旨感到不满时，他可能会重复这句话。这足以使他被判“预谋”。甚至公开宣布类似的怀疑，无论在当时还是后来都没人敢做，以免它被西伯利亚人进一步有意效仿。在加加林被召回到彼得堡之后不久，西伯利亚就被划分为几个省，而在伊丽莎白执政时期，在总督直辖下设立秘密委员会，这会是巧合吗？俄国已经无法想象没有西伯利亚的生活，西伯利亚使它习惯了轻松获益。

但是除了重利盘剥外，西伯利亚总督们还有我们这一地区忘不掉的长处。为了管理这个在俄国天平上向来分量很重的地区，选拔的人物不仅出身显贵，天性、品格、才能也得极好。费奥多尔·伊万诺维奇·索伊莫诺夫就是其中之一，他在加加林之后四十年接任总督一职。索伊莫诺夫也是彼得一世的宠臣，年轻时救过其性命，他在比伦[①]执政时期因诬告陷害罪被指控，他被撕裂鼻孔并被判处无期徒刑发配到西伯利亚。在罗斯早就形成一个规矩，一个执政者的座上客会沦为另一个执政者的阶下囚。政权更迭时，被赦免的索伊莫诺夫好不容易在鄂霍次克附近被找到，执政者归还他领地和奖赏，将他派往托博尔斯克任总督。

我们不再列举他在西伯利亚的活动成果，我们相信历史学家，认为其活动成果在当时具有重大意义并涉及教育、人民粮食供应、交通布局、改善旧礼仪派教徒的命运及其他诸多事务。这些就是索伊莫诺夫留下的著作：《彼得大帝的故事》《天文学简要说明》《西伯利亚贸易消息》《西伯利亚是聚宝盆》《里海记述》《领航方法说明》……

西伯利亚另一位总督德·尼·班特什—卡缅斯基[②]，是五卷本《俄罗斯名人辞典》的作者。

亚·伊·杰斯波特—泽诺维奇[③]，他的首要事务是鼓励文化和

① 恩·约·比伦（恩斯特·约翰）（1690—1772），安娜·伊万诺夫娜的宠臣，俄罗斯帝国的摄政王（1740年10—11月），神圣罗马帝国的伯爵（1730年起），库尔兰的公爵（1737年起），1740—1761年被流放。

② 德·尼·班特什—卡缅斯基（1788—1850），俄国和乌克兰历史学家，古文献学家。

③ 亚·伊·杰斯波特—泽诺维奇（1828—1894），俄国国务活动家，1862—1867年间为托博尔斯克总督。俄文原文中的父称缩写字母应该是“И”。

出版。

而作曲家阿利亚比耶夫的父亲亚历山大·瓦西里耶维奇·阿利亚比耶夫，是托博尔斯克的民政总督！还有斯佩兰斯基！穆拉维约夫—阿穆尔斯基！

是的，当时有过一批人……

西伯利亚没来得及培养出可以与俄国本土相比的一大批出自本地的伟大人物。我们更常说起西伯利亚“出身的人”。他出来——为的是离开去首都，并在那里，在自己的舞台上成名。自古以来就是这样——西伯利亚只好以被流放的分裂派教徒、无政府主义者、十二月党人、波兰人为荣，然后才以自己的著名人物为荣。从这种意义上来说，我们既热情好客，又悲天悯人，我们首先纪念流亡者及那些心甘情愿或迫不得已将其命运与西伯利亚联系在一起的人，然后才纪念自己的儿子。因此，在托博尔斯克留下了十二月党人亚·米·穆拉维约夫、费·波·沃尔夫、威·卡·丘赫尔别凯（普希金的朋友丘赫里亚）、亚·彼·巴里亚京斯基、斯·米·谢苗诺夫、弗·米·巴什马科夫、谢·格·克拉斯诺库茨基的坟墓。在这里保留下米·亚·冯维辛[①]住过的房子。也有过一个本土的十二月党人，托博尔斯克人加·斯·巴坚科夫。这里引以为豪的是，呼吸过托博尔斯克空气的既有大祭司阿瓦库姆，也有霍尔瓦提人[②]尤里·克里扎尼奇，既有小俄罗斯盖特曼[③]伊万·萨莫伊洛维奇，也有“彼得大帝的黑人教子”汉尼拔，还有亚历山大·拉季舍夫、

① 米·亚·冯维辛（1788—1854），俄国十二月党人，空想社会主义代表人物。

② 霍尔瓦提人，即克罗地亚人。

③ 盖特曼，16—17世纪哥萨克军队公选的首领，17—18世纪乌克兰政府首脑。

亚历山大·缅希科夫[1]、尼·加·车尔尼雪夫斯基[2]、弗·加·柯罗连科[3]、彼得拉舍夫斯基分子[4]，其中既包括费·米·陀思妥耶夫斯基，也包括乌克兰诗人帕·格拉博夫斯基（所有被流放的人，或者以前在托博尔斯克定居过，或者途经它继续前往西伯利亚）。还有维·白令[5]和弗·米勒[6]在这里的档案馆工作过，管理这个地区的都是杰出的人物。他们的名字首先被提到，然后才轮到托博尔斯克出生的人，其中包括和德·伊·门捷列夫一样“出来”并“离开”的画家瓦·格·佩罗夫[7]（说句公道话，他们在托博尔斯克确实无用武之地）。而彼·帕·叶尔绍夫和彼·安·斯洛夫佐夫出名之后留在了这里，在他们之前还应该加上谢·乌·列梅佐夫。我们只要想象一下：如果没有这些无论在荣耀中还是在苦难时都对它不离不弃的儿子，托博尔斯克将会是什么样子。如果同样是托博尔斯克当地人的波塔宁[8]和亚德林采夫及其他许多人都离开了西伯利亚，那它将损失多少啊！

* * *

① 亚·达·缅希科夫(1673—1729)，俄国国务、军事活动家，彼得一世的近臣和宠臣，大元帅（1727），1728年被彼得二世下令流放西伯利亚。

② 尼·加·车尔尼雪夫斯基（1828—1889），俄国唯物主义哲学家，革命民主主义者，作家，文学评论家。

③ 弗·加·柯罗连科（1853—1921），俄国作家，政论作家，社会活动家。

④ 彼得拉舍夫斯基分子，即彼得拉舍夫斯基派，是指俄国彼得堡以彼得拉舍夫斯基为首的平民知识分子社团。该团体出现于19世纪40年代后半期，目的是在民主主义原则和空想社会主义思想的基础上，进行反对沙皇制度的斗争。

⑤ 维·白令，俄文名是伊·伊·白令（1681—1741），丹麦人，航海家，探险家，俄国海军军官（1730）。

⑥ 此处作者笔误，应该是格·弗·米勒。

⑦ 瓦·格·佩罗夫（1833—1882），俄国画家，“巡回展览画派”协会的组织者之一。

⑧ 格·尼·波塔宁（1835—1920），俄国地理学家，民族学家，民俗学家，植物学家，政论作家。

还在1838年，托博尔斯克作为西伯利亚首都的实力首次遭受打击，当时西伯利亚再次分成两个地区——西部和东部地区——分别以鄂木斯克和伊尔库茨克为中心。托博尔斯克变成了一个普通的省级城市。不仅如此，通往西伯利亚的主要道路——莫斯科大道，从叶卡捷琳堡通往秋明、伊希姆和亚卢托罗夫斯克，把这个前西伯利亚首都搁置一旁。1887年，托博尔斯克身穿一件退役英雄的破旧制服迎来了它300周年纪念日。但是西伯利亚当时正处于精神和文化崛起时期，在坚决摆脱偏远的穷乡僻壤和殖民地从属地位的同时，它竭尽所能，使托博尔斯克感到没有被遗忘和被遗漏。当时蓬勃发展的鄂木斯克、托木斯克、克拉斯诺亚尔斯克、伊尔库茨克和恰克图的代表团不仅带着丰厚的礼物前来庆祝纪念日，而且对“西伯利亚众城之父”致以真诚的敬意。为了庆祝，在西伯利亚各地举行了隆重的会议，进行了募捐，出版了图书，命名了街道。在周年纪念日期间，举行了托博尔斯克省级博物馆奠基仪式，一年多以后，它开放并成为托博尔斯克的装饰和骄傲。《托博尔斯克省消息报》报道称，“该工程耗资13000卢布，没有花费一戈比公款”。我们很高兴地补充一句，一个多世纪后，博物馆建筑也同样以捐款的方式进行了修复，用捐款增设了艺术基金会。而托博尔斯克的“家庭”记忆可以延续自己的“教历”了，可以在紧随旧时文化人物的名字之后，添加上今天苦修者的名字，他们尽心竭力地美化和歌颂，教育和振奋自己的城市。

革命后的1918年，托博尔斯克再次降级：国家剥夺了它总督管辖省的级别，将其移交给西伯利亚大铁路经过的秋明，秋明终于等到顺位继承的时机，将地区政权掌握在自己手中。托博尔斯克更加注定了苟且偷安，它所有的荣耀均成过往云烟，甚至当时国君全家流亡在此都无法安慰其自尊心。在行政方面，它已经一无所有，成为州辖市和区中心。在精神上——当时连这个概念本身也变得毫无价值，变成了失去意义有名无实的空话。索菲亚宫荒废衰败，钟声沉寂；教堂像俄国其他地方一样，要么被损毁，要么被拆除；阿巴拉克修道院，是显灵的阿巴拉克圣母圣像的朝圣地，遭到破坏和亵渎。美术馆关闭，最好的油画被秋明据为己有，而地方志部分移交给克里姆林宫。在俄国的文化版图上，托博尔斯克只是因《神背马》作者的名字有时被人们想起，而社会面貌则由被流放的波兰人、十二月党人、革命民主主义者和布尔什维克帮忙维持。如果不是他们，不是那些几乎成为托博尔斯克唯一功勋的人们，后人要将托博尔斯克从50年代被遗忘的泥潭中解救出来，要困难得多。

到目前为止，我们只谈论了城市的历史部分——上城和下城。但是还有第三部分——新城，那是石化联合企业的建设者和使用者的现代化街区。在秋明石油开发初期，它与托博尔斯克联合起来，这大概并非偶然。在当时的国家计委出现了一个聪明的负责人，他决定为古城极为朴素的存在注入新鲜活力。托博尔斯克的位置也很适合：离油井不远。还在联合企业开始建设之前，人们就修建了一条通向托博尔斯克的铁路，开始了对克里姆林宫的修复，并将其升级为国家历史建筑博物馆保护区。人们开始越来越经常地想起托博尔斯克，但这并没有帮助它摆脱贫困。希望寄托在联合企业上，它能成为挽救城市的企业，它应该成为那个在最后一刻幸运地出现的最富有的亲戚，以挽救家族的荣誉。但老城和新城，它们无论在精神、品格，还是出身、面貌——在各个方面都大不相同；可以说，它们彼此对立，互不了解。托博尔斯克并没有因为这种反常的联合变得更加富有，它仍然没有足够的资金建设下城的排水系统以防洪水，就更别提古迹了，而新村建起了比克里姆林宫教堂还高的楼房，却始终未能与老城融为一体，也没有吸收其精神。托博尔斯克人口增加了，却变成了一座有着两张面孔、朝着不同方向看去的城市。在俄罗斯市场时代的前十年中，尽管联合企业看似是一个绝不会亏本的生产部门，但它的运营却成为一场游戏，而且是一场残酷的私人利益的游戏，结果是无力偿还债务，随后整个城市陷入更大的贫困。

但是在20世纪这最后十年中，由于它的鲁莽冒失而超越了历史的界限，进入了某种荒野，最终结果是，救助托博尔斯克（也不仅仅是托博尔斯克）的，可能不是有望立即康复的带有外来组织和精神的捐赠者的附属器官，而是从内部调动自己机体的力量，要拉响战斗警报，要自我发现身体的储备。

还在我去托博尔斯克之前就听说过“亲善”。与许多80年代末期充斥在生活中的非正式联合会不同的是，它还在“改革”之前就出现了。它出现了，尽管对它有所怀疑（对真诚和良好的热情我们一向怀疑），尽管有建议和呵斥，它却没有消失。在这种情况下，应该出现一位领袖——我们的知识分子擅长夸夸其谈却不采取行动，从鄂木斯克来到联合企业建筑工地的工程师柳德米拉·尼古拉耶夫娜·扎哈罗娃成为领袖。来自鄂木斯克，来自一座失去其古风的城市，这一点给了她决心和力量：有参照物可对比，也有目标可奋斗。她认为托博尔斯克是来自另一个世界的城市，她似乎觉得，这个世界已不复存在，她爱上了它，感觉它是适于安放灵魂之地，它的街道、名字和坟墓诉说着很多故事。但同时，这所有构成骄傲和灵感、诉说着很多故事的一切，渐渐陷入无人照管、无人过问、习以为常的境地。扎哈罗娃去了报社，呼吁托博尔斯克公民哪个时间在哪儿集合，去参加星期六义务劳动，修复……当时是有东西可以修复并可以使它们恢复原样的……人们对呼吁作出了反应，很清楚的是，托博尔斯克人也因自己城市的荒芜失修感到痛心；第一次来了几个人，然后是几十个，然后是越来越多。经常来的有中小学生、大学生（托博尔斯克有师范学院，学院以门捷列夫命名）、工人和骨雕师，祖母带着孙子们来了，还有地方志博物馆和少年宫的工作人员。最初是天使长米哈伊尔教堂的“教区居民”，他们用撬棍和丁字镐挖掉教堂里几十年间变硬的尘土，之后他们去抢救叶尔绍夫故居改建的以其名字命名的博物馆，然后是用作政治流放博物馆的冯维辛故居。人们对木结构古迹进行了清点，在堆满建筑垃圾的空地上着手开辟街心公园。而工作之余，喝茶、读书和谈论城市的过往，与托博尔斯克的客人举行见面会。虽然这只是城市所需的一小部分，但在那些年间这一小部分具有多么重大的意义啊！情绪高涨了，托博尔斯克变得更加亲切，人们有意愿在记忆和精神方面把他们曾几何时大名鼎鼎的城市提升到克里姆林宫的高度，“亲善”应时而生。而罗斯的拯救工作向来是通过志愿服务比通过政府呼吁完成得更加可靠，当去西伯利亚时，当一队队民兵从伏尔加河出发将波兰人赶出莫斯科克里姆林宫时，当身处博罗季诺战场[①]时都是如此。根据我们的内心、心理、混合血统，我们是志愿者，俄罗斯在很大程度上也是以此为基础建立起来的，希望它也将因此得救。

到了90年代，顾不上星期日义务劳动和歌曲了：当一个强大国家的城墙轰然倒塌，从废置中扶起个别房屋，唤起一小部分记忆又有什么意义呢！托博尔斯克石化联合企业将其产品运往国外，那里会带来数百万美元的收入。工人们一整年领不到工资，他们争夺一家令人垂涎的联合企业，落到了杀人坐牢凶残恶斗的地步，城市陷入了绝境，成为当地工

① 博罗季诺战场，是1812年俄法战争的一次具有重要转折性战役的发生地，位于莫斯科以西125公里的博罗季诺村。

业小企业的墓地，而这些小企业在此之前既提供过工作，也维持过城市的生活。即使在革命后的内战期间，托博尔斯克也没有经历过如此的衰落；这场为占领俄罗斯而进行的战争，按各方面标准来说，也是一场“内战”，如果它没有被称作内战，那也仅仅是因为它是一个秘密，并在改革的幌子下掩盖了其真正目的。

“改革家”—革命者们有过一面旗子，但在夺取权力时，他们没能打出这面旗子，因为在整个十年间他们的地位并不稳固。这面旗子是回归宗教，承认上帝。这件事不是小事，它像一面旗子一样挥舞着，向头脑简单的人们灌输他们设计的正义和神圣。但是，放弃迫害教会这件事，倒是还在他们之前就已经开始了，而且没有他们也会发生。比如，托博尔斯克的东正教神学院经过70年的中断之后于1989年重新开放，而“改革家”只是截取了这些礼物，并冒充是他们发起的。

1917年革命，夺走了上帝，允诺了土地；1991年的变革，归还了上帝却希望没人接受他，目的是强占包括土地在内的国有财产。俄罗斯所有制形式的特殊性在于它们延伸至人民：在私有制条件下，人民也变成大量私有财产，像农奴制下的农民一样。似乎只有教会作为最高的正义，才能帮助他们保持一体一魂，并避免分裂。新的“遗嘱执行人”也许不很怀疑，在迫害时代，依照他们的看法，已经消沉而式微的东正教，在混乱中抵御不住由一群敌对宗派、分裂教派和异端邪说组织而成的“自由教派”对它发起的攻击。连小人国的人都能将昏睡中的格列佛钉住，向他蜂拥而上时，用勒进身体的细细绳索缠住巨人的手脚。

但是——没有成功。也不可能成功。看似如此难以捉摸的俄罗斯人之谜，长期以来，一直被人们破解为，他沉浸于世俗从不会多于精神，并以一个不知道自己承诺的孩子般的朴素来承载这种精神。

90年代，全俄大牧首阿列克谢二世两次访问托博尔斯克，称它是俄罗斯仅次于莫斯科和彼得堡的第三大精神中心。初看之下，既没有为它提高官衔，也没有提高内涵：十万人口的省级城市，远非最大名鼎鼎和最事事顺遂的城市，其名字甚至在它所辖教区的名称中都没有被提及。是的，但是顷刻之间（对历史而言，十年不是顷刻之间又是什么呢？）归还了托博尔斯克的主教座位，称其为托博尔斯克—秋明主教座位，隶属于秋明，恢复了前面已经提到的神学院，这是整个俄罗斯亚洲部分的唯一一所神学院，开设了两所东正教中学，恢复了阿巴拉克兹纳缅斯基男子修道院和约翰韦坚斯基女子修道院，开设了摄政学校和学画圣像的学校。这些惊人之举多半发生在主教（现在是大主教）德米特里（卡帕林）领导教区之后。在新的俄罗斯阶段，他在托博尔斯克继续基普里安、帕维尔、菲洛费及其他西伯利亚都主教所从事的建筑、教育、道德和高级传道活动。在大主教德米特里的领导下，几乎完全转移到主教辖区的索菲亚宫焕然一新，敲响了被大牧首于1994年封圣的索菲亚圣母升天大教堂的钟声，神学院搬到了克里姆林宫宗教事务所楼内，而在克里姆林宫墙外，在彼得保罗教堂和天使长米哈伊尔教堂内响起了上帝的圣言。伴随着这些变化人们立刻感觉到，托博尔斯克并没有完全失去其显贵的体态，和来自三一山主权的目光，以及“崇高的思想追求”[1]和自尊。在远未消除贫困和经济崩溃的情况下，它还为自己的未来形势制定了计划和要求。谁又能说得清呢，说不清！曾几何时，都主教彼得将其主教座位从弗拉基米尔迁到了莫斯科，巩固了莫斯科作为俄罗斯大地第一国都的角色。

穆斯林也终于在托博尔斯克恢复了清真寺，之后，由全西伯利亚穆

① 诗句出自普希金的《在西伯利亚矿井的深处……》（1825）。

斯林代表大会作出决议：托博尔斯克是俄罗斯亚洲部分的穆斯林精神中心。他们认为这座城市未来也会规模宏大、远景光明。

时代在变化——帮助托博尔斯克的方式也在变化。80年代有过“亲善”，90年代，在另一种社会风气之下，当慈善事业成为更有效的“志愿服务”方式时，“复兴托博尔斯克”公共基金会创立了。它由我已经提到过的前任市长阿尔卡季·格里戈里耶维奇·叶尔菲莫夫领导，如今他是股份制银行“托博尔斯克”的行长。他担任执委会主席六年，此后三年当选为市杜马议员，他比任何人都更了解这座城市的需求和漏洞。但叶尔菲莫夫属于那种虽然呼哧带喘地驾车，却也来得及关注明天的人。这些年来，在不断的狂潮中，他从未停止过对西伯利亚古都的关照。他保护艺术家，梦想恢复城市艺术博物馆——也恢复了。他当年经过努力，使列梅佐夫纪念碑屹立于托博尔斯克，并出现了以列梅佐夫名字命名的广场。叶尔菲莫夫无论如何也无法同意让托博尔斯克变成一座普通的城市，它就像埋在地下的宝藏一样，只要取出它投入使用，投入服务，它就能够向整个俄罗斯闪耀出其事业的金色光芒。

按照今天的标准，“复兴托博尔斯克”公共基金会为此做了很多工作。其积极分子认为，复兴就是回归，回归到应有的位置并恢复热烈紧张的活动。基金会恢复古迹（省博物馆建筑、商人科尔尼洛夫的豪宅等），回归记忆（以莫斯科艺术家根·伊·普拉沃托罗夫制作的纪念牌匾和“托博尔斯克市光荣”的系列纪念章形式），设立著名市民奖，以使今天的公民变得更有才华更有名气。基金会举办阿利亚比耶夫音乐会并邀请优秀表演者参加，对民间工艺和文化创新给予帮助，激发托博尔斯克内部和包括首都在内的其他城市的慈善事业……关于基金会的出版活动，无论是伟大的同乡谢·乌·列梅佐夫、德·伊·门捷列夫、彼·帕·叶尔绍夫的著作，还是关于城市的书籍和纪念册——都是最高标准出版，而且基金会将其免费分发给西伯利亚的许多图书馆。基金会的最新一项倡议是出版《托博尔斯克和全西伯利亚》文选。唱高调？丝毫没有。托博尔斯克作为西伯利亚众城之父的历史功绩赋予了它这项权利。城市目前坚决地从“一切成为过去”级别提升到“解救精神和文化尊严的主力”级别，从储藏室和档案馆中解救出我们这个不关注自我的地区的精神和文化尊严。文选已经出版了几期，从托博尔斯克开始，关于秋明、苏尔古特、托木斯克，接下来轮到鄂木斯克、克拉斯诺亚尔斯克、伊尔库茨克……再向东向北延伸——根据列梅佐夫的绘图和最近几百年和几十年的略图。

就这样，这个“车轮”已经转动起来，像发电一样，让托博尔斯克城重现光明，它今后的命运正满怀希望走来。

可以通过双重努力使奇迹再现——擦亮眼睛，让奇迹发光。看来，我们正朝着两者前进。

1987年，2005年

西伯利亚大铁路

穿越两个世纪的西伯利亚大铁路，不仅是横跨整个广阔的西伯利亚大陆的铁路，也是一条跨越世纪的道路，它在19世纪几乎与18和17世纪一样鲜为人知。只是随着这条铁路的铺设，只是随着西伯利亚从一端到另一端的“缝合”，它才最终被牢牢地拉到了俄国的欧洲部分，成为一个整体。而且，只有在用这个“套索”抓住了新世纪的停泊码头之后，俄国才可能对它充满信心。甚至在20世纪前二十年俄国突然遭遇到的剧变也没有将它推入墓穴，而又过了十五年到二十年，它再次跻身大国行列。在卫国战争期间，当欧洲大部分领土落入敌人之手时，国家的主要支柱是什么呢？是东方的广阔空间，是人民的伟大精神和西伯利亚大铁路。1941年12月，西伯利亚师在莫斯科郊区的西伯利亚大铁路沿线投入了战斗，车间生产出的坦克沿着它离开，飞机也沿着它腾空而起。而这条铁路只是一条双轨单线，一条双轨铁路，一个简单的结构。当它在大草原或泰加林的某个鲜为人知的地段，安静地蜷缩着几分钟打个盹儿时，它不为任何事情所累，置身于精巧的技术和电子设备之外，抛开声音和信号，远离连续脉冲操纵台——如此简单而古老，就像二乘二得四一样。枕木上有汗水滴落的痕迹，让你情不自禁地想去爱抚它。但一列长长的载重火车轰鸣着飞奔而来，装载着各式各样的货物一掠而过，震耳欲聋，袭来一阵被揉皱了的热气——你会呆然不动并突然在惊吓中呼出一口气，庄严地说道：是的，你真不简单啊，二乘二兄弟！好大的力气！真是善跑的奇迹！没有你，我们怎么办呢？！列车疾驰而过，渐渐沉寂下来，已经无声无息地向远方蜿蜒驶去，漂亮地弯曲着分节的身体，挑逗着一向迷人的空间。可迎面驶来了另一列火车，还要更长，还要更急促，鸣笛冲过来——旋即遮盖了铁轨，沿着它们响起了断断续续的撞击声，踏出切乔特卡踢踏舞步，然后收起尾巴，仿佛由于力量过大而无礼地跳开。你不由得开始想象：此时此刻，有多少列车沿着轨道，沿着西伯利亚大铁路从这一端奔向另一端——成千上万，也许几万！多少事物在移动，多么沸腾的生活啊！那么神秘的渴望，就像遗传来的渴望一样，把我们从道路两侧的边缘地区，从任何遥远的地方吸引到火车减速停靠的车站。

无论是出生在偏远的泰加林的角落里，在高耸入云连绵数百公里的雄伟的群山之间，在裹挟着流经大地的河水奔向海洋摇篮的大河近旁，还是出生在冻土带和沙质沙漠的边界上，我们大家最终都冲向铁路这条主道。沿着人行小道和乡间土道，沿着河流的支流和积雪，沿着小路和大道，我们走出了自己的童年时代，走进了那个有铁轨通过并连成一个整体的宜居世界。我们坐上了火车，最好是长途列车。它起动了，我们的灵魂随之起飞。被压抑得来不及倾诉的一切，刚刚开始还来不及道出的一切，顿时感到一种升腾的幸福和激动，胸中变得宽广自由。火车上腾飞的心情比飞机上的要多一些：在高空那里，感到沉重和焦虑，目标是尽快着陆；在这里，是我们人生的书本中广博而又充满灵感的一笔，不仅可以环视车窗外一望无际的风景，而且可以审视自己喜乐的灵魂。大地像无边的母亲之手纵横伸展，时区像无形的大门徐徐敞开，你感觉不到痛苦的颠簸。你会陷入沉思，看着窗外，在不间断的铁路音乐的伴奏下，内心不断得到充实，你也会叹息一声，当你揉抚汇聚的感受，你会情不自禁地想起，这条路并非像河道一样从天而降，国家付出了艰难的代价才得到它。遥远的记忆，对祖父辈和曾祖父辈的记忆，如薄雾般在眼前弥漫开来，描绘出模糊的画面，以生动的印象唤起对那段久远岁月的记忆。

是的，但是毕竟也有文献、证据、回忆录、事实。并非所有的一切都会随着时间的流逝而被带走，并非一切都被遗失。而主要见证人是它，是这条铁路。

哲学家伊万·伊林[①]在谈到俄罗斯人民最初面临的负担和任务，并要求他们承担起特别的义务和考验时，首先讲到的是：

> 我们首要的负担是土地的负担——无边无际、难以治理、四处分散的空间：占陆地六分之一的一整片巨大的土地；是三个半中国；是四十四个日耳曼帝国。不是我们“占领了”这个平坦的、开放的、没有防御的空间：是它自己强加于我们，它迫使我们占有它，几个世纪不断地派出成群结队的游牧民族和定居的邻国军队从各地入侵我们。俄国只有两条路：要么消失和不存在，要么依靠武装力量和国家政权来平定它一望无际的边区……俄国扛起了这一重负并将其承担下来；并完成了世界上唯一的事业。

现在已经无法想象在辽阔无边的西伯利亚骑马长途跋涉的所有艰难。哥萨克开拓者们沿着河道闯入这一地区，这是些具有特殊气质的强健的人，才可以在短短半个世纪的时间里穿越从乌拉尔到太平洋的整个大陆。随后他们开始安居下来，增加人口，扎根落户，需要把货物从俄国的欧洲部分运送过来并在内部实现相互联系。无法保持西伯利亚大道（它在东侧还被称为莫斯科大道，在西侧——被称为伊尔库茨克大道，因为仅到伊尔库茨克才勉强符合大道的要求，还有一段从伊尔库茨克到与中国接壤的恰克图，从那里进口茶叶）的良好路况，出于同样烦琐的原因，就是因为这是西伯利亚。夏季倾盆大雨，冬季凛冽的严寒和积雪，秋季和春季的冰封期和破冰期时，河上的交通完全停止了。半年时

① 伊·亚·伊林（1882—1954），俄国宗教哲学家，新黑格尔主义的代表。

间里，当一站到另一站之间的三四十俄里路程甚至一天之内都无法到达时，驿马疾驰变成了驿马“爬行”。17世纪，被任命为伊尔库茨克军政长官的波尔捷夫死于途中，19世纪，达官贵人们可能不会发生这种事情，但付出了不小的健康代价。而发生在贝加尔湖以外的事情，则完全无法想象。从石勒喀河的斯利坚斯克①到哈巴罗夫斯克②，车道长度仅有八百俄里，沿着驮运山路又延伸出一千俄里。如今无法想象，这是一种什么样的车道，尤其是驮运山路。从莫斯科运来的货物到达符拉迪沃斯托克③需要一年；从上乌金斯克（乌兰乌德④）到斯利坚斯克的驿路，完全不受任何气候规律的影响：严寒时节，冬天通常无雪，为了继续赶路，需要时用雪橇拉车，而有时用车拉雪橇。远东地区的定居进展缓慢，只有无所顾忌的人才敢去克服最残酷的磨难。从1883年起，人们开始经由敖德萨海上运输俄国西部地区的移民，但是这段旅程耗时约三个月。还有几批移民搬迁到叶尼塞斯克省或伊尔库茨克省，每批几百人，他们像戴镣铐的犯人一样行动缓慢，通过叶卡捷琳堡和秋明也要几个月。西伯利亚的乔迁十分艰难，并非每个人都能忍受。尽管到19世纪末，用畜力车运输的贸易额不断增加（1894年，伊尔库茨克和托木斯克之间的货物贸易几乎达到了三百万普特⑤），但这在一定程度上不能满足一个正在崛起的巨人的需求。

西伯利亚自己束缚了手脚。当然，称它为泥脚巨人是不公平的，但

① 斯利坚斯克，俄罗斯外贝加尔边疆区的一座城市，位于石勒喀河右岸。

② 哈巴罗夫斯克，俄罗斯哈巴罗夫斯克边疆区的首府，远东地区重要城市，位于黑龙江与乌苏里江的交汇处。

③ 符拉迪沃斯托克，即海参崴。

④ 乌兰乌德，俄罗斯联邦布里亚特共和国首府。

⑤ 1普特=16.38千克。

是“腿脚”也捉弄过人。

到19世纪中叶，在根·伊·涅韦尔斯科伊[①]上尉的远征和发现以及1858年尼·尼·穆拉维约夫[②]伯爵与中国签订《瑷珲条约》之后，俄国的东部边界才最终形成，此后伯爵开始被称为穆拉维约夫—阿穆尔斯基。符拉迪沃斯托克的军事哨所设立于1860年；哈巴罗夫卡哨所直到1893年才成为哈巴罗夫斯克市；1883年之前，该地区的人口不超过两千人。但是他们却奋身而起，不肯让步，夺取了太平洋海岸上的王权位置。在那些年间，总参谋部尼·阿·沃洛希诺夫上校自豪地写下：“……列强对我们的符拉迪沃斯托克怀有嫉妒之心。”这意味着：垂涎三尺。远离俄国中心一万俄里的海岸，基本上荒无人烟，无限诱人，必须从速将其掌握在强有力的主权手中。掌握在强有力的手中——就意味着拉近距离。而拉近距离就是依靠一条快速道路连接，该道路不受变幻莫测的天气左右，也不受变化无常的地形影响，而是接连不断地运送必要的防御物资，直到日本海海岸变成坚不可摧的堡垒。

不足为奇的是，东西伯利亚总督穆拉维约夫—阿穆尔斯基伯爵，他是最早提倡给西伯利亚添置铁路的人之一。最初，还在尼古拉一世[③]执政时期，他就提议修建从贝加尔湖到伊尔库茨克、克拉斯诺亚尔斯克、鄂木斯克、乌法和萨马拉的“单轨”“铸铁[④]”路线，令人惊讶的是，这条路线在当时就已经与后来西伯利亚大铁路经过的路线重合。然后他下令在鞑靼海峡的阿穆尔河和德卡斯特里湾之间进行勘探工作。但是，

① 根·伊·涅韦尔斯科伊（1813—1876），俄国远东考察家，海军上将。

② 尼·尼·穆拉维约夫（1809—1881），俄国国务活动家，1847—1861年任东西伯利亚总督。

③ 尼古拉一世（1796—1855），俄国沙皇（1825—1855）。

④ “铸铁”，指铁路。

克里米亚战争[①]失败后，政府无暇顾及西伯利亚，甚至朝那一望无际的方向看过去都感到有些可怕。而来自西伯利亚“修路！修路！”的哀怨声却越来越响，提议也一个接着一个纷纷传来，其中包括外国人请求租让的提议。首都的报纸也不甘沉默：不仅外乌拉尔地区需要西伯利亚铁路，整个俄国都需要它。早在1875年，《俄罗斯新闻报》就写道：“……最近十年间，俄国的铁路线纵横交错。但至今为止，铁路企业只集中在俄罗斯中心地区，以及其南部和西部边区……无论付出何种代价，都该是最终考虑西伯利亚道路的时候了。更不用说这是政治上的必要条件——将广大的东部边区与俄国中心地区联系起来；西伯利亚地区完全同我们祖国的其他地区一样，也承担着国家的负担，其利益像南方和西方利益一样享有合法权利——建设西伯利亚铁路正是国家至今基本上不予关注的那些俄国地区的迫切需要。”

但是与土耳其的巴尔干战争已经迫在眉睫，这场战争把国家的口袋抖得一干二净，战后还需要很多年时间才能拥有储备。而没有储备前往西伯利亚是轻率鲁莽的。

1883年，叶卡捷琳堡—秋明铁路开始铺设，并于1885年完成，铁路首次踏上了西伯利亚土地的边缘。人们没有为这一事件举办特别的庆祝活动，也没有计划将通往西伯利亚的主要大门修建在这里，但是这条铁路意义重大：它把两条大河——欧洲的卡马河和西伯利亚的鄂毕河流域连接起来，并极大地促进了移民潮向外乌拉尔地区的迁移。后来，几十年后，西伯利亚大铁路正是选择了这道大门作为最方便的大门。当时，未来的西伯利亚大铁路与俄国欧洲部分的连接预计通过车里雅宾斯克、

---

① 克里米亚战争（1853—1856），俄国与奥斯曼帝国、英、法、撒丁王国四国联盟之间为争夺巴尔干半岛控制权而发生的一场战争，最后以俄国失败告终。

兹拉托乌斯特、乌法和萨马拉。这条线路的建设始于1886年。

就在那个1886年，来自伊尔库茨克总督阿·帕·伊格纳季耶夫伯爵和阿穆尔总督安·尼·科尔夫男爵对西伯利亚“铸铁”紧急施工的最正当理由几乎同时到达彼得堡。亚历山大三世对伊格纳季耶夫伯爵的报告作出了回应，该决议现在无疑使人们期盼已久的这项事业已接近开始。决议是这样表示的：“我已经读了多少份西伯利亚总督们的报告，我必须悲伤而羞愧地承认，至今为止，政府几乎没有做出任何事情来满足这个富饶却被忽视的地区的需要。是时候了，早就是时候了。”对科尔夫男爵理由的答复证明了沙皇的决心：“必须尽快开始修建这条铁路。”

正所谓，“坚冰松动了”。在这种情况下，这一俗语几乎有着名副其实的含义。几十年留给人们的印象是，建设“铸铁”这一繁忙的事业似乎被封存在西伯利亚的永久冻土带中，永不解冻。现在很明显，等不了多久了。1887年6月6日，按皇帝的命令，召开了大臣和最高政府部门管理人员会议，最终决定：建设。三个月后，从鄂毕河到阿穆尔河沿岸地区的道路勘探工作已经开始。从托木斯克到伊尔库茨克，这些工作由交通工程师尼·帕·梅热尼诺夫领导；从贝加尔湖到阿穆尔河上游，乌苏里斯克铁路工程，由工程师奥·波·维亚泽姆斯基领导。这些最早的名字将伴随着西伯利亚大铁路的整个建设。然而当时方向尚未最终选定。有过一个南线方案：沿着奥伦堡—阿克纠宾斯克—巴甫洛达尔—比斯克—米努辛斯克—下乌金斯克—伊尔库茨克线路；有一个从北部环绕贝加尔湖的方案；有两个环绕雅布洛诺夫山脉通往外贝加尔的方案。人们争论过通往西伯利亚的先头站——或彼尔姆—秋明，或萨马拉—乌法，或萨马拉—奥伦堡。甚至在1887年6月6日会议的决议中（也应将此决议视为所有后续决议中的主要决议），道路并未被规划成一条连续的铁路，而是混合水路铁路。

路线最终阶段之前的所有这些施工和草案细节今天都可以认为是多余的：铁路按规定铺好了，那为什么现在似乎要抖落出未实现的方案呢？这就是历史，是那个时代的气氛，是生活本身，它从来不会消失得无影无踪，并继续影响着我们的时代。在西伯利亚大铁路建成100周年之际，有必要重新体验19世纪末至20世纪初所经历的事件，回顾各种意见的冲突及其解决方法，对早已被调查又被永远搁置的事件进行调查研究，将功绩卓著的名字排成庄严的一列，洗清历史对他们的诽谤与不公，详细观察道路上遇到过的或即将遇到的错误、曲折，与时代及其时而被推动时而被阻碍的道路进展进行对比，要知道它不仅要穿越西伯利亚，还要经历1905年革命，经历日本战争，经历第一次世界大战，经历更早的1892年的俄国大饥荒和1900年的中国义和团起义。它创造了铺设速度的世界纪录，伴随着居民的普遍欢呼长驱直入一些城市，却突然在最后一刻转身离开另一些著名而富饶的城市，使当地社会陷入恐慌，还在自己建成后为其他一些城市播下了茁壮成长的种子。它乘着桥梁的翅膀飞身跃过巨大的河流，穿过难以逾越的高山，而且在不丢失轨道线的情况下畅游贝加尔湖，然后陷入沼泽之中，仿佛迷失了方向，在一片陌生的土地上寻找通道，在一系列意外事件中变成了一张打过的牌。它经历了一切，克服了一切，改善了一切，如同一棵根深蒂固的大树，向南向北长满了繁茂的树枝，它不懈的振奋人心的施工敲打声使人们听得厌倦了。所有这些胜利和动荡都有其成因和结果，至今仍有待于对它们进行研究再研究，成千上万的人参与其中，其中大部分人现在已不为人所知，付出了无法计量的劳动和苦难。但是铁路也是有记忆的：它珍藏着它命运中最重要的内容并保留下领路人和宠爱者的名字。而且，在谈到它时，难免也要想起他们，应该一次又一次地回归到它的各段路程。因为铁轨正是沿着它们延伸出去。

1891年是西伯利亚大铁路命运的开启之年。二月，内阁决定从相向的两端——符拉迪沃斯托克和车里雅宾斯克——同时动工。它们相距七千五百公里。需要补充一点：这是西伯利亚的公里数，平时根据工作量的数十和数百俄里，应该合为这里一俄里。“眼是懒蛋，手是好汉”，这一俗语用于此处也不合适：将这些不可估量的辽阔无边的远方尽收眼底来吓唬自己，即使是凭空想象，也难以穷尽它们。人们踏进了未经探索和一无所知的世界。

皇帝亚历山大三世希望赋予西伯利亚铁路建设的第一步——开工——以非凡事件的意义和光环。在俄国历史上，还从未进行过如此繁琐的、代价昂贵的伟大事业，包括铺设铁路，同时将数百万人从西部地区迁移到东部地区新开垦的土地上。俄国还从未开展过如此充满热情的运动，它既预示了利益，也振兴了民族精神。“如果没有发生这件事，至少不会引起民族精神的高涨，”这仅仅是因为内部和外部势力将俄国推向了一个历史性的不幸时期，当时这是无法预料的，或者似乎并非不可避免。

就在那个1891年的3月17日，随后，按当时的说法，宝座上一纸诏书发给了海上周游东方列国之后到达符拉迪沃斯托克的皇太子尼古拉·亚历山德罗维奇。诏书郑重宣布：

> 今诏告开建横贯整个西伯利亚铁路，旨在将西伯利亚地区丰富的自然恩赐与内部铁道交通网络连接起来。我责成您在察看东方外国之后，重新踏上俄国土地之时，宣布朕的这一旨意。同时，委托您在符拉迪沃斯托克对批准建筑的西伯利亚大铁路乌苏里斯克路段

进行开工奠基，由国库拨款并由政府直接指挥。

3月19日，皇太子尼古拉·亚历山德罗维奇用独轮手推车把第一车土运到了未来铁道的路基上，并为符拉迪沃斯托克火车站大楼奠定了第一块基石。形象地说，火车已经开动了，虽然离真正的火车发车还很遥远。横贯西伯利亚开建一条直通铁路的消息响彻了全世界。我们在本国的领土上铺设铁路这样一件内部事务触及了许多大国的利益。谁也不希望俄国强大；闲置的土地荒无人烟、难以通行，自然资源的难以接近，西伯利亚社会的主动性被束缚住了手脚，这些让匆忙结束了世界势力范围的划分并不想进行不必要竞争的所有国家再满意不过了。作为海上强国和塞瓦斯托波尔战役[①]战胜国之一的英国利益受到损失，是因为俄国进军世界海洋的进程势不可挡，克里米亚战争的结果已不再可能阻止这一事实。那时的日本将日本海以及朝鲜、中国视为其利益范围，而与之接近的俄国引起了岛国的极端愤恨。此外，利用当时中国的软弱无能，在其附近“伺机而动”的还有德国、法国、美国。在美国，此时已经有四条铁路干线从东海岸铺到西海岸，美国人在对西伯利亚大铁路——正如那里重复的那样——“不切实际的”设计方案赞叹不已的同时，作为一个富于进取和冒险精神的民族，他们抑制不住对艰巨任务的兴奋，然而美国政客们却无法不对俄国感到担忧：在俄国勇士般的身躯里血脉开始偾张。日俄战争以及随后的革命（1917年之后）证实了这种对俄国的普遍厌恶及各国从其北部和东部令人垂涎的资源中获利的愿望。

1892年，西伯利亚铁路发生了另一项重要事件：谢·尤·维特被任命为财政大臣，他是一个工作积极的人，有时过度积极，是最快速建设

① 塞瓦斯托波尔战役，指1855年克里米亚战争中的塞瓦斯托波尔战役。

大铁路的热心支持者。他毫不延迟地制订了施工计划。还在他的计划之前，全线就被分为六个路段，而维特则提出它们开挖的顺序。第一阶段的设计和施工——从车里雅宾斯克到鄂毕河的西西伯利亚路段（1418公里），从鄂毕河到伊尔库茨克的中西伯利亚路段（1871公里），以及从符拉迪沃斯托克到格拉夫斯卡娅站的南乌苏里斯克路段（408公里）。第二阶段包括从贝加尔湖东岸的梅索瓦亚站到石勒喀河上的斯利坚斯克路段（1104公里），和从格拉夫斯卡娅到哈巴罗夫斯克的北乌苏里斯克路段（361公里）。最后，也是最难以通行的从安加拉河口的贝加尔湖站到梅索瓦亚站的环贝加尔湖铁路（261公里），以及同样复杂的从斯利坚斯克到哈巴罗夫斯克的阿穆尔铁路（2130公里）。后来，人们突然发现，从伊尔库茨克到贝加尔湖站（80公里）这一小段处于“多余”的状态而没有被缝制到任何一件“皮大衣”上，因此，大家按照工作顺序的要求将其归于第一阶段。此外，西伯利亚铁路委员会将从梅索瓦亚到斯利坚斯克的外贝加尔路段的建设也移至优先路段之列。

1893年，西伯利亚铁路委员会的成立就像一个开足了马力拉动整个庞大的建筑行业的火车头。委员会成员包括内阁主席、财政大臣、交通大臣、内务大臣、国有财产大臣、军事大臣、海事大臣及国家监察员。皇帝任命皇位继承人尼古拉·亚历山德罗维奇为委员会主席，此时离他加冕典礼只有一年多的时间。委员会拥有最广泛的权力，在如此权威的人员组成下，铁路建设不应该存在障碍，障碍确实消除了，即使在最困难的情况下。在整个十年建设期间，然后在“增补”和调整路线、铺设复线的所有年间，就像在许多时候发生的所有极端情况下，委员会立即作出决定，筹措追加资金，伸张正义。甚至在中国土地上铺设中东铁路恐怕也归因于它：在战争前夕狂风暴雨的形势下，急需一条横贯的通道，而北部的阿穆尔方案，在永久冻土带的条件下面临很多前所未闻的“花儿”和“果实”等棘手问题，根本无法加速，阿穆尔铁路随后饱受的磨难不亚于环贝加尔湖路段。承担像西伯利亚铁路所展现的如此宏大而未知的事业，当然不可能预见到所有的困难，所有的脚绊儿和不幸，作为对入侵这些茂密的保护区的惩罚，它们一次又一次地落到建设者身上。因此，什么事情都发生过——停工，混乱，偏离预定的路线，工人们逃离建筑工地，他们无法忍受严寒、沼泽、飞虫和难以驯服的大自然，无论付给什么样的工资。所有的事情都发生过，在如此巨大而充满挑战的建筑工地上发生的非常情形都是理所当然的。

在西伯利亚铁路委员会最初召开的一次会议上宣布过施工原则：“……要成本低廉地将已经开始的西伯利亚铁路建设进行到底，最重要的是既快速又稳固”；“要建得又好又稳，以便随后可以增建，而非重建”；“……要使西伯利亚铁路这一伟大的人民事业，由俄罗斯人用俄罗斯材料完成”。最重要的是依靠官款修建。经过长时间的犹豫之后，项目允许“招收流放苦役犯、流放移民和各类囚犯参与铁路建设，并因其参与施工减少刑期”。

高昂的建造成本迫使人们采用简便的技术标准铺设铁路：减少了路基的宽度；道砟层的厚度几乎减半，而在铁路的直行路段，不少地方的枕木之间根本就没有道砟；铺设更轻型钢轨（以18磅的钢轨代替21磅）；与规定标准相比，允许更陡峭的上坡道和下坡道；小型河流安装上木结构桥梁；车站建筑物也是简易型的，通常没有地基。所有这些都是按照较低的铁路通过能力计算得出。然而，一旦负荷增加——战争年代多次增加——就只得紧急铺设复线，所有这些不能保证安全运行的“简易建筑”只得拆除。

在皇位继承人现场为开工举行祝圣仪式之后，铁路立刻从符拉迪沃斯托克通向了哈巴罗夫斯克方向。一年后，隆重举行了从车里雅宾斯克相向运行的列车开通仪式。西伯利亚铁路西端的第一颗道钉委托由彼得堡交通学院的实习大学生亚历山大·利韦罗夫斯基钉进。如何能够在这个当时才不出众的大学生身上看出他将是一个突出的、骑士般的大人物呢？而且是从那些凭借卓越的才能和专业的胆识从事了多年的建设工作的各个阶段的人物中间，如何看出来的呢，不可思议。二十三年后，也是他，亚历山大·瓦西里耶维奇·利韦罗夫斯基，作为东阿穆尔铁路负责人，钉进了西伯利亚大铁路的最后一颗“银制”道钉。就是他，工程师利韦罗夫斯基领导了环贝加尔湖铁路最艰难的一个路段的工作，在这里，他首次在铁路建设实践中，使用电进行钻井作业；就是他，自己冒着风险和危险第一次实行了用于排放、松土等定向专用炸药的差别定额；就是他，工程师利韦罗夫斯基领导铺设了从车里雅宾斯克到伊尔库茨克的复线铁路；还是他，完成了2600米长的独特的阿穆尔大桥的建设，这是西伯利亚铁路上的最后一座建筑，直到1916年才投入使用。

应该说，过去，只要俄国开始构想一项其切实需要发起的伟大事业，仿佛施展魔法似的，瞬间就出现了满足这一事业所需数量的突出而强有力的领路人和奉献者。甚至让我们从远古回想一下：在鞑靼人统治后的14—15世纪，当需要将俄罗斯的土地和灵魂重新集合起来时，谢尔吉·拉多涅日斯基[1]的信徒及其信徒的信徒在罗斯周边建起了数百座修道院，进行不流血的训诫性的统一工作，其中包括外伏尔加河地区。

当需要开辟西伯利亚时，几百、几千、上万的哥萨克人，像宇航员

① 谢尔吉·拉多涅日斯基（约1321—1391），莫斯科郊区谢尔吉圣三一修道院的创建人和院长。

一样经历了专门的锻炼，并表现出超负荷的能力和无所畏惧的激情，在半个世纪的时间里，在难以抑制的渴望的吸引下，到达了鄂霍次克海。

当彼得大帝在其帝国建设中需要与他本人一样具有强大的精神和力量的战友时——“彼得鸟巢中的一群雏鸟”①在屈指可数的几年内飞集一处。

在伟大的卫国战争前夕，当军队失去将领，而战争却以排山倒海般难以遏制的气势向前推进时，农民子弟放下木犁和车辕出现了，并在军事上胜过了严格训练了几个世纪的敌人集团军将领们。

西伯利亚大铁路也是如此：是的，当时已有工程师培训学校，在俄国的欧洲部分已经有相当丰富的铺设铁路的经验，但所有这一切与西伯利亚的条件要求无法相提并论，那比已获得的教育和现有的经验要高出一两个等级。这就好像在另一个星球上工作，不很熟悉，“脾气暴躁”，而且花样繁多。就像在乌苏里斯克泰加林中发生的那样：当着道路上几十个人的面，在工作的嘈杂和喧哗声中，一只老虎从树后跳出来，咬住最先碰到的人——然后就消失得无影无踪。或者像严寒中发生在外贝加尔斡难河②上的那样：无缘无故，两三吨重的巨大冰块轰隆一声夺河而出，高高地抛向空中，制造出可怕的震耳欲聋的排炮轰击声。还有许多其他同样意想不到的事情发生，对此无法防备，而随着每个新的一天开始都会不可避免地发生。对所有这些都必须了解（而此前没有进行过任何观察，不但对老虎的行为，即便对自然现象也没有观察过），研究并想方设法预防。为此更需要的是工程知识、人类经验和直觉，或者随着时间的变化获得的自我融合的能力，试试弄清楚吧。

① 普希金的长诗《波尔多瓦》（1828）中的诗句。

② 斡难河，又译作鄂嫩河。

勘查工程师和建设者在西伯利亚被锻炼成为一支骑士般忠诚服务于俄国的特殊队伍。这是具有强壮骨骼和健康精神的知识分子，他们的使命是建立、巩固和改善生活，是将被荒芜和遥远压垮了的俄国边区，从他们村镇的死胡同带到充满知识和活动的广阔天地，仅根据这一点，他们就不可能产生破坏性的情绪。这是些受过教育、和蔼可亲的人，他们沉着稳健、不知疲倦，专业服务和精神修养造就了他们的优良品质。他们很多人的坟墓留在了铁路沿途，如今已被遗忘。不少人的名字成为车站的名字，但是根据我们健忘的习惯，车站后来又被重新命名。他们中不少人积劳成疾，在竣工之后没有活多久，而我们如今连向他们致敬都已忘记。

1880年代，当由工程师尼·帕·梅热尼诺夫领导的托木斯克—伊尔库茨克沿线的勘探正在进行时，伊尔库茨克《东方评论》报以此地习以为常略带粗鲁的幽默写道：“交通工程师们来了已一年有余，并在从托木斯克到伊尔库茨克的遥远的地方进行铁路勘查。工程师们是外来的新人，要员，身穿制服，奇怪的是——至今没企图打伤任何人的颧骨，扇巴掌，扭送到法庭，让人绝对服从。他们和平安静地做自己的事，不冒犯任何人。我们不习惯这种现象。‘千万可别闹出什么乱子来！’——西伯利亚居民说。”

弗拉基米尔·奇维利欣[①]留下一部未竟的长篇小说《路》，是关于西伯利亚大铁路以及关于著名的作家兼勘查工程师加林—米哈伊洛夫斯基[②]——他是《焦玛的童年》《中学生》《工程师》及其他许多图书的作者。奇维利欣在他的小说中满怀爱意地描写了勘查工作，对所写之事

① 弗·阿·奇维利欣（1928—1984），苏俄作家，记者。

② 尼·加林—米哈伊洛夫斯基（1852—1906），俄国工程师，作家和旅行家。

有着惊人的了解：

> 任何一个勘查者面临的任务都可以归纳为几个基本任务。主要原则是——选择最短的方向，因为铁路要铺设很久，每增加一公里不只是增加建设成本。将来，不必要的轨道距离将浪费大量的时间、精力和金钱。此外，铁路应该有最小坡度，如果地形的特点不能完全避开它们，则工程师应该找到最平缓的、不很陡峭的下坡道和上坡道，而在必要时平整地形，即预先考虑路堑、高填方路堤、跨线桥，并确定所谓的限制坡度，它将决定未来铁路的通过能力。接着应该标出最大曲线半径。正如铁路工人所说的那样，不良的弯曲断面和急转弯会在运行中引起附加阻力，使机车、车厢、铁路过早磨损。在通往河流的道路上，勘查者标出最方便的码头或桥渡的位置，预先规定洪水、雪崩、塌方、地震的防护措施，查明现有的运输路线、通信设施、水源、已有的建筑材料、劳动力储备，并在不损害未来铁路可靠性的前提下，力求将建筑成本降至最低。勘查工作的结果——技术设计和预算，经批准后它们成为主要的施工文件。

毫无疑问，入门知识令人印象深刻。

尼古拉·格奥尔吉耶维奇·加林—米哈伊洛夫斯基于1891年被任命为西西伯利亚铁路勘查工作的负责人。这里最初的勘查以前进行过，仅要求他最终明确个别细节并给出最终结论。然而路线的选定方向很快使工程师加林—米哈伊洛夫斯基感到吃惊和警觉起来。路线从巴拉巴草原出发，前往鄂毕河沿岸富裕的贸易村科雷万，在那里，它将在一个最不合适的地方渡河，那里的河流通常漫出两岸，泛滥成灾，而在鄂毕河之后立即标出一个朝北向托木斯克方向的急转弯，此方向是难以通行的沼泽地。这难道是最短最方便的路线吗？难道勘查者没有发现更好的路线，就选定了它？不可能！加林—米哈伊洛夫斯基开始勘查。顺流而下，鄂毕河变得越来越宽广，其两岸的沼泽地也越来越多。应该再向上游察看。考察了鄂毕河、托木河和亚雅河——所有三条河像姐妹一样彼此相距不远，这条路是避不开它们的，加林—米哈伊洛夫斯基在渔民和猎人的帮助下，找到了不可能比那里更理想的渡口，他选择了克里沃谢科沃村作为穿越鄂毕河的地点。

后来，作为一名乘客途经这里时，他在环球旅行日记中写道：

> 在160俄里的长度上，这是唯一的，正如农民所说的，鄂毕河流淌在“管道”里的地方。换句话说，这里的河流两岸和河床都是岩石。此外，这是河水泛滥最狭窄的地方，在最初预定铺设线路的科雷万，河水泛滥二十俄里，而在这里只有四百俄丈。改变最初的设计是我的功绩，现在我高兴地看到，被我标出的路线在施工中没有改变！……我还高兴地看到，对面被称作新村的村庄已经发展起来。现在它已经是一个真正的小城了……

这个“真正的小城”，在后来的岁月中，就好像发面一样，起初发展成新尼古拉耶夫斯克，然后是西伯利亚最大的城市——新西伯利亚，城市有一百五十万人口，是西伯利亚大铁路的劳动结晶。

托木斯克是当时最响亮的城市，那里开办了西伯利亚唯一一所大学并成立了技术学院。但铁路路线却不得不从这里改变，南移九十公里，将城市搁置一旁。托木斯克至今仍无法忘记这个委屈。从泰加林站（这个车站的位置和名称都是加林—米哈伊洛夫斯基本人为它选定的）朝托木斯克开通了一条支线，但尼古拉·格奥尔吉耶维奇勘查并捍卫的新路线连同支线一起，比以前他称之为“最初的”方向还要短，而且成本低得多。这也正是要求勘查者做到的，如上所述的勘查者规则是由在泰加林站铁路工人家庭长大的弗拉基米尔·奇维利欣编写的。“这就是泰加林站，一条支线由它通往托木斯克，”——尼古拉·格奥尔吉耶维奇在同一个环球旅行日记中简短地写道。而且在这份简捷的记录中，会无意间听到回忆时发出的叹息，为了捍卫当时的国家利益，他得忍受多少压力啊。被主干道抛弃了的托木斯克的命运吓坏了西伯利亚铁路尚未到达的东部城市的市长们，以至于在伊尔库茨克举行的欢迎新任交通大臣米·伊·希尔科夫到来的午宴上，当时负责从鄂毕河到伊尔库茨克路段勘查工作的尼·帕·梅热尼诺夫也出席了宴会，当地总督戈列梅金十分坦率地表达了自己的看法，他说：“如果勘查者想把伊尔库茨克忽略过去，就让他们瞎了眼——也许盲人会进入这座城市。”梅热尼诺夫对此如何作答，回忆录没有传达，但他未必会生气，因为首先他懂得国家利益，加林—米哈伊洛夫斯基正是出于国家利益。幸运的是，伊尔库茨克没有失去这一利益。

在北乌苏里斯克铁路上，奥·波·维亚泽姆斯基进行的多次重复勘查也改变、缩短并降低了这条新线路的费用。他将其向乌苏里河以东大幅推移（30公里），以此使铁路摆脱了很深的岩石路堑和大面积淹没地区。维亚泽姆斯基坚决反对铺设中东铁路，并拒绝为它工作，但取直这条（满洲里的）方向，俄国需付太大的代价，他无能为力。

西伯利亚大铁路于1892年7月7日从车里雅宾斯克向东移动，移动得相当顺利。两年之后，第一列火车已经出现在鄂木斯克，又过一年——出现在鄂毕河前面的克里沃谢科沃站（未来的新西伯利亚）。几乎同时，由于从鄂毕河到克拉斯诺亚尔斯克的施工分四个路段同时进行，克拉斯诺亚尔斯克也迎来了第一列火车，而在1898年，火车比原定日期提前了两年出现在伊尔库茨克。就在那个1898年年底，铁轨延伸到贝加尔湖。在环贝加尔湖铁路前面，是难以形容的自然美景和同样难以形容的湖中断崖形成的天然屏障。铁路在这里整整停工了六年。从梅索瓦亚站继续向东，还在1895年铁路就开通过去，而且人们满怀坚定的愿望——在1898年（这一年，在成功开工之后，被视为第一阶段所有铁路的竣工之年）完成外贝加尔路线的铺设，并将铁路与通向阿穆尔河的河运航线连接起来。但是，在这里出现了一个完全未知的、完全未经训练的西伯利亚，这些计划注定不会很快实现。种种不幸一次又一次落到建设者头上，这些不幸不仅使路段无法按期投入运营，不仅使建筑者陷入名副其实的灾难深渊，还导致下一条铁路——阿穆尔铁路的建设被搁置很久。

第一个打击来自永久冻土带。为纪念外贝加尔铁路建成100周年而出版的纪念文集回忆起这件事的下列情景：

> 没有在分布着冰冻的扁豆状矿体的永久冻土层上施工的经验。水管铺设在由蒸汽和水加热的坑道里。赤塔铁路机修厂的厂房倒塌。后来，阿穆尔铁路（某些第一阶段的服务部门也被延伸到那里）上的机车库建筑和莫戈恰的浴室倒塌了。路堑边坡滑塌，排水沟被土壤填满，桥梁桩基变形，高填方路堤即使在冬季也出现沉降，在长时间的暴雨期，密实的路堤基底液化，建筑物和桥梁地基遭到破坏，这远非建设者在外贝加尔铁路许多路段的永久冻土带遇到的反常和意外现象的完整清单。

1896年的洪水几乎冲毁了各地修建起来的路堤，造成了很多灾难，但它们仍然可以修复。第二年，一场真正的大洪水袭来。色楞格河、希尔卡河、因果达河及石勒喀河的河水以海啸般的速度和狂暴冲出河岸，冲毁了村庄，彻底冲走了地级市多罗宁斯克，在距铁路路堤方圆四百俄里，没有留下任何痕迹，建筑材料被冲散并被掩埋到淤泥和垃圾下面。当洪水终于平息了，前所未见的毁灭一空的景象触目惊心地出现在建设者面前，好像是他们引起的自然灾害——因为他们突然来到这里，来到人尚未享有优势地位的地方，并未经许可违反了这些地方的规律。

灾难不止于此。一年后，洪水过后显示出自然力相反的一面，该地遭遇了前所未有的干旱，寸草不生，播种的粮食颗粒无收。爆发了瘟疫和炭疽病。工人们逃散，铁路的残料如坟丘一般堆砌在那里。

这些事件发生仅两年之后的1900年，外贝加尔铁路便成功开通运营，但是它有一半是“粗针大线地”铺上，为安全运行还需要工作再工作。

而从另一边——从符拉迪沃斯托克开始到格拉夫斯卡娅站（穆拉维约夫—阿穆尔斯基站）的南乌苏里斯克铁路，还在1896年就投入了使用，而通往哈巴罗夫斯克的北乌苏里斯克铁路竣工于1899年。

被推迟到最后阶段的阿穆尔铁路尚未动工，环贝加尔湖铁路仍然无法通行。阿穆尔铁路碰到难以通行地带，人们担心被困在那里很长时间，便于1896年选定通过满洲里的南线方案（中东铁路），急忙架设通过贝加尔湖的轮渡，并从英国运来了两艘破冰渡轮的装配零件——起初运来第一艘，然后第二艘，五年之间承担铁路货运的任务就落到它们身上。

外贝加尔铁路上的困难是非同寻常的，但不能认为它们是完全意外地出现了。在人烟稀少且几乎完全未被考察的巨大空间里，由于真正的神秘莫测、玄妙难解的力量，什么事情都可能发生。难怪人们说，在“西伯利亚”一词的发音中听到了吼叫声，所以当人们匆忙间痛苦地踏上了它，真的就响起了吼声。俄国这些荒野的历史始于17世纪，当时这里出现了哥萨克人，而在之后又出现了耕种的农民，但他们人不是很多，一俄里一人，而且住得很封闭；他们遭遇过什么，从与当地人的交流中吸取过什么样的经验教训，都与他们一起永远地留在了这里，不像现在这样能大声通知给整个星球。

1913年，著名的挪威旅行家和科学家弗里德约夫·南森到过外贝加尔地区。他是伟大的北方海路的热情宣传者，如今北方海路与西伯利亚大铁路联运带来了广阔的前景。弗里德约夫·南森穿越北海，然后沿着叶尼塞河航行到克拉斯诺亚尔斯克，然后换乘火车。他沿着西伯利亚大铁路确定的那条路线一路行驶过去：从赤塔转入中东铁路并到达符拉迪沃斯托克，然后沿着乌苏里斯克铁路前往哈巴罗夫斯克，而在那里……在那里，回程可乘阿穆尔铁路，这条铁路一度被废弃过，但现在重又被拾起，正在着手合力开展工作——正在着手，并非已经可用。他只得时而坐火车，时而坐检道车，坐汽车，步行，乘船，直到著名的挪威人在东道主的陪同下驶向外贝加尔铁路，那里已经开始了稳定的贯通运行。但是，正是这些被建设者强攻下来的难以逾越的地方，才给旅行者留下了最深刻的印象，他们在旅途中看到了许多各种各样的景象。一方面，大自然深藏不露而又雄伟壮观，它如同斯芬克斯[①]，庄严地静卧于秋日里，昏昏欲睡，在季节的变换中辗转反侧，它没有料到有一天这里会出现人，也没有为他准备任何方便条件。而另一方面，尽管自然充满了似乎无人可与之竞争的巨大力量，人类却不知从哪里获得了简直是勇士般

① 斯芬克斯，希腊神话中长着狮子躯干、女人头面的有翼怪兽。

的健壮，更坚强而执着地前进再前进。

南森恭敬而准确地称他这本关于此次旅行的书为《穿越未来的国度》。他不止一次在其中感叹道：“神奇的国度！神奇的国度！”他就像一位阅历丰富的战友，与建设者一起经历了他们艰苦生活中的所有艰难，他注意到：

> 冬季的气候如此恶劣，以至于除隧道和桥梁施工之外，多半时间不可能做任何工作。夏季的条件也不能令人满意：天气炎热，而且蚊子、苍蝇、黄蜂和各种小蠓虫成群结队，以至于摆脱它们的唯一方法是用篝火的烟雾。在这些平坦且沼泽处处的平原上找到优质的饮用水也很困难，大多数情况下只好满足于不流动的沼泽水。沼泽地区难以通行的道路到了夏季变得根本无法通行，铺设可以将就使用的道路也都必须推迟到冬天。

在塔尔达站，南森看了一眼为寻找饮用水在沼泽地上钻出的一百米深的钻井。水没有找到，但“地狱”的横断面却令科学家震惊：上面是一米厚的泥炭层，然后是一米半厚的整块冰，接着是沙子，片麻状的花岗岩——所有这一切直到最底层都是多石冻结的状态。从这些地下深处可以期待得到什么样的慈悲呢？这深处的地狱厨房随时都会奉上最不愉快的大餐。这就是为什么以铁路形式在地表上产生的“慈悲”会不断受到威胁，因此，除了修建巨型路堤垫层进行保护外，别无他法。

这里是特别艰难的、习惯上所说的极端条件，这里的铁路代价昂贵，根本无法衡量。但是哪里的铁路也不容易，甚至在西西伯利亚——尽管从推进的速度来看，那里似乎是自行滚动。当然，伊希姆草原和巴拉巴草原如平整的地毯在西侧铺展开去，因此从车里雅宾斯克到鄂毕河的铁路，正好沿着北纬55度笔直地平行延伸出去，超出1290俄里的最短精确距离偏差仅有37俄里，这是在靠近城市和河道时不可避免的里程。土方施工进行得也相当轻松，特别是从美国引进挖土机后。

无法将西西伯利亚铁路与其他铁路相提并论，但是即使在这里也并非没有困难，困难来自草原地区，尽管它提供另一种优势。草原地区没有木材——只好从托博尔斯克省或从东部泰加林地区运输。甚至没有砾石、石头来建造横跨额尔齐斯河的桥梁和鄂木斯克车站，人们沿着铁路从740俄里之外的车里雅宾斯克，利用驳船沿着额尔齐斯河从900俄里之外的采石场运送石头。在汛期，无法摆脱洪水——还是那个刚刚大学毕业进入工地的工程师利韦罗夫斯基，他想到了沿着铁路开挖基坑。而饮用水、机车锅炉用水则从湖区的自流井中汲取，并采用化学方法清除水中的杂质。在草原暴风的劲吹下，积雪似乎将路堤化为消逝于远处地平线的起伏的白色雕塑，你根本无法紧急植树防护，只好钉入成千上万块木制挡板。而且人们是轻装进入西伯利亚草原：缺东少西，甚至连钉子都从乌拉尔地区运来，机修厂没有马上置办起来，路用车队后来才被调集来。正是在这里，在第一阶段，铁路积累着经验，学会以特别的脚步行走于西伯利亚——干净利索而又曲意逢迎的脚步，考虑周全、以防万一的脚步，迈脚时要准备好可以从任何陷阱中拔出脚来。

横跨鄂毕河的大桥修建了四年，而鄂毕河右岸的铁路（现在已经是中西伯利亚铁路）继续向东延伸。一直到马林斯克，甚至到阿钦斯克，都没有遇到严重的障碍——还是同样的草原，只不过逐渐披上了森林的装束。然后是阿尔泰山、阿拉套山、萨彦岭的支脉。古老的、密林的、苦寒的西伯利亚，这里是强烈的大陆性气候，绵延数百俄里的山区，地势忽高忽低，用建设者的话来说，“起伏不定”，道路难行，土方施工时，必须使用的与其说是铁锹，不如说是斧子——树根在土壤里盘根错节。

就在这里，有一条支线从泰加林站通向托木斯克，那里是中西伯利亚铁路建设管理局所在地。它被选在托木斯克，大概不仅是出于实际的便利，也是出于满足被干线搁置一旁、自尊受到伤害的城市的愿望。但是外贝加尔铁路管理局不知为什么也没有根据地理要求设在赤塔，而是位于伊尔库茨克。后来，十年之后，赤塔也深受敬重：阿穆尔铁路建设管理局从偏僻的涅尔琴斯克搬迁至此。远离了工作线，却更加靠近了通讯线；显然，这对于管理局的生活也具有很重要的意义。

总而言之，比西西伯利亚铁路艰难得多的中西伯利亚铁路，如此看来，进行得更加欢快，更加激昂，热情高涨，精神奋发。森林、石头，甚至是砌面石材都摆脱了沼泽；巨大的煤矿层触手可及，这些煤炭将进入机车火箱；冬季干冷、夏季燥热；有既能娱乐也能饱腹的泰加林的各种小动物；有精神坚强、体魄健康的当地人。人们学会了组织工作，对工作产生了兴趣并适应了它的节奏，感受到了进步的快乐。

在克拉斯诺亚尔斯克之前，“铸铁”铺设得很快——我们重复一遍，工作在四个路段上同时进行。人们铺设了18磅重的钢轨，但是不知何故，从英国沿着北方海路和叶尼塞河给克拉斯诺亚尔斯克运来了一批22磅重的钢轨——这不符合仅用国内材料建造的原则。不远万里运来了——不能出于原则返回去吧。而且这些钢轨很好，用它们铺设克拉斯诺亚尔斯克以西20公里的路程，以后无需更换。

从叶尼塞河向东，应该是从相对的两端——从克拉斯诺亚尔斯克和伊尔库茨克同时铺路。但是伊尔库茨克省的尼古拉耶夫斯克铁厂无法提供铁轨。只好以新土地发现者的方式“迎着太阳”前进。克拉斯克亚尔斯克铁路建成100周年纪念文集生动地描绘了铺路工人的工作：他们像流浪的茨冈人群一样，带着妻子、孩子、猫、狗、公鸡和小猪，还带着商铺和铁匠铺，每天沿着新铺设好的铁轨移动约六公里。就这样移动了整整一千俄里：把枕木运到路基上并铺设，切割轨道凹槽，油浸枕木，平整枕木，用马拉的小斗车将铁轨运来，铺在枕木上，用螺栓将其固定。紧跟着是道钉工，然后是矫直弯曲的矫正工，最后——捣固铁路并填充道砟。结束了——“茨冈人营地”的居民以其多种语言向整个泰加林宣布的同时，又前行六公里。

但是首先，必须经过最费力而沉重的工作——铺设稳固的、方便运行的、赏心悦目的铁路路基。有些路段不得不将路基抬高17米（在外贝加尔铁路上，路堤高度达到32米——高于八层楼），也有些路段是路堑，而且是石方路堑，可与地洞相比。河流妨碍了——迁移它的河道，让它知道自己的位置；山脉挡路了——让它俯首帖耳，因此连痕迹都没有留下。

叶尼塞河的河道根本无法迁移：克拉斯诺亚尔斯克附近河面宽达一公里，横跨这座西伯利亚大河的桥梁方案是由莫斯科技术学校的拉夫尔·普罗斯库里亚科夫教授设计。后来建成的全长超过2.5公里的欧亚大陆上最宏大的哈巴罗夫斯克阿穆尔河大桥，也正是根据他的制图施工。根据雄伟壮阔的叶尼塞河流冰期的特点，克拉斯诺亚尔斯克大桥要求超常规大幅增加跨度。桥墩之间的距离达140米，就在这些简直不像桥墩间距而像是桥墩跳距中间，大桥危险地悬挂在波涛汹涌的深渊之上，似乎只靠设计师的誓言勉强维持。但是金属桁架高出上方拱形20米——仿佛抓住了天空，使人对坚固性满怀信心。大桥简直就是一幅画！它是由工程师叶夫根尼·卡尔洛维奇·克诺雷负责施工的，这个著名的名字也与第聂伯河大桥、西德维纳河大桥和伏尔加河大桥的建造紧密相连。建造克拉斯诺亚尔斯克大桥，和鄂毕河大桥一样，花了四年时间。在1900年的巴黎世界博览会上，这座桥的27俄尺[①]长的模型获得了金奖。如今在克拉斯诺亚尔斯克，在这座退役的“老兵”身旁，建起了一座更加坚固的新桥，人们不知道该如何处理前者。拆除——下不了手，没有它克拉斯诺亚尔斯克会立刻黯淡无光；桥梁，作为有翼飞翔的独特奇迹，它不仅服务于道路，不仅从一岸延伸到另一岸，还会让喜悦和美丽铭刻于心。

在伊尔库茨克，铁路无须横跨安加拉河，沿着它的左岸通过。但在从西侧进城的入口处，流入安加拉河的伊尔库特河挡在了路上，河水难以驾驭，这是一条从萨彦岭奔流而出的山区河流。这里的第一座桥是木制的，如果沿着铁路运送金属结构代价就太沉重了。人们修建了桥墩，在伊尔库特河底打上了桥桩。冰冻期间，汹涌的河水裹挟着冰块将桥桩拔出。人们历尽千辛万苦重新打桩，为了保护桥桩，在冰挡和桥墩周围设置木笼。《东方评论》报出版人伊·伊·波波夫在他的《编辑笔记》中回忆道：

> 我记得，当1898年这座桥梁开通，第一辆机车启动通过它时，总督亚·德·戈列梅金提议我和他一起乘坐这辆机车通过。我拒绝了提议并建议戈列梅金“不要检测大桥”。他同意了我的意见，我们从侧面观看了“检测大桥”。大桥的建筑工程师波波夫手拿一把转轮手枪坐到机车上。后来，大桥检测结束后，我问波波夫为什么他要带一把转轮手枪。“如果大桥检测不合格，我会开枪自

① 1俄尺=0.71米。

杀，”——波波夫回答说。大桥下沉，嘎嘎作响，但是检测进行得很顺利，大桥挺立了十年。起初不允许列车通过，但后来所有的火车都安全通过。

随着西伯利亚大铁路来到西伯利亚的中部地区，来到全路线的正中间，就更确切地显示出铁路部门自身的职责，突显其文化、精神、教育的任务。挂到深入东部地区机车上的辅助“车队”一直在增加，而且越来越多。铁路本身，即使它轻载运行，没有给自己增加额外的负荷，也承载了该地区广泛变革的预兆。装满所需物品并畅通无阻地运载吧——连同思想、品味、风俗、举止、全新的经营和管理方式。但是这条铁路并非没有经过久经考验的殖民化方式，它不满足于明天的成果，不满足于在运输生活的各种组成部分时，让适应时代的新生活自行安排自己，而是在它运行的同时，着手使那些不可或缺的最优秀成分扎下根来。西伯利亚大铁路在广阔的前沿地带移动，它不仅留下了自己的铁路和维修设施，而且还有技校、学校、医院、教堂。通常，车站在第一列火车到达之前预先建设，通常是漂亮而喜庆的建筑——大城市是石头车站，小城市是木制车站，车站既建在鄂木斯克、托木斯克、克拉斯诺亚尔斯克、伊尔库茨克，也建在坎斯克、博戈托尔、下乌金斯克、济马。位于贝加尔湖畔的斯柳江卡车站，是用当地的大理石建造而成的，令人赏心悦目，一定会被视为一座引人注目的环贝加尔湖路段建设者的纪念碑。铁路既带来了童话般形状的桥梁，也带来了外形优雅的车站，车站周边的村镇，甚至是摊亭、机修厂和机车库。而这反过来又要求在车站广场周围建造一些体面的建筑物，种树绿化，改善环境。在伊尔库茨克火车站附近，耸立起一座漂亮的尼古拉—因诺肯季教堂（不久前修复的）；在新尼古拉耶夫斯克，鄂毕河大桥的建设者尼·米·季霍米罗夫成为东正教圣徒亚历山大·涅夫斯基[1]大公教堂的建设者，在他被封圣后不久也被安葬于附近。到1900年，在西伯利亚大铁路沿线，修建了65座教堂和64所学校，还利用皇帝亚历山大三世专项基金会的资金帮助新移民修建了95座教堂和29所学校。不仅如此，西伯利亚大铁路还强行干预老旧城市的乱建，对其进行改善和美化。铁路沿线的每一个地方都进行过地质勘探，外贝加尔铁路上的这项工作由未来的弗·阿·奥布鲁切夫院士领导，他的矿物收藏后来被转交给赤塔博物馆。当时，开始了新库兹涅茨克、安热罗—苏真斯克、切列姆霍沃、苏昌的煤炭开采。铁路清理并加深了河床；建造了造船厂并购置了自己的船队；开垦田地，为马匹播种燕麦，为工人播种黑麦；排干沼泽；采伐木材；与东方国家进行外交，其中包括铁路工程师可以去疗养的日本。

而最重要的是，在广阔的西伯利亚地区，西伯利亚大铁路安置了一批又一批数量达几百万的新移民。

身居自己的边远地区，睡眼惺忪的西伯利亚仿佛感觉到地下的震动，开始活动起来，环顾四周——生活和大自然中正在发生什么呢？——它听到了空中模糊而诱人的召唤，它甚至停在原地，还没有立即改变生活方式，就感到了位移：曾经所在的那里，已经不是那里，仿佛西伯利亚大陆的轴线本身移动了。

无论西伯利亚后来发生了什么，无论它吹进了什么样的变化之风，无论有了什么样的发现和更新——所有这一切，就印象和结果，就对荒凉地区的普遍觉醒和震动，就穿透大陆整个机体的某种召唤来说，都无

① 亚历山大·涅夫斯基（1220—1263），诺夫哥罗德大公（1236—1240，1241—1252，1257—1259），基辅大公（1249—1263），弗拉基米尔大公（1252—1263），统帅，俄罗斯民族英雄。

法与首次包罗万象并吹响新时代号角的铺设西伯利亚大铁路一事相提并论。

西伯利亚大铁路是全国人民修建的。全国还在20世纪70至80年代修建了贝阿大铁路，但是在繁荣时期，在国家的技术实力和无所不在的党政关怀下，这种普遍参与贝阿大铁路的铺设有着巨大的不同。“共青团突击队”由充足的各种专业技能的年轻干部予以保障，各地对连续不断运送到施工现场的货物亮起“绿灯”，不惜资金供应，调拨权下放，把哪一个车站连同居民点一起交给哪一个加盟共和国建造：哪个车站交给格鲁吉亚和亚美尼亚，哪个给白俄罗斯和拉脱维亚，哪个给阿塞拜疆，哪个给乌兹别克斯坦，任何一个共和国，无论它多么妄自尊大或难以驯服，都不敢拒绝，都以自己的民族精神去建设，这在北方的艰苦条件下甚至是一种奖励。“贝阿大铁路”一词听起来坚强勇敢，它出现在天气预报和新闻报道中，在文化和文学生活的报告中，铁路那里聚集的诗人和画家如此之多，以至于有时会严重干扰工作。国家为贝阿大铁路的建设者创造了各种各样的福利制度，参与施工成为随后职业升迁中最光荣的证明。

当然，这并不意味着与国家和谐相处的大自然有利于贝阿大铁路，唉，这只北方的“左手”，它在伸向东方支持“右手”的西伯利亚大铁路的同时，在个别路段付出了沉重的代价。在布里亚特路段的北穆亚山隧道是国内的最长隧道，总长超过十五公里，为开辟这条隧道奋战了二十五年。尽管如此，贝阿大铁路并没有让国家付出很大的损耗，在决定铺设路线的最初十年中，国家还很富裕。

然而，一个神秘的巧合是：西伯利亚大铁路竣工之后，俄国便陷入了灾难的深渊，灾难持续的时间大体上与修建铁路的时间同样漫长，贝阿大铁路竣工之后也发生了同样的情况。也许，我们广袤而伟大的国家以某种方式被安排成这样，并被安置在一个这样的平台上，即任何对它的严重干涉，尚不清楚根据什么规律，不会引起深层位移，不会引起地壳的平移断层，而会引起表面的社会变动，这些变动要么导致对先天“命脉”的破坏，就像西伯利亚大铁路竣工之后的革命时期和国内战争时期那样，要么导致忽视和亵渎，就像90年代对待贝阿大铁路那样。

当时，有着与不同于贝阿大铁路的另一种关怀——但是，我们重申一遍——西伯利亚大铁路毫无疑问也是革命前整个俄国修建的。所有必须参与建设的政府各部，所有的省份，无论是西部的，南部的，还是北部的，都提供了劳动力。因此被称为：一级劳动力，最有经验、最熟练的工人；二级劳动力，三级劳动力……当时不可能有对这些劳动力的调拨单，但整个俄国四处奔跑着招工者，他们为西伯利亚签订合同并召集劳动组合。从敖德萨定期驶向符拉迪沃斯托克的志愿者船队勉强担负起运输移民、工人的任务，从华沙运送桥梁金属结构，从南部各省运送各种设备，甚至从彼得堡为军队运送面包。几乎整条铁路都铺上了乌拉尔生产的铁轨；除远东地区外，其他的桥梁也是由乌拉尔金属制成。最初预定的支出金额3.5亿卢布几乎增加了两倍，财政部虽然呼哧带喘地将其发放给整个俄国，虽有拖延——特别在战争年代，但还是对这些款项进行了拨付。西伯利亚大铁路，尤其是它的中国境内路段（中东铁路），将日本推向了战争，但人们满怀极大的希望看着西伯利亚大铁路：只要能赶得上，只要能让铁路投入使用运输军队和武器，只要不失去太平洋港口。

在第一阶段的各路段开展工作（1895—1896）的个别年代里，多达9万人同时在铁路上工作。这支大军由形形色色的人员组成，有西部各省的志愿者，有当地居民，有苦役犯和流放移民，有士兵，以及在环贝加尔湖铁路和乌苏里斯克铁路上的部分外国工人。铺设铁路不是纤夫合力拉渔船，因此，分散在各个路段的这些不同种类的人群，可能彼此之间或者根本不接触，或者接触很少。军人队伍自己施工，流放犯也自己施工。然而，还发生过这样的事，苦役犯和雇佣工人在一个承包地段工作，正如乌苏里斯克铁路的经验表明，在这种情况下工作得更好。

总之，这是一个长期存在的、两方面相互依存的问题——劳动力不足和对劳动力的态度问题。

受此问题困扰最小的是西西伯利亚铁路。这里尚未远离乌拉尔和托博尔斯克省的人口稠密地区，而且外乌拉尔和外伏尔加河流域的拉谢亚[①]也并非位于九霄云外，它提供工匠式的建设者，他们掌握了一套不仅只属于“铸铁”的专业知识。每年有多达2.2万人在西西伯利亚铁路上工作，其中近一半是从当地人中招募而来。旧礼仪派教徒帮了大忙（在外贝加尔铁路上也是如此，那里他们被称为“居家派”）。他们高大、强壮、帅气，面色红润，不喝酒不吸烟，一个人干活顶两个人，甚至三个人，他们以家庭组合的方式来工作，他们承包的工作无需担心。一旦农忙季节来临——他们便消失了，在家里割完干草或收完庄稼后，又再次出现。但是各地的农民认为修建铁路是农闲季节的零活，并且每年数次大批地涌来又退去，直到铁路消失于地平线为止，在那里铁路被另一些农民接手。

在东西伯利亚地区，在中西伯利亚铁路上，人口密度比西西伯利亚低得多，每平方俄里有1.5人。从俄国的欧洲部分，每年有3000到1.1万

① 俄罗斯人口语中称俄国为拉谢亚。

人（根据瓦·费·博尔祖诺夫[1]在其《西伯利亚大铁路的建筑材料》中的数据）来到这里，到外贝加尔铁路的人——少一半，到乌苏里斯克铁路的人——总共没有多少：约一千人。解决办法找到了，像往常一样，没人征询你的意愿。从一开始，还在1891年，就允许在乌苏里斯克铁路上使用流放犯和囚犯。这一许可后来扩大到了西部路段。在新世纪伊始的伊尔库茨克省，铁路施工动用了五千多名流放犯和约一千多名囚犯。这些人加起来只占所有施工人员的一半。选择囚犯是有条件的：只挑选剩余刑期不超过五年（在这种情况下，他们不愿意逃跑）的囚犯到工地劳动，以观后效，即如果表现良好，则减少刑期。在外贝加尔、阿穆尔和乌苏里斯克铁路上，挽救了危机的是阿穆尔军区和铁道营的士兵们，与来自萨哈林的苦役犯一道，还（在乌苏里斯克铁路上）与中国人、朝鲜人，甚至与日本人一道。

在建设之初就宣布了的法令——依靠俄罗斯人双手修建铁路，即依靠俄罗斯帝国的国民双手修建铁路，在远东地区却没能遵守。成千上万的中国人猝不及防地涌进了工地，请求给他们随便什么工作。发生过同时聚集多达一万中国人在铁路上的情况。他们的活干得不怎么样，一年后才适应独轮手推车，更喜欢用筐运土，害怕下雨，只要一下雨，便立刻跑到掩蔽处……但是不得不容忍一切，别无选择。1896年，当被派来施工的士兵少于要求的时候，施工队长奥·波·维亚泽姆斯基被迫去日本签订送交一千七百人进行土方施工的合同。日本人送来了，安排好了，沿着路堤分配好了——但是看他们干活急得你直抓头发：日本人小心而机械地，像收集金沙矿一样，用刮板把土收拾到小铲里，从小铲再倒进绳编的筐里，两个人用棍子将筐抬在肩上，费力地抬着它爬到路堤

① 瓦·费·博尔祖诺夫（1931— ），西伯利亚大铁路修建史研究专家。

上。一台独轮手推车装得下那样三筐土。虽然没有工人，但这些也不是干活的人，只好辞掉日本人，搞不懂他们是如何建立起自己的帝国的，只好把合同义务移交给中国人：无论如何他们更干净利落些。

后来，当重返阿穆尔铁路时，彼·阿·斯托雷平[①]重申："阿穆尔铁路应该由俄罗斯人双手建造。"只有那时才彻底拒绝了中国人的服务。但不得不增加流放人员和苦役犯的数量，在这条铁路的建设中，强制劳动的比例足足占据全部完成工作的三分之一。但是乌苏里斯克铁路，是由俄罗斯人的双手，主要是士兵的双手完成的。在五年建设期间，该铁路的军人队伍几乎达到一万八千人。1900年，在阿穆尔总督尼·伊·格罗杰科夫的倡议下，在哈巴罗夫斯克的车站广场上，为军人建设者竖立了一座方尖碑造型的纪念碑，上面写着感言："此纪念碑证明，乌苏里斯克军人，如威严的堡垒屹立于帝国的偏远地区，他们既会使用武器，也会使用铁锹和斧子为祖国服务。光荣属于俄罗斯士兵！"

修建铁路结束，并不像战争结束那样：战争结束了，打完仗的军队可以彻底复员。的确，在铁路建设中也会遇到失败，就像20世纪30至40年代贝阿大铁路一样，当时不得不放弃铁路，从上面撤下铁轨运送到防御中的斯大林格勒。但这些都是例外情况，通常情况下，它们会继续下去，直到取得最后胜利。最后胜利到来时，建设者大军逐渐转行为运营维护人员。当然，不是全部，但是相当一部分建设者就在这里，在铁路上，在自己投入运营的事业旁边，永久定居下来。

就像在庄稼地里一样：曾几何时，第一次在生地上，在草根土上，犁出垄沟，然后用同一双手一年年地耕地播种。

以何种心情修建铁路？铁路的伟大和极端必要性，它有益的运行，

---

① 彼·阿·斯托雷平（1862—1911），俄国国务活动家，首相，内务大臣。

工人们不可能没有意识到吧？是否热情高涨、精神奋发，是否对自己和自己通往无限未来的“充满献身精神的”事业（“充满献身精神的”既源于不可否认的功绩，也源于坚定地奔向最终的目标）感到自豪？心灵是否因这项事业而腾飞？如果腾飞了，它是否从它的高度显示出整个铁路从头到尾的弦长和数以万计“调音师”对它的担当？“工作日就是我们的节假日”，哪怕是偶尔出现过如此欣喜的状态，还是一切都陷入精打细算的承包的粗活中，陷入了无休止的繁重工作中，而所有的力量都被沉重的肉体的磨难夺走了？

回答这些问题并非易事。不同的人聚集于施工现场，工作条件不同，心情也不相同。作曲家和诗人没有访问过建筑工地，也没有编写过关于它的歌曲。安·帕·契诃夫并非乘坐“小轿车”去萨哈林岛，而是沿着古道——河道和土路穿行，并且他感兴趣的不是建筑工地上的苦役犯，而是戴着镣铐的萨哈林岛的苦役犯。毫无疑问，铺设西伯利亚大铁路的工人自己，在休息时刻，在甜蜜的痛苦中，当时民间流行的、至今仍在流行的话语令他们心碎：“一个流浪汉沿着野兽出没的羊肠小道逃离了萨哈林岛。”他们也许想象着：他们再加把劲，使铁路更接近萨哈林岛，流浪汉就无须命丧于野兽出没的羊肠小道上，可以设法偷偷地爬进车厢。

我们从当时的报纸上得知，鄂木斯克、克拉斯诺亚尔斯克、伊尔库茨克的人们是如何欣喜若狂地迎来了第一列火车。乌苏里斯克的两个路段是如何贯通的，当时大臣米·伊·希尔科夫前来参加贯通仪式，一切沉浸在节日气氛中，伴随着感恩的祈祷和鸣放礼炮，发表了讲话，举办了隆重的宴会——这种时候无一例外地邀请所有的铁路工程师参加。在这样的日子里，在最近的车站的某个地方单独设宴招待工人们。当然，记者们不在现场，因此没有留下证据证明这个仪式的细节——工人们是否因热情洋溢而把棉皮帽和大檐帽抛向空中，还是在当时必不可少的最后全体集合的日子里，他们已筋疲力尽，在喝过庆功酒后，倒头便睡。可能两者都有。在这样的日子里，委屈和不公均被遗忘，奇迹般的铁轨被铺设到西伯利亚古都的家门口，古都居民的胜利欢呼不可能不使他们——这些组成建设者大军的普通人受到鼓舞，不可能不将他们抛到高于当地地平线的高度，让他们在那里高傲地飞翔，俯瞰自己辛勤的劳动结晶。

今天，我们只能以模糊而又欣喜的困惑回望这场百年前持续十年之久的伟大而紧张的工作。十年之久是一种加速的说法，其最终运行需要多出一倍的时间。但在这两种情况下，都不禁让人惊叹：必须召唤、集中和引导什么样的人类能量，才能人工（当时的整个机械化都是糟糕的帮手，功率低，灵活性差）创造出像西伯利亚大铁路这样的庞然大物。要越过大河，移动山脉，要像钻进果肉一样钻进阻挡道路的山脉，一个接着一个地，然后十个接着十个地将隧道穿成一串魔幻花环，然后在沼泽草地深处和永久冻土带里，建造数千公里的地下加固工程，就像有道路经过时中国长城下降了一样。而且只需借助斧子、锯子、十字镐、铁锹、独轮手推车即可。还有小斗车、炸药、马匹。美国的挖土机很少，而且它们并不适用所有的地方。在阿穆尔铁路东部路段的完工阶段，普季洛夫工厂[①]的挖掘机给了很大的帮助……它们出现得太晚了，如果早十五年左右就好了……电力刚刚经过测试，并没有带来明显的缓解。对所有的人来说劳动就是苦役，无论对雇佣工人还是对囚犯，无论对工程

① 普季洛夫工厂，创建于1801年以铸铁业为主的工厂，后来被俄国数学家、工程师、企业家尼·伊·普季洛夫（1820—1880）于1868年购买并将其扩建为生产钢轨、机车、武器等为主的工厂，史称普季洛夫工厂，1922年更名为基洛夫工厂。

师还是对士兵。对交通大臣米·伊·希尔科夫也是如此，在日俄战争期间，当立刻就需要铁路运输军队和大炮时，而环贝加尔铁路尚未运行，他不分昼夜地几周几个月坚守在贝加尔湖边，要么在冰面上，要么在破冰渡轮上铺设轨道。苦役般的劳动！——却有了结果：每年增加500—600—700公里，铁路从来没有过这样的修建速度，无论在美国，还是在加拿大。

但不能不说说另一件事。这可能是一条全球性的法则：事业规划得越宏伟，越高尚，越纯洁，就会吸引越来越多的各种各样的甲虫、蜘蛛和猛兽，准备对它进行蛀蚀和消化。由于时间久远，而勉强从西伯利亚大铁路建设工地传到我们身边的所有声音里，尤其可辨和明显的是工人对承包商、对雇主、对那个无所不在的善于钻营的人、对牟取私利的办事员的埋怨声，他们招募了劳动组合，把工人送到自己的路段，随便把他们安置下来，配备劳动工具，并计算工作量和收支。他们用依附关系和欺诈的迷魂阵蒙骗从远方招募来的可怜人（尤其是这种人），以至于摆脱这一罗网超出了他们的智力和能力。个体承包商，手脚不干净，心术不正，在建筑工地上，他与围绕着定额和定价这样一团巨大的粘连不清、连带紧密的错综复杂的问题纠葛在一起，并获得了如此大的权力，以至于当路段工段长，甚至是铁路领导试图干预时，无论是谁往往都做不到斩断他的关系网并揭露他。他们按自己的方式测量工作量；不给工人发钱，而是发放代金券，代金券在其他任何地方都无法使用，只能在那个承包商开设的高价商铺里；在工资报表中，果戈理式的死农奴[①]与活人挤在一起；供应的建材质量低劣。公开的敲诈是赤裸裸的，厚颜无

① 在果戈理小说《死魂灵》（1842）中，专营骗术的商人乞乞科夫向地主收购死农奴，企图以此作为抵押，买空卖空，牟取暴利。此处指套取空饷。

耻的。中西伯利亚铁路第三路段第二区段段长波·福·科尔温—萨科维奇[1]回忆说：

> 在我管理的三个路段上工作过的数百个不同类型的承包商和供应商中，那种没有表现出追逐最不正当暴利的人，连十个都不会有。每张考勤表，都由工长或考勤员制定，由区段办公室进行技术方面审核，并由劳动组合成员或路段办公室支付。很明显，完全有可能在考勤表中添加几名工人，然后派这些冒名顶替的人去领钱，这是由我本人在不同时期通过宪兵警察调查后证实的。

而发生过多少这样的调查呢？它们又能提供什么呢？伊尔库茨克总督库泰索夫伯爵试图整顿秩序，正如现在人们所说的，实现个体承包王国中的“透明度”……却不得不放弃。要想查清这一藏污纳垢之地，只能停止工作，而停止工作行不通。

在从1901年开始施工的环贝加尔湖铁路上，从施工开始到施工结束，发生了一场工人为一方、承包商和行政人员为另一方的真正战争。事情发展到惩治了欺压者，然后警察照例也处理了“领头闹事的人”。1910年，由于无法忍受生活条件，来自俄国欧洲部分的五千人同时离开了阿穆尔铁路。“离开”，说起来容易——又不是回到邻村。工作停止了一年。

要知道没有个体承包商也可以行得通，正如乌苏里斯克和阿穆尔铁路个别路段发生的那样。而且谁也不受损失——无论是国家，工人，还是铁路。但是看来，即使是那个时候，也像我们今天一样，人们甚至不敢对小资本主义进行打击，以免招致报纸指控蓄意侵害罪……一切是多

① 作者这里笔误，原文中写成科尔温—萨洛维奇。

么的周而复始，一切又多么熟悉！他们这些甲虫—蜘蛛，这些大量繁殖的寄生虫也“出色地”为1905年革命尽了力，当时革命几乎遍及整个西伯利亚大铁路。当然，点燃革命之火的是别人，而寄生虫们则以其猖獗的重利盘剥给予了它广泛的支持。铺设西伯利亚大铁路的壮举，本应让俄国联合起来勇往直前，但内部却被啮齿动物咬噬得千疮百孔，因此这一事业勉强进行到底，伴随着病体的呼吸急促和呼吸暂停。

有人说：正好赶上了两次战争，甚至两次革命，修建西伯利亚大铁路选择的不是最佳时间。而在俄国什么时候会更好呢？以前到西伯利亚去既无足够的经验，国库也不允许，而且战争和动乱也使其空虚。双手被松绑了，积蓄了力量，恰逢此时，开始了这次行动。这个幸福的和平时期随时都可能结束，在这种担心的驱使下，人们匆忙行动起来；如此匆忙，以至于为了节省时间和金钱，远走异国他乡，却仍然没有来得及。输掉了的战争以及随后的革命不可能不消减热情，铁路转弯通向了异国他乡，无论它出于何种动机，都无法在道义上为自己辩解。史诗般的规模，英雄般的气概，西伯利亚大铁路的大部分道路都是在传奇的标志下经过，后来，它不由自主地开始衰落，并失去了任何时候任何地方都不曾有过的“最一最”的光环。尽管就其本质和内涵而言，就其意义和天命而言，它仍然是它，仍然是“最一最”。但是已经没有了光辉，没有了从机车火箱里窜出来并自豪地炙烤着建设者内心的火苗，它成了无辜的罪人。

然后，不得不沿着它的足迹铺设复线，更换铁轨，拉直路线，增设会让站，木桥换成了金属桥，所有临时性的材料都改换成永久性的、牢固而适于快速运行的材料——工作是非常必要的，但是，像所有的重复一样，平凡而安静。

后来人们返回到阿穆尔铁路，而且根据全新的勘测，沿着难以通行的沼泽和永久冻土带——起初再次轻率地对待它们，于是好像被诅咒了一样遭受到大规模的改建和高额费用的惩罚。人们极度疲惫，却坚定不移地决心克服一切，他们在自己的范围内简朴地庆祝了胜利，原本值得鸣放礼炮，却只有烛光相伴。继续前进。进入了世界大战。悬挂比利时国旗的双层甲板的轮船，在敖德萨装载上用于阿穆尔河大桥的最后的桥梁桁架，在印度洋被一艘德国巡洋舰的鱼雷击沉了。新购置的桥梁结构在一年后才被运送过来。而革命和国内战争已经迫在眉睫。

还在开建西伯利亚大铁路的消息刚刚响彻世界的时候，著名的英国经济学家阿奇博尔德·科洪[①]就能够立刻认识到它的巨大意义，他预言道：

> 这条道路不仅将成为世界上已知的最伟大的贸易路线之一，并将从根本上破坏英国的海上贸易，但是它将成为俄国手中的一种政治工具，其实力和意义甚至难以估量。西伯利亚远非欧洲人通常所描绘的那样，是一片贫瘠的草原，凄凉的流放地。相反，它是一个最富裕的国度，拥有数十万英亩的肥沃土地，大量的矿物储备，随着时间的流逝，这个国度工业的全面发展可能会开创经济新纪元。但这暂时遥不可及的结果并非西伯利亚铁路的主要意义，其主要意义在于，它将使俄国成为一个自给自足的国家，达达尼尔海峡和苏伊士运河将不再对其发挥任何作用，而且铁路赋予其经济上的独立性，由此它将获得任何一个国家从未梦想过的优势。

① 阿奇博尔德·科洪（1848—1914），又译为阿奇博尔德·柯乐洪，英国探险家，英国皇家地理学会会员，英国《泰晤士报》驻华记者。

正如无法怀疑这些言词的作者不真诚一样，也无法怀疑他的夸张。西伯利亚大铁路立刻成为俄国不对称的未完成的结构之上的一级国家机制，这需要它所有部分的积极主动。随着西伯利亚大铁路的第一次运行，俄国随即着手解决一些刻不容缓的任务：首先，它终于凭借彼得大帝坚强的一只脚站在了东方，用可靠的肩膀支撑起遥远的边区并向其输送生机勃勃的新鲜血液；其次，它使这些荒无人迹的辽阔空间住满了精力充沛的人，他们定居在未被犁过的荒地上。在西伯利亚大铁路建成之前，俄国盲目地拥有西伯利亚，它连拥有的百分之一的东西都没有看清：在东方那里横卧着某种巨大的、原始的、未被开垦且非常沉重的物体，它看起来似乎很富饶，以至于这些财富在夏季炎炎的烈日下从地球内部渗出，好像从树上流出的树脂一样，但它是如此遥远，到达那里是如此的颠簸和漫长——上帝保佑，我们对近处就会感到非常满意。现在，在唤醒这些广袤无垠空间的生命的同时，踏遍并体验了它们之后，古老的俄国自己也擦亮了眼睛：俄国以为自己穷苦、贫困，常年歉收，耕地疲劳，原来却位于肥沃地区的边缘；通往那里的路径人们已经熟悉，而且人们在那里也踩踏出不少足迹，但由于一切都仓促匆忙，人们不了解西伯利亚并把它当成了监狱。

俄国很幸运：在“不战不和”[①]的最艰难时期，当国家被革命削弱了力量并因与日本签署《朴次茅斯条约》[②]而背负沉重的屈辱时，前萨拉托夫总督彼得·阿尔卡季耶维奇·斯托雷平被任命为内务大臣和总理大臣。他有五年时间来修补国家这艘轮船船体上的无数漏洞，在他被暗

① “不战不和”，是托洛茨基（1879—1940）于1918年2月与德国布列斯特—里托夫斯克谈判中提出的一种应对策略。此处应该是拉斯普京借用该策略形容当时俄国的社会状态。

② 《朴次茅斯条约》，指1905年9月5日，日俄双方在美国经过长达25天的谈判后签订的《朴次茅斯条约》，正式结束了在中国土地上进行的日俄战争。

杀之前也只有五年时间，但是在这段时间里，他做了很多：政权巩固，社会安定，出现了未来稳固的希望。俄国需要的就是这样的人，才能使英国经济学家关于唤起新生的西伯利亚大铁路作用的预言成真，才能使俄国成为一个自给自足、伟大而独立的国家。

在斯托雷平任职期间，西伯利亚的移民潮显著增长，这要归功于颁布的优惠和保障，以及提供经济独立的神奇词语“独立农户”[①]。自1906年斯托雷平领导政府以来，西伯利亚人口开始以每年五十万的速度增长。开垦清理出越来越多的新耕地，粮食总产量从1901年至1905年的1.74亿普特，增加到1911年至1915年的2.87亿普特。西伯利亚大铁路运出的粮食如此之多，以至于不得不实行一种特殊的关税——“车里雅宾斯克壁垒”，以限制从力量增强了的西伯利亚运出粮食的“总量”。黄油大量运往欧洲：1898年，其装载量达到两千五百吨，1900年——约为一万八千吨，而在1913年——七万余吨。西伯利亚变成了最富有的粮仓、养育者，而未来还面临着开发其神奇的地下资源。在西伯利亚大铁路运行的几年间，包括工业运输在内的交通运输量大幅增加，以至于铁路已经无法应付，像一匹被追赶得疲惫不堪的马，累得“双腿”开始弯曲。迫切需要复线，并需要将铁路由临时状态转为永久状态。1910年，《西伯利亚生活报》写道：

> 假如铁路设计中有过什么失误，那么关于它可以这样说：失误在于，没有预料到西伯利亚的经济生活如此快速地增长，如此迅速地繁荣，以为它在长达一个世纪的沉睡之后，将会“不时打着哈欠，伸着懒腰”，而它却精神一振，立即站起身来……让我们记

---

① 1906—1916年俄国按照斯托雷平颁布的土地法令，允许农民退出村社另立单独农户。

住，在这种情况下，重建也是发展的标志，是进步的征兆，是迈向新生而非停滞的象征。

而且就是他——彼·阿·斯托雷平坚决将西伯利亚大铁路从“满洲”的“囚禁”（中东铁路）中解救出来，使西伯利亚铁路通道像最初设计的那样回到俄国本土。1908年，包括财政大臣科科夫采夫，贸易和工业大臣季马舍夫，枢密院大臣维特、戈列梅金、普罗托波波夫等人在内的十名国务院成员——所有这些人物都具有影响力，在证明自己观点方面经验丰富——坚决反对杜马关于修建阿穆尔铁路的法案，以施工成本昂贵以及没必要为“这片荒漠地区”耗资为由说明自己的立场。在答复他们时，斯托雷平说道：

> 我们的雄鹰是拜占庭的遗产，是双头鹰。当然，单头鹰也很强劲有力，但是，如果你们将我们俄国朝向东方的一个鹰头砍去了，那么你们不是将其变成单头鹰，而只会使它鲜血流尽而亡。在拥有人口稠密的邻国的情况下，这个边区（外贝加尔和阿穆尔河流域）拥有丰富的黄金、森林、毛皮、大片适宜栽培的土地，这个边区不会空闲，如果俄罗斯人不提早到达那里，外国人就会进入。如果俄国继续昏睡，这个边区将会浸透别人的血汗，而当俄国醒来时，只会徒有俄罗斯的虚名。

在阿穆尔铁路上，在这个俄国西伯利亚大铁路最后的区间上，铁路铺设竣工于1915年。彼得堡交通学院的实习大学生亚·瓦·利韦罗夫斯基在西伯利亚大铁路开建时，在车里雅宾斯克附近钉进了第一颗道钉。如今，在西伯利亚连续工作二十多年之后头发已经花白的他，作为阿穆尔铁路最东部结束路段的建设负责人，他钉进了最后一颗“银制的”道钉。而且，他一定是惊呆了，当他将自己被劲风与苦难雕凿过的勇敢的面孔转向西方时，那里整个大铁路连绵无尽的铁路线不停地脉动，汽笛轰鸣并闪耀着俄罗斯人汗水与勇敢混合而成的特殊光芒。这是一个庄严的时刻，一个不仅载入历史史册，而且载入人民基因记忆的最珍贵的时刻。

结束了。西伯利亚大铁路的建设历史结束了，开始了它的运行历史。开始了国内战争的“苦难的历程”，时而白军，时而红军轮番破坏并炸毁铁路，修复后再被破坏，使其不落入“敌人”手中。铁路和人民一起熬过了一切，正是那些人民，他们手捧着它，就像捧着自己的命运，像捧着自己勇气和耐心的纪念碑，像捧着“永动机”一样，经过它需要服务的整个人间居所，然后小心翼翼地放下它：工作吧，母亲！

从那时起，它就一直工作着。它向北向南伸展出无数的幼芽，强壮起来，成熟起来，汁液饱满，变得漂亮了，它伸出了双臂去拥抱整个辽阔无边的西伯利亚。它和人民一道战斗一道建设，经受住了20世纪90年代的混乱时期，不失尊严，不屈从于他人之手，从未在任何地方以任何方式违背过对祖国的誓言……

人们好好地、“妥善地”自己动手建造了铁路，为它指点正确的方向，让它受到教育。

2005年

阿尔泰山区

目光

人的伟大在于其行善能力的提高，在于其内部发条产生的巨大马力和亮度。土地的伟大在于其外部形态，在于其广泛而独特的运动变化中的“华美”与壮丽。还在创造大地之前，至高无上的神应该就计划好了造人，以便有人欣赏和享受他的工作。人应该从此开始出现，在此基础上，他的感知和道德得以提高。

有什么办法呢！我们实际上却是糟糕而可怜的观众。大自然提供给我们的东西，在我们身上只得到隐约的回响。而且并非出于傲慢，也非出于粗俗——现在谈论的不是这一点，尽管它们的出现也是由于情感的普遍不成熟和短暂所致，是它们低下的领悟力和洞察力无法深入美丽和伟大的深处所致。甚至尼 · 米 · 卡拉姆津，俄罗斯最杰出的具有远见卓识的人之一，也要求：“请给予我们情感，而非理论。”但要求得过晚。从那时起，人的情感开始弱化，而且更加物化。

当我第一次看到别卢哈山整个自由、强大而陡峻的华美时，我只感到茫然无措，仅此而已。我看到了一切，这真是难得的运气，当时别卢哈山满面春风地盛装展现，但我无法说出我所看到的。言语、情感、内心活动都不足以形容——在面对这一威严光芒的照耀时，一切都退却了，敛声屏息，而这光芒崇高得如此坚硬与完整，以至于根本无法除去它的一粒石子或是一道闪光，也只有石子和闪光才可能用词语表达出来。也许是因为经历过不止一两次类似的不知所措，阿尔泰人才形成了一种迷信说法，似乎别卢哈山看不得。

就在当天，在上乌伊蒙镇的地方志博物馆里，我读到了画家叶 · 梅耶尔写下的文字，他是彼·奇哈乔夫[①]于1842年考察阿尔泰山区时的同伴，并感到自尊上有了些许的轻松，因为即使在那个时候，在一百五十年前，当人与大自然更加亲近时，他在它的形象面前，仍有同样的无力之感。

> 我气喘吁吁地爬到山顶，兴奋得全身颤抖起来……——梅耶尔写道，远处，恍若风浪中冻结的汪洋，终年的冰峰大放异彩，在冰峰之间，天空掩映于一片澄澈的蔚蓝之中，卡通河岩柱如一尊尊锯齿状巨人笔直屹立。峡谷中，如群蛇缠绕般云雾缭绕。但是要表达这一景象的词语、笔墨哪里去了呢？！你绞尽脑汁仍是徒劳，寻找颜料的色调也是徒劳！……我看着万物，然后看着自己——我是什么？是这座宏伟迷宫中极不显眼的一粒沙！……我抓起画夹，可手在颤抖：我似乎感觉，我看见了真实的上帝，及其全部威力和美丽，于是我惭愧不已，我一介可怜的凡人，竟梦想描绘上帝的形象！

在革命前和革命后时期，杰出的作家亚历山大·诺沃肖洛夫在西伯利亚生活和创作过。他是一位语言大师，这并非根据职业标志，而是根据其对语言的运用来说，但即便是他置身于阿尔泰群山中，也忘记了他奇妙的天赋，突然闭口不言：

> 我想为这种伟大，为这种真正的美丽而祈祷，这就是我的心情，是的，我只是想祈祷。人既无颜料也无语言可以表达出大自然的伟大。最好的描述将只能是无声的语言。

① 彼·奇哈乔夫（1808—1890），俄国地理学家，地质学家，旅行家。

我也是如此：在去阿尔泰期间，我不知多少次被周围大自然的魅力所迷惑，我神经质地逐一回想，我身上哪怕有一点点可能与它的内容相对应的东西，而每次我都无能为力地目瞪口呆。我的语言是我的十字架。沉重而力所不及。

将其举到阿尔泰山上，来讲述它们，始终未果。而且我暂时不知，有谁能做到。对于艺术家而言，阿尔泰山区仍然是一个梦想——奇妙而超凡脱俗，是一个由预言、预感和预兆，由迷人的诺言和诱惑编织而成的梦想。对于艺术家而言，它们仍是一个梦想，而对于我们每个普通人而言，它们可能是关于该地区转变之前的最后回忆，在这里，通过正确的劳动，看得见人间天堂。

致敬恩赐

我们预计清晨起飞，但腾空时已经是下午三点多。直升机是由在建水电站管理处租用的，和我们一同飞行的是这些水电站的经理尤里·伊万诺维奇·塔什波科夫——一位讨人喜欢的中年阿尔泰人，与所有阿尔泰人一样，言语不多，善于倾听和观察，但在作出决定时却变得固执。在就任该职务之前，他周游过世界很多地方，在他以自己水利建设者职业身份所到之处，河流都开始转动涡轮机旋转发电。应该感到惊讶吗？尤里·伊万诺维奇毫不怀疑，河流的主要职责就在于此，其中也包括他故乡的卡通河——卡通河至今尚未运作，而是白白地流走了。

那年夏天，围绕卡通河产生的激情比这条河的峡谷与河道中的河水还要汹涌。在莫斯科、列宁格勒、新西伯利亚、巴尔瑙尔、比斯克活动着社会各界人士，他们证明，不能在卡通河上建设水电站，电站将对河流及该地区贻害无穷。不过，这也无需特别的证据：在修筑堤坝和水库蓄水的地方，河流将不再是河流，而是变为扭曲而吃力的畜力。然后，这条河里既无鱼也无水，也无秀美。能源将拉动工业，发展工业又需要新能源，然后又是工业——就这样，直到卡通河及其两岸和遥远的外卡通河地区消失得无影无踪。根本无需成为神谕者或专家就可以预言类似的命运：国内的实践表明，我们准会是这样的。那些把提到过阿尔泰“喧嚣的河流呼唤电气化”的尼·康·勒里希[①]作为水利建设者盟友的人们，忘记了勒里希不熟悉我们的做法，否则为了这个地区的未来，他一定会心怀戒备地听取电气化的召唤，因为他将人类的特别希望寄托于该地区。

在我和巴尔瑙尔作家叶夫根尼·古辛住在戈尔诺—阿尔泰斯克的所有日子里，每逢傍晚，瓦列里·伊万诺维奇·恰普塔诺夫都会到我们这里来，他当时是党务工作者，后来是阿尔泰山区的领导。直到深夜，我们只争论一个问题，卡通河上的水电站会为地区提供什么。瓦列里·伊万诺维奇的理由是：地区需要发展，它在经济、住房建设、社会设施方面本来就很落后，大家都在前进，而我们早就原地踏步，没有自己的能源根本就无法运转。我们则回答说：把阿尔泰山区变成普通的工业区是极大的罪过，它的职责在于另一方面——维护自己的秀美和清洁，这在明天将会价值连城，而后天——将比生命本身更珍贵。为了闻到阿尔泰的空气，看到它的自然童话，听到雪松林里的风声和山溪的叮咚声，哪怕只有一次置身于这未被工业化滚滚车轮碾压过的万物之中，人都会奉献出所有喜爱的东西并将不胜感激。我们在表示反对时，甚至说到地形疗法，如今也出现了这样一门关于景观治疗的科学。有些国家依靠自己

---

① 尼·康·勒里希（1874—1947），俄苏画家，哲学家，作家，考古学家。

的地利为生。并非只有粮食才是食物。在阿尔泰山区有发达的畜牧业、贵重宝石和半宝石，泰加林和山脉孕育着如此丰富的各种资源，只要你能开采过来。然而，人们不是经常采摘松子，而是彻底地砍尽雪松——并杀死鸟类、野兽，毁坏泰加林的块根植物，破坏古老的渔猎副业。为什么我们习惯认为只有大规模的工业建设才能使每个地区生活富足，并以统一总产值标准来衡量？这么大的国家需要一个智慧又经济高效的多元布局，而且要重视该区域的特色，实情不是这样吗？如果大自然本身指定了该在这里有马鹿和雪松、养蜂场和沙棘、奶酪和花园、马群和羊群——为什么要在这里杀死它们，然后在异国他乡的某个地方再繁殖呢？阿尔泰山区很幸运，它至今仍奇迹般地保留了自己的原始面貌，请不要让它遭到彻底的毁灭和改变，尤其是没有谁向你们施加压力时，这才是你们当地该操心的事——不允许建设水电站。

我和叶夫根尼·古辛就这样反对瓦列里·伊万诺维奇·恰普塔诺夫的意见，他是阿尔泰出生的人，天生是一个待人和蔼的文化人，他对自己的地区并非漠不关心，而是真诚地祝愿它一切都好。但是一切都好是从哪里开始计算的呢。瓦列里·伊万诺维奇很清楚，太多的事情取决于阿尔泰山区所做的选择。迄今为止，大型工业尚未发展到比比斯克更远的地方。随着第一座水电站的建成，河水将跃进遥远的山区里，冲入泰加林和小农户的居住地。这给泰加林，给生活在这里的人们都将带来严重的后果。不得不让路。还不得不做什么呢——希望看到经营管理之人在大约十年、十五年之后比他现在过得更好——真不愿意想象。

恰普塔诺夫认真听取了我们的意见，表明他不是一个刻板的党务工作者，因为他善于倾听并不拒绝尝试了解非专业人士的意见，而且对某些观点表示同意。但他已经打上了“建设”的记号，而且像仪表指针在振动中要显示必要的方向一样，他坚持己见。他真诚地表示：“水电站建成以后，就会给州里留下房屋建筑联合企业。我们很需要它。否则我们没有希望得到它。”我们以坦诚面对坦诚的态度问道：“而您知道，人们怎么说您吗，您好像为了得到预制板联合企业出卖了卡通河。”他说他知道，并反问道：“那你们知道我们的牧羊人在遥远的临时宿营地还像一百年前那样点着煤油灯吗？”我们回答说：“那就更应该在切马尔河那样的支流上修建环保的、靠近消费者的低成本的风车、小型堤坝。您可以放心：您那在遥远的临时宿营地的牧羊人，即使有梯级水电站，也还是点着煤油灯，梯级水电站不是为牧羊人修建的。”一向沉着冷静的瓦列里·伊万诺维奇发起火来：“不会有梯级水电站的，我们自己也反对修建梯级水电站，现在谈论的是一座反调节水电站，只有一个水电站的协议。”“可以和九头蛇达成协议吗？”我们紧逼着问道，“让它以贡品的形式只带走一件祭品并就此打道回府？部里关心自己的利益，他们的胃口未被充分满足之前，不会去任何地方。他们只要站稳脚跟，然后作业现场在一个地区的有利原则就会发生效力，无需远程费尽周折地重新配置”。

在建水电站的经理尤里·伊万诺维奇·塔什波科夫，对围绕卡通河产生的激情持一种冷静的态度，其冷静的背后是可靠的经验：如果有经理，就会有水电站。场地已规划好，汽车运输公司已经到位并正在施工，居住区正在建设，为领导新建的独栋别墅伫立如画，还有令戈尔诺—阿尔泰斯克人羡慕的带有游泳池的幼儿园，几百万几百万的卢布已经花掉了，谁会在这之后打退堂鼓呢？没有生态依据，没有建设的决议？会有的。这在水利建设者那里是理所当然之事：决议之前先开工，并以此影响决议。而社会舆论喧哗一阵，吵闹一番，便会平息下来。他们将以惯用的那一套言辞来说服大家：你们怎么——为复辟宗法制和蒙昧时代而反对阿尔泰人民的福祉吗？很想知道，你们和谁一唱一和，为谁的利益效劳？你们想要美丽，想要原始状态，而你们的美丽可以当饭吃、可以巩固国家的强大吗？还是你们不考虑这一点？但是我们为你们也为我们自己考虑，并对国家负责，多愁善感不适合我们。

20世纪整个80年代，这场持续了将近十年的争论，由生活本身解决了：随着原有强大体系的崩溃，新的俄罗斯的实力一落千丈，根本顾不上建设水电站，其实，什么建设也都顾不上了。阿尔泰山区的领导试图在国外找到投资者，但是这件事他们做得犹豫不决，对应该做什么没有充分的把握，最终甚至连有意愿来投资的人都没有找到，而这里是国家幸存下来的天堂之地，虽然国家以前所未有的能量致力于自我毁灭。第一次以道道堤坝控制卡通河的企图没有得逞。这条美丽的河流，它一如昨天和前天一样流淌，奔腾。

女主人

……在一个漫长的七月一天的午后三点多钟，我们乘坐由在建水电站管理处租来的米-8直升机，在戈尔诺—阿尔泰斯克腾空而起，沿着卡通河向南飞行。下面，古老的额鲁特人[①]的土地，仿佛被卡通河紧紧缠绕着，荡漾漂浮起来，我们飞离的城市还在不久前被冠以“乌拉拉”的绰号。我们刚一起飞，从右面立刻闪出阿雅湖，恍如圆形的宝碗展现于面前，湖心耸立着高高的石坛，被树木环绕守护，游向石坛的游泳者，好像匍匐在主宰者脚下祈求恩赐一般。在此之前三天，我和叶夫根

① 额鲁特人，又称厄鲁特人，中国清代漠西蒙古诸部的总称。

尼·古辛也在其中洗去一路风尘。阿雅湖是古辛的故乡，他在这里度过了童年，令我非常惊讶的是，高山湖泊中竟有如丝般温暖柔滑的清水。古辛微笑着环顾四周，指着如同被风暴从湖底卷起、沿着湖岸缓慢蠕动的密密麻麻的人群：人们在晒太阳。他清楚地记得湖泊曾是另一番景象——清澈多鱼。据说，湖泊所属的这个集体农庄，曾因贫困和糊涂，用它和比斯克化工厂换取一头种牛。当然，种牛劳动不久就毙命了，而阿雅湖却永远地归化工企业所有了。即使这是一个寓言（当地居民声称是真事），其中也有寓意。

卡通，阿尔泰语叫卡滕，是妻子、女主人。它像女主人一样打点并供养整个附近地区的生活。集水流向它，森林和青草紧紧依偎着它，动物和鸟儿从出生到死亡会记着它，而与之接壤的山脉，时而整齐划一地俯向它，时而远离它，给它留出地方开花结果。仿佛一个古人在如此遥远的古代寻到了卡通，并看中了她，以至于他一眼看过去，便开始头晕。在阿·帕·奥克拉德尼科夫[①]于乌拉林卡河上考古发掘之前，西伯利亚的人类活动年龄被考古学家谨慎而略有增加地称为距今长达两万五千年，乌拉林卡原始人村落遗址将这个时期至少增加了十倍。科学界应该因我们的久远而惊叹，也一定惊叹了，只是我们远在西伯利亚没有听到这一声惊叹罢了。与之相比，完全在不久前，仅在大约三千年前，富足、文明、阶级发达的亚洲斯基泰人[②]曾在阿尔泰繁荣发展过，他们暂时被认为比黑海的斯基泰人更古老。认真研究过人类命运的尼·康·勒里希说过："阿尔泰是各民族迁移问题中非常重要的一点……无论从史前还是从历史上看，阿尔泰都是一个未被开发的

---

① 阿·帕·奥克拉德尼科夫（1908—1981），苏俄考古学家，历史学家，民族志学家。
② 斯基泰人，又译作西徐亚人。

宝库。”

而卡通河奔流不息，如同几千年前一样，它乳白色的河水没来得及与一些石头嬉戏，便冲向另一些石头。但是它的白色，不是由于乱石上溅起的泡沫，而是由于它源于别卢哈山脉南坡的永久冰层中，我们此时正飞向那里。直到夏天接近尾声，河流才变得清澈，即便如此，也达不到透明的程度。现在接近八月，而它却丝毫没有变得清澈，浑浊的水流仿佛带有淡色斑点——不单纯像牛奶，而是像煮熟的牛奶。

那天阳光明媚，温暖清新得似乎叮咚作声，感觉仿佛只动了一下眼睛——那被触动的东西就开始响起。而且从上方，每一次极目眺望，都会看得如此遥远而清晰，就仿佛不是你在看，而是天空的目光从你身上倾泻而出。远处秃山上是山坡积石（一小时后我才明白，这还不是山脉，而是山前的消遣、预热），一堆堆枕头状的干草堆，卡通沿河岸的条条松林带和白桦林带，右岸是平坦延伸的丘亚公路，和闪耀着石英般光芒奔腾而去的浑浊的卡通河，它色彩斑斓，棱角分明，飞沫沸腾，威力四射，激情迷人。就在以旅行歌曲而著名的曼哲罗克小村庄附近，卡通河冲击着石滩，激烈地打着回旋，然后平静下来，接着再次像一团纠缠不清的乱蓬蓬的纤维撞击上漂砾。还有一座座岛屿……低矮的，冲积而成的，断崖悬壁的石岛，光秃秃的和森林丛生的，完整一体的，镶嵌着一座座小小湖泊的，带沙滩和峭壁的，怪石嶙峋的，铺上了全新绿色横木道的。从迎着水流飞去的直升机上鸟瞰，仿佛这一切都与卡通河一起流淌下来，一切听起来都是复调的，和谐的，一切都在呼唤，在欢迎，在夏天的节日里过着明快而欢乐的生活，一切伴随着视听音响，漂浮而过，重又飘来直到筋疲力尽。

在离乌斯季谢马不远处，在丘亚公路离开卡通河向右延伸的地方，群山连绵，森林环抱。河岸两边的上坡路，时而从一侧，时而从另一侧闪现出来，陡峭而宽阔。在这里，在这一片雄伟繁荣之上，你不相信人的威力。我抬头看向坐在前面的在建水电站经理，他也着了迷似的紧贴着窗口，我便不敢问他……不过，我也不知道该问什么，却不由自主地特别想问。

公路虽转弯驶离，但卡通河地区人烟依然相当稠密。在切波什村后的右面（顺流时在左边），有一座宽阔的半圆形山谷，山谷里森林密布，还有一条空旷地带环绕在群山之前。是的，应该想起，根据水利设计院的草案，其中一个水电站应该是切波什水电站，因此，这里可能会出现一座水库。就在前一天，我读到了有关切波什名称起源的传说。似乎是清晨，一个过路人在该地的小泉眼喝足了泉水，傍晚返回来时，却找不到泉水了。恼火之下，他惊呼道：切克—波什—唉，干枯了！令人吃惊的是，现实伴随着传说——仿佛在追写它们离奇的续篇。

从高处，我们看不到隐藏在森林后面的小村庄阿诺斯，阿尔泰画家格里戈里·古尔金在那里生活并工作过。再过不到一小时，当直升机飞近别卢哈山时，驾驶员将会向左，指着东方对我说："就在那儿，在那些悬崖后面是永古尔河，而它的后面就是古尔金的《山神湖》。"

……在我们下面，果园仿佛笼罩于迷雾之中，影影绰绰，与当地墨绿色森林形成鲜明对比……

在切马尔上空，在疗养院及服务于疗养院和小村庄的小型水电站所在之处，我们开始降落。大坝看似玩具，从纯蓝色的水流中滤过河水，它温柔的漂浮使卡通河熠熠生辉。大坝建于30年代，正是"全苏班长"[①]的妻子叶卡捷琳娜·伊万诺夫娜·加里宁娜被流放到此之际。

---

① "全苏班长"，指苏联党和国家领导人米·伊·加里宁（1875—1946）。

1931年和1934年，米哈伊尔·伊万诺维奇本人以在山地气候条件下治疗肺病为由，两次来到这里。他一定不止一次欣赏过卡通河，就站在左边那个悬崖上方的平台上。一条开辟出的小道，宛如白色飘带通向那里。这里有值得欣赏之处：卡通河急转直奔切马尔河，接受它汇入之后，被右岸的悬崖包围起来；冲击而成的左岸低矮开阔，一如卡通河少有之处，可以让视线伸展出去并且一览无余，既能看到沙滩，也能看到灌木丛，还有森林——直到它再次遇到高山。再往下是峡谷和飞溅的水沫。

我们继续飞行。沿着卡通河河道走廊，处处镶嵌着带状松林，而一片大森林则延伸开去，如群山一般，从右向左，又从左向右，时而夹紧，时而张开，更常见的是沿着河流流经的山谷单向延伸，河水奔流时而平缓，时而冲开石头加速前行，在河湾间的平直段，躺成剪刀状晒太阳的人越来越少，村庄也越来越稀少。

直升机驾驶员把我叫到驾驶舱里，从那里可以看清下方、前方和两侧。可以看见：一排松树沿着埃季甘小河边，好像移栽的一样，整齐排开；旅游路线上的一列马队驮载着犹如行李的乘客；库尤斯附近有一块块播种后的耕地犹如古老的字母；正在进行未来海底发掘工作的考察队醒目的帐篷；古老的丘亚公路的断崖……继续向前是荒野无路区，边界地带，是另一个区域，但间隔不久，其中便重现土地肥沃、果园处处、人烟稠密的景象。

今后还有必要列举卡通河的支流与小支流、分流和急流吗？这是大河赖以呼吸、哗哗流淌、再转流到其他地方的一切，犹如一棵树枝伸展的大树依靠树干和树冠一样；需要照旧留意色彩和标记、悬崖峭壁和沿岸浅滩吗？需要寻找与其相提并论的东西吗？需要细数沿着小径出来饮水的野兽吗？需要测量时而狂热时而祈祷般回应这种亲缘关系的感情吗？就仿佛卡通河从这里，一点点地把你从这里带出去，然后在某个地方某种东西汇集到灵魂里，即使你生于别处……但是祖国不仅是出生地，也是父母与先辈所在的地方。许多年前，我第一次来到卡通河，我的记忆便瞬间弥漫开来，仿佛很久以前我也在这里游牧过，后来离去定居，便忘记了这里。在西伯利亚，整个土地从一个地区到另一个地区都处于统一的兄弟般的游牧民族的意志之下，认不出走过的路是一种罪过。我们继续在卡通河白色狭长的上空钻入多石的地区，卡通河继续奔流不息，两岸的景色不时变换，河岸与河水嬉戏着，互相争夺着岸边面积不大的平地，不断撞击着。没有什么比河岸更激动人心、令人着迷并让人顺从的了，特别是山区的河岸，那里的一切都清澈、响亮、快速而自由。深受感动，心旷神怡，惊叹欢叫又有什么用呢，应该来到这里，将这种空气吸进肺里并被这种神往之美[①]温柔以待。这里的一切都有自己的生活，一切都根据其规律和需要而发光、发热、发出声响、奔跑和悬挂，一切都存在，没有死亡和腐朽，万物之上唯有无限，如何能不向往历经千难万阻和千山万水来此坚固灵魂呢！

我们钻得越远，群山耸立得越高大、雄壮，越发错落有致，它们的轮廓变得越发自信，森林越发茂密。如果说在阿尔泰的某处还有“黑林”——一种不透光的冷杉和雪松泰加林的话，那么它就应该在这里。

群山更加高耸。卡通河奔腾在深渊峡谷之中。彼此叠压的沉重的山坡积石，开始连绵不断，重叠起伏。这支排列得高低不同、却越来越高耸的军队——它开向哪里，保护何方呢？这已经不再是通常苍穹概念中的大地，这是阶梯式的升空，而人们原本是准备一步登天的。

---

① 俄文原文是“切尔登”之意，指俄罗斯彼尔姆地区的一座城市。此处有美丽、吸引人之意。

同时，几只仙鹤掠过卡通河上空飞向那里。我们来得及数清了它们，总共两次，每次七只，我们辞别了它们和卡通河，转向左方，直奔卡通河的源头。沿着阿凯姆河向别卢哈山飞去。

女主人之上的女王

如果说卡通河是一个忙忙碌碌的女主人，管吃管喝的养家人的话，那么别卢哈山则是一位统治的女主人，让广阔的领地臣服于自己，将自己的意志遍布四方的女王。

……我们飞行在阿凯姆河上空，不到五分钟，前面出现了别卢哈山。它并非从附近的山峰中浮现出来，而仿佛是扯掉自己的盖头，以全部的高深瞬间现身于圣障[①]之后，形象光彩夺目。

是的，以全部的高度。仪器上显示1600米，而别卢哈山4500米。悬停在山岩上空之后，我们开始攀升。山体树木茂密，山巅白雪皑皑，这座气势磅礴岿然不动的“地面群岛”无与伦比，在面对这样的“建筑”时，我们语尽词穷，无以言表，而那种所谓的雄伟、强大、崇高的东西，只有从这里流下，才能得到这些名称。这里也有水流，这里也有斜坡和驼峰，山巅则更高。

左边是从阿凯姆湖冰川延伸出的长方形地带，是河流的源头，湖泊近旁的气象站房屋和国际登山营地的帐篷清晰如画。直升机仿佛被别卢哈山的气息所吸引，这些雄伟的雕刻，这些直入云霄的高大山体，共同筑成一座一眼望不到尽头的完整城池，它们不可能死气沉沉。这里已经不是大自然，不像我们习惯于所见所理解的大自然；它始于更低处。在

① 圣障，东正教教堂中通向祭坛的正门。

这里——在大自然之上，它一次裁开并延伸成百上千俄里，产生了风、水和大地，甚至似乎还有时间。这里是源自永恒的真正风起和真正孕育的开始，是从太阳手中赢得的月下王国，是宇宙的画卷……

呼吸和说话都很困难——氧气不足。就连看也很困难——视力不足。你无法移开视线：一幅真正超乎寻常的画面，令眼睛及视线应接不暇，一切都是如此不可移动且依然如故。当宇航员从他的运行轨道看向地球时，他该感到多么遗憾和绝望：一切可见，却无法抓住，而且冰冷——如果以陌生的、基克洛普[①]般受限的目光来看。结果是，一切就是一无所有。

我们从东北角下面靠近别卢哈山。我们似乎在竭尽全力后退，但我们却被吸引住。几乎在与峰顶同一水平线的高度，我看见它有两个驼峰的骆驼鞍形山口。从我们这一面，我看到更为陡峻的峭壁，这是如登山运动员所说的带负斜率的峭壁，上面覆盖有厚重的冰雪层。岩石断面峭拔嶙峋，有黑白相间花斑式的缓坡和白雪上的褶皱……大概一只爬上树的小昆虫就是这样细细观看人的脸，并将那代表着我们的美丽和无瑕，审美和认知工具上的无瑕，误认为是破裂、折断和蛀眼。

别卢哈山缓慢而雄伟地展现出来。我们从东面开始绕着它飞行一圈，并从后面飞进去，在那里山脉的高度缓慢平稳下降。在山坡上，不知如何形成了一座悬湖，它后面还有一座……我没有立刻意识到这是冰川，但旋即看到了卡通河的源头。

托木斯克大学瓦·瓦·萨波日尼科夫教授一生致力于阿尔泰地区的研究，他是登上别卢哈山鞍形山口的第一人，他对卡通河发源地的描述如下：

---

① 基克洛普，希腊神话中的独眼巨人。

> 卡通河发源于格布列拉冰川[1]，有两个源头：右边的稍大一些，从冰川尽头约20俄丈处的冰下流出，并在一侧冰墙、另一侧终碛堤之间急速奔流。据说，以前在水流出口处曾有过一个岩洞，但现在它坍塌融化了，只留下一个不大的形状不规则的漆黑缝隙。左边的水流也同样源于冰川尽头之处，但更靠近左侧。两股水流哗哗作响，蜿蜒流淌在石质河床上，直至汇合一处……

紧接着，在距一片坚实的冰体两步之遥处，在乱石之间，出现了矮小的蔓生冷杉、柴桦、柳叶草和岩黄耆，和更矮一些的河柳。浑浊的卡通河蜿蜒曲折，将旧河道留在了松散的冲积土中，并在另寻新河道时分叉成几股小支流。但是，在从右边接纳了另一冰川的支流后，卡通河已经流淌在森林和与人齐高的青草之间，它汇集了越来越多的河水，并以强大的水流转而向西流去，以方便的路径，转了一个大弯，绕过终年积雪的山峰。

当然，从上面看不到这些。而只有一头长着黑斑和条纹的白色巨兽，舒展开一条蓬松的长尾巴，伏卧在巨大山脉的斜坡上，抬起双头，向另一侧神秘莫测的深处看去。但是别卢哈山从上面镇住它。你不会感到身在高处，而似乎是：眼睛向下看，你站在山脚下。可以像现在许许多多的人一样去攀登它，但体验不到胜利的感觉。无论你身在何处，它都仿佛会高出实际存在的高度。但比所看到的更多的是，别卢哈山以不可见的方式，以某种可感知的权威起着作用。自古以来，阿尔泰人面对它时，都会感到神圣的敬畏，这并非毫无道理。视其为神明被认为有损人的体面，而一旦靠近它——却用套索都拉不走。在我们的启蒙时代，

① 格布列拉冰川，位于别卢哈山南麓，是别卢哈山最大的冰川。

无论是科学考察队还是爱好者考察队，甚至在当地的居民中也找不到去别卢哈山的向导：金钱虽好，但别去招惹“女主人”更佳。是她降下了风和雾，冰雪该何时融化，草地该何时变绿，兽群该朝哪个方向，几号出发，是否该是丰收的年景，这一切都受她支配。她指引自己的宠儿卡通河绕过座座山岭，提示称它们为卡通山脉，卡通河在绕行过程中，积蓄了如此强大的力量，以至于无人能与其比肩。又是她别卢哈山将同一条河流神奇地分成不同的流向——结果变成了两条河流：科克苏河流入鄂毕河，别列尔河流入额尔齐斯河，即使慧眼也无法辨别，大地在哪里对折变形，两大河流系统如何始于沼泽泥炭层增厚地区。

我们在狂喜的麻木状态中环绕别卢哈山飞行一圈，并在库切尔拉湖的延伸地带、在库切尔拉河的上空开始下降。河水如一缕蓬松的白发从湖泊奔涌而出，向卡通河流去，我们开始在风暴逐渐沉寂的大地上空下降。从左面闪现出塔尔梅耶湖，或叫泰梅耶湖，以那里盛产的鱼而得名，听说即使是现在，那里的鱼也不少；我探身仔细寻找扎伊奇哈小河，在它上面的某个地方坐落着扎伊奇哈村——集体化时期，居民们为了寻找白水国而完全遗弃了它——却没有找到。

乘坐飞行器一切都很快，我们再次飞行在卡通河上空。现在向左，迎着气流飞行。群山向两旁闪开，山谷更加宽阔。卡通河本身也变得越来越平静，直到自由四散分出无数的支流，那里长满了河柳和森林。这里完全是另一个世界。左边是村庄，右边是村庄、耕地、浸水草地、松树林、沙洲，仿佛是很远很远的西伯利亚平原的某个地方。

这是乌伊蒙山谷，传说中的白水国的北部一隅。

白水国

从这里开始了俄罗斯人移居西伯利亚的最灿烂的一页。这是今天几乎完全被遗忘的一页，在这些篇章中，解释古老教规的古文字与密码和符号并存，这些符号不是出于理性而是出于冲动被书写下来。就像一个恍然大悟之前深感不安的人迫不及待地盲目催促自己灵光闪现一样，这些符号也是如此，它们与连续发展的情节交相辉映，在两个世纪的历史长河中，创作出美丽而忧伤的白水国的故事。

很多人，实在是太多的人，还不知道它是什么，仅听到这个词便不由自主地颤抖，仿佛听到神秘的呼唤，让人想起难以实现的遗训：去不知何处之地，取不知何物之物。

众所周知，梦想是各种各样的。个人的梦想是为了足以满足一个人渴望的小小的幸福。团体的梦想是为了实现集体的秩序和福祉。社会的梦想在于绘制蓝图和建立那种吸引和团结人民的制度。他们所有的人都展望未来，朝着前所未有的成果前进，朝着以往人因精神不成熟而无法接近的成果前进。

但是，却也有过不是向前而是向后的梦想，梦想回到国家组织没有对个人施加压力、可以自由自在料理生活、不会每走一步都受法律羁绊的那些时代，那时土地还没有耗尽，森林没有被采伐一空，而信仰和约定比法律更加使人们坚强和诚实。在俄国，随着将土地收归统一管理和征收赋役，这些人就去了荒原，去了伏尔加河和顿河下游地区，在那里制定自己的规矩并建立起自己的行业，并以群体方式生活，与具有游牧民族血统的后人杂居。后来，当西伯利亚在他们的帮助下开放之后，他们翻越了石头山，并在半个多世纪的时间里，从西向东彻底走遍了辽阔的大陆。他们急于寻找越来越多的未被开垦的新土地，不仅为获取财富，还为获得自由，即使是短暂的、一时的，却是寻求得到的自由。隐藏这些土地是不可能的，他们不得不将其上交给政权机关，但在这种政权下，他们又不知道如何生活，因此继续前进。他们到达了海洋，但海洋也没能阻止他们，他们开始了解，在海洋的领地内他们该去向哪里。

那时，教会发生了分裂。大牧首尼康无意间为俄罗斯人提供了一个绝佳的机会，即在身体冲动之后，展示精神冲动的力量——即奋起捍卫他们以往的教规和圣礼，以那种仅在非同寻常民族中才可能有的庄重。如果沙皇政权不赞同尼康，而是赞同大司祭阿瓦库姆，则会开始迫害尼康派教徒，那么新教徒可能会表现出不亚于其对手的坚定并准备被活活烧死。一个年轻的民族生长出像肿瘤一样的新器官，无论是从这一面，还是从另一面，它都应该表现自己。肿瘤的内部出现了软骨，它硬化成骨头，这就是性格特征：固执到毁灭，信仰到麻木，自由到恭顺——为了取悦自由。

旧教派信徒遭到迫害，但其背后有几个世纪的教规权威的支持，他们的信心越坚定，决裂就越彻底。无论把他们流放到多远的地方，他们都会从被监视的流放地奔向更偏远的地方。越偏远越好。“我们在这里本没有常存的城，乃是寻求那将来的城。”①

17世纪，俄罗斯移民沿着河道迅速进入西伯利亚深处，只是后来才开始横向扩展。18世纪，移民与其说是企业主，不如说是寻找适宜定居的农民。特别吸引他们的是拥有大量肥沃土地的南部山麓。然而为了禁止他人入内，哥萨克人修建许多带有哨堡、多面堡和灯塔的前哨警戒线。在瓦西里·舒克申的故乡斯罗斯特基的皮克特山，就是一个那种岗

① 《圣经》中使徒保罗的话。

哨的所在地。

但“禁止入内”已经是后来，是18世纪下半叶的事了。而此前也无处可入。前哨警戒线就是边界，再往南属于准噶尔一部分的阿尔泰部落在那里过着游牧生活。俄国政权和准噶尔政权之间因土地、纳贡者和双方百姓越过警戒线而争执不断。一方和另一方大概都非常清楚，这个边界是暂时的，它向下移动是无法避免的——更确切些说，移向山上，而部落将永远迁移到沙皇手下。况且他们当中的一部分人已经前往西伯利亚了。

今天，我们想象不出地理环境完整的西伯利亚曾经会是另一种情形，因此当我们听说当年阿尔泰或哈卡斯曾在西伯利亚之外，只是后来才成为它一部分时，会感到很奇怪。但是，当时的国家组织干预了这个名称：只是属于俄国的才是西伯利亚，不属于的就不是西伯利亚，而是另一头野兽。

在这里，为了至少略微澄清一下阿尔泰各部落加入并接受俄国统治这一混乱模糊的历史，我们不得不短暂回顾，追溯到17世纪。托木斯克建立于1604年。托木河略微向南的库兹涅茨克尖柱城堡建于1618年。俄罗斯人就这样一只脚站到了萨彦—阿尔泰高原前面，起初站得不舒服而且局促，第二只脚在一百多年后，随着在阿尔泰矿床上建设乌斯季卡缅诺戈尔斯克要塞时才插进来。当然，无论起初一条腿站立有多么不稳，但还是立即开始了对北阿尔泰人的兼并。1605年，鄂毕铁列乌特人就已经改为俄国国籍，库兹涅茨克周边地区也随即开始上缴亚萨克税。哥萨克人进行出击，收缴贡税并报告已经兼并了，然后在第二年又重新兼并一次，这样持续了几十年。1633年，大贵族之子彼得·萨班斯基深入捷列茨科耶湖铁勒人领地，并向他们征税，但在1642年，当他再次来到那里时，铁勒人甚至忘记了自己是谁的臣民。但是萨班斯基没有第二次在湖上建造要塞，只是在比亚河岸为它选择了地点，一切从头再来。

然而，居住在自己领土北部的阿尔泰部落也不能令人羡慕：他们通常不得不上缴两次赋税，既向俄国沙皇也向准噶尔汗上缴亚萨克税。这种敲诈勒索并非持续一两年，而是一百多年。土地也已经完全超出俄国界线，边境线向更南的地区延伸，不知是由于种族关系还是出于习惯，准噶尔人继续将俄国的额鲁特人视为自己人并向他们征缴阿尔曼[①]。如果亚萨克税是每人需交重量为一张貂皮的话，那么阿尔曼则是五张貂皮的重量。你敢违抗沙皇或是准噶尔汗试试。

还在彼得一世执政时期，准噶尔人不止一次企图得到已经归入西伯利亚的土地，其中包括叶尼塞河、鄂毕河、额尔齐斯河与托木河流域。这也促使政府加强了南方警戒线。到18世纪中叶，警戒线伸入阿尔泰地区，深入布赫塔尔马山谷，形成了两条防线地带——额尔齐斯河防线（从鄂木斯克到乌斯季卡缅诺戈尔斯克）和科雷万—沃斯克列先斯克防线（从库兹涅茨克到杰米多夫斯克矿山加工厂）。1710年建于比亚河、卡通河流入鄂毕河交汇处的比亚要塞属于第二条防线。

甚至强大帝国的命运都难以预测，就更不用说像准噶尔汗国这样萎靡不振的组织了。汗国在彼得时代还很强盛，到世纪中叶，由于封建主之间的内讧，它开始摇摇欲坠。中国借此机会在1755年至1756年间击溃了准噶尔。抢劫、瘟疫、饥荒、天花和恐慌席卷了汗的领地，就在不久前这里还对西伯利亚俄国构成了威胁。史学家谢·沙什科夫写道：“凡是有腿并可以移动的一切都奔向了西伯利亚。”

在高高的谢马山口，耸立着一座纪念阿尔泰山区自愿加入俄国的纪

---

① 阿尔曼，俄国在15—20世纪初向西伯利亚及北方民族征收的一种实物税，主要是皮毛。

念碑。准噶尔被击溃之后，十二名阿尔泰斋桑（大公）立即请求俄国沙皇接管他们。因此，1756年，阿尔泰地区的俄国边界向南部降低。

边界降低了，但哥萨克人的警戒线仍然存在。部分原因是起初不信任斋桑，他们的部落甚至试图迁移到伏尔加河流域，部分原因是要维护其独立性。

科雷万—沃斯克列先斯克防线右侧的11万平方俄里的领土，即几乎全在之前边界内的领土，被划拨为“卡尔梅克人营地”（古时候阿尔泰人被称为卡尔梅克人）——我们的俄罗斯兄弟禁止入内。为此，哥萨克人的岗哨也有了用武之地——只对让阿尔泰人转信基督教的东正教传教团破例，在防线后设立商业领地的商人也自行破例，不用说，庄稼汉也立即着手检验防线的坚固性。

检验始于最南端的一个角落，阿金菲·杰米多夫[①]在那里开设了他著名的科雷万工厂和矿场，后来成为皇帝陛下的内阁财产。依照早先的惯例，最近的村庄划归给工厂，居民点也划入工厂，土地则宣布为内阁土地。在这些土地上很少有高兴的事：你既非农民，也非工人，却既向你征收粮食，又强制你去矿山服劳役。这就像具有同样奴役性质的农奴制一样。附属工厂的农民不愿意忍受奴役，西伯利亚的庄稼汉可不同于俄国庄稼汉，他们性格倔强。况且，在划归工厂的人们中间有被流放的旧教派信徒，他们根本不忍受任何压力。

1858年的《托木斯克省公报》（以前阿尔泰边疆区与布赫塔尔马山谷共同属于托木斯克省），对这种惊人的阿尔泰殖民化的开始描述如下：

---

① 阿金菲·杰米多夫（1678—1745），俄国企业家，乌拉尔和西伯利亚采矿业的创始人。

最初，大约90年前（从1858年算起），由于宗教倾向一致，有四人定居在这里的乌尔巴河上（额尔齐斯河的山间支流）；但不久一个人被抓，其余的人便离开去了荒无人烟的布赫塔尔马峡谷。他们从那里开始去村庄居住，特别是去那些居民倾心于旧礼仪派的村庄。在这里，人们因虔诚尊重他们，为他们提供食物等等。许多居民被他们所折服，带上妻子儿女一起迁到他们所在的人所不知的荒凉地区居住。在很短的时间内，在高山环绕、人迹罕至的地区，聚集了相当数量的新居民，其中大多数是农民；在布赫塔尔马河、别拉亚河、亚佐瓦亚河及其他河流两岸建造了小农舍，移民从事畜牧业和耕种业。他们生活安宁，严格遵守旧礼仪派的教规，并过着富足的生活。政府尽管为应对这些逃亡者也采取了措施，但该地区的交通不便很好地保护了后者。

这只是"泥水匠"（如此称呼山中的逃亡者）的一个故事，在阿尔泰可以找到很多这样的故事。更早的时候，在南阿尔泰部落并入之前，政府于1743年通过了一项特别法令，禁止穿越边界线——这倒意味着有足够多的穿越者。有些人永远地离开了，走得不留一丝痕迹，另一些人则在卡尔梅克人和吉尔吉斯人（哈萨克人）的土地上偷偷地建造猎人小屋，遇到当地人时，也乐此不疲地与其发生冲突，互偷对方马匹。

尼·米·亚德林采夫在《中国边境的分裂派教徒团体》一文中引用过这样一个事例："泥水匠"团体为了躲避沙皇政府的迫害，企图投靠中国政府。但是由于某种原因，中国没有接受他们。应该说，这是一件极为特殊的事例，通常不会达到彻底吵翻的程度。逃离祖国边境也逃了，但不是为了改变国籍，而是希望没有任何国籍。在故乡，甚至在最偏远最隐秘的地方，事情也会逐渐发展到被再次套住的地步。因此，大约在1790年，代表着几十个秘密存在的村庄的“泥水匠”代表团投案自首，并通过当地政权机关向叶卡捷琳娜二世女皇请求赦免与保护。1791年，女皇下发一道圣谕接管他们，并将其作为异族人编入上缴亚萨克税人之列。一百年来，位于乌伊蒙山谷地区的布赫塔尔马河和卡通河两岸的俄罗斯人上缴亚萨克税，并与阿尔泰本地人一起享受为少数民族提供的优惠条件。其中最值得注意的优惠是免服兵役。

那里的人应付过去了，而且应付得很不错，但是不适应也不顺从。有人哪怕去过一次白水国，哪怕从父辈和祖父辈那里听说过它，那他对任何运气都不会感到满意的。这就好比疥疮一样。几十年的自由生活，这里养育了躁动不安、敏捷、勇敢到不惧死亡和非常好动的人们。阿·普·夏波夫从山脉的影响中推断出以下特征：

> 山上的自由空气，岩石陡峭的无边荒漠中的旷野，只有野生动物的咆哮声与河流的轰鸣声和小溪的潺潺流水声响彻了荒野，彼此叠压、随时有掉落危险的巨大石堆的荒凉景象，起伏不平、峭壁嶙峋的山岭、山脊和雪峰千篇一律、死气沉沉，山岩、小树林和山林之间遍布荒凉的远方和深处，荒野的洞穴—所有这一切每天都对山区泥水匠们健康强壮的体质产生着影响，并因其野性自然地使他们变野了……

无论如何，乌伊蒙地区的人们和布赫塔尔马地区的人们都无法接受他们的从属地位。有人发现了自然矿，他就会猜想，如果他挖得再深一些，就会找到更多。有人发现一块几乎最肥沃的向往之地（“这些地方的收成如果是其他地方收成的十倍，那也只是中等水平，还可能二十倍和三十倍”——尼·米·亚德林采夫提示道），那里长着比人高的野草，甜美的蜜源植物、药材根梢，还有种类丰富的野兽和松鸡……不，他不能不备受折磨，他是否错过了一个更加美丽更加硕果累累的地区。只要一看到县警察局局长或警察，就会使他们想起枷锁，虽负担不重但仍为枷锁，只要与背教者比邻而居，只要接到来自乡里的一纸文件，这文件就将你变成例行剪毛前的山羊那般听话，这些都迫使这些人向山里张望，并沉醉在寻觅往昔的回忆里。

白水国！……这如同对离去而没有返回的人们的一声呼唤，如同一个疲惫女人的一句哀怨，如同一道朦胧的闪光，如同一个形象和一束光亮，如同一次冲击，如同一声责备，如同一股推力，如同一个超越魔幻数字而不可错过的账户[①]。

关于白水国有人写过长篇小说。留下了多少回忆、文件记录、证据啊——讲述他们是如何离开的，有成群结队的，有只身一人的，有举家前往的，有全村出动的，成年累月地不知游荡于何处，衣衫褴褛，穷困潦倒，精神空虚，人数越来越少，在野兽出没的小径上留下坟墓后返回。他们回来后，咒骂那些以美丽的诺言诱惑了他们并使他们鬼使神差随同前往的人们，同时，双手重新干起农活，耕地，养蜂，同时坚信，哪里有蜜蜂，哪里就是天堂……但是返回后的日子越多，信心就越发坚定、强烈、清晰：没有出现。白水国，它是存在的。但是没有出现。如果选择最忠实于正确信仰，最可靠而又最纯洁的人前去寻找——它应该会出现。

在无边无际的森林尽头，在峭壁嶙峋的群山高高耸立的地方，

在山间河流和支流汹涌奔腾、撞击石头白色泡沫四溅之处，在不为

① 原文打印错误，“свет”应改为“счёт”。

> 人知的荒漠绵延不绝之地，在中国边境线那边的某地，在难以穿越的密林之中，静卧着一片名为白水国的神秘土地。没有人知道这个地方，陪审员不会来到这里，而与此同时俄罗斯人却以某种方式来到这里并自由自在地生活着。他们拥有很多土地和农用地，这里没有负担和农民承受的沉重苦难。这里有寺庙，钟声悠扬，唤醒了荒漠。没有人知道白水国，知道它的只有潜入其中的分裂派教徒和俄国农民。

又是亚德林采夫，他承认道：“我的目光不断转向阿尔泰蔚蓝的山峰，我的心留在了那里。”

但是寻找白水国并非完全徒劳无益。比如说，首先，山里处处是人烟稠密的肥沃山谷，其中包括乌伊蒙山谷。为了追寻传说、幻影、神话，俄罗斯农民似乎将自己的土地和定居点迁移得离中国边境越来越近，然后越过了边界。曾几何时，布赫塔尔马河和额尔齐斯河上游隶属于中国，但还在它们根据条约归入俄国之前，庄稼汉已经提前使它们成为俄罗斯的了。庄稼汉进行自己的外交，大政治家们只需使其生效即可，而且他们擅自行动达到这个目标并非在古代，而就是在19世纪。这个不知疲倦的探询者、寻求者、梦想家和善于钻营的人，他没有给我们留下名字，更确切些说，其名字仿佛被淹没于坟墓中，淹没于无身份证明之人和逃亡者的档案案卷中。无论在当年还是在后来，他都听不到感激之言，就连曾被他夺来的土地，也被俄罗斯丢失了，如今归入了哈萨克斯坦，他获得的利益，他下葬处的最后一批坟丘，早已被夷为平地，这与散落在阿尔泰地区古老的楚德人古墓形成了鲜明的对照……他仅为我们留下一个美丽的词语，一个仍余音袅袅、不曾暗淡也不曾冷却的词语，它仍以不绝如缕的远古的召唤激起一腔热血……

在这里，在群山中，在雄伟而纯净的自然环境中，在肥沃的条件和健康的劳动中，人也应该像发酵一般很快就会长大。到过那里的每一个人，都会惊奇地写下这一点。亚德林采夫写道：“这是些身材高大、魁梧强壮、体格健美的居民。在布赫塔尔马河岸有一个酷似勇士的猎人远近闻名。”他在另一处写道：“这些村社里的人以高大、健壮且力大无穷而著称。我们在阿尔泰见过一个肩宽身高的姑娘，能举起12普特的重物。”他还写道：“对这一力大强壮的居民很容易欣赏得入迷，然后我们情不自禁地将目光投向其周围雄伟壮阔的大自然。”夏波夫有言：“群山以其悬崖峭壁的防护无意间激发了他们的无畏、大胆、勇敢。”民族志学家米·戈洛瓦乔夫写道：“其中一个人——伊万（向导）的健康和肌肉令人羡慕：毫无疑问，这个高大结实的壮小伙子顶得上如果不是三个，也至少是两个中等的阿尔泰人。只有山区的气候和对无望的、沉重的贫困闻所未闻的自由自在的生活，才能造就这样的棒小伙子。”夏波夫在评论群山对一个人性格的影响时，为了迎合自己的刻板模式，明显夸大了阿尔泰“泥水匠”的匪性，但是如果性情温顺，也不可能深入悬崖峭壁之中及其之后的那些腹地，也不可能在那里站稳脚跟。高山的勇气传给了居民，就像传给了成长并行走的万物一样，这自然是无可争辩的。勇气可以传递，而身体素质、英雄气概呢？它们源于何处呢？也源于构成大自然和人类活动的那些健康的力量。追捕野兽，长途跋涉寻找储备物资和新资源，采集琥珀色蜂蜜的富裕养蜂场，一切都纯净、清新、有益健康而又原始的高原生活，在旧教派信徒严格教规授意下的节制生活，舒展的身体显示出的正直精神——这里还是有东西能够影响骨骼年龄和寿命的。他们的确很长寿，直到晚年还力气十足，就这样面带红晕地死去。女人们则像亚马逊女战士一般，骑马矫健驰骋，大量生育，而且生下的不是蠕虫，不是那种如同在几个世纪的进化中艰难地发育成熟为类人一样的蠕虫，而是像小圆面包一样健康有生命力的孩子，长得还没有成人的腿高，便让他们骑上马，与她们一起向养蜂场飞驰而去。

旧教派信徒不喝酒，不吸烟，不怀疑灵魂，只喝根茎茶和草药茶。去年的岩白菜黑叶、红景天和疏忽岩黄耆，茶叶口感浓郁，味道强劲，赋予人无穷的力量。阿尔泰的分裂派教徒坚如磐石般捍卫自己的教规。当官方教会开始更加宽容地对待他们，而且在克尔扎克人[①]中间开始出现松散不守教规的现象时，他们组织了一次新的分裂运动——分裂中的分裂，并捍卫了他们狂热的堡垒。这种情况不止一次发生，因此，出现了越来越多与世俗化不可调和的全新宗教派别，直至极端的禁欲主义。在乌伊蒙，即使是现在，旧礼仪派习俗也没有完全消失。当然，它只在老年人中间延续下来，这些老人直至今日仍在家中使用“圣洁的”餐具，而让客人单独使用“俗世的”餐具。他们不认可广播，也不认可电视，而就电视而言，更合乎其心意的一种说法是——电视是由魔鬼掌控。在上乌伊蒙，连墓地也一分为二——分为“行善之人”与“俗世之人”。有些家庭拒绝用电，有些老人拒绝退休金，至少在80年代还有这样的事情发生，如今未必会有。还是在上乌伊蒙，我偶然听说一位老太太发生的意外事件，而他们不认为这件事有什么不同寻常。她往一个大木桶里腌黄瓜，一个挨着一个，一侧挨着另一侧，并排摆好，腌了九水桶黄瓜，当她在洗最后一根时，黄瓜突然从手中滑落，直接就掉进了脏水桶里。一滴水从那里溅出来，落到了大木桶里。老太太毫不犹豫地把九个水桶的黄瓜全部扔进了垃圾堆里。

---

① 克尔扎克人，旧礼仪派教徒，因早年活动于俄罗斯克尔热涅茨河而得名。

今天，类似的极端做法和遗风可能会被嘲笑一番，娱乐一阵，但是……灵魂不许嘲笑。这些习俗方式和严格的规则并非仅形成于愚昧和糊涂。民间存在的一切，即使部分人中间存在的一切，也存在于我们身上，我们是其所有分裂和聚合的体现者。储存年轮的树木，不只简单地在自己身上添写一个数字，还添写上时代的特征；在一个人的身上，就像回声和反光一样，重复着人民命运的每一道伤痕和每一次波澜。我们身上深藏着严守教规的分裂派教徒、普通信徒和新教徒的成分，每个人都有自己的祈祷和真理。赞同什么，不赞同什么——都是你的事。你不赞同，那就秉持自己的真理吧，但是帮助你走向它的，既有人民真诚的迷惘，也有其真诚的愿望。试想一下：由父母延伸出多少通向他们父母的血脉联系啊，多出一倍，而且每次通向其父母的联系都要多出一倍，是的，什么也不会绕过我们，一切都以统一的结果与我们同在。

在面对这一人群的耐力和勇气时，如何能不作出应有的评价，不脱帽致敬呢？我们习惯于人是懦弱的。不，人是坚强的，旧礼仪派证明了这一点，他们表现出如此坚定的信仰与品格，这也许在世界上其他任何地方都没有产生过。“橡树[①]人！”——人们如此评价他们，他们也如此自评。反抗、优秀、高傲成为他们的本性，自我牺牲丝毫吓不倒他们，旧教派信徒性格中的准备牺牲如此接近于我们性格中的准备退缩。

在白水国地区，我向它对人类记忆的寻觅表示敬意。也可以说，我没有搜寻到：老人们保持沉默，年轻人报以嘲笑。但他们的目光却移向高山那边。这不由自主的迅速一瞥，似乎很惊讶：现在谁还问这种童话故事？

已经在乌伊蒙一行之后，在戈尔诺—阿尔泰斯克，我认识了当地奶

---

① 橡树意味着力量、勇气、耐力、长寿、高贵、忠诚。

酪厂（哦，阿尔泰山区制作的奶酪是多么美味啊！）厂长埃德蒙德·威廉莫维奇·福尔。他是德国人后裔，活跃，精力充沛，他的灵敏和健身明显地隐藏了年龄。有一类疯子，如果阿尔泰地区还有一条河或一座山没有被他走遍，他就睡不好觉，厂长就是其中一个。我们时而谈论山脉，时而谈论奶酪，但在告别时，埃德蒙德·威廉莫维奇忍不住问道：

“您想参加我们明年夏天的活动吗？在丘雷什曼河上游地区有一个‘雪人’。这是千真万确的。我们准备和他认识一下。”

而我则想象得出：这个毫不退却的白水人——一个身披兽皮、望穿双眼的野人，无家可归、不知疲倦地游荡着……

山神湖

当你想起贝加尔湖，当你为它寻找一个参照物时，自然会立刻代之以捷列茨科耶湖。并非一样，是的，世界上也找不到与贝加尔相同的湖泊，但是可以作为小兄弟，作为同一只手溅起的水花，作为一粒同宗的种子。

阿尔滕—科利，这是“金湖”这个名称的阿尔泰语发音。而捷列茨科耶湖的名称源自其两岸游牧民族铁勒人——大贵族之子彼得·萨班斯基曾于17世纪两次征服过他们。如今阿尔泰各部落混杂在一起，变成千人一面，而从前他们固守自己的一方故土和不同之处，其中铁勒人曾是人口众多的强大部落。

为什么叫金湖？有一个传说，讲述的是在一个艰难的饥荒年，一个牧羊人发现了一块天然金块并试图将其换成食物。但他却无法做到——同样的贫困笼罩着周围地区，金子被视为根本无法充饥的普通石头。牧羊人绝望之余将金块投入湖水中，从那以后它被称为金湖。

这个传说如此朴实，以至于完全可以当作现实。来自约加奇的一个职业猎人给我讲了一件事——我也相信了他，就在两年前，当他白天出门走了一天返回过冬营地时，他迷路了，精疲力竭，和滑雪板一起从悬崖上摔下来。幸运的是，滑雪板没有损坏。想从摔下来的地方顺着原路爬上去，连想都别想，他面前峭壁耸立。猎人沿着斜坡向下移动，来到了一间发黑得几乎腐烂的越冬小屋前。不远处，涌出涓涓山泉，泉水在石头上结成冰层。我的讲述者环顾四周，推了一下越冬小屋的小门，就像童话中那样，门打开的同时脱落了。里面漆黑一片，散发出一股刺鼻的腐尸气味。猎人细看了很久，才勉强辨认出炉子、长凳、桌子、板铺。板铺上有东西在闪闪发光。他又迈出了一步，并迅速跳开了。在他的面前，躺着一具尸体，身上有的地方盖着破布，有的地方裸露着。后来，当他在外面喘过气来并重新返回后，他又发现了一件令他目瞪口呆的东西。在床头附近的长凳上，淘好的金砂倒在罐里。可以推测，手工淘金者孤身一人，在病重的状态下，预见自己将不久于人世，便拿出了毁掉了他的劳动成果。我也相信，这位猎人他什么也没动就吓跑了，因为换了我是他，我也会这样做。将近夜里，他才找到自己的猎人小屋——现在叫作过冬营地，他把他身上发生的一切讲给他的同事听，他们一起连续谈论了几天该怎么办，并决定不再打扰手工淘金者及其金罐——免不了会惹出许多麻烦。忘记——就好像什么都没有发生过。最让我信服的是故事的结局。“而且，你知道吗，”——两年来他一直惊诧不已，“黑貂到季了，却见不到，两周白跑腿了，而这件事发生之后——出现了。捕猎很有收获。”

但是，也许作家弗拉基米尔·奇维利欣是对的，他认为捷列茨科耶湖被称为金湖，不是因为金子，而是因为美丽（像红色一样）[①]，还因为目前地球上最主要的财富——水的价值——这些水清澈而富足，从山上流下，通过大河、小河、溪流、瀑布汇聚而来。

如果从头到尾沿着湖面驶过，不是以游览的方式，像鹊鸭、公鸡在兔尾鼠附近扇动几下翅膀，而是仔细凝视着湖水和湖岸，那么似乎会感觉到，捷列茨科耶湖已经幸免于近几十年征服者的祸害。它附近没有纸浆联合企业，没有用化肥农药进行耕种的田野，铁路也没有从任何一侧接近它，几乎整个右岸早已交给保护区管理。似乎，与贝加尔湖不同的是，捷列茨科耶湖本身也关心自己的完整无损——人们无法从任何地方靠近它，它只在一个地方——在比亚河的源头留下了一个宽阔的山谷。捷列茨科耶湖只在一个地方疏忽大意了，这个失误使它付出了沉重的代价。在那里，在比亚河的源头，戈尔诺—阿尔泰斯克雪松林综合利用实验总厂像一艘外星飞船一样落下来。听起来怎么样！像音乐一样动听极了！实际上，这是一家普通的木材采运企业，它在小巧而狡猾的添加字眼的背后隐藏起它的真实面目，而事实上早已在实际应用消耗捷列茨科耶湖周边的雪松林。在弗拉基米尔·奇维利欣的特写中，有座著名的雪松城，这是座被虚构出来的城市，它作为实验综合农场开始了自己的生活，记得这座城的人，会在一座埋葬了美好意愿的墓地前低下头。

与贝加尔湖相比，捷列茨科耶湖也确实像个小兄弟。它的一切与贝加尔湖几乎相同，但是都要小一些。湖水少一些，其透明度低一些，而各种小动物就更少，色彩和溢流少一些，河流和小溪、河风和潮流、深度和宽度都要小一些，而岛屿根本就没有——如果不算悬崖劈开塌落的部分。也没有海豹。如果贝加尔湖是一出清唱剧，那么捷列茨科耶湖则

---

① 俄语的形容词“红色的”，在古旧俄语诗歌中有“美丽”之意。

是一首民谣。它始于两个起点并由两部分组成：第一部分宣告权力，第二部分显示仁慈。在从南到北长达五十公里的狭长水域内，湖水很深，寒冷刺骨，然后像腿的膝盖处，弯曲着平静地向西转去。南部的狭长地带岩石林立，沿着小河两岸有排排狭长的向外通道，东侧则为罕见的阶地，北部的转弯处类似于一条宽阔的河——汇入了比亚河。湖岸处处风光秀美，根本无法移开视线。

但贝加尔湖和捷列茨科耶湖有一个共同的缔造者。它们位于同一纬度，都有一条主要补给水源的河流（贝加尔湖上的色楞格河，捷列茨科耶湖上的丘雷什曼河）和不计其数的支流，并像任何一座湖一样，都有一条河水流出（安加拉河和比亚河）。比亚河似乎最初早就计划好了——位于转弯处：那里，就像在安加拉河的源头一样，堆积着暗礁。但是——缔造者改变了主意并添加了湖水。这就是为什么暗礁没有像在贝加尔湖岸边那样钻出水面，没有露出自己的萨满石[①]。

如果说捷列茨科耶湖上什么绰绰有余的话——那就是岩石，整个湖面四周石头环绕。而且它比贝加尔湖更好地保留了它古老的俄国前的名称。泛舟湖上，看着地图，询问，回忆——它们都会发出由风、阳光、湖水和石头共同合成的悦耳的天籁之声：亚伊—柳，科尔—布，别—列，克—加，卡姆—卡[②]……而假如驶过一艘载有游客的游轮，上面的歌舞女王，歌声震耳，响彻群山，那就要等到其歌声引起的山崩地裂之声停息后，努力忘掉片刻之前的惊吓——慢慢地会产生纯净的声音，并形成一首纯正的歌曲，眼睛将看到喜庆的画面，人会迷失于时代和民族

① 萨满石是安加拉河源头贝加尔湖附近的一块文物保护岩石，是贝加尔湖沿岸国家公园的自然纪念物。

② 这些名称均为流入捷列茨科耶湖的河流名称。

氛围之中……

在自然界中，能够逃脱地球悲剧的地方越来越少。不流血的战争带来的创伤和损伤却越来越多，这战争不宣而战，未经承认却无休无止，直到生命尽头。当你送走了游轮并忘掉它，沉浸于幸存的圣水盆和居所之中时，你感觉到的不是喜悦，不是幸福，不是安宁和幸运。因痛苦和恐惧而失声的灵魂却缓慢爬出，她饱受歧视，流离失所而又楚楚可怜，她胆怯地坐在你的最边缘，仿佛坐在悬崖之上，安静地一动不动地观看和倾听。不，她不在看也不在听，而是沐浴在她面前的万物之中，洗去痛苦和遗忘。如果你不用言语或粗鲁的回忆惊吓她，那么她会唱起歌来——悲欢参半、忘情地歌唱起来，用响亮动听的弦乐和涓涓细流声突出了遗忘或丢失的东西。如果你能感受到她并倾听她直至失神和茫然，请不要认为这是坏事。如果我们的故乡和阿尔泰人还活着，我们的灵魂就会活着。

通过魔法和失神的状态，你将看到一个古老的幻象：一股巨大的水流，白沫飞溅，翻腾奔涌，从高处一个急转弯跌落下来，撞击到石头上摔得粉碎，水流冷却着汇集一处，顺着石头滚落而下。你会发现你这个永远的漂泊者，此时正坐在瀑布下方一块大圆石上，全身被水溅湿，却目不转睛地注视着，一条两岸长满青苔的河流以两股水流缓慢而安静地朝你迎面漂浮而来。突然传来轰隆一声巨响，一座高峰拔地而起，被一块岩石一分为二的两股巨浪，从高峰上倾泻而下，中间撞击到平台上，跌落成两条长形浅滩向下延伸而去。而上方的断面和平台泼洒出来的，石头和草丛里榨挤出的——是条条溪流和无数水滴，而且每条溪流、每个水滴，都争先恐后发出自己的声音，分别向下流去，同样撞击到下面，同样水沫飞溅，它们突然醒悟过来，汇集一处，奔向共同的河道。

你会对孩子般的渴望快乐和惊奇感到诧异：这难道永无止境？难道一百年、一千年前就有如此的水量和高度，而瀑布在沉重的咆哮声和回声中如此清晰地说出自己的名字：科尔布！科尔—布！如同铁砧上的锤子伴随着敲击声一字一板地说出它在做什么。

在任何地方，无论你是像我们一样南下，还是北上（如果根据水流的方向正好相反——往北走是下行：因此，科尔布所在的自然保护区一侧被认为是右岸），随处都会遇到各种瀑布，时而像蓬松散乱的马鬃，时而像整整齐齐的细辫子，时而像短短的幕帘。春天较多，近秋时节较少。瀑布出现在丛林密布的斜坡中间，然后消失在平静的水流里，会从湖岸上探出的悬崖边缘飞流直下，高远悬挂在你的头顶上方——如画般九曲回环，如大理石般纹丝不动，洞穿峡谷流向一侧，以便绕过一阵弯路后，流入湖中，犹如一条若无其事地潺潺流过鹅卵石的小溪。

还有悬崖，峭壁……湖泊被它们挤压着，直到被压扁。自然保护区的一侧还带有斜坡，那里还有地方可以建造小木屋，可以给菜园子松土，可以开辟出一条小路，的确，一切都出于慈悲，但总算还有，而在别列河天然界限处，简直就完全是一份礼物——一个三公里左右的狭长地带……从左侧这边没有任何怜悯，连绵不断散乱矗立着巨大而阴沉的悬崖，悬崖因峡谷和岩层断裂显得高低不平，崩塌破碎。山水勉强汇集成流，却被迫落下。悬崖探向湖面，时而陡峭，时而向前猛冲出来。石头上长满了地衣，褐色的和黄色的，还有很多岩白菜。你一次次地惊叹，一棵树为了抓住地表，需要的是多么少啊：在一块光秃秃的石头上，似乎既生长着落叶松，又有雪松，还有桦树，而近旁生长着杜鹃灌木丛、黑醋栗和红醋栗灌木丛、一把把野葱、一簇簇大黄。任何地方也透不过一道光线，视线只能停留在峭壁上。但是在水边，在河岸边，既有小湖湾，也有岩洞，还有被波浪冲刷侵蚀后嶙峋的奇石，有深峡谷，有悬峰，还有试图冲积成沙滩的沙子……

如果太阳出来了，湖的两岸则温暖舒适。万物都变得柔软并盛开着，仿佛说起话并唱起歌来，一切都凝聚成一幅不可分割的魔幻画面。

斯米尔诺夫哨所

尼·米·亚德林采夫在一百多年前曾写过一篇特写《金湖上的漂泊者》，讲述了作者与来自遥远的沃罗涅日省的一个移民的会面。这个移民是一个看上去可怜却毫无怨言的庄稼汉，他带着年幼的儿子，一路寻找，看似并非寻找白水国，只是无意中走到了捷列茨科耶湖边。而不幸却突然降临到他们身上：丢了仅有的钱财和护照。由于面临着调查和被驱逐的危险——或许会把他们赶回拉谢亚，庄稼汉遇到了麻烦。但是他如此喜欢捷列茨科耶湖，以至于不愿意离开这里，并一直重复地恳求说："让我干点儿活吧，让我干点儿活吧！""干点儿活是他的信仰，"——亚德林采夫讲完时，略微提高声调说："在模糊的梦幻中，我看到的已不再是贫穷的庄稼汉，而是一个俄罗斯巨人，他穿过片片针叶林，顽强地为自己开辟一条通往有魔力的捷列茨科耶湖的道路。荒漠母亲！何时，何时你才能为这个勤劳的人提供安身之地！"

可以挖苦一下：这位"勤劳的人"，如今正在将捷列茨科耶湖沿岸的泰加林，由渺无人烟的荒漠变成毫无生机的荒漠。但是，不，不是他，不是勤劳的人所为。这是四肢发达头脑简单的人所为，自古以来民间习惯于对没有眼力、没有头脑那种不好好劳动的人就是这样称呼的。

……关于尼古拉·帕夫洛维奇·斯米尔诺夫我早有耳闻。我在弗拉基米尔·奇维利欣和戈列布·戈雷申的书中读到过他的事迹，在我们旅行期间，我还问过叶夫根尼·古辛，他在捷列茨科耶湖自然保护区做过林管区主任助理，这里的人他几乎认识一半。但斯米尔诺夫他却不认识。每个人都去的地方，引起人们好奇，大家都书写它们的故事，但那些地方不会因沿袭别人的足迹和发现而吸引人。而与书中的传闻相反，在湖区关于斯米尔诺夫有当地的传闻——似乎他是一个不合群的怪人。例如，人们在他70岁生日时聚集在他家里，而在那种情况下，他却没有给大家酒喝，惹恼了大家。还有，猎狗咬死了大角母鹿，斯米尔诺夫出于对法律的跪拜态度，强迫猎人到自然保护区办公室上报此事。之后不久，他自己也受到同样惩罚，他也去上报了自己。当地传闻照例选择所有那些不普遍的事例，并精细描绘出本相。最新的消息比奇葩还奇葩——斯米尔诺夫正在为自己建造……陵墓。这对一个普通人而言绝对不成体统。

在捷列茨科耶湖的南端，在右岸最开始的地方，哗哗流淌着奇里河。小河就是一条普通的小河——山间小河，汹涌湍急，难以驾驭，像时常发生的那样，它可能会无缘无故地改变主意，随便沿着哪条河道流入湖中。几十年前，它被选作湖的水文站，通过对它不间断的观测和测量，从而绘制捷列茨科耶湖的科学地图。在奇里河的斜对面，丘雷什曼河从另一侧流入湖中，在奇里河的南面还有一条靠近湖岸的水流——克加河。奇里河和克加河以一个公共深水区，在湖岸边形成一个口袋状的槽区，形成一个舒适的浸水压迫地段，仿佛湖泊出来迎接它们。

我们驶近奇里河时，已是傍晚时分。有一个多小时的时间，大雷雨不时威胁着我们，一路追随我们，但是，它似乎朝丘雷什曼河方向聚拢而去，这里瞬时变得安静明亮起来。空旷的斜坡，在午后温暖的阳光照耀下，增加了些许亮光。此刻，阳光穿过残破的云层向它袭来，看得见，一片如跳板式的狭长地带沿着斜坡铺展开去，连接着一块修整过的石头峭壁，沿着这片狭长地带生长着一排排整齐的树木。这意味着出现了斯米尔诺夫双手完成的主要事业——他著名的花园。狭长地带向左转为多层平台，种植一些高低不平的绿色植物，而在它之上，家庭墓地如终极科学讲坛般威严肃立。在墓地的下面，隐约现出三个人影——高的、矮的和中等个头的，他们倚着铁锹，看着我们的汽艇。当汽艇毫无疑问要靠近湖岸时，高个儿的人向下走来。

我们登上湖岸，没有分散走远，开始环视四周。紧挨着水边十步之遥的地方，出现了一片森林——红松、雪松和灌木丛，沿着灌木丛延伸出一条石头铺成的平整小路，小路不仅有人走过，还被人修整过。一块护板竖立在醒目的位置上，写着哨所的名称和用途，在它的旁边，彩色鹅卵石拼花镶嵌在镶框中，再远一些摆放着整齐晾晒的浮木。灌木丛后面，一条看不见的小河潺潺流淌，闷热的气浪时隐时现，太阳晒得很厉害，作为回报，从右面附近的悬崖上传来了凉意。

他悄无声息地驾船驶近我们——站在船上，用像撑杆一样的单手桨推动小船前进。一位身材高大、光着头的老人从船上迈步走上石岸，他戴着眼镜，脸上留着短短的小胡子，身穿黑色工作围裙和胶靴。下了船，他立刻像对熟人一样，说他现在身体已经不很灵便，几天后他将年满八十五周岁。花白的胡茬下，透露出他绯红的脸颊，透明的眼镜后面一双蓝色的眼睛，清澈而闪闪发光。他身材高大，身板硬朗，虽然他从船上拾起一根长棍，但在后来走路时与其说是拄着它，不如说他是在用它敲敲打打，似乎在检查，哪里是土，哪里是石头，哪里该加快脚步，哪里该放慢脚步。

老人对客人的到来一点也没感到惊讶。习惯了。他带着我们沿着小路向森林深处走去，生长在石头上的森林马上到了尽头，并出现了一座宅园——一栋住宅，旁边是一座长长的房屋，屋内不知是温室还是别的什么，还有畜棚、羊圈、草棚。原来，长长的房屋确实曾被打算作温室，但在森林的遮蔽下，这里的阳光很少，就变成了类似适于夏季居住的带前厅的走廊。我们就在其中落座，有的坐在桌前，有的坐在一旁的凳子上，我们一边询问，一边倾听，并越发对这种生活惊讶不已，这样的人生盖过了大约十个毫无意义、空虚无聊的人生。

老人有十七个孩子，三个已经过世。他的妻子，一个来自丘雷什曼乡村的阿尔泰女人，生育了十七次。他的生活从首都开始，首先在彼得堡，然后在莫斯科的工农速成中学读书，曾与权倾一时的政治局委员米·安·苏斯洛夫[①]的哥哥帕维尔同住一间宿舍。弟弟经常跑到他们那里去。1967年，当自然保护区被关闭，伐木工人开始向右岸挺进时，他忍无可忍并写信给苏斯洛夫，提醒自己是谁，询问他哥哥情况，但最重要的是——请求保留保护区。苏斯洛夫回信说（尼古拉·帕夫洛维奇给我们看了这封信），他记得他，哥哥帕维尔牺牲于前线，他答应了解保护区一事。第二年，保护区恢复了。如果不是这件事，现在既不会有雪松，也不会有大角鹿……而如今狼和熊多得很，需要除掉一些，不然很快就会有麻烦。五只小羊中，现在被咬死了两只。不久前，一头马鹿下山生小鹿——动物遇到危险时总是向人求救，而一头熊当着来做客的小孙女的面把小鹿给吃掉了。第二天，马鹿又来了。站在那里，看着人：你们为什么不保护呢，善良的人们？

老人讲着话，有时脸色阴沉，有时容光焕发——他脸上不是微笑，

① 米·安·苏斯洛夫（1902—1982），苏共国务活动家。

而是面孔在燃烧——他将一双磨损得嘎巴作响的粗硬的大手放在面前的桌子上。他于1926年来到奇里河这里，当时湖上还没有哨所，他被安排到护林所作巡查员。而他来此是为了在纯净的大自然中活下来，其病情已经严重恶化了。他很健谈，一口读书人的准确用语；记忆力很好，只是经常搞混孩子们的名字，但是我们谁又能不搞混十七个孩子呢！夏天时，这里人满为患，只能忙着接待自家的和外来的宾客，而冬天时，是的，只有两个人，孩子们各自待在自家。没有电视，也不需要，而没有报纸、杂志可无法生活。他无意中苦恼地谈到儿子们：不是不喝酒的人。稍过片刻，他称赞道：一切都在手边，无需借用。

不远处一阵轰隆声，大雷雨好像遗失了我们，随着足迹寻找过来。我们急忙赶在雨前去看花园。老人体态硬朗地站起身来，让我们先走，他站在那里，结实健壮，脸上的皮肤没有起皮脱落，他自身光彩照人，如同一位极为朴实的族长。又是轰隆一声雷鸣，猛烈而暴躁，几乎就在头顶响起。他仿佛没有听见，也没有转头，不关心这雷声来自哪里持续多久，显然，他习惯于将自然界中的一切都当作理所当然，然后纠正多余的事情。

走起来很近——我们已经登上了一块沿着斜坡伸展开去的土制平台，周围栽种的苹果树和梨树的果实正开始成熟。尼古拉·帕夫洛维奇告诉我们哪棵苹果树来自哪里——他与果农及育种专家有着长期广泛的联系，而我则走近平台边缘，看着平坦的修整完好的，目测约三百米长的高大的石头支撑墙，我试图想象，脚下这里得搬运来多少土啊。土地已经成为自己的了，但它原本不在这里——这里和斜坡那里一样，有过的只是石头摞着石头。得付出多少努力，才能将这片捷列茨科耶湖的伊甸园开辟出土地、耕种并使其肥沃啊！一切都靠双手完成。一月又一月，一米又一米，一年又一年，一层又一层，用麻袋，用筐，一手推车又一手推车，用船从丘雷什曼河那边也运来不少土——那里土壤肥沃。

雷声再次袭来，倾盆大雨。我们只好躲在一棵苹果树下。长长的斜织的雨丝，仿佛将天地连成一片，这雨丝不知从哪里被太阳染上了彩色，如彩虹般挂在湖上。如果不是被雨淋湿，我会看个没完。

原来，我们正在避雨的这棵苹果树，已被一只熊据为己有，它赶在人来之前摇落苹果。它喜欢上了这棵树上的苹果，所有的果树中只喜欢这一棵。但是也足够人吃了——还有大量的剩余，无处可放。丰收了，却没有人因此感到高兴，无处可上交，无处可销售。去年四吨左右的苹果白白糟蹋了。人们突然意识到可以榨果汁，三公升一罐的果汁装满了四十罐……如果不加糖就会变酸，加了糖——由于存放过久变成了果酒。为了不让任何人醉酒，尼古拉·帕夫洛维奇把酒都倒掉了。倒掉当然舍不得，毕竟灌的不是湖水，但看着喝醉的人更舍不得。他自己从不吸烟，酒也只是稍微抿一口，即便如此也没有什么兴趣。尽情工作的人，是不会懂得饮酒的快乐的。

丘雷什曼河的上空出现了太阳，逼走了大雨。我们从“熊”苹果树下走出来，继续前行。一路有苹果树、梨树、核桃树，正在成熟的葡萄、西瓜、樱桃、李子。的确，核桃树不久前遭遇霜冻。而其余的一切均获丰收。很快将再次有同样多的收成——可以养活整个村子。秋天时，每棵西红柿秧子上可以摘下三十公斤的西红柿。又有多少秧子呢？今年有多少他不知道。我试着计算了一下——三百多。多少棵苹果树呢？他也不知道准数，60至70棵吧。这是孩子们长大后计算出的结果。而对他来说重要的是，有这些树。当然不需要这么多——但不可能不这么多，他继续补种。为什么让土地空着呢，它像人一样，应该工作，工作起来，它会感觉更轻松。

栽种果树的狭长地带终于到了尽头，在依靠同样的石墙支撑、一阶高过一阶的平台上，长出了补栽的西红柿和葡萄。一切都被翻松过，被除尽杂草，被修剪过和平整过，一切，从一粒种子和一片叶子，都得到了关爱和亲抚。铁锹被插在了似乎做不了什么的地方。在上方，几乎没有间隔，就在近旁，坐落着简陋的墓地，有三四座坟茔。在墓地的下面，有什么东西被金属板覆盖着。

我们试图阻止尼古拉·帕夫洛维奇继续向上走——路太陡了，但他比我们这些青年人和中年人往上走得更加轻松，并在凸起的混凝土框架上的金属板旁边停了下来。这是什么呢？永远的安身之地。“我会死在冬天——这里连一个坟墓都挖不出来，全是石头。”就这样，为了不连累生者，他在石头上为自己和妻子凿出一个宽阔的壁龛——在死去孩子的下方，在他劳作地的上方。我们（我们随尼古拉·帕夫洛维奇一行有六人）当中有人不合时宜地问了一句：守着挖好的坟墓怎么生活啊？他回答得简单、腼腆而又自信：这有什么呢，准备好上路又不会有什么坏处。需要提前补充一句：在这次见面后又过了大约五年，他第一个躺到了那里。

我们沿着湖岸返回，岸边像堤坝一般堆满了一长排的石头。这意味着，他们在清理自己的园地时，把石头运到了这里。听到深水区传来摩托艇的声音，他警觉起来：有人来了。

小女儿从迈马（戈尔诺—阿尔泰斯克附近的小城）来了，一个高大漂亮的阿尔泰年轻女子，是来做客的小孙女的母亲。当着外人的面，尼古拉·帕夫洛维奇忍住没去拥抱她，却非常高兴和激动。妻子眼泪汪汪地从夏季住房里探出头来，又羞怯地躲了进去，小孙女在外公身边蹦蹦趑趄，把他轻轻推到一边，试图想告诉他什么。

该告别了。尼古拉·帕夫洛维奇忙乱起来，他一边挽留一边行礼告别，但小孙女把他从我们身边拉走，他退着走，请我们常来，不要忘记他们，他边说边敲打着手杖。但在岸边他追上了我们——带着路上吃的干鱼。当我们登上汽艇，然后离岸时，他在绿树掩映下——高大、笔直、毫无衰老之感，一只手在围裙外面，像船桨或铁锹一样垂下来，另一只手拄着拐杖。

1988年，1999年

伊尔库茨克

故乡的感觉令人惊奇而又难以形容……它带来多么明朗的快乐和多么甜蜜的忧伤，无论是在离别的时刻，还是在深入内心和聆听回音的幸福时光里，这种感觉总会久久萦绕于我们的脑海！在日常生活中，一个寡闻少见之人，在这一刻，神奇地获得了最大限度的听力和视力，可以沉入故乡历史最隐秘的远方、最偏僻的深处。

一个人如果没有这种感觉，没有对祖先的事业和命运的亲近感，没有深刻理解赋予他在巨大的公共群体中所处地位应负的责任，他就不可能自立自强，不可能自信地生活。来自故乡母亲的壮士歌般的力量之源，不仅对优秀的人，对勇士，而且对我们所有人来说，都似乎是极为重要且有益健康的源泉，它流淌出的正是那种当一个人恢复其形象、精神和存在的意义时，回归其不变的使命时所必需的起死回生的神水。而且，当身在异国他乡时，无论我们多么赞叹其人工及非人工的美景，无论他们安稳的生活和对往事的记忆多么令我们惊讶，我们的心始终在故乡，我们用故乡来衡量一切，用故乡去比较，一切我们都从它算起。失去了这种地心引力的感受，只知道自己的生活而没有将过去、现在和未来——即永恒联系起来的人，意味着，他失去了自己内心深处存在的巨大的快乐和苦难、幸福和痛苦。

……有些城市已有几百年甚至上千年的历史。它们威风凛凛、“妄自尊大”地屹立着，在其最优秀的公民的帮助下，竭尽所能地保存古风和英勇；还有战后建设热潮时代涌现的城市，它们的历史只有短短的几十年；它们依傍工业巨头而建，像年轻人一般热情奔放，自尊自重。这里居住着机灵活泼的人，他们迫不及待地表现自己，坚决地发出声音。就这些标准而言，伊尔库茨克处于中年：自1661年叶尼塞斯克大贵族之子雅科夫·波哈博夫在“勒拿河上游一侧的伊尔库特河对面”的安加拉河上建成了这个“新的国王尖柱城堡”以来，时间过去了近三个半世纪。正如我想象的那样：20世纪下半叶，伊尔库茨克虽然由于快速且不熟练的“整形手术”，由于不假思索的强拆和改革的热潮而遭受了不少损失，如今继续遭受这些灾难——损失丝毫没有减少，然而它却能够保留自己的特色，不像西伯利亚的另一座城市——鄂木斯克，它完全失去了特色，也不像新西伯利亚——它从未有过自己的特色。此外，伊尔库茨克甚至幸运地保留了它的第一批定居者为它所起的名字，并没有使用革命者的名字命名城市（革命者的名字确实也不够西伯利亚使用，西伯利亚原本的名称几乎没有被改动过）。

现在，有着丰富历史和生活经验的伊尔库茨克，冷静而英明地屹立着，知道自己的实力和价值；适度地知名，适度地谦虚，适度地有文化，在当今时代也能想出办法保留自己的文化；传统上热情好客，如今穷困潦倒得无法照看自己，但十分清楚地意识到什么是正确的，衰落了并厌倦了近期改革者带来的巨变——伊尔库茨克屹立着，具有其石头和树木一般长久而严格的记忆，满怀爱意并极为惊奇地注视着它今天公民的事业——他们已达60多万人口，城市像家长一样保护他们免受酷暑和严寒，为他们提供生活、住所、教育、工作、家园和永恒。

在伊尔库茨克的命运和性格中，从一开始就起着特殊作用的是它与贝加尔湖比邻的位置，它距离这座奇迹湖泊仅有六十公里。伊尔库茨克人喝着从贝加尔湖流出的安加拉河水，呼吸着贝加尔湖吹来的微风，去它那里寻求灵感和健康，以它的美景和威力充盈自己，不忘对它进行朝拜，在它的岸边和水域寻找工作，讲述关于它的传说与往事。而通常他们到它那里只是简单地去看看贝加尔湖，并像感受到血缘关系的孩子一样寻求无形的保护。对他们而言，“贝加尔”一词具有庄重的父亲含义，威武而慈祥。他们感到高兴的是，他们可以享受贝加尔白鲑——与其说是作为食物，不如说是作为某种精神上的补充（俄罗斯北方沿海居民仅从“小鲑鱼”一词中也会感到享受），享受贝加尔海豹——这一笨拙而可爱的动物，总是使他们微笑。伊尔库茨克人相信，他们的灵魂因接近贝加尔湖而更加自由自在，骨头也因此而更加坚硬。贝加尔湖容貌的俊美景象充盈并滋润着他们。

从世界各地前往贝加尔湖的朝圣之旅，在俄罗斯动荡时期逐渐减少，然后重新逐渐增多，但均途经伊尔库茨克。在与贝加尔湖“会面”前夕，伊尔库茨克不由自主地成为主要的事件筹备者——它应该符合这一角色，于是它在人们心目中具有了无法被破坏的冷却的印象。贝加尔湖的美丽应恰如其分地融入伊尔库茨克的美丽之中。由于贝加尔湖的存在，伊尔库茨克在最“封闭”时期对于外国人仍然是开放的城市，前来这里的有游客和记者、商界人士、名流、科学考察队和青年代表团，这里也被选为召开政府会议的场所。伊尔库茨克比其他任何一座西伯利亚城市都更为世人所知。这强迫它去关注自己并装扮自己，这也有助于它在20世纪60年代国家记忆回归之初被确立了作为历史名城的称号，因此，尽管也有损失，但它的容貌仍然保留了。

有一个特别的时刻，伊尔库茨克能轻松地回应贝加尔湖的感情。这一刻是夏天的黎明时分，那时太阳尚未升起，尚未温暖大地，尚未以热浪冲洗来自大地内部积聚了一夜的气息，直到行色匆忙的人们将它们驱散，汽车的轰鸣声打破难得而短暂的寂静。此时，最好身处伊尔库茨克老城区，身处保留着木结构房屋的村社的一个角落里。只要一迈进它们的街道，只要沿着低矮温暖、散发着生活本身热度的街道迈出最初的几步，你很快就会失去时间感并恍若置身于神奇的童话世界里——那个中了魔咒昏睡百年、让周围的一切保持原封不动的著名童话故事里。而且你已经听不到早晨的喧闹声和人语声，也看不到眼前出现的巨大凌乱的补丁般的全新石头建筑，也没有注意到最新的迹象——你已经在那里，在一个多世纪前的这个世界上。

1879年夏天，也许是伊尔库茨克所有大火中最惨烈的一场火灾在这里肆虐，烧毁了城市的大部分地区。“截至6月25日上午，城市设施最完善地区的75个街区成为一片焦土，其中有烧焦了的烟雾弥漫的石头房屋、烟囱、炉子的残骸，炉子上还冒着刺鼻的、令人窒息的浓烟”（引自尼·斯·罗曼诺夫[①]的编年史）。但是，如果此后只允许在中心街道建造石头建筑，那么在这里，在木结构的地方重新建起了木制墙面。伊尔库茨克的居民并不陌生——伊尔库茨克多次被毁之一炬，但一次又一次从灰烬中重新站起来，市民一次又一次地砌墙，他们通常按照自己的草案和图纸铺设屋面，镶嵌玻璃。他们搬进新房之后便着手装饰它。

不，建造不仅仅是为了温暖舒适地居住，而是要建得令人惊喜，令人赞赏。就像一幅画，就像一座神奇的阁楼，其中也许会降临神奇的生活，这就是所谓的——正如现在人们所说的——高品质的生活。在创新和美观方面的竞争精神从未离开过西伯利亚人，他们曾将其推广到许多美好的事业上。在这门艺术中，在整个广阔的俄罗斯大地上没有谁能比得上西伯利亚人，除非是来自这门艺术的发祥地——来自阿尔汉格尔斯克地区、沃洛格达地区、大乌斯秋格和诺夫哥罗德地区的农民，西伯利亚最初的居民正是从那里带来了他们的手艺。他们带来了，并受到新生活和新空间的启发，将其发展到了惊人的完美和无尽的奇异幻想的程度，他们到处传授手艺——在城镇和乡村，在富人和穷人中间，在猎

① 尼·斯·罗曼诺夫（1871—1942），历史学家，图书学家，伊尔库茨克编年史编纂者。

人、耕种者和工匠中间。只有口袋或精神赤贫的人，才会建成住房后，不进行装饰，不雕刻花纹，不画上彩画，不摆弄它，仅这一点，就成为他余生穷困潦倒的印记。现在可以清楚地看到，这种小木屋，先是衰老起来，窗户一头扎进土里，倒下了；看着它这个可怜虫，会感到悲伤和难堪，因为它身边还坚固地、精神抖擞而又傲气十足地耸立着雕花房屋。它们为愉悦人们而建，如今虽已度过其完整一生，但仍带来快乐。即使其中做了最简单装饰的最小的住房，已经失去了大部分的魅力，但仍然保留着尊严和永留其间的工匠的高贵灵魂。

工匠的灵魂——甚至在对它最初的理解及它在工作中的体现，都是从工艺的日常性和普遍性中产生的，是一种凌驾于建筑之上，对人及其本身所有的和可能有的一切美好事物的特别而至高无上的爱，它填补了现实与理想之间的巨大空间，并以善良与美丽使现实变得有意义。灵魂不能服侍，它只能统治；它收缴沉重的精神赋税，使人脱离仅靠面包生活而不想了解他人的普通人行列，它也使人脱离无声无息埋藏于沉重的时间层里的普通人的行列。

你惊讶地驻足于工匠摆弄的房子近前，不是工匠的灵魂，又是什么自豪地打动了你并使你惶惶不安，责怪你那不知快乐腾飞的软弱灵魂，在你亲切敏感、隐隐作痛并渴望同样光荣事业的灵魂中得到回应和赞叹？

工匠连续数周又数月地锯出、车削、切割、磨合他自己花边式的奇异装饰。后来，当他们建造豪华的出租房屋并以劳动组合的方式工作时，他们开始使用镂花模版工作，而一位公认的自重的木刻艺术家则不拘泥于条条框框进行创作。幻想有时将他吸引到如此的密林和高峰，这里似乎没有出路，如果不破坏比例和感觉，不破坏开始的工作，但这位工匠却奇迹般地找到了出路，从未知的、有时是异教徒居住的远方送来了他期待的火鸟，火鸟抖动着魔法般的羽毛，闪烁在三角墙上，在飞檐和门窗的贴脸上，在支架和壁柱上——在每个小物件上：看吧，人们，欢喜吧。

西伯利亚有四座城市能够做到保留木制街道的温暖和美观。它们是托博尔斯克、托木斯克、恰克图和伊尔库茨克——一个比一个漂亮。但是，为了找到木制的“幸福”，必须经历不幸，否则，在修复的热潮中，人们怎么敢将这个“破烂东西”清理得一干二净并建造筒子楼[①]。还在19世纪上半叶，托博尔斯克就失去了它都城的地位，当时西西伯利亚地区的中心移至鄂木斯克，而且陆路的莫斯科大道在托博尔斯克以南通过。远离了大道，托博尔斯克衰败了。恰克图，一个与中国接壤的童话般富有的贸易城市，革命之后却突然与另一个国家——蒙古接壤，不久也完全衰落下来。一百年前的托木斯克拼命争取让西伯利亚大铁路朝它的方向延伸出一个弧线——但是没有成功。它仍然是一个省会城市，是西伯利亚建立第一所大学的城市，甚至开始更狂热地称自己为“西伯利亚的雅典”，但人们已经不很重视它了，而且就其意义和发展来说，它不知不觉落后了。

到20世纪初，伊尔库茨克也失去了它辉煌的贸易声望：连续不断的毛皮、黄金、中国茶叶和布匹的流通到那时已经搁浅。在50年代“西伯利亚加速发展战略”开始前的半个多世纪里，伊尔库茨克过着简朴而安静的生活。随后人们建设伊尔库茨克水电站，在附近建设新城——安加尔斯克和谢列霍夫——再次使伊尔库茨克名声大振。在日常的忙碌中，

---

① 筒子楼，又叫“赫鲁晓夫楼”，是指赫鲁晓夫当政时期，苏联各地兴建的一批五层楼高的小户型简易住宅楼。

人们顾不上古迹。当人们为了修复伊尔库茨克而悄悄走进它时，当开始绘制“远景发展计划”（就意味着：城市的重建和木制街区的拆除）时，全俄古迹保护协会出现了，幸运的是，伊尔库茨克成为十五个受保护的历史名城之一。除了前往贝加尔湖的外国人，这次成功成为历史名城，有人对流放伊尔库茨克的十二月党人感兴趣也发挥了作用。而且，想必很重要的一点还有——人们对艾森豪威尔[①]请求将伊尔库茨克列入他计划苏联之行的行程中一事尚记忆犹新：因机缘巧合，我们内战时，这位盟军代表团军官，未来美国总统在伊尔库茨克医院接受治疗，伊尔库茨克给他留下了愉快的回忆。众所周知，贵宾的访问未能成行，但是当时为了不丢脸面，准备他到来的同时，人们也匆忙修补了城市的街道，铺设通往贝加尔湖的柏油路，在安加拉河源头的湖畔修建专门的“别墅”，疗养院就始于那里，并提醒人们伊尔库茨克是一座非凡的、能够留在伟人记忆里的城市，这些都保留下来并“为内部使用”提供了良好的服务。

因此，从60年代中期开始，伊尔库茨克成为一座历史名城，在这种情况下，它承担起了符合这一称号的义务。然而，符合称号比得到称号更难。旷日持久的重大历史事件持续了二十年——谁赢了呢？一些人守护，另一些人偷窃，就像在某个满是窟窿的仓库里。伊尔库茨克居民仍然记得为争取市中心的一座18世纪的建筑典范——“驼背房子”而进行的斗争，斗争以不利于公众利益的结果而告终：房子在深夜里被偷偷拆除。许多其他古迹也遭受到同样的命运。已经变为博物馆、被修葺一新的十二月党人特鲁别茨科伊和沃尔孔斯基庄园，简直像恩格斯大街的“花边房子”一样，不知何故被送交给“欧洲之家”作办公使用，同样

① 艾森豪威尔（1890—1969），美国第34任总统，政治家，军事家。

还有从火灾和大洗劫中抢夺出来的其他几个范例，这只是有可能抢救下来的古迹中的一小部分。

这就是为什么除了个别庄园外，伊尔库茨克18世纪的木结构建筑没有得到保留。

木头不很耐用，但它具有一种可以将我们的记忆延伸到那种我们无法见证的深处和事件的罕见能力——最好说成是向我们传递祖先记忆的能力。石头冰冷而且更加不易变形，木头则柔韧，可以对感觉作出回应。在城市山地前的士兵街道中间，在木制街区的某个地方，想象那个遥远的18世纪30和40年代古老的伊尔库茨克并不难——当时城市发展起来并超出了尖柱城堡的围墙。

通过伊尔库茨克与中国进行着活跃的贸易，那时它已成为一个大省的大型行政中心，成为整个东西伯利亚和北西伯利亚的主要转运站和货物配送站。在被围墙封闭起来的尖柱城堡里，只有行政权力还在运作，所有的主要生活早就转移到城堡外面的工商区，那里有伊尔库茨克当时繁荣昌盛的商铺、集市和小酒馆，以及各种各样的服务和工匠作坊，这里“闲散着”大约上千座（30年代）居民的小房子，它们建得没有任何规划，谁想在哪里建就在哪里建，各行其是。因此街道蜿蜒曲折，奇异纷乱，真的就酷似闲逛。越出了堡垒的城市同样被栅栏、木墙包围着，木墙从安加拉河沿着博利沙雅大街[①]一直延伸到乌沙科夫卡河。在栅栏的外边，按古代的规矩，人们在挖出的壕沟附近放置拒马[②]，在拒马的外边，士兵村镇发展成第三城市地带。由此产生了士兵街道，后来更名为红军街道，以便让过去的城市保卫者受到革命的关注。

① 博利沙雅大街，今天的伊尔库茨克的卡尔·马克思大街。

② 拒马，是一种木制的移动式筑城障碍物。

这里当时还坐落着其他的小房子，是另一种布局——一切都不相同，但也无需闭上眼睛，便可以想象当时伊尔库茨克那种活生生的现实和近在咫尺的感觉，你仿佛看见一条弯曲歪斜的肮脏小巷，一个大胡子商人沿着它迈着庄严的步伐，朝着凌驾于城市上空的救世主教堂和主显节大教堂的圆顶方向走去。在路上，他对玩闹于烂泥中的孩子们不满地嘟哝着；你会听到从高高的篱笆上传来女人百无聊赖的懒洋洋的对骂声，听到马的嘶鸣声和穿过海外大门[①]驶向贝加尔湖的车队大车的吱嘎声。这在莫斯科大道建成之前持续了整整三十年——这条道路为伊尔库茨克注入了全新的活力；这在淘金热之前持续了一个多世纪，当时淘金热继贸易和毛皮之后成为第三大主要支柱，成为城市繁荣的基础。伊尔库茨克仍然半梦半醒，愚昧无知，污浊不堪，其主要生活是神职人员和商人与官僚机构作斗争，与即使在那些年代也算是强盗般的苛捐杂税和不公作斗争。因为的确是：最偏远的边区，“天高皇帝远”。根据这一俗语行事的有军政长官和副总督，然后是总督及其不计其数的随从——他们除自己发财外，不知道还有其他操心事。西伯利亚第一任总督加加林公爵“因闻所未闻的盗窃罪”在彼得堡被处决，几乎与他同时，在彼得一世时期，不惜敲诈勒索的伊尔库茨克军政长官拉基京也因同样原因走上了断头台。不久之后，伊尔库茨克第一副总督若洛博夫也遭遇同样的命运，因为他“无端刑讯，在刑讯时使用火刑”。然而，严厉措施也无济于事。

最初发给军政长官的指令，内容如下：“根据当地情况和自己观察，按常规和上帝指示行事。”这一指令后来被随便什么名称的所有政权机关使用，除少数例外。其中一位副总督普列谢耶夫，“按常规”每

---

① 海外大门，今天的伊尔库茨克的阿穆尔大门。

次出行都下令鸣炮，目的是烦扰听任人们散布流言蜚语的高级僧侣；另一位总督涅姆佐夫，“上帝指示”他邀请客人到城外，再唆使强盗贡久欣去祸害他们，强盗为博得总督的极大开心，不客气地将贵族团体抢了个精光；第三个，是来伊尔库茨克制止违法行为的调查员克雷洛夫，他“根据自己观察”将当地商人15万多卢布抢劫一空，监禁了由于某种原因让他看不上的副总督沃尔夫本人，并将其乘车沿全城示众，以恐吓居民。他又“根据自己观察”指定他喜欢的商人女儿和女市民，命令人们必须毫不迟疑地把她们送到克雷洛夫府上。根据编年史家的说法，这是“灾难性的时代”。不足为奇的是，伊尔库茨克居民会回忆起17世纪末波尔捷夫（波尔捷夫被任命为军政长官，但没有抵达伊尔库茨克便去世了，于是哥萨克人确定其子为军政长官）年幼儿子的那段令他们感到幸福的平安执政时期。四十年后，人们厌倦了若洛博夫的勒索与暴政，试图再次采用相同的做法。这一次，前来代替他们痛恨的副总督的瑟京，却死于若洛博夫带给他的“伤心”。瑟京的儿子只有五岁；在这个年龄，即使是作为执政者也无法做出违法的事，虽然不可能与违法之事进行斗争，但对城市而言，这样也算是一大幸事。然而，事情却失败了，于是暂时还留任的若洛博夫变本加厉进行镇压，每天对那些企图取代他的人进行“杖刑”（鞭刑、棒打、刑讯）。

“彼得堡关于当地事务的所有言论，不仅是真相，而且——是少有的——未经夸大的真相”——后来被赋予巨大权力来到伊尔库茨克的米·米·斯佩兰斯基伯爵向首都报告说。

伊尔库茨克历史上既有悲剧性的事例，又有可笑的有趣的事例，无论在编年史还是在记忆中翻阅它们，都会既吸引人又有益处——漫步于古老的街道，往昔艰苦的生活轻松地重现，历历在目。

顺便回忆一下，还在19世纪初，在总督佩斯捷利执政时期，他当时设法从彼得堡管理我们辽阔的地区，其地方代表——副总督特列斯金热心地着手整顿自由的城市规划。此人因与伊尔库茨克富商进行激烈的斗争而闻名。特列斯金不怕佩斯捷利在首都截获的投诉，很少担心什么，特别是对整顿街道一事。根据他的指示，从当地监狱的囚犯中招募了一个以古夏为首的工作队——以“古夏小分队”为名的工作队留在了我们城市的编年史中。作家伊·季·卡拉什尼科夫在《一个伊尔库茨克居民的札记》中是这样证明此事的：

> 毫无疑问，体面是件好事，但他们过于无礼地对待不符合规划的房屋。取得房主的同意根本是多此一举。常常是，古夏小分队一出现——房子就无影无踪了。如果不是整座房子都不符合规划，而只是它某一特别大胆的部分探出来，那么就会沿着街道，不客气地该锯掉多少就锯多少，然后你就尽可能地修补它吧。

在街道重建方面获得一点儿经验后，特列斯金嗜此成癖，然后开始整顿伊尔库特河河口，指出河流“不正确的流向”。但不同于伊尔库茨克的是，伊尔库特河没有屈服于特列斯金，尽管总督付出了一切努力，但它仍然坚持自己的流向。

还用说吗——遇到了各种各样的执政者；西伯利亚任何其他一座城市，都没有像伊尔库茨克这样，不得不受尽形形色色横行一时之人权力的折磨，饱受他们重利盘剥与独断专行的痛苦。

而我们今天呢！还远吗，不是18世纪，而是20世纪90年代，在诺日科夫任州长期间，“布拉茨克小分队”（来自布拉茨克市）使该地区陷入赤贫和破产的境地，而且任何一个勇敢的脑袋上也没有掉下来一根毫毛。他们就是没有遇到彼得和斯大林。

* * *

遗憾的是，城市的第一座石头建筑没有保留到今天。它是1704年在安加拉河畔尖柱城堡的领土上建起的军政长官官署，或叫衙门，是行使权力的地方。19世纪，人们开始加固河岸，以便保护伊尔库茨克发源地时，只好拆除了官署。但奇妙而幸运的是，在拆迁的严重时期，救世主教堂和主显节大教堂——整个东西伯利亚最古老、建筑风格最有趣的教堂却以最神秘和最神奇的方式幸存下来。

不过，建筑风格之所以有趣是因为古老。它们之所以在伊尔库茨克人心目中如此珍贵，是因为它们用有预见性的、不朽的、每个人都能理解的记忆方式把我们祖先所在的时代、精神和艺术传递给我们，它们在这教堂四壁之内生动地表达出来，而且比任何哲学都更准确地说明人对自我永恒的渴望和信念。只要一个人双手创造的事业和他的精神事业屹立不倒，他就活着。有些人准备短时间内经受自己世间的苦难，却不理智地想在自己死后，用非常坚固的材料，用石头和文字留下他们贫乏、模糊和公共生活空虚的纪念碑，这些人不妨记住，时间，众所周知，由于它不会作伪证，它不仅可能是感恩的记忆，也可能是复仇的记忆。

救世主教堂从一开始对我们来说就很珍贵，首先因为它是伊尔库茨克尖柱城堡留下的唯一一座建筑，它早在伊尔库茨克诞生五十年后就已建成。根据它，我们现在可以确定尖柱城堡的边界（它建在面向季赫温广场的城堡墙内），我们可以想象一下教堂广场（在长明火所在地）——那里曾宣布沙皇和军政长官的命令，执行判决，市民们无论在节日，还是在俄罗斯伟大或悲惨事件发生之日都在此聚会。教堂始建于1706年，并于四年后完工。无需成为专家，就可以看出它是一座彼得一世之前的古俄罗斯建筑。当时彼得堡正以一种大量借鉴的全新建筑风格建立起来，莫斯科也改变了自己的城市建设风格，但伊尔库茨克却相距遥远，伊尔库茨克仍以古老的方式，以本民族精神建造自己最初的石头作品，这种民族精神在鞑靼人之后如此奇迹般高涨起来。然而，在救世主教堂建成仅八年之后始建的主显节大教堂，已经出现了有利于新风尚的变化，外墙的装饰中清晰可见早期巴洛克风格的特点。不同于救世主教堂的是，这些外墙被绘饰得华丽而完整。变化是显而易见的，但作为一个建筑群，作为统一的整体，整个教堂是新旧风格的奇异结合，可以假设，当执事也是工匠，了解如何建造时，他愉快地诉诸他真心喜欢的建造方式和更符合他品味的建筑。与救世主教堂还有一点不同的是，主显节大教堂建造时，立刻修建了钟楼和副祭坛。钟楼上方有圆锥形屋顶——当然还是古俄罗斯木结构建筑元素，这在石头建筑中非常罕见——特别是在外乌拉尔地区。在修复大教堂过程中，意想不到幸运地发现了用来装饰教堂的陶瓷镶嵌物——“瓷砖”，它上面的各种图形——所有这些圆圈、花瓣、我们熟知的及未知的动物和鸟类，都凝固在了墙面上的古老传说与童话中，其起源及想象力可以追溯到远古时代。

总而言之，在谈到建筑风格更迭时，需要注意的是，在我们地区，由于地处偏远及当地风格的影响，这方面尤其没有明确界限和固定规律。不同流派的相互渗透、相互联系和相互协调还会长期出现在木结构和石头建筑中。建造时间比主显节大教堂晚得多的兹纳缅斯基教堂（1762）同样融合了巴洛克元素与古俄罗斯装饰元素。举荣圣架教堂可以被归为西伯利亚巴洛克风格，因为它有美妙而独特的“雕饰”和对具有异域风情的东方装潢的奇异使用——这种装潢显然源自佛教寺庙。俄罗斯中心地区采用的城市建设常规，到达数千俄里之外的伊尔库茨克并呼吸了当地的空气之后，常常会从它们法定的规范迅速滑到“罪恶”的西伯利亚土地上，因此，这里很少有以纯粹某一种风格建造的建筑。

“伊尔库茨克的古老是极为可敬的。”——1824年到过我们城市的阿列克谢·马尔托斯[①]写道，他是当时最有学问的人，是在莫斯科红场上竖起米宁和波扎尔斯基纪念碑的雕塑家之子。“可以把它比作人类生活的一个时代，它巩固了后代的幸福，可以要求其子孙给予尊重和关注。”

过去的人们，甚至旅行中的人们，都能够表达非常正确且长久不变的观点，但他们并非从功利主义和轰动一时的角度出发，而是从思考其民族幸福生活的立场出发，审视正在改变的土地面貌和人类双手创造的事业。

而且，在列举给他留下强烈印象的伊尔库茨克古迹时，马尔托斯首先指出主显节大教堂和救世主教堂。

自建造以来，我们这些最初的教堂经历了相当大的变化，这些变化中的漫长而艰难的命运虽属顺其自然，然而并非总是幸运。在18世纪下半叶，救世主教堂增建了一座钟楼（1762）和一座副祭坛（1778），人们将外墙画上彩画，但如果教堂本身视钟楼为理所当然和必不可少只是姗姗来迟的一部分而纳入自己的建筑群中的话，那么北侧的一座两层的石头副祭坛则增加了教堂的重量并使其朝一边下沉，从而破坏了对称性，并扭曲了教堂轻盈的外观。正在祈祷并追求理想生活的教堂仿佛悬挂、飞翔于安加拉河水之上。

特别不幸的是主显节大教堂。其钟楼上方著名的圆锥形屋顶只保持

① 阿·伊·马尔托斯（1790—1842），俄国作家，历史学家。

到1742年，当时伊尔库茨克发生了强烈地震，之后倒塌的屋顶再也未能竖立起来。1862年，再次发生地震，之后人们还是没能恢复建筑物的原貌，而是将受损的食堂一直到地基彻底拆除，筑起了与教堂建筑风格毫不相干的简单粗糙的墙壁，同时，对其古迹不予重视，连瓷砖也砌在了墙内。另一个时代开始了，出现了时代更加混乱的预兆，人们对古物也产生了另一种态度，对它的关心和诚挚的关注被抛在了身后，而这些关心此前一直存在于俄罗斯民间。

这些教堂最先落户于安加拉河畔，也是在经历了数十年长期荒芜后最先被恢复的。奇怪的是，存在过并被接受为基本信念的内容迅速地变成了荒诞不经且莫名其妙的东西！伊尔库茨克这些美丽的建筑，这些主要圣地，险些进了垃圾场？！这不可能！我们怎么能容忍这等事情？！是的，大多数只顾眼前的人，他们只把自己的记忆变成了自我，变成了供个人徒劳使用的笔记本，但是与他们不同的是，我们仍然无法容忍。我再重复一遍，在整个70年代和80年代，我们为保护每一座已决定拆毁的房屋，为反对每一座“玷污了”伊尔库茨克的陌生而丑陋的翻新建筑都进行过非常激烈的战斗。古物的热心保护者和破坏者双方的战斗警报几乎每个月都会响起——当企图穿过城市的历史街区开辟交通干线时，当决定让三一教堂坐落于高层建筑的井底时，以及在数次冲击木结构古迹时。轻视过去的态度长期以来屡见不鲜，而且由异地人任职惯例引起。一条不成文法在起作用：州委会书记是外来的人，州执委会主席也是外来的人，市总设计师——连续三任是外来的人——为了不以回忆和亲缘关系束缚自己的行为，为了可别在改革者的劳动中突显怜悯之情。正如几个世纪后人们仍然记得副总督特列斯金一样，伊尔库茨克市民也不会忘记不知来自何处的担任市总设计师的弗·帕夫洛夫，一个同样热心的改革者，对他而言，伊尔库茨克也“没有按照规划布局”，于是他

“不客气地把它该锯掉多少就锯多少”并“尽可能地修补了”。

但是，美好的记忆不会被磨灭。今天，当你站在安加拉河畔，站在伊尔库茨克开始出发的地方，你会被救世主教堂和主显节大教堂圆顶的金色光芒照亮，会听到教堂呼唤祈祷的钟声响起，也会不由自主地回忆起加林娜·根纳季耶夫娜·奥兰斯卡娅——她是这些圣地（特鲁别茨科伊的住宅，木结构的建筑博物馆）修复设计的主要设计者，一个活泼、果断的小老太太，她善于攻破任何的官僚堡垒。她于1959年在文化部的一次出差时第一次来到伊尔库茨克——需要在前文提到的艾森豪威尔来访之前检查和准备伊尔库茨克的古迹。但在屈指可数的几个月内又能准备好什么呢，如果随处可见因年久失修和疏于管理而造成的损坏印记？！仅在十年之后，在加林娜·根纳季耶夫娜去世前不久，她才辞别伊尔库茨克，在所有这些年间，她一直是它孜孜不倦的使者：该是恢复的时候了。任何一块石头上都没有留下她的名字，我们记得她，但我们也将很快离去，将带走我们对她的感激之情——那么，万物的终极正义感连同长期漂泊后所获得的收养感难道会是完整的吗，如果它仍然没有名字？！

……18世纪，当时在建造第一批石头建筑，特别是教堂石头建筑。起初是从外面邀请劳动组合——从乌拉尔甚至从俄国（直到最近，西伯利亚人一直称外乌拉尔以西地区为俄国——“拉谢亚”）。但这并没有持续很久。到世纪中叶，伊尔库茨克已经成为整整有三分之一手工业者在从事木材、石材和贵金属行业的城市。到世纪末，城市工匠的声望已经遍及整个西伯利亚。如今，已经是其他城市开始向伊尔库茨克的泥水匠、装饰教堂的画家和铸造工鞠躬致敬了，他们铸造了高音色和高艺术品质的大钟。编年史保留了阿列克谢·温扎诺夫的名字，他于1797年9

月24日铸造出一座在老伊尔库茨克居民记忆中十分著名的“761普特重的大钟”，几乎出动了全城的人把大钟放在专门用大木方做成的雪橇上，伴随着所有教堂的钟声，用绳子将它拉向了大教堂。

过了不到一百年，在季赫温中心广场，一座新的大教堂拔地而起，它是按莫斯科救世主大教堂的样式建造而成。如今只能在旧的明信片上欣赏到它：大教堂与救世主大教堂遭遇同样的命运。也许，如果完全重复外貌和命运的“样式”，那么伊尔库茨克大教堂终有一天也将从虚无中崛起，迫使我们再次相信一种真理，正如手稿是烧不毁的，神殿也不会因邪恶的意志而解体，最高的正义是不可改变的。

但是现在需要回忆大教堂，是因为当建设完成后，轮到为它画上彩画时，主教面临着相当大的难题：选择哪一位才华横溢的大师来绘画，才不会得罪其他同样当之无愧的大师？又过了一百年，新的大教堂消失了，主显节大教堂在长期中断之后重又响起了上帝的圣言——在它重生的庆典中又轮到画彩画了，需要又一次不无困难地从优秀的大师中选择最优秀的大师。好像画笔没有触及圣像画、上帝缺席的一个世纪没有过一样。这些才华横溢的年轻圣像画家似乎期待着在指定的时间里变得年轻而才华横溢，就像他们在完成艺术家的壮举时应表现的那样，将其作品的结构与以前大师中断了的创作融合在一起。

顺便说一下，即使在最排斥上帝的时代，在伊尔库茨克仍有两座（后来是三座）教堂继续在做礼拜。通常，在类似规模的省级城市，只允许一座教堂这样做。伊尔库茨克在其精神“规模”上需要的更多，国家也就只好同意这样做了。

* * *

伊尔库茨克自古以来就是一座商业城市，通过它与中国进行活跃的贸易往来，从北方源源不断地涌来毛皮、黄金和猛犸象牙。通常，伊尔库茨克商人和企业家的活动范围很广，其利益扩展到恰克图、托木斯克、彼得堡。但是，伊尔库茨克在贸易和运输交汇处的有利地位，靠近开采地和发货地的位置，迫使商人成为“事业”核心的同时仍然是伊尔库茨克公民。最近，对待商人的态度变得更加公正，不再将其视为一个沉溺于有害贪欲的阶层，但我们对他们在故乡文化建设和慈善事业中所扮演角色的认识尚有待于提高。正如普希金所说，我们依旧“懒惰而缺乏好奇心”[①]。我们跟随老一辈伊尔库茨克人重复着“库兹涅佐夫医院[②]”“梅德韦德尼科夫康复所[③]”“西比利亚科夫之家[④]”，却没有感觉也没有意识到，用库兹涅佐夫资金建起的医院至今仍忠诚地为我们服务，直到最近医院仍在正常运行；“梅德韦德尼科夫康复所”被农学院占用数十年，而“西比利亚科夫之家”则是“白宫”，是城市最显眼和最著名的建筑，曾是总督官邸，现在是一所大学图书馆。只有苏卡乔夫很幸运：他奠基的艺术博物馆，终于采用他的名字作为馆名。就像一个人不该忘记自己的家谱一样，一个城市也不应该失去对其著名公民的感激之情。

不能要求弗托罗夫家族[⑤]和巴斯宁家族[⑥]的先生们成为波塔宁们和亚德林采夫们（顺便说一句，亚·米·西比利亚科夫[⑦]也是作家、著名

① 诗句出自普希金的游记体散文《埃尔祖鲁姆之行》（1835）。

② 由伊尔库茨克商人叶·安·库兹涅佐夫于1875年投资建成的儿童医院。

③ 由伊尔库茨克商人伊·洛·梅德韦德尼科夫为精神病儿童和癫痫病患者兴建的康复建筑，现在是儿童和青少年心理健康科学实践中心。

④ 由伊尔库茨克商人米·瓦·西比利亚科夫建于1800年，19世纪中叶曾是总督官邸。

⑤ 弗托罗夫家族，是19世纪下半叶伊尔库茨克乃至俄国最富有的工业企业家族。

⑥ 巴斯宁家族，是18—19世纪伊尔库茨克的商人家族。

⑦ 亚·米·西比利亚科夫（1849—1933），俄国企业家，西伯利亚研究专家。

科学家、北极研究专家；以他名字命名的“亚历山大·西比利亚科夫号”破冰船开辟了北方海路并服役到1942年，直到在与德国重型巡洋舰的一场力量悬殊的战斗中沉没），而他们为波塔宁们和亚德林采夫们在文学和科学著作中提供的帮助也值得我们不抱成见地铭记。总而言之，西伯利亚商人值得认真研究，应该还其以公正，无论是在他们自己致富的事业上，还是在有利于他们遥远而又被上帝遗忘的广袤边区的事业上。而且在西伯利亚，经常会遇到奥斯特罗夫斯基剧本中的人物，在这里，如果不使用他们拙劣而卑鄙的手段是不可能获取巨富的——谁也不准备将西伯利亚商人理想化并突显他们，并为他们寻找特别高的声望。“18世纪末和19世纪初，富有而强大的伊尔库茨克商人控制着杜马和市政府，掌管着所有公共事务和城市事务，并完全为了自己的利益进行掌管，”——多年的商人首脑弗·普·苏卡乔夫在特写《伊尔库茨克》中写道，他本人就属于这一阶层，“事情到了如此的地步，”——他气愤地说道，“1810年，伊尔库茨克肉类贸易权仅授予三位商人：兰宁、波波夫和库兹涅佐夫”。

但是正如西伯利亚人在心理方面不同于“俄国本土居民”一样，西伯利亚商人与“俄国的商人”有所不同——至少由于当地条件。被杰尔查文称为“俄国哥伦布”的伊尔库茨克商人舍利霍夫，和另一位伊尔库茨克商人巴拉诺夫是18世纪末“俄国美洲”[①]的奠基人，“俄国美洲”对阿拉斯加和阿留申群岛不仅进行商业上的控制，也实施行政上的统

① “俄国美洲”，即“俄国美洲公司”，简称“俄美公司”，是18世纪俄国为了控制北美而成立的一个半官方性质的殖民贸易公司，控制包括阿拉斯加、阿留申群岛、亚历山大群岛和今天美国太平洋沿岸的定居点（罗斯堡），及伊丽莎白堡（夏威夷）等地在内的贸易权和行政权。1867年，当俄国将阿拉斯加控制权转交给美国后，该公司终止一切商业活动。

治。“俄美公司”管理处自始至终位于伊尔库茨克。19世纪50年代，伊尔库茨克总督穆拉维约夫伯爵的考察活动主要由当地金矿主提供资金，其考察的结果使阿穆尔河地区并入俄国。以前去北极地带和东方，到蒙古、中国和日本的大量科学考察也离不开伊尔库茨克富商的帮助。在伊尔库茨克，自1851年开始，地理学会的西伯利亚（然后是东西伯利亚）分会积极开展工作。实际上，所有针对未经充分考察的广大东部地区的研究都始于伊尔库茨克这里。

大多数——这并非夸张，大多数早先存在于伊尔库茨克的教堂、医院、孤儿院、技工学校和普通教育学校，包括针对非俄罗斯人的孤儿、囚犯和流放移民子女的学校、中学和图书馆，都是由私人捐资建造和维持的。“如果将所有这些机构和资金与伊尔库茨克的居民数量进行对比，不得不承认，在慈善资金方面，伊尔库茨克几乎位于俄国城市之首，”——苏卡乔夫写道，他指的是19世纪80年代和90年代。如果当时在彼得堡80名居民中有一名小学生，在莫斯科75名居民中有一名小学生，那么在伊尔库茨克29名居民中就有一名小学生。

还可以回忆一下，伊尔库茨克商人一贯对官僚机构怀有敌意，他们同十二月党人和波兰流亡者来往，公开与他们交朋友，并将自己的子女送到他们那里学习，认为这不是贬黜者的荣幸，而是自己的荣幸。许多我们称之为富贾之人，都是知识广泛学问渊博的人，他们从莫斯科和彼得堡订阅最好的杂志和书籍，不仅用于自己阅读，也用来建设公共图书馆。西比利亚科夫家族世代书写伊尔库茨克编年史；瓦·尼·巴斯宁[1]除富有外，还以收藏书籍、版画，举办邀请首都演员参加的音乐晚会以

① 瓦·尼·巴斯宁（1799—1876），俄国商人，科学和文艺事业的资助人，收藏家，曾任伊尔库茨克市长（1850—1852）。

及栽培温室里的奇花异果而闻名于城市；后来成为艺术博物馆基础的弗·普·苏卡乔夫画廊免费为学生开放，而成人的门票收入被用于赞助开办城市大众培训班。原本可以称这一切是富人们闲得没事找事、彼此炫富的一时冲动，如果城市没有从中获得如此多的好处，如果它没有营造出那种特殊而非凡的环境，而这一环境使伊尔库茨克与所有其他西伯利亚城市区别开来。在文化水平方面，伊尔库茨克只能与托木斯克竞争，托木斯克在三十年前成立了一所大学，由学者而非政治流放犯组成了当地的爱国协会。然而，契诃夫评论托木斯克为“最无聊的城市”，而伊尔库茨克：“伊尔库茨克——是一座极好的城市。非常有文化。”考虑到契诃夫关于托木斯克的消极言论可能是由于天气或疲劳的结果，我们倾向于认为，在关于伊尔库茨克的言论中，它们——天气和心情，当然没有参与。即使它们参与了——也意味着，还是由伊尔库茨克的环境引起的。

中等和稍差一些的剧团不敢去伊尔库茨克巡演，害怕当地的观众；市民的自由思想令前来视察的高级官员感到震惊和害怕，并使过往的名人感到惊讶，关于此事他们留下了许多证词。这种勇气在很大程度上是由政治流放引起的，不知为什么，相比于西伯利亚其他边区，政治流放更喜欢我们这里。也许由于我们偏远，也许因为有过一次对我们这里的过分热心，以后就拿定主意，继续将热心倾注那里。流放人员在技校、学校、科学技术协会、总督办公室、报社工作，因此有机会影响公众品味和舆论。当年，十二月党人扎瓦利申正式向穆拉维约夫—阿穆尔斯基宣战，揭露他在阿穆尔及外贝加尔地区犯下的罪行，因此声名远扬的总督只好把这位十二月党人从一个流放地发配到另一个流放地，从外贝加尔发配到喀山。最初的出版物——《伊尔库茨克公报》和《阿穆尔报》的报社，由著名的彼得拉舍夫斯基[1]及其同道者利沃夫、扎戈斯金和沙什科夫掌管。政治流放犯伊·伊·波波夫多年编辑伊尔库茨克出版的《东方评论》报和《西伯利亚文集》杂志，这些报纸和杂志由尼·米·亚德林采夫创办并于此前在彼得堡出版过。波波夫在他的《往事与经历》一书中回忆道："我已经说过，总督亚·德·戈列梅金指责格罗莫夫，说他那里工作的只有国家罪犯，而格罗莫夫（西伯利亚著名商人）回答说，他不在乎'政治家'的信念：流放犯表现出色，而且都是诚实的人，他离不开他们——因为事业将会蒙受损失。而事业是巨大的：在雅库特州向整个俄国及国外供应毛皮、进行贸易。格罗莫夫家族办公室，像《东方评论》的编辑部或伊尔库茨克地理学会博物馆一样，也是一个秘密接头的住宅，可以打听到关于'政治家'的各种信息。"

无论哪里发生了什么事——宫廷政变或钩心斗角、改革的震荡、学生运动或革命风暴，都会在伊尔库茨克得到呼应，要么将受害者驱逐至此，要么通过这里驱逐到其他地方。这的确是一个身不由己的麦加城[2]。伊尔库茨克这座城谁没见过呢——彼得一世统治初期的不幸的射击军[3]，彼得宠臣汉尼拔，迫害汉尼拔的彼得另一宠臣缅希科夫本人也紧随着来到西伯利亚，安娜·约安诺夫娜[4]当政时期被处决的沃伦斯基[5]的小女儿——她的名字也叫安娜，她被秘密关押在兹纳缅斯基修道院内，以及众多试验过权力和国库坚固性的各种各样的冒险家们，还有

① 米·瓦·彼得拉舍夫斯基（1821—1866），俄国思想家和社会活动家。

② 麦加，沙特阿拉伯城市，伊斯兰教的圣地。

③ 射击军，（俄国16—17世纪的）特种常备军的兵士。

④ 安娜·约安诺夫娜（1693—1740），俄国女沙皇（1730—1740）。

⑤ 阿·彼·沃伦斯基（1689—1740），俄国国务活动家，外交官，阿斯特拉罕和喀山总督（1719—1730）。

著名的巴枯宁、拉季舍夫、车尔尼雪夫斯基。《资本论》的俄文译者之一格尔曼·洛帕京和民粹派分子伊·尼·梅什金曾过问过将车尔尼雪夫斯基从维柳伊斯克流放地释放到伊尔库茨克一事。还有以彼得拉舍夫斯基小组这一秘密组织的领袖本人为首的小组成员，还有革命民主主义者，在他们人所共知的命运中，都没有绕过伊尔库茨克。十二月党人和被流放的波兰人的影响如此之强烈，以至于人们感觉，仿佛不是被视为罪犯的他们得到了改造和教育，而是当地社会被送给他们进行改造和教育，直至十二月党人在总督本人家中任教。如前所述，被流放的波兰人当中的切尔斯基、切卡诺夫斯基和德博夫斯基为地理学会的科学活动增添了异彩，他们的名字永远留在了他们研究多年的贝加尔湖和萨彦岭地区的地图上。

谢·瓦·马克西莫夫——著名的研究性著作《西伯利亚与苦役》一书的作者，关于这一点指出："西伯利亚人在外人的帮助与参与下，首先正是在这里，在伊尔库茨克，产生了那种被称为舆论的强大力量，它开始成长并壮大起来，在此之前，舆论在西伯利亚这个长官极其独断专行的地区，并不存在，也没有过。"

和亲密的人在一起，在亲近的叛逆的灵魂中间，在以自己的方式被重新改造的令人愉快的城市里，根本不是"服刑"——当乌克兰革命诗人帕·格拉博夫斯基1899年由于某种原因被从伊尔库茨克囚禁转送到托博尔斯克时，关于伊尔库茨克他叹息道："我像在天堂一般度过了夏天，在知识分子的兴趣中，在热心人中间。啊，我多想再次造访伊尔库茨克，在那里我的灵魂完全复活了……真是糟糕——不允许去那里。"

与沙皇时期的流放不同的是，苏联时期的流放没有为"国家罪犯"

安排这样的条件。根据革命前的旧判决，伏龙芝[1]、斯维尔德洛夫[2]、基洛夫[3]、托洛茨基[4]、斯大林也在我们这里呆过住过，他们不可能发现不了“知识分子的兴趣范围”，既然他们自己也身在其中，这一范围经常远远地溢出其边缘。他们大概也得出了一定的结论。

作为一种联系，作为一种因果关系——1920年2月7日，海军上将高尔察克在伊尔库茨克被枪杀，他被“盟友”捷克军团出卖了。

* * *

在历史转折时期，生活如潮，汹涌澎湃，一切与众不同、异乎寻常变成了寻常，因转折时间过长，甚至变成了守旧落后，而为了达到能够响起惊雷的新高度，则需要某种完全不可思议的东西。

它也被发现了。

1921年1月，人们在伊尔库茨克西郊的耶稣升天修道院[5]里，发掘出圣徒因诺肯季的圣骨盒，圣尸被从柏木棺材中取出，被省革命委员会验证为“木乃伊”，很快便不知去向。圣徒死后留在修道院里的大量有历史价值的艺术珍品被“征用”。“被征用的”清单写满了几张纸：五普特重的银制圣骨盒，八普特重的银制烛台（商人费·康·特拉佩兹尼科夫[6]捐赠），金丝织锦缎制成的盖布（皇帝亚历山大一世捐赠），镶嵌宝石的古老圣像画，同样镶嵌着珠宝、重约两普特的古老的福音书以

---

① 米·瓦·伏龙芝（1885—1925），革命家，苏联国务与军事活动家，军事理论家。

② 雅·米·斯维尔德洛夫（1885—1919），俄共（布）和苏维埃俄国领导人之一。

③ 谢·米·基洛夫（1886—1934），俄国革命家，苏联国务与政治活动家。

④ 列·达·托洛茨基（1879—1940），革命活动家，工农红军、第四国际的主要缔造者。

⑤ 耶稣升天修道院，又叫沃兹涅先斯克修道院。

⑥ 费·康·特拉佩兹尼科夫（1846—1907），伊尔库茨克商人，伊尔库茨克荣誉市民。文中作者笔误混淆了商人的名和父称的第一个字母。

及其他许许多多的东西都消失得无影无踪。

距此事件正好二百年前，未来的圣徒——主教因诺肯季·库利奇茨基率领彼得一世派遣的使馆传教团前往遥远的中国。但是中国政府迫使外交代表团在离他们边境不远处的色楞格斯克修道院苦苦等待，最终没有允许他们入境。主教因诺肯季是当时受教育程度最高的人，是一位工作孜孜不倦的灵魂导师，他接管了1727年创建的伊尔库茨克教区。他在这个主教座位上任职不长，只有五年左右，1731年，大主教离世，他以自己神赐的事业留名千古。他被安葬在他劳作过的地方——耶稣升天修道院里。但是在二十年、三十年、四十年之后，他的尸骨仍然不朽，于是引起了人们朝圣，起初是修道院附近的人，后来人变得越来越多。出现了疾病被治愈的奇迹。第一位伊尔库茨克主教被封圣，其圣尸被从洞穴中请出，穿上圣徒的庄重服装。于是整个东部地区的信徒向他涌来，他的名字成为俄罗斯和外国基督教徒中最受尊敬的名字。伊尔库茨克获得了自己的天堂守护者。

五年任期中，主教因诺肯季过着世俗生活，等待中国政府的决定，等待东方国家是否会接受他的使团，直到他返回伊尔库茨克，并在这里，在高等牧师任职中找到了精神家园。圣徒忍受了七十年的监禁和侮辱，为了在他有生之年重回伊尔库茨克。

其圣尸在雅罗斯拉夫尔被发现并于1990年被送回家乡，这一次是在兹纳缅斯基修道院内为其找到安身之地。

这不是奇迹吗?

而且还是一个注定赶得上全新历史转折点的奇迹，无数的苦难和考验蜂拥而至，同时也开启了许多圣地，使人们可以充满希望地依偎在它们身旁。

最近十五年，伊尔库茨克根本没有增加居民区，却像其他地方一样，增添了商场——占用的是厂房车间和儿童游乐场。老城区狭窄街道上的汽车拥挤已达极限，马路上布满了窟窿——富有和贫穷也像俄罗斯其他地方一样，大致分为压制者和被压制者，公然显示出各自特征。冬季，雪变得更白了——工厂的烟囱很少冒烟，朱夏时节，街道上挤满了美丽如画的伊尔库茨克人群队伍，他们接连不断地去菜地或从郊区的菜地返回。门窗都钉上了铁栅栏，丧葬灵车与定线出租汽车变得难以区分。飞机坠落，枪炮声轰鸣，木制古物被烧毁，人们在整体无序的情况下匆忙将其烧掉，以便为完全另类的办公室和私人建筑腾出地方。简陋的小房子入土更深了，而在郊区，因古风而著名的伊尔库茨克受到了挑战，出现了新商人的街道和居住区，建起了一些建筑式样同样沉重的失去个性的石头豪宅。但是，这一挑战也以私人建筑形式转移到了中心，他们模仿欧洲中世纪建筑，带有塔楼、多层结构和尖顶，这些建筑在其他什么地方也可能会好看，但在伊尔库茨克却显得荒谬，破坏了整体画面，如同眼中的一粒沙。三十年前人们没有重视过这座历史名城，现在仍然不重视——除了少有的和微不足道的情形外，祖国的儿子们不会回到伊尔库茨克的建筑风格中，它继续在别人的粮仓周围漫无目的地徘徊。改革的风暴从遥远的海岸向我们抛来了许多无用的甚至有害的东西，它落到了还是由政治流放犯和商人伙计培育好的土壤上，并开始以反对传统和道德的社会舆论来宣告自己，仿佛它这种无爱国心的世界主义的尚武精神，在“西伯利亚矿井深处”[①]和西伯利亚各民族深处被开采出来。

尽管如此，伊尔库茨克还是度过了这种恶劣的天气；它似乎拼尽了

---

① 此句出自俄国诗人普希金的《在西伯利亚矿井深处》（1827）一诗。

最后的力气守住了外观和名称均非寻常城市的尊严和气质。这里没有像与之规模相仿的其他许多城市那样断电停暖，公共交通没有停止。外表的沮丧，如可见的灰色帷幔，在连绵的凄风苦雨中，高悬于人类栖息地的上空，但它并未凝聚成阴沉而压抑的乌云。

不容衰退——意味着用新事物来支持旧事物，任何时候都要在生活中向前迈进。也许，不少伊尔库茨克人永远不会去参观那些有一百多年历史的剧院的翻新建筑，因为并不是每个人都会去剧院，他们只是从街上欣赏它。但是剧院奇妙改造的事实本身，它庄严的“贵族气质的”外观景象本身，在周围同样当之无愧的伊尔库茨克古风的簇拥下，将有助于共同的希望不会黯然失色。也许，很多伊尔库茨克人永远不会到纪念性的基督诞生教堂去，它仅在一年内，便在一架撞向居民楼的重型运输机坠毁现场奇迹般建立起来……不会去那里——因为它出现在城市的偏远地区，就是所谓的第二个伊尔库茨克。但是，现在无法想象没有这悲伤美丽的教堂伊尔库茨克会是什么样子，它是根据涅尔利[①]最古老的教堂样式建造而成。它追悼的钟声传出很远，无处不在，伴随着钟声诵读七十多位死难者的名字。一个为逝者哀悼，为不幸者悲戚的城市，这就是生者之城。

在20世纪的最后十年，在俄罗斯远离和平与繁荣的十年中，伊尔库茨克为自己增添了之后成为其机体绝对必要的部分——城市历史博物馆及其分馆，以伊尔库茨克本地人波列伏依兄弟命名的图书馆，民间戏剧剧院，拥有超现代化设备的医疗诊断中心——这是一座圆锥形的轻盈的

① 涅尔利教堂因位于涅尔利河而得名。涅尔利河位于俄罗斯雅罗斯拉夫尔、伊万诺沃和弗拉基米尔州，属于克利亚济马河（伏尔加河流域）支流，全长284公里，流域面积6780平方公里。

天蓝色建筑，交易市场——一切都是全新的，方便的、耐用的，丝毫没有与这座历史名城的现有风貌格格不入。这似乎从行政管理能力的角度来看。而精神力量尽心做到了，在长期中断之后，重建了兹纳缅斯基女子修道院，使喀山教堂——一座最“风景如画的”教堂——从虚无中屹立起来，仿佛由宝石镶嵌而成，修复了三一教堂，轮到圣赫尔拉米皮教堂——伊尔库茨克曾因其众多的教堂而出奇美丽，这些教堂共同构成了其存在的完整意义。在众人的共同关怀下，城里开办了女子正教学校，这是长期以来不曾梦想的事。身穿连衣裙校服和头扎马尾辫的女孩子们，似乎从与今天争锋的遥远的过去走来，现在她们走在街上已经不算什么稀奇事了，只能引来伊尔库茨克老住户温暖的叹息和目光：活到能看见这样的光景，并非一切都很糟糕。

并非一切都很糟糕。只剩下等待，什么时候能根据历史名城的规定，恢复其旧街道原有的名称：从远古走来的伊尔库茨克不该永远保存对它没有善意态度之人的名字。

在不足三个半世纪的时间里，伊尔库茨克不止一次经历过灾难性时期。在一些情况下，它们是整个俄罗斯所共有的，在另一些情况下是伊尔库茨克自身的，例如，毁灭性的大火。异乡人从未入侵过它，但是在权力过剩的艰险中，连自家兄弟也很会根据借贷和税收法规胡作非为。伊尔库茨克见多识广并为夺取短期或长期的胜利积蓄了耐心和毅力，它透过沉重的呼吸低语安慰并支持了成千上万的被收留者，对他们而言，它是家，是面包，是工作，也是节日。然而，历史不可能长期只背负不幸缓慢前行：在崎岖不平的道路上颠簸震荡后，便会安静下来，让人们休息一下……美好的时代终将到来。但是无论在最糟糕的时代，还是在最美好的时代，伊尔库茨克都以主宰者的目光不安而关切地凝视着我们：无论你们怎么样，你们都是我的……

有此护身符，我们可以欣慰地舒出一口气：伊尔库茨克与我们同在。

1979年，2000年

贝加尔湖

上帝看了一眼：这片土地创造得不够舒适……它可别抱怨造物主啊！……于是，为了不让它心存怨恨，上帝拿起并扔向它的不是某个脚垫，而是衡量恩赐程度的慷慨大度的量斗。量斗落下化作了贝加尔湖。

不记得，我是何时从谁那里听到了创造贝加尔湖这一朴实而令人引以为傲的传奇故事。也许并非听他人所说，而是源于自我，仅对这一奇迹的一次无意识的沉思就赋予了我很多启迪。而每当我走近贝加尔湖时，我的脑海里总会一次又一次地回响起："上帝慷慨大度的量斗落向人间化作了贝加尔湖。"

正如科学家们所认为的，这发生在两千至两千五百万年前，比在这里和任何地方出现的第一个人还要早很久。

这就让人不可思议了：贝加尔湖有了，而人却没有出现，结果是无人欣赏它，惊叹它。太不合情理了。我们已经习惯于一个事实，即地球上的一切——各种美景，各种恩赐，其所有的自然安放都为我们而存在，它们为我们而天造地设。于是人们开始忘记，我们只是广袤而完美的自然世界的孩子。而且我们尽管自尊心很强，但真诚的困惑仍然是正当的：怎么会这样——唯一能够高水准欣赏与理解的人不存在，而被欣赏的对象却存在！这是为什么呢？如果谁也不能对它们进行评价、对比，如果谁也不会因它们的美丽和奇妙而头晕目眩且惘然若失，如果谁也不试图查明原因！或许一切都恰逢其时，地球一旦成熟到长出果实呈现美景，人便出现了。它在哪里摆脱了酷寒，在哪里开始覆盖上森林与草地——人便到哪里去居住。

为了自我安慰，我们可以推测，在人出现之前，贝加尔湖并非以其完美的形式存在。它只是准备着，逐渐形成、溢满并活跃起来，湖岸四合，湖畔尽染。直到今天它的形成仍未停止。它有时为了让自己感觉更舒适些，不断地翻来覆去，就像1862年初或1959年在最强烈的地震发生时（这对人而言是相当危险的）；它以每年两厘米的高度在增长，像世界海洋一样，它的湖岸在分叉；人们怀疑，它不满足于命运，正在瞄准大洋。

还有一件事令人好奇：俄罗斯人在踏入西伯利亚并向东方前进之后，迅速越过了贝加尔湖。如此看来，他们到达大洋的时间早于到达内陆的“光荣的海”。最早一位（被认为是最早一位，但是关于前辈也有不确实的消息）喝上贝加尔湖湖水的是五十人长库尔巴特·伊万诺夫，他在1643年越过勒拿河上游分水岭之前，就已经在北极地带的地图上标出勒拿河、科雷马河及“其他狗河”[①]。不知何故，人们没有按照规矩称托博尔斯克的哥萨克人库尔巴特卡·伊万诺夫为西伯利亚制图学之父，但又有什么办法呢，如果不能将歌曲中的领唱部分删除。[②]贝加尔湖最初的轮廓图便出自他之手。《从库塔河沿勒拿河逆行直到上游，并沿流入勒拿河的间接河流，以及河与河之间有多少航道，并沿着耕地的图纸详解，以及对通古斯首领莫热乌尔卡关于兄弟民族的人和通古斯人、关于拉马湖及其他河流的详细询问》，这就是这部在远征结束后由五十人长寄给雅库特御前大臣戈洛温的作品名称，这部作品如今需要做一些说明。

库尔巴特·伊万诺夫在勒拿河上游地区对埃文基人[③]首领莫热乌尔卡进行了“详细询问”，而埃文基人称贝加尔湖为拉马湖。一队俄罗斯

① 狗河，即依靠狗群渡河的河流。

② 这里指的是，无法否认一个事实，即库尔巴特卡·伊万诺夫是最早绘制西伯利亚地图的人。

③ 埃文基人，又称埃文克人，旧称通古斯人，中国一般称鄂温克人。

人渡水来到奥利洪岛之后，在那里遇到“兄弟般的”布里亚特人，由于他们曲里拐弯的语言，贝加尔湖有了自己的名字。但是库尔巴特·伊万诺夫似乎感觉最初听到的名称更真实，他便在自己的记述和图纸中用它来指称贝加尔湖。就这样，直到18世纪末，贝加尔湖时而以它的名字为名，时而以拉马为名，时而以达拉伊[1]为名——这些名称均表明水的神圣，直到最终有充分理由确定一个名字。

这一名称源于何处，来自何方，始于哪一个民族，至今仍争论不休。意味着丰富的大水的相似发音在雅库特语、布里亚特语中都有，阿拉伯语中竟然也有它，继续找下去也还会找到，仿佛在每一种大大小小的话语中都为贝加尔湖这一未来拯救者准备好了统一的召唤。中国人称之为北海，意思是北部的海洋。在土耳其，贝加尔是一个常见的男性名字。学者们倾向于雅库特人的说法：雅库特人在北迁之前住在贝加尔湖附近，他们的语言中至今仍然保留着“白哈尔”——大海。也许，布里亚特人从他们那里借用了这个词。但是古代的雅库特人是否也同样从生活在他们之前的人那里借用了它呢？是否从那些骨利干[2]人，从远在新石器时代晚期就在贝加尔湖畔留下居住痕迹的突厥人那里借用的呢？或者还是从其他什么人那里借用的呢？1675年到过贝加尔湖的俄国驻华公使尼古拉·斯帕法里写道：“……而所有的外国人，无论是蒙古人，还是通古斯人，以及其他人，都用自己的语言达拉伊，即海洋，来称呼整个贝加尔湖……而且那个贝加尔湖的名字看来不像俄罗斯名字，而是住在那些地方的外国人的名字。”

有一点一定是来自遥远的过去：每一个在贝加尔湖畔找到安身之地

---

① 达拉伊，意为“海洋”。

② 骨利干，古部族名，敕勒部落之一，突厥语民族，居贝加尔湖以南。

的民族，都将湖水视为圣水，并赋予其本身神圣的力量。布里亚特人至今仍崇拜的圣地几乎遍布整个湖畔，尤其以奥利洪岛居多。几乎那里的每座大山或岩石都是与贝加尔湖湖神布尔汗沟通交流的地方。然而，这并不妨碍今天的布里亚特人在他们神圣的岛屿上堆起一座巨型的垃圾场，将原本祭祀时向供奉的山石喷洒的“火水”[①]变成一场酒醉。不幸的是，在我们当代，这种现象不仅仅风行于布里亚特人中间，保持这种习俗的他们——与那些随便而无知地侮辱故土，使古老的节日和信仰适合于崇拜其他神灵的人毫无二致……

利用过去进行劝诫甚至对比，通常是毫无意义且徒劳无益之举，我们来倾听一些证词，看看我们的祖先是如何对待贝加尔湖的，这并非为吸取教训，只不过是出于好奇。

欧洲人伊斯布兰特·伊杰斯在《俄国驻华使馆见闻录（1692—1695）》中写道：

> 应该指出的是，在我离开位于安加拉河口的圣尼古拉修道院来到湖畔时，许多人极其热心地警告我并请求，让我来到这座波涛汹涌的大海时，不要称之为湖，而要称之为达拉伊或大海。同时他们补充说，已经有许多知名人士，他们前往贝加尔湖并称之为湖，即静水，不久他们便成为狂风巨浪的受害者并陷入致命的危险之中。

贝加尔湖的研究者贝·伊·德博夫斯基（1868）写道：

> 被土著居民称为“圣海”的贝加尔湖充满了奇妙的魅力；某种神秘而传奇的感觉和某种莫名的恐惧与每个人对这座湖的想象缠绕

① “火水”，此处指伏特加。

在一处。每当我们准备去湖边时，它们都会向我们预示无法避免的不幸。

迷信像传说一样，也会经久不衰；当您突然遭遇贝加尔湖风暴，您嘲笑当地关于万能的海神故事试试！海神们似乎从袖子里释放出一阵紧似一阵的飓风，毁灭性的阵阵狂风，一阵比一阵更加猛烈和危急。如果您在这一刻还能对此进行嘲笑——荣誉和赞美就属于无所不能的您。

顺便说一下，传说将奥利洪岛与成吉思汗的名字联系在一起：据说他长眠于此。这就是那种你更喜欢对传说持一种怀疑态度的情形，因为你知道亚洲有多少个角落希望得到伟大征服者的遗骸。但在怀疑的同时，人们却愿意假设：如果拥有许多土地的主宰者有品味而且有遗愿，那么为什么不能是奥利洪呢？！如果为永恒的港湾选择永恒的伟大，如果为自己寻找一处与众神为邻的地方，还需要寻找吗？！只要一走近位于岛屿北端的萨甘—胡顺岩石，站在悬崖上环视四周，便会立刻感到自己置身于水天与大地共存的自然怀抱中；感觉到似乎在快速运动时那种扑面而来的空气；听到波浪时而汹涌澎湃，时而舒缓轻柔；看到周围，石头上的古迹并没有消退，它随着各处植物的消逝而在这里从地底生出幼芽；只要听凭心情便会明白，在这种深渊之下，没有日日与周周、来来往往的生命、事件与结果的划分，而只有无穷无尽包罗万象的流动，它仿佛安排着一场场观演，同样的情节，时而遁入光明，时而陷入黑暗，无数次轮番出现……只要来到这里，无论你是谁，你都会成为被俘的囚徒……

贝加尔湖的发现并没有给开拓者们留下特别的印象。他们没有留下任何关于它的个人证据：越来越多的是关于矿石，关于黑貂和委屈……或许是因为17世纪饱受苦难的人暗自惊叹不已，或许是因为当时不习惯以书面形式表达自己的感受。但是具有艺术气质的人，他们的时代一旦到来，贝加尔湖便无法不使他们极为震惊。同时应该指出，三个世纪之前，俄语还不够灵活，难以达到绘声绘色地描述，也无法做到浅吟低唱、轻描淡写，本应画面清晰之处，却常常发出力不从心的呻吟。但是关于此事我们也只能目光短浅地作出判断；完全可能的是，当时，未被加以定义和更准确说明的词语具有比现在更加广泛的表现力，读者感受到了它的倾向，就像我们在口语中继续直观地听到它那样。

最早为贝加尔湖吟唱赞歌的是狂热的教会分裂派领袖大司祭阿瓦库姆。1662年夏，从达斡尔流放归来时，他记述道：

> 其周围群山巍峨，峭壁嶙峋，甚为高耸——我跋涉两万余俄里，在任何之处也未见过如此峰峦。在其上方，高板床和临时搭铺，大门和柱石，石头围墙和庭院——一切皆为上帝所赐。其上生长葱蒜，为罗曼诺夫品种的肥大葱头，且甚为可口。那里亦生有天赐的大麻，庭院内芳草葱郁——五彩缤纷，格外芬芳。水鸟甚多，云集的大雁与天鹅浮游湖海，犹如白雪漂浮于水面。湖中有鲟鱼和哲罗鱼，小体鲟鱼和秋白鲑，还有白鲑及其他诸多鱼类。虽为淡水，其中却生长有硕大的环斑海豹与髯海豹：居于梅津[①]时，我于大洋中也未曾见过此等海豹。而其中之鱼密密麻麻：鲟鱼和哲罗鱼脂肪极多——难以用平底锅煎食：全化为鱼油。而彼世基督所有的一切，均为人类所造，以使人在心满意足之时，赞美上帝。

尼古拉·斯帕法里在大司祭阿瓦库姆之后的十年间悲叹道：“无论是古时还是今天的大地描述者，对贝加尔海都视而不见，因为他们描述

---

① 梅津，俄罗斯西北部阿尔汉格尔斯克州的城市，距白海45公里，梅津河经此注入白海。

了其他林林总总的小湖泊和沼泽，而对贝加尔湖这座少有的伟大深渊却无任何回忆。”

为了填补这一空白，斯帕法里在贝加尔湖停留了近一个月，并首次进行了条理清晰的生动描述，列出了河流与海湾，为游泳者提供的救生掩体，讲述了当地居民的活动，讲述了茫茫林海，惊叹于富足的鱼类，解释了贝加尔何以既可称湖又可称海。“湖水甚为清澈，水底几俄丈深处清晰可见，饮用湖水极有利于健康。”——斯帕法里说道。

两个世纪后，安·帕·契诃夫附和道：“……透过它犹如透过空气一般清晰可见，其颜色为柔和的绿松石色，十分悦目。”

关于贝加尔湖好评如潮，非一本书所能涵盖。仍有百倍多的内容未被记录下来，想必它们已被整理成音乐，回响在需要回应上苍的其他日子里，犹如一首美妙的人类感恩之歌。长期以来，人们普遍崇拜贝加尔湖，尽管它首先激起一些人的神秘感受，激起另一些人的审美感受，还激起一些人的实用感受。一见到贝加尔湖，人便惊慌起来，因为他的想象容纳不下它：贝加尔湖不在某种类似的东西可能存在的位置，不是它可能的样子，它对心灵的影响和“冷漠的”大自然通常所产生的影响也不相同。这是一种特殊的、非同寻常的、独一无二的存在。

随着时间的流逝，人们对贝加尔湖进行了测量和研究，为此在20世纪70年代还使用了深水仪器。它获得了明确的尺寸和特征，并根据它们具有了可比性。人们时而将其与里海进行对比，后者是唯一一座蓄水量多于贝加尔湖的内海，但里海的海水是咸的；时而将其与坦噶尼喀湖[1]进行对比，后者被认为是贝加尔湖在地球另一侧的同貌兄弟：同样的半月湖形，接近贝加尔湖的深度，大量的当地特有的动植物。经计算，贝

① 坦噶尼喀湖，非洲中部的淡水湖。

加尔湖蕴藏地球所有地表淡水总量的五分之一，人类仅饮用贝加尔湖的淡水，在不限制自己消耗的情况下，也可至少生活四十年。人们解释其成因，推测其他任何地方早已绝迹的动植物物种何以能在它这里孕育并保存下来，以及生存于数千公里之外的物种如何会进入其中。并非所有这些解释和推测都相互一致，贝加尔湖并非简单到轻易地失去自己的神秘性，正如所应该的那样，根据其数字参数，它仍然被置于测量和研究的数值中的适当位置。它之所以位于这一行列……只是因为它本身充满活力，神秘而雄伟，无与伦比，独一无二，知道自己的位置和自己的生活。

的确，用什么来比较它的空气和湖水、它的美呢？这是一种美吗？我们不会保证，世上没有比贝加尔湖更美的风景：我们每个人都觉得自己的家乡亲切可爱——对于因纽特人或阿留申人[①]来说，他们的冰雪荒漠就是大自然完美的皇冠。从出生那天起，我们便吸取故乡的精华，浸润在它的美景中，它们影响着我们的性格并以其独有方式组织我们的身体细胞。因此，仅说它们对我们而言很珍贵，我们是其中的一部分，是自然环境形成的那一部分，这还不够。它古老的声音应该在我们身上发声，而且正在发声。比较格陵兰岛积冰与撒哈拉沙漠，比较西伯利亚泰加林与俄罗斯中部草原，甚至将里海与贝加尔湖相提并论，认为哪一个更好，这是毫无意义的，你只能对它们产生各自的印象。所有这一切都以其秀丽而美好，以其生命力而令人惊叹。在这种情况下，还试图进行比较，多半是由于我们不愿意或不善于发现和感受景象的独特性及完美性所致。

美的概念最不适合贝加尔湖。我们当作美的成分，其实是另一种印

① 阿留申人，美洲、亚洲北部少数民族，主要分布在阿留申群岛和阿拉斯加半岛。

象——一种仿佛凌驾于我们敏感范围之上的印象。无论你光顾贝加尔湖多少次，无论你如何清楚地了解它，每次相会都出乎意料，都需要你付出努力去接受它全新的一面。每次都仿佛不得不一次又一次地将自己提升到某一高度，以便靠近它，看到并听到它。

众所周知，并非所有事物都可以被称名。置身于贝加尔湖近旁的人所体验的那种重生也同样难以言表。还需要提醒吗，为此必须是一个有心之人。瞧他就这样站在那里，凝视着，充盈着某种成分，流淌到某处，却无法理解正在发生什么。犹如母亲子宫中的胚胎经过人类进化发展的所有阶段一样，他被这一奇迹的古老而强大的和谐有序所迷惑，不断体验到创造人类力量的充盈旺盛。他内心有哭泣，有欢腾，有沉入安宁，有孤独寂寞。就像在父母和难于接近之人的敏锐目光注视下，他感到既忐忑，又幸福；他有时因回忆而满怀希望，有时因现实而充满绝望的悲苦。

我们中间谁不知道美妙的歌曲《神圣的贝加尔湖——光荣的海》呢，它是19世纪由西伯利亚诗人德·帕·达维多夫以一名逃离看守、正在渡过贝加尔湖的苦役犯名义而作。其中有歌词唱道："我恢复了活力，感到自由。"这正是我们在贝加尔湖畔所感受到的，仿佛从自己创造的奴隶制樊笼中解脱出来，进入自由空间，实现了再次回归。

《贝加尔湖日记》摘抄

1974年1月17日，利斯特维扬卡小城，安加拉河源头。

贝加尔湖结冰，封冻了。昨天，当我到达时，还是一片没有结冰的湖水——此前风掀掉薄冰并将其卷走，而今天彻底冻住了，仿佛打着一块块补丁的广袤冰原：冰块之间尚未磨合得严丝合缝，在接缝地带，挤压上来一些碎冰块并溅出湖水。在安加拉河附近，湖水挤压冰层，发出低沉的吼声，仿佛对曾经流出的地方如今没有出路的事实表示不满和不习惯。

天气晴朗，阳光明媚。太阳照射到凝固的蓝色冰面上，光芒四射，雾气缭绕。森林敏感而又茫然地呆立于高山之上，人们缓慢而无精打采地走动。四面蔓延的冰面令人着迷。一只狗冲着岸边大块浮冰的挤压狂吠。对面的群山看上去臃肿而笨重。空气也似乎随着湖水被冻结了。

在安加拉河的源头，成群越冬的野鸭在湖冰的边缘周围游来游去。对它们来说，这既清洁又新鲜。它们被水流带走后，又重新游回来，并留下痕迹，顺着沿岸厚冰层以一定的间隔游动着，一个接着一个潜入水中。它们拍打着翅膀飞起来，空气中传来噼啪作响的声音。

我在源头的观景台上站了大概一小时。来了一伙拍结婚照的人。几辆车驶近，响起了砰砰的关车门声，几个人走到一起，欢快地说起粗野的骂人话来。年轻人说着骂人话，瞬间变得丑陋不堪。没有人对寒冰、对阳光、对身边突然浮出水面的野鸭感到惊奇，似乎也没人看一眼安加拉河和贝加尔湖。汽车停下来——他们下了车，履行着例行仪式，并让腿脚和舌头做出习惯的动作，无需眼睛也无需心灵便沉浸于幸福的情景之中。

离开时，我想起了将近170年前，当阿列克谢·马尔托斯游览西伯利亚经过此地时，他在日记中写下了当地居民的野蛮习俗——用枪射击如此这般信任人的野鸭。如今看来，这种事情完全消失了。也许，人变得更好了，但他还远未……不愿意说下去。大自然使所有生物生而平等，却对人网开一面——那又怎样呢，他是如何支配自己的自由呢？！

1月18日。说是彻底冻住了，可真没想到：又化开了。夜里既没有刮风，也没有特别的暖和，而清晨起床一看——安加拉河远远地流向了大海，河水清澈，完全无冰，呈喇叭口状逐渐向贝加尔湖方向扩展延伸出去的水平面，安详宁静，似乎有些得意洋洋。只有在河岸附近，有一处连接成片的冰面，孩子们在上面打冰球。这是贝加尔湖在闹脾气：我愿意——我就冰封河面，我愿意——我就化开河面。

……黄昏时分，当太阳已经落山，西方霞光万道之时，它闪耀着惊人的光芒。贝加尔湖仿佛并非从上方，而是从下面——被潜入水下的太阳照亮，阳光穿透湖水照亮了湖面。当晚霞燃尽时，柔和的紫色余晖尚未消散，仿佛贝加尔湖将其作为热量收集储备起来，并将在新的朝霞升起之前释放出它们，犹如它将夏天的热量一直传递到春天。

岬角和山后的安加拉河越来越暗淡，而贝加尔湖仍在闪着光，久久不熄……

1月20日。又结冰了。冰层如此轻薄而平坦，以至于从河岸上根本无法将其与水区分开来。只有根据太阳光反射方才明白：在冰面上，阳光游移不定，光芒四射，而在安加拉河水中，它则呈狭长形状弯曲着远远地延伸出去。

傍晚时分，再现“景象”。安加拉河一侧的整个天空浓云密布，在对面的哈马尔—达坂山上，同样乌云密布。在乌云的边缘，落山的太阳喷薄欲出（已经落山了），阳光投射到某一中心——就仿佛太阳在上方那里，勉强被乌云遮蔽。整个贝加尔湖熠熠生辉，令人目眩，万物洒满阳光，但是一道浓雾却从群山那边扑面而来。浓雾从哈马尔—达坂山一侧逼近，挤走了阳光，而从另一侧，从安加拉河这边，——渐渐暗淡的暮色，和渐渐收紧的光线却越来越明亮——天光闪烁，熔化成金，星火点点。

2月17日。目光掠过的贝加尔湖白色荒野，令人目眩地苍白和空旷，看不到地平线，荒野在明亮的白色苍茫中与天边相连。也只有在高高的头顶上方，凭借暗淡的花纹和舒缓的色彩，可以看得出，这就是天空。在白雪皑皑的平原上，有我们难以抵达的某种绝境，我们无法深入其中，因为我们的视力缺少某些东西，我们失去黑色的依托会失明和迷路，我们滑过它令人刺激的陌生地带，并快速移开目光。

昨天也是晴天，但是风没有像往常一样从安加拉河吹来，而是吹向安加拉河，升腾起浓雾。今天非常安静。安加拉河上不同寻常的冬日蓝色平静的水面，挤满了密密麻麻的鸭子，当它们被水流带走后，它们会伴随着断断续续的清楚叫声重新飞回来。河面上顿时响起这种清脆响亮的音乐声。

我走下去，来到冰面上，并沿着冰面向大海走去。积雪尚未被吹净，它坚硬而脆实，却结有冰花，透过冰层如同透过蓝色的玻璃，可见水在流动。积雪坚硬，已经结成细小的雪粒，它踩在脚下不像踏上新雪那般吱吱作响，而是沙沙作响，走在上面心旷神怡。

起初，贝加尔湖似乎没有注意到我。然后——就开始了！一会儿像放枪一样噼啪直响，一会儿发出哼哧声，一会儿就在我的双脚下面有东西突然爆炸，因此我有两次几乎站立不稳，险些跳开。它可能像雷声一样出现在旁边的某个地方，却突然向我袭来或一闪而过，就在身边，令人恐怖。我非常清楚，这没有危险，每个冬天我都在冰上行走，每次都会经历同样的令人兴奋的恐惧感。我也知道，由于某种规律出现这种情况，但我不想解释，而愿意认为，这种排炮轰击声，是贝加尔湖在游戏和恐吓的同时，专门为人设置。

2月18日。早晨，犹如罗·肯特[1]绘画一般清晰的群山——近在咫

① 罗·肯特（1882—1971），美国画家，作家，社会活动家。

尺，细节可见，简直可以用它们擦亮眼睛，活跃视线。随着太阳从岬角后面冉冉升起，它们被渐渐照亮，但在下面，广袤浩渺的雪原却仿佛被包裹在一件宽松的蓝色衬衫里。融化了的阳光从群山上渐渐下移，倾泻到原野上——干燥的蔚蓝色和干燥的微红色光辉之间的界线清晰可见。它正在移近，在它的后面，在刚刚还很清晰的那里，弥漫起一片朦胧的薄雾——如蒸汽般袅袅升腾。太阳从岬角后面喷薄而出，渐渐地，阳光洒满了整个原野，群山渐渐被遮住，被掩映在霞光里，灿烂的黎明降临了。

风从安加拉河吹来，风力不大，但是由于从伊尔库茨克方向飘来的烟雾，无法看清安加拉河。漆黑如墨的河水顺风流淌，有害健康的烟雾弥漫在空中。白花花的阳光，蓬松散乱，光芒四射。在对面，在东边，夏日的天空湛蓝，深远。

万物同在，万物同时。

7月3日。贝加尔湖港口。

雨下了一周。待在城里，等雨结束，等啊等，昨天忍不住乘车过来，指望来了以后可以彻底改变坏天气。结果却不起作用，今天又下起大雨，下得如此猛烈，以至于无法探出头来。

临近午饭时分，我由于需要来到过道——地上躺着一只雨燕，它勉强扑腾着一只翅膀。我试图让它暖和过来，后来给它喂食。半个小时后，它死了。傍晚，费佳——一个善良而虚弱的小伙子，下班后顺路过来看我，他也像这里的许多人一样患有“俄罗斯病”[①]，由于这个原因，他被免职离舰转到岸上工作。他说，许多鸟被雨淋透之后，无力飞行，掉进安加拉河里淹死了。他从莫尔恰诺沃溪谷走到木工车间的路

① “俄罗斯病”，意为酗酒。

上，就捡到九只雨燕。木工车间里的人们使它们暖和过来，他放飞了四只。

黄昏时分，我们一起出来，拦住了一辆拉水车，以便把费佳送回家。在他上车的时候，拉水车司机告诉我们，他一天捡了三十只在路上扑腾的鸟儿，现在——在日出之前它们在他家的板棚里飞来飞去。

雨下了一周，而往年夏天汩汩流经我院子的小泉水，竟没有再现。

7月13日。早晨，明媚，晴朗，五分钟后却突然看不见眼前的河岸，也看不到河水和天空——起雾了。半个小时后，又现晴朗。在这样晴好的天气里，向四十公里外的对岸看去，就像用望远镜观看一样，你可以分辨出每一棵树，从安加拉河吹来的白雾整齐而连绵不断，不知向贝加尔湖方向延伸出多远。而在河面上方的天空中，阴云密布，翻滚涌动，旋转缠绕，雷声轰鸣。

9月22日。像去年一样，又是暖和的天气，夏天来得越发地晚，而且持续得越来越久，缩短了秋天。今天气温20多度。第一次出现了前所未有的某种心情。层林尽染，姹紫嫣红的凋零，周围的一切正在凋谢或已凋谢，正在衰亡或准备冬眠，一切都将很快变得麻木并潜伏起来，却没有惆怅与离别之感——相反，是对生活的兴奋和感激。这既可能是由于阳光，由于温暖，也可能是由于靠近贝加尔湖，也可能是由于年龄的转变，当感觉到——好像从高处俯视，高处过后开始走下坡路，可下坡路却被安排得如此巧妙，以至于再过几年你仍会觉得，你仿佛还在继续攀登，而且你的力量还在增加。但这是明天，而今天与你自己有些完全幸运的巧合，是一种舒适与自由的感觉——仿佛你听到并实现了并非以语言对你说过的话：如果是你——那就做吧……如果昨天你没有做，那么明天你也不会做，但是今天，也许是你一生中唯一的一次摆脱其他一切，有能力做很多事情……

11月17日。安静轻松的天气，大雪，天气暖和，每天达到零度及以上。仿佛大自然感到疲倦无力，萎靡不振，而且无力做出决定性的动作。

此刻是傍晚时分。柔和的水灰，柔和的雪白。深远柔和的天空，半是晴朗、半是西斜的天际被画上匀称的道道条纹，在条纹之间，分布着渐渐冷却的伸展开去的云图——就仿佛是乐谱上的音符。从上面向它缓缓靠近一弯月牙儿——似乎叮铃作响，细细的，尖尖的，没有任何逼迫和压力。在地平线上方，间或有微光闪烁——想必是那里的某个地方也有音乐响起。

我看了看：新月倒映在天空的深处——两个前后连续的月牙，同样向零星点缀的浮云倾斜。新月并没有倒映在水中。河水已不再是灰色，而是不透天光的漆黑浓密。只是后来，像是坚硬物质上的水印，像是冰冷物质上的火痕，略微显现出一道道蜿蜒曲折的月影。

人终其一生仍然是个孩子，其习性，无论好坏，都在成熟和发展。他本人在如此短暂的时间内来不及成熟，也不想成熟。你站在贝加尔湖面前，渺小而软弱，却仍然不会把自己当作人类中最糟糕的一个。你试图理解你面前的贝加尔湖和它面前的你，你在看清、理解和思考的痛苦召唤中精疲力竭，于是你退缩了——徒劳无益。在贝加尔湖近旁，只进行习惯性的深思是不够的，在这里必须以更崇高、更纯洁、更有力的方式去思考，必须与它的精神并驾齐驱，而非无力地、没有痛苦地思考。我们只有在某种重大问题触及我们时才能够提出问题，我们只有在问题中寻找、呼唤那种我们无法识别的语言。

也许，人与上帝之间隔着大自然。除非你与它建立联系，否则你将无法继续前行。它不放行。而缺少它有准备的参与和陪伴，心灵将无法像它梦寐以求的那样得以安放。

* * *

贝加尔湖从南向北绵延636公里，在宽度上，时而收紧，时而放宽，从20—80公里不等，湖岸线长度约为两千公里。这是世界上最深的湖泊：目前发现最深处为1637米，但这一深度随时都可能被打破，贝加尔湖并不平静，湖底每天都有地下风暴发生。近期，学界有一种看法，认为贝加尔湖深不可测：由于深处湖水的矿化程度比上层低。他们得出结论，贝加尔湖湖底存在持续不断的大容量的超淡水水源，而水源却无从寻觅，仿佛来自距地表70—80公里的上地幔。这个说法立刻得到任职于贝加尔湖工业污染企业的其他科学家们的认可，他们声嘶力竭地叫嚣起来："贝加尔湖根本不可能被毒害，地球的地幔是不允许的，因此加紧干吧，小伙子们！"于是，受到科学鼓舞的小伙子们撸起袖子使劲干。

贝加尔湖的水面面积相当于比利时、丹麦或荷兰等国家的面积。如果不是这些在贝加尔湖上经营的小伙子们，那么饮用湖水是用不尽的，搂取它的恩赐也是搂不空的，欣赏它也欣赏不够。它被环绕于雄伟的湖岸之中，这些湖岸似乎选择了自然界中存在的所有纹彩、颜色和魔力以及由它发明的所有华美。根据观察和理解贝加尔湖的方式，毗邻而居及乘车而来的人清楚地分为本地人和游砣一样的人，后者特别容易被蝇头小利或一己私欲所动摇。

贝加尔湖西岸几乎到处是山区，湖滨山脉和贝加尔山脉在那里延伸到湖水边；中部地区的东岸较为平缓，专为大河设置，其中仅色楞格河就带来近一半的水流量。纵览贝加尔湖的轮廓，你不由自主地开始虚构它漫长而又相对并不久远的过去：不由得叫人想把奥利洪岛和圣角半岛连接起来，连接处后来沉降了；或者相反，在如今的奇维尔库斯基湾和巴尔古津湾之间贯通了一条海峡水道，那里狭窄的分界围堰后来升高了。在后一种情况下，可能就这样发生了，贝加尔湖孜孜不倦的建筑师做出了像所有简单事情一样简单而绝妙的修改，使贝加尔湖形成了两个海湾形状的宽阔而富裕的深口袋——缺了它们，贝加尔湖的轮廓看起来要拙笨得多。在前一种情况下，著名的科学家格·尤·维列夏金[①]发现了一条从奥利洪岛延伸至东岸的水下山脊，被其称为学术海岭。怎么能不上当受骗呢，勒拿河在过去的地质时代，像安加拉河一样起源于贝加尔湖，距其上游只有八公里之遥！八公里——触手可及！然而在这屈指可数的几公里距离，却有贝加尔山脉的分水岭经过，在它的另一侧，这个传说听起来已经不那么诱人了。头脑灵活的人，在观察到南部的伊尔库特河如此靠近贝加尔湖之后，必然会发现：伊尔库特河是湖海的支流，而在当年，它面前“升腾”起一片土地，并迫使它另辟蹊径。而有艺术头脑的人会编撰出浪漫而美丽的故事，讲述父亲贝加尔准备将其独生女安加拉嫁给伊尔库特，但在漆黑的夜晚，任性的女儿离开他逃往强壮的叶尼塞那里，贝加尔随后扔出石头阻止女儿，但为时已晚，石头化为安加拉源头的萨满石，而伤心的伊尔库特别无选择，只好败兴而归。

传说中，安加拉所偏爱的那个一定是强大的，但实际上，当她与叶尼塞合流之后，带来了更多的水量，这使我们有权认为：不是安加拉河流入叶尼塞河，而是叶尼塞河流入安加拉河。

贝加尔湖被渲染上传奇色彩，正如它的冰结满了花边似的雾凇，它的水荡漾着层层涟漪。遇见它时，便自然而然地响起了歌声，歌词产生

① 格·尤·维列夏金（1889—1944），俄苏科学家，地理学家，林学家，贝加尔湖的研究者。

于“光荣的海”的起源和行为的神秘深处，伴随着风的喧嚣、波浪的飞溅和对周遭的环视，这些歌词被不断地串成串，直到像新的支流汇成一曲感激的赞叹。

除了美丽的传说，贝加尔湖上也有忧伤的传说。其中之一源于百年前的一个事实，当时贝加尔湖的研究者——波兰流放者伊·德·切尔斯基[①]对湖泊进行了描写。他查出有336个为贝加尔湖提供水源的大小支流。从那时起，很多水源干涸了，支流的数量也减少了，但这一几乎圣经般确凿不变的数字在关于贝加尔湖的所有艺术和科学故事中仍然可以听到。而根据实有的水源修改它，谁也不忍下手。

一百多年前，伊·德·切尔斯基的确犯下了一次“令人愉快”的疏忽，它后来变成了益处。他在贝加尔湖的地图上标出27个岛屿。贝加尔湖设法以某种方式向他隐瞒了其他三个岛屿，或者伊·德·切尔斯基认为无需将其视为岛屿。27这个数字仅保留在专家的记忆中，而在各类爱好者中间，这一数字开始因自己的计算结果而“浮起”和“潜入”：有时突然宣布，贝加尔湖上有6个岛屿，有时不惜说出50个。只是在刚刚不久前，生物学家奥·基·古谢夫[②]以其寻根究底的探索才最终为此画上了句号——30个，这一数字在新的自然灾难发生之前不可能改变。

而岛屿、支流、岬角、湖湾、小港湾都一目了然，统计起来还尚且如此——何况深处呢！俄国地理学会西伯利亚分会于19世纪中叶开始活动，以反驳博物学家古斯塔夫·拉德于探险之后宣布的贝加尔湖动物群极为贫乏的判断。没有比进行此类“发现”更容易的事情了。在同一世

---

① 伊·德·切尔斯基（1845—1892），西伯利亚研究者，地理学家，地貌学家，古生物学家，波兰探险者。

② 奥·基·古谢夫（1930—2012），苏俄生态学家，贝加尔湖研究专家，作家，记者。

纪60年代末，当另两位波兰人——德博夫斯基和戈德列夫斯基不顾判决在身，根据当时的条件，“顺路”看了一眼贝加尔湖深处，他们真的是惊叫一声。在给学术部门的信中，他们报告说：

> 令人奇怪而费解的是，以19世纪第一批自然科学家的表面观察为基础而形成的关于贝加尔湖低等生物种类贫乏的观点，何以竟能持续这么久，而且它如何能在科学界牢牢确立，并在以研究贝加尔湖动物群为科学目的而旅行的博物学家的报告中竟不断得到证实？更令人惊讶的是，仅凭每年捕捞的数百万条秋白鲑及其他鱼类这一存在的事实，就应该得出合乎逻辑的结论，即鱼类没有食物不可能生存，为养活如此大量的鱼类，需要数十亿只低等动物……一言以蔽之，动物的资源如此巨大，可以毫不夸张地说，贝加尔湖里多极了那些南方海洋中几乎遇不到的生命……

到1925年在湖区开设永久性科学研究站时，贝加尔湖已知760种动植物。到1960年，当研究站变成湖泊学研究所时，其数量跃升至1800种，而到80年代末期超过2500种。在动物界，几乎有三分之二的特有物种是在贝加尔湖以外的其他任何地方都遇不到的物种。如果说在栖息类群也同样有趣而独特的坦噶尼喀湖中，仅在距地表最初的一百到二百米处有生命迹象，再往下便是没有生物的死区的话，那么在贝加尔湖，正如通过深水仪器观察所证实的，整个巨大深渊住满了生物。“当我们下沉到1410米深处的贝加尔湖湖底时，我们看到的第一件事是，小山丘密布的泥泞的湖底和趴在它上面仔细观看我们的鰕虎鱼。在离它不远处，缓慢爬行着甲壳类动物钩虾”——“双鱼座号”[①]的研究小组成员

① “双鱼座号”，加拿大制造的供海洋研究和救生用的科学考察潜艇，排水量9吨，下潜深度达2000米。其中一艘潜艇属苏联科学院海洋研究所（1975年起）。

亚·波德拉然斯基在《我看到贝加尔湖的湖底》一书中如此写道。“双鱼座号”是加拿大制造的两艘考察潜艇，它们于1977年夏天下潜到贝加尔湖。对于科学家来说，又是一些难解之谜：在不动的地层里，这些山丘从何而来？为何胎生贝湖鱼上下垂直游动——像吊绳上的货物那样？

这个胎生贝湖鱼完全是一个谜。这是一种彩虹色的通体呈半透明的小鱼，它的一半是由脂肪构成，而且它不喜欢独处，在其数量众多的情况下，经常作为食物被捕捞。只有风暴会把它们抛到湖岸上，以前的居民这时会忙着去捡拾胎生贝湖鱼，以便从其体内提炼出对健康极为有益的脂肪。但这还不是胎生贝湖鱼的全部故事：它的奇迹在于，它是一种胎生鱼。按照自然规律，所有的鱼都产卵，只有它似乎预感到它将来无处产卵，所有的河流都会被人变成垃圾场和排水渠，它为自己请求到一种更可靠的繁殖方式，而且没有失算。没有失算的还有海豹，一种不知何时以何种方式潜入贝加尔湖的北方海豹（难道可以对比吗：坦噶尼喀湖中生长着鳄鱼，而贝加尔湖中生长着最可爱的动物——海豹）——不许向它撒网，它一条一条地吞食胎生贝湖鱼并饱食终日。

继胎生贝湖鱼之后，贝加尔湖的奇迹是小龙虾，这得益于其绝对清洁的水质。没有这种长须的桡足类甲壳动物，贝加尔湖就不成其为贝加尔湖了，这种小虾肉眼勉强可见，它们惊人的能干而且数量众多，一年之内来得及将整个贝加尔湖的湖水过滤十次左右，甚至更多。这个太爱干净的物种忍受不了任何外来的东西——不论它是被河流带到这里，还是被从轮船上抛弃下来，还是遇险遭难。一个人在贝加尔湖中溺水两三天被小龙虾包围后，再寻找他是毫无意义的。小龙虾还奋不顾身地扑向纸浆厂排放的有毒物质，但这种填充物是它力所不及的，于是它开始死亡。

科学永远无法得知，在贝加尔湖的幸运时代，湖中栖息着多少种动植物。它们现在开始逐一消失。

只有风依如从前。

贝加尔湖如同一头巨型动物，用力而猛烈地深呼吸，时而平静，时而轰隆作响贪婪地吸进气流。贝加尔湖的风疾驰而过，突如其来。不要被源自河流的名称和歌声中唱到的各种纯真的名字所迷惑：萨尔马、库尔图克、巴尔古津、安加拉……千万可别在开阔水域遭遇到这种“乐曲”。当地的居民不会恳求：“喂，巴尔古津，你掀起巨浪吧……”他知道，这种风如同山风，如同萨尔马风，能够掀起五米高的巨浪。那时——你就尽自己所能逃命吧……贝加尔湖为数不多的教堂里，拖长声调唱起成千上万首送终祈祷，有时，遇难人数很多时，祈祷会连续数周响起。

萨尔马是小海（奥利洪岛与西部湖岸之间）南部的一条小河，但从它狭窄河道席卷而来的狂风犹如山崩一般。在革命前的旧贝加尔湖航路图标上提示道：“这种尤其秋季在此肆虐的狂风，不仅以其惊人的强度和持续时间（风速每秒超过40米，持续一昼夜或更长，在此并非罕见）著称，其特点还在于，它卷起铺天盖地的团团水雾，喷溅的水雾迅速在空中冻结成冰……”萨尔马掀翻重载渔船并使其倾覆于湖海中；冬天则在冰面上卷翻汽车，直至把它们滚到它想要的地方为止；再掀掉屋顶。它名下的毁灭性事件还有很多。帆船、平底小木船和单桅平底帆船，即现在所说的浮动工具，它们载重多达六千普特的货物，却仍然成为波浪的牺牲品，在此之后，所有的希望都寄托在轮船上：这些轮船乘风破浪，勇往直前。但就连它们在面对贝加尔湖劲风时也甘拜下风，人们砍断牵引绳索，丢下载着人和货物的驳船任凭命运摆布。仅在1902年，在小海区域便发生过“波塔波夫号”和“亚历山大·涅夫斯基号”两起重大沉船事故，死难者数百人。

如果只有一种萨尔马这样的风倒好了，假如谈到不幸时，只需回头看一下也罢了。可偏偏不，即使是今天，也会刹那之间，没有任何气象报告的情况下，从山上沿着河谷涌出劲风带来任何灾难。如果风一场紧跟着另一场，甚至还有第三场席卷而来，如果它们在贝加尔湖上空制造疯狂的混乱，狂风从一侧猛烈吹向另一侧，如果波浪滔天，开始卷起层层巨浪，那就彻底“完蛋啦”。正如古人所建议的那样，“计算航行者在贝加尔湖所发生的所有不幸几乎是不可能的，而且在此也是不合适的”（1821年的《西伯利亚通报》杂志）。

继该杂志之后，贝加尔湖的一次“漂泊历险故事”值得重提，尤其是考虑到它发生在18世纪，离我们足够遥远。这个故事因游戏情节和航海者遭遇到的困苦细节而颇有意思，贝加尔湖就像猫捉老鼠一样，常以戏弄航海者来寻开心。事情是这样的：

> 这艘船的长度为11俄丈2.25俄尺，它满载一船铅，从涅尔琴斯克工厂运往科雷万工厂……7月31日，它（由色楞格河驶入）抵达贝加尔湖并被强风吹离原本的航线。8月1日，尽管启程上路，但在佩夏纳亚岬角地区（这已经是西岸）因无风而停航。2日，在戈洛乌斯特诺耶过冬营地，该船再次遭遇迎面风，并由于担心天气变坏，只好停航。3日，吹来了顺风（希望之风，如今这一名称已遗失），航海者从水中收起系船索与四爪锚后，急忙利用时机出航，但与此同时，风力增强而且船里灌满了水。4日，水被排干，船被移至主航道，并在此过夜以候顺风。5日，刚刚出发，船便在卡季尔过冬营地下边又一次遭遇高山天气，不仅船被吹到贝加尔湖中

心，而且挂在它上面的小船也被风掀掉吹跑。6日，向贝加尔湖西北岸驶去。在距离佩夏纳亚岬角地区三俄里的地方，突遇高山天气，船被吹到波索利斯基修道院附近（东岸），吹到所谓的巫婆岛[①]。它在这里停靠了四天，船上的人因其他食物的短缺而被迫以克瓦斯沉淀物充饥。最后，当这种可怜的食物也已断绝时，8月11日，船员决定拼接船桨为木筏，在如此极端情况下，派出三名同志乘木筏前往波索利斯基修道院请求援助。被派出的人乘坐5日被冲离大船的小船返回—他们在距修道院十俄里的地方发现了它。他们带回了足有三普特重的面包和几条鱼。他们由此顺风再次向落叶松角驶去，但在距其三俄里处，遭遇强劲飓风，以至于船舵被其损坏，船被吹进库尔图克河，驶向米希哈小河（贝加尔湖西南端）。在这里，航海者在苦难的处境中度过七天，仅以生长于湖岸的蔷薇根为食，这使大家筋疲力尽，有些人患上疾病。他们预见到自己不可避免的死亡，便用尽自己最后的力量，升起了高度不超过一俄丈的船帆，向卡尔加过冬营地驶去。到达那里后，他们的船被波浪击穿漏水，很多地方的堵塞物都被冲出来，重新灌满水，因此已经无法将其排干，他们只好将其拖到岸边，8月26日，由于高山天气的加剧，船被彻底摧毁……

这就是湖泊。这就是愚昧的当地人的迷信预兆，他们恳求动身游览贝加尔湖的旅行者，只能称其为“大海”。

1860年，人们从遇险的“继承人切萨列维奇号”[②]轮船上成功转移到驳船上，驳船在贝加尔湖上漂泊了一个半月左右，直到湖面结冰。以

① 巫婆岛，又称卡尔加—巴比亚岛。

② “继承人切萨列维奇号”，即“继承人皇太子号”。

前，由于文化水平低和社会的迷信现状，每个这样的案例都被详细描述过，如今人们惊叹一阵，惋惜一阵，便忘掉了。

“在贝加尔湖上，几乎所有的大山谷都刮风，”——这倒不足为奇，但这些来自奥·基·古谢夫观察后说出的话，有着异乎寻常的续篇。“在贝加尔湖上，甚至连岬角和行云也会刮风。”许多次我不仅体验到从岬角吹来的轻风，也体验到刺骨的寒冷，而一旦岬角落在身后，那冷风便消失得无影无踪。实际上，解释起来很简单：岬角周围的空气受热不均，这会使空气处于运动状态，而运动绝非软弱无力。行云也在吹拂——“湖上的空气，落入行云笼罩的阴影里，瞬间冷却下来，变得越发沉重，并从点点阴影中冲向一旁，冲向太阳仍旧释放热量的地方”（奥·基·古谢夫）。

而贝加尔湖风暴怒吼之余，汹涌咆哮之后，重新平静祥和，神恩浩荡。夏天，它屏息静止在玻璃般剔透晶莹的蔚蓝之中，或微波荡漾，仿佛什么也没有发生过；冬天，水域开阔时，可以明证“发生过事情”的是冰凌[1]——湖水飞溅到岩石和灌木丛上凝结成蔚为壮观千姿百态的冰雕。贝加尔湖冻结的时间很晚，与过去相比，越来越晚：近年来，南部地区一月末至二月初才结冰——一百年前，十二月冻结并不罕见。从四月末开始，湖冰已经开始破裂并沿着湖面漂移，并逐渐向北越来越远地解冻化开湖水。这时，所有的贝加尔湖神灵，友善的和不很友善的，齐聚于湖水之上，并开始决定，按何种顺序该轮到谁在贝加尔湖上尽情狂欢。

* * *

这是所有书写贝加尔湖人的心情：关于它，无论他讲述多少——也

① 冰凌，贝加尔湖冰的一种。

只是在它的湖水中将将湿了腿脚，只是窥视到它波澜壮阔、烟波浩渺的一角，只是误打误撞地在它的生活中乱走一阵。拥有30年工龄的湖泊学研究所所长，后来是贝加尔湖博物馆馆长的格·伊·加拉济，出版了《贝加尔湖的问答》一书，其中他对一千个问题给出了近千个答案，而贝加尔湖一定还有数千个问题等待回答。它既在水元素下面还有一种元素——深达六千米的数百万年间的沉积物，又在已知的地层下面——还有厚厚的原始土壤层。似乎更简单的是贝加尔湖的地表轮廓，是那些肉眼可见和可以计算的东西，但即使这些直到最近也在进行调整。有时贝加尔湖本身也着手调整它们，如同19世纪那样——当时由于地震，色楞格河流域北部地区二百平方公里的草原一下子沉入水底，形成陷落湾，但更多的时候，人们坐船、走路，并没有留意。它的雄伟庄严、威仪天下、严禁触犯，影响着人们的想象力和心灵，——尽管这不是可以计算的矿物资源，但它们仿佛预计将这些储备用于千秋万代，只要贝加尔湖畔有人存在，因此，它们不会同时呈现。贝加尔湖现在，并将永远比任何一座关于它的图书馆，比任何关于它的人类想象和感觉都更加丰富。

你时不时地会忽然想起：人们没有讲过奇维尔库斯基湾，它夏季的水温能热到南方的温度，它流淌着温泉的湖岸柔和如画，岩石丛生的岛屿如卫士般守护在入口处，思念着鸬鹚的叫声。人们没有从头到尾仔细看过奥利洪岛，在长达80公里的岛上应有尽有——泰加林、悬崖峭壁、草原和沙漠。人们没有去佩夏纳亚湾里边看一看，沿着湖湾边缘，按照造物主的意愿，矗立着钟楼般高耸挺拔的悬崖峭壁，似乎感觉，有朝一日，它们会敲响沉重的石钟并激起其深处强大的威力。还有贝加尔湖周边的座座湖泊尚未受到关注，而在它们当中，在那个北方的弗罗利哈湖，还有一个未解之谜——湖红点鲑。人们没有沿着环贝加尔湖铁路[1]走一走，它于20世纪初沿着贝加尔湖建造而成，如今已是尽头线铁路，没有惊叹于众多凌驾于波浪汹涌溪流之上的隧道、高架桥、桥梁，数十年来，这些溪流完全因贝加尔湖而成为人烟稠密地区，仿佛它创造时便是如此。

不，关于贝加尔湖是说不完的，它需要亲眼所见。但是，你看到它，常常置身于近旁，敞开怀抱迎接它，你就会明白自己感知的无力和徒劳。产生的想法还没有来得及形成某种主要思想，没有来得及发展到如白炽灯那样发亮，能够照亮所有全部感觉并将其汇集于一处，便先行冷却下来并黯然失色。应答性的反光断断续续，如启明星一样若隐若现，有时引起激动不安、热情兴奋，响起庄严的乐曲，有时意外地沉寂下来，直到微火幽明。而你开始努力地吹向那里吧，吹向这微火——它吹不旺的。这时便会想到我们过于惊人的不平等：和位于我们面前蒸腾的伟大生命作品相比，我们不是小昆虫又是什么呢？难道我们能够从它的页面上计算出绵延许多俄里的文字并辨别出超自然的声音吗？我们只能倾听足够努力方能听到的声音。

然后，仿佛无缘无故地，未做任何转换，它突然在你的脑海里如图画般熠熠生辉，你不记得这画面，也许，你第一次见到它，但你毫不怀疑它属于贝加尔湖，它会散发出气息，色彩活跃起来，并一分钟接着一分钟地开始延长，沿着湖岸延伸开去，延展得更加广阔更加绵长——你似乎感觉，不是你想起了它，而是它想起了你，并召唤你前来进行对话和建立友谊，它认为所有愿意接近它的人都是对它的一种庇护。

谁能想象到，还会需要短暂来到世上的渺小而分散的我们的庇

① 环贝加尔湖铁路，又称贝加尔湖环湖铁路。

护呢？！

* * *

犹如从峡谷中浮出的无害的乌云，有经验的人根据它可以准确地判断出山雨欲来一样，第一个灾难的预兆，还在50年代初就出现在贝加尔湖上。当时著名的贝加尔湖秋白鲑的捕获量减少了。是捕尽了吗？它一向很多，人们对它已经如此习惯，以至于当地居民不敢想象没有秋白鲑的生活。当然，在战争年代和战后饥荒年代也有过捕捞过度，从贝加尔湖里仅为国家捕捞就达十万公担，为个人捕捞的还不知道多少呢，但这难道能捞空贝加尔湖吗？真正的原因随着岁月的流逝浮出水面。战争结束后，人类开始毫无节制地砍伐贝加尔湖周边的泰加林，沿着白鲑洄游产卵的河流流放木材，弄脏了河水并堵塞了湖底和湖岸边，截断了白鲑繁殖的必经之路。如此这般彻底灭绝了这个巴尔古津鱼种（曾经有过四个秋白鲑种群，只剩下三个，第四个变成了育种养殖）。当然，遭受损失的不只是一个秋白鲑；丰富的鱼类资源令所有见到贝加尔湖的人赞叹不已，从大司祭阿瓦库姆到弗里德约夫·南森，而在当地人看来，鱼类就像天上数也数不清的不会减少的星星一样稀松平常，却不曾料到，它也遭到了破坏，而且破坏逐年在加剧。

还有更简单的事吗！原因已查明，采取拯救措施吧。

但是，当灾难已经预告自己存在时，在不幸发生之前，我们当中有谁又是何时突然醒悟过来了呢？偏不，一定要等到它变得膘肥体壮，痼习难改，由一桩小事变成了巨大问题，变成一个旗鼓相当的对手，然后再敲响警钟迎接它，像在狂欢节上那样围着它跳圆圈舞，安放好各式各样的设备，举行祭祀仪式；不仅如此——在这一连串问题中，在第一个不幸的基础上又连带出同样由于监管不力而精心培育出的第二个、第三个不幸，只是到后来，当它们紧紧扼住事态的脖子不得不解决时，啪的一声下发来一道政府命令，决不退让一步！为了毫无条件地与“不幸”进行殊死的战斗，又磨蹭了几年，其惨烈程度不亚于斯大林格勒保卫战，然后诱敌自取灭亡后脱身——又是依靠政府颁布的法令！后来，谁战胜了谁……这就是我们解决问题的方式。

贝加尔湖的情形如出一辙。

何其不幸——秋白鲑变得稀少了！现在既顾不上秋白鲑，也顾不上鲟鱼，贝加尔湖开始了一场更大的冒险。伊尔库茨克水电站大坝填土之后，西伯利亚海的海平面升高了一米。这种情况使某位尼·格里戈罗维奇——“水电设计院”的工程学专家产生了降低贝加尔湖原来水面的想法——这样做，目的是让它感受到人的权力！为此，只要在安加拉河源头的萨满石下安放3万吨硝铵炸药就足够了，就可以把萨满石抛到空中，被解放的贝加尔湖将会畅通无阻地奔向世界上最大的安加拉河水电站。它的河水已经使涡轮机旋转的事实，被认为是不够的。据估算，将贝加尔湖的水位仅降低一厘米所产生的能量，可以用来冶炼1.1万吨的铝。而如果降低几米呢？这可是要炼出一片铝海呢！充裕富足！共产主义啦！

各种委员会讨论来讨论去——炸毁还是不炸？

格里戈罗维奇可能会轰隆一声将横卧在共产主义面前的萨满石一举炸掉，而西伯利亚学者则当机立断，用可能会发生无法预见的地质位移对勤恳的工程师及其赞助者进行威胁：如果真发生地质位移，贝加尔湖便会掀起巨浪，轻而易举地荡除安加拉河畔三百年间建造好适于居住的地方。

就像任何一场革命一样，科技革命也非得推翻旧权威建立新权威不可。这一次他们抓住了自然基础本身，认为水是生命基础的观点是陈腐的，水变成了技术进步的机械推动者，变成了洗涤、冷却和运送的工具。在这种局势扭转的情况下，再也不允许贝加尔湖过着游手好闲的寄生生活了。世界上最纯净的水，氧气含量最高，无机盐含量最低——不是水，而是黄金？这就是我们所需要的。

早在1953年，人们就决定在贝加尔湖畔建造纸浆厂。当时，美国为了生产新的帘子线[①]，选用了具有前所未有的帘子线破断伸长的"超超级"品牌线，它应该用于制造高速航空轮胎。同样质量的帘子线，我们当然也需要，而对于冲洗纸浆，对于生产帘子线，仅适合使用含微量矿物质的超纯净水。只有三处水源符合这一要求——拉多加湖、阿尔泰的捷列茨科耶湖和贝加尔湖。可以假设，贝加尔湖的命运最终是由一件隐藏于和谐之中的最微不足道和最不可思议的事情决定的。佛罗里达新产品的生产工厂属于"博凯纤维"公司。竞争就竞争：你们有"博凯"，我们有贝加尔湖。不知我们在纸浆方面是否会超过他们，而贝加尔湖肯定有过之而无不及。这个世界的强者有时会有这样的怪癖，人类的任何东西对他们来说都不陌生。

当初在贝加尔湖南部的索尔赞河河口选定场地时，就有可能将纸浆厂迁至正在修建水电站的布拉茨克，林业部长本人也倾向于这一点。设计师们表示反对。"我们不惜一切代价！"——在那些年间，似乎并非到处都反复叫嚣这一套，但那种气息却感觉得到。鱼往深处游，设计师往好处走。难道可以将布拉茨克与贝加尔湖相提并论吗：那里有小飞虫，泰加林，路途遥远；这里——风景如画，秋白鲑代替了比目鱼，充

① 帘子线，一种织造帘布的经线材料，简称帘线，可以用于制造轮胎、运输带、传动带等橡胶制品。

满活力。当设计师们俯身于张张绘图纸时，仅贝加尔湖一个名字就引起了他们内心的热忱和激情。如果必须为自愿承担陪伴贝加尔湖走向死亡的护卫队建造纪念碑的话，那么排在首位的就应该是意志坚强、情愿赴汤蹈火的人物——“国立西伯利亚及远东制浆造纸工业企业设计院”总工程师鲍·斯米尔诺夫；此人在与湖泊保护者展开的辩论中表现得像一个军士，对待作家与学者像对待新兵一样不时地大喊大叫。

1958年，在未来的贝加尔斯克所在地出现了建设者。工地被宣布为共青团突击队工地。不久之后，在色楞格河河岸也展开了施工，在那里开始建设纸浆纸板厂。不久前，在一本关于西伯利亚的图书中，我意外发现一首诗歌标语，是当时的“突击队”提出来的，不援引一下太不应该了：“喂，巴尔古津，你掀起巨浪吧！欣赏力量和技巧吧：我们正在建设工厂，并将工厂建成在宽阔的泰加林峡谷中！”

见鬼去吧，那里哪来的泰加林！那里是离铁路不远的天府之国，在温暖的阳光明媚的小河谷中。

现在很多事情都归罪于时代。说是外面正值这种因变化、征服而激动人心的时代：社会普遍陶醉于预示着幸福生活的一座座巨大的工地，“持续不断的工作日狂潮”[①]，胜利的报道，右边随时增加零的数字，激情，热情，从共青团大会直接出发的纵队唱着：“朋友们，我们要到遥远的地方去……”——在这种遍及各地的持续升温的喜庆氛围中，如何能保持清醒的头脑？！

如果是这样的话，那我们究竟是谁呢？是准备听令踏出清脆的脚步声奔向任何方向的作战单位？难道几个世纪的文明没有给人留下记忆？难道它没有暗示人们，任何一种被称为热情或其他专有名称的大规模狂

---

① 诗句出自马雅可夫斯基长诗《好！》（1927）。

热，从来都不会带来什么好的结果？没有暗示建设幸福生活是需要聪明的、谨慎的和长期的创造力，而非行动上的进攻？无需隐瞒——这是一场战争，又一场针对自己的田野与河流、珍贵财富与民族瑰宝的国内战争，这场战争从一个地区迅速蔓延到另一个地区，持续至今，而且像在任何一场战争中一样，首先消亡了并正在消亡的都是一切最美好的事物。

人们迟迟不肯献出贝加尔湖，因为它太珍贵了，在国内的教历中备受尊崇。实际上，60年代，经过相当长一段时间的民众沉寂后，公众舆论从贝加尔湖再次兴起。对于父辈的经济指挥官来说，最初的反抗令他们始料未及。他们已经习惯于他们的任何计划均似上帝谕旨般被坚定不移地接受。突然之间，似乎是为撰写颂诗而存在的作家们，和同样混淆了自己存在目的的学者们，然后是被他们鼓动起来的普通百姓开始质疑：我们不会毁了贝加尔湖吗？然后大家商议出一个答案：会毁掉的。这根本就行不通。

当时，与一切异端进行斗争的方法继续沿用旧时作法。伊尔库茨克州党委书记帕·卡楚巴给无论如何也不想平息事件的煽动者之一——湖泊学研究所所长格·加拉济盖棺定论为“帝国主义帮凶”。贝加尔湖东岸的布里亚特州党委书记安·莫多戈耶夫响应并支持：反对色楞格造纸厂的加拉济是“布里亚特人民的敌人”。稍早以前有了这等“功绩”，就别指望什么也别指望谁了，那个年代也等不来恩赐了，而且如果加拉济幸免于难了，这说明不同意为贝加尔湖设定命运而进行的反抗有一定的力度。

现在只有少数几个人还记得，在索尔赞河场地上最初预计建造两座工厂。在50年代末至60年代初发生的第一次抗议浪潮之后，其中一座为避免出事而被迁移到伏尔加河流域。于是不得不为另一座工厂修改方案并重新制出净化设备图。如果没有这些修改，我们今天欣赏的将不是贝加尔湖，而是那种能够在屈指可数的几年间将其毁灭的力量，即使做过它们，做过这些修改，今天看着这里发生的变化心情仍很沉重。

曾经还有过一个机会，可以拒绝纸浆联合企业的建设和投产。60年代中期，那里再度掀起激烈的抗议浪潮并呼吁人们醒悟。作家弗朗茨·陶林、奥列格·沃尔科夫、弗拉基米尔·奇维利欣陆续发表文章、特写，揭露在贝加尔湖上进行的肮脏把戏，他们得到了科学院西伯利亚分院著名院士安·特罗菲穆克、弗·苏卡乔夫、谢·索博列夫、米·拉夫连季耶夫的支持，支持他们的还有院士彼·卡皮察、亚·扬申、鲍·拉斯科林及其他许多科学家。

列昂尼德·列昂诺夫在《文学报》上写道："让我们全民脱帽致哀，在那个阴霾的日子里，当第一剂毒药涌入这一最清澈的湖盆里……"

米哈伊尔·肖洛霍夫在党代表大会上说："也许，我们会鼓足勇气并放弃砍伐贝加尔湖周边的森林，放弃在那里建设纸浆企业？……"

社会局势再次变得异常紧张，对其置之不理就太过分了，于是在1966年春天，国家计划委员会成立了政府专家委员会，他们拥有广泛的权利和权力，包括对联合企业的否决权。

但是……多年之后，1985年，联合国因"保护世界大自然的明珠——贝加尔湖的活动"授予苏联科学院特别证书。尼·扎沃龙科夫院士应该把这一奖项归入自己名下，因为在贝加尔湖的科学论战中，他的观点最终获得了胜利。国家计划委员会知道该把专家委员会的领导权交给谁。

总之，专家委员会在1966年最后一次决定贝加尔湖的用途时，是由尼·扎沃龙科夫院士领导，谢·沃尔夫科维奇院士被任命为他的助手。委员会经过三个月坚持不懈的工作，大家得出一致的结论：推迟完成纸浆联合企业在贝加尔湖的建设形同犯罪。在国家计划委员会、国家科技委员会和科学院主席团的一次联席会议上，扎沃龙科夫作报告时，在自己面前的桌子上摆放了三个烧瓶——装有贝加尔湖湖水和两个联合企业排出的废水，并建议高级会议的与会者品尝，并根据味道区分一下分别是什么水。没有找到愿意品尝的人，大家相信扎沃龙科夫所说的话。当特罗菲穆克院士敢于质疑委员会的结论时，扎沃龙科夫称其行为“不知分寸”，是对“忘我的、无私的、高度紧张工作的委员会成员的一种侮辱……”

不同意委员会结论的还有卡皮察院士。他在自己的发言中预测，根据废水中化学成分的异质性，“即使是纸浆联合企业少量的有毒污染，都可能会完全破坏生物平衡并彻底破坏湖泊的纯净度”。

扎沃龙科夫不敢攻击卡皮察，但他的回答绕来绕去，云里雾里，从中可以明白一件事：一切都已决定，争论毫无意义。果真如此。有人试图提及，我们在“超超级”帘子线生产方面追赶的美国，已经做到不再使用这一最超级的帘子线，改用更耐用、更经济的人造线。有人接了一句：如果有产品——就会有应用。

“现在关于贝加尔湖的生物生产力，”——扎沃龙科夫在结束语中回忆说，“关于秋白鲑，关于鱼类。当然，我们应该保护生物生产力，保护鱼类。但是贝加尔湖的渔业意义相对较小，仅在当地具有重要意义。秋白鲑的最大捕捞量达到6000至8000吨。它们现在减少了三分之二。与此同时，贝加尔纸浆厂将生产1.5万吨饲料酵母作为副产品，其蛋白质含量为50%。如果将其转化为标准蛋白质，则将超过3万吨。这个数量足以使猪的育肥达到6000吨或6万公担。而在家禽业中，这可能会产生更大的效益。”

沉默吧，贫乏的思想，承认有头脑之人的伟大吧：如果不是科学之光，贝加尔湖会永世供应大量的秋白鲑，而这里却在提高猪鸡的产量。

就这样，在贝加尔湖面前急不可待地矫健驰骋的纸浆牛仔们可以不受约束地放开了手脚——可要套牢啊！就在那个夏天，第一家联合企业开始冒烟，并将其大量的废水排入“最纯净的湖盆”里。是的，帽子是脱掉了，但却伴随着“乌拉”的喊声被抛向了空中。

为了纪念“明珠”的征服者—毁灭者，将来在贝加尔斯克附近的湖畔某处会探出一座纪念碑，扎沃龙科夫院士应该很容易被辨认出来，而他身旁不知是以蛇妖戈雷内奇[①]的形象，还是以其他某个可怕东西的形象存在的神话人物，便是扎沃龙科夫们手中的科学。这里也一定要有贝加尔斯克生态毒理学研究所所长阿·贝姆一席之地；多年来，他和他的同事们一直证明，联合企业除了好处，没给贝加尔湖带来任何害处。而且研究所如此尽心竭力地证明这一点，尽管他们色盲一样常将黑白混为一谈，以至于连纸浆厂人员也拒绝了过分热心的科研机关（正是机关！）的服务，他们被迫去为自然保护部门服务。

当联合企业恢复活力，违背常理且不顾公众舆论，开始惹出麻烦时，他们需要建立一个立法指示和补充说明形式的精细框架。1969年1月，政府通过了众人皆知的《关于贝加尔湖区自然资源综合保护与合理使用措施》的决议。1971年，为给它从旁助势，又通过一项决议——《关于确保合理使用与保护贝加尔湖自然资源的补充措施》。他们以化

① 戈雷内奇，俄罗斯童话故事《蛇妖戈雷内奇》中的蛇妖形象。

工企业的形式给贝加尔湖植入了恶性肿瘤并开始告诫：表现要良好，做事要优质。而曾抵抗过毁灭性行动的科学院西伯利亚分院，现在被责成确保贝加尔湖的健康。今天，他们西伯利亚分院则因湖泊不健康而受到指责。

但是他们终于在这些决议中想到了秋白鲑，并从1969年起禁止捕捞它，也禁止了沿支流流送木材。至少在这件事上达到了目的，虽进展缓慢。

1977年，政府颁布了关于贝加尔湖的第三项决议。显然，如果先前的决议得以执行，就不会需要它了。他们尝试着执行，做一些如体操中的自我强化运动，学会了识别贝加尔湖的风吹向哪里，并向被责成和被指示监督的部门发出秘密命令：警报解除。

就这样，1987年4月，作为“最后的决战”，国家下发了第四个最高指示文件。

在此之前的几年间，我也鬼使神差地参与到贝加尔湖旷日持久的系列重大讨论中。尽管它初看酷似侦探故事，然而再看——则形同臼里捣水徒劳无益，参与这个参与那个，我明白了，除了浪费时间和精力外，什么结果也不会有，但不是我们选择，而是当需要充数的时候有人选择了我们。

怎么能不参与呢：贝加尔湖……贝加尔湖那时遭遇的灾难俯拾皆是——有来自纸浆企业的，有来自安加拉地区的工业废气排放，工业如畦上的胡萝卜一样排列密集，有来自森林砍伐和森林大火，来自色楞格河带来的泛滥的有毒冲积物，来自田间流出的化肥，来自北部与贝阿大铁路毗邻的地区及很多其他事情。不需要任何那种特别的知识和眼睛，就足以看出，贝加尔湖在越来越成为热门话题的同时，正在变成一个孤儿，所有人在谈论它的同时都想从它那里捞上一把，却没人想帮助它。自然保护区和保护检查机构的保护工作会有很大成效吗！——这无异于从滴管中滴出眼泪大小的透明液体以期净化大海。

我们在讽喻上取得了如此的成就，以至于当我看到通往联合企业的路上写着：“我们要保护西伯利亚的明珠——贝加尔湖”时，不自觉地翻译成：“上帝啊，请原谅，请让我进入别人家门，帮我搂尽所有的东西并带走。”

《贝加尔湖日记》摘抄

1986年1月24日。在林业部与其领导人会面。《消息报》编辑部帮我争取到这次会面。最近，向林业部诉说痛苦的“为什么？”是如此的多，而收到清楚的答复却如此的少，因此与部长的谈话就变得非常有必要。

有人在楼下接待了我，把我送到五楼并领进一个宽敞而朴素的办公室里。我和部长握了握手。我不由得注意到他的朝气蓬勃和精力充沛。米哈伊尔·伊万诺维奇·布瑟金对我们地区的了解并非限于道听途说。在担任副部长一职的六年中，他曾担任乌斯季—伊利姆斯克森林工业综合体和乌斯季—伊利姆斯克市建设总经理。我以为我将和部长私下交谈，但他邀请了他的副手们。来的人有纸浆造纸工业副部长根·费·普罗宁，木材采伐部副部长尼·谢·萨夫琴科，和我的同乡——布里亚特州前党委书记康·马·普罗代沃达。

自然而然地产生了第一个问题：

“米哈伊尔·伊万诺维奇，您对报纸上发表的关于贝加尔湖的文章持什么态度？（《真理报》《消息报》《共青团真理报》《苏维埃俄罗斯报》——几乎所有的中央报纸对“圣海”的命运再度掀起热议。）”

“肯定的态度，”——部长耸了耸肩，回答说。“有时在我们工作中会发生违规行为。有罪的人我们一定严惩。”

“但是贝加尔湖不会因此变好。”

“那怎么办——审判他们？”

“贝加尔湖也不会因此变好。”

“总体来说，我们是以党和政府的决议为指导。在这里，”——部长打开了有关贝加尔湖的立法决议汇编，“我们也在执行这些决议。即将通过新的法案，我们也将执行它们。”

“你们真的是这样执行的吗？”

“您知道贝加尔联合企业的工业排放废水允许极值（最大允许浓度）改变了几次？六次。而且朝着越来越严格的方向。我们刚达到控制数字——就给出新的数字。刚达到数字——再次追赶上来。”

部长在此耍滑头：允许极值不是朝着越来越严格的方向改变，而是朝着适合联合企业可能达到的方向改变，而且控制数字是由林业部自己预定的。

“联合企业每天都在违规操作，”——我提醒道。

“您有什么根据这么说？”

“根据贝加尔湖水域检查局和水文气象站的数据。”

“我们还有其他的数据。”

说它正确它就正确：在这次对话中，我们有多少次无法相互理解，正是因为我们使用的证据以及本应只由公正的关心贝加尔湖命运的监管机关出具的证据，不仅不相同，有时直接相反。部长保证，贝加尔纸浆造纸联合企业污染物本底浓度不会超过允许界限，并且最近几年没有增加，我记得设计“污点”为0.7平方公里这一天真幼稚的数字，也知道实际污染区为几十平方公里，伴随着有毒物质深入渗透到厚厚的水层中。废气排放波及的面积达两千平方公里。树木枯萎，毒药落到土壤上，然后又被冲到湖里。林业部认为，这与联合企业无关，树木凋零是外贝加尔干旱的夏天及水文状况遭到破坏的结果，并引证应用地球物理学专家的结论。解释是很奇怪的。数百年来，冷杉和雪松在遭受各种破坏时都感觉很好，而这时却突然生病了。于是我不禁询问部长是否相信地球物理学家的“发现”。是的，相信。

相信是有利的。

再谈谈另一个“发现”。众所周知，贝加尔纸浆造纸联合企业的净水技术主要用于溶解和去除有害有机物。当然，远非能彻底去除，因为不可能彻底去除。所谓保守性有机物和不溶性矿物杂质都流进了贝加尔湖。在二十年的运营中，联合企业排放了近一百万吨的矿物质，根据其他统计——超过一百万吨，这些矿物质的成分已经完全是外来的，正是彼·卡皮察院士警告的那种。后来发现了一种摆脱“矿物”处境的绝妙出路。既然贝加尔湖水本身确实矿化程度较低，就宣布湖水是有害的，而联合企业的运营是调和式有益的。我记得，几年前我是在林业部使用的科研中心，在贝加尔纸浆造纸联合企业附属的生态毒理学研究所第一次听到这种说法。在那之后，我不再对任何事情感到惊讶。但是以防万一，我仍然问普罗代沃达：

“康斯坦丁·马特维耶维奇，您还记得，当地的居民饮用贝加尔湖水吗？”

“当然饮用，”——他惊讶地回答。“不然他们饮用什么呢？”

“但是扎沃龙科夫院士和你们部里认为，不能饮用它。它是有害的。”

“总的来说，是的，”——普罗代沃达忽然醒悟到，“它导致内分泌疾病。它的碘含量很少。”

“您总不会去饮用蒸馏水吧，”——部长接着说道。

“但是，这可能不是一回事儿吧——药用蒸馏水与水质接近蒸馏水的天然水？”——我为自己辩护道，同时想起贝加尔湖水向来以此著称，其价值也在于此，它几乎被认为是理想的淡水，悬浮物、硅、铁、碘含量低，氧含量高。

我们继续用不同的语言交谈。林业部的人认为，联合企业稀释过的污水不会对贝加尔湖生物产生有害影响，并点头认可“科学团队的多年研究”。“科学团队”指的不是别的，正是它所辖的贝加尔斯克研究所。当然，我反驳也不是出于我个人的观察：联合企业运营多年来，在贝加尔湖一半以上的水域中，有害物质的浓度已对其居民构成危险，湖泊南部地区珍奇藻类的数量正在减少。林业部的人肯定地说，废水排放区域是生态安康地区。而我到部里是有备而来的，带来一个事实是——在这一“安康”地区小龙虾正在死亡。

“伊尔库茨克政府现在提议将贝加尔联合企业的生产转型为另一种无害生产，这样它就可能留在你们部门中。在一系列的其他举措中，也许这将是贝加尔湖问题的解决方案？你们怎么认为？”

令人难堪的沉默持续了片刻，然后部长开始解释：

“这是我们权限以外的事。告诉我们做凳子——我们就着手做凳子。甚至连计划任务的任何改变，都取决于国家计划委员会，更不用说联合企业是否存在了。”

“你们认为，到2000年贝加尔湖将会怎样呢？”

根·费·普罗宁自信地答道：

“贝加尔湖不会遭受损失的。”

“你们不认为，尽可能多地从大自然中索取，而不关心人类明天需求的做法，不仅破坏了未来的经济，也破坏了社会道德？”

部长难以回答这种问题。

“我们执行决议，”——他闪烁其词地说道。

“你们常去贝加尔湖吗？”

“不常去，但还是去的……”

我们几乎是热情地道了别。

1986年1月25日。在鲍·尼·拉斯科林院士的莫斯科家中。鲍里斯·尼古拉耶维奇还邀请了科学院通讯院士、轮胎方面专家瓦·费·叶夫斯特拉托夫与我交谈。鲍里斯·尼古拉耶维奇本人参加了贝加尔湖方面的三个国家委员会，且从头至尾了解贝加尔湖事件的来龙去脉。他说：

“我们在建设贝加尔纸浆造纸联合企业时犯下了不是一个错误，也不是两个错误，而是一系列错误。主要错误在于科学的预测。第一个错误——帘子线生产应该在高强度合成纤维和金属帘布的基础上开展，而由于使用纤维帘子线代替现代帘子线制作轮胎我们蒙受了巨大损失。第二个错误——是在联合企业的选址上。对于这种企业并非必须使用贝加尔湖水，而当地的木材也不适合提取超级纤维素。再加上该地区的地震强度，它可能随时显示出来。第三个错误在工艺流程图的论据上。对于净化质量不能抱有任何幻想……”

“不需要贝加尔湖水，贝加尔湖的木材不适合？贝加尔湖纤维素——变相地阻碍了世界范围内可靠轮胎的生产？是这样么？”

“正是这样。”

在轮胎工业研究所工作了三十年的瓦西里·费奥多罗维奇·叶夫斯特拉托夫补充说：

“我记得，石化工业部副部长索博列夫从一开始就拒绝了：我们不需要贝加尔湖纤维素。根据其物理机械性能，它不如合成纤维，差的不止两倍、三倍，而是几个等级。你们明白差别了吧？”

“但是要知道，当时，在60年代，该联合企业的王牌是高速航空啊？”

“那里一点儿贝加尔湖产品也没有使用。如果用了它，我们不会飞得很远的。”

1986年8月19日。贝加尔斯克市。昨天下午到达，沿街散步：城市干净，却不协调，没拥入到贝加尔湖怀抱，却被安置到联合企业里，房屋之间的白桦树伸展着枯萎的树梢，一棵松树有些干枯了。街道上的标识被整修一新，长椅被涂上油漆，公交车上贴着号召爱护并保卫贝加尔湖的标语。看来轻易战胜不了他们。我到的时候，宾馆里正在铺地毯，餐厅里人们在有条不紊地用餐。从厂区传来了难闻的气味，但比较轻微；对今天的事件，大家可能都比较警觉。

今天大家都起得很早，并前往车站迎接负责准备贝加尔湖新决议草案的国家委员会，不知怎么我也被列入委员会之中。该委员会由国家计划委员会主席尼·弗·塔雷津领导。委员会来自乌兰乌德，昨天委员们不得不检查了色楞格纸浆纸板联合企业。

火车刚一到站，委员会成员便走下车来，塔雷津几乎没来得及打招呼，就开始说起他有多不喜欢色楞格联合企业。污垢，设备老旧，条件……他皱着眉头。与那个相比，他现在即将看到某种理想的状态。我对他如此说道，当有人介绍我们认识时。据悉，扬申和拉斯科林院士没有来。不过，令我惊讶的是，扎沃龙科夫竟然在委员会中，有人再次需要他的服务。

众人乘车去工厂。在建筑模型前，面色红润的年轻厂长介绍了生产流程示意图。无论是模型制作的样式，还是厂长讲解的神态，还有他如此健康、激动的面孔，仿佛都在我们面前打开了天堂的大门，而彼此间相连的几何图形则是人类美德胜利的幸福归宿。

大家走在车间里。宽敞，干净，不闷热。人们走近取水口，贝加尔湖水正哗啦啦地冒着气泡被抽进来。然后——它经过艰辛的工作再经过净化之后，重新被排回贝加尔湖。在一个不起眼的小亭子附近，有一个还在二十年前就订下的仪式——品尝废水并心满意足地吧嗒吧嗒嘴。扎沃龙科夫第一个一口气喝完了几乎满满一杯，对他而言，这是一种神圣的饮料。人们把水递给了塔雷津。他犹豫不决地喝了一口，无论他如何克制自己，众目睽睽之下，他还是不由自主地撇了撇嘴。一大群人沿着踩踏出来已了无生机的湖畔走向贝加尔湖，站了几分钟，有人欣赏，有人胆战心惊，而有的人毫无兴趣；扎沃龙科夫一直走在塔雷津身边，滔滔不绝地谈论废水的纯度。塔雷津不满地摆摆手说：

“你说的那么多，我们都能把这个好东西卖到国外去了。”

他显然既喜欢联合企业，也喜欢研究所。在研究所里，他追问：联合企业在贝加尔湖的总污染中占比是多少？不到百分之一，有人自信地答复他。我一边记录谈话，一边困惑不解：如何能算出这个份额？我走到科学院植物生理学与生物化学研究所所长留·康·萨利亚耶夫身旁问道。他笑了：当特别想要的时候——一切皆有可能。

如果不到百分之一的份额，委员会主席追问道，那么花费近二十亿用于联合企业转型是否合理呢？将它们花费在为贝加尔湖带来更多收益的事情上岂不更好？例如，花在色楞格河上，它给贝加尔湖带来的不是百分之一，而是百分之五十的污染。

一名记者支起了麦克风——塔雷津要求，未经他允许不得录音、转播、发表任何信息。

很明显，不想放弃联合企业。如果拯救贝加尔湖，则必须净化色楞格河，清理联合企业，以及许多其他东西。百分之一的污染数据是生态处理研究所的贝姆团队再次通过机械计算得出的结果。

我为明天做好了准备，不得不讨论一个方案：他们想要保留联合企业。

1986年8月20日。*伊尔库茨克市*。早晨，在去开会的路上，在州委会的走廊里碰到尼·弗·塔雷津和我们州委书记瓦·伊·西特尼科夫。塔雷津意外地对我说："我们会的，会清理联合企业。不能马上，但我们会的。"

不能马上——这是"十三五"规划。等到猴年马月吧。但是经历了昨天令人不快的预感之后，我似乎觉得，这也是一种胜利。当他们许下了诺言，我发现没有什么比用知识分子的呼吁来推进联合企业转型日期更好的了。"也许，我们会鼓足勇气……"——我也说了类似的话。塔雷津闪烁其词地回答说，应该考虑一下。

而心里却这样想：有什么可考虑的！"十三五"规划仍然存在。

1988年12月23日。莫斯科。国家水文气象和自然环境监督委员会跨部门委员会会议。该委员会是在通过关于贝加尔湖的政府决议之后立即成立的，以监督其执行情况。

前面的三个决议实际上是挥起胳膊，这第四个决议，是准备对贝加尔湖的污染源进行坚决的打击。它们共计有约150个，计划到

“十三五”规划结束前完成它们的改造工作，以便，用通俗的话来说，“不能在吃饭的地方拉屎”。主要措施是：安加拉地区的工业转用天然气，贝加尔湖周边的所有城乡转为电力供暖；1993年前贝加尔纸浆厂进行转型，其生产转移到乌斯季—伊利姆斯克；色楞格联合企业采用封闭式水循环系统……就这样，在国家水文气象和自然环境监督委员会主席尤·安·伊兹拉埃尔领导下，跨部门委员会受委托进行监督、督促，必要时，还要进行整顿，协调、提出建议……

委员会召集开会不是第一次了。此前在伊尔库茨克、贝加尔斯克、莫斯科召开过会议。起初，部长们出席会议，后来，部长与副部长交替参会，今天则没有一个部长参加，连委员会成员也不多。已经是准备过新年的心情。决议通过大约两年了，却仍然是摇摆心态，举棋不定，犹豫不决，等着看情况是否发生变化，但愿别搞得过火。

这次也是如此。讨论关于贝加尔联合企业转型问题，至今没有最终的方案，乌斯季—伊利姆斯克市民抗议纸浆生产。这种生产排放的废气——甲基硫醇将超过那里的最大允许浓度60至80倍。讨论非常激烈：甲基硫醇对人体健康有害还是无害？林业部代表们坚持认为毫无害处，他们的观点得到了湖泊学研究所新任所长米·亚·格拉乔夫的支持。国家首席公共卫生官亚·伊·孔德鲁谢夫感到惊讶：怎么可能呢，甲基硫醇属于二级危险品！伊兹拉埃尔疲惫地说道：二恶英会立即将您的甲基硫醇降至第110位。这才是应该担心的！

关于安加拉地区的工业转用天然气问题。天然气工业部的一位代表站起来宣布，天然气化的期限是不切实际的。地质学家尚未确定矿床储量。地质学家说：那里根本就没有它们，这种大型矿床……

……我和一位和善的老朋友一起走到潮湿的街道上，脚下满是泥污，他是一位记者，痛心疾首地写过许多关于贝加尔湖与贝加尔湖周边森林的报道。心情沉闷。我们谈论着各种疾病。

* * *

这些令人沮丧的预感，它们并没有欺骗我。它们不仅没有欺骗，而且与突如其来的现实相比，却只不过是一声如此软弱而天真的叹息，以至于连回忆起它们都感到难堪。我们所有满怀希望并花费精力去争取纯净水与纯净生活的人，都是些头脑简单的人：90年代初，俄罗斯建立起来的全新社会体制拒绝继承旧体制的义务，无论义务好坏，新生活都从头开始。1987年政府颁布的贝加尔湖决议失效，还在旧体制下来得及做成的唯一一件事，是将色楞格联合企业转化成使用封闭式水循环系统。贝加尔纸浆造纸联合企业摆脱了该决议为其准备的转型，并在过去的整个十年间，无障碍地继续大量生产纤维素并将其废水排入贝加尔湖，对此监管再次放松。其产品在国外找到了销路，即使在那个毫无希望时期，当大部分俄罗斯工业陷入瘫痪、炉窑关闭、车床停产时，生产纤维素的人可能会感到镇定自若，因为他们同样成功地抵御住了如今不十分危险的打击。

为保护贝加尔湖而进行的斗争教会了我们处事不惊。这一重大历史事件已经持续了不止十年，而结果还是没有改变，其前车之鉴如套在脖子上的枷锁一般折磨我们。在最初几年间，我们还天真地呼吁常理，仿佛诉诸仲裁法官一样，期待他能从其珍贵的保护区飞向误入歧途的人们并将他们引上正路：毕竟说的不是赌牌，而是赌命。后来，当我们看到，我们正在与背离常理的实用主义者打交道时，我们开始用他们的语言进行交谈，试图说服他们，强大的贝加尔湖，本可以进行亿万倍的有益工作，你们却让它担任清洁工这样一个微不足道的职务，这是多么无利可图啊。但任何论据都无济于事，我们面对的是另类人群。

有位善于观察的学者令人震惊地准确说道："万恶的现在。""万恶"是因为它无耻地剥夺了为几代人储备的资源，只留给未来其双手够不到的资源。也许，这就是所谓的缺乏意志并使自己的子子孙孙丧失永生的本能。在这一历尽艰辛的重大历史事件中，任何新的现实情况都会使人不知所措。我们发现，近几十年来我们继承的两种社会体制，两种方向各异、彼此对立、难达共识的制度，却在庇护贝加尔湖投毒者方面达成了共识。这是一个无解之谜，此外，它是由某种超强度材料制成，由一块无法为明天破碎一毫克同情的整块巨石制作而成。

90年代初，当新政府毫无疑问比前届政府更不愿意将贝加尔湖从患难中解救出来时，当时保护生态的社会团体逐渐减少，并失去了以前像80年代那样将数万人领到街头抗议的能力。由于无力在家中取得什么结果，他们开始叩响联合国教科文组织的大门——以使这一国际组织将贝加尔湖列入世界遗产名录并保证能保护它。联合国教科文组织的科学家委员会证实，就其价值——历史、文化及自然价值而言，贝加尔湖值得被接受，更不用说那种拥有世界五分之一最优质淡水储备的"小事"了。他们只是要求俄罗斯政府保证，减弱工业对湖海的打击。是时候制定一项单独的法律，用显要而果断的条文来捍卫贝加尔湖了。其草案首先出现在最高苏维埃，然后在杜马，第一届和第二届杜马，被拖延了几年（七年或八年），争论，重写，增添并删减，递交总统批准，并把总统不满意的草案再取回来，再次集中讨论，再次被退回。也许，杜马的任何一个文件都没有经历过像该文件这样的奇遇。它终于被勉强通过了，在1999年，新千年前夕，当人们已不再期待的时候。因此，它的出台未被注意。就像往新装配的蒸汽机车上转载一样，给《贝加尔湖保护法》转载了在先前已锈迹斑斑的、所有与贝加尔湖有关的决定、决议和纲要上陷入困境的一切。转载了，却不发动蒸汽机，回退到了最好时代的死胡同里。与此同时，贝加尔纸浆造纸联合企业成功地实现了股份制（作为一个对生态有害的工厂，这是非法的。但是在俄罗斯，谁在侵占和重新分配财产时会询问合法性呢？！），实现了股份制并开始了进攻。联合国教科文组织同意将贝加尔湖列入主要世界遗产名录，但是联合国教科文组织只是联合国的一个从事文化事务的分支机构，而从事联合国工业事务的则是另一个组织——联合国工发组织。于是，纸浆生产者去联合国工发组织那里寻求支持——用意是无可指责的：同类不相残。它也完全得到了证实：来自联合国工发组织的专家组得出结论，联合企业不妨碍贝加尔湖，经过一些改建后其产能甚至可以扩大。就这样，贝加尔湖如今已在无人关心的三重包围圈里遭到了抛弃——继地方政府和联邦政府之后，世界也拒绝了对它的帮助。就仿佛世界上有几十个或几百个这样的贝加尔湖似的。

但是，实际上，如果我们自己不想对其施以援手，而指望外国可能急于拯救贝加尔湖是轻率的。

1999年12月31日，代理总统履职三个月后当选为总统，他在国家头等重要法令中，还签署了一项法令，其中贝加尔纸浆造纸联合企业被归为战略目标并据此被列到禁止动用的显要位置。

瞧，又落空了！

现在，在这篇特写中提到的林业部会面的十五年之后，我会轻松地答出当时我对部长提出的“到2000年，贝加尔湖将会怎样呢？”的问题。如今，对我们所有人都很重要的这一时代转折点来临了。贝加尔湖还活着，如此的庞然大物在几十年内是杀不死的。但是林业部的人错了，而且毫无疑问，当他们保证贝加尔湖完全不会遭受损失时，他们是故意犯错。现在根本无法掩盖它所遭受的创伤，无论是湖畔，还是湖底深处。我们的巨人越来越明显地由80年代中期它所处的生态危险区滑入生态灾难区。

我回想起，1988年年末，在关于贝加尔湖跨部门委员会会议上，该委员会主席兼国家水文气象和自然环境监督委员会主席尤·伊兹拉埃尔仿佛疲于必须讲些无聊的空话，而无意中说出令学者不寒而栗的一个词：二噁英。伊兹拉埃尔知道他在说什么。作为专家，他知道这种威胁贝加尔湖的“副产品”的杀伤力。

几十年来，从事贝加尔湖研究的湖泊学家发现越来越多的全新特有物种，它们似乎没有止境，贝加尔湖是如此的资源丰富、生机勃勃。近年来，化学家一直在计算其水域中的另一种添加物——正是那些二噁英，尤·伊兹拉埃尔提到过它们，彼·卡皮察大约在二十年前就警告过它们。

今天，很少有人会为勇敢者的疯狂，为不顾一切、手法层出不穷的疯狂，为在我们的土地上兴风作浪惹是生非的疯狂唱赞歌，但与此同时，疯狂依旧存在且战无不胜。

无论如何也无法使其“转型”。

* * *

我回想起一位同志来我家做客，我们沿着海岸散步，我们沿着古老的环贝加尔湖铁路走了很长时间，走出去很远，这是贝加尔湖南部一处最优美最亮丽的地方。正值八月，贝加尔湖的黄金时节，湖水变暖，漫山遍野色彩斑斓，似乎连石头都盛开着，五色缤纷；太阳照耀着远处萨彦岭秃峰上飘落的初雪，闪射出夺目的光芒，放眼望去，萨彦岭在透明得近乎具有放大作用的空气中看似完全近在咫尺；贝加尔湖已经储备好了冰川融水，疲倦而心满意足地静卧在那里，养精蓄锐以备秋日风暴；鱼儿伴随着海鸥的欢叫在岸边尽情地戏水，沿着路边每走一步就可遇到各种各样的浆果，不是这种，就是那种，一会儿是覆盆子，一会儿是茶藨子，有黑的，有红的，一会儿是金银花……又加上少有的好天气：阳光明媚，平静无风，天气暖和，空气清新，贝加尔湖清澈宁静，纹丝不动；远处的湖水中，石头闪闪发亮，流光溢彩；走在路上，一会儿从山上飘来一股被晒得暖暖的成熟杂草的苦味，一会儿不经意间从海面吹来一阵凉爽而刺骨的寒气。

过了近两个小时，我的这位同志便被四面八方向他席卷而来的狂野生命力所折服，这勃勃生机似乎创造了隆重的夏日盛宴，不仅是他见所未见的，甚至也是他无法想象的。我再重复一遍，正是繁花似锦、草木葱茏的盛夏时节。这描绘好的图景中又添进一道道哗哗作响奔腾涌进贝加尔湖的山间小溪，我们一次又一次地走近小溪品尝溪水，洗一把脸，注视着它们神秘而又忘我地汇入母亲怀抱般的共同湖水中并永远地平息下来；还有整洁凉爽、连绵不断的一条条隧道，隧道里的铁路线旁堆放着一垛垛干草，还有隧道之上险峻挺拔巍峨高耸的悬崖峭壁。

留下印象的所有景致很快便充满了我的这位同志的身心，他不再感到惊奇和钦佩，沉默起来。我接着说下去。我讲起我在读大学时第一次来到贝加尔湖的情景，当时湖水使我产生了错觉，我试图从船上伸手够到一块卵石——后经测量发现，卵石竟在四米多深的水下。我的这位同志听了此事无动于衷。我略感不快，又告诉他，在贝加尔湖里甚至连四十米深处都清澈可见——我似乎有些夸大，但他连这一点也不理会，就仿佛在他经常开车驶过的莫斯科河里这种事情司空见惯一样。直到这时，我才猜出他是怎么一回事：如果告诉他，我们可以在二三百米深处的一枚两戈比硬币上读到它的造币时间，他也不会感到特别的惊讶。他被填得满满的，常言道，满得盖不上盖了。

我记得，让他彻底惊呆了的是海豹。它很少在这些地区游近湖岸，而这时，却像预约好了似的，在不远处的湖水中悠闲自得地尽情戏水。当我发现指给他看时，我的这位同志不由得高声狂叫起来，接着他突然吹起口哨并挥手像招引小狗那样招引海豹过来。它当然随即潜入水中，而被海豹和自己的举动彻底惊呆了的我的这位同志再次沉默了，这一次沉默了很久。

我想起自己在贝加尔湖冰面上发生的一件事。在明朗的月夜里，温暖的夜色敞开了怀抱，那是三月，白天迅速变长，空气因弥漫着各种气味而变得浓稠，每逢傍晚，透明而渐浓的蓝色暮霭从贝加尔湖面高耸着笼罩过来，暮色降临。暮色中，我走下湖畔，盘算着半个小时后返回，便出发走向开阔的湖海。背后有微风徐徐吹来，似乎向前轻轻推动着我，湖畔附近的残雪变得越来越稀薄，凹凸不平地零星散落着，低低地闪着白色的光斑，它吸引着脚步走近这光斑，这一处，那一处，踩在松软的雪地上，脚下发出令人愉快的轻微的沙沙声。我不怕迷路：远远望去，湖畔的灯光清晰可见。在我的头顶上方，晴朗幽蓝的夜空燃烧起来并漫无边际地伸展开去，右边一轮满月高悬空中。而在我的脚下，在风吹过的湖水空地上，朦胧的月光忽明忽暗，星光闪耀。

冰层下雷鸣般的轰响如长箭般向我袭来，径直在我的脚下炸开，隆隆作响，但我很快就习惯了它们并不再害怕。我越过道路，这条路从一岸通向另一岸。岸边的云杉，在晴朗的夜空下，忧郁而笨拙地排排整齐林立，犹如一个个被包裹起来的身影。贝加尔湖在我的面前舒展开来，越来越宽广，群山向后退去，微风继续吹拂着我的后背。我走啊走。

小时候这被称为勾魂儿或引诱。“不要离村子太远，”——大人叮嘱我们说，“勾魂儿会引诱你，使你晕头转向——你就失踪不见了。”“而这个勾魂儿长什么样子呢？”——我们问。“这个没人说得清。看见的人都没有回来。”要是老巫婆，即使你忘乎所以时，也不会跟她走的。看来这一定是一个花言巧语的非凡美人。

我心情放松，没有任何感觉，似乎什么也没想。我仿佛无意间走进了某一魔幻王国，它是由我们所不知的另一种力量、另一种声音与时代构成的另一种生活。无雪的冰面犹如一整面镜子在前后纵横伸展，它似乎像天空一样倾斜，像天空一样闪烁着七彩的光芒，然而这光芒如冰柱状弯弯曲曲。上面闪耀着，下面闪耀着，冰面上闪耀着蓝色的光芒。它并非毫无生气，而是流动着呼吸着，来回移动，犹如光轮，犹如流光溢彩的巨大的万花筒。月亮如此低矮地悬挂着，以至于其清辉幽然可见。嘶嘶声，沙沙声，簌簌声，如波浪起伏，从上方纷纷落下，沿着平静的湖面蔓延开去。贝加尔湖悦耳低沉地唠叨着，在什么地方似乎有冰铃滴滴答答发出清脆的响声，而另一个地方有东西在流淌着并伴随着叹息沉落下去。

没什么可运动，也没什么可发出声响，但周围的一切却分明在运动且发出声响。我返回时已是午夜，在岸前伫立良久，回头张望浮光掠影中的贝加尔湖，直到我仿佛感觉，下方袭来的天空正试图将其撕裂并将其举到空中——这正是循环往复的破裂声的来源。

我登上岸边后，仍然站在那里，仍旧倾听着观望着。而且我始终等待着什么，等待着某种如前人所说的壮丽的尾声，等了好久——却没有等来。

1988年，2000年

环贝加尔湖铁路

西伯利亚大铁路的任何一个路段，都没有像为了绕过贝加尔湖湖岸的岩石道路那样引起设计师们如此多的怀疑和争执，任何一个路段都没有过如此多的备用方案。从伊尔库茨克沿着安加拉河左岸直到河流源头已经铺设了一条轨道，那里已经建好了一个港口，架起了一座通往贝加尔湖对岸的轮渡渡口，所有的思考和延缓的截止期限已到，而从港口和贝加尔湖车站到库尔图克仅八十俄里的这颗“坚果”仍无法解决。在库尔图克悬崖峭壁走到尽头，道路可以通向开阔地带。此外，根据成本、完工的出色程度以及位于大通道东西两端的中间位置这一情况来看，这一路段堪称“西伯利亚大铁路的金扣”。人们既无法下定决心，又无力放弃：在十多年的紧张劳动结束之际，请你刻意寻找让西伯利亚大铁路“镀金”的地方——你再也找不到比这里更漂亮、更喜庆、更雄伟的地方了。

当开始修建它时，任何一个路段都不需要这么紧张，甚至不需要精疲力竭，也不需要如此的财务开支和人员伤亡。但是，大概没有任何地方会在不破坏自然之美的情况下，能激发出那种让美融入美的灵感：在每一里程碑上展示出其丰盈的喜悦，将这些里程碑像页面一样装订到一本书中，并像艺术家一样用工程艺术的全部颜色来装帧它。以前，只有风和小河在这里歌唱，贝加尔湖水花飞溅，轰鸣作响，后来，响起了机车的汽笛声和车厢行走在铁轨上欢快的撞击声，隧道里传出的回声，如副歌一般重复着新生活的声音——而且很快就唱得和谐一致了，人工的和非人工的回声领唱了本地生活的同一首歌。

后来，当环贝加尔湖铁路停止运行改做备用时，没有一个路段引起过如此的崇拜：对当地旅行、艺术和科学产生如此的兴趣，如此丰富的丛书，其中涵盖了建设的所有阶段和细节的奇妙的怪事。而环贝加尔湖铁路正是以其自然与工程融为一体，才变得奇妙无比，仿佛它向来如此。它已满百年，在西伯利亚大铁路干线上它工作了正好一半时间，与它改做备用并变成尽头线路的时间相同。还在20世纪50年代，西伯利亚大铁路由于伊尔库茨克水电站大坝前即将被洪水淹没而撤离安加拉河岸，它沿着还在世纪初勘测出的一条绕行路线离开了伊尔库茨克，而贝加尔湖沿岸的环贝加尔湖铁路仍保留在原地。半个世纪的全面通车，半个世纪的停运弃用——最初作为退伍老兵，如今则成为活着的纪念碑。西伯利亚大铁路在这个地方转身离开贝加尔湖，现在，在山岭的后边那里，列车全速（蒸汽牵引已经成为过去，现在依靠电力牵引运行）奔驰，而与此同时在这里，列车被迫沿着密集排列的数不胜数的桥梁、高架桥、隧道和山脚台基蹑足而行，跑不起来。列车被迫在这里蹑足而行，而乘客却因美丽的风光和高度产生了奇妙的飞行感觉，在崇山峻岭和蔓延于苍茫的天空中的贝加尔湖之间时而潜下去，时而飞起来，因刺耳的蒸汽机车的汽笛声和远方低处忽隐忽现的一道道小河，这一奇妙的飞行感觉之后会久久萦绕在脑海里，犹如飞翔的梦。离开了这一天堂般路段的西伯利亚大铁路虽赢得了速度，却失去了它的护身符或灵魂。

而环贝加尔湖铁路……环贝加尔湖铁路怎么样了呢……可以用这样的眼光来看它：它没有被撤离直通线路搁置不用，而是随着时间的流逝成为一方神殿，如果仅仅将其作为一个运行的经济体加以利用便是一种罪过。

* * *

西伯利亚大铁路于1898年从西部接近环贝加尔湖铁路，从东部接近则在1900年，而环贝加尔湖铁路本身因其耸人听闻的难以攻克被排在第三批次，仅在1905年才正式运营。当时允许如此巨大的间隔，而且期间还发生了战争，只因当地备有其他出路，而更确切些说，除铁路外还有某一其他通道。这一通道由陆地下降到水中，在其他任何地方都找不到。

贝加尔湖轮渡至今仍能使人震惊。它在新世纪以新技术成就的辉煌和威力来到西伯利亚。如果以前它们仅限于传言，那么现在，随着铁路的铺设，它们心甘情愿实实在在地出现了，不仅仅为了大显身手，而且还要在此寻求尽善尽美。是的，在当时，无论在美洲还是在欧洲，都使用轮渡运输铁路列车，已经有了经验。但所有这些与贝加尔湖的情况都无法相比。贝加尔湖上需要的不是用于水域的普通轮渡，而是需要能够破开厚度超过一米冰层的破冰轮渡。轮渡运输经过的欧洲沿海海湾和海峡、美洲的湖区（即使它们被称为大湖区，而且水域宽阔），与贝加尔湖相比，它们只能被认为是被驯服的、家里饲养般的温顺宠物。这些水域的所有变幻莫测都经过充分研究，并为它们准备好了渡轮。但贝加尔湖曾经是，现在仍然是一个野蛮人。一个强壮而狂暴的野蛮人，脾气暴躁得能从任何拉套中脱缰而出，这一点它也不止一次在轮渡服务期间表现出来。无论你如何研究贝加尔湖，无论你从对它百年的观察中推出何种规律——在它的深处和富丽堂皇的宫殿中，在它神秘广阔的巨大环湖沿岸地带，它总会找到一些出乎意料的花招，并且始终左右局势。交通大臣米·伊·希尔科夫公爵和轮渡经理扎布洛茨基兄弟（起初是哥哥，造船工程师瓦·亚·扎布洛茨基，从1901年起是弟弟，机械工程师斯·亚·扎布洛茨基）在其位置上果断采取行动——如果在他们的位置上是某个西伯利亚人，他深知性情难测的贝加尔湖，那么他也许会小心行事，不会像没有受到过惊吓的他们那样，在迫于紧急需要时果断采取行动。但这种果断似乎让贝加尔湖措手不及，起初也使它感到震惊。

早在1893年，西伯利亚铁路委员会就做出了关于轮渡的决定，当时铁轨刚刚从车里雅宾斯克铺向西伯利亚。这是在其六个路段中每一路段修筑的难度更清楚地确定之后立刻做出的决定，当时很明显，从伊尔库茨克快步奔跑直达外贝加尔铁路根本不可能。人们估算了一下，修筑环贝加尔湖铁路大约需要五至六年的时间。当时划拨了经费用于进行贝加尔湖西岸与东岸修建轮渡的勘查工作。码头的位置是由“铸铁”路线决定的：最终方案是沿着安加拉河左岸通往贝加尔湖的方向，这里就在贝加尔湖车站附近，就在车站出现之前的巴兰奇科角，在河岸离开安加拉河转向湖海雄伟宽阔的地带，而且远处，在东岸矗立着萨彦岭主脊，一经批准，除了在这个地方开建码头，就没什么可考虑的了。而且湖岸允许，湖角的深度也允许。而在对岸那里，根据相同的位置方便的原则，选择了环贝加尔湖和外贝加尔湖铁路交界处的梅索瓦亚站作为码头。从梅索瓦亚出发，有一条最短的大道穿过群山通往与中国接壤的黄金涌动的恰克图。结果是，从各个方面来看，这都是修建第二个主要码头的有利位置。但是勘查者选择了，而贝加尔湖却“没有批准”。几年来人们饱受折磨，特别是在冬天，投入越来越多的拨款来加深和重建码头，损毁了破冰船，打乱了运行时间表，甚至完全停止了运行。情况迫使部队在中国事件[①]期间从伊尔库茨克出发沿着绕行的大道徒步行军，而在日俄战争期间沿着贝加尔湖冰面前进，在贝加尔湖车站堆起像山一样高的日用货物……人们被折磨来折磨去，最终屈服了，相对于梅索瓦亚人们喜欢距离更近的（近三十俄里），而且对破冰船而言更可靠的坦霍伊，而在它们之间迫切地需要沿着湖岸修筑铁轨。

贝加尔湖的破冰渡轮是向英国“阿姆斯特朗”造船公司订购的，而

① 中国事件，指1899—1900年的义和团运动。

且制造速度惊人。1895年年末，俄国签订了一份没有木工和细木工制成品的散件供货合同，到第二年年中，渡轮的部分钢船体已经抵达彼得堡，而到了年末，已经在雷瓦尔[①]卸下了发动机。人们通过铁路将它们运送到克拉斯诺亚尔斯克——接下来的铁路尚未铺设。然后，人们用马车沿着冬季雪上道路将3.6万普特的小型破冰设备运往伊尔库茨克，其他所有的东西，包括最庞大的部分（从英国运来的巨型船的各部分总重量接近15万普特）——其他所有的东西用汽船和驳船沿着叶尼塞河，然后沿着波涛汹涌石滩众多的安加拉河逆流而上，连那里石滩的名称都不言自明：皮亚内[②]、波赫梅利内、湍流，在那里，用于清理和加深河道的资金几乎是用来建造一艘破冰船费用的一半。困难重重，挣断了牵引拉索，淹没了汽船，在根本无法逆水运送的河段，沿着河岸铺设铁轨，穿过了石滩……用了三年通航期才最终穿过，运送完毕。我的同胞们，如果住在沿着安加拉河上行离布拉茨克二百俄里的地方，应该在1897至1898年间会观看到，不知来自何处的船队向伊尔库茨克方向驶去，这一非同寻常事件的回声半个世纪后也隐约传到了我这个男孩子这里……

那些年，伊尔库茨克正处于辉煌时期。它从1879年那场烧毁了一半城池的大火中完全恢复了常态，并因中央大街新建的建筑而显得英姿勃勃。安·帕·契诃夫在前往萨哈林的旅途中，对伊尔库茨克及其社会心驰神往。第二年，皇位继承人皇太子尼古拉·亚历山德罗维奇从海上航行归来，并在符拉迪沃斯托克举行了西伯利亚大铁路开工仪式，之后来到这里，尽管在任何地方他都应该保持平等的慈父般的温厚情绪，但在伊尔库茨克他却不必装模作样：这里富足宜居的生活和值得称道的活动

① 爱沙尼亚的首都塔林于1219—1917年称为雷瓦尔。

② “皮亚内”，及后面的“波赫梅利内”，俄文有“酒醉的”之意。

清晰可见。当对正在建设的大铁路是否会像远离托木斯克一样远离伊尔库茨克的担心得到顺利解决，而且火车站也矗立于安加拉河对岸的总统府对面时，交通大臣米·伊·希尔科夫立即被授予伊尔库茨克荣誉公民称号。友善的激励致使报社人上气不接下气地说出许多幸福的蠢话，似乎令所有人无一例外地久久陶醉。伊尔库茨克仿佛为自己赢得了千秋万代的机遇，并无法抑制自己的喜悦。再加上贝加尔湖轮渡通航的历史性事件，伊尔库茨克几乎闻名全世界。在这里，在三月的一个阳光明媚的晴天里，三套马车和四套马车穿过整个城市将破冰船的第一批配件隆重地运送到贝加尔湖岸边的利斯特韦尼奇诺耶村，那里的造船厂即将竣工。后来，当安加拉河解冻时，重载驳船船队同样隆重地扬扬得意地驶向那里。再后来是组装好的破冰船下水……怎么能错过这样的场面呢！于是伊尔库茨克居民冲向六十俄里之外的利斯特韦尼奇诺耶，人们挤满了堤岸，围满了附近的山上，在船台滑道上纹丝不动的巨型破冰船对面的条条轮船上，人们排着长队。“场面十分壮观，”——《东方评论》报编辑伊·伊·波波夫回忆说，“当割断锚绳，破冰船沿着擦过脂油的原木轨道开始滑行并滑入水中时，贝加尔湖的轮船接住它并将它拖入船坞。”

不，这仍然是西伯利亚的青春时期，也许是姗姗来迟，却是真正的、感性的、充满冒险经历和各种事件的青春时期，它生活在对命运的某些绝对美好的转变满怀急不可待的期盼之中。而且它这一忐忑的青春时期又持续了几年，直到1905年的战争。后来，半个世纪之后，在伟大的建设时期，这种情绪似乎被重新激发起来，但由于革命和战争中的劳伤，它已是呼吸困难，心力衰竭，被吸空了倒向一侧。

经历了壮年时期和持家一般勤勉而英明的经营管理之后，老年来得多么快啊！多么迅速而又无情！

当年在破冰船下水的仪式上，宣读了国君的电报：代替向他举荐的忠君的“尼古拉号”船名，他批准了自己提出的“贝加尔号”。破冰船于1899年7月下水，在让人们欣赏自己的同时，伴随着观众的欢喜狂热起锚，被拖往贝加尔湖港口，以完成最后的建造和装备任务。而在造船厂的造船台上，立即开始组装第二艘辅助客货破冰船“安加拉号”，该船由同一家英国公司制造，但已经可以沿着铁轨被运送到贝加尔湖。新年过后，装备齐全的“贝加尔号”立即驶离港口的停泊地，沿着新结的冰面，狂热地摧毁它，驶向利斯特韦尼奇诺耶，不仅为了展示自己，也为了向自己的诞生地致敬。它看起来确实如勇士般雄壮，足以与贝加尔湖本身相契合。它有四层楼高的三层甲板，四个烟筒，带有破冰的船尾，在船尾的内部，可以将25节装有货物和蒸汽机车的双轴车厢滚动到较低的封闭甲板上的三个轨道线上。破冰船大得吓人，长90米，宽超过17米，虽然功率可以测量（三台机器，每台指示功率为1250马力），但仍很惊人，船体看上去很笨重，就像任何一个尚未开始小跑之前动作迟缓的大型动物一样。水面没有结冰，破冰船的运行速度为每小时超过20公里，而在冬季，其装置可在前进和后退时破冰。“贝加尔号”在我们的湖海上工作了大约二十年，人们已经习惯它了，随着时间的流逝，人们开始视其为贝加尔湖慈父自己的孩子，像海豹那么亲切。

它第一次出航是在1900年4月末，流冰期前夕，轻装上路，向梅索瓦亚运送了500名乘客、167匹马、两辆蒸汽机车、三节车厢和1000普特货物。这次冰上旅行用时17小时，但乘客对这次旅行异常兴奋，这次航行实现了中西伯利亚铁路和外贝加尔铁路期待已久的连接，宣告了西伯利亚大铁路开始全线通车。“跨过”贝加尔湖付出了很大的代价，而在首都和各省城、车站和码头的一片欢腾是当之无愧的：我们跨过了！历经了几乎十年之久的磨难之后，这一刻终于到来了，高大的看似非常沉重的建筑物，尽管其中的一切都是临时的和不可靠的，但它却带着心跳，挺直了整个巨大的身躯站立起来，环顾了四周之后，像主人一样叹了一口气：多少工作啊，多少工作！我的妈呀！

考验立即开始了。中国爆发了义和团运动，满洲里几百俄里的铁路被毁，军用列车开动了，开始运送建筑材料和构件。一切都是紧急的，急需的。移民数量增加了。夏季，水面没有结冰，轮渡还勉强应付得了货物，八月，“安加拉号”加入了“贝加尔号”破冰船的工作，尽管它并非用于铁路车辆运输，但在救急的情况下，它可以随货运送多达千人。在第一个通航期，破冰船基本上一天只完成一次航行：继续进行航行试验，码头没有配齐设备，装卸时间很长。但从事轮渡工作的还有一个小吨位船队——小轮船、快艇、驳船，必要时，恰克图商人涅姆钦诺夫的轮船公司也加入运输工作，因此人们费尽力气，不眠不休地突击工作，硬是把铁路运送来的所有物资拖过了贝加尔湖。

而冬季时，不幸接踵而至。梅索瓦亚让人失望了，那里的港口选择不成功。它是一个开阔的港湾，所有冷风都可以长驱直入，它早早就结满了冰凌，如雪被般一直冻结到底部，还冻结在通往叉形路的沿途，以及叉形路上（像叉子一样分成两部分的堆石防波堤，向湖海延伸出400—500米以停泊破冰船）。梅索瓦亚很早就被冰层封住，而且很晚，要推迟三至四周，浮冰才能流尽。1901年12月末，刚刚改装成冬季工作状态的“贝加尔号”，在破冰突围时，折断了艉轴。维修件只得在英国订购。二月，运来了艉轴，安装上了，但是在前往贝加尔湖的艰难尝试中，破冰船损坏了推力轴。经过两周的艰苦努力，它才返回贝加尔湖港口，在那里它长期处于纹丝不动的状态。人们不得不在离梅索瓦亚不远处的米希哈和佩列姚姆纳亚站紧急建造码头，而在冰封月份里，大概从一月中旬到四月中旬，轮渡只能无条件地向贝加尔湖投降，完全停运。

也许，外来人——才华横溢而又勇敢的工程师们的果断最初确实令贝加尔湖措手不及，他们在管理轮渡的同时，对其可以全年运行毫不怀疑，但最终真理站在了西伯利亚人这一边，他们不相信它可以允许整个冬季都破开它的冰面。那个我们已援引过其回忆录的伊·伊·波波夫不失时机地指出：

> 在伊尔库茨克火车站奠基之后，人们决定在贝加尔湖上建造破冰船，而推迟了环贝加尔湖铁路的建设。对于我们西伯利亚人来说，破冰船能够破开距离40至50俄里的遍布冰群及裂缝的贝加尔湖坚冰，这似乎令人难以置信。我们告诉工程师，他们的破冰船冬季将停靠在港湾，被冰封住。他们对我们的怀疑嗤之以鼻，但西伯利亚人却是对的。每年冬天，破冰船都停靠在港湾里进行维修……

就在这时人们又想起了马匹，就在这时数百辆马车从附近甚至从遥远的居民点一队队源源不断地行走在冬季的贝加尔湖上，证实着用马力来计量任何一种技术功率的正确性。

就在这时，面对海上运输无法像时钟一样连续且精确地运行这一显而易见的事实，开始催生了陆路建设环贝加尔湖铁路的计划。

就在这时，东方的事件开始加速：贝加尔湖暴露出来的漏洞向俄国的敌人预示了摆在面前可以利用的有利局面。

* * *

人们将梅索瓦亚由主要码头转为次要码头，在离梅索瓦亚二十俄里的米希哈建立了牢固的码头，然后在1903年，开通了到达坦霍伊的最方便最快捷的航线，到那里，即使在春汛时期航行也会节省二至三小时。当冰冻成一整块巨冰时，人们便放弃了冬季航行，将强大的破冰船发动机的指示功率与普通的、四条腿的、累得不时放屁的马力结合起来……此后，轮渡也开始按照工作计划运行。1903年，它被转交给外贝加尔铁路并使其变成铁路的一个部门，海运语言和铁路语言彼此之间不得不协调一致，当“贝加尔号”进行了三趟往返东海岸的航行后，人们像适用于火车那样说道：“三对。”轮渡运输比畜力运输便宜，后来，当环贝加尔湖铁路开始运行时，轮渡也比铁路便宜：直接水路距离是环湖铁路距离的三分之一，而且它没有环贝加尔湖铁路遭受的滑坡和塌方的危险。它受到过事故威胁，不是没有过，我们不会忘记，一年之中有三个月，整个船队被冰封住纹丝不动，但后来建议不要急于铺设环贝加尔湖铁路复线而是加强船队力量的那些人也有自己的道理。乘客们不得已只好从破冰船的上甲板欣赏贝加尔湖，但这种不得已很快变成了一种乐趣，并给人们留下深刻的印象。如果有人哪怕横渡贝加尔湖一次，将自己的车厢位置调到下甲板行李的位置，并沉浸于西伯利亚湖的景象之中，沉浸于相同的景象不会超过五分钟的情景之中，那么他会急不可待地重新踏上从陆地通向水中的舷桥：在漫长的旅途中，这既是一次冒险，也是一种幸运，更是一种舒缓，是一种驱赶疲惫和焦虑的散心方式。超过一百万的俄国士兵沿着这条路奔赴前线，他们不可能不在这里，在这一壮丽转折点上——在他们看来似乎是灵魂安居之地，留下自己的祈求，然后那些命中注定返回的人，在回程时，无法不为自己的得救而向它鞠躬致敬。

在战争时期，这是俄罗斯国家的光荣之路。俄国输掉了战争，但在极其遥远的边区，在距离工业和权力中心一万俄里之外，在全世界居心险恶和暗中作梗的环境下，在自己的自由社会阶层背叛的情况下——后者公开希望敌人获胜，在越来越炽热化的革命狂热中，输掉它也就不足为奇了。但似乎任何地方也没有听到有人说过，西伯利亚大铁路让人失望。尽管部队和货物的运送尚待改善，但尚未完工、尚未压平的铁路却在突然落到它身上的过度重负中大显身手。

1904年的通航期，当时环贝加尔湖铁路尚未承担起长期而艰巨的工作，“贝加尔号”破冰船到坦霍伊航行了912次，这还不包括轮渡服务中的其他航行，并运送了超过五十万士兵。每次航行运送二至三列军用列车，如山的货物，数百辆蒸汽机车和煤水车，数千辆客运和货运车厢及平车。其特殊货物是驱逐舰和潜艇。如前所述，无法运输铁路车辆的“安加拉号”运输数百人和十辆货车容纳的货物。机器累得疲惫不堪，燃烧室无论白天还是黑夜从未熄火，轮渡在前所未有的紧张状态下运转，而且基本上应付了运往贝加尔湖车站的铁路运送。

但是对我们而言，紧张，甚至是过度紧张，超负荷都是自己爱做的事情，总是不紧不慢地拖延磨蹭会让我们无聊得萎靡和懒惰。我们的力量十倍地增加，我们热情高涨，忘记睡觉和休息，即便仿佛由于地心引力需要承担超出可能的极限时。我们的性格可能就在这种超级努力下诞生，在这种“哎，嗨哟！”中诞生，并注定为它们而生。这好还是不好——是另一回事，但是没有哪个民族比俄罗斯人更能突击，更能抢速度，更能自我克服；如今，当未来的期限似乎在迅速缩短，而且生活的节奏变得飞快时，这或许并不坏——如果我们还没有因忙碌而受内伤，也没有陷于萎靡不振。

但是1904年夏季通航只是继续了二月和三月经历的严峻考验。随着战争的爆发，交通大臣米·伊·希尔科夫完全搬到了贝加尔湖，并将家人送到了利斯特韦尼奇诺耶。这里是西伯利亚大铁路最狭窄和最令人不安的地区，在地图上和在记忆中是用虚线标明，随时都可能中断。而军队源源不断地向东行进，那里急需列车。当时首次决定在冰上铺设铁轨。贝加尔湖从未经历过类似的事情，当地人也没有见过此类事情。被套在带后座的大雪橇和无座雪橇上的马匹源源不断地鱼贯而行，而在马车道路旁边，铺设了一条铁路，同样是那些马匹拉动铁轨上的车厢。每辆大车上有三个人，穿着专门为此准备的羊皮大衣和毡靴，每一辆车厢由两匹马拉动。天气寒冷，寒风凛冽，士兵们用短皮大衣裹住身体，他们时不时地跳下雪橇，小跑起来；马儿们低下头，点着头走路，鼻孔处结满了冰碴儿，因为过于用力和凛冽的暴风雪，它们呼哧呼哧地喘着气，间隔40俄丈拉着一节节车厢。还有一条人行道，因大车供不应求，一些人从贝加尔湖车站步行42公里走到坦霍伊，这样的人成千上万。沿途架设了电话通信，黑暗中的里程碑上亮着一盏盏路灯，每隔六俄里设有一个温暖的临时简易房，稍远处有一口钟，人们敲响它，以免在暴风雪中迷路。在半路上有中途站，那里允许休息，为一些徒步参与者提供热茶，为其他人提供燕麦。伊尔库茨克企业主库兹涅茨手下约有三千匹马，他承揽组织马拉渡湖和铺设冰上铁路工作，而且两方面都做得不错，后来赢得国君的嘉奖。总共有多少是由私营运输送到的呢！

1904年2月，在奔赴前线的路上，渡过这条线路的人当中就有随军记者彼得·克拉斯诺夫，他后来成为著名的俄国侨民作家和顿河军队的“阿塔曼”。在1905年出版的《战争那年》一书中，他回忆道：

> 刚刚抵达一连士兵……他们把自己的重物卸到单匹马拉的无座雪橇上：一切准备就绪。戴着黑帽子的人群开始更加整齐地排起队

来，排齐了，转身，步枪闪着寒光，在车上久坐之后他们很愿意活动腿脚，毡靴踏着雪地有节奏地咯吱作响，全连的士兵向无尽的雪原深处走去。湖岸似乎很近——群山近在咫尺，但是全连士兵却走了整整一个小时，而且路过的始终是一排排单调的电线杆，它们清新、雪白，犹如插在雪地上的一根根火柴，而在朵朵白云掩映下的白雪皑皑的山脊却依然遥远，山下依然被笼罩在遥远的薄雾之中。

兵站。铁炉子被烧得火热，如盒子般低矮扁平的房间，温暖而舒适。身穿毡靴和短皮大衣的士兵们愉快地谈天说笑……十到二十分钟的休息转瞬即逝。再次“取枪集合”，歌手们前进，随即在寒冷的空气中响起雄壮的俄罗斯歌曲……

突然旁边好像放了一炮……一些士兵甚至哆嗦了一下。这是冰爆裂发出的声音。如果走近一些，您会看见一道深深的蓝色断裂地带，一直通向黑色的湖水。缝隙渐渐裂开，变得越来越宽，有时达到一俄尺宽。在这里可以看出，在这一可怕的深处，冰层并不很厚，不超过一俄尺。而且一想到，对于如此可怕的深处，对于这一浩瀚的“海洋”而言——它只是一层薄薄的冰皮，如同秋寒时节深水洼蒙上的一层薄冰，就会感到毛骨悚然。而人们却在它上面建造房屋，烹饪食物，拖拉大炮，铺设铁轨……不令人惊奇吗？这一想法中有多少勇敢，有多大的胆量和精力！

在“中途站”，全连士兵吃午饭。剩下的区间路程到傍晚时分才能走完。天色渐渐变红，但是它的色调在北方这里，却如此苍白而柔和，犹如最精细的水彩画。没有情绪唱歌了。也许，由于不适应而感到劳累。胡须上挂满了白霜，步履沉重，步调凌乱，雪却越来越深，路越来越难走。沿着整个路途，一排长长的煤油灯亮起昏黄的灯光，看得见完全用木头搭建的整洁干净的坦霍伊站上电灯的白点。月亮缓缓地钻出来，开始闪着清辉。

贝加尔湖无法平静地忍受这种密集而嘈杂的游牧生活，无法忍受在自己身边像在陆地上那样安装基本建筑设施。它变成接连不断的猛烈袭击、怒吼和咆哮的严寒、暴风雪、雪堆和冰群，而随着春天的到来，当积雪被吹散时，是像玻璃一样滑的薄冰，什么样的马蹄铁都无法让马在其上面正常行走，这还不是那么糟糕。更糟糕的是裂缝。在寂静中，伴随着滑道有节奏的嘎嘎作响，突然在某个深处发出低沉粗重的令人生畏的轰隆一声巨响，冰上闪过一道电光。雷暴归雷暴，但是闪电在短短的几秒钟内变成陡峭的裂缝，眼见着它扩展到一俄尺半到两俄尺宽，向其中张望也会令人毛骨悚然，根本走不过去，也驶不过去。当贝加尔湖横路投射这些闪电时，维修合作队还可以应付，在裂缝上面铺上木制盖板和金属盖板。但是贝加尔湖很机灵并改变了策略，开始顺着路线撕开冰层，一次又一次地强迫将轧平的道路移到一旁，其中也包括迫使铁路移动——铁路后来铺设在两俄丈宽的专门的枕木和衬板上。谁赢了谁呢？——不久又恢复了通行，有些天可能在冰上滚动搬运多达二百节车厢，直到贝加尔湖找到人们设法绕过它的新地方，直到它开始准备新的打击。

沿着冰上铁路还滚动运输过中东铁路严重缺乏的蒸汽机车。正如热心工作的负责人所建议的那样，没什么可以考虑的，人们把可以自动行驶的列车放到冰面上，伴随着蒸汽机车的汽笛声，穿越贝加尔湖。人们甚至尝试滚动运输50吨重的蒸汽机车，险些损失了它。人们只好从架子上拆下锅炉，并分别运送它们。以这种方式，在三月上旬的四天内，就有65辆蒸汽机车被运送到东岸。

此后不久，人们开始拆除冰上铁路——继续与贝加尔湖玩捉迷藏游戏是危险的。一旦精疲力竭的人们稍作喘息，它确实会做到将大部分修筑在冰上的铁路拖入其腹中。

1904年9月，在西伯利亚大铁路最后一处陆路缺口——环贝加尔湖铁路上，工程列车开始运行，也就真的不再需要冬季英勇地横渡贝加尔湖了。

* * *

还在人们刚刚接受修建沿岸的环贝加尔湖铁路，初步了解了工程规模时，建设期限被宣布为五至六年。之所以很长一段时间无法接近，是因为工程规模令人惶恐。实际上，规模要大得多，任何的工程勘测都无法考虑到地形的复杂性以及在魔鬼都会摔断腿的难行之处铺设“铸铁”的所有困难。最终在1901年确定了从巴兰奇科角（贝加尔湖港口）到库尔图克的最终方向，那里连一条直通的小路都不可能有，因为在通往贝加尔湖的悬崖峭壁上，小路根本没有可依附之地。这里的准备工作（砍伐森林）同样始于1901年，线路工程始于1902年春天，而隧道工程仅始于十二月，当时东方战局趋于明朗，并因此决定举全俄之力鼓足干劲三年内完工。1904年9月，希尔科夫公爵已经乘坐货车沿着这条最难以攻克的路段驶过，并于两年半之后开始了工程列车运行。这个结果甚至不只让我们感到惊讶——考虑到当时的那种技术装备条件以及面对的必须克服的障碍，这真是太神奇了。山体一次又一次地滑坡到备好的道路上，从山上滑落的坍方，如重炮轰炸一般滚落下来，填满了隧道，好不容易筑成的路基由于深水淹没膨胀起来。贝加尔湖也在冲刷着湖岸，进行猛攻。可以毫不牵强地说，1904年，作战行动不仅发生在太平洋沿岸及其水域，也发生在贝加尔湖沿岸及其坚冰和波浪中。这里宣布了战时状态，要求采取特殊安全措施（其中包括从工地撤走外国劳工）并非毫无意义。外国军事记者没有离开作为又一战区的贝加尔湖也并非徒劳无益，他们直到蒸汽机车的汽笛声为他们解除警报方才离开，这一汽笛声在希尔科夫公爵亲临现场时，胜利地响彻了长达80俄里的贝加尔湖岸——正是铁路被镶嵌的地方。

就连这里的牺牲者也算前线的。

铁路被钉到了悬崖上并高悬于座座溪谷与小河之上。铁路踏上那种现成的、被大自然本身铺好的路段是非常非常稀少的。让我们使用西伯利亚大铁路100周年之际在伊尔库茨克出版的《19至20世纪东西伯利亚铁路运输》文集中关于它“步骤”的信息：

> 从斯柳江卡到贝加尔湖站（略微长于我们通常所表示的环贝加尔湖铁路）简直是充满了各种各样的工程建筑物。与通常的铁路路堤一起，还要开凿岩石，在山脉的支脉上凿通条条通道，在石坡上开凿出阶地，在很深的宽谷和谷地上面搭建大型石桥、漂亮的高架桥，在小障碍物、山间小溪上——搭建相应的通道。在贝加尔湖—库尔图克路段（这一段才是环贝加尔湖铁路）上，约有七公里的第一条铁路铺设在挡土墙上，这样的挡土墙总共有136处。支撑上下斜坡的挡土墙总长度为5120米。大部分铁轨（75%）位于路堑和半路堑之间开凿出来的岩石平台上。路堑深度达30米，而其总长度超过60公里。大约10%的铁路穿过隧道和坑道……

在最初的勘测后预定凿通19个隧道，在最终的方案中已经有33个，却不得不建造39个。如果一个旅行者，他决定像许多人一样沿着环贝加尔湖铁路走一走，却不精通工程建筑，那么他算出的隧道会多得多。但是这些已经是由石头和钢筋混凝土构筑的坑道，它们在最危险的地方遮挡路基，使其免遭滑坡和岩石坍塌的破坏，这些地方挡土墙不够用，需要“蒙头盖脸”隐藏起轨道线。它们既是隧道的附属建筑，又是独立工事，但无论是洞门还是通道与隧道几乎没有区别，即使是环贝加尔湖铁路专家也有时说是47个，有时说是50个。这种不一致看来可以解释为：在铺设复线之后，有的坑道被废弃了，有的坑道上长满了植被，与隧道联合成整体，以至于只有经验丰富的工程师才能分辨出它们。

这里总共有大约800个永久性建筑物。每一俄里平均有十个，一个比一个独出心裁，一个比一个妙趣横生。是的，尽管匆忙，尽管战时状态和几近指令性的工作方式，但这颗“金扣”镶嵌得华美，讲究品位，构思巧妙：这意味着，在国家利益如此急迫的状态下，当这种急迫还没有转化为鞭策时，有某种东西不仅促进了体力劳动，而且激发了工程艺术灵感。就对人的影响而言，人工建筑物与舞台艺术、画笔、文笔具有同等意义，这是不无根据的，只是“画布”更大，只是“舞台”更深更美，只是“情节”在一个接着一个变换场景时，需要移动。然后当你乘车时，你会突然想起，摇着头，对车速感到恼火，或者当你背着背包悠闲地沿着枕木漫步，你会心醉神迷地惊叹不已，即使你已走过十遍或二十遍。从头至尾的整个环贝加尔湖铁路是天工与人工的珠联璧合，是天然古迹与建筑工艺遗迹的露天博物馆，是蜿蜒逶迤于贝加尔湖南侧的奇迹展示。仿佛为此目的，为此服务，雄伟壮阔的西伯利亚大铁路才将自己的宠儿环贝加尔湖铁路赠予人们。近半个世纪前，当西伯利亚大铁路因伊尔库茨克水电站大坝前的安加拉河段被水淹没而被迫撤离时，它离开伊尔库茨克转向了一条新干线。

美丽、优雅、神奇集于一身，犹如宫殿走廊……就算是伊甸园中又会怎样呢，我们今天赞叹不已的环贝加尔湖铁路上的建筑创作，造价昂贵。昂贵在财务开支，体力消耗，人员伤亡。我们对比一下：整个西伯利亚铁路（第一条线路）一公里成本为9.3万卢布，而在环贝加尔湖铁路上一公里超过39万卢布，个别公里的成本高达一百万卢布。总长度为7540公里的整个西伯利亚大铁路（始于车里雅宾斯克）耗资7亿多卢布，而环贝加尔湖铁路的84公里——3300万卢布，也就是说，约占西伯利亚大铁路九十分之一的长度，它却需要二十分之一的费用。1903—1904年，环贝加尔湖铁路上的工人人数超过1.5万人，在西部路段，在积极施工不到三年的时间里，工伤和事故数量接近两千起，没有确切的死亡人数——也不可能有，因为几乎每个承包商都有“无身份证的”后备队。但是死亡人数不在少数，在那些年间，负责对施工进行公开的公众监督的伊尔库茨克《东方评论》报登满了长眠于此不幸之人的报道。长期使用炸药以及在岩崩和塌方条件下的高空攀岩作业、毫无用处的安全技术、在狭窄简易房里或在光秃秃的地面上和在窝棚里的居住条件、毫无用处的医疗救助——所有这一切都使道路两旁留下了孤坟野冢。遇难的人数过多——它当然可以少一些，但战时条件虽然对施工有组织和监督，但这仍然是一种突击。承包商承担夜以继日进行施工的义务（特别是隧道施工），和无论发生何种意外都要定期完成工作的义务。而且应该感到惊奇的是，在匆忙的条件下，有“对面”不断进行破坏性轰炸的情况，有刚刚打通的隧道完全坍塌的时候，还有一次性打击（坍塌）的强度达到三千立方米岩石的时候，但工程项目，正如人们现在所言，既坚固又美观，并最终构成了奇妙的“博物馆”全景。

最终——这是指复线建成之后。其成本不比第一条线路低廉多少，并且同样耗时四年（1911—1915）才将铁路正式投入运营。西伯利亚大铁路的其他任何地方都不需要重复类似的期限。从第一条铁路开工的整整十年之后，必须加长和加固旧线路并打通新线路，这又得建隧道、坑道、桥梁、高架桥以及许多山体挡土墙和湖岸挡土墙。其中有十二公里长的第一条线路转移到新的地方——又需要建筑新的工程设施，无此寸步难行。这项分阶段性的工作，在两种情况下既是基础性工作，也是精神性工作，都在环贝加尔湖铁路的外观上留下了特殊的艺术烙印。这源于不同建筑材料的两种手法、两种风格的烙印：第一个阶段是石头和金属，而第二个阶段是刚刚出现的钢筋混凝土。似乎一切都考虑周全：这是一部多么丰富的传记，一首多么优美的诗篇，没有密“室”，没有密道，神灵应该安身其中！——正是随着铁路的改道，就像发生在别廖佐瓦亚湾那里一样（不仅仅在那里），隧道、坑道都“失业了”，长满了树木，灌木丛生，落到发出如地狱般低沉粗重如泣如诉的回声的地步，陷于原始状态之中。甚至像人一样，同一年龄的人，处于工作状态和退休状态也是截然不同的：第一种情形是活动的皱纹，而第二种情形则是永远的悲哀姿态。

环贝加尔湖铁路，和整个西伯利亚大铁路一样，自始至终是由许多俄国省份和西伯利亚土地上的人们建造而成。到这里寻找工作的也有外国人，其中最杰出的并且作为石匠大师留存在人们记忆中的是意大利人。有人写了一本关于他们的书，其中大多数致力于隧道、桥梁、坑道和挡土墙建筑的人都被点到了名字。除了承包商、领导和几位工程师外，我们的同胞照例没有留下姓名。中国人、土耳其人、阿尔巴尼亚人及其他人也没有留下姓名——但是除中国人之外，他们人也不多，而且随着战争的爆发，俄国拒绝了他们的帮助。第一阶段时，出于人道主义考虑，根本不允许流放犯和苦役犯到环贝加尔湖铁路工作：劳动是非常危险的，不想让他们当中有受害者。第二阶段时，著名的亚历山德罗夫斯科耶中央监狱[1]的囚犯们甚至与炸药打交道。

这些集合起来的人是精挑细选的吗？显然，在大多数情况下，是这样的，爆破和高空作业要求技能和经验，此外，挡土墙、隧道和坑道洞门上的砖石砌体工程还需要品位。在102公里处（里程数至今仍按旧式从伊尔库茨克算起）的“意大利”墙，是由古罗马后裔“仔细描画”的，它的确如画，而且仿佛轻松地经受住了山体的百年压力。但是意大利人的薪水更高一些，因为他们是意大利人。瓦·费·博尔祖诺夫在《第一次俄国革命前夕的西伯利亚和远东无产阶级》一书中准确定义了他们在建筑工地上的地位：“在社会方面，相比于建筑工人来说，他们更接近于承包人和分承包人阶层。”该书继续写道：

“政府委员会的数据显示，意大利工匠的工作要比俄国工匠的昂贵。同样的劳动结果，意大利人每人收入4卢布，而俄罗斯人每人收入1卢布50戈比。”“意大利人的优势，”委员会的报告中写道，“仅在于其劳动的连续性更高，节假日更少，饮酒更少—酒类有时会妨碍正常工作。然而，尽管他们有这些优势，但一些与他们打交道的工作调度员仍对他们不满，并更愿意与俄罗斯石匠打交道……邀请意大利和整个欧洲工匠们参加大铁路建设，违背了整个事业的基本原则，在很大程度上也是过于担心俄国劳动力短缺。”

我们补充一点：也是过于担心俄罗斯劳动力的可靠性，过于担心担负起这项长期而艰巨的工作时我们的兄弟是否会顺利地将其按期进行到底。

在这种情形下，就不可避免地产生一个问题：环贝加尔湖铁路取得

---

① 亚历山德罗夫斯科耶中央监狱，是位于伊尔库茨克附近亚历山德罗夫斯科耶的沙俄中央苦役监狱。1873年起为刑事犯监狱，1889年起为羁押解送犯人的监狱，1903年起为政治犯监狱。1918—1919年为白卫军集中营。

的特效是持续不断出色工作的结果还是通过反复重建和成本超支来实现的？当时为将同一任务进行到底，支付了两倍、三倍的报酬。极大超出预算（超出17%）似乎说明了这种对最初的俄罗斯人劳动的尽责性的怀疑。但是，当然有过重建，而且有过很多处，然而它们是由于经常山崩引起的，而且必需建筑越来越多新的防护物，以免山脉将铁路推进湖海中，而为此需要增加拨款。但也有“不正确施工”、酗酒和动刀子打架情形，关于这些情况百年后仍有各种故事传来，也发生过工人和承包商之间的诉讼官司。

瓦·瓦·罗赞诺夫[①]是19世纪末20世纪前二十年一位具有远见卓识的俄国思想家，他在接近环贝加尔湖铁路建设完成的1909年写道：

> 俄罗斯人的劳动生病了吗？对此也无需询问。俄国十分之九的衰败正是由这种疾病造成的。难以想象那种在俄国现实中的每一个小角落，并最终在整个国家的局面中发生的真正“变革”，会真正“复活”。如果突然间俄罗斯人贪求工作、渴望工作、不工作感到无聊、想念工作的情绪被唤醒，如果俄罗斯人突然间开始如此坚持不懈地寻找一己之能量的付出，就像新娘寻求新郎，新郎寻求新娘，而且如此敏锐、坚定并尽心尽力，那么，似乎座座高山般的物质和精神事物、物质和精神财富，便会从我们贫瘠的故乡破土而出，不知来自何处，却生长在光秃秃的大地之上，从本质上说，它们来自人类的能量，来自“力量”和“意愿”。

瓦·罗赞诺夫是一位才华横溢且极善于观察的作家，却热衷于以下的事实：他将自己的每一主题都作为唯一主题并全身心投入其中，而不

① 瓦·瓦·罗赞诺夫（1856—1919），俄国宗教哲学家，文学评论家，政论作家。

重视生活的丰富性和充斥其间的主题多样性。有时，他会在不知不觉中真诚地沉浸于另一主题，他会自相矛盾，但在精神振奋的状态下，他不会对此予以关注。罗赞诺夫计算出："假如说我们当中有一半劳动者——就很多了。两个劳动者对八个半工半闲的劳动者和完全不劳动者……"这种勇敢的算数甚至以其勇敢而让人喜欢，因为俄罗斯人的劳动确实"生病"了，只是病不在其核心，并非源于其与生俱来的不可救药的懒惰，而是源于诸如劳动的公平与否这种"次要"原因。俄罗斯人不想为鞑靼人、贵族老爷、剥削者卖力气累得精疲力竭，当俄国"不正确地"建设时，将他从享有充分权利的生活中排挤出去时，他不可能马上屈从于"力量"和"意愿"。不让他工作，似乎依靠别人的双手做出的任何"不正确"都是最可靠的。但是，请问，是谁建立了占陆地面积六分之一的俄国？如果工作懒惰的人作战时胆怯，是谁为她而战呢？当一场农忙紧跟着另一场农忙，也只有寒冬时节才有机会进行短暂休息，难道乡下人可能不是劳动者吗？而外出找工作的"短工"呢？当家里所有密集的赋役麻烦事都落在了留守人的肩上。而义务劳动呢？"帮工"呢？当整村人或整个附近地区的人，以节日般的满腔热情聚集一起做非常规事务、建房或打俄式炉子时。而泰加林打猎、捕鱼呢？——一连数月，投入全部的精力和体力。

但是俄罗斯人有一个古怪的习惯：他不会像啄木鸟或德国人那样，在无尽的哒—哒—哒声中，有条不紊冷静地尽情拖延下去。他拼命猛劲地投入工作，不遗余力，筋疲力尽之后，能够沉浸于"心灵的节日"之中。能够，但是具有这种"曲折"能力的算是绝对的俄罗斯人的本性，而他们当中的大多数人根本无法做到。然后他们又超额补偿拖欠的部分。这就是为什么环贝加尔湖铁路和整个西伯利亚大铁路上的工作调度员更愿意与家乡的庄稼汉打交道。

既然我们谈到了这个话题，那么俄罗斯人的劳动还有一个民族特色：他喜欢被人欣赏，对他而言，这比报酬更珍贵。至少，曾经是这样的。近人情地安排，有礼貌地交谈，向他说明，做这件事不是派工员需要，不是承包人需要，而是俄国需要——他便可移动山脉。在环贝加尔湖铁路上，就是这样移走了一座又一座山；不知为什么，我愿意相信，每次在米·伊·希尔科夫来到施工现场后，这种热情都会高涨，因为他知道如何鼓励和感谢、如何在工作的管理者与生产者之间伸张正义。

无论环贝加尔湖铁路历史对其建设年代的日常生活细节是多么吝语惜言，多么少言寡语，它都留下了不少承包商与工人之间不可调和的几乎是敌对关系的证据。又是那个剥削者（也曾有过铁路工程师身份的人），他克扣庄稼人，让他们过着几乎野兽般的生活来节省开支，在他们安全预防措施上紧缩开支，不承认他们生病，粗暴，狡猾，甚至可能勒索铁路行政管理人员。其中第一个名字是邦季，他最常被人提及。与他相距遥远，但也在此列的还有阿尔齐巴舍夫、别列佐夫斯基……当时，他们对国库、对工人的人格和环贝加尔湖铁路的名誉造成的损失远远超过了俄罗斯人劳动的“疾病”造成的损失，顺便说一下，“疾病”几乎总是由不友好的态度和欺骗引起的。似乎在亚·瓦·利韦罗夫斯基的路段上就完全没有过这种“疾病”，“我们”没有收到过一个来自那里的投诉，而要知道这一路段曾是最艰难的路段，正是在他利韦罗夫斯基这里，1公里铁路的施工成本达到100万卢布。在意大利承包商安德烈奥莱蒂和法拉利，在我们的农民波洛温金的声誉上没有留下污点。伊尔库茨克企业主库兹涅茨承揽沿贝加尔湖冰上马拉渡湖和铁路渡湖的工作，并承包建造隧道的工作，毫无疑问，他是一个利落能干的人，但其尽心竭力仍在法律、职业操守和公民诚信的范围内。

那些时代的许多摄影明信片被保存下来了，谢天谢地，当时人们意识到留下对这个建筑工地的记忆是多么的重要。现在，你以勘查者的聚精会神凝视着他们，希望在他们脸上找到某种特别的秘密，作为一种普遍的人民性的表情，这种表情似乎会说明，在当时，也算是混乱年代，是什么让精神目测力选择了父辈命运中最正确的道路——西伯利亚大铁路。百年前照片上的人还很年轻，人们喜欢摆弄姿势。他们正确地摆出姿势然后停止不动，仿佛在说：请你们自己寻找这一目测力吧！而周围有太多的工作：被劈开的山脉，被挖开的隧道口，尚未被驯服的河流……桥墩刚刚开始踏入其中，驳船上卸下金属结构，人们凿石头，手推车和小马，大胡子的庄稼汉和完全没长胡子的男孩子……外貌威武，目光坚定。从这种姿势和这种目光中，可以毫无疑问地看出，在那一刻，正是这里才是俄国的中心，是其主要事业，而不在彼得堡，不在莫斯科，甚至不在日本前线。

* * *

我们的记忆力很差。

20世纪70年代，我在贝加尔湖港口住过七个夏天（正是夏天，几个夏天，而非整年），该居民区位于安加拉河源头著名的巴兰奇科角两侧的四个山谷里。两个山谷向安加拉河倾斜，另两个向贝加尔湖倾斜。我住的小屋，是在环贝加尔湖铁路开始时建成的，看来是为扳道工而建，按规矩单独坐落于一旁，靠近铁路。“在环贝加尔湖铁路开始时”——既指时间上在开始修建它的时候，也指行程上朝着库尔图克方向。港口和车站位于湖角上，那里有船队的码头和停泊处，那里有呈叉形路堆筑在湖海里的石头防波堤，轮渡期间破冰船系泊于此。从那时起到我们所谈的70年代，已经过去了半个多世纪，这一期限对于人的生命而言相当漫长，但对历史和记忆而言稍纵即逝，似乎触及它应该没有太大的困难。我们没有忘记我们孩提时代经历过的战乱，那时的我们离今天相隔有大约同样的时间，不仅未被忘记，而且至今仍被“永恒之火”照耀着，映现出最微小的细节。对于港口和铁路居民区的居民而言，20世纪初产生的各种事件无疑是光明、喧嚣而梦幻般的生活，大量货物的转运和人员的迁移，蒸汽机车的汽笛声和破冰船的汽笛声、马的嘶鸣声与管理者的命令声、贝加尔湖的隆隆涛声与金属的叮当作响声遥相呼应。陆续抵达这里的有皇室要人和部长级要人、著名的作家和旅行家，外国记者连续几个月在这里闲逛，工人和工程师所说的意大利语被汉语打断，而汉语被土耳其语打断，贵族们的精致俄语被苦役犯的黑话打断。在这里的铁轨上有一座车厢教堂，钟声在气浪中飘向湖海那边很远很远的地方；据说，在坦霍伊可以听得到它。在整个西伯利亚大铁路和整个西伯利亚，没有另一座这样的村庄，没有这样的居住中心和道路枢纽，甚至没有这样一座城，能够如此决定俄国许多事件的命运。

就这样过去了50—60年，仿佛一切都化为乌有。仿佛汹涌沸腾的前尘往事没有任何回声，没有任何回忆和提醒。1918年8月，完全被烧毁成金属的“贝加尔号”破冰船被拖到这里，从而悲惨地结束了它在内战中的服役经历，在这里，它犹如为自己的伟大树立的丰碑，作为一座被击溃的黑色庞然大物停靠到30年代初，人们才最终将其残骸打捞上岸并锯成废钢铁。但是关于这件事也没有任何记载。尽管一些老住户回忆的火炭还在微微燃烧——不可能不燃烧，这火炭在灵魂炉台的某个地方不可能不发出哀鸣……但它们却没有表露出来。在建造破冰船的英国纽卡斯尔，“贝加尔号”破冰船的博物馆仍然存在，那里的人们至今仍为自己的工程结晶感到骄傲，而我们既没有学校里的小博物馆，也没有办公室里的“红角”[1]。后来，“安加拉号”破冰船也险些被重新熔炼，人们费尽力气才将其作为内战中的革命武器纪念碑保留下来用作博物馆：先是将其拖到伊尔库茨克水库的一个海湾，然后拖到伊尔库茨克，但这已是后来发生的事情，怎么也触及不到贝加尔村庄。清晨，当地的“来回晃”火车拖着几节残破的车厢从那里发车，之所以给它起这样一个外号，是因为它每天来回往返，跑到区中心斯柳江卡之后再跑回来，并在午夜前后返回。我在自家铁路旁的小屋里根据它的到达对时，它到达时会发出刺耳的鸣笛声通知时间。“来回晃”从斯柳江卡为环贝加尔湖铁路各车站及会让站的最后一批移民送来面包，并以自己的方式甘愿为人们效劳：在我前往浆果处处、坚果遍地的泰加林时，不止一次让它在某一公里处稍稍减速捎上我——“来回晃”既叫人下车，也让人上车，而如果有谁稍微耽搁没有赶到铁路近旁，它还会鸣笛催促他。

生活最古朴淳厚了，汽车道路在悬崖和山谷间无处安放，隧道和坑道似乎永远昏昏欲睡，在它们里面，在砍下的树枝上堆放着一垛垛干草，以免在户外被淋湿。70年代初，当时环贝加尔湖铁路还没有开通，游客可以独自沿着铁轨走出很远很远，也不会遇到一个人，除非有割草者带着系好的叉子骑着摩托车沿着旁边的小路突突驶过。就这样惬意地毫无方向、漫无目的地走下去，沉浸于呼吸和欣赏你周围美景的愉悦心情之中。而如果你走在干爽的秋日里，那是再好不过了。一面，贝加尔湖悠闲自得心满意足地哗啦哗啦作响，另一面，从层林尽染的群山送来阵阵温暖。一切都成熟，静谧，慵懒——你的内心也如此充盈，就仿佛它带你进入天堂一般。你将在一条隧道前面，然后在另一条隧道前面，

---

① 红角，苏联在机关、宿舍等地辟出的进行文化、教育活动的场所。

在晒得暖洋洋的一块石头上坐下来，你试图在昏昏欲睡中想象，这是些什么样的人为我们留下了这华美，而且你无法想象，自从创世以来，似乎一直都是如此，这华美不是别的，正是神之美。请你再向下环顾低声絮语的贝加尔湖：要知道就连他现在也无法想象，没有环贝加尔湖铁路，没有他美好而寡居般安静的女儿他该怎么办，他没有立即承认自己的女儿，没有立即从人们那里接纳她，而如今若不是她，他无法期盼自己的好命运。

在80公里处，那里曾经是一个铁路信号站，我必须转向泰加林方向。在峡谷深处那里，有一座铺设复线铁路时建起的，正如建筑师所说的，“铁路摩登”时期的样式考究的房子。其用途最普通不过了——居住少数养路工的小道班房。但它看起来却仿佛既拜访过欧洲，又不落后于故土：相当高大同时又很敦实，棱角分明，错综复杂，却有着哪里也不会突出，哪里也不会挤压的那种比例和那些造型。从一旁欣赏它这座小道班房令人愉快，真想进去坐一坐。从它开始，有一条小路沿着小河通向越橘林和蓝莓林，所以无论如何也绕不开它。它被废弃了，残破不堪，似乎随时都要倒塌。我的一位在大学做教师的同学——样样精通的瓦列里·季诺维也夫联合他人一起对它进行了收拾整理并使其“有了生气”，于是我们在去浆果林的路上，一定会走进去，和他在里边坐一会儿。我们沉浸于古风，醉心于亲切的交谈，这交谈似某种祈祷，悄声低语，虽毫无意义，却是由内而外的倾心交谈。后来，在伊尔库茨克女画家加林娜·诺维科娃的工作室里，我突然看到金秋光环笼罩中的这座房子优雅高贵的老年全貌——看到它，而且是满怀一种兴奋，就仿佛讲自己父母的房子一样讲起它来，女画家随即激动地把这幅油画递给了我。后来，似乎修复一新的房子被烧掉了。大概是有人放火烧掉的。为了烧掉而放火，就像我的同学不让它倒塌是为了让它活着一样。不久前，根据保留下来的图纸在其原址重建。但重建的房子是什么？这就如同试管婴儿一样——感觉不到生命的气息。这座新房伫立在那里，环顾四周，莫名其妙，它为什么要在这里，需要它做什么。环贝加尔湖铁路上的许多木制建筑美景都被付之一炬，或被拆掉当柴火。野蛮行为喜欢追求尽善尽美，于是它强盗般地沿途走遍整个保护区。马里图伊村是环贝加尔湖铁路上规模最大最漂亮的村庄，风景如画、心旷神怡地沿着河谷绵延近一公里，如今被拆掉当柴火或因狂热而被烧毁，整个村子空了一半。这里的生活曾经完备充实：教堂、铁路学校、气象站、医院、中学样样尽有，早在1908年，马里图伊村的戏剧爱好者就紧随首都，将高尔基的《在底层》搬上了俱乐部的舞台。列昂尼德·博罗金是苏联时期为正义而斗争的著名暴动者，也是奇妙而温柔的中篇小说《奇迹与悲伤之年》一书的作者，他正是于战后年代在马里图伊村汲取了美丽、善良和正义感。历史学家阿列克谢·季瓦年科也是来自马里图伊村，他写过有关“贝加尔号”破冰船命运的书，他是最早开始研究关于轮渡和关于“贝加尔号”沉没的人之一，也是最早争取使环贝加尔湖铁路置于国家保护之下的人之一。又有多少马里图伊出身的铁路工人、大名鼎鼎的生产指挥员、教师和军人啊！——似乎有一座城！难道这是所有时代的规律吗，在充实而富于创意的生活之后——是空虚无聊的生活，它撕毁美好活动播种下的一切？！

70年代中期，当贝阿大铁路隆隆响起，货物从西伯利亚大铁路运到港口，转而通过轮渡运送到贝加尔湖北部地区时，环贝加尔湖铁路从冬眠中行动起来。我的小屋后面，通往车站的所有铁路线停满了货车和平板车，人们在货物码头紧急安装上龙门式起重机，村庄里的行人变得多起来。“来回晃”也增加了车厢，它现在被称为工人通勤车。的确是，每天早上，工人们乘坐它去加固轨道和贝加尔湖湖岸。没有过特别忙碌的时候，主要货物是通过泰舍特[1]运往勒拿河。工作的节奏持续了三至四年的时间，我窗前跨越铁路的龙门式起重机日夜不停铿锵作响地装满了干货船和驳船。

就是在那些年间，旅游者和古迹保护协会的热心分子发现了环贝加尔湖铁路。仿佛是凑巧“发现了”：就位于附近，距离伊尔库茨克仅两小时车程，不论从一端，从港口这边走过去，还是从另一端，从库尔图克那边，甚至从第三个端点，沿着西伯利亚大铁路那边的羊肠小路走过去——但一度无论从哪里也走不过去。为什么兴趣正是在这些年间复苏了呢？因为很显然，人们厌倦了丧失理智地只活在当下，而且是预先规划好的当下，它无法在故土上成长为未来，无根基、无深度的生存变得太痛苦了。他们达到了“黄熟期”——如果可以这样说的话，需要认识到自己是主流人群，来自远方并会走得更远，精力充沛，坚忍不拔，而不会陷入绝境。需要来自过去的一个推动力。就在当时，在这些年间，在库利科沃战役600周年前夕，人们去库利科沃战场，去博罗季诺[2]，回忆起伟大陵园的逝者，急忙去阅读陀思妥耶夫斯基和列斯科夫，“农村”文学在变化无常的精神氛围中成长起来，俄罗斯灵魂开始一字一句、一叹一息、一叩一拜、一步一步地回归到他们的东正教怀抱。创建于60年代并在十年间壮大起来的俄罗斯历史文化古迹保护协会发挥了作用。就这样，人们也来到了环贝加尔湖铁路，他们面前的景象焕发出真

---

① 泰舍特，俄罗斯城市，伊尔库茨克州泰舍特区中心。

② 博罗季诺，又译“波罗季诺”，俄罗斯莫斯科州村庄，俄罗斯两次卫国战争的重要战场：1812年8月俄法战争的古战场；1941—1942年，苏军在位于此处的莫扎伊斯克防线击溃德军。

正的光芒。

环贝加尔湖铁路的发现者之一是伊尔库茨克电视台摄影师奥利格尔特·马尔克维奇，他是卫国战争的士兵，在德国国会大厦附近结束了战争。至少他没有将他的发现据为己有，而是将其通知给古迹保护协会的当地分会和当地人。在库尔图克，奥·马尔克维奇找到了建设环贝加尔湖铁路的老将德·扎·加夫里洛夫，他还是从第一条线时就开始建设，然后又建设复线。他当时已经卧床，却保留着美好的记忆。他还是一个十岁的小孩子时就来到工地上，或更确切些说，工地就来到他们贝加尔湖沿岸的古老村庄。起初，他是一个马车夫，把土从砂石场运到路堤上，他表现得很机灵，既善于模仿施工技巧，也善于模仿工程手艺。建设复线时，他已经成手了，加固了混凝土挡土墙，后来升职为轻松应对工程仪器的桥梁专家队长——尽管小时候只读过两个冬天的教会小学。而且他如此详尽地讲起一切，就像发生在昨天一样。奥利格尔特·马尔克维奇一次又一次、反反复复地来到奇迹般逗留人间的健谈老人这里，老人为人们需要他的回忆而感到高兴，高兴他终于等到了……后来，几乎在所有关于环贝加尔湖铁路的图书中都引用了他的见证。在近十年中，出自诗人、记者、史学家和工程师笔下热情洋溢而又务实能干的这种人怎么也不会少于十人。此外，工程师从职业上揭示环贝加尔湖铁路的同时，不可避免地成为诗人，就仿佛被描述和关注的“对象”本身，被热爱和崇拜的“目标”本身，奖励每一位踏上这片土地的人以抒情礼物，就如同一百年前所谓的工程建筑物的作者表现出自己诗人的一面那样。

后来，游人开始前来拜谒。游人背着背包，沐浴着初夏的温暖，沿着枕木走啊走，他们来自四面八方，包括从极美好的南方。他们在靠近隧道或坑道的湖岸某处搭起帐篷，以便让美丽永远呈现于眼前，他们一住就是几周，感动地叹息着，终于摆脱了城市和“改革”的乌烟瘴气。现在，这里几乎每一处峡谷都建有旅游基地和疗养基地，但是哪一个自重的旅人会钻进昂贵的室内，如果在露天里，在日夜风雨中，恩典会倾泻于他。他们充盈了灵魂，强健了精神，阅读在永恒的怀抱中融为一体的人工和非人工创造出的美丽而纯洁的文字。

如今，环贝加尔湖铁路是联邦级历史文化和工程景观遗迹。出名了。铁路工人把它打扮得漂漂亮亮迎接周年纪念日，重修了贝加尔湖和斯柳江卡火车站，恢复了它们清新的原貌。与斯柳江卡大理石车站建筑物并列的是环贝加尔湖铁路最紧张年代的保护者和关怀者米·伊·希尔科夫的半身塑像。在贝加尔湖车站，一座车厢教堂仿佛从天而降耸立在铁道上，它从这里带着伊尔库茨克圣徒因诺肯季的圣尸出发到伊尔库茨克——这难得的圣物已满二百年的历史，后来又沿着西伯利亚大铁路来到贝阿大铁路。

这一切是多么及时多么美好啊！

一辆汽笛声低沉的蒸汽机车回到环贝加尔湖铁路作观光火车的车头，也是对那个时代的一种公正的敬意。在今天看来那是一个俄国在东方开发出无法估量的巨大财富以巩固自己荣耀与雄威的史诗般的时代。

曾经有过这样的时代！

2005年

恰克图

我们晚上很晚的时候才抵达恰克图，而早晨登上山顶后，整个恰克图尽收眼底。我想起了我的祖母玛丽亚·格拉西莫夫娜，一个目不识丁却足智多谋的农村老太太，她从未离开过安加拉河，对世界上有英国人和法国人很怀疑，却绝对相信恰克图。从小时候起，我就常听到她唉声叹气地说："为啥会这样呢，恰克图为啥停工了呢？"——这是当很难喝到茶时说的，而祖母不能没有茶喝。她可以没有很多东西，而没有茶无论如何不行。没有茶喝她很难过，反反复复提起并恳求恰克图，以至于在我尚未成熟的小脑袋瓜中留下了深刻的烙印，久久难以忘怀，仿佛恰克图是仅次于莫斯科的第二重要城市，影响着每个人的命运。

就这样，现在，我的面前横卧着一座以前被称为非行政中心的县辖小城，几乎整个老城区均为木制，小城从三座山丘的斜坡上向下延伸开去，却胆怯地朝向第四面——蒙古边境。小城横卧在那里，肌肉有点儿松弛，虚弱无力，甚至似乎抑郁不欢，仿佛至今仍未从最后决定性的命运转折中恢复过来。晚些时候，这一印象即使没有改变，也会和缓一些，变得更加准确更加公正，但起初它就是这样：难道这是恰克图？难道这是整个19世纪轰动整个俄国，在巴黎、伦敦和纽约均受到尊重，被称为"沙漠威尼斯"的恰克图？！它的订单首先被完成，因为人们知道，恰克图舍得花钱，在曼加泽亚[①]之后的一个半世纪里，在所有的西伯利亚城市中，只有它担负起曼加泽亚"黄金涌动之城"的荣耀，这难道是它吗？！难道这一切都发生在这里？白天和黑夜，就从边境那里，现在这里是蒙古阿勒坦布拉格市，骆驼商队驮着茶叶和粗麻布走来，然后把货物卸在商城那边的墙外，后来商城这里是纺纱针织工厂，来自中国腹地的商人到边防检查站辖区内那栋石砌的两层使馆里休息。就豪华

① 曼加泽亚，1601—1672年俄国西伯利亚西北部的商业城市。

而言，俄罗斯只有两三座教堂比得上如今孤苦伶仃、弓腰驼背矗立在那里的复活大教堂，它内部有过水晶柱，教堂是由意大利工匠建造和绘饰的，难道这是真的吗？恰克图河附近乌黑残破的三栋两层的楼房——这是百万富翁村庄的遗迹，他们在这里一个比一个富足，掌握着巨大的交易额。村镇里汇集了二十多个大名鼎鼎的杰出人物，这也是真的？而且这仅在恰克图，要知道他们还有住在城里的呢。

即使是当地人，今天也远非所有人都知道，如今的恰克图吸收了以此为名的小村镇和特洛伊茨科萨夫斯克市。现在它们汇合为一体。它们之间的界限几乎无法区分。界线也许可以就画在土岗上，在山路的右侧，在矗立着著名的西伯利亚作家和科学家格·尼·波塔宁的妻子兼辛勤工作的助手亚·维·波塔宁娜纪念碑那里画一条界线，在埋葬亚历山德拉·维克多罗夫娜的墓地所在地（后来开辟了体育场）。城市留在了墓地的这一边，而村镇位于靠近边界的那一边。中国的买卖城就始于离恰克图一百米的地方，而如今这里一无所有。在这里，在恰克图，可以特别清晰地看到20世纪这一地区发生了什么样的变化。

我的祖母在战争和战后时期指望恰克图是徒劳的。恰克图早就不再从事茶叶贸易并失去了商业价值。其衰落始于19世纪，但是恰克图以前也经历过危机，那时它知道如何抵抗它们，并继续发挥作用直到革命时代，甚至到1921年的蒙古革命。

* * *

恰克图是俄国与中国贸易联姻的产物——此前，用民间的话来说，有过私通。无论在阿列克谢·米哈伊洛维奇[①]时期，还是在彼得大帝时期，所有与自尊心很强且小心谨慎的西伯利亚邻国建立认真联系的尝试

① 阿列克谢·米哈伊洛维奇（1629—1676），罗曼诺夫王朝的第二代沙皇（1645—1676）。

都无果而终。中国人将蒙古与中国边界的俄国商人驱逐出境。萨瓦·拉古津斯基伯爵特使团所取得的成就，实质上，是由彼得大帝准备好的，但是在他去世后才实现。特使团在中国连待数月，讨论协议条款，最终在1727年8月签订了名为《布连斯奇条约》的协议并载入史册：双方在距离恰克图八公里的布拉河畔签订了条约。根据它确定了俄国的南部边界，并允许俄国商人进入邻国领土，为了进行易货贸易，决定在两个地方设置贸易点，双方各设一处，可以保持不断的交流。

历史上将贸易点选定在恰克图河上，是萨瓦·拉古津斯基伯爵的特殊条件。后来人们多次议论过，为什么城市没有建在水量充足的色楞格河或奇科伊河上，而是建在一条规模只能令那个时代的人发笑的小河上。应该说，恰克图河即使今天得到奇科伊河的供水，其水量仍然不足。但是，小心谨慎、考虑每一细节的莫斯科大使选择了这条流向中国而非由中国流过来的河流。它流向那里的流程不长，但是在这个地方它正好流向那里，因此发挥了它的作用。为什么呢？很有可能是因为拉古津斯基伯爵担心邻居的阴险，他们在不和之时会往水里投毒。当时类似的防范措施并非多余。

恰克图也被这样的命运选中，于是便在这条小河上出现了要塞，后来变成了特洛伊茨科萨夫斯克市。“萨夫斯克”是为了纪念萨瓦·拉古津斯基。而附近出现了村镇。以前，无需督促西伯利亚商人去开发新土地，他们愿意去任何遥远的地方，只要有利可图且有事可做。恰克图不是人间的极乐世界。砂地，夏天酷暑，冬天狂风；当时无论是在彼得堡、莫斯科，还是在伊尔库茨克，风气均非温柔优雅，而这里绝对应该是糟糕与更糟糕的混合。把自己的家庭大车派往俄国边疆地区的商人，除了利润还指望什么呢。满足于利润的是那些来自著名城市的人，他们为了开展业务派自己的代表、经纪人来到这里，而对于定居下来的家庭来说，仅有这一点是不够的。无法把砂子踩到地下去，无法平息狂风，无法念咒止住酷暑——这意味着，顶着狂风冒着酷暑，在砂地上应该创建对于衣袋和贵族门第来说都很体面的生活，创建那种既不会在来客面前也不会在学习法语的女儿面前感到羞愧的生活。一切可能由此开始，然后继续下去。

并非突然之间，也非刹那之间，但也没有经过漫长的物色，房子一个挨着一个，村镇渐渐扩大起来。人们最初是做建筑者和设计师，做有利可图的贸易。到19世纪20年代，角色发生了变化：不是城市治理村镇，而是村镇治理城市。村镇为城市及周边乡村提供工作，充当城市的资助人，开办学校，建设教堂寺庙，是时尚品味的引领者。村镇附近的城市也富裕起来，但是富起来的同时，失去了自己的权力，越来越经常看村镇的脸色行事：恰克图会怎么说呢？渐渐地，甚至在名称方面特洛伊茨科萨夫斯克也被替换成恰克图。

后来，恰克图做到了几乎不可能的事情。它是整个俄国唯一一座获得了自治权的城市。对总督形式上的服从几乎不起什么作用，这一点无论是伊尔库茨克还是恰克图都很清楚。19世纪中叶，担任东西伯利亚总督的穆拉维约夫—阿穆尔斯基伯爵，为了转移视线，任命他的亲戚杰斯波特—泽诺维奇到恰克图做边境总督，他是因自由思想来到西伯利亚的。声名显赫的伯爵的亲属们都很奇怪：他的另一位亲戚，不是别人，正是国事重犯米哈伊尔·巴枯宁，他于1861年以恰克图商人萨巴什尼科夫代理人的身份乘坐美国驳船逃离西伯利亚。

边境总督的职责包括首先解决两国之间可能产生的争执以及打击走私。一般而言，城市是由“恰克图商界主席委员会”管理，该委员会领导贸易，对赚钱很多的茶行征税，并将税收分配给商业和城市需求。

除了在恰克图外，任何地方也没有……当你熟悉这座城市的历史时，这些解释、迷惑和惊奇之词不止一次地出现。

首先，恰克图不可能出现在全世界的任何其他地方，它的位置就在这里，在这个融合了不同宗教、文化及各民族命运的角落里，它受命诞生于此。它产生于异国情调的内部，其自身便彻头彻尾地充满了异国情调，也许，它还想象不出这是什么。但它是俄国领土并应该遵守俄国法律，尽管这些法律不总是适合其职业和日常生活的特点。

除了在恰克图外，任何地方也没有……

例如，在恰克图和中国的买卖城之间，往返不存在任何限制和任何监管："想去哪儿就去哪儿。"但是，在从特洛伊茨科萨夫斯克去村镇，从俄国的一个定居点到另一个定居点的道路上，彼此之间相隔仅一俄里半，却设立一个海关，搜查步行者和骑马的人，上至达官贵人下至平民百姓。在俄国法律中寻找逻辑总是相当困难，而在19世纪中叶，对恰克图的法律管理过于刻板。贸易只能是易货贸易：你们给我们茶叶和"基泰卡"（粗布），我们给你们毛皮、布匹、皮革。然而中国人对商品交易不满意，他们要求以茶叶换取金银。中国人需要黄金，而俄国政府坚决禁止在买卖交易中使用它，对违反者处以苦役：要么销售斧子和皮革，要么关门歇业。问题是：恰克图是生存还是死亡？因为无论是中国人还是莫斯科当局均未作出让步，海关也得到了严格的指示。

恰克图人还能怎么办呢？他们不分老幼联合起来走私。这是对不能博得他们好感的法规的一种很大的欺诈行为，每个人都知道，每个人都参与其中，而且每个人都视而不见，装假没有发生任何违法行为。金属贸易可以继续，那就继续做。"轻便马车做成两个底部，车辕、车轴、车轮、马颈上的套具、马轭——总之，只要有可能存放金银的所有地方都带有暗箱。”——当时在恰克图经商且熟知其风俗的记者兼作家德·伊·斯塔赫耶夫如此证明道。被派来打击走私的总督杰斯波特—泽诺维奇很快就摸清了怎么回事，他对自己的使命置之不理，并认为最好是出版《恰克图小报》，以保护他在监督者的职位上免受检查。

就这样持续了数十年，在此期间，恰克图不仅没有蒙受损失，反而兴盛起来——绽放着尽管是犯罪的不正当的，却因此同样迷人的美。在村镇里建造了商城，在城里也建造了商城，在原有的两座木制小教堂之外，又增加了三座石制大教堂，其中在村镇里的一座教堂——也许是都城都无法企及的豪华建筑。开辟了林荫道，为灌溉它安装了自来水管道。开办了以名人命名的学校，为学校订阅了图书。这些年来的旅行者留下了他们对恰克图的印象，其中有两件事对他们产生了强烈的影响：一是买卖城鲜艳的仿制品。在买卖城，根据中国法律，不允许妇女住在边境附近；二是村镇挑衅性的财富。

1861年，贸易限制解除了。1885年，伊·伊·波波夫[①]因政治流放犯的命运首次来到恰克图，他以其社会活动在西伯利亚留下了美名。波波夫是恰克图最著名的赞助商和进步商人活动家阿·米·卢什尼科夫的女婿，在恰克图居住不止一年。在他的《往事与经历》一书中，他将也许是最完整、最生动和最有趣的回忆献给了恰克图。这并非旅行者和客人的印象，而是许多事件的目击者和参与者的见证。有时，波波夫可能过分热情地描写恰克图，但要知道热情是需要保持心情且不屈从于习惯的，而习惯可能使任何事物都变得平淡无味。为了防止这种情况的发生，当然需要远非普通的环境。

---

① 伊·伊·波波夫（1862—1942），俄国革命家，民意党人，学者，记者。

恰克图人的高级宅院——伊·伊·波波夫描写道：宽敞的两层楼房。上层用于堂屋。房间一向布置得很有品位——我在恰克图没有见过俄国商人家里有粗制滥造的家具。油画、藏书室、乐器、台球，有时是冬季花园和一向茂盛的室内植物，那种植物即使在俄国我也很少见到。恰克图商人的庄园占地面积较大。庄园拥有正屋、厢房、厨房、澡堂、杂用房、马车棚、数十间单马栏的马厩、牛棚、马场和饲养场、喷泉经常喷水的花园等等。恰克图人家里十分富足，有大量的仆人和雇员，有存放从首都甚至是从国外直接订购的稀有的葡萄酒和美食的地窖，有停满各式轻便马车的马车棚，内有纯种的快步马、骑乘的马、骑的马、赛马、役马的马厩，仅供家庭日常使用的马就有40至60匹。有供孩子们使用的小毛驴，它们也有自己的轻便驴车。饲养场里到处是牛、各种家禽。所有订购的东西都是优质上等的："反正要付出高价——一瓶酒值一卢布：这之后还值得订购廉价的破烂货吗？"——恰克图人如此考虑。他们从首都订购鞋、西装、家具及其他物品，而女士的服装往往从巴黎的沃斯[①]本人那里直接订购。彼得堡的著名裁缝师诺沃特尼亚认为每年来一次恰克图接受订单对他而言是有利可图的。量过尺寸后，他通过电话接受订单。演员、音乐会的演奏者不怕从伊尔库茨克颠簸并挨冻几百俄里前来此处——他们知道，巡演一定会得到绰绰有余的补偿。

让我们稍喘一口气吧。我允许自己做如此冗长的摘录，不仅是为了展示恰克图上层人物沐浴于何种奢华之中。能期望一个幸运的好出风头的人什么呢，就可以把恰克图当成这样的人，这里百万富翁群聚！当

① 查尔斯·弗雷德里克·沃斯（1825—1895），巴黎高级时装业的创始人。

然，他们互相炫耀，因为财富需要展示和宣扬。但是暴富可能表现为疯狂的丑陋和不良品味，而且这种情况经常发生，无论是在俄国还是在西伯利亚，无需远走就可以找到这样的例子。19世纪时，在恰克图的商人中间逐渐形成一个独立的、受过良好教育的、对其圈子具有先进见解的团体。团体当然不大，却具有影响力，人们倾听他们的意见并模仿他们。他们在外部展示财富方面进行竞争的同时，也习惯于在善用财富方面进行竞争。不论好坏，卓越的、与众不同的和难以理解的，这仍旧是那个俄国，只是——穿越了西伯利亚，在其沿途丢掉部分旧品质并磨练出部分新品质，然后停在了那里，从那里沿着海路去欧洲，比到自己的首都还要近。无论如何，这都影响了恰克图企业家的观点。

经营有利可图的业务，是每个商人的头条戒律。这片广袤无垠未被开垦的土地本身要求每一个西伯利亚商人敏捷、有活跃的思想和文化知识，没有这些，在18世纪还可以过得去，但在19世纪已经办不到了。19世纪，为了和自己的同胞兄弟及欧洲人竞争，必须仔细研究欧洲人的管理方式，研究他们拥有的设备、机器和方法，必须猜测他在贸易中瞄准的目标。当然，在西伯利亚人当中会遇到各种各样的怪人，但是怪人古往今来都会遇到，这里说的不是他们。恰克图商人的形象还受到他所居住城市边界位置的影响，甚至不是城市偏远位置的影响，而是被人遗弃的影响，这注定它精神贫瘠并深受强大的邻国文化的影响，无法通过独自而慌乱的努力来抵抗这种状况，需要持续不断的社会活动和税收来维持秩序和精神状态。因此当地实施了附加税——对茶行征收的一种地方税，收入相当不错。按常理来讲，恰克图人的自尊心在财富的加温下，应该膨胀起来，它当然膨胀起来了。莫斯科商人正在建造一座比旧教堂更加漂亮的新的大教堂，咱们也别吝啬。彼得堡在诺沃特尼亚那里打扮自己，我们哪里比他们差？你们说，离彼得堡很远，去试穿不方便？没关系，诺沃特尼亚会亲自来找我们，他不会后悔的。公爵夫人K在巴黎订购了沃斯的连衣裙？那我们也给克拉夫季娅·赫里斯托福罗夫娜订做一件——有什么可稀奇的？如果我的女儿有能力，她为什么不上罗丹的雕塑课呢？的确，阿·米·卢什尼科夫的女儿叶卡捷琳娜就在他那里听课，而且罗丹认为她是他最好的学生。有人从德国来到恰克图定居，也有人离开这里前往瑞士居住，这不会让任何人感到惊讶。

“显示自己光彩的一面”，在此具有广泛的含义。首先，这意味着在民主与宽容的同时展示自我，展现自己的坚定地位与欧洲品位。女儿可以嫁给一个法国商人，儿子可以娶一个女佣。美国人乔·凯南撰写了我们家喻户晓的《西伯利亚与流放制度》一书，他来到恰克图后，发现土地很小，他却在那里遇到了欧洲人、欧洲文化，以及店铺里出售的新大陆[①]的物品。谢·伊·切列帕诺夫[②]留下了对19世纪20—30年代的恰克图的回忆，当时他已经称那里的商人为“受过高等教育的人，俄国商人中没有这种人”。“没有”未必正确，这种情况下的断然对比通常是不公正的，但是在形成这一观点的恰克图的天平上，可见，负载的并非当地文化的偶然重量。

“显示自己光彩的一面”，也意味着展示自己的城市，它是俄国在这里的脸面。显然，恰克图人美化它并使它设备完善首先是为了自己，为了还不错的甚至是美好的生活，为了减少偏远感，但同时也有“显示”的一面。旁边就是中国的买卖城，经常会与它在各个方面进行不由自主的竞争。恰克图不仅不该丢脸，而且应该在许多不依赖于不同民族的传统和风俗方面超过它。在评论恰克图人如何生活和如何工作时，一

---

① 新大陆，这里指美洲。

② 谢·伊·切列帕诺夫（1810—1884），俄国作家，记者。

般评论的就是俄罗斯人。几乎所有在买卖城跨境的旅行者都对城市留下了整洁和东方风情的印象，而印象最深的是由四十至六十道菜组成的丰盛而稀奇的午宴。

恰克图人也喜欢请客并常常让客人喝茶喝腻了——因为从不缺茶喝，而在容量为一维德罗[①]的茶炊旁边的桌子上也不是空的，但是人们离开特洛伊茨科萨夫斯克和恰克图之后留在记忆里的主要不是这一点，并非佳肴让人们回忆起“沙漠威尼斯”，而是与生活方式和思想有关的其他事物，在某种程度上甚至是致富方式，它在这里有着明显的特征。

“光彩的一面”，本意指的是商品，是善于经商和戒除经商中的欺骗手段。商业团体制定了自己的法规，并强迫每一个希望被人赏识的人遵守它们。19世纪下半叶，怀疑一切的中国人完全信任恰克图人。巨额交易通常凭借承诺进行，和之前的欺骗一样，这也成为理所当然的事。近几十年来，只有一个事件传到我们这里，当时恰克图人的承诺险些兑现不了，但是商人们在得知这件事后，拿出他们所有的现金并使自己及自己的同行免受耻辱。

鲍特金、萨巴什尼科夫、别洛戈洛维、普里亚尼什尼科夫家族来自恰克图，他们以其在文化、科学和医学方面的才华而闻名于俄国。西伯利亚著名的历史学家伊·瓦·谢格洛夫在实科中学[②]任教。后来著名的布里亚特科学家道尔吉·班扎罗夫就读于俄蒙军事学校。歌曲《神圣的贝加尔湖——光荣的海》的作者德·帕·达维多夫在这里生活并工作过。十二月党人尼古拉·别斯图热夫的儿子阿·德·斯塔尔采夫（他在

① 1维德罗=12.3升。

② 实科中学，是指俄国革命前不教授拉丁语及希腊语，而主要教授数学及自然科学的中学。

色楞格商人斯塔尔采夫家养大并随他的姓）收集了欧洲最好的中文古文献手稿丛书。亚洲的考察家格·尼·波塔宁和尼·米·亚德林采夫、尼·米·普热瓦利斯基和格·叶·格鲁姆—格日迈洛、彼·库·科兹洛夫和弗·阿·奥布鲁切夫在恰克图装备过自己的考察队，他们在这里住过很长一段时间，并给恰克图人讲过课，帮助开办地方志博物馆和地理学会分会。

你在思考这个享有盛誉的小城的命运时，会不由自主地提出一个问题：如果恰克图商人没有朝现在的方向走，如果财富没有陷入傲慢和恣意妄为，没有背离科学和艺术，甚至能够通过钱财看到俄国的需求，那会怎么样呢？当然，“通过钱财”的观点会有些偏颇，然而却无法消除其勇敢和独立以及批判审视的目光。他们提升了教育和对欧洲秩序的认识，促进了与许多先进人士的沟通交流。恰克图人不止一次毫无顾虑地筹集资金寄给赫尔岑[①]出版《钟声》。函件通过恰克图转发到伦敦，而一期期杂志从伦敦经由中国运送过来。在这里人们不怕公开讨论并彼此传递它们。牢固的地位和偏远的位置，独立于当局和挑衅的个性营造了一种公开表达意见和观点的特殊社会氛围，其中傲慢与民主、健康思想与固执己见融合一处。什么事情都发生过。有过这样的事情，恰克图最大的巨头之一尼·卢·莫尔恰诺夫给《莫斯科公报》出版人米·卡特科夫发去一封辱骂电报，因为在他看来那里刊登了一些胡言乱语。之后他去一家业余剧团排练，与老师和办事员一道练习角色。还有过这样的事情，另一个巨头，在谈完赫尔岑之后，收购了外来剧团的演出票并把

---

① 亚·伊·赫尔岑（1812—1870），俄国革命家，作家，教育家，哲学家。1857—1860年在伦敦出版《钟声》杂志，宣传废除农奴制及解放农民等民主思想。这些刊物当时被大量秘密运回俄国，促进俄国解放运动的发展。

它们分给自己的家仆，远非出于教育目的，而是为了惹恼“恰克图商界”。没有这一切恰克图就不成其为恰克图，而仅仅是一个招牌。尽管它五彩缤纷类型繁杂，尽管它有各种规则及其附带的例外情况，它仍有自己特定的面孔，而且这张面孔看起来有威望有教养。

但是，如果换一个方向，而且是另一种当地情形，恰克图能否成为另一个愚昧无知、饱食终日且动作缓慢的城市呢？那样的城市在俄国母亲的怀抱中并不少见。为什么会发生这样的情况呢——各方面平淡无奇、远离大路的小城，长期以来文化底蕴丰厚，创办丰富的图书馆和博物馆，订阅最好的出版物，组织精神生活；而离大路不远、更加富裕、位置更加有利且更加幸运的城市，以昏昏欲睡聊以自慰，以沉重的喘息淹没了活跃的思想。为什么呢？不是因为这个吗，在一些情况下，“生意”、资本、千方百计地致富和物质上的证明被认为是唯一的事业，而在另一些情况下，一种理智观点获得胜利，即资本不能为了资本而存在，否则，有了资本，人就可能沦为野兽。逻辑是如此简单而正确，以至于在实践中往往行不通。

随便指责什么都可以，却不能指责恰克图商人缺乏主动性和动作缓慢。19世纪60年代末至70年代初，当茶叶沿着开通的苏伊士运河经由海洋进入俄国时，恰克图商人经受了一次沉痛的打击。雨天和严寒时，水上运输比穿过整个西伯利亚母亲运输便宜十倍。就在这个时候，当不幸袭来时，才可以明显地感觉到，恰克图对于西伯利亚曾经意味着什么：沿着从中国边境一直到外乌拉尔的整个陆路的马车运输，只为恰克图生产的纺织厂和制革厂，不计其数的民间手工艺品，从鄂毕河到堪察加半岛的皮毛半成品……恰克图人竭尽所能使他们的请愿书到达沙皇手中，并使沙皇审查后同意解救建议：将1磅茶叶的关税从40戈比降至15

戈比，花茶从60戈比降至40戈比，海关移至伊尔库茨克，允许在附近地区进行免税贸易。恰克图失去了欧洲销售市场，但是西伯利亚和俄国的部分地区仍然归它所有。此后，恰克图在遭受下一次更强烈的打击之前的三十年，继续繁荣发展并顺利地与航运竞争。恰克图商人在整个俄国的工业与贸易领域广受尊重，一等恰克图商人是特殊的高级称号和巨大的权威。他们深入蒙古与中国并成为茶行的合伙人，在北京开设工厂，在勒拿河开采黄金，在堪察加半岛猎捕海狸，深入阿拉斯加内部，并在突厥斯坦[1]从事棉花生产。他们甚至为牟利竟然设法利用险些断送了恰克图的苏伊士运河，将欧洲各地的茶叶通过北冰洋运送到没有税收的叶尼塞河河口。他们修建了一条比驿道短得多的通往贝加尔湖的自己的茶道，设有车站、车夫和工人，他们在贝加尔湖和阿穆尔河上拥有自己的轮船，他们不是随便从哪个地方将它们历尽艰险长途跋涉开到这里，而是从伦敦的造船厂开过来。

在这里，谈论一种新型的俄罗斯人可能更准确些——他们通过自己的行动粉碎了俄罗斯人忧郁沉思和无邪懒惰的神话。在17世纪上半叶哥萨克人以自己的毅力和志向惊人地穿越西伯利亚奔向太平洋之后，在至今仍令人惊讶的曼加泽亚工商业奇迹之后，在舍利霍夫[2]航行到美洲之后，恰克图是俄罗斯性格在西伯利亚广阔地区的下一个“积蓄”地，它不仅显示了积累能力，而且还展示了强大的能量。

在世纪之交时，恰克图遭遇到全新的打击。打击是随着西伯利亚大铁路的建设而来——大铁路承担起所有的运输，不再需要以前的货物运送体系。

---

① 突厥斯坦，哈萨克斯坦南部城市。

② 格·伊·舍利霍夫（1747—1795），俄国航海家，探险家，商人。

恰克图商人仍在试图进行抵抗，寻找新的生意，准备以租让方式建设蒙古纵贯铁路，参加勘测，但是世界大战开始了，然后是革命和内战……恰克图被干涉军占领。它即将扮演另一个角色——成为酝酿蒙古革命的中心。不久前，恰克图巨头还坚信本地工人不可能感到不满，现在他们惊恐地观望着举着红旗的街头游行队伍。终于有一天，恰克图醒来后，看到了与它并肩生活了近二百年的中方贸易伙伴买卖城被付之一炬。

不禁想说，历史向前狂奔，一路上丢失了自己的宠儿，然而历史很少回到其宠儿身边，而我却那么不情愿让恰克图在无声无息中消逝。

* * *

我们两次来到恰克图。第一次是在1985年，当时俄罗斯刚刚宣布“改革”，第二次是十年之后，当时改革取得了丰硕的成果。十年对于恰克图丰富多彩的历史意味着什么呢——只是一步……但是，如果旁观，这一步表面看来并不明显，而从内部看，这一步最终走进了某种死胡同，陷入了静止状态，机体在这种状态下呼吸着，希望着，寻求发挥作用——无果，像物品一样被停止使用。

又过了十年，我第三次来到恰克图，从蒙古返回时途经那里，仅仅几个小时。

碰巧的是，我前两次来到恰克图是在十月的同一个时间里，当时“晴和的初秋”过后，后贝加尔地区回荡着那种令人悠然神往的美好，舒适温暖，阳光明媚，简直想翻看一下日历。人们脱去外衣，身穿衬衫，远方静止成空阔明晰的画面，在凝固的空气中，弥漫着草原上干草刺鼻的清香，一幢幢木制房子散发着温热和古风旧韵。我们沿着恰克图连续走了几天，询问、比较和思考，有时感到惊讶，有时感到沮丧和困惑，我们一座接着一座地登上了城市两旁低矮的群山，并留心凝视着街道的外形，仿佛至少某种隐藏的轮廓可能会在其中现出影子。我们凝视着——不由自主地想到，在第二个千年接近尾声之际，时间已经厌倦发号施令。仿佛什么都不取决于人，他们所有善良的愿望，所有摆脱重压和命运已定的尝试都无济于事。

我们不得不通过双重对比进行比较——根据描述，与更早一些，大约一百年前的历史进行比较，以及与我们第一次来访时遇到的事实进行对比。那时我们就已经找不到村镇及其坐拥35—40个庄园的著名的百万富翁街道了，村镇中间有一条林荫大道一直通到公园。公园连接着广场，而主宰广场的是由意大利人建造的空前豪华的复活大教堂。在教堂后面，一座大规模的商城延伸出去，茶叶被运到这里，并进行加工和定量包装。

80年代中期，复活大教堂被装上脚手架进行修复，当时脚手架将其包围了约有十五年。它们又挺过五年后烂掉了，而大教堂只被修复了一半，人们准备在其中建立一座中亚地理发现博物馆。1991年后，沦为乞丐的“自由的”俄罗斯公民像“自由的”蒙古公民一样投身于贸易，于是在大教堂旁边的边防检查站的两侧，排起了几公里长的“倒爷”队伍。他们在冷风严寒中久久站立几个小时甚至几夜等待检查。为了生起篝火取暖，“生意人”搬光了大教堂里可以点燃的所有东西，而在其室内设置了公共厕所。我们第二次来访时，堆积如山的垃圾已经被铲出教堂，入口处指定一位看守人，向大家解释教堂的功能，其中一个副祭坛被木制围墙间隔起来，被清洗一新，生上炉子取暖——终于在数十年间，在毁灭和废弃中，上帝的圣言第一次响彻其中……主持圣母升天大教堂礼拜仪式的神父作出了正确的判断，重要的是“走进”复活大教堂，以圣像和祈祷保护其免遭进一步的亵渎，而在未来，上帝应该亲自提供帮助……但是破坏如此严重，若无上帝帮助，恐怕难以应付。

城里的三一教堂看上去更加糟糕。

但是暂时谈论的是村镇，确切些说，是一度声名显赫的村镇的遗迹。

村镇一去不复返，永远消失了。无论是公园，林荫道，还是池塘，这些曾经点缀它的一切，踪影皆无。杂草丛生，早已被荒地占据。商人街保留下了三栋楼房，其余的楼房，或被拆毁当柴禾，或被运往国外。其中一座幸存下来的房屋属于阿列克谢·米哈伊洛维奇·卢什尼科夫，他是19世纪末最著名的恰克图人——赞助商、教育和文化机构的保护人和监督官，是“恰克图商界”的首脑，一个受过极好教育的人，关于他既留下了出版的回忆录，也有流传的故事。这是一个外在成功内在幸运型的俄罗斯人，他自己成就了一切，既获得了知识，又赢得了荣誉，如果是欧洲人，他会一直保持这种幸福。而他与欧洲人不同，他因对自己的灵魂不满和苛求，而一生饱受折磨，一生为自己的财富无休止地贡献。

卢什尼科夫家没有客人的时候很少。被流放到色楞金斯克附近的十二月党人在这里住了很长一段时间，亚洲所有著名的考察家在考察期间都始终住在这里。在这里，行遍了整个西伯利亚的乔治·凯南，当他环顾主人房屋四壁的豪华时，对其几乎革命性的自由言论感到惊讶。著名的科学家、农业化学家德·尼·普里亚尼什尼科夫出生在这里。亚德林采夫和波塔宁、奥布鲁切夫和科兹洛夫、列格拉和作家马克西莫夫——许许多多的人在这栋房子二楼的宽敞客厅里受到过接待和宴请，被倾听过也被祝贺过。

我们走近它，久久伫立，沉默不语。房子里还有人在收拾其残余物品，房子的落败、荒芜、些许蒙难的外表令人感到压抑。我们第一次来访时就是这种情形，第二次来访时也是如此——当然，有过修理，但十年间的荒芜衰败抹掉了修理的痕迹。像通常有钱人建造的那样，一楼是石头建筑，砌有简朴的小窗户，二楼是木制建筑，高大明亮，放眼望去，能看到周边很远的地方。现在它哪里也不看，或者只看它自己，看着自己的厄运。还在当时，1985年时，上层的住户被迫迁出，目的是在卢什尼科夫家里创建恰克图名人博物馆。现在已经不再谈论这些计划了。楼上空无一人，常年从上面悬垂着一些破布条，下层那些人家仍旧继续生活着。他们已经不再感到惊讶，只是当像我们这样寻找记忆的怪人走进庭院时，他们会躲藏得更深一些。

一只鹞鹰高高翱翔于边境地带的上空，寻找猎物，一个手持卡宾枪的小伙子从地面上注视着它，阳光和苍茫的天空晃得他眯缝起眼睛。空气干燥，稠密，远处群山上的松林涌动着淡绿色的波涛，城市浮动在纷纷凋零的落叶松针叶的黄色雾霭中。在这样的时刻，时间似乎被温暖和安宁所迷惑，它仿佛离开了地面，飘浮于高空，我们也随之既无过去，也无今天，只有两者的痕迹。

* * *

如果说村镇因其财富被处以“严厉的惩罚”，那么生活得较为俭朴的城市（特洛伊茨科萨夫斯克）则大部分被保存下来，而且直到最近仍保留着其古朴的外观。

我还清楚地记得二十年前对这座城市的第一印象。走在街头，你只感到惊奇不已，有时突然出现并非童话般的，不是的，而是壮士歌般的幻景——像要塞一样厚壁的建筑，带有如枪眼一般经济的小窗和长满青苔的厚重屋顶。那是与木屋同高封闭严实的围墙，镶嵌螺旋形铁环的大门和便门——上面罩有遮阳棚，从院子里探出一棵苍劲的落叶松，仿佛不是长出来，而是按总体规划建造出来的。有时在离这样的要塞二十步远的地方，会突然迎面出现一座讲究的建筑，你会不由自主地惊叹一声：高耸的阁楼式建筑，有好多窗户和好多烟囱，灿烂耀眼，雕花装饰五彩缤纷，上层装有侧面露台，错综复杂花样翻新的排水管，犹如沿着角落猛扑向屋顶的蛇妖。于是产生了一种幻觉：楼上的窗户顷刻间打开，一个任性的女人声音，混淆了时代，要求着什么或者欣喜若狂地叫嚷着什么。当然，在镂空的雕花里，随处可见窟窿，木头变黑开裂了，其中一个窗户中断了令人振奋的乐句，因不被需要而被堵上，另一扇窗户则被不合调地更换了窗框，露台腐烂并歪向了一边，但无论如何——真像一幅画啊，你站在那里，无法转移视线。旁边的房子更简单些，但也非等闲之辈，整个房子富有朝气，英姿勃勃，热情奔放，看样子是富起来的管家的房子。而在院子里，几乎在每一家院子里，都完全是古风旧韵：地基下沉到了窗户位置的木屋，变得漆黑破旧的粮仓，杂物储藏屋、板棚、作坊——知名的和无名的特洛伊茨科萨夫斯克世袭家族的前庭和后院，至今仍保留着已逝生活的痕迹。

十年之后，城市仍然屹立着。尽管俄罗斯经历了狂野的毁灭时代，但是城市看上去整洁舒适，虽然可以看出，它在不遗余力地维持这种外观，它意识到，只要倒下就毫无希望了。那时，共有两万人的整个恰克图处于失业状态：区里的针纺织厂停工了，制革厂和重晶石型萤石矿场停产歇业了——提供谋生的一切都停止了。即使在十月，学校也没有开始新学年：教师罢工。恰克图人如何生活，以何为生——仍然是一个谜，一个神情沉静、悲痛、无限忧伤的谜。

好在20世纪80年代中期人们来得及修复了圣母升天大教堂。1990年，它被移交给教会，开始做礼拜了，恰克图人才有了向上帝祈求怜悯和希望的地方。我们第一次来访时遇到过大教堂附近的墓地。就像当时罗斯到处习惯做的那样，在墓地原址上修建了体育场，按照规定，墓地归入教堂的所属财产。人们已不在埋葬祖先遗骨的地方踢球了。墓碑已经无法完全返回其应有的位置，但部分墓地被保存下来，并越来越靠近大教堂的外墙，尽管它不相信救赎。

恰克图的第三座教堂——三一教堂，是当地最古老最大的教堂，有五个副祭坛，还在1990年就在它上面加固了一块木牌：“受国家保护”——但既没有保护好木牌，也没有做好保护，只露出像尸骨一样雄伟的被烧毁的墙面。紧挨着它的一侧，在之前烤圣饼的作坊里，经营着日夜销售伏特加的“生意”，另一侧是电子游戏机“生意”，第三侧是音乐吵得要命的露天舞场。

一切都包括在内——既有对祖先信仰的回归，也有放任自流条件下的道德蒙昧，还有保护城市名声和荣誉的谦卑尊严。既有粗暴而直观的丧失理智，也有不遗余力遮蔽起自己的贫穷，还有面孔上隐约可见的无奈。一切都包括在内。但当时处于那种状态的不止恰克图一地……

城市的父辈们认为，拯救它，要么建立拥有宽阔通道及所有必备条件的新海关，要么给城市提供自由经济区的地位（正是这样说的——地位）。后一种拯救方案特别令人惊讶：这并非在恰克图商界的黄金时代，贫困状态下还能有什么样的“自由经济区”？！

而新海关出现了。为了通过它——的确宽阔通畅的、按照技术和检验服务的最新成就建设的海关，我们不必浪费时间：无论是从这一边，还是从那一边，除了我们，无人急于过海关。2005年，我们在十五至二十分钟之内就办完了所有的手续进入恰克图。左边的复活大教堂没有等到像“改革”初时想象的那样来自最后一代恰克图人触手可得的恩惠，它酷似一个毫无生机的庞然大物呆立不动，村镇的遗迹有着一副更加凄惨的、如被遗弃的墓地一般的外观。我们沿着木制的特洛伊茨科萨夫斯克城走过去：其壮勇与神奇在过去的十年间被抹杀殆尽——如今只是一个散居的普通村落。我不得不端详并回忆起：要知道这座城市不久前还被列入历史名城名录，它的确受到过国家的照管——这一切都到哪里去了呢？！在仍会令人惊奇和感动的古老建筑中，到处竖立起全新的建筑，它们粗鲁地分开原有的建筑，凸显出来，炫耀富有，对它们无话可说：唉，建好了，好吧，住着吧……我问了一位参加地方志博物馆见面会的区行政人员：“先放火烧掉，然后建造？”他点了点头，没做解释……无需解释：现在到处都如此对待木制建筑古迹——无论是伊尔库茨克、托木斯克，还是外伏尔加河流域。

而在地方志博物馆里，它的女员工抱怨资金短缺，抱怨现在无论是在乌兰乌德（恰克图位于布里亚特），还是在莫斯科都得不到支持。他们为梦寐以求的资助而叹气。博物馆极其出色，一百多年前，和恰克图商人一起为它奠基的有像亚德林采夫、波塔宁、奥布鲁切夫和科兹洛夫那样的名人，但是也像恰克图的所有东西一样，它也逐渐褪色，失去了活力和光彩。除了关于城市过去的始终有趣和向来有益的固定展览外，还有一场规定的、毫无生气的纪念伟大卫国战争胜利60周年的展览，和不知如何落到此地、仿佛迷失于异国他乡的蜡像展。

……是的，恰克图如今只是听起来比它实际状态更加强大，更加牢固。但是，也许，这一城市在俄罗斯永恒的天空下难以被湮灭，尽管历尽沧桑，但它并没有失去荣耀和魅力，甚至没有失去其自身有磁性的吸引力，这些将有助于城市坚持下去和壮大起来。

我再重复一遍：很愿意相信这一点！

1985年，1995年，2005年

沿着勒拿河顺流而下

当你知道时，似乎每个人都应该知道这件事。而你不知道时——就好像很少有人知道。我记得我还在青年时代，当我听说地球上最伟大的河流之一——勒拿河起源于距贝加尔湖仅有几公里的地方时，我感到非常吃惊。从那以后，我甚至会在我西伯利亚的兄弟中遇到这样的交谈者——对他来说这是新闻，通常他会提出一个问题："那它为什么不流向贝加尔湖呢？"——我便沮丧地回忆起我们的"懒惰和缺乏好奇心"[1]。我们费尽辛苦见到其他世界，将其由最原始的想象变成现实，而我们脚踏故乡的土地，却对它一无所知。而与此同时，我本人就有这种缺乏好奇心的恶习。多少次我准备走进勒拿河源头的这几公里，即使不为了解，哪怕只为见证伟大起源的秘密，但仍然没有涉足。当我准备去的时候，贝加尔湖的岸边（从那里可以登上河源），以及勒拿河发源地周边很远的地方，都变成了自然保护区，因此去路即使没有被完全禁止，也变得十分难行。而这正是实现愿望所需要的：任何禁令对俄罗斯人都起着鼓舞人心的作用。"越过栅栏"是我们喜欢的路径。"栅栏"催促出发，但越过它却没有机会：保护区科学处副主任谢苗·克里莫维奇·乌斯季诺夫同意参加我们的小型考察团。没有比他更好的同志了，我们以前就有机会证实这一点。对他而言，任何一座泰加林都是老家，而这块已经成为保护区的属地，也需要他亲临。在主人谢苗·克里莫维奇身边，我和鲍里斯·德米特里耶夫也希望看起来不完全是游手好闲——我带着铅笔和笔记本、他则带了半打照相器材。

现在形成了如下的路线：从伊尔库茨克直飞勒拿河，然后乘橡皮艇沿河划出大约二百至三百公里，到达第一个人类居住区，在那里换乘摩托艇。保护区大约每月预订一次直升机，以便在一两天之内沿着构成其

① 词句出自普希金的《埃尔祖鲁姆之行》（1836）。

保护和科学生活的所有地点绕飞一圈：运出一些东西，运进另一些东西，发现、核对、筹备，进行空中侦察。我们就利用了一次这样的例行航班。现在的旅行似乎非常愉快：我们就这样纵身一跳，跃过了勒拿河最难行最“运动的”上游部分，并降落在大小勒拿河的交汇处——始于那里的一条道路算是被轧得更加平坦的道路。第二天，我们亲身经历了什么是“被轧得更加平坦”。

之所以“第二天”是因为我们没能飞到“岬角”——一条河与另一条河的汇合处。刚开始，一切都再好不过了。贝加尔湖上阳光明媚，当直升机飞离湖岸，开始向山里飞去时，面前展现出一幅景象，只有阳光照耀下的贝加尔湖才能将其显示为大地与天空的和谐礼物。我们没有机会长久地欣赏它：在下面，就在近旁，耸立起悬崖峭壁，直升机艰难地向上攀升，与它们之间保持着危险的近距离；引擎的轰鸣声变成了费力的高音。这就是将一个伟大的起点与另一个伟大的起点——勒拿河与贝加尔湖隔开的那几公里。在巍峨群山之中发现了一条走廊通道之后，直升机沿着它缓慢爬高，继续上升。在两次着陆之后，这时的直升机里已经装满了各种各样的东西——大圆桶、铁桶、袋子、背包、包袱、箱子、背篓、手提包；在通向驾驶舱的门前，堆放着一个带半截管的焊接炉；伙伴们紧贴在窗边；座椅下狗儿们不时地轻轻哼叫几声。刚刚爬升到最高处，窗外飘过棉絮般的乌云。又经过十分钟类似抽搐而颤抖的运动之后，直升机悬停了：飞行员转告说，由于低云无法继续飞行。根据他们推测，我们离目标大约三十公里。根据后来给我们留下的印象——要多出一倍的距离。

我们把东西扔出去，匆忙之中把一个背包落在了机舱里，然后我们跳到了草地上。直升机急速腾空而去。我们被空降在一条“小河”右岸的沼泽地带，“小河”其实是勒拿河——是河宽为20—25米的大勒拿河[1]。它哗哗作响，汹涌澎湃，湍急快速地流经这些凄凉的地方。宽阔的沼泽低地接纳了我们，它长满了矮小的白桦、柳树和绣线菊丛林，向右过渡成低矮的山坡，山坡上长满了弯曲多结的落叶松，在对岸的小山岗上，在稀疏的树林中，地衣泛出白色。在前方，在河水流去的地方，一片漆黑的山峦。任何地方，任何去处，也没有发现有人行走，有车行驶。

我们还没来得及环顾四周，小蠓虫——一种不是最人道的西伯利亚小飞虫便贪婪地向我们猛袭过来。正当我们对飞走的背包唉声叹气之时，低沉的灰黑色天空落起雨来。

至于说我们不走运——这是毫无疑问的：连续四天的大雨，通常会转为暴雨而非短暂的平静，我们无论是白天还是夜里都无法出门——泰加林里的乐趣可是不多。然而在第一时间里已经弄清楚了，我们自己失误了。尽管我们仔细考虑了所有的事情，直至包括一周的荒无人烟之后我们如何迎接第一个人以及这个人会是谁那样的细节，但是没有考虑到最小的细节（后来它变成了最大的麻烦）。我们储备了充足的食物和保暖衣物，依照反正无需自己背扛的惯例，同生活必需品一起还带上不十分必需的物品，但也大略估算了一下，不该超出我们的“浮动工具”——充气橡皮艇的半吨载重量；总而言之，似乎一切都考虑到了，一切都准备好了……

我们即将乘“船”冲破勒拿河水域，但是这“船”在充气泵下刚刚显现出轮廓时，我细看小船旁堆积如山的东西，终于领悟到：这所有的东西都放在哪里呢？遗忘在直升机里的背包似乎知道，它是所有多余里

① 勒拿河的河源段称“大勒拿河”，“勒拿”在雅库特语和鄂温克语中有“大河”之意。

的一个多余。的确，和背包一起飞走的还有鲍里斯的一双橡胶靴，而它们在水的“自然力”中无论如何不会是多余的。

堆积如山的东西放到小船上依然是一座山。需要很有办法，才能为坐下划桨的主要人物腾出位置。其余两人别无选择，只能将双腿垂到水中，一个人跨坐在船头，另一人跨坐在船尾，起着向前和向后观望的作用。也许，从旁观的角度，如果有人在观看我们起航的话，我们有着像古俄罗斯商船一样美丽的轮廓，船的首尾两端都翘起可笑的栏杆柱，但我们在船上根本顾不上进行漂亮的对比。

而且我们刚一随波漂浮，雨就下大了……波浪一遇机会便漫过船沿飞溅进来。不，勒拿河没被调教过，它无法忍受骑手。为了摆脱掉我们，它什么事情没做过呢：它从一边冲到另一边，在悬崖峭壁间的狭窄河汊处疯狂地向上跃起，伴随着轰鸣声汹涌澎湃，急速撞向石头，又从它们上面流下，气喘吁吁，泡沫飞溅，并再次开始狂奔。如果不是谢苗·乌斯季诺夫强劲的手马上进行操控，如果不是他经验丰富，我们不会划出很远的。但是这种“运气”让我们付出了何种的代价！从行程开始到黄昏大约还有三个小时——三个小时后，我们随便找好了地方准备过第一夜，当时我们完全是一副灾难性的场面：我们身上的一切和我们所有的东西全部湿透了。我们从背包里取出食物，并从塑料袋里把甜水和咸水倒到地上，这些食物都是用糖和盐做成的；从水里捞出膨胀成一团的原本暖和的衣服，从睡袋里挤出水来。除了被妥善收藏在船用成套设备的专用防水袋中的几个大圆面包外，其余的面包都变成了面糊，喂给了森林里的小动物。我随身带了两本书，其中有对勒拿河的古老描写，我准备在途中翻阅，但它们也不可挽回地毁坏了，它们被抖落到苔藓上，已潮湿膨胀起来，由于浸泡过久，文字的油墨已经变成绘画颜料，这些书未必对当地泰加林的居民有什么用处了。

在篝火旁的烘干架上，飘动着裹脚布、袜子、衬衫、可救急做笔记用的一页页的记事纸，它们时而吸收热量，时而被吹到一边；我们把睡袋放在面前，拖到篝火近前，试图烤干里面的潮湿，为了哪怕是钻进暖和的地方待一会儿。而雨却从上面一刻不停地浇下来。被烤暖的东西，似乎烤到了白热，干燥了双倍，可刚一把它从篝火旁移开，便立刻侵入湿气，瞬间重又变得潮湿。

就这样接下来持续了三个晚上，夜夜如此。

* * *

第一天夜里，我根本没睡。我带来了用精细柔软材料制成的轻巧的海外帐篷，因为它重量很轻，而且能卷成整齐的一小卷——应该为它说句公道话，它上面不透潮气，但是在持续的暴雨中，两侧都浸透了水，只要稍微触碰，立刻就会被沾湿。我们也只能在夹杂着野草、针叶、苔藓和沙子这种湿漉漉的混合物中支起它。哎，如果在阳光下，在勒拿河开阔河岸上的某个地方，它该多么好看，多么耀眼啊：颜色鲜红，小巧而庄严，整体很灵便，制作精良，入口帘子四周带有俏皮镶边的拉链，而在另一面带有敞亮的网状小窗户，在炎热的天气里微风可以吹进来，但是苍蝇或蚊子却绝对不会。在这秋天已经来临的所有色彩中，它简直就会像与矿岩并列一处的天然金块一样闪闪发光。

连绵的阴雨天使周围的一切变得多水阴暗，使一切变得暗淡并卸去了负荷，但是在雨中，在阴雨天的幽暗中，我们海外的东西也没有从整体的悲哀情绪中凸显出来。它感到很不自在，自己无法提供任何舒适和庇护。它被纷纷落下的针叶树枝和树杈抽打过后，垂落下来，颜色被冲洗掉了，出入口被污泥溅脏了，它不仅失去了各种傲慢，而且在泰加林生长地区显得既不合时宜又很荒谬。根据说明书，这是一个可以容纳三人的帐篷，它也接待过三个人，但是当我们躲避新的一轮山水来袭第一次钻到它里面时，才发现它是为比我的同志们瘦小得多的人量身定制的，而我的同志们则是在自由的西伯利亚空气中长大的。我们坐下时，禁不住要挤来挤去，摩肩接踵并互相碰撞，这时的帐篷摇晃得如此厉害，它变得不安起来，就仿佛一个野兽般的巨人在头脑不清醒的状态下，试图脱下外衣。钻进和爬出都需要匍匐前进。锁扣卡住了，夹住了柔软材料，它们拒绝“滑来滑去”，雨水透过没有拉上的帘子从底脚溅进来。

我们试图坐在篝火旁烤干身上的衣服，所做的只是喝着很多滚烫的浓茶。而且，喝茶喝得兴奋了，不知道如何从一天的奇遇中快速冷静下来，我无法入睡。在拥挤潮湿的睡袋中根本无法转身，狂暴的大雨倾泻而下，哗哗作响，敲打着帐篷，它绝对不会催人入眠，我毫无睡意地躺在那里一小时，两小时，一会儿睁开眼睛，一会儿闭上，不知道怎样才能使自己疲惫入睡，并试图听到雨中河水的喧嚣声，它也许会催人入眠。最初，帐篷里被透进来的篝火火光照得透亮，后来光线开始暗淡，断断续续，摇曳着微弱的闪光，最后变得一片漆黑。篝火被浇灭了。我忍不住起身，想把它吹旺。我的同志们睡着了。早已过了午夜，雨停了，但是只要在黑暗中碰到树枝或灌木丛，便会水花四溅。当我摸索着穿过几米，走到还冒着点点轻烟生过篝火的地方，就仿佛我刚刚被大雨浇过了一般。不见天空，不见树木，不见帐篷——在一片漆黑中什么也看不见，只见勒拿河中暗淡光滑的低低的闪光。我费劲儿地吹旺了篝火，用小块儿的带火木炭把火烧旺，然后等火燃烧起来，并把傍晚拖过来的枯树放在上面。我薄薄地放上一层，在旁边围堆了一圈稍厚的枯树，以便烤干。然后重又挂上了茶壶。

篝火刚刚准备就绪，落叶松随即从黑暗中突显出来，并在不远处曲曲折折围成一圈，它们瑟瑟发抖，湿漉漉地滴落着水滴，可怜兮兮的，仿佛被黑暗砍断了一截。火焰升起来——它们也随之长高了，伸展开短小而丑陋的树枝，树枝上长满了“黏附物”，从傍晚开始，我就这样暗自称呼从空气中汲取养分的长满青苔的多孔木瘤。火焰减弱了，半裸的树干也低落下来。但是在那里，在被照亮的树木后面，黑暗变得越发浓密，越发厚重和难以穿透，似乎从黑暗深处有一双眼睛望着我，黑暗中的一切都在悄然发生。篝火的点点火星只是浅表地渗透到潮湿浓密的空气中，作为回应，大滴大滴的雨点从天而降。河水在哗哗作响，但它的响声似乎并非千篇一律单调乏味，仿佛随水一道冲走了一些声音并冲来了另一些声音，汇成了无休止的音乐伴奏。对面右岸的岩石没有从黑暗中显现出来，却能以一种奇怪的方式明显地感觉到它，似乎通过某种远古的野兽般的视觉浮现出来：它的圆顶山峰，沿着水流的方向向左倾斜，完全看不见，却浮现出来，被黑暗本身神秘地描绘出来。

我稍微拨了拨火并重新坐到它面前，根据热度，把我面前的小圆木一会儿滚到火边，一会儿又把它拨开。然后又伸手去取一杯茶。

我们离开人口众多、肮脏拥挤的大城市还不到一天，它没有被风吹雨打，但其中的生活却一天天变得更加痛苦和危险。我们离开了一个自称文明人的世界，几个小时后，置身于完全不同的另一个世界，一个野兽不惊的王国里。又经过几个小时，我们随便停靠在了这片河岸上，并沉浸在潮湿的黑夜之中，沉浸在因密布原始的黑暗而浓密的夜色之中，想必创世时这黑暗便是如此，而对我来说，这又是一个不眠之夜，它让我像远古时代一样守护火种。想必一切都像现在这样，远古时代也是如此——从山上奔腾而来的水也是沿着这条路径穿行于岩石和森林之间；只是尚未风化、尚未被时间侵蚀的岩石更加陡峭，冻土带的森林更加稀疏，而野兽和鱼类更加密集，但野兽还是那个野兽，留下来过冬和返回去度夏的鸟儿也还是那个鸟儿，大水也以同样的满溢和威力从天而降。如果离开丑陋的人群来到泰加林荒无人烟的地区是从一个世界来到另一个世界，那么我感觉自己置身于更遥远更幽深的世界，处于存在的某个第三维度，在不受约束的自然力、隐藏的秘密和原始的神秘生活之中。

飞出的木炭发出噼啪声响——惊得你一哆嗦；你陷入沉思，茫然凝视着黑暗中的一点，有人会在你的目光中退却，并触碰到树枝，但他后退，是为了从另一侧进入。仿佛儿时留下的、甜蜜的、经历过的、如今已无所畏惧的焦虑，使你无限忧伤；你也知道，空空如也，却无法解脱，也不想解脱。

但是，假如只有这样的焦虑也便可以得到解决！

疯狂的“文明”生活很遥远。仅在昨天我们还委身于其中。这种生活，一切都完全变了样，分崩瓦解，忙得团团转，一切都冲撞和抱怨，陷入矛盾，被不信任、愤怒和烦躁所包围。就好像在近代史上，当大胆而凶猛的社会思想占据上风并起到引领作用时，对人民没有造成过这种伤害似的，现在重新满怀某种狂喜重蹈覆辙，而可怕的教训却被完全忘记了。这一点最容易导致绝望和慌乱：付出了成千上万个生命的极大代价，经济崩溃，反抗上帝，前所未有的精神暴行，闻所未闻的崇洋媚外——只不过纵容者的子孙后代落入了同样的陷阱。智力健全的人无法理解。千年的历史也似乎不曾有过，在大事和日常生活中，善、恶不分，狡诈、正直不辨，每一种品质都没有断然朝自己的方向发展到认清面容和完全识别出在哪里有什么的程度——原来如此容易混为一谈，迷惑人心，将无耻引向道德宝座！经自己的灵魂千百次验证并归于其下的遗风、习俗、礼仪、传统、经济结构；铭刻着所有亲人和彼此间爱的幸福泪水的歌谣和传说；还有圣洁的荣耀和军人的荣耀，不久前新发现的、古墙可以祈祷的教堂——所有这一切都哪里去了？随何种风飘逝了呢？任何事情都奴仆般地求救于外人！几个世纪以来，人们为了抵抗普遍道德败坏和最低级的愚弄，没有能够扎根自己的土地并巩固自己的思想，实际上，我们是什么民族？！抑或不是民族，而是劣种，不是前几代人的产物，而是与世隔绝自以为是的丑陋的类人生物？！

这种盲目狂妄的生活远远地留在了那里——不在千里之外，也非为期不远，而是在其他野蛮的前人类时代。而在这里，一切都准备就绪，一切都理应如此牢固，就像一百年和三百年前一样。勒拿河从每个低地和每个峡谷中收集贡品，并将其作为第一份无价的礼物——滋润礼物带给人们。赋予生命的空气诞生于水和森林，酝酿于青苔和草丛中，像鸟儿一样歌唱，像悬崖一样耸立，它在化作风儿之后，作为呼吸的礼物，随水飞向下游；野兽在这里尽情游荡，鸟儿在振翅欲飞，鱼儿在小河里产卵——这是生命平等的礼物中的第三个礼物——自然种子礼物的起源和繁殖、居所和结局。这里的人并没有失去理智，他使这片地区处于保护和研究之下：自然保护区——遵守上帝关于创世的圣训。

令人难以置信的是，在充斥着罪犯和演讲台的莫斯科那里的某地，数十万人的游行队伍刚刚停止了沸腾，他们激烈地证明真理只在他们一边，而明天将会涌现出数十万的新人，甚至会更高声、更疯狂地叫嚣，他们也只有他们才有权改造所有的事物和所有的人。由此看来，莫斯科并不认为它是一座与人民同根的城市，而是昏暗成某种听不明白、听不清楚的异己之物。

“远远地留在了那里……”——但是无论在哪里，这种生活都在继续，沸腾……突然一瞬间，毫无预兆，被“现实”压抑的心忧伤起来，开始辗转不安。而反常现象、街头事件的极具戏剧性及表演者的公开演戏显得更加丑陋。我近乎惊恐地回忆起，组织者来自剧院。请问，这叫什么人民运动！谁会如此独出心裁地嘲弄我们的轻信和愚蠢？活该，活该……历史将有可嘲笑的事情了。

而半个小时后，不安意外地消失了，正如它来时那般突然。它看来是被强烈地，几乎是病态般地夸大了。还有比这更厉害的，也都改善了，这次也会改善的。会想方设法摆脱表演的。人们似乎感觉，他们在历史事件中发挥着作用，通过自己的参与来引导和强化历史事件——他们仅以遭遇风暴的物体参与风暴的程度来参与——在强劲的阵风下移动，轰鸣，彼此冲撞，趁着风暴还在横扫时，积蓄打击力。自然力平息了——他们也便沉寂了。也许，我们今天也是如此……

雨又开始沙沙作响，但是无精打采，好像在抖落身上的水珠。我也没有躲避，而是支起了防雨短上衣的风帽并靠近了火堆。雨窸窸窣窣地滴落在篝火上，然后沉寂下来。在无风的情况下，一滴雨也没有掉落。被剪得长短不齐的树干照映出来，像被焊在了地上一样，一动不动，烧焦了的乌黑而蓬松的木炭在火下飞舞，然后没精打采地飘落一旁。似乎雨在下却听不到雨声，而大地却在沉睡，其中的每只小动物和每棵小草也沉睡着。勒拿河独自生生不息，撞击石头发出疲惫的声响。四点多了，该是晨曦微露的时刻了，但是头顶的天空依然被遮蔽得严严实实，没有透过一丝光亮。

不，应该相信。邪恶也许在最后期限前无法被遏制，但它无法庆祝完胜。正直的人仍然存在，人们并没有完全自私自利，失去理智，丧失信仰。是的，人受尽了折磨，疲惫不堪，沉浸于无耻的滑稽剧中——但毕竟不是所有的人！即使他不屈不挠，如今被嘲笑，被迫害，在邪恶的市场中被迫陷入沉默与孤独，但身处数百万的“胜利者”中间，他和千千万万人站在一起毫不动摇，无论如何也不会放弃良心。“不要靠谎言活着”，“不参与谎言”，——“当代先知”[①]还在不久前教导说，他认为世上没有更坏的社会邪恶了。从那时起，我们继续前行。“不参与生活的耻辱”——留下的最好遗训今天听起来应该是这样的。就这么一点！看来，如果一个人是正直的，那么他保持这种状态并不难，尽管他周围有不正派的行为。然而这个“就这么一点儿！”几乎就是一切，甚至当国家为了拯救而被迫退到“因残留美德而遭受迫害的他”这里时：他坚持住——就会有希望，他会保留下父辈的美德和国家。这个“就这么一点儿！”本质上是一种不懈的劳累，它要求献身，甚至多于献身。如果水是浑浊的，空气和食品有毒，而家里由不打瞌睡的名为“蓝屏”[②]的魔眼主宰一切的话，在哪里获得增援力量呢，用什么来创造赋予生命的纯洁呢？必须获得增援。如果按照正当的规则教育孩子，你开始绝望地发现：长歪了……“你要自救，那么你周围成千上万的人才会得救”，——真理通过神圣之口说出，而同时不是你依赖这个真理，而是它在寻求你的支持。

但这还不是全部。构成“先进社会”的无耻之徒、诽谤者和诱惑者这群乌合之众，没有意识到这一点（很少有人知道，他们越依赖你，就越不喜欢你），他们之所以能极端狂妄地不知轻重，是因为善恶尺度保留在你的身上。你的真理就是你对最高真理的理解，没有你和你的真

---

① “当代先知”指索尔仁尼琴。

② 蓝屏指电视。

理，生命的轴心就会断裂，如果那样，谁也无法得到救赎——无论是前者还是后者。

但幸运的是，这是不可能的。如果到了极点，而且所有人都被迷惑，也包括你在内，那么，即使是那样，真理也不会离开大地，而是隐藏在这些森林和苔藓中的某个地方，直到一个新人诞生，某个新的少年瓦尔福洛梅[1]为寻求真理而来……

篝火因我阴郁的思绪也忧愁起来，我为它加油鼓劲，并透过火光看到，从帐篷里爬出一个熊一般的巨大身影，站立起来，大声地抖动着身体，并提前伸出手掌，向篝火走来。

“哦，太好了！”——那个身影发出了鲍里斯的声音，俯身靠近篝火。“天怎么还不亮？”

但是我却看到，黑夜终于急着要走，它浓密的黑幕萎靡不振地褪去黑色，变成灰蒙蒙的，对岸高高的幽灵般的轮廓凸显出来，一直延伸到天边。落叶松挺起身来，在火光中向后退去。上游吹来了一阵微风。

* * *

天气晴朗时，这里的一切看起来会是另一番景象。世上没有丑陋的河流，无论它流经什么样的河岸，河水本身就使人激动，令人着迷，人念念不忘对河水神秘的多神教崇拜，河道也似乎神秘莫测，它们想必是由古代的神圣向导所指明，他们拄着魔杖走在前面，推开岩石并解开支流。勒拿河得到了一个快活而“有艺术才能的”向导：他刚刚使河流摆脱开岩石，便出于恶作剧让它旋转起来，九曲回环，伴随着铃铛声安排了那样一场奇妙的响水舞——嘿，纯是一个活宝！

---

① 瓦尔福洛梅，即拿但业，后人多称圣·巴托罗缪，是新约中提到的耶稣基督的十二门徒之一。

划到“跳着响水舞的”勒拿河还需要很远很远，而暂时我们在体验它的石头“舞”——伴随着怒吼，尖叫，时而跳跃，时而潜没。

早上起航——出现了天气转晴的希望。依旧阴云密布的天空，开始变缓和了，并冲破了封锁，乌云轻薄的地方开始亮起来。但是勒拿河开始给我们洗澡，又下起雨来。仿佛从上层，第二层乌云下起来，并淋湿了下面的云层：天色很快暗下来了，悬崖一带的上空笼罩着一团团灰暗的迷雾，河水更加喧嚣汹涌。当从上方和下方都浇透的时候，当你从你蜷缩的、揉皱了的被压抑的本我忧伤地向外张望时，这是多么美啊！

悬崖阴沉耸立，时而夹紧河流，时而向两旁闪开，悬崖上留下了时间毁灭性作用的痕迹，使人联想起曾经宏伟建筑的废墟。在光秃秃的长长的斜坡脚下，由尖尖的碎石堆成的岩堆像肉疮一样密集；崩落的巨大岩石散落在勒拿河中，激起了河水；破坏的痕迹近旁，也有荒芜的痕迹。群山，在它们之后，紧跟着石头后面是一片沼泽地，落光了叶子的云杉，伸展着稀疏的短枝，垂头丧气地立在那里，同样立在那里的还有半裸的雪松，伸展着如山峰般尖尖的树梢。没长松球，没有收成。偶尔会出现小白桦，弯弯曲曲，蔫头耷脑，非优良品种，也是热量不足。这里，冬日酷寒，解冻迟浅，封冻很早。即使在夏天，也会从山上吹来阵阵凉意。次日，算起来是第三天，当我们看到聚集成片片小树林的白杨树，和更加经常闪现的更宽广茂密地舒展开枝叶的松树时，虽在雨中，虽雨水不依不饶地跟随着我们，但无论如何我们都变得更加舒适。

在阳光下，其貌不扬的白桦，未长成的落叶松，树梢伸展的云杉和雪松，湿漉漉的苔藓，断裂的山脉——一切都会有自己的魅力和伟大，一切都似乎适得其所，和谐相宜，并以自身增添了整体美。任何的谦虚、拘谨、粗心似乎都会让人感动——如果它们被注意到了，因为首先会被注意到的是坚韧、倔强、勇气，它们与其一道组成和充实共同的生活。在阳光下，石头上的每一个斑点都会闪烁，每片花瓣都会隐约发出微弱的火光——八月了，森林即将燃烧起秋日的霞光，而这里的霜冻却在“情急之下”越发地猛烈和强劲；在阳光下，而且在这个时节，这里的各色杂草妙不可言。一切看似衰老的、褶皱的、蜷缩的东西，仿佛都会舒展开来，年轻起来。这种阴雨天压抑并淹没了一切，使一切融汇成一种暗淡忧郁的色调。根据所有的征兆和预报，根据多年的观察，八月末，在这些地方不应该出现阴雨天，它仿佛专门为了欢迎我们突然而至。

第二天的航行与第一天结束时相同。我们再次被越发急速，越发紧张，难以遏制的急流拖入岩石之间通往波峰的狭窄河道，波峰之后的河水汹涌澎湃，咆哮轰鸣，气喘吁吁地翻滚奔腾。小船被抛了下去，借助启动装置的力量又被冲到了附近的岩石上，因此谢苗·克里梅奇由于用力过猛脸涨得发紫，并欠起身来，他奋力划离岩石，在新一轮上涨河水的拍打下，他竟奇迹般地离开了岩石。河水胡闹了一阵过后，休息了片刻，也让我们休息了一下，它依然强劲的水流也平稳下来。低矮的土质河岸迅速闪过。在经历了猛烈的颠簸之后，我们需要找个地方停下来，排干船里的水，真不知道小船做出何种努力还能让我们保持航行，但在急流中我们未能成功靠岸，就这样我们又被带进一场新的考验——带进了如今已不那么翻腾的广阔平展的勒拿河段。谢苗·克里梅奇，又得查看，在哪里可以找到适合我们超载船的深水区，以免损坏船底。小船被波浪拉扯着，时而划蹭到石头上，时而抽动、打转，但我们也越过了这一障碍，更加专心和焦急地注视着飞驰而过的河岸。而河水仿佛在嬉戏，在和我们玩耍：起伏过后，立刻被夹紧吸入一股水流，并急速冲向一堆堆新出现的石头。我们似乎无处可以挤过去，这些石头彼此之间如此靠近，但我们幸运的舵手即使在这里也应付过去了。我们终于靠岸了并爬出了小船，更确切些说，从船上的水里爬出来，艰难地从船底捞出沉重的零碎用品，水似道道瀑布般从它们上面流下，令人惊奇而难以置信：究竟是如何划过来的？我们看着自己的橡皮船，艰难地把它翻过来。船上的水被倒出来，而倒出背包里、口袋里的水则需很长时间，而且徒劳无益——就这样，我们都没有碰一下便把它们湿漉漉地放回去了。我们正在装船，雨水却从天上仿佛被诅咒被雇用一般，以两倍、三倍的力量打在了船上。

渐渐地，我们只迷恋上一件事：快点儿，快点儿向下，划到勒拿河更亲切、更柔和的地方，划到没有雨水并展现出雨后洗涤一新、金光闪闪的辽阔地方。可以烘干身上衣服、可以取暖的地方，出太阳吧——那样就可以舒舒服服地坐在沙滩上，挥动绞竿。鲍里斯是一位非常好的厨师，他会熬出那么美味的鱼汤！

但是我们必须针对当前的情况随机应变，使其“合理化”，而不是仅仅顺从于不幸的状况。抱怨小船是一种罪过，它过于镇定自若，并无所顾忌地投入任何汹涌的深渊，就像航标一样奇迹般地漂浮在水面上。如果是两个人，再载上标准的重物，乘这样的小船根本不会受苦，它将会敏捷而顺手，而且它侧面凸起的船舷会像鸭子一样轻松地浮在水面上。超载使我们被劈头盖脸地灌进不少水，和我们一起“坐船”的水，很快使超载的物品变得多余。因此，小船被“粘住了”，船桨艰难地划动，小船很快再次变成了水槽。

我们找到了一个办法，就是要赶在危险的、陡峭翻滚的斜水坡之前摆脱长腿的重物，水浪的轰鸣声预告了斜水坡马上就到。当河岸允许的时候，我们急忙靠岸，我和鲍里斯高兴地跳上岸来，跟着小船快跑了几步，晒着阳光，活动活动腿脚，我们下了船，小船变得灵活了，一直滑行到石滩近前。不算行李的话，船上三个人就不得不以飞快的速度潜入石滩，我们不在船上，谢苗·克里梅奇可以让船无需快速行驶，而且他可以根本无需潜水而是滑行驶入安全河道。在“天堂激情”之后，小船又会在河岸可以停靠的地方等着我们。但是勒拿河允许靠近的河岸有时不会持续很久，于是我和鲍里斯跌跌撞撞地穿行于茂密的河柳丛中，踏进被扔得横七竖八重重叠叠堆积的木头中，要想穿过它们，时而需要潜水，时而需要从下面钻过去，我们有时陷入小草丘之间的烂泥塘里，有时滑倒在石堆上，终于上气不接下气地勉强挣扎着走到了。当初我们冻僵了之后，急不可耐地跳出小船冲向河岸，如今以同样的急不可耐精疲力尽地扑向小船。

有一次，当我们再次离开小船，然后去追赶它的时候，我们遇到了更加严峻的障碍——决口。这是河水流过低矮河岸，冲出漫溢的河流形成的突破口，是河水外溢。这种外溢除了返回原生自然环境，不可能有任何其他出路：河水一般不会流失。转悠一阵，胡闹一阵，喧哗一阵，吸收了融化雪水和雨水，如果幸运的话，外溢者会负荆请罪。有时这种情况很快就会发生，有时它尽情散步消遣之后，把整整一大片泰加林环绕成岛屿，并似乎颠倒了一个谚语：雷声小，雨点大[①]。最常见的决口是放荡不羁、流离失所的河水。但也并非总是如此：经常是它发现一条正在变为河道的新路径。而原来的河道逐渐变窄变浅，堆满淤泥，长满野草，变成了旧河床。

我们在右岸下了船，勒拿河流经让我们惊心动魄的多石滩的激流之

① 这里指功夫小，收获大。

后，向左急转而去，而它面前的决口转得更急，几乎呈直角向右冲去。无法横渡它：不是很宽，但河水却似溃逃般湍急，河水很深，它会把我们引入泰加林的深处，离等候在某处的小船越来越远。我们几次试图涉水渡河，都退缩了：会被水冲倒。在我们到来之前，这里既没有留下野兽踪迹的小路，也无人留下他们的足迹，我们艰难地行走在一个堵满木材的腐朽黑暗的角落里。我已经感到懊丧：这算什么事啊——六到七米宽，却渡不过去。

最终，我们沿着横跨两岸的无皮而湿滑的树干渡过了河，冒着坠入名副其实的决口的危险。我们花了很长时间，通过一人高的荨麻丛回到了对岸，为了行走，必须用脚把荨麻踩到两侧。后来，当我回想起，为了跨越被水流大胆拦截的几米土地，我们却不得不流汗并弯腰经过的几公里，回想起细长的叶茎伸展到脸上的这些荨麻时，我当然已经无动于衷地看着每一个决口：你为什么迷路了，要去何方，为了什么？

而且它们也把我们搞糊涂了。我们所有人，包括谢苗 · 克里梅奇在内，都是第一次来到这里，只有勒拿河支流可以作为我们的定向标。旅游地图根本靠不住：不仅其中的比例尺表现得极为自由，古老的通古斯地名也像游牧民族的生活一样不确定，而且北方与南方可能会变换地方。而年轻的自然保护区尚未置备自己的地图汇编。我们像古时候一样，根据经验丰富之人的“童话”、故事行走。由“童话”得出结论，从小勒拿河起，大勒拿河开始平息自己的“脾气”，当地的机动船可以上行到第二尤赫塔河的良好水域，我们从小勒拿河到昌丘尔河行程的中间站是第一尤赫塔河：到达它需要三天路程，它之后还需要三天。第二天午饭前，我们漂浮在一小块洼地旁的平静水面上，河水正胆怯地流向森林，我们猜测：这不知是温顺回归的决口，还是深河湾，还是小勒拿河，我们是按原计划开始了自己的行程还是并未开始？海湾无论如何也无法识别。就这样，我们没有猜中谜语，也没有向小勒拿河致敬，如果是它的话，我们继续前行。后来遇到的第二尤赫塔河和第一尤赫塔河也发生了同样的情况。我们盲目地前行，无人可问，而且认为我们来晚了，使劲飞奔。还在见到人的前一天，我们时而搜寻这个尤赫塔河，时而搜寻那个尤赫塔河，而它们早已被抛在了后面。

* * *

我们背靠背坐着，鲍里斯在船头，我在船尾。我们每天都向谢苗·克里梅奇承诺，明天，只要勒拿河平静下来，我们就替他划船，但那样的明天始终没有到来。石滩结束了，弯曲河段又开始了。平静的水面也会遇到，而且越往前走，就会越频繁，但永远不会持续很久。而且它总是可能突然中断，立刻收拢成急流倾泻而出，奔向一堆被冲到一起挡住半个河流的木头——大插垛[①]，严重的木头堆积，有两三人高，树根茎像怪兽张开的脚掌伸出来，水面上跳动着树梢和树枝，水流下面翘起的云杉或雪松不断上下起伏，堆积的木头以其杂乱的交错、挤压，像是某个坏透顶的、形状类似某种可怕的远古爬行类动物，它正从岸上爬下来，而勒拿河向它猛冲过去。千万不要碰上这种爬行动物——它会毫不留情地把你撕碎。而它们在勒拿河里数不胜数。远远地就需要留意到它们。

但是，如果驶进平静的水面并将船桨放到两侧凸起的充气船舷上，如果允许小船无所顾虑地掉转方向，我就会在前面看着，一小群尚不会飞的幼小的秋沙鸭，搅动着河水，在波光粼粼的浪花中，从我们身边游走。它们连续三天互相替换着给我们“带路”。一小群刚刚游走，躲藏

① 大插垛，指流送木材时发生的木材堵塞不通。

起来，我们便惊起另一群——它们又是毫无畏惧地欢快游开，伴随着频繁密集的抖动翅膀拍打水面的音乐声。谢苗·克里梅奇数着它们，查出有几十只。他还来得及对水里和森林动物的总头数进行了统计，并且第一个指给我们看：站在灌木丛中有一头对驶过的红色怪兽观赏得入了迷的狍子，还有藏身于悬崖中的一只雄鹰。一头雌性狍子，在离我们附近右岸只有十米远的地方，向我们抬起了它小巧温柔的脑袋，它一身金色光滑的皮毛，突然，就在我们的船头，冲进水中，并奋力跳跃着向对岸划去。这搞得措手不及的鲍里斯惊讶得忘乎所以，也忘了自己的职业，等突然想起抓起相机时，为时已晚。

一个未受惊扰、未被开发的王国！

我想：它在保护区的保护下会坚持很久吗？在无边无际的自然界中，曾经处处都是以前的保护区，如今在一定的范围内人为地建立保护区，这本身就是一个悖论，是对无法改变的丑陋，对人的无能为力及无法正确生活的承认。一个人要保护他与生俱来的东西，即他的呼吸、饮食、教育、生殖、劳动和创作，免受他人侵犯，并且他应该对此精心爱护，但这里也意味着承认人类正在走向灭亡。是的，这是最优秀的人为了防备充满了贪婪愚蠢念头的最坏的人所进行的一种强制性的必要保护，但同时这只是延迟终点的到来。那些我们可以称之为最坏的人，和今天只是潜入保护区堡垒中的人，他们总有一天会去攻占它们。如果……但是这一拯救性的“如果”永远不会成真，对它的希望也越来越渺茫。谢苗·克里梅奇告诉我们，仅在几年前，在政府和人民大会的同意下划拨出的保护区，如今就其边界问题已经在进行战争：今天就归还吧，明天什么也不需要。

三个半世纪前，叶罗费·哈巴罗夫首先在库塔河口附近的勒拿河边开辟耕地。之后不久，托博尔斯克的哥萨克库尔巴特卡·伊万诺夫“与战友们”，在逃到雅库特土地和海洋之前，沿着勒拿河上行到贝加尔湖。难以想象，哥萨克人以何种勇敢和力量，如何在这些地方耽搁了那么久——连我们在此漂流都饱受折磨。马匹也帮不上忙，河岸也拉不了船。而西伯利亚有多少这种无法通过和难以通行的狂放不羁的河流啊，只有少数民族在它们附近过着游牧生活，还有农奴沿着“探寻者”的足迹来到这里。

那时，周围的一切似乎荒凉而残暴：野兽出没，泰加林盖住了耕地，河水泛滥，夏天突降大雪。开发土地、驯服动物、习惯环境都十分艰难。人为了生存始终处于紧张的战斗状态。而且这种战斗并非总是以他的获胜告终。

从那时起，过去了三百年，过去了二百年。真是沧海巨变啊！发生变化的不仅是人很久以前定居下来且赖以为生的大地的面貌，还有人与它的关系。现在人变成了一个掠夺者——贪婪、无情且精力充沛。人对野兽、对鸟儿、对小草、对水均无怜惜之情。而且这种情形随处可见，不仅在西伯利亚，也不只在俄罗斯。为了下一代执政者的私利，他投入他所有的知识、智慧、发现和装备，以战争来对抗自己的故土，越来越多地不计后果地破坏它。甚至在彼此交战的情况下，他首先打败它。在整个20世纪，他代代相传只献身于此，伴随着激情、热情和所有语言的胜利欢呼声。而且，他无所不能，异常聪明，无所不在，他逃避思考一件事——关于后果，而且当人们提醒他后果时，他很恼火，无论同意与否，他都试图尽快忘掉娱乐中令人不快的真相，为了生产这些娱乐投入了一半的人类。后果毫不迟疑地出现了，其中第一个后果就是，一个野蛮掠夺的人，他在道德上使自己精疲力尽，在精神上使自己贫乏衰弱之后，被一个人喂得营养不良，被另一个人喂得过饱，越来越迅速地蜕化成荒谬而可怕的东西。

如果一切继续这样下去（而怎么会不这样呢？），那么他及其周围还会剩下什么呢？！

勒拿河的河水上涨，河面变得宽阔，现在已经不是第一天耍脾气、颠簸我们的那条其貌不扬的小河了。河岸略微升高，森林密布的山峦退却了，群山的轮廓变得更加平缓柔和。在宽阔的顺直河段，可以清楚地看到河流从上面滚落而下的“小山坡”；后面急速上涌的水流仿佛连绵不断的长长巨浪，似乎可以击溃任何的阻碍。但是在转弯之后，河水开始流向“小山坡”，水流依靠强大的压力向那里推动，不允许河流漫出古老的“河槽”。河水清澈，略微发暗，在阳光下熠熠生辉，却依旧保持本色。我久久凝视着河水：也许有人验证并记录下来，它需要几周时间才能奔跑到四千五百公里之外的海洋。这是可以测量的，但这是多么壮阔、丰富而美妙的生活啊——却无法体验。正如不能两次踏进同一条河流一样，同一条河流也不能被跟随到很远：它的每条支流都已经不同，焕然一新，具有不同的构成和颜色，连生活其中的鱼儿也开始不一样。并非在岸与岸之间有几俄里宽的遥远的下游地带，而是在即使地图上也够不到中间的下游地带那里，勒拿河才会最终变成那条在我的安加拉河村庄里常常提起的勒拿河。当把一个人从睡梦中叫醒时，人们会俏皮地说道：“要睡多久啊！又不是来到了勒拿河！”勒拿河便是随着这句俗语铭刻在我的记忆里：辽阔自由，水量丰富，流速如此之缓慢，以至于河水几乎不动，你就连续几天安全可靠地睡吧，而且如补充说的那样，“死死地睡吧”。

第三天，膨胀低垂的天空开始移动，开始上升，渐渐明亮起来，其中露出缝隙，显示出深远的天空。我们高兴起来。但是，不止一次，突然下起我们总以为是最后一场噼啪作响的大雨，云层越来越坚决地伸展开去，越发给人以希望，翻卷成无形的蓬松的云彩。午饭后，云彩中无形的太阳忙乱起来，洒下光芒。黄昏时分，在浓厚空气的冷压下，一场倾盆大雨又突然袭来，五分钟之内又淹没了天空、大地、勒拿河以及我们的希望。搭起帐篷，把木柴拖到近前，我们像潜水员一样来回移动，只是没穿潜水服。而且很长时间生不着火。从木头内部干燥部位削出来的碎木片立刻受潮变湿，点不着火。好在有酒精：首先在一个小罐里点着酒精，然后让木头就着它淡蓝色透明的火焰燃烧起来。而我们冷极了，寒冷刺骨，三个硕大的身躯附身于几乎看不见的微弱火苗，向它伸出手去，试图捕捉到哪怕一丝温暖。

屏息取火时，在把火吹旺之前，我们注视着微弱的火舌，仿佛注视着对我们命运的最后决定。我第一次真正地意识到，夏天里竟会被冻僵，而这种情况在西伯利亚并不罕见。

在这里，也是感恩歌颂人类所有发明中最朴实无华、最简单、最有益的发明——普通斧子的合适地方。它似乎也不是发明，而是经验与智慧的产物。它自己请求准许被握于手中——当人刚刚成为人的时候就如此，并展示它唯一且永恒的形状。“用于砍削和采伐”的这种工具整个就是一种奇妙的构思，带有刀口（带有“刀刃”——古代的说法）的斧子有扁平部分和斧背，斧背上有用于装斧柄的斧孔，所有的智慧就在于这块锐利的铁片上，这就是整个装备，整个内容。但是，任何一种超级智能的机器，奔跑的、飞行的、计算的，代替手脚、代替灵敏技巧的机器，都远不如一把斧子在人类历史上所发挥过的作用。在任何地方，在任何文明中，在任何天堂地区，都非得有它不可，它处处都不可替代，并带领人们一个世纪一个世纪地，一代又一代地走来，从一片土地走向另一片土地，从一种便利走向另一种便利，并从一种美走向另一种美。人带着它穿越丛林，装备发现印度和美洲的船只，建立村庄和城市，取暖，建造防御野兽和敌人的围墙，装饰住所，挣钱谋生，以前没有它寸步难行，如今没有也鲜能行得通。“有斧走遍全天下”——有谚语说道（而关于斧子的谚语数不胜数）——真的就走遍了；“凡事皆由斧做主”——没有它就没有白色的城市[①]，没有它就没有精巧的机器——也没有任何我们习惯于引以为豪的大地上的伟大事业。我们的这把斧子小巧轻盈，劳苦功高，跟随谢苗·克里梅奇几十年，历经了数千公里的泰加林，根据主人的手掌熟悉他的日常生活。它在手中“能说会道”、干净利落，会主动引导工作，开始做事，提供节奏，果断同时又谨慎，充满爱心，工作之余，会安闲自得地待在那里，用软木材刨花时，它会亲切地对待手掌，并安抚心灵——不，如果发生了不可能的事情，如果彻底不再需要它了，我们会损失多少情绪和印象啊，如果没有了我们对它的时常担心——可别把它丢在哪里了，别埋进哪里去了。如果泰加林中的古老本能，男人与斧子友好合作的本能，就像狗的狩猎本能一样未得到满足，那会有多少缺憾啊！

但是不可能，在任何天气和任何特殊的情况下，都不可能发生不需要斧子的情形。我们可以随意忘掉的所有东西——靴子、面包、暖和的衣服（在泰加林中，人有双手即使缺少东西也不会没有活路，而在火堆旁不会让自己冻着），但如果我们忘记带斧子了——那就想都别想转身回去吧。在泰加林中，没有斧子什么也做不了，没有斧子即使在夏天也会死掉。如果我们在这个寒冷的夜晚，陷于这场倾盆大雨中，却没有带

① 白色的城市，指俄国古代白色石头建造的美丽城市。

斧子——那就肯定完蛋了——如果早些时候还没有宣布“肯定完蛋了”的话。

但是，正是这场来自空中深渊的倾盆大雨成为最后一场大雨。整个第二天，天气一直令人痛苦地急剧变化。有时变明，有时变暗，有时令人恐惧，有时令人振奋。既没有太阳露面，也没有一滴雨落下。从下游吹来了一阵凉风。夜里，繁星满天，寒气逼人。天空中的一切都大胆地蜂拥而出，明亮而亲切地闪烁着。

清晨，勒拿河上空的雾气出奇地洁白，弥漫缭绕，久久不散，仿佛它担心，生疏了太阳之后，可别被它明亮的光芒照得眼花缭乱。

* * *

清晨，沐浴在温暖的阳光下，我们第一次允许自己从容不迫。露宿的最后一夜，我们是在多石的河湾岸边度过的。在岸边的后面，懒洋洋地流淌着一条奄奄一息的浅小支流。我们无法确定这是否是我们在“野外条件下”度过的最后一夜，但是，根据一切迹象已经可以感受并注意到，我们驶出了危险的勒拿河，现在又摆脱了阴雨天。毫无疑问，尤赫塔河落在了身后，我们来到了有人踏足的地方。

我坐在一棵粗大骨化了的树干上，它由于巨大外露的根茎而微微翘起，我把脸朝向太阳。河水拍打着土岗哗哗作响，对岸不知何故低沉粗重地响了一阵子，可以通航的深水流用力冲击着那里，而在离我三步之遥，在平静的浅水边缘，由夜间霜冻凝结而成的晶莹剔透的薄薄冰碴儿闪烁着光芒。零散的云雾在阳光下懒洋洋地弥漫，并渐渐消散，阴影逐渐缩小并慢慢消失了，清澈湛蓝的天空坠入了如此的深渊，令你头晕目眩。

一切——石头、水和大地都贪婪、饥渴地吸吮着阳光；一切都充满了阳光，绽放开来并屏气敛息。

奇怪的是，随着安宁和温暖涌上轻松心头的还有忧伤。我们就这样匆匆忙忙地全速飞奔，几乎逃命一般，不辞而别地逃离危险的河水和无处安身的河岸……或者我们认为它们如此，或者它们果真如此——现在主要的不在于此。也不在于，我们的匆忙是徒劳的，还是我们做得对，就该匆忙——如果我们等到了大水或者大雪，任何事情都可能发生。我们也许做得正确，但匆忙间我们遗失了很多。内心想起的就是这无意间遗失的东西。那里留下了多少那种多年来吸引并召唤我们的东西，那种准备说出并准备向我们展示的极其重要的东西，这或许会成为我们的支柱，成为我们逐渐渺茫的希望的新支柱。谁又知道这里是不是古代珍藏下来的地方，一个可以俯身获取力量和精神之地，可是就这样被绕过去了……

不过，这种情形其实不仅在这里，它无处不在。我们仿佛侧身挤过广袤开阔无边无垠的生活空间，没有把精力花费在无拘无束地行走和发现最需要的东西上。由此产生了不完满的生活，产生了僵硬且鬼鬼祟祟的动作，产生了片面的精神和整个不规则的内部结构。我们只是忙于不成熟，不发展，不及时，不思考，感觉不到，分裂自我，远离完善和完整。因此，我们是由碎片、片断以及开头和结尾不相符合的引文组成的。就这样，我坐在授予我无限广阔的世界中间，几乎一无所见，一无所感，但是，我担心的不是我看不到和感觉不到，而是我无意中摆脱了我始终感到约束的状态，我感觉不到来自任何地方的压力。要精疲力尽和饱受折磨到何种程度，才能在这里也寻求不到安慰。

是恐惧在折磨我们吗？感觉自己脆弱，感觉自己是一个未建构好的人在艰难地生存，我们为自己担心，为自己的每一天和每一步担心。同时，恐惧也夺走了最后的依靠。我们的信心依靠体力生活的收获来维持，而它们随时都可能被夺走。在任何磨难中都无法夺走的东西，是心灵的收获，而它们是多么稀少啊！但是，它们也会因看到世界的毁坏而感到悲伤，它们并没有减轻弥漫于空气中的普遍焦虑。

确实，为什么要急于离开这片荒无人烟、自信地静卧、不附属于任何一方、被明智地安置的土地呢？为什么要滑行而过，而非全身心投入其中，并尝试理解那种在任何抽象的议论中都无法获取而只有这里才可能存在的东西呢？还是我们之所以“滑行而过”，是因为我们害怕耽搁并坚信无法理解？如果现在我回到森林里，在树木之间说起话来，面对它们，我自己都会觉得十分奇怪，并为自己感到羞愧。尽管我的古怪行为或对该做之事采取的旁观态度，也许恰恰在于，本该感谢它，我却不敢为了自我的精神振奋而表示感谢。是多神教吗？难道毛发浓重的怪物，为妖魔服务的癫僧，在数百万电视观众面前狂舞乱叫，不是全世界愚蠢的偶像崇拜吗？！上帝啊，在这里甚至想起他们也是一种罪过。也许，不幸就在于我们太沉溺于疯狂的世界，既然我们来自那里，那么在这里也只能闲游一番。因此——前进，前进！

* * *

勒拿河在这最后一天百转千回，蜿蜒盘旋达到了极致，精工制作出那种九曲回环——甚至我在冻土带都未曾见过，那里的河流更像是各种造型艺术。

河流在绕来绕去时，弯曲河段越来越少，几条小支流构成的分叉支流也越来越少，面对这些河汊你通常绞尽脑汁：其中哪一个会放行通过呢？顺直河段的水流没有压力，它流进下一个迂回河段，但迂回河段开始了，就需要特别留神：一侧是浅水汹涌的河湾，另一侧在幽暗的深不可测的反冲力下，河水绕起迷人的沦漪，打着旋儿流进向下倾斜的狭窄通道，流进漩涡里。这漩涡情不自禁地被疑似是美人鱼和水怪的水下王国的入口。而中心河水，没有弯曲，裹挟着横七竖八倒在河水中的树木，疯狂地冲向高耸的对岸，又同样疯狂地从岸边反弹回来，之后转弯流去。浅水区也需小心划船，不要在漩涡中打旋。被冲到岸上，冲到放置许多像楔子样的木桩上时，要及时改变方向。一公里过后又是转弯的河段，又是同样的九曲回环。我们沿着山体颜色鲜红的一侧转过山脚，划来划去，绕来绕去，而一小时之后，我们又从另一侧返回到这座山前。

阳光下水波荡漾，波光闪烁，在这粼粼的波光中，前方看不清任何东西。我们等到了阳光的恩典，但它也是一个障碍。停下来观望一番，我们依旧不知身在何地，不敢停下来。有的地方悄悄地靠近，有的地方猜测着前行，有的地方需要细看，我们的舵手继续奇迹般地安全应对了一切。唯一一次事故还是发生在第三天，当时隐藏于水下的木桩刺破了船底，在自信之人的手下我们渐渐忘记了这次事故。小船可真行！简直太佩服它了：我们冒雨粘上船底，破口很大，而它却像什么也没发生过一样。

毕竟有太阳了！阳光下多好啊！眼见着万物悠闲自在，慵懒无力，面貌一新，清晨的万物发生了变化，仿佛昨日显露的晦暗过去了一周。鲍里斯咔嚓咔嚓地拍照，为所有失去的日子。我们争先恐后地指给他一幅幅美景，他兴奋地置之不理，并开始危险地将其巨大的身躯从一侧挪到另一侧，以寻找准备拍照的方便位置。我请他想办法拍出我们大家都在船上的照片，他反过来要求谢苗·克里梅奇叫出一头能够从岸上给我们“咔嚓”拍照的熊。而谢苗·克里梅奇曾多次行走于熊群中，如同行走于自己人中间，他曾计算过它们在贝加尔湖岸上的数量，而且险些举行了全熊公决。问它们更愿意在哪一种体制下的冬天舔熊掌——在保护区还是自由民主体制下——谢苗·克里梅奇高兴地同意吹口哨呼唤“业余摄影师”，同时添加了一个故事：有一次，他让歪脚的熊帮他拿一下妨碍他记笔记的上衣，而后者马上将其据为己有，藏身于密林中去了。

这里的群山并非拔地而起，而是横卧成连绵起伏森林密布的巨大山丘。那些无需懊悔的树木——雪松、云杉、白桦、红松——高耸挺拔，枝杈繁茂，像穿着裙子一般花枝招展。红松已不足为奇，它数不胜数。云杉特别漂亮——树干笔直，郁郁葱葱，就像沿着一条线，逐渐变细直到树梢，正所谓漂亮得适合展览。你划出转弯处，在前面，在不远处陡峭的椭圆形地平线上，它们简直会建造出一座带有尖顶、塔楼、层层阁楼的彻头彻尾的中世纪的古怪城堡；真难以相信，这是偶然遇到的轮廓。太阳开启了最初的秋日色彩：在小山岗上，白桦和山杨披上了棕黄色的盛装，落叶松开始被纯粹的淡黄色簇拥起来。从两岸探出片片林间空地，它们不再像是以前荒凉之地的处处深坑，而是森林中合理而漂亮的通风换气之地，召唤着人们前来高高的草丛中休息。还有气味，各种各样的气味……大地会吸收多少阳光，就会散发出多少气味……对这纷繁杂乱的气味人们已经根本无从分辨，而只顾飘飘然地陶醉于混合一体的粘稠气味中。

河上并不炎热，但是，我们刚一离开河水，来到当前的一个沙嘴上吃午饭时，便感到了太阳灼人的压力。从行程开始以来，我们第一次暖和过来，而且瞬间暖和过来。我们脱下衣服，脱下鞋子，在熬汤的时候，我们把背包里没有晾干的东西悬挂并铺展开来，这些以前的衣服现在散乱成一团团的破衣烂衫。午饭做好后，又不得不寻找阴凉的地方——太阳晒得太厉害了。就像雨水这些天从上到下把我们浑身浇透一样，太阳现在也是这样，天上阳光暴晒，地下滚热的石头烫脚。我们即将度过第一个穿着干爽的内衣躺在干爽的睡袋里的夜晚，我们晒干了剩下的食物，包括土豆和通心粉，用沙子清理了没有及时洗刷的饭锅和茶杯，把小船翻过来并把它晒暖，我们终于提起了精神。

午饭后，我们沿着厌倦了盘旋、变得笔直且平静下来的勒拿河航行，谢苗·克里梅奇一小时内几乎没碰船桨，只是为保证正常航行偶尔划动一下，然后再划动一下另一只，航行不到一小时，他突然像野兽一般屏住气息，侧耳倾听，振奋起来，重又屏住气息并果断地宣布：

“摩托艇。从上游来的。”

我不相信：

“它是从上游哪里突然出现的？我们怎么会错过呢？”

“从小支流里驶出来的。是特拉佩兹尼科夫，不会是别人。”

大约两分钟后，我听到远处嗡嗡响的马达声。随后，出现了一只小船，尖尖的船头高高仰起，船上有一个人。还什么都没有看清时，乌斯季诺夫就信心十足地肯定说：

“是他。特拉佩兹尼科夫。”

船不在行走，也不在漂浮，而在飞驰——一只银色轻巧的大船，就像一只从空中俯冲下来、将将触到水面的鸟儿。在约八到十米外，发动机熄了火，小船仍然激起浪花，追上了我们。一个身穿防雨衣、个子不高、身材匀称的人站起身来，他仔细看着我们，惊叹一声：

“真没想到啊！我本来是在两天后等你们的。”

“我们在哪里？”我忍不住问道。

“昌丘尔附近。”

“真没想到。而我们还准备划个不停呢。”

在岸上稍作考虑后，我们便把自己的零碎用品转载到八米长的铝皮船上，把忠实地为我们服务过、但已不再需要的自己的小船吊在上面，我们终于把双脚从水中捞出来，无拘无束地坐好，又过了一个小时，我们来到了昌丘尔——勒拿河上游地区第一个有几家“农户”的“有人烟的地方”。

曾几何时，通古斯人在这些地方游牧过，一户人家至今还生活在昌丘尔。但是自那时起，已经过去很久了。在很久之后，当地居民眼前常会浮现那一天，伴随着桨架上侧桨刺耳且痛苦的吱吱呀呀响声，最后一艘渔船消失在转弯后，它结束了划桨货船制造业时代和勒拿河上游地区村庄的整个生活，这些村庄现在几乎无影无踪。从昌丘尔到比留利卡，一切看起来都空旷而冷清：一些有村庄的地方，遍地杂草丛生；在另一些村庄，幢幢黏土砌成的俄式炉子悲哀而死气沉沉地竖立在露天里，炉门大敞大开；还有一些村庄正在被比留利卡国营农场吞并，它们的时间也不会长久。就在昌丘尔，战后还有三十座木屋，最近，却到了只剩下唯一一个住户吉洪·罗曼诺维奇·戈尔布诺夫老人的地步，他是一个“有个性的”人，正如人们所说的，他拥有非凡的力量和非凡的固执，留下了各种关于他的有趣传说。

回忆、传说不会太离谱，而且几乎总是与劳动及渔船联系在一起。数十年来，成群的工作队在这里采伐木材建造渔船，建好后把它们送下水。然后，人们驾驶新船沿着我们遇到的那种石滩、浅滩和迂回水路，驶过弯曲河段和河湾处，前往与伊尔库茨克有一条大道相连的卡丘格。渔船在卡丘格被装满货物后向北行驶——到达金矿，并继续向雅库特驶去。然后它们就停泊在那里，为运输新的货物，每一航行期都需要越来越新的、牢固的、领航员顺手的渔船，它们可装载四十吨或更多的货物。这种情况一直持续到从西伯利亚大铁路上的泰舍特到勒拿河上的乌斯季库特的铁路开通，持续到重载自行式驳船停靠到港岸起重机下方，而大部分当地人赖以生活的手艺便不再需要了。

再过二十至三十年，最后一批船工将会死去，人们会忘记这门手艺。谁也说不出，为什么杜恩卡[1]支流叫杜恩卡：一个村妇驾船，站在船尾划桨并偏离了“河槽”，使渔船搁浅并损坏了船只。甚至在男领航员的引领下，它们也有很多没能行驶到卡丘格和日加洛沃——勒拿河表现得如何？

但是人们记得，记得并且叫得出船工工匠的名字，他们能够根据树墩判断出，红松的“阳面”年轮是什么样，“阴面”是什么样，什么样的红松容易劈开，什么样的不容易劈开。松树的“阴面”年轮，背对着太阳形成环纹，纵向劈柴时更容易切入，而雪松则相反，需要从“阳面”劈开。有多少这样的秘密被永远忘记了，如今谁还使用薄板条呢，只有在极其偏远的某处猎人过冬小屋里，你才会遇到板条屋顶。

人们告别了一种生活，而另一种生活才刚刚开始。这从昌丘尔便可一目了然。

如果可以说世间仍有天堂在，那么昌丘尔便是其中之一。我不知道，不记得也不确信，是否见过对我而言更愉快更舒适的地方了。一个村子——十座木屋算什么村子啊！——位于昌丘尔河和勒拿河交汇处的左岸，在一片广袤的轻盈而欢乐的开阔土地上。木屋没有排列成一条街道，而是随心所欲地零散分布。吃得饱饱的肚子鼓起来的母牛沿着河岸懒洋洋地啃草，马儿们昏昏欲睡，站在那里微微摆动着尾巴，一匹小马

---

① 杜恩卡，俄文有“粗野的，没有教养的妇女（通常是外省的）”之意。

狗围着它们跑来跑去；小船刚一靠岸，两只狗奔跑过来看谁来了，当它们发现来人中有自己人时，甚至都没叫一声，莱卡狗通常是这样，它们不喜欢乱叫一通。在村庄后面的山岗上，一片小松林代替了田野（这里也曾经播种过），朝向小河的一面略显荒凉，但是，向下游延伸过去的对岸，伸展得如此遥远而辽阔，直到越来越浩渺倾斜的无尽天际，以至于欣喜的灵魂也有了可以放飞的空间。而在那里，在日落的地平线上，犹如在屏幕上一般，映现出清晰而密实的梳状般伸展的云杉，在似火的晚霞余晖中，闪耀着仪式般庄严的光芒。在任何阳光下，在任何情况下，目光始终如此向往那里，心儿受到如此的抚慰。仿佛这个无私的小村庄在天空那里占据特别醒目的地位，于是天空向它延伸出一条宽敞的大路。

除冬季雪地上的道路外，没有其他的由人开辟的道路通向这里。也没有电。而这意味着，“蓝屏”虽然毁灭了整个世界，却到达不了这里，这是人间天堂的首要条件。毫无疑问，这座天堂也将随着即将到来的货币气味而消失在这里：养兽合作社正在昌丘尔为外国游客建造疗养院和澡堂。但是习惯了便利设施的外国游客不会只满足于澡堂，他们会把其他各种享受带进昌丘尔，碾轧出道路，引进电源——那就肯定完蛋了。我们昌丘尔的主人弗拉基米尔·彼得罗维奇·特拉佩兹尼科夫满怀忧愁和担心，对国际旅游宾馆持不赞成态度。当他还住在城里，在一家工厂上班时，他花了十五年的时间寻找昌丘尔。寻找那个理应神圣而幽静的角落，那里不会轰隆作响，不会散发臭气，不会互相推挤，不会心怀恶意。而且他找到了正是他寻找的东西。他在这里住了二十多年：起初是一名在职猎人，保护区安顿下来后，他转到了那里，他学会了新生活要求的一切，而且学得不比当地人差；他做的小船是整个地区最好的。他来了之后，买了一座老房子，在它旁边开办了图书馆，后来建造了一座新的大房子，这房子你根本不能说是一间小木屋。而在勒拿河的源头，在滴水汇集形成一条大河起点的地方，他建立了一座小教堂，并为其“祝圣”，以欢迎前来这里的每一个人。

他在这里找到了宁静，找到了与世界的完好无损同在的普世宁静，找到了真正的世外桃源，并不想失去。

当我漫步于周围的森林时，在离村庄不远的悠深峡谷和石头谷底的后面，我偶然发现了正是那个不让昌丘尔最后一缕火光熄灭的吉洪·罗曼诺维奇的坟墓。我久久站在勉强能辨认出来的土墩前面。围栏损坏，台座的残留部分勉强保留着死者的名字。这意味着，这里曾经有过墓地。但现在这里没有墓地：在森林中彼此相隔很远的地方，我费劲儿找到了四座类似的坟墓，其余的都被时间吞噬了。而人们毕竟活过然后死去。吉洪·罗曼诺维奇是古老的昌丘尔活过然后死去的人当中的最后一个，三十年前就入土了。从那时起，再也没有过新坟。三十年的间歇已经是一种断裂，之后，生活会重新开始，会是另一些人的居所。

后来，我走在这座被废弃的村子里。村子的残留部分——一边是门窗已被卸下的破旧木屋，另一边是敞开的长满荨麻的俄式火炉——看起来像是它昔日生活的墓碑。如同人们坟墓上的纪念碑被遗弃荒芜了一样，这个坟墓标志着昨天最后的苦痛和赤贫。大库伦圭——按照当地的标准是一座大村庄，漂亮地沿河坐落，正如这里人所说的，好极了。与我同行的是一位中年牧马人，他牵着一匹备好的花斑母马，他善良的面孔布满了皱纹，因酗酒而一脸的疲惫不堪。即使是现在他也浑身散发着酒气。他口齿不清，却糊里糊涂地愿意讲话，对我的问题，他一概用忧伤然而并非总是恰当的结尾“很想”来回答。一切在他这儿都同时出现：很想喝酒，很想回故乡，在牧乡那里，国营农场的牲畜群现在在他的照管下正在长膘，很想远走他乡，也很想留下。他讲到一个埃文基猎人，是当地的教师，他打死了四十头熊，而第四十一头熊咬死了他，他当然堕入了人所共知的传说里：落入熊口的那么多人正是这命中注定的第四十头或第四十一头熊杀死的。他回想起，今年夏天一位库伦圭老人“萨沙·奇里科夫大叔”从比留利卡划船来到这里，眼含泪水走在长满荨麻的小木屋中间，然后泪流满面地上了船，划船离去，而两天后死去了。他无意中提起，他的父母也安葬在这里，而当我看到村后被牛踩踏过的坟墓，忧郁地皱起眉头，忍不住说道，可以把亲人的坟墓围起来时，他结结巴巴地匆匆回答说：

“应—应该。准—准备。”

但我感觉到：不很想。

当天傍晚，我站在比留利卡的纪念碑前，这里曾是一座富裕的大村庄。最近几年，它把附近破败村庄的居民集中到一起，变得越来越大，但这并未限制“历史的发展”。像其他所有地方一样，比留利卡不再试图掩盖外部的人为忽视的痕迹。污垢，酒鬼，粗野的脏话，摩托车的轰鸣声。在纪念碑白色的大理石板上刻有长长的名单，上面列出最后一次战争中阵亡者的名字，在左侧有一个地方记载着历史信息。在金属围栏里，除了我，还有两只山羊也沉浸在情感之中，在当地圣地的混凝土基座上晒太阳让它们心满意足。我站在那儿读道：“1668年，军政长官奥尼奇科夫在比留利卡河岸上创建了比留利卡乡。比留利卡的第一批居民是斯坚卡·亚历山德罗夫和兴什卡·辛科夫。1672年，国有农民人数为16人，1699年为42人。”

我想看一看，国有农民是否还留下了什么东西，哪怕不是第一批，哪怕是接下来的也好，比留利卡是否还遵循记忆的法则，于是我去了墓地，好在它并不很远。我总是认为，总是相信，尽管早该放弃这种希望，希望在某个地方有一个“延续血脉”的人群聚居地——他们了解并尊重自己先辈的一切，而非简单的一群破坏生活的形形色色的乌合之众。而且村落在大地上越美丽，越便利，它似乎对自己的过去就更有记忆更加敬重。

但是，没有，在比留利卡公墓中没有一座比祖父母辈更早的坟墓。在离公墓大门附近一段的丛林中，显然是较古老的一段丛林中，从几个地方的灌木丛里传来兴奋而欢快的声音，证明其主人正在消遣。我向其中的一群人走去，想了解一下，在比留利卡是否还有其他古老的公墓。

“还有什么其他的？！”——一个躺在发黑的十字架中间的地上的男人高兴地回应，他有着一张热情的面孔和一副热情的嗓音。“它在我们这儿自古以来就一座。我们住在一起。”——他说完最后一句笑了起来，他的两位坐在低矮祭桌前的同伴也觉得很可笑。

可见，尸骨摞着尸骨，遗骸压着遗骸。这是一座合葬公墓。也许就该这样？穿过灌木丛时，我偶然碰到一堆埋葬的旧物，并在其中意外发现了堆在旁边肮脏生锈的铸铁纪念碑，这是两名比留利卡医士——约瑟夫·尼古拉耶维奇·奥斯塔波维奇和卢卡·马卡罗维奇·多罗费耶夫的纪念碑。一个在19世纪末医治过比留利卡人，另一个在20世纪初。当然，他们是整个乡里最受尊重的人，他们为产妇接生且随叫随到（在村子里别无选择），可能在近半个世纪的时间里一个接着另一个，医治过许许多多国有农民的后代，——也被丢弃成废物！在回来的路上，村庄中心的纪念碑看似已是另一番情形，恍如全国进行的一场意识形态运动的无情产物，而非当地人民感激的泪水的结晶。

在我们过夜的房子里，电视迅速地播放着一连串令人窒息的新闻，一个比一个更惊心动魄和骇人听闻，我们则绝望而默默地坐在电视前，发生的事压得我们透不过气来，痛苦地喘息着。结束了，我们回到了大世界。明天回城等于去流放，去服苦役，去饱受折磨。为了炸毁为期一周的以勒拿河的原初自由建立起来的“防御工事”，需要的是多么少啊——在电视前坐半个小时足够！

* * *

我一直试图发现和思考出某种想法，那种这些天我曾不止一次接近的想法，那种我感到不适而徒然纠缠的想法，它近在咫尺却不得要领。我甚至不清楚它与什么有关。它似乎与最近折磨我的一切有关，就像面包一样，简单而不可替代，它解释我的迷茫。迷茫，痛苦的失落，“现实”的流离失所，而这“现实”被某些疾风暴雨般的力量裹挟到荒凉的“完全不对茬儿”的不毛之地。不可能吧，人们一时兴起便心甘情愿变得糊涂，乐于听从恬不知耻之人与背宗忘祖之人的支配，并满腔热情投身摧毁构成生命主要支柱的成分——国家、道德、信仰和前辈的劳动。这是某种无法解释的现象，或者可以解释，但不在我们习惯于寻找原因的地方。当成群结队的鲸鱼违背生命本能冲上海岸，当鸟儿故意撞死于悬崖，而惊慌失措、出离愤怒的象群摧毁了它们前进道路上给它们带来安宁与食物的一切，这不正是那个原因不明的打击导致它们产生自杀的冲动吗？！如果原因是外在的，是包括他这“万物之灵”在内的任何生物都无法抗拒的外在原因，那么他享有盛名的、源于理性的强大在哪里呢，他将这种强大用于加速提高何种力量和素质呢，如果他忘记了自我，忘记了保护自己免受神秘的神经错乱的侵袭？！从远古时代开始，然后从圣巴托罗缪之夜[①]，尤其是从法国大革命开始，他就应该知道疯狂的危险性与日俱增——无论是由于太阳活动还是由于月亮缺失引起的，而且一旦疯狂开始表现出来，就应该设法寻求抵抗，直到找到“拘身衣”。如果什么也不做，怎么能保证明天甚至于今天晚上，在又一次狂热之下，人不会对一种不该是人类智慧产物的“玩具”玩得入迷而自戕呢？在最近一百年内，人类智慧创造了很多东西吗？！不，不是太阳耀斑，不是“黑洞”，不是来自宇宙的其他物质将他笼罩在狂暴的精神之中，导致他进行破坏性运动。这种精神成熟于他自身，成熟于他悲剧性的消沉中，成熟于那些人类赖以生存的精神裂缝中。

我们也开始思考相同的问题。问题越来越多，规模在扩大，弥漫于天下，而且它们并非简单地发出声音，而是号叫，提出要求，为寻求答案争论不休，结果是徒劳无功。产生真理的生活彼岸抑郁地沉默着。长期以来，我们没有它也应付自如，或者我们如此混淆、曲解并粉碎它，以至于在掺杂暴力无人关心的情况下，它受到严重损伤并憔悴消瘦，真理就这样由圣驾变成了听话的使女。实际上，我们没有真理，没有那种公正的衡量标准，这不是由我们衡量，而是有人衡量我们。由于不断贬低和侮辱，可以从圣驾收获一个听话的使女——这已得到了证实；但是否可以反向行之？为此需要多长期限？不得而知。我们得到了想要的东西，那么我们现在想要实现什么呢，为什么我们感到自己被抛弃并且不幸呢？

问题又来了。在接踵而至的问题中，不回答，不反馈，想法不成熟，也是同样的垃圾场——“空间”的杂质，同样的思想生态环境，其

① 圣巴托罗缪之夜，又称圣巴托罗缪惨案，1572年8月24日，发生在圣巴托罗缪日巴黎天主教暴徒屠杀新教徒胡格诺派的恐怖暴行。

紊乱而无果。在继续前行之前，应该在哪里，在哪一个空间里停下来并找回逝去的支点呢？

想必人被设计成一种完美的工具，只有在与灵魂结合时，在通过灵魂如通过洗礼一般传递任何意图时，在为洗涤目的准备即将采取的行动时，才赋予他理性。理性提出建议，灵魂进行选择并引导理性。人在痛苦和喜乐中能够发出的那些美妙、忧伤和欢快的声音，均由其灵魂宣泄而出；那里有琴弦，那里也有琴弓，那里有天堂的气息并使用这把琴弓来回拉奏。一个有意识或无意识地失去了灵魂的人也失去了自我，他已经不再是人，而徒具人形，如同人身上的神迹，也就是说，他立即降格，为此需要数千年的时间。失去灵魂，他就无法为自己的行为负责；他失去人格，失去自制力并不惜付出一切。随着人群的大量聚集，随时都可能爆发，这种首先由于每个人对自身的隐性不满，由于不可避免的自我分化产生的自我迷失、自我背叛和自欺欺人（仿佛什么坏事也没有发生）——随着人群的大量聚集，几乎自然地导致爆发。在这种情况下，像我们常做的那样，诉诸理性，是毫无意义的。疯狂不是因为缺乏理性，不是因为理性像领袖或沙皇一样“不知情”，而是因为失控，堕落的、恶性膨胀的“理性”导致的暴虐，这是他失去灵魂后的理性。19世纪文明以其自由、法律、经济、金融和政治，以其不道德和不信神而被俄国文学（列·托尔斯泰、费·陀思妥耶夫斯基、瓦·罗赞诺夫）称为小酒馆。长期逗留于小酒馆，一切屈从于小酒馆的“法则”，定会有不良后果。19世纪，公共小酒馆的通用喉舌——电视尚未发明；文学在兜售春画的同时，尚未被雇佣到小酒馆里作强拉顾客的店员；数以百万被机器从劳动中解放了双手和思想的制造霹雳音乐的“文化”人，尚未以闻所未闻的轰鸣冲击耳朵和神经；当时的人类还没有被“和平的”和

“军用的”原子能的恐惧所束缚；电影和电视“明星”还没有热衷参选议员；八岁的女孩尚未生育，而且也远离艾滋病，这是小酒馆的产物，同时也是对小酒馆应得的报应，是某种特别令人作呕的爱的果实，即使是魔鬼本人也一定无法忍受。当时许多东西尚不存在，而且从今天小酒馆的高度来看，19世纪末的小酒馆似乎是一座边远的修道院，没有在所有方面遵守供食宿的规则。但常言道，趋势是显而易见的，文明选择的方向导致产生了遍及各地的“女妖五朔节[①]”般的真正的小酒馆，然后继续前行，进入小酒馆的后室，小酒馆里面的小酒馆，开始按照后者的模式来规划世界。

此后还诉诸何种理性，呼吁何种慈悲呢？！理性和慈悲也腐化堕落了，它们可能给予的忠告、仁慈，将是暴虐者偶然充满温柔的姿态，特别当他一时意识到自己也是受害者时。社会理性，这个本身缺乏针对性的概念，也成为一个通过“自由”使残酷合法化的概念，它无法在小酒馆的条件下变得更好，只会跌落得越来越低。

那么救赎在哪里，何为救赎，它存在吗？这个问题即使听起来也很无助——仿佛来自旷野，来自虚无，来自无生命的空间。人类事业和思想的未受精的卵巢脱落其中，犹如落入坟墓。救赎无处可寻，除非返回人自身。这是一个不可靠的地方，但是根本就没有其他地方。它只可能发生在词源上失去自己名字的人身上，因为我们快节奏时代的面貌和精神不体现在他身上。无论多么令人悲伤，但时代的形象和精神体现在受非人成分支配的人身上，在背叛人类者身上，在联合成“先进人类”的骗子们身上，他们以史无前例的赌注在世界各地玩以假乱真的游戏。

这是今天在规范、法律、习惯上被接受的人。他这种人不计其数。

---

① 女妖五朔节，据中世纪传说，5月1日前夜，在德国布罗肯山峰上女妖举行狂欢集会。

同意并纵容类人者侵占并夺走由上帝构思而成的人的称号，就意味着背叛一切，献出一切——既献出过去，也献出未来——并最终卑躬屈膝……不，那个人，是少数之人，受人藐视，被人嘲笑，一贫如洗，其心脏泵出血液，与永恒的圣训不分离；那个人认准目标就会锲而不舍，他崇高的目标和高尚的理想不会熄灭，他过的不是“自我迷醉的”生活，也不是脱离共同根基的生活，而是延续的具有“建设性”继承的生活；那个身体寓于灵魂如同寓于纯洁和保护中的人——那个人也只有那个真正的人，才会被给予恩赐和考验。就让妖魔从他自己的字典中抽取一个名字为自己非人的公民身份命名吧，我们仍将是人。

人与人，人与人，相互关注理解，彼此紧密相连，共同减轻痛苦……以第一批基督徒坚定不移的精神，他们信奉救世主，相信人的复活，情愿为他遭受迫害和诅咒，遭受任何苦难，一次次去牺牲，精神却变得强健，屹立的功绩也逐渐显赫……像第一批基督徒那样。于是，伴随着痛苦、呻吟和希望，直到新皇帝君士坦丁在他的祖国为得救的人欢欣鼓舞，并宣布救赎事业为国教。

对此满怀希望吗？！谁知道呢！……答案在我们，在我们的生活方式中。但是如果没有，如果永远等不到期盼的复活，无论如何也要坚强地度过一生，不屈就成为行尸走肉。始终做一个人，并要留下人的名声——在接受末日审判时，还有什么会比这更鼓舞人心的呢？！

但为什么此时此刻产生这些想法、这种折磨、这种强烈得令人窒息的生命的罪恶感？为什么在这里，在赠予人的这一片原生居所附近？为什么在似乎刚刚做好坚固性储备，而且灵魂变得坚强，在纯净的空气中洗去污浊的时候？

是的，灵魂也提出要求！在那里，在我们的大城市里，如同在展开的粘稠的蜘蛛网中，我们软弱无力，拍打着翅膀，而某种仿佛如大肚蜘蛛一样无形的、巨大的食肉怪兽吸吮着我们的血液和我们的理性——定量地，一点一点地，直至这种拼命地扑动翅膀成为生活，而且在“文明”的花园里。而从这里，从过去的高度，未被污染过的明亮的双眼却分明发现，可以而且必须以另一种方式生活。从头开始已经不可能，但吩咐我们看去的地方不是前行的方向。

……勒拿河重又蜿蜒曲折，千回百转，形成宽阔的两侧河岸——它是如此不情愿献身于人类的宫殿。

1993年

俄罗斯乌斯季耶

先人们

我很晚才听说俄罗斯乌斯季耶[①]。如果十年前我就了解它，那么现在留在我回忆中的许多情节，当时就可以在生活和活动中捕捉到。我第一次飞往波利亚尔内[②]乘坐的飞机，正是俄罗斯乌斯季耶最后一位优秀的寓言作家米哈伊尔·伊万诺维奇·奇卡乔夫去医院时乘坐的飞机。他没有从医院回来。十年之间，电视已经来到这里，许多外地人从内陆来到这里，许多熟悉陈年旧事的先人已经故去，因迪吉尔卡河沿岸的众多墓地上，许多十字架倒下歪斜着，越来越多的人开始像我们这样说着“外语”，失去了自己语言古老而神奇的声音。

我似乎感觉，我来俄罗斯乌斯季耶时，正赶上它的转折时期——在古风只剩下古风的余音时，在人们和它永远告别的那一刻。这里长期以来一直落后于整个时代的变化，现在无论在特征上，还是在进程上，终于与时代并驾齐驱。而且在这里，人们开始把昼夜循环分割成小时和分钟，首先察看它们的计时仪器，然后再看窗外或肩膀后方[③]。普遍性的匆忙也渗透到这里。极夜极昼依旧交替，鸟儿遵循着世代相传的本能飞来飞去，因迪吉尔卡河按时冰封和解冻，紧随着冻土带的白色沉默之后，开始了斑斑点点波浪起伏的褐绿色的神秘诉说，但在所有这一切之中，会获得某种与众不同的东西——似乎大自然被迫承认人的权力，并且遵循自古以来的规律，进行轮流更替，但并非依其本身，而是依照人建立的历法进行。如今已经无法像19世纪初那样谈论俄罗斯乌斯季耶人

① 俄罗斯乌斯季耶，位于俄罗斯雅库特共和国。乌斯季耶，俄文有“河口”之意。

② 波利亚尔内，俄文有“极地”之意。此地官方称“波利亚尔内”，民间称“俄罗斯乌斯季耶”。

③ “肩膀后方”，俄罗斯民间认为，左肩坐着恶魔，右肩坐着天使。

了："在这300—350年间，他们在这里，在东北冰天雪地的王国里，陷入了一种蛰伏状态：他们的整个生活方式、思想和方言都被冻结了，暂时还无法解冻。"（弗·波格丹诺夫）

在最近二十年间，许多方面是在最近三十年间，他们不仅解冻了，而且迈进了人类存在的统一进程，尽管南北东西存在很大的外部差异，但在内部机能上正在接近所有人的共同标准。而标准就是标准，它调节色彩、声音及其他所有内容。统一的生活方式好比需要站成的统一队形，必须保持一条直线。它让这种方式蓬勃发展，却使生活单调乏味。

如今，俄罗斯乌斯季耶保留下来的东西所剩无几，关于它的过去留下两个很有意思的证据——沙皇时代的政治流亡者弗·米·津济诺夫[①]的《北冰洋沿岸的古老居民》一书和安·利·比肯戈弗[②]20世纪20年代末的《新土地发现者的后代》一书。这些书名本身已经说明，俄罗斯人在因迪吉尔卡河下游地区的命运非同寻常、与众不同，已经说明俄罗斯人在血脉、精神、信仰和原初性上的集中遗传。特别有价值的是，两位作者都在那里收录了民间创作并编写了一部先人词典。也有过其他的证据，较早和较晚的都有过，但如过往云烟一带而过。在一系列的回忆、观感和科学笔记中，只有这两本书主要介绍了俄罗斯乌斯季耶，而且最为完整。根据它们不难判断，哪些东西尚存并继续存在，哪些最终沉入了三重地狱。

俄罗斯乌斯季耶人说话，像远古时代一样，不是双倍夸张，而是三倍夸张：不是地狱，而是三重地狱，不是很光明的，而是三倍光明的。你们还记得，雅罗斯拉夫娜在《伊戈尔远征记》中悲诉："光明的——

---

① 弗·米·津济诺夫（1880—1953），俄苏政治活动家，记者。

② 安·利·比肯戈弗（1903—1971），俄苏地质学家。

三倍光明的太阳啊！”

在俄罗斯乌斯季耶发生的所有损失中，最大的损失是：俄罗斯乌斯季耶几乎被永远遗弃了。战争结束后，在北方实行了城镇化（有一段时间这里差点被归入“没有发展前途的”村庄），所有分布在因迪吉尔卡河两岸数十公里并一起组成了俄罗斯乌斯季耶的“农户们”，其中也包括同名村庄本身，都被运送到一个宿营地。为了不再让历史勾起记忆，人们稍作考虑，便将其命名为波利亚尔内。沿岸叫这个波利亚尔内的不胜枚举，而俄罗斯乌斯季耶举世唯一，它有许多值得百般呵护的东西。可是仅在不久前这个地方才恢复地名。

但即使地图上没有名字，它仍然不顾落后保守官员的逻辑在现实中使用。人们购买飞往波利亚尔内的机票，却住在俄罗斯乌斯季耶。在证件、命令、工作报告中写的是波利亚尔内，而在人们的记忆中仍然是俄罗斯乌斯季耶。因迪吉尔卡河冲毁了波利亚尔内，河水冲塌了匆忙间选择的陡岸，把一座座小木屋卷入水中，而每年夏天，当俄罗斯乌斯季耶家家户户分别去往“沙地”（沿河捕鱼地段）时，因迪吉尔卡河的所有三条小支流热闹起来，因为这些“沙地”通常位于祖父们和曾祖父们暂住过的地方，那里留下了许多他们的坟墓。知道波利亚尔内的是飞行员和航海家、边防人员和地质学家，而从亚纳河到科雷马河的猎人和渔民曾经知道和现在知道的仍然是俄罗斯乌斯季耶。这并非只是简单的对固定名称的习惯，这是牢固建立的本地世界不可分割的一部分，其中人与大自然融于一处，成为一体。

我到俄罗斯乌斯季耶至少晚了将近十年，在悲叹的同时，应该附带说一句，这一迟到并非完全彻底。当然，俄罗斯乌斯季耶人的许多生活中的风俗、信仰、习惯一去不复返了，或者由明显的变成了隐秘的了，但是经过仔细观察可以发现，许多东西还是保存下来了。它没有保留在原地，而是发生了位移，但是仍然可以看到它。我姗姗来迟，无法在它生活了数百年的地方看到它，但是可以辨认出它是如何与此依依惜别的。在冻土带，可以看到很远的地方：不难发现一位悲伤衰弱、身体累垮了的老人身影，但从背后看去，其身影高贵而挺拔，他正向极夜退去。

身影退去，却没有一下子带走自己的一切。几个世纪积累并筛选出来的精华不可能一下子都带走，留下的足够再使用几年和几十年。我在这里遇到了多神教，总的来说，无论在哪里，它在俄罗斯人身上都异常坚韧，而在这里，它似乎完全是一种自然生长，每年春天都会自我更新。也许，我已经准备好去感受它了，但我很快就感觉到了俄罗斯乌斯季耶的一个单独的秘密，仿佛它就在众目睽睽之下。我还在因迪吉尔卡人的面孔上，在他们关于过去的故事里，在其不变的劳作中，在内讧的关系中感觉到了这个。而且，最终，我听到了这种语言……上帝啊，这是一个多么幸福的使者啊，多大的享受和运气啊，在它流传到今天所用的那种词语和声音里，是俄罗斯乌斯季耶的俄语！

传奇

我们喜欢神秘的事物，我们既希望有尼斯湖的陌生女人存在，也希望有帕米尔高原的雪人存在，还希望有西伯利亚冻土带神秘的野人和“飞碟”。没有这个，我们在被光线照穿并被解释得透彻的世界中会感到不舒服和寒冷。任何关于未知事物的消息都会激发我们的想象力，并希望大自然仍然储备了力量以抵抗残酷的剥头皮式[①]的思维方式。在我们大多数人身上似乎都生活着两个人——一个是其时代和教育的产儿，他们赞同世界的机械装置，而另一个只要在前者的逻辑遭到质疑时就感到兴奋。这是一个同时既坐车又推车，既感知又计算的人，软弱到具有某种不确定的强大力量，强大到疲惫不堪的危险状态。人抗拒自我，其感知世界的功能没有融入一个和谐的体系中。

博学的头脑只会将尚未公开的事物称为秘密。而无法公开的事物，对他而言并不存在，即使在这无法公开的事物上有着生物的所有本性。而被遗忘的、失落的、过时的，而且与今天采用的说明符号不相一致的东西，对他而言完全是爬行动物。不觉得奇怪吗：人类认识越来越多的新事物，将这种认识深化到以前无法想象的深度和高度，与此同时，人类在其历史上不止一次失落了大陆、文明、强大的城市和法律，而当它们偶然被发现时，人类在自己的结构中找不到适合它们的位置——所有环节中的传动链条紧密相连，无处可挤进其中。所有的科学都喜欢直接的快速运动——平行的或曲线的，回环路径对于它们毫无用处。

俄罗斯乌斯季耶人有一个传奇（传奇故事，传说），根据该传奇，他们的祖先不是从南方来到这里的——像西伯利亚遍及各地的沿河和沿连水陆路定居的居民那样，而是更早的时候，为了逃脱伊凡雷帝的摧残迫害，驾驶单桅单帆海船从海洋踏上了这片土地。他们的祖籍是俄国北方，是古老的诺夫哥罗德领地。众所周知，1570年，雷帝十分凶残地镇压了诺夫哥罗德的自由逃民，大规模绞刑席卷了它的整个土地，迫使幸存者望风而逃。沿海居民的双眼瞅准了东方，他们自古以来驾船去那里

① 剥头皮，指古时某些野蛮部族作为战利品从战败者的头上将头皮连发剥下的做法。这里指现代人毁灭自然的行径。

谋生，而且被浮冰切断交通后，不止一次留在那里过冬，知道那里的条件和土地。很有可能的是，他们并非立即到达，也非一次航程就到达，也非一年之内到达因迪吉尔卡河，也许，在出走之初，他们并不了解它。但是，从一条河流驶入另一条河流，听到更加有利可图的土地的传闻，并决定彻底摆脱国家的监视之后，他们终于来到了这条河，沿着他们后来称之为俄罗斯的西部小支流，向内部深入，并在距海约八十俄里处建立了俄罗斯日洛①。

一个过于俄罗斯式的细节有利于说明这一传奇故事的可信性：外来人在因迪吉尔卡河的支流叶龙河河口住下来后，第一个冬天喝得酩酊大醉，认为这个地方不能令人满意，随后离开这里，搬到不远处的另一个地方。从那时起，这条河的最初名字又叫——古良卡②。津济诺夫几乎整个1912年都在俄罗斯乌斯季耶度过，他在叶龙河河口还遇到过古老墓地的遗迹，墓地可能是由航海家起建的。

我第一次来因迪吉尔卡河是在春天，三月末四月初的时候。当时冻土带上白雪皑皑，冬天甚至没有因出现的太阳而畏缩。－40℃的严寒一直持续着，预计将会有暴风雪。大雪白天黑夜纷纷扬扬，整个世界白茫茫一片，白雪沉重而无休止地堆积，使人对它什么时候可能会融化不抱任何希望。第二次旅行我选在夏天，我们乘坐渔业资源保护机构的汽艇从区中心乔库尔达赫驶向下游，前往古老的俄罗斯人的定居点所在地。我们深夜驶近了古良卡，附近是我第一次来时结识的帕维尔·切列姆金度夏的地方。拴着的几只狗默默地注视着汽艇驶近，但是当我们刚一踏上河岸，它们便狂叫起来。切列姆金从活动木板房里跑出来，切列

① 日洛，意思是“有人烟的地方”。

② 古良卡，俄文有“酒宴”之意。

姆金是俄罗斯乌斯季耶的一个本地姓氏，他是一个结实的年轻人，闻名全区的猎手。令我难忘的是，似乎有一种观点，认为北方居民沉默寡言，而他却绝对是个例外。瞧他现在，刚刚认出我们，便快速而不停地讲起了发生的事，他还没有从这件事中冷静下来，还没有决定怎么办。他与儿子和侄子一起离开了四天去修理捕兽器（捕猎北极狐的触发机关），而妻子和孩子们留在这里——他今天返回来，却发现家里没人，而桌子上有一张字条：不知什么野兽咬死了一只狗。他在这里有一支由十五只狗组成的雪橇犬队，现在要驾船去村里接回被不明野兽吓着了的全家人，把狗留下也很危险。

狗儿们，毛发蓬松，爪子强壮，吃得饱饱的，主人刚一说话，它们便立刻安静下来，以显示每个劳动者尊严的那种好奇而冷漠的眼光看着我们。

这里的人声称，因迪吉尔卡雪橇犬是世界上最好的雪橇犬，看起来果真如此。难怪这条河在最初的报告中被称为狗河。死了一只好狗是一笔相当大的损失，而现在，当猎人更多使用“暴风雪”牌雪地车时，这种损失并非总是可以弥补的。切列姆金是为数不多保留雪橇犬队的人之一，对他而言，这不只是利益，不只是有利可图或无利可图（不需要储备鱼的雪地车恰好更有利可图），对于自尊心很强、在本地老住户的猎人中已确立自己地位的帕维尔·切列姆金而言，雪橇犬队是俄罗斯乌斯季耶原住民与世袭猎人的标志和特别之处，是忠实于传统以及对它养育了许多代人的一种感恩。

我问了他关于古良卡古老墓地的情况。切列姆金听说过它，但在他的记忆里，无论是墓地还是十字架他都没有遇到过。极有可能是被因迪吉尔卡河冲走了。每年夏天，河水改变着水流的压力，裹挟着铁锈色的冰原水冲向河岸，并吞噬了那里所有或立或卧的生死存亡的一切。从古良卡略微向上游方向，在一个名为尤尔图什基的小地方，那里有帕维尔·切列姆金的哥哥康斯坦丁度夏的地方，我们坐船驶过时，看见一座原木建造的老房子已经悬在水面上，主人不等它倒塌，便在远处建起了新房子。当时仍是极昼，太阳落山的时间不长，在苍茫缥缈的暮色中，远处清晰可见。从古良卡开始，因迪吉尔卡河向右急转，然后转身前往左侧：沿着平坦的地面流淌，那里所有的道路都向它敞开，没有任何障碍。它带领小支流、渗流、弯弯曲曲的小河汊到处乱钻，踉踉跄跄，跌跌撞撞，让人似乎感觉，这里不止一条河，而是一团河，像盘成一团的蛇，聚集起来并不会向四面八方爬行，冲刷着无尽的冻土带。

主河道接收了叶龙河汇入之后，向右转去，那里有十字架和一栋没有屋顶的建筑，最后仅存的俄罗斯乌斯季耶——先人们古老的栖身之地，终于出现了，他们在那里居住三百多年，如果相信传说……

如果相信传说……而相信它的理由是什么呢？抑或相反：有什么理由不相信它呢？

“尤卡吉尔人土地上的因迪吉尔卡河”，是由皇帝派出的人（波斯尼克·伊万[①]、伊万·列布罗夫[②]的队伍）于17世纪30年代末发现的。在报告关于尤卡吉尔人、关于军役人员如何在那片土地上维持生活以及如何为皇帝谋利的同时，他们没有提及俄罗斯人的定居点。或者它们当时还没有，或者有利害关系的人物避而不谈起了作用，或者派出的人当时沿着另一条支流驶过。一切都有可能。不该忘记的是，俄罗斯人为了

① 波斯尼克·伊万（生卒年不详），16世纪中期俄国建筑师，于1555—1561年修建莫斯科红场上圣瓦西里大教堂的工匠。

② 伊万·列布罗夫（？—1666），哥萨克五十人长，俄罗斯雅库特北部地区土地（从勒拿河口到因迪吉尔卡河）的发现者。

逃避俄国的压迫，即使他们当时已经定居在这里，也未必急于在皇帝的听差面前露面。他们之所以躲藏到如此深远和绝境之地，就是为了让人找不到他们。我们决定看一下科雷马支流沿岸的古老村庄斯坦奇克，那里保留了一座小教堂，但是在回程途中，我们在无数的支流和转弯中迷失了方向，迷路了几个小时，尽管我们的向导是熟知这里一切的当地人。对于首次出现的外来人还能说什么呢？即使是最有经验的勘探者，他们可能在因迪吉尔卡河广泛分布且完全混乱的泛滥河水中绘制出完美无缺的地形图吗？当然，这并不意味着俄罗斯人一定来过这里，但是他们可能来过，不应该排除这种可能性。

弗·津济诺夫在他的书中援引了一位俄罗斯乌斯季耶老人的话："我从老人们，从很早的老人们那里听说过，这条河早些时候全部住着尤卡吉尔人。来自不同省份的人聚集在一起，并乘船沿海航行——因窒息而逃离，这是一种病。而俄国彻底失去了他们。"也许在那片不舒适的、光秃秃的冻结之地，最能温暖、肯定并将他们联系起来的就是"俄国彻底失去了他们"这一点，而且纵使天涯海角，沉重而邪恶的势力也找不到他们，也无法使他们在肉体和精神上俯首听命。

1831年，当雅库特人声称他们对因迪吉尔卡河下游地区的权利，决定强制俄罗斯人从那里迁出时，后者用以下论据捍卫了自己在他人领地中的世袭领地："这条河最初是由俄国乘单桅单帆海船来此的人发现的。"

泰梅尔半岛东海岸的考古发掘证实了这种旅行可能发生的事实，1940年，在那里发现了俄罗斯沿海居民越冬的痕迹，其历史可以追溯到17世纪初。人们在17世纪初时航海——为何不能借此推测此前也航行过呢？一些科学家明确指出这一点。鲍·奥·多尔吉赫[①]在其《17世纪俄罗斯人沿北方海路航行的新数据》一文中所说的话众所周知："还在西伯利亚东部沿海地区并入俄罗斯国家之前，俄罗斯航海家就通过北方海路绕过泰梅尔航行到西伯利亚东部地区。这时东西伯利亚北部海岸的许多居民点，可能已经是来自俄国欧洲部分北方沿海地区的俄罗斯工商业人士的活动地点。"

顺便说一下，关于第一批定居者乘坐单桅单帆海船到达这些地方的传说，在亚纳河流域也普遍存在，在以前的俄国哥萨克人的村镇里也存在。谁知道他们当年是否是同一队人员向东前进，其中一部分航海家留在了亚纳河，而另一部分继续前进并航行到因迪吉尔卡河了呢？

但为什么是因迪吉尔卡河呢？难道不能沿路绕过一条又一条河流，选择一条不很险恶、更适宜的河流来居住吗？即使在北极地带，他们还能寻找什么利益呢？远就远吧，如果他们从中看到了救赎，但即使在远处，如果没有有分量的诱惑，他们也不会越过界限，而在当时这恰恰是"越过界限"，还无人向更加深远的东方踏出路径。是什么真正吸引了俄罗斯人来到这里？他们发现了什么？是什么至少能够以某种方式弥补被离弃的家园？

然而，我们不会夸大这些地方的死寂无声和彻底冻结，它们本来就已被夸大了。俄罗斯北部的苦寒程度当然无法与亚洲北部相提并论，但是它也没有使当地劳动出身的人放松很多，而长途跋涉会使人更加坚强。如果说因迪吉尔卡河没有吓倒他们，这意味着，在漫长的越冬时节和亲密的集体关系中，他们习惯于不惧怕，仅此而已。还想让你们知

① 鲍·奥·多尔吉赫（1904—1971），苏联民族志学家，西伯利亚研究专家，西伯利亚民族历史与民族学专家。

道：生活在大洋附近的下游居民认为，他们这里很暖和，这是与寒极所在的雅库特内陆相比，确实如此。每逢夏天，人们最害怕这里的酷暑，它能够从每一滴水中繁殖出蚊子，而无论人还是野兽都根本无法躲避蚊子的侵扰。

而可能是事先已经探明的，吸引俄罗斯人过来并将其留下的诱惑物，自然是有的。首先是丰富的鱼、鹿和禽类资源，至今它们仍未耗尽。如果至今仍未耗尽，让我们试想一下，在距我们三百和四百年前，在这些湖泊和捕捞物里，在这些苔原丘陵和泥沼里都会有什么呢。谢天谢地，这里的北极狐没有被斩尽杀绝，暂时没有什么可毒死宽鼻白鲑、白北鲑、目荀白鲑。波利亚尔内猎区购销站的前主任尤里·卡拉琴采夫给我们讲了一件事，大约两年前，村里有人可能出于恶作剧往乔库尔达赫写了投诉信，抱怨商店里没有肉类。那里的人感到惊讶的不是没有它，而是惊讶它为什么要在商店里。但是为了回应投诉，他们运来了乔库尔达赫出现的牛肉。它放了几个月之后，失去了所有的外观和味道，被丢得远远的，甚至连狗见了都不会眼馋。当本地人需要肉类时，猎人坐上雪地车（还在不久前他们每个人都有两至三台雪地车），驱车到不远处的冻土带，并通过望远镜眺望，哪里会出现鹿群。出现了——他便加快速度，将他的铁车朝它们横穿过去，半个小时后已经带着新鲜的鹿肉返回。他们将大鱼（食物）在敞开式冷柜里堆成垛，将小鱼（扔给狗吃的鲱鱼）成堆倒在冰上。

当然，俄罗斯乌斯季耶人的祖先既没有望远镜，也没有雪地车，但是正如我们不会因为没有三百年后才出现的东西而感到苦恼一样，他也会心平气和地使用手边现有的工具，尽管消耗了巨大的体力，但也极好地捕获了鱼、肉和皮毛，以其使家庭感到温暖并充满活力，并从自己全新开创的家园向世界派出了一代又一代的子孙。

但是在开创这个新家园之前，他应该仔细环顾四周并探询清楚，他以何为生，与谁为邻。与谁为邻在他的选择中是非常非常重要的。他深知，仅与他们同来的小范围的人一起生活，非常健康的后代不会持续很久，无论如何必须与当地人形成血缘关系。尤卡吉尔人和拉穆特人（埃文人）在这些地方过着游牧生活，也传来了楚科奇人的消息，他们在科雷马河那边放牧鹿群。雅库特人当时尚未顺水来到因迪吉尔卡河下游地区，因此，俄罗斯乌斯季耶人后来指出自己是首批居民时，他们是正确的。不过，土地足够所有的人使用，关于谁住哪里的争执很快便彻底平息了。

俄罗斯人的住地离尤卡吉尔人最接近，后者在苔原苍茫的天空下自由成长为无私、和善而整洁的民族。1868—1870年间游遍雅库茨克东北地区的迈德尔男爵在楚科奇人中发现的现象，也可以用来形容这个民族：

> 好极了，怎么会存在一个没有任何首领的民族！这只能解释为养鹿牧民的生活条件所致：每个人都单独生活，离群索居，与自己最近的邻居相距很远。这样的生活有可能避免无数引起争端和误解的理由——那些在定居民族中如此常见，而在游牧民族中则很少见。然而，我们却看到，游牧民族也为自己设立了首领，甚至是被迫过着楚科奇人那般与世隔绝生活方式的民族。因此，对这种奇怪现象的解释不应该仅限于与世隔绝。我认为，应该注意到一个事实，即楚科奇人从一开始就不必捍卫自己的土地免遭敌对邻人的侵害，而且他们自己也从未进行过侵略性远征。在通常情况下，对于离群索居的游牧民族而言，一家之主的权力便足够了，楚科奇人当

> 然也有一家之主，且极其善于对全家老少严加管教。但是，一旦敌人逼近，他们就需要一个首领；出于这种需求，可能形成了一种到处都需要首领的观点。

迈德尔没有注意到楚科奇人和尤卡吉尔人的相同特点，只是因为他没有研究他们，而且与他们极少见面。实际上，在这一特点上，两个相邻的游牧民族之间没有任何区别。

没有证据表明，俄罗斯人立即与生长于这里的民族开始了接触，还是为此需要过一些时间，但是它发生了，而且随着时间的流逝，接触得相当密切。在一些姓氏中有着明显的不开化，尤以源于尤卡吉尔人的姓氏为最。但无论是语言、风俗还是记忆并未因此受到影响；也许从一开始，村社就决定牢固地保持自己的俄罗斯化程度，而且尽管历尽了几个世纪只可猜想的种种考验和艰辛，村社仍将其完整保存下来，不能不让人为之惊叹。

第一条关于生活在因迪吉尔卡河下游地区俄罗斯人的消息来自白令①北方大考察时期。这次考察的参与者德米特里·拉普捷夫中尉于1739年从勒拿河向东航行，在因迪吉尔卡河河口对面，他被迫离开冻结于冰中的“伊尔库茨克号”小船，并迁移到俄罗斯日洛过冬。整个冬天，俄罗斯乌斯季耶人帮助拉普捷夫将三百普特的粮食运到八十俄里外的科雷马河，而到了春天，85位当地居民用冰镩将“伊尔库茨克号”从冰里凿出来，才使其现出原形。后来，俄罗斯乌斯季耶人在弗希瓦亚小河附近收留了航海家尼基塔·沙劳罗夫的一个步兵小支队，并将其运送到亚纳河。

① 伊·伊·白令（或维·约·白令，1681—1741），航海家，俄国海军军官。另可参考本书第71页脚注。

在这些消息中，不可能看不到俄罗斯人扎根于北方土地的证据：他们人数不少，他们在这里充满了自信，了解了冻土带以东以西的很远的地方，并使用俄语名称和姓氏来标注地名：叶龙河（叶兰河）、戈雷任斯卡娅小支流、弗希瓦亚小河等。毫无疑问，为此需要花费很长时间。

在著名的北极探险家费·弗兰格尔的《1820—1824年间完成的沿西伯利亚北海岸到北冰洋的旅行》一书中，我们发现这样的文字："西伯利亚冻土带的居民在荒无人烟一成不变的空间里进行数千俄里的长途旅行，仅仅依靠雪垄引导其前行的路。我必须提到向导保留并牢记该路线的惊人技巧。"马·格杰施特罗姆[①]在《西伯利亚笔记》中也惊讶地谈到同一件事："为了找到猛犸象的骸骨，猎户们每年都要前往遥远的岛屿。他们根据冰群和雪堆的位置指引自己的路线。长期的经验教会了他们识别到达所需岛屿的正确方向。"

二者都途经俄罗斯乌斯季耶，都谈到俄罗斯人的沿河地区。马·格杰施特罗姆于19世纪初查出三个村庄共有108个男人。一百年后，在津济诺夫时代，他们的数量要少得多。在俄罗斯乌斯季耶语中，仍然保留了"扎希维尔斯克坏蛋"的说法——说的是天花，它两次毁掉了位于因迪吉尔卡河中游的扎希维尔斯克城，下游地区的居民也被划归到那里，天花想必也在他们中间流行过。

当然，所有这一切都不是支持俄罗斯人从俄国经由海路来到因迪吉尔卡河流域这一传奇的直接证据，也不是书面证据。这是"可能"胜过"不可能"的证据。直接证据可能已经找不到了，因为，我再重复一遍，在这里，人们可以发现几小队俄罗斯人的秘密考察，他们不是那时也不是从那里来的，就像后来在大规模合法化殖民期间发生的那样。

---

① 马·格杰施特罗姆（1780—1845），西伯利亚北部考察家。

现在我们反躬自问：为什么我们对传说如此疑心重重？难道在大多数情况下它不是给我们带来了最远古时代，甚至是旧约时代的真实事件吗？传说不是民间创作，不是传闻或美丽的童话，它不是艺术的记忆，而是由于某种原因未被记录下来或无法记录下来的历史记忆。它通常对事实精挑细选，并选取至关重要的转折性事实。该事实无需辞藻华丽，只求传达细节。而在这里，当一群人陷入远离国家氛围的孤立境地时，传说根本就不该屈服于想象力，它就该像一条固定的缆绳，像结束时诉诸未来的第一句话，将现实作为最持久最耐用的素材。我们的祖先很容易分辨出真假的声音，如今这一看似很美的传说，曾几何时，它的行为和声音平淡无奇，它并非来自九霄云外，而是走下单桅单帆海船来到土地上。它不适合像童话故事和壮士歌那种艺术讲述。这是日常生活式样的材料，粗布烂衫，缝制简单，有别于节日式样。

但是为什么一定要探寻传说是否失真呢？出于对传说的热爱？出于对真相的热爱？两者都是显而易见的，但首先是出于理解保留下来的古风旧韵和古老语言这一罕见而独特现象的愿望。当然，20世纪并非没有俄罗斯乌斯季耶人的踪影，如今这里也远非20世纪初期的形态，当时写道："……如果考古学家能发掘16或17世纪的古墓，他会认为这是他最大的幸福，他至少能够以某种方式如实地为他挖出的古代骨骼穿上合适的生活服装，赋予其灵魂，倾听其语言。他无需挖掘俄罗斯乌斯季耶的古代人。在他面前，俄罗斯乌斯季耶的这些古代人似乎并没有死去。"今天你已经不会这样说了，但是在"生活服装"上，特别是俄罗斯乌斯季耶人语言中保留的东西，似乎令人惊讶并且使人忽然想起：如今外面是什么时代？

解释起来很简单：北极地带，艰难的生存条件，远离文明环境，被异族人包围的生活，完完全全的与世隔绝状态（俄罗斯乌斯季耶人甚至长期没有服过兵役）。这对促进保存自己的一切再好不过了，永久冻土带也是促成这种情况的绝佳的保守环境，几个世纪以来，它使进入其中的一切都以其自身的形式存在。而且应该重视这些原因，它们确实具有很重要的意义，但不该忘记，实际上，在同样的自然条件和异族人的条件下，俄罗斯人遍布北极地带，他们大多数人与强大的民族比邻而居，被雅库特民族同化了，而且有一半人失去了母语。何止是一半！迈德尔在他的书中讲到，在他去过的奥廖克明斯克区一个很大的俄罗斯村庄里，没有一个人懂俄语。以前在科雷马河流域的俄罗斯人称自己为科雷马人，在俄罗斯乌斯季耶以南一百俄里的因迪吉尔卡河流域——称自己为因迪吉尔卡人，因为他们意识到，他们既非俄罗斯人，也非雅库特人，而是介于两者之间的某种“捣碎并混合”而成的人种，这成为他们的地方属性而非民族属性。

俄罗斯乌斯季耶人没有受到包围他们并在人口数量上超过他们的雅库特人、尤卡吉尔人、埃文人及楚科奇人的决定性影响。他们仅学会了当地语言中最必需的手工业和日常生活的符号——学会了以前他们生活范围内没有出现过并因此没有名称的东西。他们也没能彻底保全自己纯粹的血统，尤卡吉尔人和雅库特人的混合血统在他们身上很明显。但是没有这一点也不可能：只从同一个小范围的人群中自我补充，面临着人种退化的威胁。然而，大约有四分之一的俄罗斯乌斯季耶人仍然保留着俄罗斯人端庄的面部轮廓——在我看来，带有奉献精神和清心寡欲的印痕，这种印痕仿佛被犀利的目光从内部烤干，烙到脸上。这样的面孔仍然只能在古老的分裂派教徒的村镇里遇到。这种纯种血统的人，以及曾经有了雅库特人血统，但没有被反复雅库特化的脸型，表明最早的俄罗斯人是全家人同时来到因迪吉尔卡河下游地区的，这与从南方来的哥萨克人和手艺人不同，后者几乎所有的人都只好娶异族女人为妻。但是，他们全家人同时来到这里并非因宗教分裂，他们的出走只可能发生在分裂之前，他们对此完全没有留下回忆。

非同寻常的民族稳定、封闭的古风旧韵、语言和风俗的隔绝孤立、令人惊叹的记忆力——所有这一切都是证据，虽属间接，却绝非空穴来风，它们共同说明，我们在这里并非与规则打交道，而是与例外、与非常特殊而个别的例外打交道。真难以想象：几乎一半的俄罗斯乌斯季耶语言在俄罗斯各地消失了，而在这里，也许在不知不觉中，在新条件下失去了自己的具体内容的词语，却找到了并不令自己反感的另一种符号，并且仍然存在。没有家畜——称狗为家畜，称狗窝为畜棚——人们并没有让这些词语消亡。现在我们当中有谁还知道，什么是“每日食量、凹坑、嗖嗖声、苔原丘陵、固定雪橇滑木的横梁、神圣的休息日”等呢？不仅我们不知道，连居住在因迪吉尔卡河下游附近的俄罗斯人也不知道。

这里的发音与通用的发音有如此大的区别，以至于现在，如果俄罗斯乌斯季耶人改说自己的方言，几乎听不懂。一百年前他们的邻居因迪吉尔卡人和科雷马人听他们说话就很吃力。俄罗斯乌斯季耶人的发音无与伦比，它是人类与自然语调的一种密不可分的组合，融合为一种低沉而沙沙的声音运动。

最后是民间创作。俄罗斯乌斯季耶就像其周围环绕着的“诗意”干旱之中的一片绿洲。如果把俄罗斯乌斯季耶人和其他人混在一起，那么这片绿洲怎么会没有枯萎、没有失声、没有冻结呢——这也是一个难解之谜。津济诺夫还感到惊讶的是，他在这里遇到了普希金记录下来的民歌《如何在阿斯特拉罕城》的变体形式。异文也正好说明，因迪吉尔卡河流域的民歌可能并非沿用了普希金的文本，它可能是以自己的方式来到了这里。津济诺夫在这里记录下来几首历史和舞蹈歌曲以及一首勇士赞歌（壮士歌），还再现了婚礼的整个丰富的仪式内容。他当时已经哀叹，俄罗斯乌斯季耶的民间创作显然已经到了山穷水尽的状态。幸运的是，他错了，几十年后，俄罗斯乌斯季耶的民间创作笔录和难得的精彩作品一直存在，如今仍在继续。仅特·阿·舒布[①]于1946年的一次考察便带回62首童话、11首壮士歌和一百多首歌曲，当时在乔库尔达赫做教师、后来成为著名雅库特作家的尼古拉·阿列克谢耶维奇·加贝舍夫也参加了这次考察。不久前，普希金之家出版了内容丰富的《俄罗斯乌斯季耶的民间创作》的单行本，其中大部分内容是加贝舍夫记录下来的，他在1946年考察前和考察后一直都在进行调查研究，直到最近几年。民间创作研究者认为，对他们而言，俄罗斯乌斯季耶作为民间诗歌珍藏之地的主要价值，与其说是记录的数量，不如说是一些历史歌曲和壮士歌的独特性和原创性。这些歌曲和壮士歌未在其他任何地方或在后来的版本中保留下来。

语言、民间创作和传统首先帮助这些人在这个长期被称为生存极限的土地上生存下来，并完全以俄罗斯人的面貌出现在俄国面前。而在一些特征上，其俄罗斯人的特点比我们一个民族共同体中的都多。而现在，当他们几乎凭空而来（“而俄国彻底失去了他们”）并加入我们的行列时，我们没有去仔细弄清楚他们的情况并找出他们奇迹般得救的根源（了解原因），而是要求伊凡雷帝或阿列克谢·米哈伊洛维奇出具证明，以证明异国他乡和异域风情的儿女，他们如何出现在这里，以何种

① 特·阿·舒布（1907—1957），语文学家，斯拉夫学家，语言学家。

方式，陆路或是海路，根据谁的旨意，他们的出现意味着什么。“妙极了，罗斯！”——当俄罗斯乌斯季耶人听到从我们这面传到他们那里，而他们又无法理解的消息时如此惊叹；现在他们同样有权困惑地说：“妙极了，罗斯！”

当然，只要能成功地证明传说的正确性，世界就不会有任何改变。在西伯利亚渺无人迹的土地定居史上，单独填补的一页不会对该地区历史的总体看法增添任何内容。世界不会有任何改变。除非一点。除非，传说仍然是传说，也会变成事实，而我们，在倾向于相信祖先话语的同时，也许会更负责任地信守自己的诺言。

当传说如诺言一般变为现实时，真是让人莫名愉快。我们想象一下：数十年来，它被描绘着并疲惫地悬浮于空中，变得越来越稀薄，仅仅因为地球上无人能绘制出其形象、与之吻合且栩栩如生。但是现在形象终于隐约现出……我现在谈的不是我们的传说，我谈的是一般意义上的传说。形象终于隐约现出，悬于空中的成分轻飘飘地落于其上，其各个部分结合起来，并发生了奇迹：从虚无中发出清晰而令人信服的声音，证实世界上任何真理和任何行为都没有完全消失。

至于我们的传说——它有足够多的保护者，过去有过，现在有，将来仍会有。《俄罗斯乌斯季耶的民间创作》一书的收集者和编撰者之一的谢·尼·阿兹别列夫[1]在这本书的一篇文章中如此写道：“与此同时，在因迪吉尔卡河三角洲的地名中，保留了一些名称，这些名称可以追溯到17世纪中叶和下半叶在这里进行哥萨克探险的一些首领的名字。这一事实证明，当时一些俄罗斯居民已经存在。没有其他人可以给予这些名称并保留它们。”

① 谢·尼·阿兹别列夫（1926—2017），俄苏语文学家，历史学家。

要知道这是正确的。否则他们该如何确定目标并开始实现呢？

秘密是否就在于，这些人非凡命运的秘密是否就在于，从一开始就被命名为俄罗斯日洛、俄罗斯乌斯季耶了呢？从第一天开始，他们就确定了生活方式和规则，只有这些可以帮助他们保持自己的人员组成。应该猜想到，他们并非简单地说着天生赋予他们的俄语，没有注意也没有把感情投入到普通的问题或答案中，而是快乐地说着俄语，他们愉快地倾听彼此，倾听自己祖先的古老诗句。他们也并非简单地遵循传统和恪守礼仪、履行规则，而是几乎身心愉悦地对待它们：对于俄罗斯原住民而言是一种负担的东西，在这里却像是食物和睡眠一样必需。这就是为什么俄罗斯乌斯季耶人既保留了健谈又保留了情感善变。在漫长的极夜里，点燃了直烟道炉灶（壁炉），他们依次共同回忆起一个童话、一首歌曲和一曲勇士赞歌，那时长者们会留意，确保年轻人不会遗漏从故乡带来的每一句话。民间创作研究者们发现，在俄罗斯乌斯季耶讲述的壮士歌和歌谣几乎都是原始的规范文本；对于那些偏离它的讲述者，人们会不满意地挥着手说：不会讲，不会讲。不要以为这种保护力量几个世纪以来自然而然地发生着影响——不，它也许是有远见有导向地发生着影响。

而这意味着，因迪吉尔卡河流域的俄罗斯人与雅库特人、尤卡吉尔人、埃文人友好和睦相处，对在同一片土地上互为邻里的人们来说理应如此。但他们也总是感觉到并在各方面都表现出自己是俄罗斯人。

圣都哈

在北方，很少有人称冻土带为冻土带。大家都叫它圣都哈，用现代语言表达的同时，赋予这古老词语以权威的含义。冻土带是地理和岩层的标记；圣都哈是原始自然力量，无所不包且无所不能，它既惩罚又奖赏，它和无边无际绵延纵横的土地共呼吸。在冻土带上，地质学家使用仪器工作，边防部队将其划分为几个方形地区进行守卫，在圣都哈，栖息着圣都神①、丘丘纳②和旃荼罗③，埃文人、尤卡吉尔人、楚科奇人——这片天空和这方土地的土生土长的儿女居住于此并以此地为生，以及后来的雅库特人和俄罗斯人，他们与圣都哈血肉相连。“圣都哈母亲，我们的养育者！”——他们所有人都以各自的语言进行祈祷和感恩。可以对冻土带自由地测量、研究并适应；圣都哈却不屈服于任何人，你可以英雄般地乘坐莫斯科航班飞入其中，而第二天，则在不明地区悄无声息地陷入积雪或沼泽中。正如当地人所言，圣都哈是一种“自然力”，是控制土地和水、黑暗和光明的统一神灵。

任何地方的天空都不会像这里那样如此接近大地。在烟波浩渺的平地之上，天空就像科雷马河或因迪吉尔卡河的陡峭河岸一样，那里的断裂处一层土壤与一层纯冰交替出现，没有从天际向头顶上方隆起，而是匀称地舒展开来，沿着地平线边缘潜入地下。而且这里的地平线本身并非眼睛的栅栏，也非屏障，而是减弱视线的远方。甚至在中世纪的天文和地理发现之前，冻土带的人就应该得出这样的结论：地球是圆的，它无须计算便显示出其弧度。

就在这片低垂的天空下，西伯利亚河岸在这些地方没有树木也没有色彩，河流汇集着浑浊的苔原水流向海洋，它们给这些河流冠以各自的

① 圣都神，圣都哈的保护神。

② 丘丘纳，相传是俄罗斯雅库特地区的一种神秘生物，一般被描述为6至7英尺高，全身黑毛密布。

③ 旃荼罗，是印度种姓之一，是古印度种姓制度下社会地位最卑微的受压迫最深的阶层。

名字，并把冻土带划分给勒拿河、亚纳河、因迪吉尔卡河及科雷马河。在它们之间方圆数百俄里（不知为什么没有为圣都哈测量里程数）的地方，纵横交错着湖泊、大大小小的低湿草地（正在干涸的湖泊）、临时水洼和连湖河道（小支流）。那里的土地是泥沼、鬃岗及带有小山谷的苔原丘陵。这些词语全是俄文的，但如今最不得不加以解释的就是俄语词语：泥沼是湿草甸子，鬃岗是地势较高较干爽的地方，苔原丘陵是山脉，而它们之间的小山谷叫狭长凹地。谁在乡下居住过，谁碰巧赶上活用的俄语、尚未被电视和广播的筛子筛过的俄语，那便无需给他翻译这些词语。

当你夏季飞翔在冻土带上空时，你根本搞不清什么更多：是水还是陆地。放眼望去，处处被水环绕，似乎是虚构的而又合理的：水在一个地方干涸，会在另一个地方出现，画面由此显得更加离奇别致、玄妙莫测。低湿草地和湖泊之间的连湖河道仿佛是笔直挖通的运河一样，即使在转弯时，它们也保持着两岸间相同的宽度，转过弯后，它们再次伸直，并毫无从一侧移到另一侧的推挤之状，连湖河道上的低湿草地变成了干地，干地立即呈现出绿色。有的是鲜绿色斑点，有的是褐色斑点，有的是暗淡的斑点，它们分布在脚下，就仿佛是一只巨型动物走过留下的足迹。

冻土带的夏天有多美啊！冬天则完全是另一回事儿。冬天，它白雪皑皑，沉重、冷清而单调，在这种状态下，高地、鬃岗连同苔原丘陵似乎只是座座雪堆。冬天，美丽转向空中，繁星满天，星光灿烂，即使在北极光的闪烁中也是如此。但是夏天……这里的夏季不长——五月仍有积雪，而在小山丘脚下，积雪未融，新雪又至，六月中旬冰河融化，而八月又降新雪——它非常短暂，它注定此处的花园无法鲜花盛开树木茂盛，整个树林是与优质越橘林相差无几的矮生小桦树与河柳丛，河柳丛向海洋方向越长越低，直至失去高度，变成紧贴地表的植物。在苔藓中间，散落着白花盛开的仙女木和缬草，很多羊胡子草，可与蒲公英，与黏黏的刚刚顶着蓬松的头状花序的薄荷相媲美；云莓红起来了。还有苔藓，苔藓，苔藓。在略微干燥的地方长着地衣，低洼地里是一片地毯似的绿色青苔。从上方望去，这种规则的斑点看起来像一只巨大的乌龟甲壳，人在下面则无暇顾及比较，只需小心，别掉入水中。离海洋越近，湖泊和低湿草地越来越多。在硬实的地方，掉落的鹿角已经泛白，到处是成堆被河水冲来的漂木，和堆放于两岸的树木，它们数年和数十年堆积在此，其堆置物如同几排应对海洋的防御工事。根据漂木判断，海岸逼近了，一点一点地推移着海洋。湖泊附近，天鹅云集，它们成群结队漂亮地高视阔步。有许多大雁，尽管当地居民发现最近几年它们的数量已明显减少。

在海洋和陆地的分界线上，是片片巨大的黑色浅滩。分界线本身是不存在的，不知是水还是土，还是它们一起被卷入粘泥之中。总之，水、土地、天空、海岸、陆地、时间、距离、人均以特殊的概念存在于此。水和土地无休止地争论着谁该在这里，时间不像其他地方那样滴滴答答地走过自己的分分秒秒，而是大踏步地——以极昼和极夜交替轮回。风刮起来时是这样的：如果两天之后还不停息，那就意味着要刮上一周。不久以前，距离单位还是北方沿海地区的“船底”，即划船一天所走的距离，或是雅库特的“凯斯”，即狗拉雪橇大约一小时内通过的距离。距离单位曾是计时单位，而计时单位是某种习惯性的行为。人们说：开车走了烧一壶水的时间。这立刻就能明白了，在“火上烧一壶水”的时间里可以行驶多远，无需任何更准确的说明。

在这些混合了概念和数量的环境下，人一定很特别。特别之处不在道德尺度上，这是一个单独的话题，也不在观点和职业上，而似乎是在组成身体的内容方面。他别无选择，只能接纳冻土带，就像这里的土地接纳水一样。他不仅以冻土带养活自己，生活其中，崇拜并遵从其风俗，而且将其作为一种性格，连同冬日的休眠、暴风雪、酷寒与夏日的热情、亲切。据我所知，离开这里前往别处的人很少在那里住惯。在五年、七年和十年之后，他们无法重建自我，改变自己的天性，而后重新返回：其内部节奏与外部节奏不一致，导致了危险的混乱和失调。我现在谈论的是冻土带的俄罗斯居民，就更别提在这片土地上土生土长的儿女——尤卡吉尔人或楚科奇人了。生存和悲伤的极限（波兰流亡者瓦·谢洛舍夫斯基的短篇小说集就叫作《悲伤的极限》）成为应许之地。当我们谈论家园并尝试解释这个概念时，这里有可思考的问题。

尤里·卡拉琴采夫在波利亚尔内生活了十五年左右。其中七年是职业猎人。在北方，成为一个水暖工、电工、教师和医生都容易做到，在这种情况下，不会特别偏离习惯了的生活根基，偏离通常的生活轨迹。但要成为一名猎人，要拥有设下数百个捕兽器和捕兽夹子的一片个人冻土带，养活一支雪橇犬队，独自捕猎数周，在－40℃寒冷的雪地里过夜，这不是每个人都能做到的。在这里，请你打开大门，接纳冻土带吧，承认圣都神这一冻土带的神灵和猎人喜怒无常的守护神，请记住手持弓箭的丘丘纳这一真假故事中都出现过的野人，不知是他没有得享恩典，还是他拒绝为人。请看清天空，闻惯风的气息，关注自己骨头的酸痛吧。否则你应付不了。既要指望自己，但也不要忘记“信仰”，而在这里的“信仰”之下隐藏着一整套冻土带的规则和法则，秘密的和明确的，其中有些不向任何人公开，只有以一种非凡的嗅觉才可识破它们。

“我们的信仰就是这样，”——俄罗斯乌斯季耶人含糊地说道，没有做出解释，可能也不会解释。这一“信仰”，关乎冻土带，关乎人，关乎其技能和预防措施，也关乎来自其他猜想和预感世界的星象。

卡拉琴采夫成为一名优秀的猎人。他既猎捕到大量的北极狐，也捕捞到规定的捕鱼量，还了解狗的习性，又学会了猜测冻土带——这一点不比其他人差。他不遗余力地进行捕猎，被当地土生土长的猎户们公认为不折不扣的猎手。他本是其他温暖地区出生的人，却不无辛苦地将指针拨向了极地，而在极地又指向了冻土带的生存方式，而且似乎熟悉了要求一个猎户所做到的一切。熟悉了一切，但还不是全部。这不容易领会的微不足道的点滴东西与经验无关，与经验不足时的预感也无关，而是与其异族性和无根性有关。捕猎需要效仿的一切，他都学会了，应该猜到的——他都猜到了，只好相信嗅觉的地方——他相信了，也许无法取得比他更多的成就了。只是他身上没有某种特殊的精华分子，那种只有当地人从出生开始土地就给他积累的精华分子。尽管知道一切，会做一切，但他感觉到自己缺少这份精华。

一件几乎使卡拉琴采夫丧命的事情，发生在几年前的十一月初。傍晚时分，当他从设置捕兽器的地方返回狩猎小屋时，还没有给狗群松绑，没有生火——忽然一条北极狐跑过。狗群躁动起来；他便穿着身上的衣服，他当时身穿一件棉袄，戴着一副轻薄的手套，跳上了雪橇并追捉北极狐。他讲述时，就像俄罗斯乌斯季耶人那样说成追捉，而非追捕。要捕获这头小野兽并非易事，在狂热的劲头下，他没有立即转身返回，而半个小时之后暴风雪来袭。

他在雪地里待了七天，和狗群一起埋在雪堆里。七天的时间里，在暴风雪连续的呼啸和肆虐中，冻土带像颠簸的船只一样强烈摇动着。每过半个小时四十分钟，他就得起身让狗群活动活动，以免被积雪埋住然后走不出去。我不会去描述这种情境中的人会有怎样的体验，只有经历过的人才能了解这一点。第五天，他决定吃一只小狗，这只小狗与其说是拉雪橇，不如说是玩耍，把它从雪里拖出来又……舍不得。之后，他把卡宾枪对准了胸口。新出生的儿子制止了他。一周快结束时，他看到了空中的启明星，根据它们确定了自己的方位，推醒了犬队并开始向北移动，走到了自己设置的捕兽器的位置，找到了通往小屋的路。炉子里的一切都准备好了，只等点火，但他无法点燃火柴，手套冻到了皮肤上。当他终于点着了火，就走到了外面，以免发疯。老人们常说：经历过这样的劫难之后，如果看着火，你会发疯的。

他驾雪橇是走不到家的。离波利亚尔内车站更近一些，他接着继续向北行驶。越冬者叫来了飞机。三周后他才迷迷糊糊睡着了，一切依旧呼呼作响，而且涅米尼亚（涅米尼亚——暴风，飓风）依旧肆虐，仍需把狗群推醒。但是他已经睡着了……睡梦中给他喂了吃的。出院一个月后，他发现他是在结冰的湖面上避难的。他准备吃掉的那只鹰犬，成了领头犬。有一次，当他回忆起可能发生的事情时（他坚信：如果吃了小狗，他自己也会丧命），他触景生情，停下了雪橇，而鹰犬叫起来，不满意他还没到波佩尔多就提前停下来。波佩尔多是雪橇犬队的休息地。

土生土长的俄罗斯乌斯季耶猎人帕维尔·切列姆金，是国营农场里最善于狩猎和最走运的猎手。他轻轻拍打着他以前的领头犬——“退役的”乌戈尔卡的脖颈说：“它几次救过我的性命。”对尤里·卡拉琴采夫，他评价说：“好样的，没有慌神。但是为什么半个小时内就起了风暴，还要往圣都哈跑呢？！这种情况下，应该小心再小心。”因诺肯季·伊万诺维奇·索尔达托夫在谈到继父戈雷任斯基老人教给他一生狩猎的技巧时，自豪地说："我从来没有在雪地里过夜。"而他的继子兼学徒约瑟夫·谢尔卡诺夫对此却无法自夸，关于继子他自信地说："没有嗅觉。"

嗅觉在这里被视为上帝赐予的天赋，而上帝则被视为一种圣都哈也部分地参与其中的力量。

过起雪上生活并落到草地上

1866年1月，当我驶进俄罗斯乌斯季耶时，我无论如何也无法理解我身在何处，周围发生了什么，当时天色确实相当暗淡。显然，我行驶在一个完全平坦的地方，不仅房屋没有凸出于地面，甚至连灌木丛也没有，而与此同时，四面八方有火柱从地上冒出来；在离我雪橇不远的地方，我甚至看见一个十字架，它似乎从地面上直伸出来，为我赶狗拉雪橇的人告诉我说，这是位于俄罗斯乌斯季耶的小教堂的十字架。但是雪橇随即停了下来，在我们脚下的深处打开了一扇门——一束光仿佛从地下室里向我迎面射来。我不得不陡直地走下去，发现自己身处一间平屋顶的小住宅门前，屋内壁炉熊熊燃烧着，在严寒中经过漫长的旅途之后，在这里感到十分的惬意和舒适。第二天，谜语被破解了：整个小镇都被白雪覆盖着，每座小房子都被一堵与它同高的雪墙包围着，雪墙距它三英尺左右，这样，便形成了一条狭窄的通道。每个住户都从他的房门到雪墙之间保持着一条非常陡直的小路，沿着这条小路你会到达最后一面雪墙。直到那时，你方才明白，你不仅是与单个一堵雪墙打交道，而是与连绵不断的积雪打交道，它像平坦的山丘，覆盖了整个村落。

在你面前，你只会看到漫无边际的积雪表面，其中，时而这里，时而那里，现出四角形的凹陷——这些都是房屋及其四周的通道。俄罗斯乌斯季耶的冬天便是如此；在温暖的季节里，房屋当然是露天耸立着，但它们却被北冰洋沿岸无边无际单调乏味的冻土带所环绕——任何地方看不到一棵树，看不到一丛灌木：也是一片相当凄凉的景象。

俄罗斯乌斯季耶给迈德尔男爵留下的就是这样的印象，它给许多很久以前和不久以前旅途延伸到因迪吉尔卡河下游地区的其他旅行者，也留下了大致相同的凄凉而压抑的印象。几个世纪以来，冬季的降雪和夏季的降水都没有减少。俄罗斯乌斯季耶人迎来的第一个冬季即是如此，从那时起“过起雪上生活”便意味着开垦荒无人迹的新地方。而“落到草地上”，就是降生到白色世间，这世间的确多半是白色的。

人们来到这里，过起了雪上的生活，而孩子们开始降生到草地上。他们带来了语言、信仰、风俗和精神——这一负载虽不沉重，但其作用不亚于食物和外衣（衣服）。他们是带着狗一起来的吗？由于年代久远已经无法弄清楚，但在俄罗斯人到来之前，北方似乎没有狗。如果俄罗斯人没有掌握放牧驯鹿的技巧，那就意味着，他们从未做过此事，从一开始，他们就依靠狗群迁移。

全部生活就是打猎和捕鱼。整个世界就是冻土带和家庭。没有时间坐在那里微醺（迷迷瞪瞪），苦寒之地需要运动再运动，机灵再机灵，力气加力气。所以，当那个迈德尔在他的书中责备俄罗斯乌斯季耶人的懒惰时，所有在他之后到过那里的人都异口同声地回答说：不是真的。并且不需要特别的证据便可理解，为了在这些条件下生存下去，必须激情燃烧似的不停走动，无论冬夏都像上满了发条一样，忙得团团转。

神（野）鹿提供鹿肉和鹿皮，北极狐刚开始用来易货，后来用来赚钱。当有地方可以销售时，人们开始去挖掘猛犸象牙，甚至远赴新西伯利亚群岛。因迪吉尔卡河供给充足的鱼类，它还从上游地区冲来漂木，漂木可以储藏用来做燃料及手工艺品。但在取暖之前，要先用那种漂木来建造木屋。想必热爱美丽和完善的俄罗斯人不会立刻放弃斜坡屋顶，只有当他们意识到任何屋顶都无法抵挡致命狂风的暴虐时，才容忍这盒子般扁平的“不美观”而又郁郁寡欢的木屋。在窗户镶玻璃和云母片之前，人们用江鳕鱼皮贴窗户防寒，然后冬季给窗户冻上冰。人们为了保暖至今仍给非国有房屋的窗户冻上冰。

他们制定了神圣的休息日（木刻的日历），以免遗忘，以免混淆工作日和节假日，而且像我们的日历一样，特别标出其中重大的节假日，并根据它们调整工作节奏。漫长的几十年，还可能是几百年，遭遇了没有面包、没有盐和牛奶的命运，有什么办法呢？——习惯了，学者们以后会称他们为以鱼类为食者。如果像津济诺夫所写的那样，他们不知道车轮是什么，还问面粉如何生长，又有什么奇怪的呢？给他们解释什么是谷物时，只好将其与鱼子进行比较。不使用，也就失去了想象。当恢复食用面包时，他们没有称其为面包，而是“黑饭”，以区别于“鱼饼”——碎鱼肉做成的小饼，或“卷饼”——鱼面包着鱼馅。没有蔬菜，没有谷类，浆果也不丰富——只有云莓和水越橘。人们用酸的代替了咸的：腌渍鱼和家禽。喜欢吃的人，不仅仅是老年人，直到今天还像二三百年前那样更喜欢吃带有臭味的腌鹅。

而坏血病、维生素缺乏症等等呢？它们看向哪里了呢？为什么没有青菜和盐、没有牛奶和糖，这些疾病却没有击垮失群之人和失宠之人的精神和肉体呢？而我们今天即使吃着全套的国产的和国外的维生素，精神和肉体仍被击垮了。我们拥有充足的一切，一切都安排得清清楚楚，什么时间该服用什么，不可以吃什么，使劲吃什么，而健康水平却越来越下降。

事实证明，在任何大自然中，都有维持充实生活的养分。只要大自然还在。而在北方这里它有过，而且暂时仍然存在。我们目前的饱腹感，我们食用维生素上瘾，都无异于一种体面地忙着给自己送别。毁掉自然，破坏水和空气，森林以及森林、水和大地的果实——我们怎能不强作欢颜呢？！我们就像那位没有学会治病却学会安抚的医生一样，当轮到他本人时，他忘记自己不是一个外来的病人，并对自己使用谎言代之以药剂，于是他还没有搞清楚发生了什么，便一命呜呼。

北方人一直吃生鱼。他们称之为生冻鱼片（在贝加尔湖地区——把鱼劈碎，而把生鱼肉削成薄片）。初看之下，制作生冻鱼片的程序甚至有些粗鲁：将冷冻的一尾大鱼——宽鼻白鲑或白北鲑，像一块劈柴一样夹在膝盖中间，把它切成薄片，然后撒上盐、胡椒粉，便可以吃了。但即使在这一简单的过程中也有其自身的微妙之处：北方人不会把薄薄的鱼片，像把它削成薄片时那样，一股脑儿地全部倒进盘子里，而是把最美味最肥腻的腹部那一块儿留到最后吃，以便越来越有享受的感觉。这真是一种享受啊！当人们说：融化于口中时——他们在试图传达一种幸福的感觉。这里是这样的：刚一放入口中，上面的冰碴儿立即消失，鱼肉便会融化，鱼油便会溶解开来渗透全身，无需吞咽便会被吸收，并在整个身体中按需地轻轻扩散。即便从来没有听说过生冻鱼片的人也能立即接受它，没有任何的勉强（鱼毕竟是生的）和假装。

生冻鱼片既保暖，又饱腹，还振作精神。多亏有它，这里的人才对坏血病一无所知。这里的人身体所需的其他一切都是从肉、家禽、野菠菜、拳参的根茎、鱼油中获取，还从空气和水中获取。1868年，一普特鱼油在俄罗斯乌斯季耶（根据伊·亚·胡佳科夫[①]在他《上扬斯克区简志》一书中的参考资料）价值三十戈比。对比一下：一俄磅[②]烟草——将近五卢布。而且这不是发给孩子们的那种气味难闻的鱼油，在因迪吉尔卡河地区，它就像奶油一样是白色的，浓稠可口。

至于生冻鱼片保暖——这并非失言。三月末，在一个阳光明媚的晴天，我们和尤里·卡拉琴采夫准备去冻土带大显身手并看看其他居民。我们穿上皮毛大衣，将两个雪橇挂到雪地车上就出发了。确实，在三个小时左右的时间里，我们几乎遇到了所有的“居民”——兔子、松鸡和鹿。我们沿着卡拉琴采夫设置捕兽器的地段跑了一圈，但其中没有出现北极狐，只好满足于观察它的足迹，不过却见识了如何设置捕兽器和安装触发机关——北极狐捕捉器，自古以来就在从乌拉尔到太平洋的整个西伯利亚沿海地区被使用。

三月倒是三月，阳光也很明媚，但气温却是零下三十多度，再加上快速行驶时寒风凛冽。我们很快便感到冰冷刺骨。当你感觉快要冻僵了时，你不会注意到白雪皑皑之下苔原丘陵的山脊，也不会注意到湖泊低地和雪浪，你不再会对似乎远在数公里外的里程碑驶近时变成半米高的尖桩感到惊奇，整个冻土带融为一片无边无际冰冷而漂白的真空。卡拉琴采夫见我们沉默不语，便猜到了我们的心情，并停下了雪地车说：

“我们现在来取暖！”

在这样的条件下“取暖”，各地惯常的做法是打开一瓶酒。我们为此也做好了准备。但是卡拉琴采夫没有打开一瓶酒，而是从袋子里取出

---

① 伊·亚·胡佳科夫（1842—1876），俄国革命者，民间创作研究者，民族学家。

② 1俄磅=0.4095公斤。

一条冻得像石头一样叮当作响的宽鼻白鲑，并开始把它削成薄片。“吃吧，”——他一片片地递给我们，“吃吧，吃吧，暖和暖和。”

本来就冻得半死不活，还要再吃下冰！这似乎无异于自寻死路。

鱼很肥腻，热量很高——身体就好像从添加到熄灭炉灶里的燃料中吸收热量——也许应该这样解释。但是，当我稍微感到自己精神振作起来时，却不知何故突然想到一个数学定律：负负得正。很快，就像数学或物理学那样，这事便发生了，于是我们开心起来，对奇妙的变化惊叹不已之余，我们继续前行。

北方人如此习惯于生冻鱼片，以至于无论冬夏，每一天都离不开它。夏天怎么办呢？再简单不过了：整个冻土带就是一座密实的冷冻室，只要挖开一点儿，随便什么东西至少保存几个世纪。

津济诺夫观察到，除了冻鱼，俄罗斯乌斯季耶人还把刚刚捕捞上来的新鲜活鱼，切成一条条的不加盐生吃。猎捕大雁时，生嚼雁足，猎捕鹿时，生嚼鹿腱——他们在做这件事时没有丝毫的厌恶，相反，乐此不疲。这想必并非由于残暴——像有学问的人会匆忙间断定的那样，而是由于能够感觉到肌体的生理需要，它尚未完全脱离于自然体。现在一切都有了——运进了青菜、苹果加智慧果、腌菜和果酱，但是俄罗斯乌斯季耶人像从前一样，在环顾四周察看附近是否有“外来的”目光之后，仍贪婪地生吃鹿腿骨里的骨髓，特别是冷冻的骨髓，并尽情享受，就像他们的祖父辈在没有苹果和智慧果时所做的那样。是否因此，在这里，在似乎所有力量都应被很快耗尽和冻结的地方，长寿的老人并不罕见呢？

也许，可以想象俄罗斯乌斯季耶人在那些没有留下证据的远古时代的生活，但这只是对一系列与温饱有关的辛苦操劳的想象。可以根据传统、“信仰”的回声，以某种可能重现各种仪式的进行过程，重现其中什么之后是什么，唱了什么，说了什么，如何吃喝。而且失去了吃面包和盐的习惯，吃面包和盐长大的俄罗斯人就那么容易地失去了这种习惯？并习惯了没有树林和夏日里“上帝创造的”萧条，适应了冬日里整个世界的休眠？这种休眠只能被愚蠢的念头和惩罚打断，当“涅米尼亚”突然来袭而且连续几周刮个不停时。在回顾前尘往事的想象中，是否有可能至少描绘出一些近似于这样的内容，如何日复一日年复一年渐渐习惯了异乡，为此从冻土带地区获得了哪些概念和词语？是今天在咒语中仍能听到的这些概念和词语：“火王父亲！圣都哈母亲！因迪吉尔卡母亲！”还是也有过其他的，然后随着逐渐习惯因不再需要而消失了？只为生存而忙碌，只忙碌辛苦操劳这狭小圈子里的事，仅结交为数不多的几个人，感情和思想是否会因此黯然失色呢？最大的恐惧和最大的快乐是什么呢？如何保持彼此间的亲切态度，如何免遭辱骂（几乎最可怕的骂人话是：憋死你！——意思是，就让你得了便秘我才解恨呢），以及为什么风俗中冷静甚至善意地允许“未婚”先孕的孩子？是谁第一个脱离共同的“居住地”，在一旁开创出崭新的“有人烟的地方”？这种脱离是自愿的还是作为由掌管法律和良心的老人们决定的一种惩罚？最初在没有口头翻译的情况下，他们如何与尤卡吉尔人和楚科奇人进行交流的呢？他们是否认为自己的结局是最终的结局？临时来到极地冰雪上生活的过冬者和猎户们充满希望，熬过之后，这一切就会结束，他们会带着猎物返回，恢复正常的生活。而这里则是永远如此。在这里，异常和例外都变成了正常。不仅仅是生存过程，就感觉、意志、耐心和信仰方面的这种适应过程，今天的人就已经无法想象。这一去不复返了，就像阿列克谢·米哈伊洛维奇时代一样。人适应自己的时代，不仅在思维方式上，也在身体结构上，而这种身体结构在那些年代能够默默承受某种无法比拟的重负。

“只要上帝能给我们什么吃的东西就好了，不然我们还要什么呢？……”——并不挑剔的俄罗斯乌斯季耶人说。今天所谓的社会基础设施，当时还没有从冰雪和水中显露出来，也没有出现于能工巧匠之手。即使随身携带着猎枪，没有火药和铅砂，它们也无非是用于娱乐而已。就这样——他们也都应付过去了。19世纪下半叶伊·亚·胡佳科夫报告说：“俄罗斯乌斯季耶几乎没有枪支：他们射铁头弓箭。”还用说倒数几百年的“明天”“后天”和“那一年”吗？他们从独木舟（小船）上向渡河的鹿投掷长矛，用弓箭射鸟，给它设下用马鬃制作的套索，用马鬃结网捕鱼和捕猎更换羽毛的大雁。一切由此开始并持续了很久，直到出现了工厂生产的产品，出现了能买得起的供应食品。霰弹和火药被认为如此珍贵，以至于面粉开始出现时，由于它难以买到也被列入供应食品之列，为此老人们一直把它保存到今天。

和“吃的东西”同样必需的是取暖。在没有一棵树和一丛灌木的冰冻土地上，在使用特殊日历，春季、秋季、冬季都是冬季的土地上，生活本身就依靠燃料维持。而它只有一种——漂木。在上游的某个地方，树木不知是因河岸垮塌，还是锯断后被冲到大水中，它们顺水漂走，漂到数百俄里之外，沿途被冲掉树皮并被漂白。而漂到这里时，大家都睁大眼睛盯着，以免它们被冲走。人们用漂木建造木屋，用它制作和维修捕兽器，用它给独木舟镶上边框……然后用作木柴、木柴、木柴……去冻土带时也得随雪橇带上，以便在小木屋里取暖。在这里对火的崇拜更加持久。无论长幼，都不会忘记喂火，投给它几块食物并以此向它示好。顺便说一句，即使是现在也没有忘记。年轻人做这件事好像在闹着玩，但是却在这样做着，储存着迷信传说，以备科学拒绝帮忙时急需。几个世纪以来一直是："火王父亲，请驯服天气！""火王父亲，请给大雁！""火王父亲，请别告诉它！"——当需要隐瞒某事不让熊和圣都神知道时。

研究人员把对火、对因迪吉尔卡河和圣都神的崇拜与当地人——雅库特人和楚科奇人的迷信传说联系在一起。但是，这种崇拜在斯拉夫人当中也有不少。俄罗斯乌斯季耶流传的很多迷信传说，在我们熟知的以故事搜集家而闻名的亚·尼·阿法纳西耶夫[①]价值连城的鸿篇巨著《斯拉夫人的诗意自然观》中进行过描述。它曾经并长期以来一直接近东正教。俄罗斯人善于储备神灵：基督教是为了拯救灵魂，而古老的信仰是为了果腹（顺便说一句，"腹部"在俄罗斯乌斯季耶人这里并没有失去"生命"之意）。在这里，在偏僻荒远的地方，一种信仰尤其不够，而且基督没有时间降临捞出漂木并捕猎更换羽毛的大雁，他似乎受到因迪吉尔卡人保护免于为此类琐事劳神。

对俄罗斯乌斯季耶人而言，这些绝不是小事。从因迪吉尔卡河解冻的第一天起，到最后一天，他们一直沿着河岸和湖泊"挖出"漂来的礼物。"挖出"不是一个替代词，它和"漂木"长在了一起，就像泰加林地区的"伐木"一样——因为确实不得不从粘泥和深谷中竭尽全力挖出它。这里的一块劈柴——就叫挖块。所以因迪吉尔卡河不仅提供鱼类，还提供热量，猎捕北极狐和鹿也依赖于它。当冰层被冲走时——"东正教徒"来到岸边鞠躬叩谢，迎接开放的生活和工作。他们在冬天过后第一次坐上独木舟时，一定要说："因迪吉尔卡母亲河，我们的养育者，

---

① 亚·尼·阿法纳西耶夫（1826—1871），俄国民俗收藏家，斯拉夫民族精神文化研究专家，历史学家和文学评论家。

请接受礼物，”——然后将五颜六色的碎块，“一块块食物”投进河水里。

这里的鱼过去是现在仍然是主要食物。而且多好的鱼啊！全都是非常名贵的优质鱼——宽鼻白鲑、目荀白鲑、白北鲑、秋白鲑。这是食物，而其余的狗鱼、小白鲑和诸多种鱼——适合给狗吃。难以置信：他们用鱼子酱熬粥，称为鱼子粥，用汤匙喝它，用它做鱼子饼。什么都用鱼来做！可以开始列举，但菜单远非全部：没有记全，也没有尝遍。谢尔巴[①]、生冻鱼片、鱼饼、干鱼、有鱼子的鱼（带鱼子的谢尔巴）、烤鱼馅饼、鱼杂拌（还有大雁杂拌）、鱼糊、鱼卷（捣碎的鱼子薄饼）、熏鱼粥（熏制的鱼捣碎做成的粥）、煮鱼（煮碎鱼）等。

但是不仅家庭需要鱼，狗也需要。在冻土带里没有狗哪里也去不成，人们很少养一条狗，通常养两条，甚至养几支雪橇犬队。只能给它们喂鱼。俄罗斯乌斯季耶的马匹仅以放牧饲料果腹，能活下来——固然好，活不下来——没有它人们也能生存，但是人们却像照看孩子一样照看狗。多亏了它们，俄罗斯乌斯季耶语中仍然使用“一次投放”——一条狗的一次喂食定量。但令人惊讶的是，还保留着“每日食量”，根据壮士歌判断，在古代这意味着壮士一天的食物，而在这里是犬队一天的食物。如果家中只养一支犬队，然后一个四口之家，就需要这样来计算：给犬队备好10000—12000条欧白鲑，给自己备好1000—1200条“可食用的”大鱼。还要给北极狐备好四吨左右的诱饵。新时期进行了修正：向国有农场上交两吨。确实是，六月渔期时，一天便可以捕捞近一吨，鱼还是有的。

像三百年前一样，人们用捕兽器猎捕北极狐。何为捕兽器？设施有

① 谢尔巴，指鱼汤。

多简单，就有多可靠：在一个木制台架上方的“细绳”（马鬃或细线）上安装好一块原木，周围撒上诱饵。北极狐在捡拾诱饵时会触碰到“细绳”——装置便会起动，原木会啪的一下夹住小动物。在这种情况下，皮毛不会受损——只要能及时将其取走。如果延迟了，北极狐的兄弟会让它只剩下撕烂的碎条。

整个冬季，猎户要检查他的捕兽器三至五次。如果它离得很远——每次出门差不多一个月。在这几周里，你唱歌也好，你狼嚎也罢，无人会喊住你，无论是说话还是叹息，无人会和你搭腔。只有狗群陪伴在你身边，而对它们需要严加看护，以免它们一时躁动去追捕一只闪过的小野兽，丢下你只能死路一条。发生了多少这样的事啊！就是那个帕维尔·切列姆金给我们讲了一件事，说他曾经有一次放跑了犬队，他自己走了八十公里——不是走，而是在极夜里穿着一件薄毛衣跑到了一个村镇。后来人们乘飞机搜寻犬队，才好不容易找到。

但先前的俄罗斯人身边没有飞机，丢失狗群对他们而言，与对今天还有雪地车以备急用的帕维尔·切列姆金而言，后果是不一样的。而丢失了养家的人呢？如果现在猎人没有按时返回，那么将会投入一切空中和地面力量对他进行搜寻，而三百、二百、一百年前，猎户没有人可以指望。母亲或妻子给他画完十字祝福之后，将他送走，然后从外面捡回木屑，将它们堆放在小炉子旁，占卜让他猎捕到更多的北极狐和鹿，然后对冻土带说：“圣都哈母亲，保佑养家的人。”这就是全部的帮助。至于你是否会碰到胡季巴（疾病），病害是否会袭击狗群，你是否会误入大雪暴（暴风雪）——只能指望自己。

就这样，岁月流转，几十年和几百年。在那里的某个地方沙皇更迭，宣战，进行了改革，开设了科学院和杜马，人类起源的观点发生了变化，做出了最伟大的发现，而所有这一切传到这里时——如果还能传到的话，已经光芒减弱并延迟许久，犹如遥远的星光抵达我们这里那样。这里的生活一成不变地服从于北极狐和驯鹿始终如一的迁徙路径，服从于鸟儿飞来飞去以及因迪吉尔卡河冰封和解冻的时间。捕兽器和“沙地”从父亲传给儿子，从他又传给儿子，再从他……无法测量的圣都哈自古以来被划分为家族冻土带，其中没有留下空闲无主的土地，广袤无垠原来却可以拥抱得过来，份地只能靠挤压来增加。在那里确立了最新的哲学，而在这里，孩子出生时仍然给他取两个名字：施洗时教名为谢苗，而实际名字叫伊万。邪病会去找伊万，而他是谢苗。为了迷惑鬼怪，甚至还给孩子起个狗名，然后当孩子长大喂养自己的小狗时，这绰号便传给了狗，他和小狗就像和兄弟一样不离不弃。

人们相信，死去的人会以婴儿方式从彼世返回，于是便在棺材盖上钻一个孔，以使其更容易脱身。这种返回被称为“真正回来”。但是如果人们不想让他回来重复那些不友善的品质，便毫不客气地在坟墓上钉入杨木橛子。也许，我们今天面对这种勇气会不知所措，我们已消磨殆尽的道德不允许对功过是非进行谴责或辩护，我们会推托一个人无权对他人的生命盖棺论定。似乎出于单纯的偏见而失去理智，俄罗斯乌斯季耶人在这种情形下会坦率地说：暂时记忆还没有消失，你就接受你应得的吧，请勿怪罪——你就是那样的人。

多遗憾啊，俄罗斯乌斯季耶人刚来时做了什么，说了什么，没有留下任何这些最底层的、最初日子里的“细枝末节”（消息）。或是因繁重的劳动，顾不上这些，更有可能的是——有过，但随着时间的流逝一去不复返了。通常，沿海居民识字，此外，传说还表明，俄罗斯乌斯季耶的创始人是些很有名望之人。这一点正好不该匆忙归于当地传说中固有的点缀特征，而是不要忘记，如果他们要摆脱盛怒国君的压迫，那么首先必须逃脱的并非普通人。普通人可以躲避过去，而名声显赫的家族最好拔腿跑得远远的。

做下最早记录的津济诺夫晚了近百年，已经无法使传说更接近于证据。但是他有的正是证据的迹象，稍晚一点连它们也已经找寻不到。幸运的是，现在，俄罗斯乌斯季耶人中有一个人，他记得很多事情，目睹过很多事，向老人们询问到很多事，参与了很多事，收集了大量关于他同乡的历史、民族风俗、生活方式、信仰和思想的资料。他是出身于俄罗斯乌斯季耶远古世系的阿列克谢·加夫里洛维奇·奇卡乔夫，他曾是一位党务工作者。奇卡乔夫出版了几本关于他同乡的图书，是所谓的第一手资料。在引证古老的原始资料（即那些暂时甚至是偶然来到这一偏僻地区的人们的印象、观察和评论）的同时，他也令人愉快地援引了俄罗斯乌斯季耶本地人终于大声响起的证词。他可能不得不握紧笔，从他同乡的生活中为读者挑选哪些可能是有趣的，哪些是无趣的。有趣的正是，他们如何工作，信仰什么，如何说话和感受。

是的，劳作，他们辛苦地劳作，但是，以细节再现这一服徭役般沉重的概念也很重要。他们不仅会劳作，也会休息，而休息的时候，“笑得死去活来”——笑得直不起腰来。老人们至今还记得，猎捕大雁过后，结束了在海湾分区捕猎更换羽毛的大雁之后，人们喜欢在另一件事情上组织展示表演。关于这件事阿·加·奇卡乔夫是这样记录的：

> 捕猎结束后，立即组织了距离为八至十公里的独木舟比赛（“吹牛”）。通常会设立三个奖项（“权重”），每个奖项都有一定数量的大雁，有钱的当家人再给添上八分之一俄磅的茶叶或两片烟叶。获胜者被称为桨手。

俄罗斯乌斯季耶的桨手有两种类型。“耐力型”桨手——善于长距离——能在一天之内逆流而上70—80公里。“灵巧型”桨手——善于短距离。他们还讲述说，在过去，有人划船两三公里不会落后于海鸥。

要知道在中世纪时期，俄罗斯人确实这样勇敢地消遣过并使用过这些名称。编年史和传说无法告诉我们的内容，却出现在“先人的”现实习俗里。还流行过古利卡（一种古老的冰球）、俄罗斯棒球、“问候”（通过颜色、长度和结节传达信息的碎布），以及几乎各处都完全遗忘了的许许多多的其他活动。

而征兆呢！任何科学领域没有征兆也不行，如果它们经过了验证再验证，就不会失信！马打哈欠预示着坏天气。狗钻雪地，你就寻找避风港吧——会有暴风雪。大雁飞得高——预示着好天气，飞得低——坏天气。人们还要在这里生活一千年，而且一千年都离不开征兆——只要还有马、狗和大雁——而它们已经不像以前那么多了。的确，蚊子也成了北方人的一种征兆，它没有减少，似乎也不会减少，但是仅凭一个蚊子仍然不足以预测。

这样一来，想必俄罗斯乌斯季耶人最初生活在对我们而言完全黑暗的环境中，然后他们偶尔向外张望，越来越近，越来越不可避免地走近明亮的日子。但是，在最终见到光明之前，还有一个表明它昏暗的证据。它仍然归功于那个津济诺夫，时间可以追溯到1912年，当时他刚刚抵达俄罗斯乌斯季耶：

在最初的几天里，我帐篷的房门一刻不停地砰砰作响，客人们以极其强烈的好奇心看着我从箱子里拿出一件又一件陌生的东西。每件新东西的消息都迅速传遍了所有的木屋。给他们留下最深刻印象的是煤油灯——俄罗斯乌斯季耶的第一盏煤油灯。“拿出了一个，”——观看者讲述说，“那种闪光的茶壶，在它上面罩上一个玻璃圆盘。”傍晚时分，传出了一个新消息：点亮了，点亮了！——然后很长一段时间里，人们专门来我这里看煤油灯（甚至附近三里五村的人也来了），并问道：“是什么在它里面发亮？”这盏灯在因迪吉尔卡人的脑海中留下如此深刻的印象，我坚信，他们会认为这里从它开始了新纪元。

很有可能它也就这样发生了——如果不是寓言性地突然出现了一个新纪元。关于革命和国内战争的消息并没有很快传到因迪吉尔卡河下游，而当它传到时，最初并没有什么改变。因迪吉尔卡人不知道何为革命，不知道它是怎么一回事，他们继续做着生活中枯燥乏味的重活，几年没有任何变化。

需要说明一下，在沙皇时期，“先人们”被划归为小市民身份。无论是劳动方式，还是生活方式，他们都不像小市民，他们也同样不适合任何其他阶层。因此，他们无所谓——哪怕把我当尿壶，只要别往炉子里扔。顺从地缴纳赋税，村社由村长和主任管理，主要事务在会议——代表大会上决定。县警察局局长每年一次，甚至不到一次，从上扬斯克来到这里，神甫每年来一次，同时举行所有的圣礼。商人运来货物，既敲诈雅库特人和尤卡吉尔人，同时也敲诈俄罗斯人。格登什特龙[①]描述过一个事件（它的时间可以追溯到1810年，但此后一个世纪里几乎没有什么变化），“一个因迪吉尔卡小市民”向商人订购了圣尼古拉圣像银

① 马·马·格登什特龙（1780/1781—1845），西伯利亚北部地区的研究者。

质衣饰。它估价为70卢布。小市民支付了56张北极狐皮，一张按一卢布计算，还欠14卢布。在此后的七年时间里，他又给了商人86张北极狐皮以偿还债务，然而，根据狡猾商人的递增级数，债务增长到1200卢布。如果不是当地政府的介入，小市民简直就做了债务的俘虏。

而且这种事情司空见惯。

曾几何时，有人，应该是官员，把“共和国”一词带到了俄罗斯乌斯季耶，并将其解释为“无序”。对所有可能有用的东西都具有极强接受能力的俄罗斯乌斯季耶人喜欢上了这个词。“共和国”被转用于各种各样无序的场合——无论在狗拉雪橇中，还是在女人们的厨房里，还是在全体村会上。稍有什么不对劲的就是“共和国”。

对俄罗斯乌斯季耶而言，新纪元并非始于1917年，而是始于1930年实行集体化时。甚至“共和国”也不足以说明发生了什么。这是一场“伟大的战役”，正如安·利·比肯戈弗书中的会议所表明的那样，他出席了会议，而且是身不由己地参加了。在引用比肯戈弗《新土地发现者的后代》一书的片段之前，值得再次记起的是，俄罗斯乌斯季耶人刚刚从先前的黑暗中探出头来向外张望，还没有来得及擦亮眼睛，便被发现并被召集去参加这场命运攸关的伟大会议。

> 全权代表宣布了议程。“没收封建主的财产”是议程问题之一，当然，这在集会的俄罗斯乌斯季耶人听起来是“那边的[①]”人至高无上而又难以理解的英明。我当时已经足够精通俄罗斯乌斯季耶语，只好承担“口头翻译”的职责，并向与会者解释难以理解及陌生词语的含义。

---

① 那边的，指的是苏联中心地区。

就这样，会议开始了，选举了主席团并各就各位，“翻译”开始履行自己的职责。

“主席同志，我请求停止抽烟！”——雅库特国家进出口事务处代表，科雷马人阿法纳西·西夫佐夫严肃地环视会议现场说道。主席团建议停止吸烟。这里也有某种新内容，它强调习以为常、成规定势即将发生变化，强调即将开始的事件的重要性及会议的庄严性。与会人员不无遗憾，但绝对服从地用手指熄灭了烟并收起了本已点燃的烟斗。

然后宣读“由选举委员会”划分为“专门级别”的选举人名单。与会者的目光再一次转向我——等待解释。

经我解释之后，一些人出乎意料地愤怒抗议——他们不希望“被划为”贫农，认为这种划分是一种侮辱。

“久坐的异族人”（俄罗斯乌斯季耶有时还会继续这样称呼俄罗斯化了的拉穆特人和尤卡吉尔人）谢·瓦拉金开会迟到了，当他听到“贫农”“中农”词语后，向大会深深鞠了一躬表示道：“我们来听听，如何登记我们（也就是他），也来说说，我们都有什么。”

大家试图让他平静下来。但是最终轮到他了，瓦拉金努力地证明他属于中农级别。“我有四栋房子，300个捕兽器，24张渔网，我不是贫农，不是贫农我！”瓦拉金说。

他也确实不是贫农。但是他为什么如此不愿意“被划为”贫农呢？在场的一位厌倦了瓦拉金反对意见的人建议：“好吧，就让他当中农吧……既然他坚持。”

谢苗·舒利戈瓦蒂也强烈抗议：“我有150个捕兽器，一些渔网，几艘小船，一条渔船。我不想和他们（即贫农）在一起。”

俄罗斯乌斯季耶人确实生活得很糟糕，但他们并不知道这一点。

怎么办呢？旋风突然来袭。人们把狗、渔网、捕兽器公有化了，采取了“下发的”计划。第一年里这一计划可耻地失败了。需要把富农流放到某个地方去，而到哪里去呢？再往北去，不仅在俄罗斯，在全世界都无法扎根生活，而俄罗斯乌斯季耶人哪怕给派往熊岛群岛[①]，他在那里也不会感到惊慌失措。他们仍然把富农送往了某地，并作出了正确的推理：重要的是斩断故乡的环境，然后管他在哪里，即使在黑海岸边也会积郁成疾。在黑海岸边会更快地积郁成疾。最初，这些集体农庄可闹出不少荒唐的事。回忆起30年代，即使是现在，老人们也会难堪地眯缝着眼睛，摇摇头说：“做得太过分了，造成了那么大的损失，此前的三百年间都没有发生过这种事。”

似乎在1936年前后，俄罗斯乌斯季耶“先驱者”集体农庄被宣布了一项紧急从事养鹿业的指示。这里的俄罗斯人从未养过鹿，但指示就是指示，必须执行。于是在邻近的尤卡吉尔农场买下了四十头鹿，在冻土带找到一个名叫卡巴赫恰的埃文人并安排他当了牧鹿人。卡巴赫恰照例把鹿群带到了冻土带。

八月末，正值漂流猎捕野鹿季节，突然从对岸出现一群鹿，冲入水中。男人们脑袋没多转几个弯儿（没有多想），快速跳上独木舟，把那群鹿一只不剩地全部猎杀了。过了大约十天，卡巴赫恰出现了并宣称鹿丢失不见了。集合起来的管理委员会人员开始审判他，并以坐牢威吓他。卡巴赫恰走出办公室，下定决心逃到冻土带去，趁自己还活着。在

① 熊岛群岛，北冰洋中六个岛屿合称熊岛群岛，归属雅库特，位于东西伯利亚海，科雷马河河口以北。

村外，他意外发现了被锯断的鹿角，并根据记号认出是集体农庄的鹿群。当他带着鹿角返回管理委员会时，一个委员，他是俄罗斯乌斯季耶人，对他而言，这个完全变了样的世界还没来得及固定下来，他百思不得其解，为什么在人们举枪靠近集体农庄的鹿群时，它没有以任何方式表明，它是集体农庄的，而不是上帝的。

但是当时的世界还没有完全变了样。当一位妇女拉里莎·奇卡乔娃当选为村委会主席时，世界当真（的确）就翻了个个儿。那是世界末日。根据因迪吉尔卡人的观念，接下去无处可行（走）了。妇女在这里自古以来就应该知道自己的位置。很快，还未搞清楚是怎么一回事儿，所有小支流上的"农户"就被拢到一处，集中住在一起，这地儿命名为波利亚尔内。

在波利亚尔内设有国营农场分部。国营农场猎捕北极狐，捕鱼。上帝没有给准备其他的职业。

"哎—哎，兄，你白白扯闲！"

我本人也是来自俄罗斯北部移民在西伯利亚开垦出来的那些地方，因此，津济诺夫还在20世纪初认为需要解释的许多词语，对我而言是亲切的，而且是一笔鲜活的无可替代的语言财富。在我们安加拉河中游地区，在我童年的时候，如果有人以"说话"代替了"扯闲"，就意味着，那个人受到了"外来的"城市异想天开的影响。在俄罗斯乌斯季耶，不需要给我解释什么是沥洼（水洼）、狼蛛或网虫（蜘蛛）、愚弄（嘲笑，挖苦）、老逆时（去年）、外褂（衣服）、做得了（做完）、绝了（好）、转圈（乱走，迷路）、疾狂地（快速地，响亮地）、冻毙

（冻僵，冻死）、漩涡流、犟种[1]，谢尔巴、衣衣鞋鞋[2]以及许许多多其他词语。而且现在，当我从俄语翻译成俄语时，我情不自禁地因不得已而为之感到愧对语言。而怎么能不做呢？教育不会引导语言发展，而是引导摆脱语言，而且词汇的自然更新和增加在我们这里已变为对新语言的狂热。

我的祖先和俄罗斯乌斯季耶的祖先起源于同一家族，但他们在不同时期离开并定居于不同土地上。当未来的安加拉人从他们以前的故乡（我们最常见的姓氏是皮涅金和沃洛格任）移居时，未来的俄罗斯乌斯季耶人早已出走相当一段时间了。对此最好的证明就是语言。一百多年来，在古老的俄罗斯大地上，在俄罗斯北部地区——在现在的诺夫哥罗德省、沃洛格达省、阿尔汉格尔斯克省以及维亚特卡省边缘地区，语言发生了变化。到18世纪初，从那里语言中消失的内容，并没有落入我们安加拉河地区，而此前的情况——可以通过俄罗斯乌斯季耶窥视出。

这不是从事论证的科学著作。这更多是一种听觉上的比较。还在前往俄罗斯乌斯季耶之前，在阅读关于它的资料时，我便对我们各种方言土语的许多方言特征的巧合感到惊讶。显然有一种令我感觉亲切的同源关系。一两次拜访因迪吉尔卡河流域，我发现我夸大了这种同源关系。当然，它曾经有过并非兄弟之间那种亲情联系，而是远得多——就像祖父或曾祖父与后代之间的联系。如果对口音，对发音进行比较——还会更远。但关于口音是单独的话题。

主要的区别是：俄罗斯乌斯季耶人的语言中有更多的古词旧语。如果对我的同乡说：“哎—哎，兄，你白白扯闲！”——他根本听不懂。

---

① 犟种，指犟驴或烈马。

② 衣衣鞋鞋，指私人衣物。

他只知道这里的“扯闲”一个词。“白白”和“白”（徒劳地，白费地）从何而来，无论我如何翻阅词典，也没有找到。显然，它不可能来自当地语言。“兄”是“兄弟”的截短形式，我们的兄弟也是截短的内行，但是他通常吞掉元音，或在几个连续辅音中省略元音，而在这里他却不吝惜语言，全部说清楚——甚至还特别强调。

俄罗斯乌斯季耶人以最鲜活和最健康的形式，保存下几乎各地均消失成过眼云烟、仅保留在文献资料中的内容。这里的人们仍然说：指头（手指），讥笑（微笑），粗大蠢笨（笨重而庞大），缩头缩尾（害怕），凹坑（河水的深处），屁股（臀部），嗖嗖声（嘈杂声，轰隆声），难看的事（罕见现象，稀罕的事物），树挂（白霜），胃（腹部），帕特里（搁架），束带（裹紧孩子的腰带），碎屑（刨花），冰锥子（冰溜），褐锈（铁锈），原生的（真的，真正的），沙洲（礁石，半岛），啄虫（蠕虫），等等，等等。

我们已经完全忘记并丢失了古斯拉夫语中的伊韦连（部分，一块，碎片）：在保加利亚语中叫伊韦尔，在捷克语中叫伊韦拉，意思是碎屑、刨花。不得不诉诸保加利亚语、捷克语和斯洛伐克语，是因为其中最好地保留了斯拉夫语的根脉——这就是为了从活人口中听到珍贵的同一种发音而必须作出的巨大跨越。保加利亚语就这样保留下了“再会”，在俄罗斯乌斯季耶也有它。就像源头（东方）一样，在保加利亚语中叫源地。因迪吉尔卡流域的“腹部”一词也保留了“生命”和“财产”的含义。

在我们地区，说废话、闲谈，用“胡扯”一词表示，在俄罗斯乌斯季耶用更加古老的词语“说胡话”表示。我们那里“因迪”落得了个加强语气词的意义；而在这里，就像在古代编年史中的其他各地一样，有

“在别处”的含义。

很难查明为什么在俄罗斯乌斯季耶称敏捷的孩子为云彩的孩子。这里看似有什么联系吗？简直是天差地别：敏捷的和云彩的。只有回头转向斯拉夫人的多神教时代，你才能从中获取信息：云儿，云姑娘是指聚在一起跳舞或做游戏的调皮的孩子们。在亚·尼·阿法纳西耶夫的《斯拉夫人的诗意自然观》中，我们读到：“……在圣灵降临周进行的游戏，伴随着舞蹈、音乐和化装表演，这象征着雷神和雨神随着春天的到来而重现并庆祝生命的复苏。属于此类神灵的美人鱼自己也换上了云彩皮肤，并与毛发蓬乱的妖怪和魔鬼混杂在一起。”还有这样的事情：因迪吉尔卡人称腐烂的木头为黏土。初看之下，语音发生了替换：黏土替换了腐烂[①]。它确实如此，只是并非偶然，并非为了便于发音而进行重新排列：在古俄语中，书写的是腐烂，发音却像黏土。

如此等等。活用的（不久前还是活用的，现在正在过时）古语的例子可以持续不断。在奥若吉诺，在这座沿着因迪吉尔卡河逆行而上近一百俄里的俄罗斯村庄里，毫无疑问，第一批居民是从雅库茨克顺流来到这里，而其后代随后也严重雅库特化了，语言已经无法以深刻的标志、以那种源于古代的印记而自夸。似乎100俄里对于幅员辽阔的那里算不了什么，而口音及习俗上的差异即使在20世纪也令人感到惊讶。这是否首先就证明了定居因迪吉尔卡河最下游地带的俄罗斯人形成了特殊而单独的群体呢?

这里的自然世界，与经济结构，在许多方面都与古老的北方大不相同。与水和风“基本元素”相关的语言，索性落户于新居，并得以丰富。这里的舍隆风（西南风）就像各地沿着河流吹起来的风一样还是舍

---

① 这里因单词中两个辅音的位置发生变化，即语音的变化，导致词义发生变化。

隆风，海风来自河水流去的方向，高空风来自河水流来的方向。西北风被称为下西风，东风称为冷风，寒冷而刺骨的东北风称为坏冷风，东南风称为暖流或海陆风。但是，请看一下风的名称是如何发展扩大的，与河流相关的风，顺流风称作下游风，逆流风——河区风，从自己河岸吹出去的风——离岸风，从对岸吹来的风——拍岸风。与人的运动相关的风——迎面风，顺风，侧面风。

凹坑、大坑（河上的坑），礁石（水下岩石），深河湾（河上的港湾），冰堆（大冰块），米奇克（小冰块），沙洲（半岛），小河湾（河湾），冰洞（冰窟窿），安季亚赫，河流的弯曲处，漩涡流，航道，沉子（渔网上的铅锤），粘泥等等——这一切立刻与因迪吉尔卡河及其两岸水域紧紧连在了一起。就像泥沼（潮湿的地方）、鬃岗、低湿草地、浸水草地（杂草丛生的湖泊）、苔原丘陵、连湖河道、密林（无人居住的树林深处）、狭长凹地一样——落在了冻土带上。落下的甚至比其中语言外衣中的"骨干"内涵还多：林中空地或林间空地——意思是森林中的伐开地[①]，然而这里也没有什么可砍伐清理的，尽管如此，林中空地由于某种巧合也习惯了新环境。甚至"阔叶林"也习惯了新环境，它已成为表示任何植物的名词。

如前所述，没有家畜，开始称狗为家畜。那么狗窝也就是畜棚了。扫地就是耕地。熊崽儿、狼崽儿都变成了鸡雏。津济诺夫提到了俄罗斯乌斯季耶人语言的贫乏，但是，为了既不失去其美感和灵活性，还不失去其劳动和仪式的基础，也不失去准确性，语言作出了多大的努力和回旋啊。根据这一点来看，其保存的程度就应该算是一种奇迹。在新的条件下，几乎近一半的实物世界和自然世界从俄罗斯乌斯季耶人的生活中

---

① 伐开地，伐去树木以备耕种之地。

消失了，它们应该是因停止使用而不存在了；反过来，用当地语言命名的新实物、具体现象和表面现象应该融入了该语言中，并在其中占据应有的位置，就像俄罗斯人与异族人比邻而居的各地发生的这样。在俄罗斯乌斯季耶人的方言中有借用来的词汇，三四十个雅库特和尤卡吉尔词语成为该语言不可分割的一部分，它们首先习惯了原始名称，仿佛是最北方大自然的声音送来的渔猎用的物品和动作、一些衣物和器具。俄罗斯乌斯季耶人在谈话中可以巧妙恰当地插入三四十个词语，没有特别的分量，却已经备好了它们的替换词。总而言之，只能为这里的俄语显示出的超强记忆力、持久性和强大性而感到惊讶，没有迫切的需要，它不会采用任何外来成分，并坚持到最后一个发音，并为捍卫自己的成分而战。从之前提及的俄罗斯乌斯季耶人阿·加·奇卡乔夫的书中，我们读到："俄罗斯人从当地人那里借用了毛皮和渔猎服装之后，给它们起了自己纯粹的俄语名字：带护耳的大皮帽子，灯笼裤，短衣服，泽地靴，肥腿裤。同时，他们保留了俄罗斯北方的服装：带围裙的萨拉凡，系头巾的方式，软胎儿小圆便帽，男式衬衫加背心。"一切都是如此。

津济诺夫感觉这里的语言贫乏，也许是从20世纪一个受过教育的书呆子的角度来看。似乎也并非自愿地和他一样同时置身于此地的俄罗斯乌斯季耶人，不可能有政治流放者渴望交流的那种广泛而灵活的思想。因迪吉尔卡人习惯于长期独自面对圣都哈，因此他们对自己情感的表达也很简短。但在这简短的声音里积累了丰富的内容、闪光和漂亮辞令，但也只有这个圈子里的人才会理解它们。如果在我们每个家庭中都以母语的方式出现"胎记"，出现除自己人外，其他任何人在词语和形式上都无法理解的各种"艺术"，那么这个封闭的群体根本就离不开它们。如果外人似乎感觉它们纠缠不休且毫无意义，那又如何呢？

所有以前通过因迪吉尔卡河沿岸的奥若吉诺、通过科雷马河沿岸的波霍茨克，或是通过亚纳河沿岸的卡扎奇前往俄罗斯乌斯季耶的人，俄罗斯村庄的人总是警告他们说：你们根本搞不懂因迪吉尔卡河下游那里的人在说什么。这些村庄里的每一个村庄都形成了自己的口音。例如，在波霍茨克声音甜美，其中没有“р”，而“л”似乎用心唱成了“й”：“针儿”代替了“针”。各地都按照自己的方式说话，但在俄罗斯乌斯季耶，这是一种非常特别的现象，不同于其他任何地方。相同的语言，带有古老的积累和新增的储备，但发音的方法却似乎有所不同。在乔库尔达赫（这是区中心）我请俄罗斯乌斯季耶人聚到一起“说说话”。在前半个小时里，我几乎什么也听不清（听不懂），只听清个别词语，后来开始马马虎虎地听懂了，直到晚会快结束时，才逐渐适应了他们的讲话。但那又是怎样的一种适应啊！就好像是一条被搁浅在沙滩上的鱼，人们给它浇点儿水：有东西滴下来让你喘几口气，而更多的是一掠而过。或者像因吊钩太轻和思维中断而漂浮的鱼漂。

我不知道把俄罗斯乌斯季耶的发音比作什么更好。俄罗斯乌斯季耶人自己，几乎所有人现在都知道“当地的”通用语言，称其为沙沙响。其中确实有很多唏音、咝辅音的“с”和“з”被重新调成清辅音“ш”和“щ”，但并非处处都是，而是带有某种不承认规律的自由选择。规律性可能还是有的，但这已经是编写的和正在编写的专业著作的事了（其中包括阿·加·奇卡乔夫的著作）；而我们呢，既然敢于深入这些密林地带，也不可能趁早从中脱身。

那么，俄罗斯乌斯季耶人的方言像什么呢？他们说话很快，非常快，几乎没有停顿。刚一张嘴，话语立即就飞奔起来。我惊奇地领略了唏音：很多唏音，说话也确实发出沙沙的声音，同时也很刺耳，细碎急促、断断续续——就仿佛是让车轮行走在铺着细碎石子的路上。语不连贯的同时又很平缓，没有情感起伏，在结尾处已不明显。给人的印象是，一句话还没有说完，还没来得及发完声，便在下一句话的冲压下被推挤出来。当几个人同时讲话时，就好像是几只鹅因某事而情绪激动地叽叽嘎嘎聒噪个不停。是在自然的声磁作用下发音发生了这样的变化，还是自古以来便是如此——谁又能知道呢！但在同样的冻土带的声音下，在北极地带的任何其他地方再也没有重现——可见，为了探究结果仍然需要原始材料。

我们不再深入语言的密林，但是还有一个有趣的，似乎到处都已过时的细节值得一提：语气词“то”在这里继续指称名词的性[①]。圣都哈——她，木屋——她，大海——它，而在阳性名词中却采用相反的形式：庄稼汉——奥特[②]，风——奥特。这也是从远古时代开始的。

一些不正确的一致关系借用了雅库特语。

但也有很多俄语词语本身，在不经过校正的情况下发生转移，并变形为失真的声音形式，随着时间的流逝也就在其中固定下来了。而俄罗斯乌斯季耶人一旦将其印入脑海，那么他们将坚持这一点。阿·加·奇卡乔夫认为固执、保守是其同胞的主要特征，但是如果没有它们，因迪吉尔卡人也许根本无法生存；这种在其他情况下令人不快的品质，从这种意义上来说，却起着积极的加强作用。但是现在谈论的是语言的蹩脚拗口和变形走样现象。

“变得年轻”逐渐成为“变得少面”；“后地里说”，你没有立即

---

① 俄语的名词根据词尾的不同，分为阳性、阴性、中性。

② “奥特”是语气词“то”的两个字母颠倒顺序时（от）的音译，在俄罗斯乌斯季耶语中作指示代词“他”使用。

搞懂这是“背地里说”的意思；阿维天——一天之内；毯子——阿扎洛，拖延——磨蹭，带子——条子，软塞——木塞。特别受影响的是后来由商人、行政人员或探险队带来的外来移民的词语。在我住的地方，我知道，它们这些似乎横在嗓子里的词语，总是翻转成纵向——以免刺痛喉咙。夹克称作芬扎克，副官——士官，气象台——虫洞；在这种情形下，俄罗斯乌斯季耶人可不客气，他们把迁移来的词语调理成那种便于这里发音的词语。说话时，当所有这一切与旧俄语混合在一起时，说话时便想不到会遇到旧俄语，当词语按自己的方式发音并处于不习惯的从属状态，而且被迅速一连串地说出时——即使你全神贯注地倾听，你也无法立刻正确理解俄罗斯乌斯季耶人的意思。

但是当你开始理解，当你学会分辨颗粒饱满的语言种子与干瘪的种子时，当听到出身名门的词语发出悦耳的声音时，你就这样听啊听，就仿佛饥渴时，对其珍贵的饱腹饮食不停地吃喝。这个时候，你特别希望其他人也能聆听和享受，趁现在为时不晚。要知道时隔不久——这种古老的语言就再也不会响起，而且狭窄而又不敏感的孔洞上方时不时抬起的阀门将会在俄罗斯人中间永远关闭，而通过这个孔洞传来了我们祖先连贯的耳语，他知道他会被理解的。一旦无人能解——也就不再留言。

就好像我们身上还有一种感觉没有枯萎，虽然我们本来对它就不很留意，但是并非我们所有的人都知道它的存在，尽管它是由人类所有基本的感觉——超越自身生活的视觉、听觉、嗅觉和触觉组成。

让我们再听一听俄罗斯乌斯季耶人的声音吧，趁着他们还没有停止讲话。真不想和他们的语言分离。迈着步子——意思是慢慢地走；狂叫的狗——指粗鲁、爱惹事的人；估摸着做，做得笨手笨脚——做得不好；加以嘲笑——微笑；做得太过——过于卖力；知道起源——知道原因；横穿过去——截断去路；找到的东西——失物；放在耳边——欺骗；无缘无故地——关于无助的人；脚踩烂——破旧的鞋；吹灭了火——失去女主人；产业沿着干草叉运行了——破产了；打掉肩托——痛打（奇卡乔夫认为，这是源自“肩饰”——古俄语中的护肩，但还有“第二关节”——鸟翅的关节之意）；吊儿郎当——瞎忙；破落的——虚弱的；攻击——诽谤；讲话过分——说话不敬；待到变成机灵人——待到最后；高喊压倒——争论，妨碍谈话；编瞎话的女人——长舌妇；泡茶——沏茶；胡说——吵架；心疼——爱；眼红——贪婪（就像过去一样，既舍不得，又眼馋）。

在这里，在永久冻土带的边缘，在离海洋不远的地方，仍然会发现猛犸象尸体和桦树树干——这是存在其他气候时代的证据，古老的俄语也幸好令人惊喜地保留到最近。当你并非在编年史和偶然的回声中遇到它，当你真切地听到它的声音时，就会特别清楚地理解，在俄语中，随着自然消亡一同发生了多少不合理而又无法弥补的损失——俄罗斯乌斯季耶所有的现象，是俄罗斯古老的语言和往昔日常生活的最后回音。它传来了，这真是个奇迹，我们记下了听到的声音，以便理解它。

往事云烟，随水而逝

在八月初的一个阳光忽明忽暗的凉爽日子里，我们驶向斯坦奇克——面朝大洋的科雷马支流上的最后一个定居点。因为一座小教堂我对斯坦奇克早有所闻。考古学家阿·帕·奥科拉德尼科夫院士提到过小教堂，他准备将它运送到新西伯利亚，以免它外观受损遭到破坏。关于它，阿·加·奇卡乔夫叹息道：“应该，应该拯救它，趁它还没被烧掉，但怎么做呢——这里现在已经不是我的辖区。”——他当时已经在科雷马工作。远远地，当我们乘船沿着几道急转弯转来转去时，就已经看见它了——十字架下倾斜的阁楼状的小教堂。而当我们绕出最后一个岬角时，整个小教堂出现在低矮的悬崖上，位于沿着河岸延伸的几座建筑物中的最北端。

而这些建筑物——三座小木屋和两座粮仓，也都活不多久了。小教堂虽然仍高耸于它们之上，却倾斜着，仿佛跪拜于河前，呆呆地凝视着河水和绿地中间它祈祷的浩渺空间。

要对此感到惊讶吗，现实存在得令人心里发冷，使人麻木的被遗弃之物竟能够显示自己的死亡。这里早已被遗弃，而且遗弃得简直就像马迈[①]过境一样。岸边的各种小船和渔船干裂出孔隙，塌陷的深坑不经意间暴露出冰川的残骸，在一座木屋附近随便堆放着一把锈迹斑斑的铁锯，“叉形支架上”摆放着一小根原木等着锯切。墙内一片散乱毁坏的日常用品。在满是窟窿的屋顶和窗户下，堆放着湿淋淋的毛毯、床垫、毛皮，粮仓里满是腐烂的衣物。不知何故，人们赖以生存、温饱的一切，由于匆忙离开而被遗弃——好像从那时起再也无人踏足。

在这里，我感到一种切肤的惆怅，犹如来自天空的毁灭性压力。天气也加重了这种情绪。天空潮湿，光线如起伏的波浪压向低沉阴暗的天际线，阳光偶尔滤过照得通亮的冷光。一只贼鸥误以为我们是渔民，一次又一次地俯冲过来，大声鸣叫着。坟墓上一排摇摇欲坠歪斜的十字架呈一长列离开河岸，而在远处又沿河伸展开去。我因在沼泽地里湿透了双脚，好不容易才走到一座公墓前，逝者被人沿着狭窄干燥的小山丘整齐地埋葬成一排，但在已陷入地里的坟丘上方，既没有留下墓碑底座，

① 马迈（？—1380），鞑靼军事长官，金帐汗国的实际统治者。

也没有在十字架上留下名字，无法回顾过去，也无法祭奠往昔，就像在集中营里一样。在此之前一周，我们去过位于科雷马河口的一个巨大的集中营所在地，集中营遗留下的兵营废墟和铁丝网碎片旁边，倾斜的柱子就像这样竖立在无名的尸骨上方，但那里至少无人会去，那些戴罪和无罪被强迫押去的人们，只是以一个号码被葬入地下。而对于这些人而言，这里是故土，人们是眼含泪水埋葬了他们。我们像下一级台阶一样，降到一个宣告无罪的“至少”：在这里，至少在被埋葬者附近没有生者居住，但是在那里，在科雷马河和因迪吉尔卡河流域他们是有的，各地情形如出一辙：遗弃，冷落，断裂。

……我们乘坐渔业资源保护机构的汽艇，向下游的俄罗斯乌斯季耶，即波利亚尔内（它当时还叫波利亚尔内）和最后几个靠近海洋的俄罗斯乌斯季耶夏季住所驶去。与我们一同从乔库尔达赫起航的有阿列克谢·加夫里洛维奇·奇卡乔夫的兄弟韦尼阿明和伊万，他们宽阔黝黑的脸庞显露出俄罗斯的混合血统，这带给他们一副令人羡慕的健壮体魄和强壮骨骼。奇卡乔夫家族的祖先（19世纪初作为高明的猎手被提起过）往返新西伯利亚群岛捕猎北极狐和挖掘猛犸象牙，他们陪同马·格登什特龙考察队前去新西伯利亚群岛那里。还在更早之前，他们把德米特里·拉普捷夫的船只从冰里凿出来。在爱·托尔[①]考察队里，也有一个奇卡乔夫，其名和父称的第一个字母是E和H，他在考察队里做了三年向导，在寻找通往海洋狭长沙滩的最短路径方面出类拔萃，并获得了最高奖赏。在这次考察中，与托尔一起航行的是奇卡乔夫兄弟的外曾祖父彼得·斯特里热夫，他的航行如此有益，以至于两座岛屿都以他的名字命名。叶戈尔·奇卡乔夫在斯坦奇克建造了一座教堂，就是刚刚我们叹

① 爱·托尔（1858—1902），俄国地质学家，北极考察者和考察队组织者。

息过的那座。奇卡乔夫兄弟的祖父尼古拉·加夫里洛维奇，绰号为加夫里廖诺克，他因殷实的家业而不止一次被比肯戈弗提及，他识字，这在当时的因迪吉尔卡人中是很少见的。父亲加夫里拉·尼古拉耶维奇在30年代领导了“先驱者”集体农庄。这份家谱的内容并不贫乏，它是根据事业逐渐形成的，这些事业几乎是当地历史最辉煌的巅峰，有时照进了俄国历史之中。

我们把汽艇留在狭长沙滩上，乘坐摩托艇转向科雷马支流上的斯坦奇克，并在当天傍晚返回汽艇上，驶向俄罗斯支流。与西伯利亚范围内水域不同，航行在因迪吉尔卡河下游，似乎需要别样的习惯不毛之地的眼睛，它们善于在其中找到快乐。

时间已是深夜，但借着光线，甚至借着似乎为欢迎我们而短暂透过的阳光，我们驶近了俄罗斯乌斯季耶。它的位置十分舒适——因迪吉尔卡河将此地环绕成半岛。河岸明显被河水侵蚀过，但两座建筑物——以前的住户加夫里尔·舍洛霍夫斯基的木屋和粮仓，仍像我冬天来到这里时那样屹立着。舍洛霍夫斯基早已不在了。最后一个姓斯维亚佐夫的租户也不在了，他离群索居，却让这里久久地保留了人烟味儿，而且据说，由于寂寞，他白天夜里都大声开着收音机。在面向因迪吉尔卡河的墙面上还是那块金属板，上面刻有途经俄罗斯乌斯季耶的著名科学家和旅行者的姓名。但在冬天时，木屋更坚固些，我们当时是从窗户钻进了屋内，为了不惊动正在外屋那里忙着撕扯一块破布的白鼬。现在天花板塌落下来，从上面掉落的草皮在地上长满了野草，从屋内传来刺鼻的腐朽味和霉烂味。和冬天一样，船底朝上的渔船和独木舟杂乱堆放在河岸上，同样到处散落的大圆桶变得乌黑。

如果相信《韦列斯神书》[①]的说法，古代斯拉夫人有三重世界：现实是可见的世界；幽魂是彼世；公义是正义世界。俄罗斯乌斯季耶的现实，是只剩下舍洛霍夫斯基家这两座倒塌的建筑，一半沉入幽魂，幽魂从那里开始享有充分权利地将干草蔓延到不远处的墓地。它上面已经很少能看到什么了：世代居住在俄罗斯乌斯季耶的居民阿列克谢·基谢廖夫的一座铸铁纪念碑，还是他富裕起来的儿子们在20世纪初远隔千山万水运来的。还可看到坟墓上方修建的十字架和墓碑底座的残骸。墓地伸入半岛的弧形深处，而"有人烟的地方"（住人的地方）沿着河岸延伸出百余米。木屋的炉灶遗迹即使今天仍清晰可见，根据它们显示的富足状况，即使连我这个俄罗斯乌斯季耶的局外人，也不难猜出，有钱人伊万·谢尔卡诺夫的房子在哪儿，奇卡乔夫兄弟的祖父加夫里廖诺克的房子在哪儿。在它，在奇卡乔夫世代相传的温暖家园的旁边，犹如得到回报的公义，孤零零矗立着俄罗斯乌斯季耶的纪念碑——焊接成单桅海船上风帆形状的金属板。题词上写着："这里是伊万·列布罗夫于1638年建立的俄罗斯乌斯季耶古老村落。"阿·加·奇卡乔夫题词的内容出自尚存的记载，记载中说，那年，那个来自亚纳河的伊万·列布罗夫为了征收亚萨克税在因迪吉尔卡河岸建造了一座带有小尖柱城堡的过冬营地。

压抑的惆怅、人生变幻无常的空虚徒劳之感再次袭来：他们在这里至少生活了三个世纪，而且还要多出半个世纪——他们所剩之物却仅此而已！我们习惯于在人工创造的事业中发现人类存在的意义——在建起的城市中，在开垦的土地上，在绘制出并组装好的汽车上。很难将所有

① 《韦列斯神书》，是创作于19世纪或20世纪的模仿原始斯拉夫语的伪书，被现代新异教徒广泛用作现代新异教徒宗教信仰形式的基础和证据。

这一切归功于古老村落：他们自食其力，并为他人储备了“上帝创造之物”——北极狐、鱼、肉，甚至行驶在“上帝创造的”道路上，每年随着春天和冬天的到来都需要重新踏出它们。他们三百多年间在这河岸上赖以生活的一切都消失了，散落了，枯竭了。除了腐朽，还能化作什么呢？世间是否有一本公平的账来衡量我们存在的益处和无益呢，又由谁来建立它呢？难道俄罗斯乌斯季耶归根结底只应该是一座悲伤的乡村墓地，是一片在墓地上方升起如同升起于返祖归宗的单桅海船上凝固不动的风帆吗？

我们驶离河岸后很长一段时间，奇卡乔夫兄弟一直沉默不语，内疚而沮丧。大家在汽艇上张罗起喝茶，谈起如今任何地方，哪里也没有清白无辜的人了。这是我们对统一的地球和每一片单独的土地犯下的某种普遍性的错误——地球被不良的文明所玷污，却因固执地以为他是一个角更长[①]的神而不为之哀悼。满腔激情被引入歧路，不经悔过便被宽恕。我们中最优秀的人仍经不起诱惑，他们以匆忙的“阿门”遮蔽自己，紧随那些只会远望地平线而看不到自己脚下任何东西的人而去。

后来，从因迪吉尔卡传来消息，我喜不自禁地急忙将其写入本文中，消息称，奇卡乔夫兄弟们依靠四双手将一些建筑材料用驳船运到斯坦奇克，并修整了几乎倒下的当地小教堂，将其扶起，即使没有使其恢复原样，也使其或多或少具有了端庄的外观。

再后来又有一条新闻：俄罗斯乌斯季耶人庆祝建村350周年。也好，350也不少了。如果再为它们加上约50年的零头，说的是关于超出上述期限的余量，而且余量像最令人垂涎的东西那样吸引人，那就更好了。难道想象一下这样的事实不是很令人神往吗？大约在同一时间里，

① 角更长，这里指更有力量。

当叶尔马克从额尔齐斯河西部地带收复了失地时，鞑靼人拥有了伊斯凯尔城（又称西伯利亚），在最东端，俄罗斯人已经掌握了对面的控制权——剩下的就是要把这条带子系上。

最新消息与整个北冰洋沿海地区有关。实际上，它已被俄罗斯弃置不顾。我在冬季添写了以下几行："在北方各地"（我们这里是这样说的，将冰冷的空间分为几个部分，每个部分都是围绕某种主要工作形成的）正值荒凉的极夜。不再向那里运送必需数量的燃料和粮食已经不是第一年了，每年夏天，成千上万的人变卖财产，为免受饥寒之苦"涌向"大陆。数以万计的人一度被丰厚的收入引诱到不舒适的地方，现在竟无钱从灾区撤离。在莫斯科采用了整个俄罗斯的共同规则：每个人都尽其所能生存，那里正试图不再记起他们。

俄罗斯乌斯季耶停止了采购北极狐——无利可图。驾驶雪地车打猎汽油很贵，而狗拉雪橇已经弃之不用，一支也没有留下。关闭了鱼类加工厂，不再收购鱼类。俄罗斯乌斯季耶曾赖以生存的一切都不再被需要了。正如俄罗斯乌斯季耶的黑暗一样，百年之后，它又再次陷入同样的黑暗之中。重申一遍："俄国彻底失去了他们。"这一次会持续多久——不得而知。俄罗斯乌斯季耶人不会因饥饿而消失，早年的生活教会了他们依靠冻土带提供的食物也能应付过去。如果彻底没有面粉——就改吃鱼饼；如果电力熄灭——就燃起松明。他们古老的技能一样也没有丢失。他们会再次购置狗拉的交通工具，不再寄希望于运来的商品。他们也许会再次回忆起勇士赞歌和童话，还会回想起依偎在烧得通红的直烟道炉灶旁讲述它们时的感觉。

或许这只是在文明的牺牲之火不可避免燃烧之前的一个延迟？

而我一直难以忘怀我们漂流驶过俄罗斯乌斯季耶乡村墓地奔向海洋

的情景。多年以后，我似乎总是感觉：曾使这片河岸适于居住的全体先人们，他们被我们汽艇的马达声惊起，站在因迪吉尔卡河两岸并严厉地凝视着我们。他们无法理解：什么样的人成长起来了？我们驶向哪里？逃避什么？寻求什么？

至于俄罗斯乌斯季耶人，阿·加·奇卡乔夫在最后一封信中告知说：

> 在过去的两三年间，我的同胞们生活得不错，因为他们被允许在因迪吉尔卡河河口鱼类过冬的深坑里捕鱼。但是现在好运结束了。以后会怎么样——我不知道。现在许多俄罗斯乌斯季耶人在乔库尔达赫购买设施完善的住宅。遗憾的是，俄罗斯乌斯季耶正在逐渐变成常规渔猎区并失去其独特性。唉，一切都朝着这个方向发展！

显然，也不可能有另一种结局，但是令人感到忧伤，为什么如此忧伤呢，雄壮的俄罗斯乌斯季耶勇士赞歌除此结局之外什么也没有得到！

1986年，2000年

我和你的西伯利亚

那么，今天的西伯利亚是什么样子呢？

我们不是在谈论遥远的距离和广袤的面积，不是在谈论严酷的自然条件——其严酷性被严重夸大了，不是在谈论所有那些首先浮现在脑海中并成为对该地区最初的普遍认识的内容。让我们试着深入问题内部，了解西伯利亚在一座统一的国家建筑轮廓中的位置。这一庞然大物分布在该建筑的诸多附属建筑中的一处，在一个不成比例地延伸出去的面积最大且人烟稀少的地方。让我们试着猜测西伯利亚在每个人命运中的位置，无论他是否想过它、是否感觉到自身存在哪怕一点点它的精神。让我们试着探究，在审视今天时，西伯利亚意味着什么，当我们放眼明天时，它又转向何方，以何种方式如何展现自己。

19世纪下半叶，西伯利亚人的社会和政治意识逐渐开始萌生并形成。人们终于谈论起这一地区的异常情况，关于剥夺其未来的宗主国的政策，关于从西伯利亚攫取和运出所有最好的东西，反过来倾销最坏的东西的做法，包括人类婚姻，关于侮辱性的报道、微不足道的庇护等问题。人们不是简单地谈论起所有这一切——西伯利亚的叹息和哀怨之前也听到过，而是友好地不卑不亢地开始谈论，呼吁理智，将俄国的未来与西伯利亚的未来公正地联系起来，并迫使政府听取当地的需求。因此，人们创办了托木斯克大学，废除了刑事流放。

今天看看西伯利亚爱国者（亚德林采夫、波塔宁等）提出的改善社会风气和提高生产力的主要问题是很有趣的。问题最初有五个：教育，废除流放，与宗主国的平等和经济利益关系，地区的高素质移民，对异族人的态度。关注它们也很重要，正是从这些问题的角度可以来比较西伯利亚当时和今天的状况——百年之后，他们实现了什么以及取得了什么样的成就。

那么，说说教育。公平地说，根据其含义，该词在19世纪尚未通用，当时人们说“启蒙”，认为西伯利亚主要缺乏的就是它。道德和经济福祉与之息息相关，由它引起的逻辑链条几乎涵盖了所有活动领域：如果你识字，你将变得聪明而公正，你将学会有益地生活和管理，你将全身心地为地区和祖国服务。“毫无疑问，只有启蒙之光才能使西伯利亚摆脱如此悲惨的境地；一方面，只有当西伯利亚社会的整体智力发展水平提高，并且它意识到不能在过去滥加开采的基础上继续经营时；另一方面，当技术知识出现在西伯利亚并使西伯利亚人能够合理地开发该地区的自然资源时，只有那时，对西伯利亚的生产力和储备的无序掠夺才会结束，正确而合理的经济发展才会开始。”（亚·考夫曼，1892年）

他们，这些古老的西伯利亚人的看法没有错——如果启蒙仍然是原有意义上的启蒙，并根据时代和科学的需要进行调整，并且没有变成按照行情和自满自足的标准来制造人，匆忙间把人制造成长相丑陋、见识狭隘、智力残疾的样子。他们的看法没有错，如果工程师仍是他们眼见的那种工程师，就像加林—米哈伊洛夫斯基以及类似的人，他们为更好地服务于人民而积累了知识；如果科学家仍然是门捷列夫式的科学家，除自然科学领域的杰出功绩之外，还是一位具有国家意识的思想家；而且如果西伯利亚活动家在扩大自己利益领域的同时，并没有将一己之利与地区利益脱离开来。首先，教育的希望与开明的灵魂和丰富的智慧专注于内部事务息息相关，与坚决增加精力充沛的高素质人——自己尚未充分开垦的土地的保护者的数量息息相关。

这些对人类优秀品质的希望很少实现，人类品质已被各种科学磨光了棱角。今天，几乎在每一座稍有名气的西伯利亚城市里都有大学，技术和经济类高校是旧时实科中学的十倍，但是它们一开始就从事于大规模孵化繁殖式地培养专业人才。超出专业的知识，他们既没有能力关注，也没有能力理解，然后把教学功能进一步缩小到培养经纪人和业务员，造成了前所未有的浪费，还美其名曰管理和经济。所有的，每个平凡的一事无成的教研室，每个刚刚成立、信誉度令人怀疑的院校，每个尚未成立、只是刚刚宣布要成立、仅制作出牌匾的院校——全都称自己是大学和学院，而且，除少数例外，全都无法提供通用的高质量的知识。西伯利亚只有在19世纪才刚刚开始拭目以观自己多舛的命运，才开始在自己的人民中艰难地播下公民意识和孝道意识的种子，从这种意义上讲，如今它比一百年前还要被甩得更远。而且，现代教育远离了父辈的需要，教育年轻人轻视没有“市场”价值的一切事物，现代教育在这一点上发挥了重要作用。

一百年前的西伯利亚人的愚昧无知和公民意识的缺失是可以解释的：

> 在整个西伯利亚的经济开发中，居民毫无远见和极其无知不由得令人震惊。好像西伯利亚的居民认为在这里停留的时间不会超过明天，仿佛他是外来人，是一个今天在此明天在彼偶然出现的游牧人，仿佛他的儿子、他的孙子、他的曾孙将如何生存与他毫不相干。他不加选择无所顾忌地抓住他触手可及的最好的一切，而且捞到手，侵吞掉并糟蹋完之后，又转向新的投机。我们贪婪地攫取一切——天然黄金，住处附近打到的黑貂，然而，一旦面对坚持不懈的工作，需要付出一些努力和技能来建立一种并非基于偶然的机会，也非基于盲目幸福的坚实文化时，我们便退缩了，消失不见了，然后身处这些未开垦的地区却抱怨自然的贫瘠。（尼·亚德林

采夫,1882年)

从那时起，“无知”和“毫无远见”发展到如此程度，足以使西伯利亚幸福生活的先前保护人哑口无言。他们失去了取得创造性成果的最后希望。我们不由自主地习惯了现实，我们生活在其中却没有完全意识到正在发生的变化，但是，如果今天出现了一个头脑清醒的人，如果他错过了最近几十年西伯利亚的“开发”以及对其国有财产的强取豪夺，那么他会认为，由于某种迫切需要，西伯利亚受到行星上某个地方出现的野蛮人的掠夺、凌辱和破坏，西伯利亚人为了眼不见自己的土地蒙羞，逃离了这里，这个地区的命运最终就这样被决定了。

以前对西伯利亚各个角落的滥加开采和胡作非为又算得了什么呢，难道它们能与当前的联合成一项规模巨大且力量雄厚的行动相提并论吗！西伯利亚昔日对宗主国的从属地位又算得了什么呢，难道可以将其与各部门和各部委接踵而来的压力相提并论吗？这些部门想要什么，就在西伯利亚的世袭领地上收回什么，并对地方政府控制如此之严，以至于连一句违背的话都不能对他们说。唉，现在哪怕对我们像旧日那般胡作非为，我们也会为他们向上帝祈祷的！政论家们发现了令人气愤的事情：农民懒得给耕地施肥，只要这片地不能提供到十倍的产量，便弃之不用，并在旁边开垦新荒地；企业主攫取储量最好的部分之后，把未经筛选的黄金矿填满了废石堆，又开辟了新的开采场；猎人、渔夫不考虑兽类和鱼类的增长数量；移民从烧毁田地边缘的森林开始自己的生活。当然，所有这一切都不值得称道，也谈不上管理水平，但它能够养成一个习惯，一种态度，一条规则。在西伯利亚人口稀少的情况下，这还不能使其蒙受重大损失。损失更大的是道德上的：不愿意在这里看到那样的劳动者。该地区的移民工作也做得不尽人意。西伯利亚人像其他各地的人一样，不符合自己的理想；西伯利亚人也许更加不符合，因为他被自然的极大富足宠坏了，很少关心对它的保护。

几个世纪以来，直到三四十年前，西伯利亚一直是一块备用的土地，是一片巨大的资源未被开发和实力无人认领的大陆。沙皇政府能够允许自己出售阿拉斯加：俄国还有西伯利亚。如果人们没有公开写过、说过这件事，那它本身就暗示了这一点。西伯利亚固若可以藏身的堡垒；是必要时可以解锁的储藏室；是一种可以召唤的力量；是一片可以承受任何打击的大地；是一种即将享有盛名的荣耀。在俄罗斯人的意识中，西伯利亚是他满怀信心张望的未来的大陆：他要耗尽的一切，均不足惜，今天他要采尽自己产业中的资源，明天他将在西伯利亚开采，为此他会千里迢迢驱船驶来，而暂时将资源储存在西伯利亚那里。

伟大的挪威人弗里德约夫·南森在第一次世界大战前夕首先通过北方海路前往叶尼塞河，然后从叶尼塞河经由西伯利亚大铁路到达太平洋，他将自己关于西伯利亚的书称为《穿越未来的国度》。“亚洲东部辽阔无边的平原给我留下了深刻的印象，那里仍然徒劳地静卧着，等待来人。”——南森写道。

真的等到了。但是等来了谁呢？仿佛在它们期待的人到来之前，出现了非法冒充的另一个人，他对工作没有做好准备，既无意考虑西伯利亚今天的需求，也无意重视它的明天，贪婪、粗鲁、急躁，他没有学会如何对待财产，不懂得其真正价值，他出现并提出了权利。只在短短的几十年间，就像在战争期间一样，他踩坏了、翻乱了、改变了、挖开了赋予生命的矿脉。与其说他攫取，不如说肆意挥霍、践踏，任其腐烂——河水裹挟着石油流走，木材沉入了人工海底：在泰加林如铜墙铁壁般巍然矗立、野兽游荡的地方，它被伐倒，胡乱堆放在那里，其中一半已被遗弃；在庄稼泛黄、成群的肥膘牲畜吃草的地方，杂草丛生，土地废弃，荒无人烟；在村庄和乡镇，有新型的游牧人——轮班工人、季节性工人的营地，他们从一处迁移到另一处，并在很短的时间内从地底深处抽出大自然数百万年间储存的资源。

西伯利亚面积巨大，其天然储备丰富；为了与它们相匹配，这里建立了世界上最大型的水电站、工厂、联合企业、综合体企业、高炉。大型的，强大的，意味着它们对自然造成的伤害同样巨大。仅一座布拉茨克水电站就导致超过五十万公顷最优质最宜居的土地被淹没。安加尔斯克的居民，我务农的乡亲们，他们搬迁到不宜播种、不长庄稼的地区。那里生长着森林，于是几乎全部庄稼汉都被迫转行做了伐木工人。三十年来，他们选择了泰加林，在伐木区留下了残酷的战场。在布拉茨克廉价的电力附近，随着安加拉河水开始带动涡轮机旋转，立刻耸立起座座能源密集型巨大工厂——铝厂和木材工业综合体。周围有最富饶的生长着著名安加拉松的泰加林，其中没有消失在斧子之下的树木，却注定要枯死于能源密集型工厂的副“产品”——氟化物和甲硫醇。森林为什么枯萎，很容易找到原因；人们为什么生病，活不长久——向来讳莫如深，尽管也无法隐瞒——布拉茨克、安加尔斯克、诺里尔斯克、新库兹涅茨克在名声显赫的生产企业附近拔地而起，像工业发酵一样声名鹊起，人最好远离这些城市。

后来，这种可资借鉴的一连串的征服后果，以我的故乡为例，简直就是延续的惩罚。在“市场”之下，安加尔斯克木材采伐居住区彻底失业了，其中一些只好“关闭”：周围数百俄里的一切都一蹶不振，不再需要木材了。人们把世代相传的土地沉入“海底”用来发电，他们自己却无电可用：布拉茨克水电站的电流绕过了他们，他们自己日常生活照明用的柴油价格却涨到了天价。不仅如此——他们住在水边却无水可用：从水库里取水是危险的，因为那里什么样的排放物都有，其中也出现了汞。捕捞被污染的鱼也很危险，但是没有办法——还在捕捞。另一条安加拉河无处可寻。

与此同时，主要能源消费者布拉茨克铝厂，被不知是以色列公民，还是英国抑或是美索不达米亚公民的乔尔内兄弟以极低的价格“私有化了”。后来，他们把它转售给同样是世界公民的阿布拉莫维奇[①]和别列佐夫斯基[②]。木材工业综合体落入谁手，已经不得而知：所有这些好尔丁、莫尔丁、博尔丁[③]之所以冠以离奇古怪的名称，目的在于掩盖真相。80年代末期，对洁净的空气和纯净的水的需求特别强烈，90年代沉寂下来，和它们相比人们更喜欢一块面包。

这只是西伯利亚“一角”的命运，确实是很好的巨大的一角，但西伯利亚毫不吝惜任何地方的巨大角落，现在它们的命运几乎处处相同。为了它们，整个国家勒紧肚皮并奉献出最优秀的劳动力，以前所未闻的满腔热情去建设它们，而且满怀远大的希望，抽空了农村人，荒废了其他事业。突然之间，这些能源、冶金、木材加工等巨头企业同时变成了“市场”交易筹码，把它从一个口袋转移到另一个口袋并“带到”另一个国家并不困难。以前的主人不很勤奋，也不认真仔细，他捞的过多，不考虑损失，仿佛遗嘱中寄希望他理智的同时，忘记预告他从现在到最后每一代人的继承份额是多少。但无论他如何尽心竭力，也无法在一生

① 罗·阿布拉莫维奇（1966— ），俄罗斯企业家，亿万富翁，楚科奇自治州前州长。

② 鲍·别列佐夫斯基（1946—2013），技术科学博士，前俄罗斯企业家，政治活动家，后流亡英国。

③ 这里三个俄文单词是英文单词的音译，其中第一个单词有确切含义——控股，其余两个词没有实际意义。

中挥霍掉巨额财富，我们仍然希望，随着时间的流逝，经营和管理事业能交由更勤勉的继承人手中。但人们突然之间发现，遗产再也不属于这个家族，如果直截了当地说，就是人民。骗子们使用狡猾的手段及拙劣的诡计将遗产据为己有，他们洗白遗嘱文件，自己安排把共有财产抛售给自己。

几个世纪以来，西伯利亚一直试图摆脱俄国的殖民枷锁，如今它以为它准备的世界殖民地的命运而告终，掠夺者从四面八方蜂拥而至，相互抢夺着最令人垂涎的资源。

19世纪末到20世纪初，曾打算在西伯利亚大铁路以北修建横贯阿拉斯加—西伯利亚铁路的项目，在世界引起了很大轰动。建设工作是由西方公司，主要是由美国公司进行的，条件是“不值一提的”：沿整个铁路线两侧隔离带宽度各为八英里。总计近三十万平方公里。并且美国公司有权自行管理。在俄国政府中找到了项目的支持者——想必也不无私心。但交易仍然没有达成，不愿意买卖西伯利亚的反对者获胜。

20世纪90年代中期，当“野蛮的市场”像捕猎猛犸象的原始人一样使俄罗斯陷入事先挖好的坑里时，美国经济学家米德首次提出将西伯利亚出售给美国的建议。美国人没有忘记他们当年如何轻而易举成功地将阿拉斯加据为己有，现在他们利用俄罗斯的困境进行摸底：被推倒的世界大国是否准备摆脱“多余的部分”，以缓解自己的命运。后来，美国以更明确的形式重复这一提议：在从叶尼塞河到海洋的范围内建立七个美国州，给价是5—6万亿美元。因为这是一项“私人”倡议，官方没有对它作出回应。但有趣的是，它没有让任何人感到惊讶，就仿佛是到了该进行类似谈话的时候了，该慢慢地逐渐地接近认真讨论的时候了。

事情想必发展不到这一步。这对俄罗斯而言似乎是为自己购买了死刑判决。而且，即使最近变成了一个荒诞不经的自我毁灭的国家，它也未必敢迈出这最后一步。

但对西伯利亚的野心却在膨胀：不久前，来自“鹰派”的美国前国务卿奥尔布赖特女士，其外表也与这只猛禽惊人地相似，她谈到西伯利亚只属于俄罗斯一国是不公正的。以前从未如此公开地发表过类似声明——谁知道在俄罗斯乐于效劳和挥霍无度的政策下，它们明天会变成什么内容。

没人再谈论西伯利亚的开发了。甚至在战后过去的几十年间匆忙胡乱开发的项目，现在也正在被荒废。人们正在用两倍和三倍的力量将西伯利亚拥有石油和天然气、金刚石和有色金属的地方攫取干净，而在从西到东、从北到南数千俄里土地上的其他一切，湮没无闻，他们是靠什么、如何生活的，鲜有人知。只知道不断选举，俄罗斯民主像得了疥疮一样，以此来磨痛自己。西伯利亚的石油和天然气拯救了整个国家，凭借它们，暴发户不可胜数的财富得到了增长，老人的退休金取自它们，并从中偿还贷款。人们夜以继日地倒空秋明的地下资源，石油和天然气从西西伯利亚源源不断地流向欧洲，从探明储量较为有限的东西伯利亚到中国和日本的运输正在建立。最优质、最丰富且最易于开采的雅库特地区含金刚石金伯利“岩筒[①]”“正在被抽空”，西伯利亚的大河被控制，它们产生的电力也流向了西方和东方。“地球之肺”——西伯利亚森林，起初被无情地砍伐，而如今随着夏季的到来，被连续不断难以避免的森林大火烧毁；西伯利亚用于扑救大火以及用于耕地上田间工作的石油短缺，或者说为此提供的燃料价格能使人火冒三丈七窍生烟，这都是一回事。数百万公顷的大片土地上的泰加林正在枯死，而人们已经

① 岩筒，为发育在岩体中的一种构造，是后期同源岩浆向上涌动时在围岩中留下的通道。

习惯性无助甚至是冷漠地吞下烟雾，并听取有关沿海地区和外贝加尔及阿尔泰和雅库特地区生态灾难的言论。大地之子，保护者，当家人（不是经济学家，而是当家人，根据保管和需要的道德法则管理经济的人）——这些词语本身在某种程度上渐渐沉寂，黯然无光，失去了自己的意义。显然，人为子与国为父是密不可分的，人不可能没有国家。西伯利亚人早就梦寐以求的地方自治仍旧受到严厉控制：一方面鼓励他，一方面遏制他。宗主国仍像一二百年前那样，继续将西伯利亚视如一头靠牧草生活的奶牛，尽管如此，它仍需要一个畜栏，以防它在自己的荒原和泥沼里变野。而且，就像贴近奶牛一样，人们一次又一次地靠近她的乳头，吸出数百万年的“脂膏”。

然而，如果我们回忆起变野的话，它并非源自边区，而是源自令人炫目的“改革”时代的中心，这场“改革”给西伯利亚乃至整个俄罗斯带来了难以估量的灾难。看看我们的“北方”就足够了。我们不由自主地回忆起罗蒙诺索夫关于“俄国财富的增长将有赖于西伯利亚”这句话，还在不久前被高悬于“经济征服西伯利亚”的大门之上。罗蒙诺索夫的这句话，它并未被读完，接下来是：“……西伯利亚和北冰洋”。瞧吧：北冰洋沿海一带再次被遗弃，变得荒无人烟，更加冰冷，如果公正地对待过去的话，那里在苏联时期被开发过，温暖过并活跃过，其整个广袤无垠的地区均得到过特别的无可指责的照顾。你根本无可挑剔。从未有过也不可能有那种不给这些地区运送过冬的燃料和食品、让他们独自面对残酷的极夜的情况。现在，从西伯利亚朝向北冰洋的这一侧开始，寒冷似乎穿过整个地区，直到南部边界。只要一想起那里被忘却之人的命运，便会感到更加寒冷。

“统一而不可分割的”俄罗斯不光彩地经历了它的最后一次混乱，

既失去了与自己血肉相连的土地，也失去了与自己血脉相通的居民，它的欧洲部分在这两方面都已经缩小到还在彼得一世战争和土耳其远征[①]之前具有的规模。“统一而不可分割的”西伯利亚，其脸上布满了民族的“雀斑”，其整个土地是由世代相传的七零八落的小块土地组成，尽管在这些情况下发生过不可避免的动摇，但它经受住了考验，事实证明，它比不断派遣密使前来唆使分裂的俄罗斯敌人料想得更牢固。

尽管如此，西伯利亚的民族问题并不是一件小事：它昨天比今天简单，而明天可能会变得更加复杂，这取决于俄罗斯如何巩固自身。

整个西伯利亚自始至终处于这样的民族复杂多样之中，以至于科学家们也无法搞清它每个差别细微的部落系谱的准确性。种族的不断迁移、融入、统一和分裂，强者有权获得更好的土地，大自然对其儿女享有它独自所知的最终正义权——所有这一切都紧密交织在一起，并产生了值得尊重的结果。每个民族——无论是攀登上巅峰的民族，还是处于底层的小民族，都应该得到人类的爱戴和友善的帮助，只因为他存在，人类的多样性离不开他。但是历史在继续，而且融入、重生尚未结束。这也是向它，向历史讨账，因为历史让面孔发生了神秘的改变。这也是向“大”民族讨账，因命运的驱使，他将“小”民族纳入自己的国家建立中，对其进行监护；他不由自主地将他们的精神融入自己的精神，并将其血肉融入自己的血肉之中，如同他们之中也充满着他的成分一样，但是这种吸收应该是互为裨益的。这也是每个民族为坚不可摧的能力而向自己讨账，这种能力首先在于精神上的统一。一个民族一旦失去自己的传统，甚至更糟——失去自己的语言，他就会变成另一个更强大民族

① 土耳其远征，指俄土战争，是指17—19世纪俄罗斯帝国与奥斯曼帝国之间为争夺高加索、巴尔干、克里米亚、黑海等进行的一系列战争，其中重要的战争有10次。

的“储备”。对此毫无办法。这是生存法则。

在西伯利亚出现俄罗斯人之前，他们的土著人口，根据一些统计有21.7万，根据另一些统计有28.8万——对巨大的空间来说均非人烟稠密。凭借这样的力量根本守不住西伯利亚，在内部也无法建立国家，不可避免地要转归某人手里。另一件事是：转归谁手更好？亚洲与欧洲混合抑或亚洲与亚洲强化？关于俄罗斯人，无论人们虚构出什么，无论捏造出什么样的关于他的无稽之谈，历史本身及其国家建设实践都会承认，他是一个非常容易相处、念及手足情谊的慷慨豁达的民族。开拓者们就已经很容易与土著人找到共同语言。发生纠纷时，政府认为必须站在异族人一边。忠厚纯朴的大自然之子——尤卡吉尔人或楚克奇人——遭受军政长官或州长政权的独断专行的折磨，遭受企业主和商人的无耻欺骗的折磨（但这种残酷剥削类型的人任何地方都难以根绝，他准备靠亲兄弟发财）。我们所有的人都同样遭受别人思想之害，遭受他们沉重有力无所不在的手掌之苦，这只手致力于千人一面的矫正工作，俄罗斯人不仅不少而且比其他人更甚地遭受其害。

讨账应该是公正的。还要向我们继承下来的那些形式的文明讨账，即在“人权”的保护下，以大规模审讯似的扭曲灵魂的形式。任何一个“文明”国家，在获得秋明的石油之后，都毫不在意可爱的弱小民族的至关重要的问题，即他该不该在祖传的土地上开采。谈论这件事并非为俄罗斯秋明辩护，而是为了指出，随处采取的“软性”专断权，其结果与硬性专断权相同。

90年代，各种社会舆论之风蔓延西伯利亚，吹来了许多思想和运动：时而赞同脱离俄罗斯，建立像美利坚合众国那样的西伯利亚合众国；时而赞同在先前的自治区范围内建立独立国家；时而赞同布里亚特并入蒙古，而雅库特—萨哈……唉，哪怕是并入阿拉斯加或土耳其也好。民族主义的自命不凡似乎没有放过任何一个民族，任何一个弱小民族。但由于不习惯理性的自由而产生的飘飘然逐渐过去，清醒的头脑开始占上风。如果其中“本地记名的”人口只占三分之一，雅库特如何脱离而且并入哪里呢？布里亚特的还要少，哈卡斯仅占14%。在玩弄西方民主游戏时，可以在每一个乌卢斯选举总统，可以放弃“帝国主义的”俄语，并在继续轻视自己语言的同时，固执地投身于英语，而对播下自己专制种子的收获不抱希望。但断绝与俄罗斯长期以来的紧密连接必然导致悲剧性的后果。

断绝关系的愿望也已经在冷却。俄罗斯本身只要在正义与忠于自我方面稳定下来，最终放弃异己成分，抑制自我毁灭的冲动就好了。在这种情况下，谁还会身在福中不知福呢？

我们的土地，在过去和现在遭受了严重的创伤和诸多损失之后，仍然广袤富饶——它起初就被播种得如此富饶。只要给它一点秩序，秩序！只要给它一个主人，一个庇护者，一个聪明的建设者，一个善良的医治者！它备受四肢发达头脑简单之人和盗窃者的折磨。

请给我一个主人！——这声呼唤，如呻吟般沉重，如未婚般疲惫，如遗愿般包罗万象，如今永不停息地回荡在西伯利亚的上空。

1990年，2000年

历史记忆的民间阐释
——译后记

俄罗斯《明日报》（*Завтра*）主编、作家亚·普罗汉诺夫（А. Проханов）在拉斯普京去世时（2015）表达过对他的理解。主编认为自己和拉斯普京都是爱国主义者，他称自己为“国家的歌者”（певец государства），称拉斯普京为“人民的歌者”（певец народа）。他认为：“拉斯普京在自己的创作中，犀利而激烈地提出了饱受国家折磨的俄罗斯人民问题。人民在这个国家建设中耗尽了自己的精力……他们为此成为牺牲品，而牺牲是因为他们理解这是国家所必需的。……他们内心明白，没有强盛的国家他们根本不可能存在。拉斯普京也明白这一点。因此，他的二重性、他内心的辩证法在于，他一方面描写被国家折磨得精疲力竭、伤痕累累的人民，另一方面他明白——没有这个国家就没有这个民族。”[①] 普罗汉诺夫认为这种二重性既构成拉斯普京的创作核心，也注定其悲剧命运。

在拉斯普京的创作中，一方面要建设国家，另一方面要爱惜人民；一方面要发展国家，另一方面要保护自然……这重重二律背反，勾勒出作家精神世界的深层矛盾。当整个世界的急剧变化已成定势，当求新求变的社会与国家已不可逆转，作家却依然秉承一贯追求的道德理想主义与文化保守主义，这不可能不导致作家思想上的二重性，随之而来的是作家多年的沉默和晚年的忧伤。作家这种思想上的矛盾二重性在其《西伯利亚，西伯利亚》特写集中表现得尤为突出。

《西伯利亚，西伯利亚》（以下简称《西伯利亚》）是拉斯普京晚年的一部特写集，揭示了作家对西伯利亚这片土地的历史与文化的思考，是一部有着独特思想和文学品质的西伯利亚传奇。在书中，拉斯普京凭借客观、多面的叙述方式，以沉入历史、融入自然的潜心姿态，从钩沉

① Проханов А. Распутин: Империя и народ// Завтра, 26-03-2015. С.5.

西伯利亚的征服者叶尔马克的故事开始，还原了西伯利亚远征史，再现了西伯利亚历史名城的曾经辉煌，歌颂了西伯利亚人巧夺天工的伟业丰功，勾勒出西伯利亚的自然资源、地缘政治、生态问题的全部图景。这是一部西伯利亚的发展史和西伯利亚人的成长史，是“一艘独特的诺亚方舟”[①] 的故事，是关于历史、文化、道德、记忆、人与自然的真挚书写。诚如拉斯普京本人所言：“我是用爱写下了这些特写……”[②] 拉斯普京对故乡穿透灵魂的理解，不仅是一种热爱，更是一种道义和责任。

一、关于《西伯利亚》

《西伯利亚》一书主要是由作家于20世纪80年代至21世纪初完成的11篇特写结集而成。这些特写曾于不同时期发表于不同期刊，结集单行出版四次。这本书的出版初衷，原是莫斯科“青年近卫军”出版社1984年提出的一个倡议，即在“祖国古迹”（Памятники Отечества）系列中出版一本关于西伯利亚的图书。为此，几乎在20世纪80年代的所有时间里，以及在20—21世纪之交，拉斯普京不仅查阅资料撰写该书，而且多次进行实地寻访考察，足迹踏遍了西伯利亚的北冰洋沿岸、托博尔斯克、阿尔泰山区、恰克图、勒拿河两岸等地。前三版图书中均配有伊尔库茨克摄影师鲍·德米特里耶夫不同时期精心拍摄的照片，摄影师几乎是作家探访西伯利亚的山川河流、历史名城的同路

① Гладкова, И. Б. Топос Сибири в русской очерковой прозе 1960—1980-х годов (Л. Н. Мартынов, В. Г. Распутин, П. Н. Ребрин, И. Ф. Петров): Семантика, генезис, эволюция: автореферат дис. ... канд. филол. наук: Ом. гос. ун-т. - Омск, 2004. С. 17.

② Распутин В. «Эти очерки я писал с любовью…»//Русская беседа. –Иркутск, 2006. №10. С.8.

人。该书在俄罗斯获得了最高级别的认可，2006 年版本多次荣获国家级大奖[①]。

《西伯利亚》一书，从 1991 年“在最不合时宜的时间里问世”[②]的第一版[③]，到 2000 年贝加尔湖经济论坛背景下发行的第二版[④]，再到 2006 年获俄联邦铁道部资助的第三版[⑤]，直至纪念作家八十诞辰出版的第四版[⑥]，每一版都经作家精心增补修订。特写集的结构可谓费尽思量。11 篇特写并非按书写的时间顺序线性排列，而是根据西伯利亚的地理空间，由西向东迎着太阳奔向太平洋；但也并非简单顺空间而行，而是首尾衔接有序，穿插有章可循。开篇“没有浪漫主义色彩的西伯利亚”（1983）和尾篇“我和你的西伯利亚”（1990，2000）均为抒情—哲理性的概括叙事。如果说开篇回顾西伯利亚开发史，细数西伯利亚对国家乃至全人类的价值和意义，那么尾篇则回溯 19 世纪已经存在、21 世纪仍未破除的沉疴积弊，痛陈惨遭掠夺破坏之后的西伯利亚现状，首尾形成呼应之势；首尾两篇之间井然安置了西伯利亚历史名城介绍（“托博尔斯克”—1987，2005；“伊尔库茨克”—1979，2000；“恰克图”—1985，

① 俄罗斯2006年度最佳出版物奖的“俄罗斯文学奖”，2008年国家生态奖的“文化生态学”大奖，2009年俄罗斯联邦政府文化领域国家奖等。

② Распутин В.Г. Веют ли вихри враждебные?: Беседа гл. ред. журн. «Сибирь» В.В. Козлова с В.Г. Распутиным // Сибирь. 2001. № 5. С. 38.

③ Распутин В. Сибирь, Сибирь... -М.: Мол. гвардия, 1991. – 304 с. – (Отечество: Старое. Новое. Вечное). (8 очерков).

④ Распутин В. Сибирь, Сибирь. / фотоил. Б. Дмитриева. – 2-е изд., перераб. и доп. – Иркутск: Артиздат, 2000. – 255 с.: ил. (9 очерков)

⑤ Распутин В.Г. Сибирь, Сибирь… – Иркутск: Издатель Сапронов, 2006. – 576 с.: ил. (11 очерков)

⑥ Распутин В.Г. Сибирь, Сибирь ... -М.: Издательский центр «Азбуковник», 2017. -400 с. (11 очерков)

1995，2005），展示了西伯利亚的人工奇迹（“西伯利亚大铁路”—2005；“环贝加尔湖铁路”—2005）与自然奇观（“阿尔泰山区”—1988，1999；“贝加尔湖”—1988，2000；“沿着勒拿河顺流而下”—1993），以及被时光遗忘了的古老村落（“俄罗斯乌斯基耶”—1986，2000）。这种谋篇布局图解了作家西伯利亚书写的基本立场及核心思想——立足于民间价值，讲述西伯利亚的昨天、今天和明天，从历史、政治、经济、民族、文化、自然等方面考察西伯利亚在俄罗斯历史发展中的作用，探讨人类存在的永恒问题，反思现代文明对荒原的威胁及其拯救之路。

二、《西伯利亚》中的诸多问题

《西伯利亚》一书的每篇特写均有相对独立的侧重主题，但贯穿全书的普遍性问题显而易见。作家基于西伯利亚热爱者与守护者的叙事视角，对故乡西伯利亚的叙述和理解饱含哲理冥思和审美想象，其叙事基调自豪而略带悲观。

西伯利亚开疆拓土的远征史。拉斯普京对西伯利亚的历史探究追溯到史前时期，当时的西伯利亚还是古罗斯和古代西欧民间故事中的形象。作家援引了希罗多德在《历史》中对乌拉尔地区所做的最早记载，这里“居住着天生秃顶”，“长着山羊腿”，“一年沉睡六个月”[①]的人。拉斯普京提到了早在11世纪就抵达过西伯利亚的俄国诺夫哥罗德商人。这些商人的后裔为了逃脱伊凡雷帝的迫害，举迁到因迪吉尔卡河流域，要比叶尔马克早十多年。同时作家也重申，在西伯利亚并入俄国核心版

① 《西伯利亚》第1篇，本书第7页。

图的过程中，哥萨克发挥了无人可以比肩的特殊作用。拉斯普京再现了叶尔马克及其战友的征服过程，并表示叶尔马克远征是历史的选择，这一历史决定论的观点贯穿全书。

西伯利亚的地理景观。叶尔马克征服的西伯利亚自古以来就有“没有围墙的监狱”之称。19世纪之前的西伯利亚因其蛮荒凋敝被俄罗斯帝国作为流放、苦役之地。长期以来探险家、旅行者、地理学家、历史学家、文学家对这片寒冷而荒凉的空间有过不计其数的描写。陀思妥耶夫斯基称西伯利亚为“死屋”，涅克拉索夫称其为“酷寒之地”……拉斯普京在特写集中援引了契诃夫、冈察洛夫、挪威极地探险家弗里德约夫·南森、意大利人索米尔等人对西伯利亚的印象和感受，这些范例足以证明西伯利亚的苦寒阴晦、单调寂寞。但拉斯普京坚信，最初的这些晦暗荒凉的印象，在他们返回途中，都被“始料未及的崭新而辉煌的空间”[①]代替。作家认为仅一个贝加尔湖就足以令世界上所有的自然存在黯然失色，甚至会令人精神重生。拉斯普京笔下的荒野自然，以其原生态迷惑人心。无论是享有伊甸园之美誉的捷列茨科耶湖，还是气势磅礴岿然不动的别卢哈山，均会使人产生敬畏之感和崇拜之情。而西伯利亚雄伟壮观的条条大河养育了多少坚强勤劳的民族！作家以抒情的基调赞美西伯利亚的自然景观，将其作为激发人类崇高情感的原生态客体进行赞叹，甚至将其作为充满神秘力量的超自然现象进行演绎。

西伯利亚的自然资源及经济优势。罗蒙诺索夫“俄国财富的增长将有赖于西伯利亚”的预言，被后来的历史发展印证了无数次。西伯利亚以其丰富的自然领土资源，在俄罗斯统一的经济综合体中占有得天独厚的地位，成为俄罗斯经济发展的支柱。拉斯普京自豪地慨叹道：“世界

---

① 《西伯利亚》第1篇，本书第33页。

上没有什么地方可以与西伯利亚相提并论。它似乎可以作为一个独立的星球存在，它拥有星球上所有三个自然王国——地上、地下、天空应有的一切。”[①] 西伯利亚森林产生的纯净的空气、纯净的水源，以及“未被污染尚未枯竭的土地，它能够收留和供养比它目前供养的人数更多的人”[②]。特写集中，西伯利亚森林——冷杉、红松、雪松、落叶松、安加拉松漫山遍野；“原始野生的”泰加林，“耸立如壁的”泰加林，“晦暗无边的”泰加林，“静寂不动的”泰加林，“浆果处处、坚果遍地的”泰加林……连绵不断。西伯利亚的水力资源——鄂毕河、额尔齐斯河、叶尼塞河、安加拉河、勒拿河、阿穆尔河等大河水力资源和水电资源用之不竭，源源不断。世界上最大的淡水湖贝加尔湖容纳了地球五分之一的淡水，西西伯利亚平原是俄罗斯的粮仓，“西伯利亚的石油和天然气拯救了整个国家”[③]……西伯利亚大铁路的修建，助推了腹地资源的不断输出，成为西伯利亚一个新的经济增长点。西伯利亚的能源、矿产、林业、渔业、农业等资源，不仅储量丰富、种类繁多，而且潜力巨大，很多自然资源尚未充分开发。

西伯利亚的地缘政治及权力图景。“西伯利亚固若可以藏身的堡垒；是必要时可以解锁的储藏室；是一种可以召唤的力量；是一片可以承受任何打击的大地。”[④] 这些无可替代的优势、潜能和实力，决定了西伯利亚对于俄罗斯绝无仅有的价值和意义。西伯利亚是俄罗斯在远东地区的战略桥头堡，是俄罗斯“通向太平洋的窗口和前哨”[⑤]，西伯利亚地

① 《西伯利亚》第1篇，本书第4页。

② 《西伯利亚》第1篇，本书第5页。

③ 《西伯利亚》第11篇，本书第433页。

④ 《西伯利亚》第11篇，本书第429页。

⑤ 徐景学主编：《西伯利亚史》，哈尔滨：黑龙江教育出版社，1991年，第597页。

缘政治的重要地位和突出作用毋庸赘言。作为俄罗斯人，拉斯普京对美国、中国、日本这些地缘近邻大国怀有不信任感，认为他们对俄罗斯构成了地缘政治的潜在威胁，俄罗斯的国家安全一直备受挑战，因此作家的这种他国时刻觊觎西伯利亚的恐惧感一直存在。西伯利亚自古以来就是一个种族复杂、教派林立的地区，从游牧民族到定居民族，从雅库特人到鞑靼人，从东正教到萨满教，各民族、宗教派别之间关系复杂，冲突难免。苏联解体后，俄罗斯陷入了空前的政治经济危机，综合国力的极大削弱，越发增加了俄罗斯人对地缘政治变迁的恐慌感。苏联解体后一系列关于西伯利亚属地的传言，使俄罗斯人对西伯利亚地缘政治产生的敏感并非空穴来风。

西伯利亚人的性格特点。西伯利亚人是俄罗斯民族的一部分，其性格不可避免地打上了俄罗斯性格的烙印。但“西伯利亚就是西伯利亚，它行有其名，居有其所，并磨练出自己与众不同的性格”[①]。拉斯普京在将西伯利亚人理解为一个特定区域、特殊的社会历史和地理环境的民族共同体时，视其性格为一种独特的社会文化现象。拉斯普京认为，多民族文化共生，是影响西伯利亚共同体性格的重要因素，是形成西伯利亚人精神气质的决定成分。在解读文化共生现象对性格形成影响之余，作家或多或少使用了欧亚主义来形容这一共同体的性格特质及心理特点。根据拉斯普京的观点，固执和倔强应该是西伯利亚人最基本的素质；作家从社会历史方面对西伯利亚人疑心重和城府深进行了诠释；热情好客、互帮互助的集体精神也是西伯利亚人不可或缺的品质；人烟稀少、久经困苦使西伯利亚人习惯于独立自强，不可避免地积累下精打细算的智慧。拉斯普京承认，上述种种共性只是相对而言，只能非常接近

① 《西伯利亚》第1篇，本书第4页。

其性格轮廓。散居于广袤无垠的空间，来自不同的社会群体，西伯利亚人不可能千人一面，应该说，“西伯利亚比俄罗斯更像俄罗斯”[①]，“俄罗斯人的某些品质在西伯利亚人身上保留得更加充分更加完好”[②]。从整体来看，作家对西伯利亚人的描写相对客观公正，并不隐讳其性格缺陷，承认其精神及道德上的不完善。

西伯利亚的生态问题。如果说拉斯普京的家园意识与生俱来，那么其自然意识则经历了沉痛的认知过程。20 世纪 60 年代，身为记者的作家对西伯利亚早期的社会主义建设持积极的欢迎态度，他本人也为建设从精神上添砖加瓦，以“伟大的社会主义建筑工地的代言人”[③]身份书写了无数的建设英雄事迹。就在西伯利亚突飞猛进建设水电站之时，作家却于 1976 年突然发表了《告别马焦拉》。小说彻底推翻了作家此前宣扬的“人定胜天”的思想，强调人更应该是自然之子，是自然的一部分，是其守护者。对西伯利亚过度的开发，使作家清醒地认识到，这是一个不可逆转的破坏过程，自然母亲一旦失去就不再来。从 20 世纪 70 年代开始，拉斯普京不仅在各种场合谈到拯救、保护大自然，创作了许多生态主题的小说与特写，而且身体力行，积极参加保护贝加尔湖的社会实践活动。特写集中，大自然为人类提供审美灵感，滋养了西伯利亚人“自由而狂放的气质”[④]，这里的山川、大地、河流养育了多少人啊！因此，当目睹西伯利亚惨遭破坏时，作家不禁慨叹人“变成了一个掠夺者——贪婪、无情且精力充沛。人对野兽、对鸟儿、对小草、对水均无

---

① 《西伯利亚》第1篇，本书第28页。

② 《西伯利亚》第1篇，本书第28页。

③ Сенчин Р. Забытый Распутин//Литературная учёба. 2015, №6, С.216.

④ 《西伯利亚》第1篇，本书第5页。

怜惜之情”[①]。拉斯普京“敏锐地感受到大自然的脆弱”，“为了拯救它，他做了力所能及的一切”[②]。在拉斯普京的思想中，生态自然，并非地理概念，它是社会、民族、历史与道德的载体，是人民的存在依托，是人的精神归宿。

三、《西伯利亚》的叙事修辞学

《西伯利亚》一书很难用“特写”一词概括。即便有评论家称之为“抒情—哲理—政论论著”[③]，也难以说明其体裁的复杂性。其中既有历史评述，也有抒情散文，既有犀利的痛斥，也有含蓄的抨击，既有叙述、描写，也有议论、慨叹，还有推理、说教、冥思等等。拉斯普京西伯利亚的叙事修辞学独一无二，丰富繁杂，其叙事的情感基调，随着叙事主体的变换，时而忧伤、沉重、深邃，时而绚丽、明亮、喜悦。尤其作家在思考西伯利亚的昨天、今天和未来时，在表达自己的观点、立场和态度时，其叙事手法充满了个性化符码，其叙事语言独具西伯利亚风格，显示了作家重视历史记忆、坚守民间文化立场的特质，作家的自然哲学观与宗教哲学观也因此显现于无形。

承载历史的民间语言。《西伯利亚》一书充满西伯利亚民间语言。拉斯普京认为，语言承载着一个民族的历史，记录着民族的思维和智慧，是一个民族的家园。失去民间语言，便失去民族的历史记忆，失去民族

① 《西伯利亚》第9篇，本书第336页。

② Варламов А. «Он стеснялся своей славы». Координаты и измерения Валентина Распутина //АиФ. №11. 15-03-2017. С.46.

③ Плеханова И.И., Книга «Сибирь, Сибирь…» В. Распутина как лирико-философско-публицистический трактат. //Вестник Томского государственного университета. Филология. 2016. №3(41). С.115-134.

之根基。拉斯普京将许多“尚未被电视和广播的筛子筛过的俄语”[1]和西伯利亚民间语言融入自己的创作中，其书写最大限度地证明了民间语言的主要品质。拉斯普京的民间词汇丰富繁复，其数不胜数独具西伯利亚特色的口语旧词甚至在达里词典中也无法找得到。特写集中，作家的口语词汇准确形象地反映了历史文化及日常现象的时代特征。词典的帮助自不必说，而拉斯普京本人生长于西伯利亚民间，其民间语感与生俱来。作家甚至在“俄罗斯乌斯基耶”一篇中整段列举俄语新旧词汇进行对比研究，揭示词语原始意义的消失。特写集中，承载着俄罗斯民间文化及西伯利亚人性格特点的谚语、俗语随处可见。作家还使用了诸多动词截短形式的名词或动名词。在作家看来，只有这种民间词语使用起来才顺畅自然，才能更精确极致地表达其意图与思想。拉斯普京不仅使用民间语言，而且对重视纯粹俄语的作家、民间词语收集者也给予了高度评价。其中的阿·加·奇卡乔夫以其有温度有记忆的“第一手资料”，再现了古老村落俄罗斯乌斯基耶人的语言。

多神教与东正教合一的神话诗学。虽为非虚构文学，《西伯利亚》仍然体现了拉斯普京创作中的神话诗学思想。作家信奉具有神秘意志力的超自然存在，其创作中关乎神灵或超自然生物的神话元素，源自多神教的影响。对于多神教教徒而言，神灵与人共存于统一苍穹下，因其力量超凡于人类而被信仰。从20世纪60年代创作伊始，多神教概念不仅成为拉斯普京叙事的灵感源泉，也是其叙事结构的主体要素。当然，这并不妨碍拉斯普京对一神教东正教的虔诚皈依，作家同时相信统一的至高无上的天神。特写集中，作家多次提及多神教概念。古老村落俄罗斯乌斯基耶处处可见多神教成分。作家还援引了亚·尼·阿法纳西耶夫

① 《西伯利亚》第10篇，本书第382页。

（1826—1871）的鸿篇巨著《斯拉夫人的诗意自然观》（1865）进行佐证。拉斯普京对神话传说持一种自觉的态度，他更相信神话是具有永恒生命力的本原。特写集中的所有水元素均呈现为神话空间，贝加尔湖无疑是最富象征意义的存在。作为万物有灵论者，拉斯普京这部作品字里行间闪现着对自然万物的崇拜，其笔下的万事万物均为鲜活的生命存在。不仅冻土带的圣都哈是原始的自然力量，是“无所不包且无所不能”[①]的“统一神灵”，甚至连一把最朴实无华的斧子也获得了灵性。拉斯普京在“沿着勒拿河顺流而下”一篇中对斧子的精彩解读，分明是在深情记述一个心灵的知己、精神的良伴。特写集中，此类自然人格化的描写无处不在：“打盹儿”的西伯利亚大铁路、“来回晃”火车、贝加尔湖“安静的女儿”……这种万物有灵的叙事形态，揭示了作家朴素的原始生态思想，说明秉持犀利批判精神的拉斯普京，也具有原初自然的思维逻辑。

隐晦委婉的讽喻。隐喻是拉斯普京创作的主要修辞手段之一。特写集中，奔腾不息的河流是时光，也是生命，它们有自己的河道，一如人生，留下自己有条不紊、井然有序的运行轨迹，分流而去的小河汊，犹如子孙后代，命运各异；历史古城——托博尔斯克、伊尔库茨克、恰克图，喻指“传统类型的区域文明”[②]。老城内部均有拔地而起的新城，老城和新城无论精神、品格，还是出身、面貌均有天壤之别，它们“彼此对立，互不了解”[③]。毫无疑问，传统与现代、历史与今天判若云泥，形同陌路；“退伍老兵”环贝加尔湖铁路，如今“随着时间的流逝成为一方神殿”[④]；

① 《西伯利亚》第10篇，本书第381页。

② Каминский П.П. «Время и бремя тревог». Публицистика Валентина Распутина. -М.: ФЛИНТА: Наука, 2012. С.176.

③ 《西伯利亚》第2篇，本书第73页。

④ 《西伯利亚》第7篇，本书第260页。

俄罗斯乌斯季耶人遗失的古老生活风俗、信仰、习惯，被寓喻成“一位悲伤衰弱、身体累垮了的老人”，“但从背后看去，其身影高贵而挺拔，他正向极夜退去”[①]。令作家深感遗憾的是，几个世纪积累并留存下来的传统文化，正在被人们遗忘，如依依惜别的背影，渐行渐远。特写集中的这种隐喻俯拾皆是，而其中最能表达作家情绪、反映作家立场的是讽喻。作家对挥霍国家财产、攫取巨额私利现象，对人对自然的破坏、道德失落等问题，进行了讽刺性的揭露。讽喻曲折委婉的使用，常常伴随着作家“不愿意想象”“不愿意说下去”“不愿意看到”等无助情绪。

痛定思痛的反问。拉斯普京特写集中的反问比比皆是，既有表达赞叹与惊羡之情，也有抒发感慨与惋惜之意。相比之下，书中更多的是咄咄逼人立意谴责的反问，这首先为作家的文字奠定了激昂的政论基调，使作家强烈的主观意识、剑拔弩张的论战姿态一览无余。其次，批判意识是拉斯普京政论文的主旋律，直击现实，痛陈积弊，形成了作家传统主义的批判立场，尤其关涉生态自然和历史记忆范畴。犀利的反问揭露了社会对个人命运的不公及对忘却的记忆的痛心，表明作家对不可再生的文化遗产终将成为“文化遗憾”的惋惜之情。拉斯普京的反问不仅提醒、规劝“贪婪、无情且精力充沛”[②]的掠夺者，而且以“如果一切继续这样下去，那么他及其周围还会剩下什么呢？！”[③]的追问，谴责以万物之灵长著称的人类不计后果的破坏行为。“此后还诉诸何种理性，呼吁何种慈悲呢？！”[④]拉斯普京在悲叹之余，不自觉地将这种漠视传统、践踏自然的行径归结为良知泯灭、道德堕落。一个良知和道德被蒙

① 《西伯利亚》第10篇，本书第364页。
② 《西伯利亚》第9篇，本书第336页。
③ 《西伯利亚》第9篇，本书第337页。
④ 《西伯利亚》第9篇，本书第355页。

蔽了的民族，何以为民族？！作家通常对道德失范现象进行对比后，以步步紧逼的反问气势，表达愤懑抑郁的情绪，劝诫世人反思疯狂行为，呼吁理性生活。

四、作家的历史意识

特写集中对西伯利亚历史文化、自然与人的沉思，揭示了拉斯普京的世界观、哲学思想及其基本价值与道德立场。作为农村小说家，拉斯普京同时具有求真精神和批判精神的史学家特点。

反思性的历史批判精神。拉斯普京对史实的态度具有两面性。一方面，他对现有史实的确凿性敢于质疑，富于批判精神，重视实地考察，强调独立思考；另一方面，他又是虔诚的宿命论者，在解决没有确凿证据的历史事实时，作家更“倾心于神话，更愿意将其作为信息来源”[①]。特写集中，作为叙事者的拉斯普京学识渊博，具有宇宙观念并善于沉思。尽管整个特写集中少见学术性的正规引注，但作家旁征博引了关于西伯利亚历史的丰富文字，足见其深厚的历史知识及博览群书的储备。作家在使用文献史料的同时，多次亲自寻访古迹，进行实地考察，有的地区甚至前往三次（恰克图）。搜集到的第一手资料，结合史学家的材料，使其特写在某种程度上具有了史料价值。在搜集、考据史料方面，作家善于存疑，并不轻信同时代人的历史文献，认为他们的史论有时混淆不清，自相矛盾。尤其在叶尔马克身世、远征等史实问题上，作家倾向于以民间创作作为解决疑问的手段。拉斯普京对历史事件的分析能够相对

① Плеханова И.И., Книга «Сибирь, Сибирь...» В.Распутина как лирико-философско-публицистический трактат. //Вестник Томского государственного университета. Филология. 2016. №3(41). С.117.

客观、公正。身为西伯利亚本地人，作家尽管听到来自外界对西伯利亚不公正的责难时也感到愤怒，但他能够比较公正地评价自己的同胞：“我们也不会夸大西伯利亚的美德，就让每一地区和每一时代都经受自己罪过的考验吧。”① 面对今天史学家对恰克图商人的不同意见，拉斯普京认为“西伯利亚商人值得认真研究，应该还其以公正”②。整体而言，拉斯普京能够较为客观地理解和探讨西伯利亚的历史事件。但在论及西伯利亚与“宗主国”的关系时，拉斯普京多半站在西伯利亚立场上，以西伯利亚中心观去分析、审视问题，导致其观点偶尔失之偏颇。

融唯物史观与神学自然哲学为一体的历史观。从拉斯普京解读历史事件的因果关系来看，其历史观含有明显的唯物论因素。他不仅秉持社会现象、历史事件具有必然性、因果制约性的历史决定论观点，同时也不排除必然性之中的偶然性，而且承认人的主观能动性。在分析俄国人远征的动机时，作家表达了他基于自然哲学的历史观，认为历史的发展与自然运动的不可分割。作家不否认远征者“渴望发财，寻找自然资源特别是皮毛还原封未动的新土地，以及服务于沙皇和军政长官，让新发现的弱小民族向他们缴纳亚萨克税”③ 的目标，同时强调对传说中壮观的叶尼塞河和勒拿河及其沿岸“手艺高超的民族（雅库特人）”一睹为快的强烈愿望也是远征者的重要动机。作家又进一步将人的主体因素解释为推动历史发展的动力。这种解读体现了拉斯普京历史观的核心思想：自然的合力导致历史的必然性。拉斯普京自然哲学的基础，是一种视大地为生命本源，为守护者和母亲的原型观念。因此，作家具有明显的自

① 《西伯利亚》第2篇，本书第59页。

② 《西伯利亚》第5篇，本书第191页。

③ 《西伯利亚》第1篇，本书第15页。

然哲学历史观，也饱含对上帝造物的敬畏，其历史必然中也不时流露出命定的成分。在拉斯普京的因果论中，宿命论与唯物史观等诸多因素穿插交错。作家对历史现象的分析往往带有双重性，一方面是历史必然，另一方面是神意所致。行文中弥漫着神秘主义气息，时常闪现上帝的旨意。有批评家因此将拉斯普京的自然哲学称为“神学自然哲学”[①]，不无道理。

重视历史记忆以凝聚民族精神。记忆是拉斯普京一生创作的主要思想。在拉斯普京的概念中，“记忆是一个多义的概念，其含义包括民族精神价值观。历史意识应该成为每一个民族的指引力量，才不会使任何‘舵手的错误’将其引上危险之路”[②]。记忆是一个民族的文化根基，如果这一根基受到损害、侵蚀，民族文化的面貌便会丧失其牢固的原动力，民族精神及道德基础将不可避免地发生动摇。特写集中，作家开篇即对俄罗斯人的记忆进行质疑：“我们了解发现美洲的哥伦布的一切”，却“不了解叶尔马克……”[③]作家认为没有哪个国家像俄罗斯这样对待自己的历史、传统、信仰以及国人，从而呼吁应给予那些被遗忘的人与事以应有的纪念。作家考察期间必去寻访墓地，看到的墓地多数是“既没有留下墓碑底座，也没有在十字架上留下名字，无法回顾过去，也无法祭奠往昔”[④]。人们遗忘了祖先，断裂了记忆链条，终止了代际间联系。

① Плеханова И.И., Книга «Сибирь, Сибирь…» В.Распутина как лирико-философско-публицистический трактат // Вестник Томского государственного университета. Филология. 2016. №3(41). С.126.

② Гришенкова Т.Ф. По страницам публицистики В. Распутина// Русская словесность, 2012, №4. С.20.

③ 《西伯利亚》第1篇，本书第9页。

④ 《西伯利亚》第10篇，本书第416页。

甚至有人于墓地中酗酒，对祖先、对历史、对自然的敬畏感荡然无存。在作家看来，西伯利亚的俄罗斯化程度，也是保留记忆的一种体现。古老村落俄罗斯乌斯基耶在某种程度上代表了西伯利亚的昨天和今天。这里不仅是俄罗斯人非同寻常的独立生活史，也是一部独特的民族记忆史。作家希望以辉煌的往昔唤起人们的历史记忆，以凝聚优秀的民族精神。

立足于民间文化立场的反现代性倾向。拉斯普京所谓的俄罗斯人民的古老传统，除东正教和多神教文化传统外，更多指的是与这二者有着千丝万缕联系的民间文化传统。作家视民间文化为民族的精神产物，为民族文化传统的根脉。特写集中，作家多次表示：“一个民族一旦失去自己的传统，甚至更糟——失去自己的语言，他就会变成另一个更强大民族的‘储备’。”[①] 古老村落俄罗斯乌斯基耶人对传统文化的坚守无疑是一座历史丰碑。从拉斯普京的西伯利亚叙事中不难发现，作家维护各种形式的民间传统文化，视其为民族立身之根本，希望以此对抗传统道德的沦落。对现代文明、物质崇拜、人的智力有限而欲望无限的反思与批判，构成拉斯普京基本的反现代性立场。拉斯普京基于文化保守主义立场，从传统观念出发，对现代文明进行犀利而深刻的反判，作家极力批判现代性的欲望化倾向以及由此带来的危害、导致的疯狂和暴力，呼唤文化守成，反对激进主义。对拉斯普京而言，科技进步转变为“科技枷锁”，科技浪潮狂飙突进，席卷全球，西伯利亚难以幸免，作家因此认为拒绝科技发展可以解决最起码的生态问题，为此作家的反现代性倾向常为他人所诟病。拉斯普京的反现代性价值立场，主要反映在他的文化保守主义立场和超越精神上。面对唯利是图的社会和丧心病狂的人群，拉斯普京常常呼吁社会和精神的抵抗力量。在道德至上理想难以实

① 《西伯利亚》第11篇，本书第435页。

现的失望之余，作家一方面不放弃文化保守主义的文化寻根之旅，倡导保护民间文化、重拾历史记忆；另一方面踏上超越精神的寻魂之路，在精神维度上寻求救赎。这种受惠于宗教信仰的超越精神，使作家对现代性的世俗化、个性化、自由化表现出强烈的拒斥态度。作家以其超理性思维完成了对现代性的反叛，但其基于宗教立场的超越精神决定了他解决现实问题的虚妄性。

五、感谢一起走过的人

这十几年，虽断断续续，但我从未远离拉斯普京，因此当北京大学出版社张冰编审提议翻译《西伯利亚》特写集时，我便欣然应允，感到莫大的幸运。不想，初稿整整翻译了一年，后来我不断反复修改，待交上终稿时已近两年。这一过程，使我深感拉斯普京思想先行语言滞后的晦涩繁复。翻译过程恍如昨日，历历在目。

特写集翻译始于2019年初春。6月，俄罗斯阿尔泰国立大学召开舒克申国际研讨会，我有幸参会并走近了捷列茨科耶湖——拉斯普京所说的这位“贝加尔湖的小兄弟”。湖水清澈满盈，湖面涟漪斑斓，湖中云影倒映，湖岸层峦叠嶂，瀑布如帘，迟开的丁香暗香扑鼻，前来聚会的蝴蝶或翩翩飞舞，或静穆成簇簇黑白花丛。捷列茨科耶湖西北尽头的比亚河与南面的卡通河在比斯克小城汇合成鄂毕河的源头，而鄂毕河与卡通河均为阿尔泰山区水流量大、流域面积广的大河，是该地区的母亲河。置身于神美的人间天堂，深感拉斯普京在“阿尔泰山区”一篇中对湖光山色、汹涌奔腾河流的自豪慨叹没有半点虚夸。

2019年8月，在昆士兰大学加顿校区的图书馆里，我结束了对“西伯利亚大铁路”一篇的翻译。图书馆静寂无声，与130多年前在遥远的北半球掀起的那场证明国之实力的热火朝天的铁路建设氛围如此不相契合，对照二者，甚至有一种空间想象力匮乏的切肤之感。这里24小时开放，每天早来晚走，感觉整个世界就是一个图书馆。夜半时分，走出图书馆，空气清新得透明，繁星满天，不远处传来的牛羊哞咩的叫声，划破夜空的清脆鸟鸣声，令你倏忽间陷入冥思，这样的夜晚不该入眠，这个世界睁着眼睛，清醒着，活跃着，毫无倦意。真想就这样走下去，直到天际。

2019年10月，开始翻译“贝加尔湖”篇，俄罗斯作家弗拉基米尔·克鲁平（В. Крупин）走进了我的翻译生活。克鲁平是拉斯普京的生前好友，是一个语言天才，他愉快地承担起了解惑的角色。克鲁平也是一个有心有趣之人，每每解惑之余，还捎带着向我渗透与问题相关的俄罗斯社会现实。因此，翻译过程不仅使我认识了西伯利亚历史，也了解了俄罗斯现状。回过头来再看我与克鲁平之间的通信，共有一千余封。没有克鲁平的心手相助，根本不会有今天这本特写集的面世。

回想整个翻译历程，想要感谢的人实在太多。首先感谢北大出版社张冰老师的信任。还要感谢伊尔库茨克的年轻作家安德烈·安吉平（Андрей Антипин），他为了几个民间词语的翻译，甚至找到了《拉斯普京中短篇小说的民间词语》的编者加琳娜·梅德维杰娃（Галина Медведева），和30多年前与拉斯普京一同前往俄罗斯乌斯基耶的伊尔库茨克老作家阿尔贝特·古鲁廖夫（Альберт Гурулёв）。加琳娜·梅德维杰娃给我发来她整理编辑的《拉斯普京中短篇小说的民间词语》前两卷的电子版，其中配有许多拉斯普京故乡风景与作家本人及家人照片。翻阅资料，浏览照片，使我顿悟拉斯普京多年的沉默和晚年的忧伤：那远离中心的一方自然净土，与浮华喧嚣的现代都市，有如云泥，相去甚远，作家心中的隔阂永远无法消弭。在我与加琳娜·梅德维杰娃通信期间（2021年4月），她正在拉斯普京的故乡乌斯季乌达区进行语言考察，我衷心祝愿她之后编辑出更翔实更精确的民间词典，留存下更丰富更珍贵的西伯利亚民间文化。

感谢李正荣老师，他关心特写集的翻译，询问过拉斯普京抵达阿尔泰山区的路径，认为拉斯普京一定是利用大量史料完成了对西伯利亚的书写。毋庸置疑，拉斯普京的写作方法、叙事修辞和史料运用使我们确信他作为跨界政论作家兼为史学家的身份。感谢伊琳娜·莫尼索娃（Ирина Монисова）、奥莉加·维诺格拉多娃（Ольга Виноградова）、亚历山大·博奇卡廖夫（Александр Бочкарёв）的热心帮助，特别感谢伊琳娜·博尔多诺娃（Ирина Болдонова）的始终相伴。还要感谢辽宁师范大学的张丽教授，她对西伯利亚历史问题的解读为我提供了很多有益的帮助。感谢敬如歌，2018年夏天，她从莫斯科带回拉斯普京遗孀洛谢娃女士转交的原版《西伯利亚》。感谢刘良辰，2019年11月，他在莫斯科国图帮我找到了特写集中提及的一份信息采集表。最后，感谢本书责任编辑李哲的辛勤付出。

在翻译过程中，由于担心读者因特写集时间跨度较大而混淆具体世纪，遂将“上世纪”直接译成“19世纪”或“20世纪”。

由于译者的中俄文水平有限，难免有误译错译之处，恳请批评指正。

王丽丹

2022年4月于南开大学

贝加尔湖奥利洪岛上的萨满石　拍摄者 Анастасия Коноплева

贝加尔湖　拍摄者于薇

环贝加尔湖铁路隧道　拍摄者 Борис Дмитриев

恰克图　拍摄者 Борис Дмитриев

勒拿河　拍摄者 Борис Дмитриев

勒拿河——柱状岩　拍摄者 Борис Дмитриев

乌斯季耶因迪吉尔卡河——冻土带　拍摄者 Борис Дмитриев

乌斯季耶因迪吉尔卡河——斯坦奇克　拍摄者 Борис Дмитриев